The Canterbury Tales

坎特伯雷故事
The Canterbury Tales

Geoffrey Chaucer

〔英〕乔叟 著　黄杲炘 译

上海译文出版社

Geoffrey Chaucer
The Canterbury Tales
由上海译文出版社有限公司与企鹅兰登(北京)文化发展有限公司联合出品
Simplified Chinese edition by Shanghai Translation Publishing House in association with Penguin Random House (Beijing) Culture Development Co., Ltd.
Illustration by Neil Gower
Cover design Coralie Bickford-Smith

"企鹅"及相关标识是企鹅图书有限公司已经注册或尚未注册的商标。未经允许,不得擅用。
封底凡无企鹅防伪标识者均属未经授权之非法版本。

图书在版编目(CIP)数据

坎特伯雷故事/(英)乔叟(Geoffrey Chaucer)著;黄杲炘译.—上海:上海译文出版社,2023.3
(企鹅布纹经典)
书名原文:The Canterbury Tales
ISBN 978-7-5327-9270-2

Ⅰ.①坎… Ⅱ.①乔…②黄… Ⅲ.①短篇小说-小说集-英国-中世纪 Ⅳ.①I561.43

中国国家版本馆 CIP 数据核字(2023)第 020021 号

坎特伯雷故事

[英]乔 叟/著　黄杲炘/译
总策划/冯 涛　责任编辑/顾 真　美术编辑/张志全工作室

上海译文出版社有限公司出版、发行
网址:www.yiwen.com.cn
201101 上海市闵行区号景路 159 弄 B 座
苏州市越洋印刷有限公司印刷

开本 850×1168　1/32　印张 28　插页 6　字数 365,000
2023 年 4 月第 1 版　2023 年 4 月第 1 次印刷
印数:00,001—10,000 册

ISBN 978-7-5327-9270-2/I・5773
定价:168.00 元

本书版权为本社独家所有,未经本社同意不得转载、摘编或复制
如有质量问题,请与承印厂质量科联系,T:0512-68180628

译者前言

一、为什么我要译《坎特伯雷故事》

17世纪英国文学巨匠德莱顿称乔叟为英诗之父,认为他应当享有希腊人对荷马、罗马人对维吉尔那样的崇敬。乔叟的代表作《坎特伯雷故事》是英诗奠基之作,而我当初决定翻译此书有下面几个想法:

1. 为这部巨著提供诗体译本,内容上既忠实于原作,又反映原作格律形式,以纪念乔叟逝世六百周年,并体现英诗汉译百余年来要求的演进。

2. 证明诗有可译性,至少,一些英语叙事诗在汉语中可译。当然,要求应合情合理,事实上,要求若过于挑剔,那么散文也未必可译。

3. 证明译诗不仅可在内容上较忠实反映原作,还可在格律形式上较准确反映原作,同时也证明:这种要求看似严格,却完全可行。

关于后两点,我已有十来本译诗集和十来篇文章可以证明,但它们比较分散,诗集的规模与重要性远不及《坎特伯雷故事》。因此,凭借本书在英国诗史上的源头地位和世界诗史中的影响,探讨诗歌是否可译和应当怎样译这两个众说纷纭的问题,既使讨论更具"根本性",也更清楚明白。

二、乔叟和《坎特伯雷故事》

(一)乔叟的生平

杰弗里·乔叟(Geoffrey Chaucer, 1340?—1400)生于伦敦

中产阶级家庭，祖先是法国人，父亲是颇有地位的酒商，母亲艾格尼丝·德·科普顿与宫廷关系密切。他自幼受良好教育，十七岁进宫，在英王爱德华三世的儿媳厄尔斯特伯爵夫人处当少年侍从。1359年随英王参加英法百年战争（1337—1453），在法国被俘，其父筹集了二百四十英镑（英王捐助十六镑）赎回。

乔叟约于1366年娶爵士之女菲莉帕（死于1387年）为妻，后因妻妹成为爱德华的四子兰开斯特公爵①（1340—1399）的第三位妻子，乔叟一直受其保护，先后得到爱德华三世、理查二世和亨利四世的信任和帮助，担任过一些公职。他阅历丰富，多次衔外交使命去欧洲大陆，到过法国和意大利，在热那亚与佛罗伦萨逗留较久，受到意大利文学影响。

1400年乔叟逝世，葬于伦敦威斯敏斯特教堂，是那里著名的"诗人之角"的第一位入葬者。他葬在那里并非因为是伟大诗人，但当时平民身份的人葬在那里却是殊荣。

（二）乔叟的诗歌创作

乔叟受教育的情况至今仍不清楚，但他肯定成长于城市文化中，勤于阅读而知识渊博，他的六十册藏书在当时很可观。他通晓拉丁语、法语和意大利语，热心阅读一些古罗马作品，熟悉法语和意大利语诗歌，对星象学和炼金术也有了解。同样重要的是，他对社会有广泛而精细的观察。不像同时代一些名家，他不用拉丁语或法语写作，而用当时的英语写作，这使他成为中古英语文学的伟大代表、英语诗歌的奠基人。

乔叟的创作可分三个时期。第一时期从14世纪60年代到1372年，受法国影响，作品包括从法语诗翻译的《玫瑰传奇》和创作的《公爵夫人之书》。在当时，受法国影响十分自然，但他在

---

① 这位公爵是爱德华三世寿命最长的儿子，是他侄儿理查二世（1367—1400，1377—1399在位）早期的摄政者，后来的英王亨利四世是他儿子。

此期间奠定了英国诗律和诗体形式的基础，证明当时伦敦一带的方言能成为文学语言。第二时期从1372年到1387年，受意大利影响，作品有《声誉之宫》《百鸟会议》《特罗伊勒斯和克莱西德》《好女人的传说》等。这同他70年代两次前往意大利有关，在此期间，他到过热那亚、比萨、佛罗伦萨和米兰等地，接触到但丁、彼特拉克、薄伽丘的作品，受到人文主义思想影响，并从中世纪浪漫主义转向现实主义，而这些作品显示了他的创作力。1387年起是他创作的成熟期，作品就是英国文学史上第一部现实主义典范《坎特伯雷故事》。

(三)《坎特伯雷故事》简介

这部巨著由许多故事组成，但作者将故事有机结合，成为完整的统一体，虽未完成原先的庞大计划，但统一体的轮廓已明确呈现。

此书"总引"介绍了这次"故事会"的缘起。那是4月的傍晚，乔叟见到二十九位骑马的男女朝圣者来泰巴旅店投宿，他们身份、地位、职业不同，三教九流几乎应有尽有，包括骑士、扈从、跟班、修女院院长、修女、修女院教士、修道士、托钵修士、商人、牛津学士、律师、平民地主、缝纫用品商、木匠、织工、染坊主、织毯匠、厨师、海员、医生、有手艺的巴思妇人、堂区长、庄稼汉、磨坊主、伙房采购、管家、教会差役和卖赎罪券的人。结果，乔叟和旅店主人也参加了这支去坎特伯雷的队伍。

坎特伯雷在英格兰东南角，离伦敦（当时面积仅一平方英里）六七十英里。14世纪的英国人口约二百五十万，居民密度不大，结伴而行比较安全，也有利于相互照应和减少旅途寂寞。所以自告奋勇充当领队的旅店主人提议，各人在往返需四天的路上讲四个故事，由他评判谁的故事讲得"最有意义最有趣"，回来后在他旅店里由大家出资设晚宴犒赏那人。

如果每人讲四个故事，故事总数应在一百二十左右。现在文本中却只有二十三人讲了故事，有的故事没讲完（如厨师和扈从的），有的被打断后重讲（如乔叟本人的），有的包含很多历史小故事（如修道士的），但仍可看出组织得很好的整体性。首先，"总引"形象而幽默地介绍了各位朝圣者；其次，每个故事前往往有长短不一、内容不拘的引子，让故事同全书布局联系起来。有趣的是，故事间往往有因果关系，互有矛盾的朝圣者会以故事做攻击手段。如管家认为磨坊主的故事伤害了他，便以故事回敬；托钵修士与教会差役也在故事中相互攻讦，反映了不同教派间的利害冲突。而讲故事者与所讲故事往往也有联系，如修女院教士故事中的主角是公鸡，周围有好多母鸡，这同他本人的处境相像，因为他周围有很多修女，经常要听她们忏悔。可见书中的一些细节也经过作者苦心经营。

三、《坎特伯雷故事》的意义

（一）认识上的意义

《坎特伯雷故事》是形象鲜明的巨幅画卷，清晰展示了14世纪下半叶英国的社会面貌。在这方面，它的作用独一无二。

前面说过，乔叟生活于英法百年战争的年代，而1348年开始爆发并流行的多次鼠疫使英国人口减半（一说三分之一），国力大为削弱。国内矛盾也十分尖锐，既有牛津大学的约翰·威克利夫（John Wycliffe）及其追随者传播宗教改革思想，1381年更爆发了瓦特·泰勒（Wat Tyler）与传教士约翰·保尔（John Ball）领导的农民暴动，整个社会处于动荡与骚乱之中。

英国当时的根本矛盾，就是中世纪制度与社会发展之间的矛盾。由于手工业和商业的发展，这时已出现人文主义思潮，中产阶级也颇具经济实力——书中那几个去朝圣的手艺人和巴思妇人便可反映这点——他们要维护利益，要在社会事务中发挥影响并要求个人权利，结果必然是封建制度解体。这时，作为封建主义支柱的骑士制度和天主教会虽然还主宰着英国人生活,但情况已颇不妙。以故事中的骑士来说,听来虽忠勇正直,其所参加的战事却并不正义。

至于当时的天主教会,就更不像话了。中世纪的天主教会本就崇尚神权,压抑人性,把教会权力看得高于一切,否认人们有权为自己考虑并做出判断,却以一套空洞的精神教条来约束思想,规范行为。这时的天主教已极其腐败,许多神职人员只是利用教会特权愚弄人民、鱼肉百姓,而这情况的蔓延又腐蚀了人民,败坏了社会风气,使天主教会进一步丧失其精神上的主宰地位和道义力量。

这次朝圣本是纯粹的宗教活动,但有些人的出发点非常功利,因为据说去坎特伯雷的圣托马斯·阿·贝克特的圣祠朝拜有祛病强身之效。这些朝圣者中,巴思妇人有点重听,卖赎罪券的人不长胡子,厨师小腿上长恶疮,教会差役一脸小脓疱且胡子稀疏、眉毛上结满痂,磨坊主鼻尖上长瘊子,管家肝火旺,商人则年老新婚,等等。更恶劣的是,象征教会腐败的卖赎罪券的人还想趁机兜售赎罪券,以破烂冒充圣物招摇撞骗;还有天主教教士团成员看到这朝圣者队伍,气吁吁追来,想靠所谓的炼金术骗钱。

总之,通过众多朝圣者的故事,可看到当时的英国社会。难能可贵的是,乔叟作为虔诚教徒,却对倚仗教会势力为非作歹之徒进行嬉笑怒骂的揭露,又不失宽容与幽默。他让我们看到生气勃勃的新兴中产阶级(朝圣者队伍里,他们约占二分之一弱,而吃教会饭的约占三分之一强),听到他们要求社会正义和幸福生活的呼声。

(二) 英国文学史上的意义

这可以分几方面来看:

1. 乔叟是英国现实主义的第一位伟大作家,他的创作使英国文学摆脱了中世纪的浪漫主义,这部代表作是英国第一部现实主义伟大作品。事实上，他开始创作时，已摆脱了中世纪文学的宗教性，让作品成为世俗文学。如果与同时代作家对照，这点就更加明显。

2. 本书集中世纪文学之大成，反映了中世纪文学达到的广度和深度。例如故事按内容可分为宫闱传奇（骑士的、律师的、扈从的和牛津学士的故事），市井滑稽故事（磨坊主的、管家的、商人的、海员的和厨师的故事），关于圣徒的传说（修女院院长的和第二位修女的故事），关于骑士的故事（托帕斯爵士的、医生的、巴思妇人的和平民地主的故事），古代悲剧（修道士的故事），动物寓言（修女院教士的[①]和伙食采购人的故事），道德教训（梅利别斯的和堂区长的故事），劝谕文[②]（卖赎罪券教士的故事），关于教士行骗的故事（托钵修士的、教会差役的和教士跟班的故事）。可见，乔叟熟悉当时各种文学类型，能写出各种体裁的典范作品，使本书集中表现了英国中世纪文学的精华，成为这一时期世界上有数几部文学巨著之一。考虑到乔叟只是"业余作家"，《坎特伯雷故事》的宏大计划令人惊叹！

3. 对于英语的意义。乔叟的母语是英格兰南部口语，他很早发现其表达潜力，成为用这种新文学语言写作的开山祖师。其作品的成功，使这方言成为公认的文学语言和英格兰标准语，而《坎特伯雷故事》可谓确立英语地位的第一个明证。

4. 为英诗发展奠定了格律与诗体基础。乔叟之前的古英语时期，英诗的格律基础是对诗行中的重读音节押若干头韵（类似汉语中用声母相同的字），称为头韵体。到了乔叟时代，用的已是颇受法语影响的中古英语，很多诗人仍按这种诗律写诗。[③]乔叟生

[①] 有趣的是，诗中对琐屑小事故意用庄重文辞，以突出幽默讽刺效果。这称为戏拟英雄体，18世纪大诗人蒲柏的《秀发遭劫记》是此类作品的名篇。
[②] 这种劝谕文指中世纪教士布道中的故事或寓言等，用来说明整个布道的主题。
[③] 可参看拙文《英诗格律的演化与翻译问题》第一节，载《外国语》1994年第3期，及拙著《从柔巴依到坎特伯雷——英语诗汉译研究》。

活于法语文学在英国占支配地位的时代，他身居南方，在血统、文化与语言上与法国有较深渊源，也熟悉以音节为节律基础的法国诗歌并把法国等外国诗体引进英诗，确立了以重音与音节结合的音步和押尾韵为格律基础的诗律，而此后数百年英语诗里占主宰地位的正是这种诗律，为英诗的辉煌奠定了基础。

四、从《坎特伯雷故事》看诗的可译性

讲诗不可译，例子往往是我国古典诗歌译成外语或抒情诗翻译。这很自然，因为前者是极浓缩的文言，与日常口语差别很大，而诗最精练、最有表现力和感染力的文字特色在抒情诗里表现得最充分，在这两种情况下，翻译也就非常困难，特别是前者。然而如果反过来，看看英语之类拼音文字诗歌，看看叙事诗汉译，情况也许不同。英诗的语言同日常口语的差别远不如汉语，特别是叙事诗，往往是用有格律特点的语言讲故事，主要着眼点未必是某种微妙感情。因此至少可以说：英诗汉译同汉语古典诗英译相比，前者成功的可能性较大；而译叙事诗和译抒情诗相比，一般也是前者成功的可能性较大。

现在以《坎特伯雷故事》颇为抒情的头四行为例：

> Whan that Aprille with his shoures sote
> The droghte of Marche hath perced to the rote,
> And bathed every veyne in swich licour,
> Of which vertu engendred is the flour;

就我见到的一些文本看，这段文字很接近，差别较大的一种为：

> When that Aprille with his showres swoot

> The drought of Marche hath percèd to the root,
> And bathèd every veyne in swich licoúr,
> Of which vertu engendred is the flour;

可以看出，无论哪种文本，即使有拼写、用词乃至语法上的差异，现代读者似乎尚不难理解。

按照有的说法，读诗最好读原文（其实，任何作品都是读原文最好），否则韵味大受损失。然而对很多人来说，是需要读译诗的，所以问题在于，诗的韵味在翻译中究竟损失到什么地步，是否损失之大足以使人排斥译诗？

可以想象，如果损失极大，那么母语为英语的人完全应当只读《坎特伯雷故事》原文，最多用点注释。但该书却有众多现代英语译文。可见，即使母语为英语的人读乔叟原作比外族的人方便，却不在乎那点损失，宁可读现代英语译文，如尼科尔森（Nicholson）译文（1934）：

> When April with his showers sweet with fruit
> The drought of March has pierced unto the root
> And bathed each vein with liquor that has power
> To generate therein and sire the flower;

科格希尔（Coghill）译文（1951）：①

> When the sweet showers of April fall and shoot

---

① 这位译者是牛津大学教授，去世于1980年，他1977年发表的译文为：
When in April the sweet showers fall
And pierce the drought of March to the root, and all
The veins are bathed in liquor of such power
As brings about the engendering of the flower,

Down through the drought of March to pierce the root,
Bathing every vein in liquid power
From which there springs the engendering of the flower,

赖特（Wright）译文（1985）：

When the sweet showers of April have pierced
The drought of March, and pierced it to the root,
And every vein is bathed in that moisture
Whose quickening force will engender the flower.

海厄特（Hieatt）译文（1964）：

When April with his sweet showers has
pierced the drought of March to the root,
and bathed every vein in such moisture
as has power to bring forth the flower；

同十音节五音步偶句体（或称双韵体）原作比较，头两种译文的音步数与韵式同原作一致，反映原作的格律；第三种放弃了押韵，第四种近似自由诗，诗行长短与原作不同，而且从全诗看，有时相差较悬殊。

从内容上来看，四种译文的反映存在差异，以第三、第四种译文与原作最贴近。偏离原作的情况可见第一行。第一种译文里多了 with fruit，第二种译文里多了 fall and shoot，为的是让诗行五音步并与下一行押韵。另外，第二、第三种译文不是等行翻译，如原作的"总引"为858行，但第二种译文里为878行，第三种里为846行。

可见，即使以现代英语译《坎特伯雷故事》，忠实于文字内容与忠实于诗歌形式往往有点矛盾，容易顾此失彼（这恐怕是主张读原作的英美人的依据）。然而，尽管有此不足，很多母语为英语的读者还是接受了现代英语译文，没有因担心损失而去读原作。

现在看汉语译文，例如下面的拙译：

> 当四月带来它那甘美的骤雨，
> 让三月里的干旱湿进根子去，
> 让浆汁滋润每棵草木的叶脉，
> 凭其催生的力量使花开出来；

尽管汉语与英语的差异远大于现代英语与中古英语的差异，但同四种现代英译相比，在忠实反映原作的意义、形象乃至一些具体用词方面，这汉译与原作的差别至少不比英译与原作的差别大，而且形式整齐，以每行五顿应原作的五音步，在格律上反映原作。

可见诗有可译性，而这一点在英语叙事诗汉译上更明显。但外国诗在现代汉语中有可译性，并不意味着怎么译都可以，而是需要借助某种译诗要求将这种可译性发掘出来。我希望，拙译《坎特伯雷故事》能证明这点。

五、从《坎特伯雷故事》看诗歌应该怎么译

前面说过，乔叟为英诗奠定了格律与诗体基础。事实上，这第一位英国韵律大师的作品中格律多样，且大多本为英诗所无，是他借鉴法国等外国诗歌而创制的。这丰富了英语中的诗体，显示出格律的无限可变性。

乔叟的诗作中，除了每行四个重音的偶句体（双韵体）、尾韵诗节（如"托帕斯爵士"）和四行诗节外，由他在英诗中首次使用的诗体有十多种。而《坎特伯雷故事》除尾韵诗节，还用

了他创制的五音步偶句体、韵式为ababbcc的七行诗节、韵式为ababbcbc的八行诗节，还有韵式为ababcb并重复六次的六行诗节。其中的头三种，特别是头两种，既构成本书主体，也是后世的重要诗体。

有趣的是，乔叟按不同内容选择诗歌形式。如对本书的多数内容，他用五音步偶句体；对律师、学士和第二位修女的故事，因为有较重的宗教与道德色彩，他用七行诗节；八行诗节则用于修道士的故事，以众多贵人遭难为例来讲命运无常的历史悲剧。

耐人寻味的是，乔叟自己先用来自法国的尾韵诗节讲骑士传奇托帕斯爵士，但进行了200来行，就被身兼故事裁判的旅店主人打断，因为他腻烦这种诗，于是乔叟用散文讲了梅利Н斯的故事。值得一提的是，《坎特伯雷故事》中的散文也是一种分行散文，但与一般译诗中所谓的分行散文不同，那排法就像普通的散文并不分行，但是却标明行数（原作中五行一标，各行之间以斜线分隔，拙译中则每五行以斜线标出）。书中最后的堂区长的故事也由这样的散文写成。这两篇名为故事，却是书中最少故事性的。前者是夫妻俩对报复与宽容的辩论，以大量先贤语录为论据，最后明智的妻子说服丈夫；后者更像劝人改恶从善的讲道。这两篇说教的东西都用散文写，恐怕是因为乔叟认为诗歌与散文的内容应有所不同。

《坎特伯雷故事》中诗、文兼有，翻译中自当区分。那么，书中与内容相应的不同诗体，该怎么译呢？

显然，译成自由诗是不妥的，因为这将混淆原作中的区别。同样，也不便把它们译成我国传统的五七言或其它现成的固定形式，因为这种"一体化"也取消了诗体间的差异，不符合乔叟的意图，这做法给诗歌带来的损失，就像让世上万千种花草只存在一个形态。联系上面一节看，这两种做法都没有考虑原作格律，恰恰给诗不可译论提供了口实。

所以，本书中的诗都用对应的形式译出。通过译文不但可看出原作诗行长度的异同和韵式，还可看出不同诗体在诗行长度和搭配乃至韵式上的异同，而这正是构成各种诗体的基本要素。

也许有人怀疑，这样译诗会妨碍对原作内容的传达。其实，汉语汉字很有潜力，多数情况下可做到既忠实于原诗内容，又较准确反映原诗格律形式，即使很难复制的格律，汉语中也能解决，问题常在于译者有没有决心。学士的故事后有一"乔叟的跋"，这是六节韵式均为 ababcb 的六行诗，也即三十六行诗中，a 韵重复十二次，b 韵重复十八次，c 韵重复六次。这种"押韵奇迹"在英诗中也独一无二，而拙译中同样做到。

应当承认，本书中的五音步十音节诗行，我本想都译成五顿十二字，但未做到，约有几十行是十二字四顿。另一不足是，有些诗行以同音字甚至同一字押韵，或以轻音字押韵（尽管原作中也有同一词押韵）。但这不是译诗要求造成的。如果我有较好文字功底和眼力、较多时间和较少惰性，这些不足有可能克服（事实上，2006 年修订后这样的不足减少了一些）。

一部格律体名作就像一座名建筑，为了整体形象，也许会在某些局部留下遗憾，但不会因安排储藏间而改变整个大厦的外观。我认为这种地方可以视作破格，事实上原作中也有破格之处。毕竟格律对格律诗来说太重要了，而对叙事诗来说，这是以有格律的文字（或者说，量化了的语言）讲故事，如果译文中只剩下故事而没有了格律，那还算诗吗？

本书中还有些十一字五顿行和十字五顿行。它们本是十二字五顿行，但有时为让诗行字数有点变化或考虑到行中标点和排印的整齐，删成了十一或十字，就是说：拙译大多用兼顾顿数与字数的要求，少数用以顿代步要求；个别诗行则虽非五顿，但每行仍保持十二字。对于原作的四音步八音节及三音步六音节诗行，拙译都以十字四顿及八字三顿诗行解决。

所以，拙译建立在形式与原作对应的基础上，因为以顿代步及字数与原作音节数相应的译法仍属对应范畴。事实上，在知道英诗有格律后，我已不敢在译文中放弃原作格律。因为传统诗与歌曲相比，前者把语言的节奏因素发挥到极致，后者则把语言的旋律因素发挥到极致。所以，读抛开格律的"自由化"译诗，就像是以读歌剧唱词代替听歌剧；而读格律"一体化"的译诗，就像是用一种曲调唱任何一种歌剧。

*

《坎特伯雷故事》是英语诗歌乃至英语文学的基石，篇幅既大，又以我不熟悉的中古英语写成，译起来自然困难。何况我还受另两种情况牵制，一是时间较紧，因为我希望拙译在公元2000年前出版，以纪念乔叟逝世六百周年；二是我视力越来越差，译了一半左右，用放大镜看原文都已困难，白内障已到了非解决不可的地步。但眼科专家建议我尽可能晚些手术，因为我很早就患有视网膜色素变性，做手术风险较大。于是我只得滴药水略为放大瞳孔，让光线多进一些，抓紧时间工作以求尽早完成，另一方面在翻译中仍不敢疏忽，因为我希望提供合格的诗体译本，来证明诗的可译和这样译诗的合理。当然，错误和缺点在所难免，望专家学者批评指教。

这里我想到最早译出《坎特伯雷故事》的方重先生。他在半个多世纪前开始翻译此书，开创之功不可磨灭。单是看作者姓氏译乔叟，书名译《坎特伯雷故事》，就显出他考虑之周到：用"叟"象征英国文学始祖地位；不用"集"则可区别于一般的故事集，强调作品的整体性与内在的有机联系。几十年来，他的译本几乎是我国读者了解这一巨著的唯一途径。据说台湾有两三种散文译本，我看到1978年出版的一种，几乎就是方译的翻版。据曾为方译《坎特伯雷故事》做责编的吴钧陶先生相告，方先生在80年代初为其译本不是诗体而遗憾，但其时他年高体弱，又加目疾，难以做大幅度改动了。

最后要交代的是，拙译依据的原作是 Walter W. Skeat 编辑的《乔叟全集》(1933年牛津大学版)，这是手边几种原作中最权威的，而且标有行码，对拙译这样等行翻译的译本来说，便于读者查对。但该书字体小，所以翻译中也利用现代丛书版等原作，最后再以这牛津大学版校核。

本书中有些拉丁文，尤其是最后的"堂区长的故事"中出现较多。蒙复旦大学杨烈教授和美国霍尔约克山学院[①]助理教授 Paula Debnar 指点，得以顺利解决，特此鸣谢。

黄杲炘
1998年2月[②]

[①] 顺便说一下，该学院是美国最重要的女诗人狄金森的母校，也是1996年去世的诺贝尔文学奖得主、诗人布罗茨基任教的地方。
[②] 本文于2007年2月、2011年6月、2015年5月做过修改。

2007 年附记[①]

本书翻译至今已有十年，当初虽以最高得票获第四届优秀外国文学图书一等奖，但我知道，这是评委们对诗歌翻译所给予的重视和对我的宽容。因为即使当时我眼病不那么糟糕，译文中留下的问题还是不会少的。所以每次翻看总会有些修改，这次有重排的机会更可做些修订。

改动主要分三类。一类是通常都有的改正误译和调整字句，以求比较准确或读来比较顺口。

一类同格律有关，主要有两种情况：一是将初版中的十二字四顿行改成十二字五顿；一是避免连续的对句押同一个韵，因为英语韵部较多而同韵词较少，通常一个对句一个韵。但现在的译文中允许一种例外，就是相邻两个对句若分属两个段落，中间有空行表示较长停顿，仍可用同一个韵。

第三类同书中散文有关。原作中两个说教性"故事"是"分行"散文（原文中有分行斜线并标出行数，但未分行排），初译保持其文字繁复的特点，现在则趋向简明，在保持原意的情况下删除可有可无词语。

最后要说的是，在上次出书之后，又见到了几种原版《坎特伯雷故事》，于是根据其中的材料增加一些注释。另一方面，这些原版也让我注意到对该书的不同编排，但本书还是保持 Skeat 编定的次序。

[①] 2007 年起，本书由上海译文出版社出版。此前译林出版社 1998 年曾推出平装两卷本（Rockwell Kent 插图），次年出无插图的一卷本，文字略有改动。2001 年，台湾的猫头鹰出版社推出繁体字两卷本。同年，译林出版社推出了两卷的精装本。

当然,《坎特伯雷故事》这样的译本几乎可以无限修改,但需修改的不足之处并非因格律形式造成,事实上,所有的修订仍在本来的格律框架内进行。这就说明,即使对译诗形式有较严格要求,译者仍有很大改动余地,或者说,汉语仍有足够的潜力在这种要求下较准确地反映原作内容。因此,对于特别讲究形式的诗歌作品,对于追求"形神兼备"的译者,不宜随便放弃对原作格律形式的反映。

2007 年 4 月

2011 年附记

本书 2007 年由上海译文出版社出版后，2011 年又开始修订，这次主要依据牛津大学出版社 1988 年的 *Riverside Chaucer*，该书文字与以前用的原作一致而材料丰富，有较多注释，书后有难字汇编等。

这次修订比较深入，并添加了一些注释，相信译文质量有所提高。同时，考虑到诸多因素，对于原作是五音步的诗行，译诗中增加了不少十一字五顿的诗行，甚至十字五顿译文。因此，本书现在的译文虽以"兼顾顿数与字数"译法为主，也有"以顿代步"译法。至于十二字四顿的译文，属于"顾全字数"译法，为数很少，可视为破格。

前言中曾用《坎特伯雷故事》的头四行为例，说明在准确反映原作的内容与格律形式方面，现代汉语的译文甚至比现代英语更有条件。当时手头只有四种现代英语译文。为避免以偏概全，如今还可增加下面四种现代英语译文。

卢缅斯基（Lumiansky）译文（1954）：

When April with its gentle showers has pierced the March drought to the root and bathed every plant in the moisture which will hasten the flowering;

科格希尔（Coghill）译文（1961）：[①]

[①] 前面有这位译者 1951 年的初版和 1977 年版的译文，其间的 1958、1960、1975 年似乎都有过修订，但这开头四行此后没有改动。

> When in April the sweet showers fall
> And pierce the drought of March to the root, and all
> The veins are bathed in liquor of such power
> As brings about the engendering of the flower,

莫里森（Morrison）译文（1977）：[①]

> As soon as April pierces to the root
> The drought of March, and bathes each bud and shoot
> Through every vein of sap with gentle showers
> From whose engendering liquor spring the flowers;

瑞弗尔（Raffel）译文（2008）：

> When April arrives, and with his sweetened showers
> Drenches dried-up roots, gives them power
> To stir dead plants and sprout the living flowers
> That spring has always spread across these fields,

这里的第一种译文已放弃格律，译成散文；第二种译文在格律上比译者本人最早的译文放松了一些，但保留了双行押韵的特点；第三种译文在格律上较地道，而第四种译文没有那么严格，内容上也有较大改动。

这四行诗的拙译现在也有了改动，但比起英译来，改动很小，而且都不是格律上的改动，只是希望文字更准确反映原作内容并多一点诗意：

---

① 该书 1949 年初版，1956 年出平装本，至 1977 年重印 30 次，1975 年为修订本。

当四月带来阵阵甘美的骤雨
让三月里的干旱湿进根子去,
让浆汁滋润草木的条条叶脉,
凭其催生的力量使百花盛开;

令人高兴的是,本书将推出精装本,不仅可用上精美的著名插图,还可用上修订的拙译。只可惜目前只修订到第六组,还剩下四个故事未及修订,只能等下次重新排印的机会了。

2011 年 3 月

2015 年附记[①]

这本拙译上次放在典藏本中一起出,因时间关系,没来得及修订最后四个故事,这次正好把后来修订好的换上。这次较大的改动在内容编排上,不但格式上向 1988 年"河滨版"靠拢,在故事的排列上也采用那种较多见的顺序:原来第二组的内容分成上下两部分,上部分仅含一个故事,仍保持在原来第二组的位置,下部分则随原来的第三组之后下移,放在原来的第六组之后,而最后的第七、第八、第九组则不动——这已完全反映在目录中。当然,趁重读一遍之便,顺带也做了不少修改。考虑到这部长篇拙译中十二字五顿的诗行特多,为阅读中增加一些变化,有很多诗行视情况改成了十一字五顿,甚至十字五顿,但对于五顿行的原作,译文以十二字为限。

2015 年 6 月

[①] 上海译文出版社 2007 年出版的本书,放在"译文名著文库"中。此后,放进本书 2011 年插图的"名著精选"中,2013 年则放进"译文名著典藏",这两者都用了 William Morris(1834—1896)和 Edward Coley Burne-Jones(1833—1898)合作的插图,可惜漏掉了说明(2013 年起在书后补上短文《经典创作的经典制作》),在此期间,台湾的远足文化公司也出了两卷本的这个拙译。

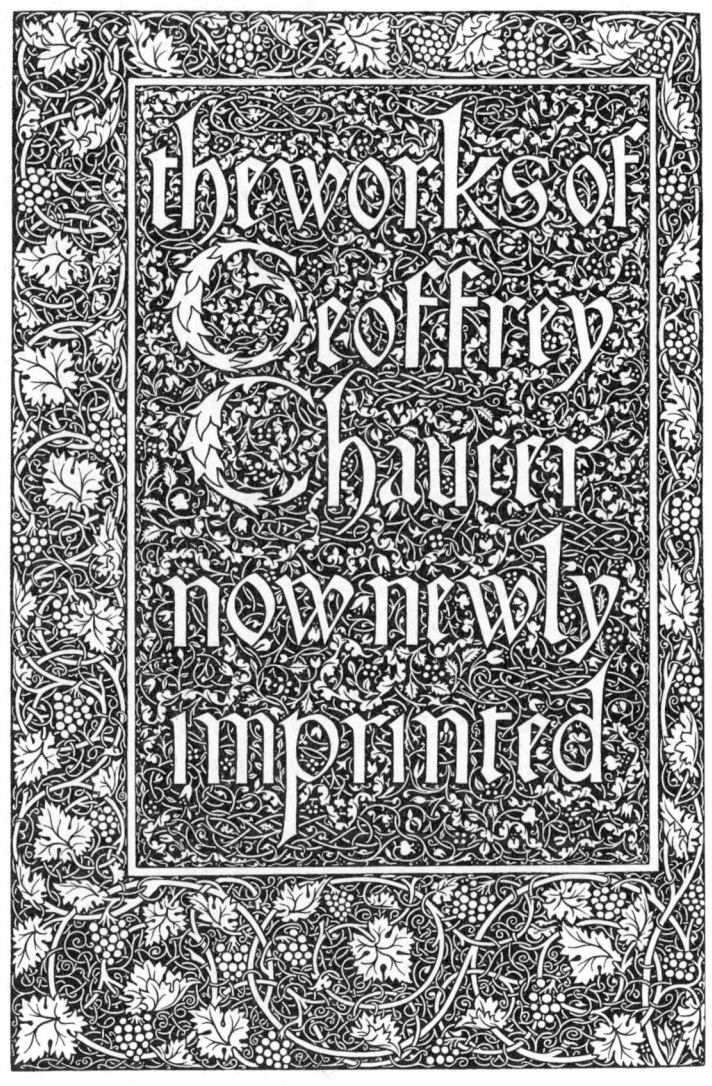

凯尔姆斯科特版《乔叟作品集》卷首插图

目 录

片段一（第1组） ……………………… 1
总引 ……………………………………… 1
骑士的故事 …………………………… 39
磨坊主的引子 ………………………… 133
磨坊主的故事 ………………………… 137
管家的引子 …………………………… 164
管家的故事 …………………………… 167
厨师的引子 …………………………… 183
厨师的故事 …………………………… 185

片段二（第2组上） ……………… 188
律师故事的前奏 ……………………… 188
律师的故事引子 ……………………… 193
律师的故事 …………………………… 196
律师故事的尾声 ……………………… 239

片段三（第4组） ………………… 241
巴思妇人的引子 ……………………… 241
巴思妇人的故事 ……………………… 277
托钵修士的引子 ……………………… 296
托钵修士的故事 ……………………… 298
差役的引子 …………………………… 313
差役的故事 …………………………… 315

片段四（第5组） ··· 339
学士的引子 ··· 339
学士的故事 ··· 342
商人的引子 ··· 398
商人的故事 ··· 401
商人的故事尾声 ··· 447

片段五（第6组） ··· 449
扈从的故事 ··· 449
平民地主的引子 ··· 481
平民地主的故事 ··· 482

片段六（第3组） ··· 524
医生的故事 ··· 524
卖赎罪券教士的前奏 ··· 536
卖赎罪券教士的引子 ··· 538
卖赎罪券教士的故事 ··· 544

片段七（第2组下） ··· 564
船长的故事 ··· 564
修女院院长的故事引子 ··· 582
修女院院长的故事 ··· 585
托帕斯爵士的引子 ··· 595
托帕斯爵士 ··· 596
梅利比的故事 ··· 607
修道士的引子 ··· 640
修道士的故事 ··· 645
修女院教士的故事引子 ··· 679
修女院教士的故事 ··· 682

修女院教士的故事尾声 ·················· 707
片段八（第 7 组）·················· 708
第二位修女的故事引子 ·················· 708
第二位修女的故事 ···················· 714
教士跟班的引子 ····················· 732
教士跟班的故事 ····················· 739

片段九（第 8 组）·················· 769
伙食采购人的引子 ···················· 769
伙食采购人的故事 ···················· 774

片段十（第 9 组）·················· 784
堂区长的引子 ······················ 784
堂区长的故事 ······················ 788

经典创作的经典制作 ················· 863

片段一（第1组）

总　引

坎特伯雷故事由此开始

当四月带来阵阵甘美的骤雨
让三月里的干旱湿进根子去，
让浆汁滋润草木一条条叶脉，
凭其催生的力量使百花盛开；
当和风甜美的气息挟着生机　　　　　　　　　　5
吹进树林和原野上的嫩芽里，
年轻的太阳也已进入白羊座，
把白羊座里的一半路程走过；[①]
当这大自然拨动小鸟的心灵，
让它们夜里睡觉也睁着眼睛，　　　　　　　　　10
让它们白天啼唱动听的歌声；
这时候人们也就渴望去朝圣，
游方僧和香客就去异地他乡，
去远方各处知名的神龛圣堂。
英格兰各郡无论是东西南北，　　　　　　　　　15
人们尤其想去的是坎特伯雷，[②]

[①] 白羊座是太阳经过的黄道星座的第一个（共十二个星座，称黄道十二宫），这一行表明时间已进入4月。
[②] 坎特伯雷在英格兰东南部的肯特郡，这里的大教堂中安放着圣托马斯的遗骸。

去拜谢荣登天堂的殉难圣徒,①
因为人们有病时他给予救助。

就是在这个时节中的某一天,
我正住在萨瑟克的泰巴旅店,②   20
满心虔敬地准备着登上旅程,
专诚去坎特伯雷大教堂朝圣。
在那天傍晚有二十九位旅客
来到这客店,他们形形色色,
全都是碰巧在路上萍水相逢,   25
现在结了伴跨着坐骑去朝圣,
而坎特伯雷就是要去的地方。
旅店的客房和马厩相当宽敞,
我们个个都安顿得十分舒适。
总之,当太阳从地平线上消失,   30
我已同他们每个人做了交谈,
很快就成了他们中间的一员。
大家约定了来日上路要起早,
而路上的情形,下面我会说到。

既然现在正好有机会和时间,   35
那么在进一步讲述故事之前,
我觉得比较合情合理的做法

---

① 这圣徒指圣托马斯·贝克特。他1118年生于伦敦,曾任枢密大臣和坎特伯雷大主教,因反对亨利二世控制教会事务,于1170年12月29日遇刺身亡,1173年被尊为圣徒。T. S. 艾略特的诗剧《教堂里的谋杀案》写的就是他遇刺的事。
② 萨瑟克现为大伦敦内自治市。泰巴是音译,意为短外衣,即该店店招上画的纹章。泰巴旅店是英国最古老旅店之一,在泰晤士河南岸,1676年毁于火灾,重建后,于1866年收归公有,不久即毁。现在原址建有酒吧。

2

HERE BEGINNETH THE TALES OF CANTERBURY AND FIRST THE PROLOGUE THEREOF

Whan THAT Aprille with his shoures soote
The droghte of March hath perced to the roote,
And bathed every veyne in swich licour,
Of which vertu engendred is the flour;
Whan Zephirus eek with his swete breeth
Inspired hath in every holt and heeth
The tendre croppes, and the yonge sonne
Hath in the Ram his halfe cours yronne,
And smale foweles maken melodye,
That slepen al the nyght with open eye,
So priketh hem nature in hir corages;
Thanne longen folk to goon on pilgrimages,
And palmeres for to seken straunge strondes,
To ferne halwes, kowthe in sondry londes;
And specially, from every shires ende
Of Engelond, to Caunterbury they wende,
The hooly blisful martir for to seke,
That hem hath holpen whan that they were seeke.

BIFIL that in that seson on a day,
In Southwerk at the Tabard as I lay,
Redy to wenden on my pilgrymage
To Caunterbury with ful devout corage,
At nyght were come into that hostelrye
Wel nyne and twenty in a compaignye,
Of sondry folk, by aventure yfalle
In felaweshipe, and pilgrimes were they alle,
That toward Caunterbury wolden ryde.

是根据我对他们各人的观察,
把我看到的情况全告诉你们:
他们是什么人,属于哪个阶层;   40
还要讲一讲他们穿什么服装。
现在我就从一位骑士开始讲。

这位骑士是受敬重的男子汉,
从他一开始骑上马闯荡人间,
就热爱骑士精神和荣誉正义,   45
就讲究慷慨豁达与温文有礼。
他为其主公立下了赫赫战功,
天南地北的征伐中有他行踪,
在基督教世界或在异教之邦,
都因为智勇双全而广受颂扬。   50
攻下亚历山大城就有他在场。①
他在普鲁士的多次庆功宴上,
比各国骑士优先,坐上荣誉席;
他在立陶宛、俄罗斯频繁出击,
没一位基督教骑士比得上他。   55
围攻阿尔赫西拉斯他也参加,②
又曾驰骋在柏尔玛利亚作战。③
把阿亚斯和把阿塔利亚攻占,④
有他一份功劳;在地中海上

---

① 亚历山大城是埃及重要城市,在尼罗河三角洲西缘。这次攻城发生在 1365 年。在 51 到 66 行中提到的这些地方,14 世纪的英国武士都曾投入战斗。
② 阿尔赫西拉斯为西班牙海港,当时属摩尔人的格拉纳达王国,此战发生在 1344 年。
③ 柏尔玛利亚为古城名,在现今摩洛哥境内,又称本玛瑞印。
④ 阿亚斯又名 Lyeys,在现今土耳其境内,这里讲的战事发生在 1367 年。阿塔利亚古名 Satalye,也在现今的土耳其,这战事发生在 1361 年。

他是多次随大军出航的猛将。 60
他曾十五次投入殊死的战斗,
又为我们的信仰,三次把敌手
杀死在特莱姆森的比武场上。①
他一度侍奉帕拉希亚的君王,②
在那段时间我们这英勇骑士 65
征讨土耳其异教徒的另一支;
而赢得最高荣誉的总归是他。
虽然他忠诚勇敢却世事洞达,
举止的谦和简直就像是姑娘;
一生中无论遇到怎样的对方, 70
他从来都不曾说过一句粗话。
这骑士真是忠贞完美又高雅。
现在我告诉你们他那副装备:
他骑着骏马,衣着并不华美;
身上那一袭粗布的无袖长衣③ 75
被他的锁子甲磨得满是锈迹;
因为他是远征后刚刚才归来,
随即便上路来参加这次朝拜。

他随行的活跃**扈从**是他公子,
这位正在恋爱的三角旗爵士④ 80
有一头像是火钳烫出的鬈发。
依我看来他年纪在二十上下;
个子不大不小同常人差不多,

---

① 特莱姆森现为阿尔及利亚西北部一省,北临地中海,西接摩洛哥。
② 帕拉希亚为古国名,在现今土耳其境内。
③ 这衣服本来是穿在锁子甲里面的。
④ 这是英国勋位最低的爵士,只能用三角旗,战斗中在方旗爵士率领下作战。

5

但孔武有力而且出奇地灵活。
他曾经随同骑士团远征各地,　　　　　　　　85
到过佛兰德斯、阿图瓦、皮卡第,①
时间虽然不长,表现却不坏,
为的是博取他心上人的青睐。
他的绣花衣裳像牧草地一片,
满是白花和红花,新鲜又娇艳。　　　　　　90
整天里他不是唱歌就是吹笛,
就像五月天充满了青春朝气。
他袍子很短,袖子又肥又大。
他精于骑术,很会驾驭胯下马。
他能文能诗,能作曲又能跳舞,　　　　　　95
除了绘画,还善于骑马去比武。
炽热的爱火夜晚在他心中烧,
使他的睡觉就像夜莺那样少。②
他谦逊有礼乐于帮人家一手,
到了餐桌上总为他父亲切肉。　　　　　　　100

骑士带着**乡勇**当跟班,这一趟
没多带仆从,他就爱这样闯荡。
乡勇的外衣、兜帽全是绿色,
腰带下有一筒利箭稳稳挂着;③
箭镞亮亮闪闪,箭羽是孔雀毛,　　　　　　105

---

① 佛兰德斯一译佛兰德,为中世纪时公国,在低地国家西南部,即如今法国、比利时、荷兰接壤的地区。阿图瓦为法国北部一古省名。皮卡第是法国北部一地区。这里说到的远征在1383年。事实上,这次战事因劫掠事件而名声不佳。
② 据说夜莺在交尾季节整夜啼鸣,所以传统上把恋爱中的人同它联系起来。
③ 给骑士父子当差的乡勇是有武艺的自由农,可能有自己的小块土地,地位高于一般仆人,主要工作是护林和看守猎场(所以衣帽是绿色)以防偷猎。这种乡勇颇受尊重,因为在同法国的百年战争中以善用长弓而闻名。

做得很讲究,不大会偏离目标,
因为这乡勇擅长调理箭和弓,
而一张硬弓也正握在他手中。
他面色黝黑,短发盖在头四周,
论林中狩猎,他可是一把好手。　　　110
他的手臂上套着漂亮的护腕,
身子的一旁挂着小盾牌和剑,
另一旁则是寒光闪闪的匕首,
这刀制作精良,锋利得像矛头。
他一只号角挂在绿色肩带上,　　　115
胸前闪着克里斯托弗银像章,①
他原是护林人,我想猜得不错。

这是一位**女修道院院长嬷嬷**,
她浅浅的笑容恬静而又纯真;
她发的狠誓只是"圣罗伊做证";②　　120
而大家都把她叫作蔷薇女士。
礼拜时,她的圣歌好听又别致,
那种带着鼻音的歌声太妙啦!
她讲法语很流利也非常优雅,
是从斯特拉特福学来的腔调,③　　　125
因为巴黎的法语她从未听到。
她餐桌上的礼仪学得很到家,
既不让食物从她嘴唇间掉下,

---

① 克里斯托弗是林中居民的保护神,这护林人出身的乡勇佩戴其像章作为护身符。
② 圣罗伊是法国名称,即时尚守护神圣埃利希乌斯。他原是6世纪末一金银匠的徒弟,后成为珐琅工艺奠基人。据说他曾拒绝发誓,所以他发的誓算不上是誓。
③ 这是指鲍河边的斯特拉特福,该地在伦敦以东两英里,有一座女修道院。当时英国上流社会懂法语,但讲起来常带英国口音。

手指也从来不会蘸到调味汁;
她小心翼翼把食物送到嘴里, 130
绝不让一点一滴往她胸前掉,
因为讲礼仪是她最大的爱好。
她在用餐时好一派得体举止,
尽管举起了杯子喝过好多次,
杯沿上丝毫没有油腻的唇印, 135
而她上嘴唇总擦得干干净净。
的确,她是风度翩翩的人物,
端庄中透出亲切,看了舒服;
她着力模仿宫廷中那种气派,
一举一动都显出高贵的气概, 140
这样就理当受到大家的尊敬。
要说到那种仁厚温柔的感情,
她是满腔慈悲,一肚子好心肠。
只要看到老鼠夹住在捕机上
死去或流血,她就会满面泪流。 145
她养几条小狗,给它们喂烤肉,
也喂牛奶或昂贵的精白面包。
如果这些小狗中有一只死掉
或挨了人家抽打,她会哭不停;
因为有一腔柔肠,有一颗善心。 150
她修女的头巾折得恰到好处,
鼻子匀称,亮如玻璃的灰眼珠,①
一张小小的嘴又红艳又娇柔,
说真的,她还有个白净额头——
我相信这额头几乎有一拃宽, 155

---

① 古时西方人认为灰色眼珠最美,而小嘴和宽额头也是传奇中美女的必要条件。

而她的身高完全如常人一般。
我还注意到她斗篷做工地道;
手臂上有一串珊瑚念珠环绕,
中间有一些绿色的饰珠相隔;①
这串念珠上有个金胸针闪烁——　　　　　　160
上有加王冠标记的 A 字大写,
后面是句拉丁语:*爱战胜一切*。

给她当秘书的**修女**在她左右,
还有另三位教士同她一起走。②

这是一位十分体面的**修道士**,　　　　　　165
很有气概,可当小寺院住持;
眼下掌管隐修院的院外产业。
他马厩中既多骏马也爱行猎,③
骑着马外出时人们就能听到
他马具上的铃铛在风中晃摇,　　　　　　170
他那铃铛的声音清脆又响亮,
同他主持的小教堂钟声相当。
至于圣马乌鲁斯或者圣本笃④
定下的那些规矩,陈旧又严酷,

---

① 饰珠又称祈祷珠,在一串念珠中颗粒较大,通常隔十颗念珠就有一颗。信徒拨弄到这颗大珠,便重复背诵主祷文。这也是天主教徒念诵"玫瑰经"的虔修方式,即反复数算念珠祈祷。
② 三位教士中的两位可指下面的修道士和托钵修士,否则朝圣者将是三十一人。
③ 打猎是贵族的运动,修道士是不应当打猎的,也不应当养马和讲究穿着。
④ 本笃一译本尼迪克特(480?—547?),意大利人,是天主教隐修制度和本笃会的创始人,创办了意大利卡西诺山隐修院。他为修道士制订的守则包括参加体力劳动、在院中隐修等。1964 年,教皇保罗六世(1897—1978)宣布其为全欧洲的主保圣人。马乌鲁斯是其弟子,将 529 年创建的本笃会引入法国。

他就让陈旧过时的东西淘汰, 175
就按当今的时尚过起日子来。
有的条文说打猎者灵魂肮脏,
说修士如果不注意遵守规章,
也就无异于完全脱离修道院,
这就像一条鱼已经同水无缘—— 180
他认为这种话不值一个牡蛎,
认为那条文不值拔光毛的鸡。
依我说,他这种想法理由充足。
凭什么得在修院里死啃经书?
那样的钻研让他钻研得发疯。 185

干吗照圣奥古斯丁的话做人?①
动手劳作对世人能有什么用?
圣奥古斯丁不妨自己去劳动!
所以这修士自然是骑手猎手,
饲养着同鸟一样飞快的猎狗; 190
他唯一的爱好就是骑上快马
把野兔追猎,为此他不惜代价。②
我看他袖口镶着灰鼠的毛皮,
那种毛皮的质量全国数第一;
为了在颏下扣住他戴的兜帽, 195
那里有个金别针做工很精巧——
别针大的一头还有个同心结。
他谢顶的头颅玻璃那样光洁,

---

① 这位圣奥古斯丁(?—605/606)指罗马本笃会圣安德烈隐修院院长,也要求修士参加体力劳动。他597年率传教团到英格兰,使当地人皈依基督教,同年任英格兰坎特伯雷首任大主教,又称坎特伯雷的圣奥古斯丁。
② 野兔是好色的象征,行猎(168行)可有猎艳意,骑马也有双关意。

面庞也如此，抹了油显得很亮。
他这位富态的老爷相貌堂堂； 200
明亮的眼睛滴溜溜转得灵活，
就像是锅子底下炉膛里的火；
他皮靴柔软，坐骑非同一般。
这高级教士确实非常地体面；
他绝不苍白，绝非消瘦的饿鬼。 205
烤熟的肥天鹅最合他的口味。
他的坐骑和顺，毛色如栗子。

这是位寻欢作乐的**托钵修士**，①
特许在一定区域内化缘行乞。
他很庄重，四个托钵修士会里，② 210
没人比他会东扯西拉讲好话。
他先后帮很多年轻女子出嫁，
所有的花费由他掏腰包付账。③
在教团里面，他是高贵的栋梁，
在他活动的地区，那些小地主 215
喜欢他这个人物并同他相熟，
城里的有钱女人也同样如此；
因为据他自己说，他当忏悔师
比教区里的其他教士更适宜，

---

① 托钵修道初起时动机很好，修士发誓安于贫穷，放弃个人财产，化缘所得除维持生存，应周济贫民和病家。但到乔叟时代，事情已变质，托钵修士受广泛讽刺和抨击。
② 四个托钵修士会包括多明我会（黑托钵修士）、方济各会（灰托钵修士）、加尔默罗会（白托钵修士）和奥古斯丁修士会（又称奥斯丁修士，也穿黑衣），其中前两种最为人熟知。
③ 这一行暗示他早先曾勾引了她们。

因为他得到批准,有这权利。① 220
他在听人家忏悔时十分和蔼,
赦免人家罪孽时更令人愉快:
只要他指望能获得捐物捐款,
那么同意人家的悔罪并不难——
因为肯向贫苦的教士团施舍, 225
表明那人已悔罪,该得到宽赦;
谁奉献了,托钵修士就敢发誓,
说他知道,这人对悔罪有认识;
因为许多人心肠很硬不会哭,
尽管罪孽使他们感到很痛苦。 230
所以人们可以不祈祷不哭泣,
但要向托钵修士捐钱做代替。
他的圣带里塞着小刀和别针,
为的是送给年轻的漂亮女人。
他的确有着令人愉快的嗓音, 235
既善于歌唱又弹得一手好琴;
说到吟诵谣曲,夺标的准是他。
他颈项洁白,白得就像百合花;②
但他强壮得就像角斗士一样。
他熟悉每个城镇的饭馆酒庄, 240
熟悉客店老板和侍女远胜过
熟悉女乞丐或者麻风病患者;
因为他这人值得尊敬,有身份,
怎能去结识生了麻风病的人?
这对他这样的人物既不妥当, 245

---

① 托钵修士可以赦免有些重罪,而教区教士则无此权限,需由主教处理。总的来说,对托钵修士的这种授权侵害了当地教区的权利。
② 此行暗示此人好色。

也不体面;同这些可怜人交往
不可能给他带来任何的好处。
但是对于那些粮食商、富裕户——
总之,在一切能有好处的地方,
他谦逊有礼,乐于给人家帮忙。① 250
再也找不出一个人比他更行。
全教团数他最有乞讨的本领;
[他付了一笔费用才得到特许, 252a
他的同道才不得进他这区域;]② 252b
哪怕是寡妇穷得鞋也穿不起,
但只要他说"太初"向人家致意,③
临走前总是要拿几文钱施舍。 255
他的收入比正当收入多得多。
他能够像小狗那样胡闹一通,
而在裁定日他要起很大作用:④
这时他不像住修道院的修士,
不像穿着陈旧大氅的穷学士, 260
倒像是一位硕士或教皇大人,⑤
穿着精纺细织的双幅短斗篷——
圆滚滚的像钟刚出铸模那样。
他咬着舌尖说话,作调拿腔,⑥
要让他说出的英语甜美动听; 265

---

① 这一句的原文曾用于扈从(见99行)。
② 这两行在有的版本中不计行数。
③ 托钵修士向人打招呼时,常用《新约全书·约翰福音》第1章第1节的拉丁文经文的开头部分,汉语意译为"太初有道……"。
④ 裁定日指在法院外解决纠纷的日子,这时托钵修士常当仲裁者。
⑤ 当时的硕士有很大特权。
⑥ 也即把s,z等音发成th音,如把sing念成thing。这样发音就像238行中的"颈项洁白"一样,也暗示此人好色。

他唱罢歌曲,随即弹起竖琴,
他的双眼在眼眶里忽闪忽闪,
正像星星在一个霜冻的夜晚。
这可敬的托钵修士名叫休柏。

这是**商人**,胡须半朝右半朝左,① 270
身穿花布衣,骑在马上很高傲;
头上戴的是佛兰德斯水獭帽,
他的靴子扣得又牢靠又美观。
发表见解时他的神情很庄严,
关心的却是如何能增加利润。 275
他认为应不惜一切代价保证
米德尔堡和奥威尔间的航线。②
他会炒卖外汇,用外币赚钱。③
这可敬的人善于用他那天分,
没有人知道他还有债务在身; 280
尽管他又做买卖又向人借债,
但他的言谈举止相当有气派。
不管怎么讲,这的确是个人物,
但是说实话,他大名我没记住。

这里的一位是牛津来的**学人**,④ 285
多年来他学习逻辑这门学问。

---

① 当时市民中流行这样式,乔叟本人也留这种胡子。
② 米德尔堡是中世纪兴旺的商业城镇,现为南荷兰省省会。奥威尔一译奥韦尔,在奥威尔河口,是英格兰萨福克郡的北海港口。这条羊毛贸易的航线曾受海盗威胁。
③ 私下买卖外币在当时是非法的。
④ 这是位学生,以后当教士。

他的马瘦骨嶙峋像草耙一样，
而他呀我得说丝毫不算肥胖，
恰恰相反，看来消瘦又严肃。
他的短外套早就是经纬毕露， 290
因为到目前不曾拿到过薪水——
不够世故就得不到教会职位。①
他不爱提琴、竖琴或华丽衣服，
宁可在床头放上二十来本书——②
书中的哲学出自亚里士多德， 295
书外的封皮做成黑色或红色。
他对哲学或炼金术虽然精通，
但是钱箱里没黄金供他使用；
从亲友那里得到的所有接济，
他已经全部用于学习和书籍。 300
对于给他钱、支持他学习的人，
他热心祈祷，祝福他们的灵魂。
他的心思主要都用在学习上，
不是必要的话一个字也不讲，
讲起来正儿八经，提纲挈领， 305
内容丰富精到，又十分生动。
他的讲话总符合道德和道义，
他爱做的事就是施教与学习。

这是审慎又明智的**高级律师**，③

---

① 当时牛津读书人的出路就是担任教职。
② 二十本书在当时很可观，大致可值伦敦一栋房子，当然他没那么多书。乔叟本人约有六十本书，甚至比当时牛津、剑桥的一些学院藏书还多——可见乔叟之富裕。
③ 这样的高级律师由国王指定，全英国约二十位，在律师行业中级别最高，常当法官。

时常被请去圣保罗教堂议事，①   310
在那里也同样显得非同凡响。
他颇有远见，举止庄重大方——
至少看来这样；他语言精练，
凭国王书面任命并赋有全权，
常坐在巡回法庭的法官座上。   315
他的学识、经验和崇高声望
赢得了许多华贵袍服和赏金。②
在购置地产上没人比他精明：
买的总是不带限制的所有权，
他的合同不会有失效的危险。   320
世界上没有人像他那样忙碌，
而看来他比实际上更要忙碌。
从威廉一世以来的每件案例③
和判决结果都在他心中牢记。
他善于起草契约和法律文件，   325
没人能从中找到漏洞和缺陷；
每一条法令法规他记得清楚。
他骑在马上，杂色外套很朴素，
腰里系着带条纹的丝绸带子——
关于他穿着，讲到这里为止。   330

有个平民身份的**地主**陪着他。④
他胡须白得像雏菊开出的花；

---

① 当时的律师常受邀到这大教堂的门廊里商讨事情。
② 这种华贵袍服可作为支付形式，国王常以此赏赐臣下。
③ 威廉一世（1028？—1087）为诺曼人，十五岁在其公爵领地执政，1066年渡海打败英王，成为英格兰国王，把朝政交给主教掌握，并任命老友弗兰克为坎特伯雷大主教。
④ 这是乡绅的前身，有较高社会地位。

看他的性格气质属于多血质，①
爱在早上拿面包浸酒一起吃。
他向来的宗旨就是活得开心， 335
因为伊壁鸠鲁的哲学他相信；②
他所持的观点是，纯粹的欢快
就是完美的幸福，真切又实在。
他家产很大，而他是一家之主，
是家乡一带款待客人的圣徒。 340
他的面包和啤酒质量第一流，
没有谁藏有他那么多的好酒。
在他的家里总备有大量菜肴，
鱼呀肉呀这一类东西真不少——
他家的酒菜多得像雪片一样， 345
各种各样的美味你可以想象。
一年里四个季节不断在改变，
他随之提供不同的午餐晚宴。
他的笼子里养着许多肥鹧鸪，
鱼塘中鲤鱼和狗鱼不计其数。 350
要是酱汁不够味，餐具不齐备，
他家的那个厨师可就得倒霉。
他总把一张餐桌放在大厅里，③
整天摆满了供人享用的东西。
治安法官开庭时他主持法庭， 355

---

① 中世纪生理学认为，四种体液对人的健康和性情有决定作用，即血液、黏液、胆汁、忧郁液，形成多血质、黏液质、胆汁质、忧郁质"体质"。多血质意味着体内血液相对其它三种体液居主导地位，这种人的性格乐观、大胆、爽直、友好。
② 伊壁鸠鲁（公元前341—前274）是古希腊哲学家，据说他主张人生要追求幸福。
③ 餐桌通常在餐后撤掉。

又多次出席议会,代表他那郡。
他的腰带白得像早晨的牛奶,
挂有双刃匕首和缎子的钱袋。
他曾当过本郡税务官和郡长,
哪里的平民地主有如此风光! 360

一起赶路的,还有**服饰用品商、
织工、染坊主、织毯师傅和木匠**——
他们穿的是制服,特点很明显,
因为是一个重要行会的成员。
他们的用品装点得光鲜别致, 365
就连佩刀也不用黄铜来装饰,
而是用白银;那些腰带和钱袋
做工精致又细巧,样样都精彩。
这些生意人看来个个都神气,
坐在行会高座上可以当主席。① 370
这些城里人凭着本事和才智,
当个行会会长或官员很合适。
他们既有足够的财产和收益,
要去这样做,妻子自然乐意;
不去这样做,反要受到埋怨。 375
毕竟被称作"夫人"是美妙体验,
尤其节日在教堂中走在前头,
斗篷被恭敬地捧着像是王后。

他们为这次旅行还带着**厨师**,
要他把又香又甜的佐料调制, 380

---

① 在当时担任这种职务需要相当的财产。

再加上髓骨和姜末把鸡烧煮。
伦敦的酒尝一尝他就能辨出。
他能烤会烧，善于煎炒善于煨，
做的杂烩浓汤和馅饼是美味。
但是我想他有个不幸的地方，   385
就是在小腿上长着一处恶疮。
但是他做的奶油冻滋味最鲜。

这位是**船长**，家在遥远的西边；
据我所知，是来自达特茅斯港。①
他正尽力骑稳在一匹驽马上。   390
粗呢的长袍子垂到他的膝头，
颈子上有根带子悬挂着匕首——
带子很长，悬挂到手臂下面。
炎炎夏日晒黑了他的那张脸；
他是好伙伴，可以肯定地讲。   395
他从波尔多来的那一段路上，
趁酒商睡觉，偷喝了许多好酒。
至于良心的不安，他倒不会有。
要是人家同他打，败在他手下，
就把人丢进了海里，送回老家。   400
但说到他本领，比如计算潮位
和流速，判断有无危险在周围，
还有进港、看月相和海上航行——
从赫尔到卡塔赫纳数他最精。②
他冒起险来胆子又大心又细，   405

---

① 达特茅斯港在英格兰西南方的德文郡，当时这里的船只常参加海盗活动。
② 赫尔为英国约克郡海港，卡塔赫纳为西班牙东海岸良港。卡塔赫纳（Cartagena）原文为Cartage，也可指突尼斯的迦太基（Carthage）。

胡子一把受多少暴风雨洗礼。
从哥得兰起,到菲尼斯泰尔角,①
沿途所有的港口,他全都知道;
布列塔尼和西班牙的每条河②
他都熟悉;他的船名叫玛格德。③   410

与我们同行的还有一位**医生**;
在这整个世界上没有一个人
能在内科外科上同他比一比,
因为他有占星学方面的根底。
很大程度上,他给病人诊治   415
就凭他那种占星知识和天时。
他会算什么时候病家那颗星
升入星位,就进行驱邪治病。
他知道引发各种疾患的病根,
无论是热症冷症或湿症干症,   420
他知道病的类型和病的缘起。④
可真是一位全面的开业良医:
只要清楚了病的起因和性质,
他就会毫不耽搁为病人医治。
他的药剂师也可谓一叫就应,   425
立刻会送来内服外用的药品,
因为他们俩早就建立了友谊,

---

① 哥得兰一译果特兰,是波罗的海的岛名,现为瑞典一省。菲尼斯泰尔为法国西北部省份,濒英吉利海峡。
② 布列塔尼是法国古省和公爵领地,约相当于如今的菲尼斯泰尔。
③ 14世纪后期,一个名叫 Peter Risshenden 的达特茅斯船长可能是此人原型。
④ 古代医学理论认为,人的体液分四种类型:血质型(热与湿)、痰质型(冷与湿)、胆质型(热与干)、郁质型(冷与干)。健康的必要条件是各方面的平衡。

这样我帮你、你帮我彼此有利。
他熟悉古代的埃斯库拉别斯，①
也熟悉刁斯科里斯和鲁弗斯，②   430
还有希波克拉底、哈里和加伦，③
拉齐兹、阿维森纳和塞拉匹恩，④
阿威罗依、达马辛与康士坦丁，⑤
伯纳德、吉尔伯特与加台斯廷。⑥
在饮食方面他也非常有节制，   435
只要吃了有点饱就不肯多吃——
既注意容易消化又要营养好；
而在研读《圣经》上花的时间少。
他的衣服颜色是大红和灰蓝，
那衬里不是塔夫绸就是软缎。   440
不过在花钱方面他相当节俭，
至今还存着瘟疫时期挣的钱。⑦
黄金作为药既然能当强心剂，⑧

---

① 埃斯库拉别斯是传说中的医药之神和希腊医药之父。
② 刁斯科里斯（40？—90？）是希腊医生兼药理学家，所著《药物论》沿用了十六个世纪。鲁弗斯（Rufus）不详。
③ 希波克拉底（公元前460？—前377）为古希腊医师，被称为医药之父。哈里见下面注释。加伦（129—199）为古代科学史上重要性仅次于希波克拉底的医学家。
④ 拉齐兹（850？—925？）为西班牙的阿拉伯名医。阿维森纳（980—1037）是西方尊为"最杰出医生"的波斯人。哈里与塞拉匹恩为10到11世纪阿拉伯医生兼天文家。
⑤ 阿威罗依（1126—1198）是12世纪摩洛哥的摩尔人医学作家。这行中其他两位待查。
⑥ 伯纳德似指Scotch Bernard，活动于1300年前后，是中世纪著名的法国蒙彼利埃大学医学院教授。吉尔伯特（Gilbertyn）似指Gilbertus Magnus，是活动于13世纪中叶的英国医书作者，据说当过蒙彼利埃大学校长。加台斯廷（Gatesden）似指John of Gaddesden（？—1301），是英国的医学权威，曾就学于牛津大学莫顿学院。
⑦ 英国在1348年到1376年曾多次流行鼠疫。
⑧ 中古时代有人认为金粉有药用价值，而处方中有了少量金粉，药价就很高。

他特别钟爱黄金自然有道理。

还有位**妇人**来自**巴思**附近,① 445
只可惜她那双耳朵有点重听。
她织布织呢的手艺极其娴熟,
超过伊普尔、根特的纺织好手。②
在她那教区,教堂里任何妇女
想在她前面奉献,她绝不允许; 450
若有谁这么干,她准大发脾气,
而她发起脾气来就不留余地。
她的头巾是质地细密的料子,
我敢发誓,随便哪个星期日,
她头上戴的东西准有十磅重! 455
她牢牢系着的长袜颜色鲜红,
穿的一双新鞋子皮质很柔软。
她红润的面孔好看却又大胆,
作为女人,她一生值得羡慕:
在教堂门口,嫁过五个丈夫,③ 460
年轻时的相好还不包括在内——
但现在不提这点倒也无所谓。
耶路撒冷那地方她三次去过,
渡过多少陌生的海洋与江河;
她还去过布洛涅、罗马和科隆,④ 465

---

① 巴思是英格兰西南部城市,以温泉著称,当时有一纺织中心在其郊外。
② 伊普尔在现比利时西佛兰德省,是中世纪重要纺织中心。根特是比利时最古老城市之一。两者都是羊毛贸易中心。
③ 中世纪的人在教堂门前举行结婚仪式,然后一对新人去圣坛前参加弥撒。
④ 布洛涅在现法国北部加莱海峡省,与罗马和科隆一样都是中世纪后期的著名朝圣地。

去过加利西亚圣詹姆斯朝圣。①
她能够说出很多漫游和交游。②
但说实话,她门牙中间有豁口。③
她自在地骑着慢步行走的马,
帽子的宽度竟有盾牌那么大,   470
帽子外面还仔细兜一条头巾;
她的肥臀外穿着骑马的罩裙,
脚跟上还有尖利的马刺一副。
同人们一道她总能谈笑自如。
对于相思病她自有办法治疗,   475
因为这方面的诀窍她全知道。

这位好人是贫穷的宗教人士,
作为**堂区长**管着教区里的事,④
但是不乏圣洁的思想和作为。
他是饱学之士,任职于教会,   480
真心实意地宣讲基督的福音,
热诚地教导他教区里的教民。
他出奇地勤奋又加满心仁爱,
而如果身处逆境则善于忍耐——
很多实例已证明他是这种人。   485
不向他交什一税,他也不肯⑤
把人逐出教门,却毫不迟疑
动用收到的捐款和自己收益,

---

① 加利西亚是当时西班牙西北部地区名。
② 这一行显然有弦外之音。
③ 这在当时被认为是淫荡而放肆的象征。
④ 堂区长是堂区(或教区)的负责教士。
⑤ 向教会交纳十分之一收入是当时的法定义务。

在他周围的教民中扶贫济苦。
他自己所求甚少,容易满足。 490
他的教区地域广,房屋分散,
但是他不管下雨或雷轰电闪,
也不怕辛苦麻烦或自己生病,
总拄根拐杖去走访他的教民,
哪怕是住得最远的富户贫家。 495
这就给教区百姓把榜样立下:
就是先拿出行动然后再教导。
他从《福音书》引来这个训条,①
又用比喻加上了这样一句话:
黄金锈掉,铁还有什么办法? 500
因为我们信赖的教士若腐败,
那么无知者的腐化不足为怪;
以教士而言,最为可耻的事情
便是牧羊人肮脏而羊群干净!②
教士要以自己的纯洁做榜样, 505
让教民知道怎样生活才正当。
他可不能把圣职租借给别人,
让他的羊群陷在泥潭里受困,
自己却去伦敦圣保罗大教堂,
去为施主们超度亡魂而领赏, 510
或去另找门路,受雇于行会;
他应当留在家里把羊圈守卫,
让他的羊群不会遭恶狼袭击;
他的本分是牧羊不是做生意。

---

① 《新约全书》中有《马太福音》《马可福音》《路加福音》《约翰福音》,合称"四福音书"。
② 基督教常把神职人员与教民的关系比喻为牧羊人与羊群的关系。

堂区长自己为人圣洁又高尚,　　　　　　　　515
而对待罪人并不是冷眼相向,
出言吐语也并不骄矜和倨傲,
而是苦口婆心地教诲和劝导。
他抱定宗旨,要引人们进天堂,
用的是他的善行、他的好榜样。　　　　　　520
但如果有人偏偏就顽固不化,
那么他就会把这人狠狠责骂——
不管这人的地位高贵或低微。
我想这种好教士只有这一位。
他并不汲汲于追求浮华尊荣,　　　　　　　　525
不摆出一副特有道德的尊容,
只讲基督和十二门徒的教导,
而这些教导他自己首先做到。

他有个**庄稼汉**兄弟一路作陪,
这兄弟拉过好多好多车厩肥;　　　　　　　　530
他是个老实巴交的干活好手,
生活平和安宁,对人也宽厚。
任何时候,不管高兴或悲戚,
他总是全心全意地敬爱上帝——
其次爱邻人,像爱自己一样。①　　　　　　535
为了基督,他乐于给穷人帮忙;
只要是力所能及,为他们挖沟,
为他们打麦掘地,都不要报酬。
他规规矩矩,按照财产和收益

---

① 这实际上是基督的两条诫命,可参看《新约全书·马太福音》第22章第37—40节。

交纳税金，按十分之一的比例。　　　　　　540
他身穿无袖工作衣，骑着母马。①

此外就剩下**磨坊主、差役、管家、
伙房采购**和**卖赎罪券的家伙**，
再也没有别人——只除了一个我。

磨坊主的确是个强壮的汉子；　　　　　　545
他骨骼又粗又大，肌肉结实——
证明是：任哪里举行摔跤比赛，
他只要参加，总能把羊赢回来。②
这个壮实的家伙肩宽头颈粗，
用头撞门一下子能破门而入，　　　　　　550
把门从铰链上卸下轻而易举。
他留着宽得像是铁铲的胡须，
红得像母猪、狐狸的胡子一样。
他长着一个瘊子，正在鼻尖上，
而这肉赘上长的毛颜色很红，　　　　　　555
跟母猪耳朵的毛色没有不同；
他的两个鼻孔又是黑又是大。③
身子的一旁也有剑和盾佩挂。
他的嘴巴像一个巨大的炉子，
能说粗俗的笑话、下流的故事，　　　　　　560
讲的东西大多是丑事和犯罪。
他惯会偷麦，偷的是挣的两倍；

---

① 骑母马的多半是穷人。
② 当时摔跤比赛优胜者的奖品通常是一头公羊。
③ 根据中世纪的相术，这里对磨坊主的描述表明此人喧嚣、好色、无耻。

居然也有"金拇指"这种外号。①
他身穿白上衣,头戴蓝色兜帽;
他能熟练地为我们吹奏风笛,② 565
边吹边带着我们朝城外走去。

这是法学院和蔼的**伙房采购**,
搞采办的人可以向他学一手,
学他采购食品时的精打细算,
因为不管是记账还是付现款, 570
他买东西的时候总十分注意,
以便在交易中占到一些便宜。
凭他这样没有文化的鬼脑筋
竟然能够比大堆学子还聪明,
难道不是上帝恩典的好例子? 575
他的主子数目三十位还不止,
个个是精明能干的法律专家,③
有资格当大管家的总有一打,
足以去英格兰任何贵族家里,
为他们主子管理田地和收益, 580
使之凭自己的资财体面度日
而没有债务(除非自己发痴),
或按他希望的那样过得简朴——
无论发生怎样的灾难或变故,
这些人都有帮助全郡的能力—— 585
但这个伙房采购占他们便宜!

---

① 当时有谚语:诚实的磨坊主有个"金拇指"。这是反话,意谓磨坊主没有诚实的。
② 中世纪的风笛通常只有一根笛管。
③ 这些法学院学生多为贵族子弟,能以法律知识维护自己的继承权。

这**管家**身子很瘦而火气很大,①
有个胡子刮得很干净的下巴;
他的头发齐耳朵短短剪一圈,
头顶前像教士那样剃得很短。② 590
他的双腿相当长却又相当瘦,
细得像棍子,小腿后面不见肉。
他有能力管理好粮囤和谷仓,
没有查账人能挑他毛病领赏。
根据干旱或雨水,他能够计算 595
他的种子和谷粒有多少出产。
主人的猪马牛羊和奶酪作坊,
东家的储藏还有家禽的饲养,
完全由这位管家一个人掌管。
根据合约,主人二十岁一满, 600
他就向东家提供有关的账目,
没有人能说这方面他有延误。
那些牛倌、家仆和农庄管事
在他的跟前个个都怕得要死,
因为伎俩和花招都骗不过他。 605
他在牧场上有个很舒适的家,
那地方掩映在一排绿树荫里。
他买房地产总比他主子便宜;
私下里已积起相当一笔财产。
他手段高明,会讨主子喜欢: 610
拿主子东西借给或送给主子,

---

① 这样的外形表明其属于胆汁质,这种人狡猾而易怒。
② 短发表明地位低下,通常由农奴中挑选出来,为主人管理农庄等。

居然要谢他,还有衣帽赏赐。
他年轻时候学过一门好手艺,
学的是木匠,活儿做得很精细。
他骑的一匹灰公马毛色斑驳, 615
这匹农家的好马名叫司各特。
他穿深蓝色长长的外套一件,
身边挂一把锈迹斑斑的长剑。
我说这位管家来自诺福克郡,
靠近一个叫鲍兹威尔的小镇。 620
他撩起的外套塞在腰的四周
像托钵修士,他的马总在最后。①

我们这一行人里还有个**差役**,②
火红的脸如同是画中的天使。
他眼睛细小,长着一脸小脓包,③ 625
那种激动和好色活像是小鸟。
他胡子稀疏,黑眉毛上结着痂——④
孩子们见了这张脸,个个害怕。
无论是什么水银、硼砂或硫磺,
还是什么酒石油、铅白或铅黄, 630
反正任何一种清洁剂、收敛膏
不能治好他脸上那些小脓包,
甚至对脸上那些肿块也没用。
他不但爱吃韭葱、大蒜和洋葱,⑤

---

① 走在最后,就可以观察队伍中的每个人。
② 这是教会法庭的差役,专事传唤违犯教规者到庭。对婚姻和道德方面的违规行为,该庭有权在普通法之外惩罚。
③ 眼睛细小是因为眼皮有点肿。
④ 看来他患的是痤疮或脱毛症类皮肤病,但中世纪时归于麻风病一类。
⑤ 对当时知识界而言,这些对皮肤病有影响的植物象征道德沦丧。

还非常爱喝红得像血的烈酒。 635
待到这种酒喝了个痛快之后,
就又说又叫像是疯了的一样——
甚至只讲拉丁语,别的不讲。
他会说的拉丁词不过两三个,
无非是从教会的教令里学得—— 640
这并不奇怪,因为整天听到它;
你们当然也清楚,就算是松鸦
也把"沃尔特"说得教皇那样好。①
但是若有人想要把他考一考,
那么他这种知识马上就露底, 645
他会叫道"Questio quid iuris"。②
这个无赖也算心地好,人厚道;
比他更好的家伙倒是难找到。
哪怕你养了整整一年小老婆,
只消给他一杯酒,他轻轻放过, 650
对你的好事再不加理会,因为,
私下里他也犯偷鸡摸狗的罪。
要是他在哪里找到个好朋友,
就会教导这人,根据其案由,
不用怕被领班神父开除教籍,③ 655
除非他的灵魂装在了钱袋里;
因为在钱袋里就会从重发落。
"钱袋是领班神父的地狱。"他说。

---

① 当时常教松鸦学说人名"沃尔特"。
② 拉丁文,意谓"问题是,法律的哪条"。可能在有关法律的讨论中常用到这话,他听熟了,但当然不懂什么意思。
③ 领班神父是主教主要助手,权较大,负责一地的教会法庭,这差役就在这法庭当差。

然而我非常清楚他是在骗人：
罪人都应当害怕被革出教门—— 660
这是死路，正如蒙赦是获救——①
还为可能被送进监狱而担忧。②
他在他那主教管辖的教区中，
让一些年轻女人听他的操纵，
他知道她们隐私，做她们顾问。 665
他给自己戴上的花环大得很，
足以用在酒店的门口做店招；
他的盾牌竟然是硕大的面包。

有个**卖赎罪券的**同他一起走，③
是他若望西伐的旅伴和朋友，④ 670
这来自罗马教廷的人高声唱：
"亲爱的，请你快快来到我身旁！"⑤
差役强有力的低音与之相伴，
任何喇叭的声响不及他一半。
这个卖券人的头发黄得像蜡， 675
光滑的鬈鬈的像是一团亚麻——
他这头鬈发下面一绺又一绺，
他就随意让它们披散在肩头，

---

① 被革出教门意味着灵魂死亡，而得到赦免意味着灵魂获救。
② 教会法庭审结后，主教有可能签署文件将罪人移交民事当局执行监禁等。
③ 14世纪时，教会为修建教堂、大学、医院等，发行赎罪券，由低级教士或俗人敦促教徒购买，以求宽宥罪过，结果流弊丛生，骗子浑水摸鱼，招致猛烈抨击。事实上，卖赎罪券的人有规定，例如不得进酒店，不得穿与身份不符的法衣，不得出示假圣物，不经准许不得讲道，等。
④ 若望西伐是伦敦市中心查克罗斯附近一医院名，这里卖赎罪券的人经常受抨击。同差役一起走，是因为卖赎罪券的人进入某教区，须该地领班神父同意。
⑤ 这可能是通俗歌曲中的词句。

一小缕一小缕显得稀稀拉拉。
他没戴兜帽，为了看来潇洒， 680
所以那兜帽已被放进行囊里。
他觉得这骑马样子最合时宜：
头发披散着，光戴小便帽一顶。
他目光闪烁就像野兔的眼睛。
维罗尼卡汗巾缝缀在便帽上，① 685
身前的马鞍上放着他的行囊——
满是刚从罗马带来的赎罪券。
他嗓音像是山羊叫，又细又尖。
他没有胡子，看来永远不会长；
光洁的脸就像刚刮过的那样—— 690
我相信他不是骟马就是牝马。
说到骟，这种卖赎罪券的行家，
从贝里克到韦尔没有第二位。②
因为他还有枕套放在行囊内，
他说原先这是圣母的遮面布； 695
他说他还拥有圣彼得的遗物，③
是其航海时用过的船帆碎片——
直用到耶稣基督来把他召唤；
还有黄铜十字架，镶石子几粒；
还有猪骨头，装在玻璃瓶子里。 700
凭这些所谓"圣物"，无论何时

---

① 据说耶稣背十字架去髑髅地，遇到名叫维罗尼卡的女子用汗巾为他擦脸，其面像就留在汗巾上，后来泛指有耶稣面像的织物，原件据说保存在罗马。用这种汗巾是曾去罗马朝圣的标志。
② 贝里克是苏格兰郡名，隔特威德河与英格兰相望；韦尔是英格兰赫特福德郡一城镇，在大伦敦北侧。从贝里克到韦尔意谓全英格兰。
③ 圣彼得（？—67？）也是《圣经》中的人物，原为耶稣的十二使徒之一，耶稣死后，他是众使徒之首，后在罗马殉教。

在乡间遇上一位贫穷的教士,
那么他在一天里搞到的钱财
教士花上两个月也挣不进来。
就这样,凭着花招和胡吹乱捧, 705
他把教士和众多的百姓糊弄。
但最后还得为他说句公道话,
教会里的优秀教士还得数他。
念经文讲圣经故事,他都在行,
尤其是奉献时候的那种歌唱; 710
因为他知道唱了这曲子之后,
就得讲道,就得努力用舌头
去挣钱,这方面他能做得很好;
所以他唱得既高兴,嗓门也高。

现在我已经简要地告诉你们 715
这批香客的人数、衣着和身份,
也说了他们为什么来到这里,
在萨瑟克的这家好旅店聚集——
这泰巴旅店离贝尔客栈很近。
讲了这些,我要再告诉你们: 720
我们在这家旅店下了马以后,
那晚做了什么,如何过一宿;
随后还要讲一讲我们的旅行
和这次朝圣的其它种种情形。
但首先我要请你们宽宏大量, 725
不要怪我讲的话粗俗或肮脏,
因为我要在这方面实事求是,
向你们介绍他们的言谈举止,
有时甚至把他们的原话重复。

其实呢,你们同我一样清楚, 730
无论是谁,要复述别人故事,
就得尽量复述原话的每个字——
越接近越好,只要有这能力,
哪怕说这样的话放肆又粗鄙——
不然他就歪曲了原来的故事, 735
或是生出新枝节,用了新词。
哪怕是兄弟,他也容不得更改,
必须同样一字又一字说出来。
《圣经》里面基督的话很朴素,
而你们知道,这完全不是粗俗。 740
柏拉图也说(他的读者都赞同)
语言和行动必须是一对弟兄。
除此之外,还要请你们原谅,
如果人物的身份和地位状况
没能在叙述中得到恰当表现—— 745
请你们理解,因为我智力有限。

旅店主人让每个人感到自在,
很快为我们备下了上好饭菜,
安排大家入座后就开始晚餐。
他的酒很凶,我们喝得很欢。 750
我们这**店主**的确长得很帅气,
完全能在盛大宴会上当司仪。
他身材魁梧,大眼睛炯炯有神,
是全契普赛德最体面的市民。[①]
他说话爽快明智,很有文化, 755

---

① 契普赛德现为伦敦城东西向大道,中世纪时是商业大街,多豪华建筑和教堂。

男子汉的气概一点也不缺乏。
除了这些,他倒真是快活人;
晚餐之后便开始了说笑打诨,
说了些趣事让大家听得欢畅——
这时我们都已经付钱结了账。 760
他接着说道:"各位贵客的光临,
说真的,我全心全意表示欢迎;
我担保我讲的话句句是真言:
这么一群快活人同时来小店,
如今这年头还没见过这情形。 765
只要可能,总要让你们高兴;
而眼下我已想好了一种消遣,
可以让你们快乐却不必花钱。

"愿上帝保佑你们去坎特伯雷;
愿那登天的圣徒赐你们恩惠! 770
我知道,这么骑着马一路过去,
你们要讲讲故事,要找些乐趣;
说真的,若像石头一样不出声,
光是骑着马赶路该有多沉闷!
所以我希望你们能有些乐趣, 775
像我刚说的那样让你们欢愉。
如果对我所做的判断和建议
你们没有人反对而一致同意,
如果明天大家骑上了马出发,
愿意按我下面讲的去做的话, 780
那么我凭着先父的在天之灵,
以脑袋保证你们一路上高兴!
这就不说了,大家先举手看看。"

要我们做决定不用很长时间；
我们觉得这件事不用多商量，   785
没怎么讨论就同意他的主张，
要他介绍一下他心中的主意。
他说："各位贵客，请你们听仔细，
千万别把我的话不当一回事。
简明扼要地说，我的要点是：   790
为了轻松打发旅途上的时光，
每个人在去坎特伯雷的路上
都得讲两个故事，这就是说，
在往回走的路上还得讲两个——①
要讲以前发生过的各种事件。   795
你们中间，谁能有最好表现——
我的意思是，按照我们规矩，
谁讲的故事最有意义最有趣——②
那么当大家从坎特伯雷回来，
我们每个人就出钱置备酒菜，   800
大家公请他在这地方吃晚饭。
为了让你们路上更开心舒坦，
本人乐于陪你们骑马走一回——
为你们当向导，不要你们花费；
但如果有哪位不服我的评判，   805
就得为我们路上的花费付钱。
要是你们都同意我这种设想，
立刻告诉我，话就不再多讲——

---

① 由此看来，按乔叟原来的设想，本书应当有一百二十个故事。
② 中世纪讲故事的要求，就是有意义和有趣。

我得早做准备，去收拾收拾。"

我们同意了他并开心地起誓，　　　　　　　　　810
同时也要他遵守自己的提议，
接着还要他无论如何得同意，
一路上当我们这行人的总管，
记好大家的故事并做好评判，
再对每天的晚餐定出一个价；　　　　　　　　815
而我们无论事情是小还是大，
完全听从他意见，总而言之，
大家同意：凡事要听他指示。
事情一说定便立刻拿过酒来；
我们每个人举杯喝了个痛快，① 　　　　　　820
然后不再耽搁，一个个上床。

第二天清晓，天才刚刚发亮，
店主起了身，像是报晓公鸡
叫醒我们，把我们聚在一起。
出发后，马走比步行快一点，　　　　　　　　825
不久，来到圣托马斯河河边。②
旅店主人在这里把坐骑勒停，
说道："各位贵客，你们仔细听。
我提醒大家，各位已有言在先；
要是昨晚的约定到今朝不变，　　　　　　　　830
现在就看第一个故事谁来讲。
正像我肯定非得要喝酒一样，

---

① 当时有睡觉前喝酒的习惯。
② 这条小河离伦敦二英里。

我定下来的规矩谁要是违背,
他肯定得付我们路上的花费。
现在我们来抽签,抽好再走; 835
抽到最短签的人就由他开头。
骑士先生,我的大老爷和贵客,
我已经决定,现在你来抽一个。"
接着他又说:"院长嬷嬷过来吧;
还有你,学士先生,别羞羞答答, 840
别再思考啦;大家都来抽一抽!"
很快,每个人都已经抽签在手。
经过的情形这里就长话短说,
反正不管是运气、命运或巧合,
事实上,这签落在了骑士手里—— 845
对这个结果,人人都感到欣喜。①
按道理,他得讲个故事给人听,
你们也知道,早已经有了约定。
所以有什么必要再多言多语?
骑士的为人明智又循规蹈矩, 850
这位好汉子看到抽签的结果,
便主动履行自愿做出的承诺。
他说:"既然由我来开始讲故事,
我欢迎这签,凭上帝之名起誓!
大家就一边走一边听我讲吧。" 855
听了这话,我们就上马出发,
随即他也面露喜色地开始讲,
所讲的内容就像下面的这样。

---

① 这群人里面,数骑士的地位最高,由他开始很合适。

骑士的故事

骑士的故事由此开始

忒修斯同西徐亚人进行了激战①
现在乘凯旋的战车驶近了祖国……
　　　　斯塔提乌斯《底比斯战纪》第十二卷 519—520②

古代的历史告诉我们一件事,
曾经有一位君主名叫忒修斯;　　　　　　　　　860
他统治雅典,是这城邦主宰,
在太阳底下,在他那个时代,
没有一位征服者比他更伟大。
他战胜许多富庶丰饶的国家;
凭着智慧和骑士的骁勇英武,　　　　　　　　　865
他曾攻占亚马孙的全部领土——③
这女人国的地域原叫西徐亚。
他娶了那里的女王希波吕塔,
满载着荣耀辉煌和无限风光,
带这位女王新娘回自己家乡——　　　　　　　　870
带来的还有女王之妹艾米莉。
在一片欢庆胜利的音乐声里,

---

① 忒修斯是希腊传说中斩妖除怪的英雄,后为雅典王并统一国家,降服亚马孙女王希波吕塔并与之生子。亚马孙人为此入侵雅典,致使希波吕塔战死忒修斯军中。西徐亚一译锡西厄,是古代欧洲东南部以黑海北岸为中心的地区。这故事取材于意大利作家薄伽丘长诗《苔塞伊达》(1339),但缩短不少。
② 两行引诗原为拉丁文,作者斯塔提乌斯(45?—96)是罗马诗人。乔叟翻译过《底比斯战纪》的一些内容,包括含以上引文的段落。
③ 亚马孙指希腊神话中一女战士族。希腊人开辟黑海一带殖民地时,那里被说成亚马孙人地区。据传英雄赫拉克勒斯曾远征亚马孙,去夺女王希波吕塔的腰带。

我让这高贵的君王驰向雅典，
让他那大队人马随同他凯旋。

真的，要不是你们听来太长， 875
我倒很愿意原原本本地讲讲：
忒修斯和他那支英勇的队伍
怎样攻取了亚马孙人的国土；
讲讲雅典人和亚马孙人之间
那场大战中惊心动魄的场面； 880
还有，西徐亚女王希波吕塔
美貌大胆，如何被包围捉拿；
还要讲讲他俩结亲时的筵席
以及回国途中遇到的暴风雨。
但现在我得避免讲那些事情； 885
天知道，大片土地要我翻耕，
但为我拉犁的耕牛并不强壮，
而我故事的其它部分还很长。
我也不愿意妨碍同路的各位，
人人该有轮流讲故事的机会， 890
让大家看看，谁能把晚餐赢取。
在哪里扯开，我还在哪里继续。

且说我刚才提到的这位君王
满载荣誉，一路上意气昂扬，
这时候已快抵达城门的跟前， 895
他眼光边上一看，陡然发现：
那条大路上聚集着大群妇女，
一色黑衣，前前后后很整齐，
两个两个地全部跪倒在地上。

40

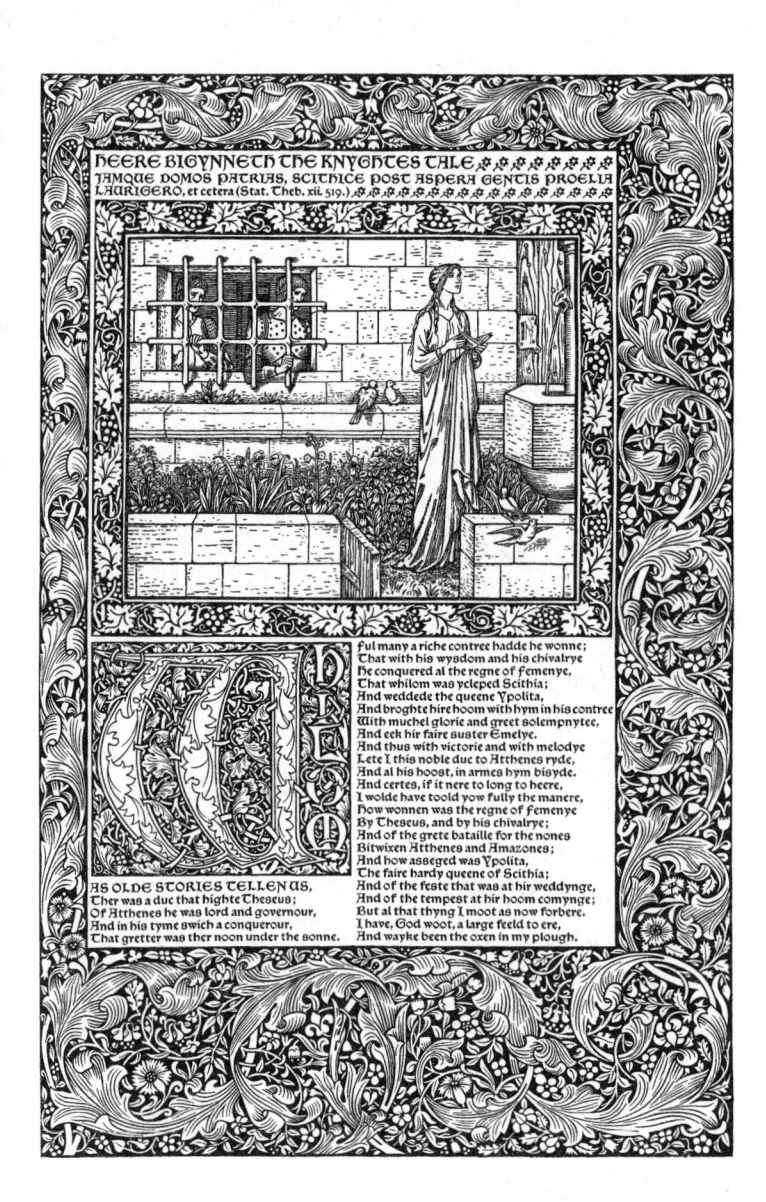

HEERE BIGYNNETH THE KNYGHTES TALE
IAMQUE DOMOS PATRIAS, SCITHICE POST ASPERA GENTIS PROELIA
LAURIGERO, et cetera (Stat. Theb. xii. 519.)

AS OLDE STORIES TELLEN US,
Ther was a duc that highte Theseus;
Of Atthenes he was lord and governour,
And in his tyme swich a conquerour,
That gretter was ther noon under the sonne.
ful many a riche contree hadde he wonne;
That with his wysdom and his chivalrye
He conquered al the regne of Femenye,
That whilom was ycleped Scithia;
And weddede the queene Ypolita,
And broghte hire hoom with hym in his contree
With muchel glorie and greet solempnytee,
And eek hir faire suster Emelye.
And thus with victorie and with melodye
Lete I this noble duc to Atthenes ryde,
And al his hoost, in armes hym bisyde.
And certes, if it nere to long to heere,
I wolde have toold yow fully the manere,
How wonnen was the regne of Femenye
By Theseus, and by his chivalrye;
And of the grete bataille for the nones
Bitwixen Atthenes and Amazones;
And how asseged was Ypolita,
The faire hardy queene of Scithia;
And of the feste that was at hir weddynge,
And of the tempest at hir hoom comynge;
But al that thyng I moot as now forbere.
I have, God woot, a large feeld to ere,
And wayke been the oxen in my plough.

她们又是哭又是喊,声音很响; 900
像这样大哭大叫的凄惨场面,
世界上没有别人看见和听见,
她们就这样哭号着不肯停息,
直到把他的马缰抓在了手里。

"你们是谁?为什么这样哭叫—— 905
把我胜利而归的好日子打搅?"
忒修斯问道,"难道你们妒忌
我的荣誉,就这样来哭哭啼啼?
或者,你们若受到伤害或欺负,
那就说出来,我来给你们做主。 910
再有,你们为什么都穿一身黑?"

只见妇女中年龄最大的一位
脸色惨白,她刚从昏死中苏醒,
答话时的愁容令人看了痛心:
"我的君主,幸运之神给了你 915
生为征服者的福分,让你胜利;
我们绝不因你的荣耀而难受,
倒是要恳求你的仁慈和搭救。
请你可怜我们的痛苦和不幸!
让我们这些处境悲惨的女性 920
能分享一点你的怜悯和仁慈。
我的主上,我要讲一个事实:
我们个个都曾是贵妇或后妃,
可现在的境况显然令人伤悲。
要感谢命运女神的无常之轮—— 925
永远不会把幸福给定任何人。

我的主上啊，为了等你来到，
我们在这处仁慈女神的圣庙
已足足把你恭候了两个星期。
帮帮我们吧，你有这个权力。 930

"现在我哭哭啼啼如此悲愁，
先前却是卡帕努斯王的王后——
他在那倒霉日子死在底比斯！①
我们在这里号哭得力竭声嘶，
一个个全都身穿这种黑衣裳， 935
因为我们的夫君都已经阵亡——
因为参加了对底比斯的围攻。
可是现在，可恨那老克瑞翁
竟然做了底比斯城邦的主宰，
始终在倒行逆施又为非作歹。 940
他一贯暴虐无道又蛇蝎心肠，
我们的夫君尽管都已经阵亡，
他却死活不同意对这些遗体
用埋葬或者火化的办法处理，
而要对他们的遗体继续施暴： 945
他下令把遗体全都堆在一道，
要让野狗来吞吃，以此泄愤。"

她刚说完这句话，那些女人
都匍匐在地凄凄惶惶哀哭道：
"但愿你的心感受我们的苦恼， 950
对我们这些可怜女人开恩吧。"

---

① 底比斯为希腊中东部一主要城邦，是卡帕努斯的地方。

仁厚的国君立刻就跳下战马。
听了她们的话,他满心怜悯;
看到这种可怜又可悲的情景,
想到她们曾经的尊荣和高贵, 955
他感到胸中的心难受得要碎。
他伸出双手把她们一一搀起,
说的安慰话都出于好心好意。
作为忠诚的骑士他发出誓言,
说要尽所有的力量做到一点, 960
要为她们向克瑞翁报仇雪恨,
让希腊的百姓说到这个暴君,
说到克瑞翁遭到忒修斯报复,
都认为他自作自受死有余辜。
忒修斯立刻展开他那面旗帜, 965
毫不耽搁就策马率部下奔驰,
浩浩荡荡地朝着底比斯进军。
雅典虽然很近,他不再前进,
也不愿停下来就地休息半天,
那晚就扎营在他进军的路边。 970
希波吕塔女王和妹妹艾米莉,
他派人把她们送到雅典城里,
让她们住下并在宫中安顿好,
自己率军远征;这按下不表。

玛斯执枪持盾,他红色形象[①] 975
在忒修斯的白色大旗上发亮,

---

① 玛斯(Mars)是罗马神话中的战神。

映照得周围的田野有如火燎；
在这大旗旁，他的三角旗在飘——
这富丽的金色旗上绣有怪兽，
那是他在克里特杀的弥诺牛。① 980
这位常胜的君王就这样进军，
大军之中多的是武士的精英。
他威风凛凛杀到底比斯城外，
下马选好了战场便扎下营寨。
不过这件事还是长话短说吧。 985
反正暴君克瑞翁败在他手下：
他堂堂正正同底比斯王交手，
英勇地杀了他，使他部下逃走；
然后他发起攻击，把城池占领，
把城墙和房屋一律拆倒夷平； 990
又把攻城战中死难者的尸骨
交还给那些痛失夫君的孀妇，
让她们按风俗习惯举行葬礼。
贵妇们眼看火化亲人的遗体，
个个都号啕大哭，泪流不止； 995
当她们告别这位高贵君王时，
忒修斯给了她们极高的礼遇，
殷勤而又周到地送她们离去。
但所有这些讲起来太费时间，
而我只想尽可能讲得短一点。 1000

这位尊贵可敬的君王忒修斯

---

① 弥诺牛又叫弥诺陶洛斯，是希腊神话中克里特岛上的牛头人身怪物，每年要吃雅典送来的童男童女各七名。

于是杀了克瑞翁,攻下底比斯,
按自己心意把这个国家处理——
那一夜就在这个战场上休息。

现在底比斯已经完全被打败, 1005
有些宵小之徒却忙碌了起来,
他们在一堆堆的尸体中翻找,
为了剥取死者的铠甲或衣袍。
说来事有凑巧,他们在尸堆里
发现有两个年轻武士躺一起; 1010
他们血淋淋的,受了多处重伤,
而精细华丽的纹章完全一样。
至于怎么称呼这两个年轻人——
一个阿赛特,另外一个帕拉蒙。
他们只剩一口气总算没死亡, 1015
但是凭罩袍和铠甲上的纹章,
纹章官只消一看就完全明白,
他们俩是底比斯的王族后代,
两人的母亲还是一对亲姐妹。
于是那些人把他俩拖离尸堆, 1020
小心翼翼抬到忒修斯的大营;
他当即决定将他俩终身监禁,
下令将他俩送进雅典的牢房——
即使对方付赎金也绝不释放。
可敬的君王把这件事情办妥, 1025
立刻就率领着大军凯旋回国——
头戴桂冠,一派胜利者的雍容;
此后一辈子过得欢快而尊荣。
既然如此,还有什么话要说?

46

但是帕拉蒙、阿赛特他们两个　　　　　　　　　1030
始终被关在塔楼里，满腔悲愁，
因为黄金赎不回他俩的自由。

一天天一年年已经这样过掉，
终于到了某一个五月的清晓。
且说艾米莉美丽得撩人眼目，　　　　　　　　　1035
绿叶扶持的百合花自叹不如，
百花盛开的五月也没她鲜艳——
因为她的脸能够同玫瑰争妍，
真不知是她还是花更加美丽——
那天同惯常一样，还不见晨曦，　　　　　　　　1040
艾米莉就早早起身穿好衣裳，
因为五月夜不容人赖在床上。
这时节会挑动每颗温柔的心，
会用话语把心从睡眠中唤醒：
"起来吧，来向我表表你的敬意。"　　　　　　　1045
所有这些全都会提醒艾米莉，
要她快起身，去向五月致敬。
她穿的衣裙很光鲜，看来很新；
金头发编成了辫子，垂在背后——
按我的估计，长度在一码左右。　　　　　　　　1050
太阳出来的时候，她在花园里
走东又走西，随着自己的心意
顺手把红红白白的花朵采摘；
她一边把精巧的花冠编起来，
一边唱美妙的歌，唱得像天使。　　　　　　　　1055
再说那座大塔楼坚固又厚实，
在这城堡的主塔里还有牢房，

47

两个年轻武士就关在那地方——
关于他俩,我有很多事要谈。
这座主塔楼同花园围墙相连, 1060
而那花园里艾米莉正在游荡。
那一天早上阳光清澈又明亮,
这时,那个悲苦的囚徒帕拉蒙
照旧征得看守的同意起了身,
正在塔楼高处的监房里踱步。 1065
那里能望到这座都城的全部,
也能看见这花园遍地的绿荫——
鲜艳窈窕的艾米莉光彩照人,
轻盈漫步在这满园的花丛中。
那个愁绪满怀的俘虏帕拉蒙 1070
也正在囚室里来来回回地走,
自言自语地诉说自己的悲愁,
又频频叹息,叹自己来到人世。
说来也是巧,可真叫合该有事:
且说他那个窗口有许多铁栅, 1075
每一根就像橡子那样地粗大,
而他竟隔着铁栅看见艾米莉——
顿时就像一根针扎进他心里,
他面色惨白,不禁"啊"地叫出声。
阿赛特听这一叫,陡地跳起身, 1080
急忙问道:"表哥哪里不舒服?
为什么面色白得像块裹尸布?
你为什么叫?什么人把你伤害?
为了上帝的爱,你还是得忍耐——
既然被关在这里,还能怎么办? 1085
这是命运给我们安排的磨难。

土星的位置不对头，根据星象，
天体的这种安排使我们遭殃；
任我们发誓不干也无法更改，
因为出生时上天已做出安排。　　　　　　　1090
我们得忍受，这是简明的道理。"

帕拉蒙当即答道："我的表弟，
听你这么一番话，我真是要讲，
你呀，怎么就这样胡乱地猜想。
告诉你，不是牢房让我叫出声，　　　　　　1095
是我这眼睛刚才看到的情景
刺中我的心，这能置我于死地。
刚才我看到一位绝色的佳丽，
在这花园的那一头来回走动，
是她引起了我的叫喊和苦痛。　　　　　　　1100
我虽不知道她是女神或女子，
但是我想她是真正的维纳斯。"
说到这里，他跪倒在地继续讲：
"维纳斯啊，如果这是你的愿望，
要以这形象显身在这处花园，　　　　　　　1105
出现在我这悲苦不幸者眼前，
就请帮我们逃出这牢狱之灾。
而如果天意早对我做出安排，
老死狱中是不可更改的命运，
就请对我的家族给一点怜悯，　　　　　　　1110
因为他们在暴政下横遭摧残。"

听了这番话，阿赛特抬眼一看，
只见艾米莉在那里飘然走动，

顿时他的心也被那美貌扎痛——
如果说帕拉蒙的心受到重创,　　　　　　　　1115
那么阿赛特至少也同样受伤。
他叹了一口气,哀哀切切说道:
"那里散步的女郎鲜艳又美貌,
她能够转眼之间要了我的命,
除非她对我有所眷顾和怜悯,　　　　　　　　1120
让我至少能同她见见面,否则,
我与死无异;再没什么好说的。"

帕拉蒙听了他的这样几句话,
怒气冲冲地瞧了一眼就问他:
"你说这话是真心还是开玩笑?"　　　　　　1125

"当然是我真心话,"阿赛特说道,
"愿上帝保佑,我没有心思打趣。"

帕拉蒙两条眉毛攒聚在一起。
"如果你对我不忠或是背叛我,
这不会让你有多大荣誉,"他说,　　　　　　1130
"因为我是你表兄,我们立过誓,
彼此间要永远忠诚,同生共死,
哪怕在酷刑下各自命归黄泉。
否则我们两人被死神分开前,
无论在爱情或在其它事情上,　　　　　　　　1135
好兄弟,我们都不能妨碍对方。
你应该事事都助我一臂之力,
而我也同样应该处处帮助你,
这是你和我立下的庄严誓言。

我很清楚你不敢否认这一点。 1140
正因如此,我才把心事告诉你;
可现在,你要背信弃义施诡计,
要爱上我所钟爱、效忠的女子——
我就要这样爱她,一直爱到死。
我说阿赛特,你不该背信弃义。 1145
是我先爱她,并把苦恼告诉你——
因为我说过,我们早就立过誓
要互相帮助,这才吐露了心事。
你作为武士,应当受誓言约束,
在力所能及之处要给我帮助, 1150
否则我敢说一句:你背信弃义。"

"比我更加背信弃义的准是你,"
阿赛特神情高傲,随即反驳道,
"是你在背信弃义,我实话相告。
因为要说爱上她,我在你之先。 1155
你有什么可说?就一会儿以前,
你还不知道她是人还是神灵!
所以你那种感情是宗教感情;
而我因为她是人,所以才爱她。
我刚才告诉你我心中的想法, 1160
是把你当作表兄和结义兄弟。
就算我想到先爱上她的是你,
读书人有句老话你毫不知情?——
'谁能给恋爱之人下什么规定?'
我敢用脑袋担保:爱情之法 1165
高于世人间存在的一切律法。
因此在每个阶层,人为的律令

每天在遭到破坏，就为了爱情。
是人就得爱，这由不得他自己。
哪怕会死，也没法从爱情逃离，　　　　　　　　1170
不管对象是姑娘、人妻或孀妇。
而且你一生一世，她那种眷顾
很可能得不到，当然我也如此；
因为你自己很清楚一个事实，
你我被判定要终身受到监禁，　　　　　　　　　1175
人家永远不肯把我们换赎金。
我们就像两条狗把骨头争夺，
但是打斗了一天都毫无收获，
而就在它们拼死拼活的时候，
飞来一只鹰把那根骨头叼走。　　　　　　　　　1180
我的表兄，所以说国王官廷里
人人为自己，当然这也不得已。①
你要爱就爱，而我既把她爱上，
就会爱到底，事情就是这个样。
你我还得在这个监房熬下去，　　　　　　　　　1185
今后如何，还得看各自的运气。"

他们两个人争得激烈又久长，
但是我没有工夫仔仔细细讲；
为了尽可能把故事讲得简短，
我这就言归正传。且说某一天，　　　　　　　　1190
有位可敬的君主庇里托俄斯②
来到雅典拜访老朋友忒修斯，

---

① 仿宋体部分为一谚语，也可译为"国王宫廷中 / 人人都是为自己（没法折中）"。
② 在希腊神话中，庇里托俄斯是忒修斯各种冒险中的同伴和助手。

顺便像惯常那样消遣和叙旧。
他同忒修斯是最要好的朋友,
他爱忒修斯爱得胜过任何人, 1195
忒修斯爱他也爱得同样深沉;
因为他们的友情开始于童年。
古书上说过,他们俩亲密无间,
如果一个去世,另一个没二话,
愿意立刻就下到地狱去找他—— 1200
但那些故事我不愿再谈。且说
庇里托俄斯非常看重阿赛特——
早在底比斯就有多年的交情。
经不住庇里托俄斯一再恳请,
忒修斯终于决定赎金也不要 1205
就让他恢复自由,放他出监牢——
想去哪里就哪里,完全随他便,
但是有一个我将说到的条件。

简单地说,是要给忒修斯保证:
保证他阿赛特今后终其一生, 1210
绝不再踏进忒修斯王的疆界,
否则无论是白天无论是黑夜,
只要一旦被发现一旦被抓到,
他的脑袋就必须被大刀砍掉——
哪怕他进来仅仅只有一分钟。 1215
此外没任何选择,没办法折中;
阿赛特只得离开,匆匆回故土——
时刻都得记住:他押的是头颅!

现在阿赛特遭受莫大的苦痛!

他仿佛感到死亡扎进他心中。 1220
他流泪他呜咽,哭得哀哀切切,
只想找机会偷偷把自己了结。
他说:"我呀生来就注定命苦,
如今我坐的牢比先前还不如;
这甚至还不是炼狱而是地狱, 1225
我却注定了永远在这里定居。
我竟认识庇里托俄斯,真晦气!
不然我如今还在忒修斯那里;
一生一世被锁在他牢里也好,
那倒是我的幸福而不是苦恼。 1230
只要能看到那美人,把她崇拜,
哪怕永远也不配得到她青睐,
对于我来说,也就心满意足啦。
我的亲爱表哥,帕拉蒙兄弟呀,
这么一来你倒是获得了胜利, 1235
可以十分幸福地待在牢房里。
谁说是牢房?千真万确是天堂!
命运女神的色子帮了你大忙:
你能见到艾米莉,我却远离她。
而天道无常,一旦事情起变化, 1240
凭你这么个智勇双全的武士,
她近在咫尺,机会自然有的是,
那时候也许你的愿望能实现。
但是我却得不到这样的恩典,
被驱逐出境之后就绝望至极, 1245
无论是水是火,是土是空气,①

---

① 西方古代哲学认为,土、风、水、火四大要素构成世界上一切物质。

或是由它们构成的任何生物,
在这事情上给不了慰藉、帮助。
确实,我该毁灭于绝望和不幸,
再见啦我的愿望、欢乐和生命! 1250

"上天和命运之神待人并不薄,
方方面面比人想到的好得多;
但是人常常埋怨上天和命运,
唉,这究竟出于怎样的原因?
有人想发财致富,不料发了财 1255
却大病一场,甚至还遭人谋害;
有人不想蹲班房,急于出狱,
不料回家后死在家人的手里。
诸如此类的灾祸可层出不穷,
我们不知道祈祷能有什么用; 1260
我们变得像醉汉,醉得像老鼠。
但还有个家,这一点醉汉清楚,
但他不知道,怎样才能走回家,
而对于醉汉,每条道路都很滑。
事实上,我们活在世上就这样, 1265
总在苦苦地追求幸福和欢畅,
结果常发现我们的路都走错。
有句话我们都会说,尤其是我,
因为我原先以为并完全相信:
只要我逃离牢房不再被监禁, 1270
那么我就会非常高兴和满足,
不料离开了牢房就远离幸福。
艾米莉,既然已经无法见到你,
我与死无异,已没有补救余地。"

话分两头,且说帕拉蒙那一头。 1275
在得知阿赛特远走高飞之后,
他凄凄惨惨号啕痛哭了一场——
哭号之声在巍峨城堡中回响,
就连他粗壮脚上戴着的铁镣
也因他咸咸的伤心泪水湿掉。 1280
他叹道:"唉,阿赛特,我的表弟,
你在我俩争执中赢得了胜利。
此刻你在底比斯可随意走动,
哪里会稍稍来关心我的苦痛。
你为人精明机灵又勇猛威武, 1285
有能力召集我们所有的亲属
来向这城邦发动猛烈的攻击,
然后凭某种条约或某种时机,
就能让她做你的情人或妻子,
而我为了她不得不一死了之。 1290
因为,从可能性的方面来讲,
你既然恢复自由,出得监房,
又成了贵胄,自然非常有利,
而我却注定终身关在囚笼里。
我活在世上,每天伤心痛哭, 1295
因为牢房既让我感受到苦楚,
爱情也同样使得我非常难过,
所以我受到痛苦的加倍折磨。"
这时候妒忌之火在他胸膛里
一下就蹿起来把他的心侵袭, 1300
那势头之猛似乎让他变了样——
看来像死灰或像惨白的黄杨。

接着他说:"你们残酷的天神哪,
统治这人间就凭那永恒的话,
只把你们的律令和永恒意向　　　　　　　　1305
镌刻在坚如刚玉的硬石板上。
人类在你们眼中呈现的情景
是否胜过瑟缩在圈里的羊群?
人也同别的牲畜一样遭屠杀,
还有监房把他们囚禁和关押;　　　　　　　1310
事实上一个人即使没有罪过,
也常受病痛和其他厄运折磨。

"无辜的人受折磨居然是天意,
这种天意里究竟有多少道理?
另外有一点也增加我的痛苦:　　　　　　　1315
作为人,得受道德和义务束缚,
为了神,他的欲望得受到抑止,
然而野兽的欲望倒不受限制。
一头动物死了就不再有痛苦,
但是人死后还得流泪和哀哭,　　　　　　　1320
尽管活着就饱受忧患和苦恼:
毫无疑问,这就是众生之道。
这个问题我让神学家来回答,
但我知道世上的痛苦太多啦。
可叹的是,我见过毒蛇和贼子,　　　　　　1325
他们残害了多少位忠义之士,
却逍遥自在,可以去任何地方;
但我得坐牢,因为土星要这样,①

---

① 在占星术中,土星是"冷"星,是行星中最凶险的。

也因为朱诺满怀妒意和怒气①
把底比斯城的高墙夷为平地,　　　　　　　　　　1330
让底比斯的王族几乎被杀光。
而维纳斯的一方也要我灭亡,
因为她对阿赛特妒忌又害怕。"

现在我把帕拉蒙暂时搁一下,
让他安安静静地待在牢房里,　　　　　　　　　　1335
先把阿赛特的情况讲讲仔细。

夏天过去后,夜变得越来越长,
一位相思者、一位囚徒的悲伤
都与夜俱增,使他俩加倍痛苦——
要说哪个更痛苦,我可说不出。　　　　　　　　　1340
还是长话短说吧。这个帕拉蒙
既然给判定将在牢中待一生,
锁链和镣铐不免要戴到死亡;
那个阿赛特被永远赶出城邦,
如果回来就有掉脑袋的危险——　　　　　　　　　1345
所以意中人他就永远看不见。

你们也都恋爱过,我要问你们:
哪个更苦,阿赛特还是帕拉蒙?
这位每一天都能见到心上人,
但是只能在大牢里面过一生;　　　　　　　　　　1350
那位能走路、骑马到处去转转,

---

① 朱诺是罗马神话中主神朱庇特之妻,也称天后,她因为朱庇特与一些底比斯王室女子私通而与底比斯为敌。

但要看看心上人却难上加难。
你们有本事就判断谁更难过,
我故事得像先前那样往下说。

第一部结束 ①

第二部开始

且说阿赛特回到底比斯之后, 1355
每天长吁短叹,人渐渐消瘦,
因为再也见不到他的意中人。
总的说来一句话,他那愁闷
现在或将来永远没人比得上,
尽管我们这世界将地久天长。 1360
他咽不下水和饭菜,睡不着觉,
人变得枯槁精瘦,瘦得像长矛;
他眼窝深陷,害得人人都怕看,
脸色蜡黄又憔悴,像死灰一般;
他形单影只,经常孤孤零零, 1365
晚上独自哀诉,整夜哭不停;
他听到人家唱歌或弹奏乐器,
忍不住就会没完没了地哭泣。
他精神萎靡低落,完全变样,
以至于人家尽管听着他在讲, 1370
也难听出这是他说话的声气。
他一举一动显得异常又压抑,

---

① 原作中这样的地方都为拉丁文,全书同。

不仅像是患了严重的相思病,①
甚至更像脑子里出现了病情,
也就是抑郁之气进了前脑里,　　　　　　　　1375
那里出问题就造成癫狂痴迷。②
总之,这位痛苦的相思病患者
不像以前那青年贵族阿赛特,
他的生理和心理完全变了样。

为什么我一直在说他的悲伤?　　　　　　　　1380
那种残酷的折磨、痛苦和悲愁,
他在足足忍受了一两年之后——
我是说他在他的祖国底比斯——
一天夜里他躺在床上睡觉时,
仿佛看到长着翅膀的墨丘利③　　　　　　　　1385
正站在他面前给他鼓励打气。
他的手中笔直地举着催眠杖,
一顶帽子戴在光亮的头发上。
阿赛特觉得,这位天神的穿着
在当初催眠阿尔戈斯时穿过。④　　　　　　　1390
他对阿赛特说道:"你得去雅典,
那里注定了是你悲愁的终点。"
听了这句话,阿赛特惊醒过来,
一跃而起。"不管遭什么祸害,"

---

① "相思病"在原文中意为"爱神之病",据中世纪医学论文描述,这种暂时性癫狂由恋情造成,症状是失眠、脸色苍白、没有食欲、消沉抑郁、歇斯底里。
② 古代西方人认为,头脑的前部管想象,中部管理性,后部管记忆。
③ 墨丘利是罗马神话中众神的信使,司旅行、技艺等。
④ 阿尔戈斯是罗马神话中的百眼巨人,奉朱诺之命看住朱庇特的相好,但朱庇特派墨丘利去唱歌,唱得他一百只眼睛都闭上睡觉后,把他杀了。

他说,"我也要立刻就去雅典, 1395
决不能因为怕死就踌躇不前——
一定要去看看我倾心的女郎。
在她的面前我可不在乎死亡。"

说罢,他拿起一面大镜子就照,
只见镜子里的他已变了容貌, 1400
甚至连面色也同以前不一样。
这时候有个想法来到他心上:
既然这么长时间他都在生病,
结果连自己的脸也都变了形,
那么以后他只要别出头露面, 1405
一直隐姓埋名地居住在雅典,
就能够常常见到心上的女郎。

于是他立刻脱下华贵的服装,
换上一向是苦力穿的百衲衣,
只挑了一名扈从跟随着自己—— 1410
这扈从知道他的心事和身份,
也像他那样装扮成一个穷人。
阿赛特抄最近的路直奔雅典,
抵达之后有一天来到宫门前,
说是愿意干挑水之类的重活, 1415
反正任何杂活,吩咐他他就做。
这件事,我就说得尽可能简短。
总之,不久后就有人给他活干,
这个人是谁?是艾米莉的管事;
因为阿赛特很精明,很快得知 1420
侍从之中哪个为艾米莉服务。

阿赛特身材很高,骨骼也魁梧,
加上年纪轻,自然就身强力壮,
所以劈柴和担水干得很在行,
能完成任何人派给他的工作。 1425
这样干下来转眼就是一年多,
结果美人艾米莉选他当随从;
他说自己名叫菲拉斯特拉通。
像他那样干杂活的宫中仆役,
哪里能得到他所得到的机遇! 1430
他为人亲切体贴,举止斯文,
宫中到处能听到他的好名声。
人们说如果忒修斯给他机会,
把他提升到比较体面的职位,
让他在那个职位上发挥才智, 1435
那么忒修斯做了一件大好事。
就这样,由于他的品行口才,
他的声望很快在宫廷中传开,
结果忒修斯听到后为之所动,
就把他召到身边让他当扈从, 1440
给了他与这职位相称的俸禄。
另一方面,每年从他的故土
也悄悄送来他所得到的收益,
但是这笔钱他花得谨慎得体,
所以没有人怀疑他钱的来源。 1445
这样的生活他足足过了三年,
无论战时或平时他表现超群,
没人像他那样受忒修斯宠信。
现在我要撇下有福的阿赛特,
稍稍将帕拉蒙的情况说一说。 1450

在阴森可怕的坚固牢房里面,
帕拉蒙至此已待了七年时间,
这期间备受痛苦和悲伤折磨。
谁像他那样感受着双重揉搓?
一方面是爱情使他感受苦恼, 1455
以致快丧失理智而神魂颠倒;
另一方面,他又是被囚禁的人,
而且囚禁不只一两年,是一生。

他这种受苦又受难,谁有能耐
恰如其分写成诗?我没这诗才, 1460
只能尽量简短地稍稍点一点。①

且说那第七年的五月第三天②
(这日子已被写进一些古书里,
整个的故事那里写得更详细),
反正不管是机遇不管是天命 1465
总之注定的事情必然要发生,
结果帕拉蒙得到朋友的帮助,
在半夜刚过之后从牢房逃出,
随后就尽快逃离了那座城池。
原来他拿很多酒给那看守吃, 1470
酒里不但加进了香料和蜂蜜,
另外加有上好鸦片和麻醉剂,③

---

① 这三行是乔叟自己的声音;骑士当然不用韵文讲故事(见1464行),乔叟在这里努力将庞杂的叙述浓缩起来。
② 据认为,这日子很不吉利。
③ 这是用一种特制的酒调制的药酒,帕拉蒙用来治疗相思病。

63

所以看守吃下后就进了睡乡——
推也推不醒,非得酣睡一晚上。
时机一到,帕拉蒙就尽快逃跑, 1475
那时候夜很短,不久便要拂晓,
所以,不得不赶紧找地方藏身。
就是这样,战战兢兢的帕拉蒙
小心翼翼地钻进了附近树丛。
总之他的打算是,在这树丛中 1480
要躲到天黑之后再动身赶路,
回到底比斯后请求亲友帮助,
让大家一起发兵攻打忒修斯。
反正他愿意冒个险,拼着一死
也要赢得艾米莉,同她结良缘。 1485
简而言之,这是帕拉蒙的心愿,
也是他全部的计划,唯一目的。

现在我回来再讲阿赛特这里。
他哪里知道麻烦离他已很近——
命运女神引得他快掉进陷阱。 1490

云雀为白天来临而忙碌报信,
它唱着歌儿迎接灰蒙蒙黎明;
接着火样的太阳亮堂堂升起,
那光明使整个东方露出笑意;
一缕缕光线照进树丛枝桠间, 1495
把树叶上的银白色露滴晒干。
如今阿赛特在忒修斯的宫中
已经是这位君王的得力扈从。
这天起身后看着乐融融阳光,

勾起他心坎深处那强烈想望, 1500
急着要去向五月天礼拜致敬。
他跳上一匹战马便跑出宫廷,
性烈如火的马奔驰了几里地,
驮着他很快来到一片田野里,
而前面就是我刚提到的树丛。 1505
说来也巧,他让马走进林中,
想要用嫩枝为自己编个花环——
至于用忍冬或山楂他倒不管。
他在朗朗阳光下把歌曲高唱:
"五月里百花怒放,绿叶猛长; 1510
我要欢迎你,美好清新的五月,
因为,我想要一些绿色的枝叶。"
他满心欢快,一纵身下了马鞍,
急急忙忙就一头冲进树丛间,
然后沿林中的小径随意游荡。 1515
碰巧这是帕拉蒙藏身的地方——
在那灌木中没人能够发现他,
因为他非常担心会遭到追杀。
来人竟是阿赛特,他哪里知道;
天晓得,这种事情怎么想得到! 1520
多年来,有句老话说得真不错:
"田野长着眼睛而树林有耳朵。"
所以人们的言行要稳妥平静,
因为时时有意外相遇的情形。
阿赛特哪知灌木丛里还有人, 1525
而且静静坐着的竟是帕拉蒙——
近得甚至能听清他只言片语。

阿赛特高高兴兴唱完回旋曲，
尽情又尽兴地做了一番游荡，
突然之间就陷入了沉思默想，　　　　　　1530
因为相思者常有这种怪心理：
有时在树颠，有时落到荆棘地，
忽上忽下，像井里的吊桶一般。
说真的，这也就像星期五那天，①
有时出太阳，有时雨下个不停，　　　　　　1535
维纳斯最爱变，把相思者的心
就这样播弄，而她多变的安排
就像她那个日子，天忽好忽坏。
星期五难得同其它日子一般。

阿赛特唱完了歌，便长吁短叹，　　　　　　1540
不再唱歌或走动，坐下了说道：
"唉，只怪我出生的日子不好！
朱诺啊，你对底比斯咬牙切齿，
同这个城邦为敌，还要到几时？
卡德莫斯、安菲翁一脉的苗裔②　　　　　　1545
是金枝玉叶，却被你打翻在地；
卡德莫斯是我们的开国祖先，
是他第一个把底比斯城兴建，
是这个城邦第一位加冕之君。
我是他嫡系后裔，是他子孙，　　　　　　　1550
完全是君王之家的正统后代，

---

① 星期五又叫金星日或维纳斯日。据西方古代迷信，这天的天气较特殊，不同于一星期中的其它日子。
② 希腊神话中，卡德莫斯是腓尼基王子，率人建起底比斯城并引进文字。安菲翁是宙斯之子，曾以七弦竖琴的魔力建底比斯城墙。

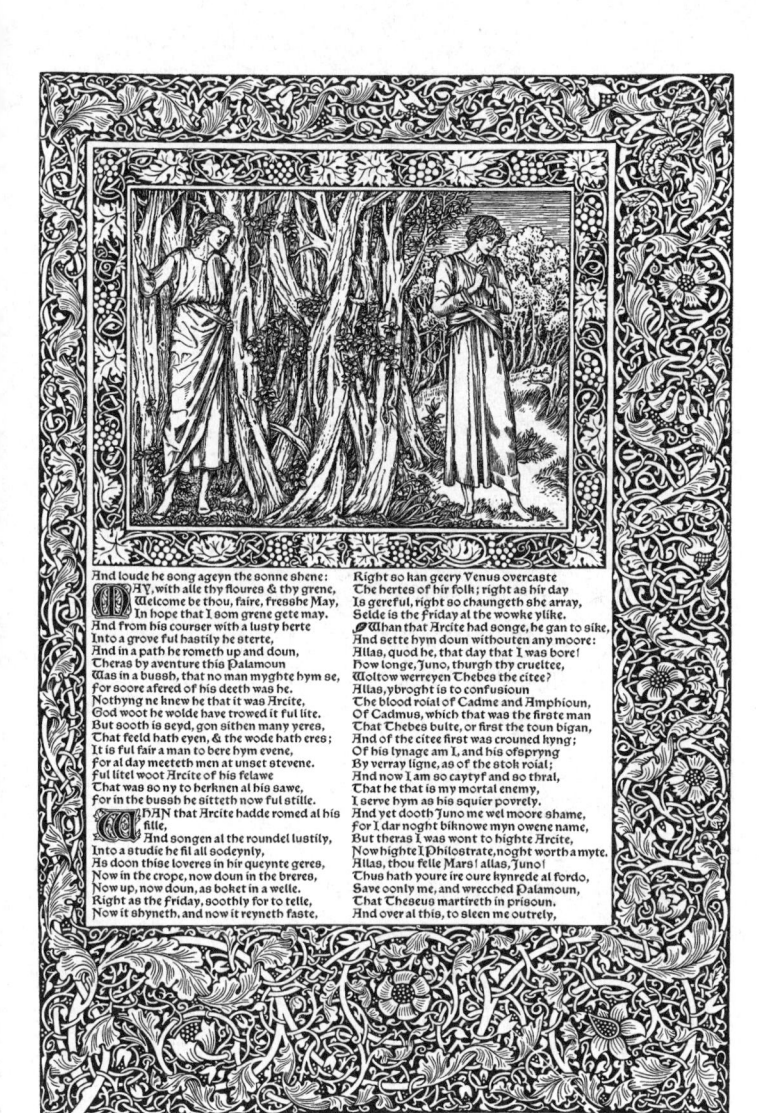

And loude he song ageyn the sonne shene;
May, with alle thy floures & thy grene,
Welcome be thou, faire, fresshe May,
In hope that I som grene gete may.
And from his courser with a lusty herte
Into a grove ful hastily he sterte,
And in a path he rometh up and doun,
Theras by aventure this Palamoun
Was in a bussh, that no man myghte hym se,
For soore afered of his deeth was he.
Nothyng ne knew he that it was Arcite,
God woot he wolde have trowed it ful lite.
But sooth is seyd, gon sithen many yeres,
That feeld hath eyen, & the wode hath eres;
It is ful fair a man to bere hym evene,
For al day meeteth men at unset stevene.
Ful litel woot Arcite of his felawe
That was so ny to herknen al his sawe,
For in the bussh he sitteth now ful stille.
WHAN that Arcite hadde romed al his fille,
And songen al the roundel lustily,
Into a studie he fil al sodeynly,
As doon thise loveres in hir queynte geres,
Now in the crope, now doun in the breres,
Now up, now doun, as boket in a welle.
Right as the Friday, soothly for to telle,
Now it shyneth, and now it reyneth faste,
Right so kan geery Venus overcaste
The hertes of hir folk; right as hir day
Is gereful, right so chaungeth she array,
Selde is the Friday al the wowke ylike.
Whan that Arcite had songe, he gan to sike,
And sette hym doun withouten any moore:
Allas, quod he, that day that I was bore!
How longe, Juno, thurgh thy crueltee,
Woltow werreyen Thebes the citee?
Allas, ybroght is to confusioun
The blood roial of Cadme and Amphioun,
Of Cadmus, which that was the firste man
That Thebes bulte, or first the toun bigan,
And of the citee first was crouned kyng;
Of his lynage am I, and his ofspryng
By verray ligne, as of the stok roial;
And now I am so caytyf and so thral,
That he that is my mortal enemy,
I serve hym as his squier povrely.
And yet dooth Juno me wel moore shame,
For I dar noght biknowe myn owene name,
But theras I was wont to highte Arcite,
Now highte I Philostrate, noght worth a myte.
Allas, thou felle Mars! allas, Juno!
Thus hath youre ire oure kynrede al fordo,
Save oonly me, and wrecched Palamoun,
That Theseus martireth in prisoun.
And over al this, to sleen me outrely,

67

可是现在却成了卑贱的奴才——
那个人同我有不共戴天之仇,
我却低三下四地当主子伺候。
而朱诺更使我蒙受耻辱的是   1555
我甚至不敢承认自己的姓氏;
过去我叫阿赛特,现在自称
一文也不值的菲拉斯特拉通。
唉,凶狠的玛斯!凶狠的朱诺!
你们发了火,我们遭了灭门祸——   1560
现在只剩我和不幸的帕拉蒙,
而他还给关在忒修斯的牢中。
这还不算,最最要我命的是:
爱神射来火一样猛烈的箭矢,
扎进我忠贞而忧思重重的心——   1565
我的死在我出生之前已注定。
你的眼睛要了我的命,艾米莉!
我之所以死完全就是因为你。
如果我能做任何事让你高兴,
那么我心头上任何其它事情   1570
只像是一些野草,不值得注意。"
刚说到这里,他突然倒地不起,
昏迷了好长时间,才站起身来。

帕拉蒙听了阿赛特这番自白,
觉得突然有一把冰冷的匕首   1575
扎进他心头,气得浑身发抖。
这时他无论如何不能再忍耐,
疯了似的从灌木丛后冲出来;
他面如死灰,指着阿赛特数落:

"你这个背信弃义的邪恶家伙! 1580
你可赖不了,你爱我的心上人!
而我为了她忍下了多少悲恨!
在此之前我还好多次告诉你,
你我是立誓结义的血缘兄弟。
而你在这里居然欺骗忒修斯, 1585
居然欺上瞒下地这样改名字!
现在你和我得拼个你死我活,
因为艾米莉的情人只能是我——
你和别人都不准爱上艾米莉,
因为我是帕拉蒙,是你们死敌。 1590
我是靠运气刚刚才逃出牢房,
尽管是赤手空拳来到这地方,
我照样坚持这点:你要么死,
要么从此不得把艾米莉相思——
两条路你挑,反正你已跑不了!" 1595

阿赛特满心不屑,拔剑出鞘——
听了那话,他已认出帕拉蒙,
这时更显得像狮子一样勇猛,
说道:"凭高坐在天上的神发誓,
你这人害了相思病又在发痴, 1600
而且手里头也没有一件武器,
真要打起来,必定死在我手里,
根本不可能活着走出这树丛。
你说我们两人立过誓、结过盟,
我让这盟誓和束缚化为乌有。 1605
你这傻瓜想一想:爱本就自由;
我要爱她,你想管也没这本事!

不过，你既然是个勇敢的武士，
为了赢得她而希望决一死战，
我就以武士的信誉许下诺言： 1610
这件事我绝对不让别人知道，
你明天在这里就能把我找到；
我会带来足够的甲胄和武器——
你把差的留给我，好的归你。
今晚我把足够的饮食送过来， 1615
还要送些衣服给你当被子盖。
如果我的意中人能被你赢得，
如果在这林子中你能杀了我，
那就罢了，让她做你情人吧。"

"同意你这安排。"帕拉蒙回答。 1620
就这样，两人都以信义做担保，
然后各自走开，等第二天来到。

啊，丘比特不懂得什么叫慈悲！
啊，君王们不喜欢有什么同辈！
俗话说得好，爱情和主子身份 1625
最是爱独占，容不得别人来分。
这一对情敌明白其中的道理。
阿赛特立刻就骑马回到城里，
到了第二天还没天亮的时候，
悄悄准备好两份武器和甲胄—— 1630
非常适合他俩的穿戴和使用，
供他们在野外单独决一雌雄。
他骑上马，像出生时那样孤独，
马鞍前带着甲胄和武器两副。

70

在彼此早先约定的时间地点,   1635
他同帕拉蒙在那林中见了面。
这时两人都变了面色和神情,
就像下面色雷斯猎手的情形:①
他手执长矛站在林间空地上,
倾听那野兽一路冲来的声响;   1640
他这猎物是一头大熊或猛狮,
在树丛里撞落树叶、撞断树枝。
他边听边想:"我的死对头来啦!
这一回准得死一个,非我即它;
我得在这片空地上把它杀死,   1645
除非我命运不济被它所吞吃。"
他俩也这样,刚一看出对方,
两人脸上的神色顿时变了样。

他们没有"你好"之类的客套,
彼此不说话,也不试着来几招,   1650
立刻就动手帮对方戴盔披甲,
那种友好就像他们是兄弟俩;
但随即把锋利坚挺的矛拿起,
开始了你来我往的持久攻击。
你呀也许早就想到,帕拉蒙   1655
在这厮杀中像狮子一样凶猛,
阿赛特也像一头凶残的老虎——
反正他们的搏斗像两头野猪,
在暴怒之中嘴边都流出白沫。
他们浑身是血,还拼命相搏——   1660

---

① 色雷斯为古代王国名,在今巴尔干半岛东南部。

让他们继续去这样你扎我刺,
而我则要对你们讲讲忒修斯。

命运之神哪,你这万物的主宰!
上天预知的一切福祉和祸灾
由你在世界各处贯彻和兑现;　　　　　　　　1665
你坚强有力,任世人发出誓言,
从正面或反面抗拒某件事情,
但是有一天那件事照样降临,
尽管这事一千年没有第二次。
因为我们世间的欲望,无论是　　　　　　　　1670
要打仗要和平,或者要恨要爱,
一切都受天意的支配和主宰。

我提这个事,要把忒修斯提到,
因为打猎是这位君主的嗜好,
他尤其爱在五月里追猎大鹿。　　　　　　　　1675
每天凌晨,尽管才曙光初露,
他总是穿好了衣服准备上马,
还有猎手、号手和猎狗伴随他。
打猎对于他,有着很大的乐趣,
他的全部欢愉和渴望,就在于　　　　　　　　1680
自己能成为猎鹿能手,因为他
除了玛斯之外,就崇拜狄安娜。①

前面说过,那早晨天朗气清,
喜气洋洋的忒修斯满怀高兴,

---

① 在罗马神话中,玛斯是战神,狄安娜是月亮女神兼狩猎女神等。

带着他美丽的希波吕塔女王,　　　　　　　　　1685
带着艾米莉(大家一身绿衣裳),
前呼后拥催着马朝猎场驰去。
这时忒修斯已接近一片林地,
据手下报告这片林中有头鹿,
于是这君王径直就放马奔突,　　　　　　　　　1690
冲向前面林中那一小块空地,
因为那头鹿很可能逃到这里,
随后越过了小溪再继续逃窜。
如果身边有几条称心的猎犬,
忒修斯很想这样追它一两趟。　　　　　　　　　1695

忒修斯追到那块林间空地上,
在朗朗阳光下朝前远远一看,
立刻就把阿赛特、帕拉蒙发现:
两人厮杀之勇猛像野猪一样。
两把闪闪发亮的剑你来我往,　　　　　　　　　1700
瞧那狠劲,只消被剑刃碰到,
恐怕连橡树也会被一下劈倒。
忒修斯不知那两人什么来历,
他双脚把马刺一夹,催动坐骑,
一下就冲到这两个人的中间,　　　　　　　　　1705
一边大叫"住手"一边拔出剑,
"别打啦!否则你们不得好死!
在这里,我以伟大的玛斯起誓,
看见谁再打,立刻就要他脑袋!
你们是什么人?从实给我说来!　　　　　　　　1710
为什么不去皇家的角斗场上,
却在这地方私下里打成这样?——

73

甚至连个裁判或证人也不要!"

帕拉蒙听了之后马上回答道:
"陛下,再怎么说又有什么用处? 1715
我们两个人,本就该引颈就戮。
身为你的阶下囚,过得很悲惨,
对我们而言,生活是沉重负担;
陛下作为公正的裁判和君主,
那就不要给我们开恩和庇护, 1720
要凭神圣的仁慈首先杀了我,
然后像杀我一样杀我这同伙;
或者先杀他,你不知他的底细,
他就是阿赛特,正是你的死敌。
他被你驱逐出境,回来是死罪, 1725
就凭这一点,杀他没什么不对。
他来到这里,混进了你的王宫,
说是他名字叫菲拉斯特拉通。
这个人就是因为爱上艾米莉,
所以才一年又一年把你蒙蔽, 1730
你还提拔他当上你的扈从长。
反正,今天我已经面对死亡,
敢于把这件事原原本本招认:
我就是你的不幸俘虏帕拉蒙,
凭诡计刚从你的牢房中逃脱。 1735
我正是你的死敌,也正是我
对于可爱的艾米莉爱到极点,
能够死在她眼前我心甘情愿。
所以我要求判我罪,把我处死;
但对我这同伙,也该同样惩治, 1740

因为按我俩的罪,应该被杀掉。"

那位可敬的君主当即回答道:
"事情很清楚,马上就能下结论。
就凭你刚才亲口所做的招认
就可以定罪,自己说出来很好, 1745
对你们用刑逼供,完全没必要。
凭红战神玛斯之名,你们得死!"

那女王有一副女性柔肠,这时,
禁不住流下泪来,同时艾米莉
和所有同行的贵妇也在哭泣。 1750
在她们看来,这种命运太悲凉,
但是,居然就降临在他俩身上,
而这两个人高贵、温雅又年轻,
之所以决斗只不过为了爱情;
看到他们淌血的伤口大又深, 1755
女眷们无论位分高下叫出声:
"主上啊,看在我们女人的份上,
发发慈悲吧!"边说边跪在地上,
差点要去吻忒修斯站着的脚。
后来,君王的怒气渐渐消掉, 1760
因为宽厚的心中涌起了怜悯。
尽管起先他气得乱抖了一阵,
但后来对这两人的种种事端
及其原因,稍稍考虑了一番,
虽说气头上还认为他们有罪, 1765
但理智却要他承认他们无罪;
因为他想到,只要有这份能耐,

谁肯放弃追求自己心中的爱?
谁不是千方百计要逃出监禁?
再说,看那些妇女哭个不停, 1770
他心里对她们不免感到怜惜,
于是宽厚的他有了新的考虑。
他这样告诫自己,声音非常轻:
"当权者毫无怜恤之心可不行;
对待心怀恐惧又肯悔改的人, 1775
自己的言行不能狮子般凶狠,
不能像对付那种骄横又狂妄、
坚持其原先错误的家伙那样。
这样的当权者没有能力分辨,
在这情形下划不出区分的线, 1780
只会把傲慢与谦卑混在一起。"
这么一讲,他很快消了怒气,
抬起目光炯炯的眼睛瞧了瞧,
随即嗓音朗朗地这样宣布道:

"爱神哪,请你祝福我们大家! 1785
你这位主宰的威力多么伟大!
世上的一切挡不住你的威力,
你这位神明创造了多少奇迹——
你能按照自己的方式和爱好,
对每一颗心进行塑造或改造。 1790
我们看看阿赛特、帕拉蒙两位,
现在他们已不在我的监房内,
若回到底比斯就是王室子弟;
他们都知道我是他们的死敌,
有可能在我的手里丢掉性命, 1795

76

但爱神空让他们长一双眼睛，
偏叫他们来这里拿性命冒险。
看看吧，难道这不是蠢到极点？
除了恋爱中的人，谁能这么蠢？
看在天神们的份上，瞧瞧他们　　　　　　　　1800
流了多少血！不还是很有气概？
这就是他们侍奉的爱神主宰
对他们的效劳所给予的酬报！
但侍奉爱神者觉得自己头脑
最聪明，不管会招来什么祸事。　　　　　　　1805
然而，这整个事情中最妙的是：
他们为之而神魂颠倒的女郎
不怎么感谢他们，就像我一样。
天哪，对于这一场狂热的争夺，
她的了解，不比杜鹃或野兔多！　　　　　　　1810
但是冷是热，事情总得试一试；
人或老或少，傻瓜总得做一次——
凭亲身体验，我早知道这道理，
因为，我也当过爱神的仆役。
所以我懂得爱所造成的创伤，　　　　　　　　1815
而因为也常掉进爱神的罗网，
我知道这是怎样的一种折磨，
所以我原谅你们所有的过错，
因为连我的王后和她的妹妹
都跪在地上要求不治你们罪。　　　　　　　　1820
你们俩必须现在就对我发誓，
永远都不做不利于我国的事，
无论日夜都不会来对我袭击，
尽力在一切方面同我站一起——

而我也宽恕你们所有的过失。" 1825
于是他们按要求庄严地宣誓,
并请求他的保护和格外恩典,
忒修斯应允之后又讲了几点:

"说到你们的王室血统和财富,
哪怕女方是一位女王或公主, 1830
你们俩都有资格做她的夫君——
只要时机到来,这毫无疑问。
但我要为姨妹艾米莉说几句——
你们为了她发生冲突和猜忌;
不过你们也明白,无论怎么打, 1835
她也没法子同时嫁两个男家。
你们俩总有一个,尽管不愿意,
只能吹藤叶哨子来安慰自己;
就是说任凭怎么妒忌和愤怒,
你们两人不可能都做她丈夫。 1840
所以我替你们做如下的布置,
好让你们各自把机会试一试,
看命运怎么安排。听好这办法,
这是我解决你们争端的计划。

"我的主意是,为避免再有争议, 1845
让你们的事解决得一劳永逸——
如果喜欢这办法就接受下来,
不必付赎金就可以自由离开,
无论爱去哪里就尽管去哪里,
但不多不少再过五十个星期, 1850
都得带一百名武士来此相会,

他们装备齐全,有打斗准备,
愿意为你们赢得她搏杀一场。
我是武士,我以武士的信仰
斩钉截铁地向你们做出保证: 1855
你们两人中无论谁有这本领,
也就是说,不管是他还是你,
加上各自那一百名武士之力,
能把对方杀死或赶出比武场,
这人就得到命运女神的厚赏, 1860
我也就把艾米莉许配他为妻。
那个比武场我准备设在这里;
而为了求天神怜悯我的灵魂,
我要把裁判做得公平又公正——
你或他要么被杀要么被活捉, 1865
我除此以外不接受其他结果。
认为这办法不错就请讲出来,
也讲讲你们是否满意这安排。
这是对你们做出的最后决定。"

谁像帕拉蒙那样满脸的高兴? 1870
谁像阿赛特快活得又蹦又跳?
忒修斯这样开恩又这样公道,
在这片林中造成的欢欣鼓舞,
谁能够编成歌谣或者能描述?
这时在场的每个人跪倒在地, 1875
衷心而热烈地感谢他的美意。
两个底比斯人当然尤其感恩;
怀着美好的希望和欢快的心,
他们告别了众人骑上了骏马,

赶回底比斯古老大城中的家。 1880

第二部结束

第三部开始

如果我忘了说说那大笔支出，
我相信人们一定会怪我疏忽，
事实上忒修斯花了大力操办，
把那比武场建造得气势非凡——
我敢说一句，世上其它地方 1885
都没这样壮观的露天竞技场。
这竞技场的外形正好是个圆，
要走一英里才能绕它走一圈。
它的石砌大墙外有壕沟围绕，
场内的阶梯座位有六十级高—— 1890
这样，观众坐在前面座位上，
不会把后面观众的视线阻挡。

一扇白云石大门在场子东面，
同样的门也在正对它的西面。
总而言之，世上没其它地方 1895
用这点时间造出同样比武场。
因为全国上下的巧匠与能工，
只要对几何或算术比较精通，
还有全国的画师以及雕刻家，
忒修斯供给饮食并付出工价， 1900
让他们设计和营造这座建筑。

他为了举行仪式和献祭牲畜,
在东门上面建造了一个祭坛
和一个小巧精致的祈祷房间,
这里供奉着爱的女神维纳斯。 1905
而在西门上,为供奉战神玛斯,
他同样造了祭坛和祈祷房间。
所有这些,花费了大堆的金钱。
他还吩咐,北面墙上的塔楼中,
要布置一个房间供祈祷之用, 1910
装饰要富丽堂皇,用的材料
都是红色的珊瑚和雪花石膏;
这里供奉着贞洁女神狄安娜。

然而我还是忘记了描述一下
三个祈祷房间里装饰的情况, 1915
那些华美的雕刻和精致画像,
那些人物形象、容貌和图案。

首先,在维纳斯殿你能看见
墙上画的是令人伤心的图景,
那是爱神之仆生活中的苦情: 1920
不得安宁的睡眠,苦苦叹息,
一往情深的流泪,哀哀哭泣,
像火焰一样猛烈的阵阵情思;
帮他们订下百年之好的盟誓;
欢乐和希望,欲望和冒失唐突, 1925
美貌和青春,寻欢作乐和财富,
谎言和曲意奉承,魅力和暴力,
豪奢和铺张,兢兢业业和妒忌;

你瞧她头上戴着金盏花花冠,①
而她的手上则栖着一羽杜鹃;   1930
盛宴和华服,乐器与歌舞欢情,
总之,与爱情有关的种种情景——
无论我已经提到或将要提到,
我所讲到的远比没讲的要少——
全都有条有理地画在墙壁上。   1935
真的,维纳斯最常居住的地方,
这也就是整整一座西塞龙山,②
连同那里所有的游乐和林苑,
都已清清楚楚地画上了墙壁——
连那守门的懒汉也没被忘记。③   1940
同样画着的还有古代美男子
那喀索斯和所罗门后宫艳事,④
还有赫拉克勒斯的神奇伟力,⑤
美狄亚和喀耳刻两人的魔力,⑥
生性十分勇敢凶猛的图努斯,⑦   1945

---

① 金盏花的黄色象征妒忌,下一行中的杜鹃象征妻子对丈夫的不忠。
② 西塞龙山(Mount of Cithaeron)在希腊,是举行酒神节和祭祀赫拉的胜地。古时从雅典到底比斯的大道穿过山上隘口。作者误将此山当作维纳斯居住的基西拉岛(Cythera,在希腊南部)。
③ 在作者的译作《玫瑰传奇》中,这懒汉为爱情之园守门。
④ 那喀索斯是希腊神话中自恋美少年,因拒绝山林水泽仙女厄科的求爱受罚,死后变为水仙花。
⑤ 赫拉克勒斯是希腊神话中的大力神,为主神宙斯之子,以完成十二项英雄业绩著名。妻子德杰妮拉为让丈夫永远爱她,给丈夫穿上她以为有爱情魔力的衬衣,丈夫被烧得遍体鳞伤后自杀。
⑥ 美狄亚是希腊神话中的公主,精于巫术,但结局悲惨;喀耳刻则是纯粹的女巫。两人都想用巫术让情人永远爱她们。
⑦ 图努斯是罗马作家维吉尔著名史诗《埃涅阿斯纪》中维涅妮娅的追求者,后与勒维妮娅的丈夫,罗马创建者埃涅阿斯决斗,终于被杀。

被俘后当差的豪富克罗伊斯。①
所以你们能看到：智慧与财富，
美貌与诡计，力量与勇敢英武，
都无法享有维纳斯那种威权，
因为她能叫世界服从其意愿。　　　　　　　1950
瞧，所有这些人掉进她罗网，
最后常常以叹息叹出其悲伤。
这里举出一两个例子就足够，
尽管要举一千个例子我也有。

维纳斯的雕像看来十分辉煌，　　　　　　　1955
只见她裸露身体浮在大海上——
肚脐以下全都浸没在水波里，
绿莹莹水波明亮得像是玻璃。
她右手拿着一把罗马古弦琴，
一个玫瑰花花冠戴在她头顶，　　　　　　　1960
这个美丽的花冠鲜艳又芬芳，
花冠之上是她的鸽群在飞翔。
她的儿子丘比特站在她身前，
背着弓，带着锃亮锋利的箭，
他双目失明，肩上一对翅膀——　　　　　　1965
完全是大家平时看到的模样。

那位伟大红战神的神殿墙上，
同样也画有许许多多的肖像，
为什么我对你们不也说一下？
那墙面上下左右都画满了画，　　　　　　　1970

---

① 克罗伊斯（？—前546）是吕底亚末代国王，被俘虏后在波斯宫廷任职。

让人想起那天寒地冻的地方
坐落着玛斯最为宏伟的殿堂——
在那色雷斯玛斯大庙的内壁，
那壁画同样会令人不寒而栗。

首先，那墙上画着一座森林， 1975
森林中没有野兽也没有居民，
只有多节多瘤的光秃秃老树，
其残枝断干让人们感到恐怖；
林中掠过阵阵隆隆声飒飒声，
似乎刮起令树枝尽折的暴风。 1980
一座小山的绿坡边有个山坳，
那里耸立着赫赫玛斯的神庙；
这庙全部用锃亮的纯钢建成，
入口又窄又深，看来很吓人。
从那里刮出的阵风又猛又急， 1985
刮得一扇扇大门都战栗不已。
一个个门口却又照进北极光，
因为那里的墙上全都没有窗，
人们无法把外面的明暗区别。
那些刚玉做的门永远不开裂—— 1990
横里和竖里全都用硬铁夹好；
为了使这座神殿稳固又坚牢，
殿里那一根一根的锃亮支柱
都用精铁制成，酒桶那么粗。

就在那个地方，我初次看见 1995
罪恶的阴谋及其邪恶的施展；
暴怒之火像燃烧的煤那样红；

明抢暗偷的盗贼和苍白惊恐；
盈盈微笑者斗篷里藏着匕首；
着火燃烧并冒出黑烟的马厩； 2000
床上发生的大逆不道的谋杀；
带着血淋淋伤口的公开征伐；
搏斗中血染的刀剑咄咄逼人。
那悲惨之地充满了尖厉之声。
在那里我还看见有的人自杀， 2005
他的心头血浸泡着他的头发；
钉子在夜里钉进人的头颅里；
冰冷的死者张着嘴仰卧在地。
神殿的正中坐着那厄运之神，
满面的愁容显得丧气又灰心。 2010
再往前，我看见疯狂正在狂笑；
佩刀挂剑的怨愤、抗议和狂暴；
喉管割断的尸体给抛进树丛；
千人被杀而不是死在瘟疫中；
暴君用暴力抢夺和攫取利益； 2015
城池被摧毁，一切夷为平地。
我看见船在惊涛上颠簸烧燃，
野熊竟然撕断了猎人的喉管，
母猪吃了睡在摇篮里的婴孩，
厨师尽管用长柄勺仍被烫坏。 2020
玛斯招致的厄运没一件忘记：
赶车人被他的大车碾过身体，
轮子压得他永远没法爬起身。
那里还有玛斯手下的一些人：
兼做医生的理发师、屠夫、铁匠—— 2025
他在铁砧上锻造锋利的刀枪。

从画在那座塔楼顶部的画里,
我看见威风凛凛坐着的胜利,
他头顶的上方悬有一把利剑——
挂着它的仅仅是两股的细线。 2030
被画在那个地方的还有恺撒、①
伟大的尼禄、卡拉卡拉的被杀;②
他们那时虽没有降生到世上,
但火星已经预示了他们死亡,
因为凭星象可看出祸事降临。 2035
那些画就这样披露他们命运,
就像天上那些星表明的一样,
注定了谁将为爱被杀或死亡。
古代故事中举一个例子就行——
即使想多举,我也根本举不尽。 2040

戎装的玛斯雕像站在战车上,
他那勇猛的样子像气得发狂——
雕像的上方两个星座在照耀,
根据一些古书上所做的介绍,
它们分别叫普韦拉、鲁贝乌斯,③ 2045
这就是这位战争之神的雄姿。

---

① 这恺撒指尤里乌斯·恺撒(公元前102?—前44),他是罗马将军兼政治家,改变了希腊—罗马世界的历史进程,后在罗马元老院大厅被刺死。
② 尼禄(37—68)于公元54年起为罗马皇帝,很快转向残暴统治,后被处死(一说自杀)。卡拉卡拉(188—217)是211年登基的嗜杀成性的罗马皇帝,原名巴西安努斯,196年接受"恺撒"称号时改名马可·安敦尼努斯,198年得"奥古斯都"称号,二十三岁即帝位。对安息帝国发动战争时被罗马近卫军司令刺死。
③ 普韦拉与鲁贝乌斯是泥土占卜和标点占卜的名称,这种占卜的图形看来像星座图。

还有一头狼站立在他的脚前,
正在吞吃一个人而红着双眼;
高明的画笔画出了这个故事,
以敬畏之情颂扬光辉的玛斯。　　　　　　　　　2050

现在我要赶一赶,尽量讲得短。
这里要讲贞洁狄安娜的神殿,
要把那情形向你们描述一下。
那里的墙面上下都画满了画,
画的都是狩猎和贞洁的典故。　　　　　　　　　2055
我在那里看见了狄安娜发怒,
惹她发怒的卡利斯托遭了殃,①
就此变成了熊而不再是姑娘,
后来,又被变成一颗北极星;
画中那些情景我说也说不尽;　　　　　　　　　2060
她的儿子也是星,大家可看出。
我还看到达佛涅变成一棵树——②
这里我说的不是狄安娜女神,
是说达佛涅,皮内乌斯的千金。③
我看见亚克托安被变成公鹿,④　　　　　　　　2065
这是偷看狄安娜裸体的报复;
我看见他的狗咬他把他吞下,
因为这些狗已经不能认出他。

---

① 卡利斯托是狄安娜手下的山林水泽仙女,被主神爱上并受引诱。狄安娜因其失贞而发怒,赫拉将卡利斯托变成熊。但主神把她变成天上的大熊星座(而非北极星)。
② 达佛涅也是希腊神话中居住在山林水泽的仙女,为避太阳神求爱,变成月桂树。
③ 皮内乌斯是一河神名。
④ 狄安娜因猎人亚克托安见到她洗澡,愤而将其变成牡鹿,被他的狗群撕成碎片。

除此之外，后面还有一些图，
画的是阿塔兰特那次打野猪——①   2070
参加的还有梅利埃格等多人，②
结果狄安娜叫他有无穷遗恨。
在那里我看到许多奇妙的画，
画中的故事不想再去回忆啦。

这女神高高骑在一头公鹿上，③   2075
一些小小的猎犬都在她脚旁；
她脚下有个月亮渐渐在变圆，
但随后变缺也不用多少时间；
她那座雕像穿着鲜绿色衣裳——
箭袋里插着箭，弓就拿在手上。   2080
她的眼光朝下面远远望过去，
望到冥王普路托的黑暗疆域。
有位临产的妇女出现在眼前，
由于是难产折腾了很多时间，
害得那产妇苦苦哀求鲁西娜：④   2085
"你最有办法，快来救救我吧！"
画这些像的人画得惟妙惟肖，
买那些颜料，弗罗林花了多少！⑤

---

① 阿塔兰特一译阿塔兰忒，是希腊神话中能疾走的女猎手，据说她首先用箭射伤野猪并获得野猪头。有种说法是，梅利埃格打野猪是为了阿塔兰特。
② 梅利埃格一译墨勒阿革洛斯，是神话中卡吕登国的英俊王子。因国王祭祀时忘了狄安娜，她便使凶猛的大野猪蹂躏该国。王子召集所有猎手来捕杀，野猪死后，他和其他很多人都遭遇不幸。
③ 罗马神话中的狄安娜即希腊神话中的阿耳特弥斯，既是狩猎女神，又是月亮女神。她骑着公鹿象征贞洁。
④ 鲁西娜是罗马神话中司生育的女神，有时认为她就是狄安娜。
⑤ 弗罗林最早是佛罗伦萨铸造的金币（1252），后欧洲一些国家仿造。

现在比武场的工程全部完成;
对神殿和比武场的各个部分, 2090
忒修斯花大钱做成上面这样,
他对这完工的建筑十分欣赏。
但对忒修斯我要暂且搁一搁,
先来讲讲帕拉蒙讲讲阿赛特。

他们该返回的日子已经临近; 2095
我前面说过,为了打出输赢,
他俩都得带回来一百名武士。
如今既到了他们践约的日子,
便各带一百名武士来到雅典——
他们为这次搏斗已装备齐全。 2100
事实上很多人相信,自从上帝
开天辟地,分出了海洋和陆地,
创造了这个世界,从来没有
这么多高贵武士来大显身手——
就是说二百人中竟有这么多。 2105
对于热爱武士精神的人来说,
他们都希望自己能声名远扬,
要求自己有机会参加和出场;
被选中去参加的人自然高兴,
因为明天若发生同样的事情, 2110
你们都知道,每个英勇武士
只要有能力,对爱又极珍视,
那么无论在英国或其它地方,
都会巴不得去那里搏斗一场——
老天保佑:去为意中人而战! 2115

那个场面看起来将何等壮观!

帕拉蒙那班人正是这个情形。
好多骑士跟随他,与他同行。
他们中有人喜欢穿着锁子甲,
再加上胸甲和一件轻便马甲; 2120
有人对金属的盔甲比较喜爱;
有人爱用圆盾或普鲁士盾牌;
有人对双腿的保护相当特别,
有人爱使狼牙棒,有人用斧钺——
反正,每件新东西都是老花样。 2125
正如我已说过的,他们的武装
得看各人的爱好,各人的心意。

你看,随同帕拉蒙来的人群里
有色雷斯的大王利库尔戈斯。①
他威风的脸上长着漆黑胡子; 2130
他那双眼睛的瞳仁好生奇怪,
竟然闪现出又黄又红的光彩;
环顾四周时他像鹰头狮身兽,
两道剑眉上,浓密黑发长满头;
他四肢发达,肌肉结实又强健, 2135
他肩膀宽阔,两条手臂长又圆;
按照自己国度里向来的风尚,
高高站在金碧辉煌的战车上,

---

① 古希腊有两位利库尔戈斯,但都非色雷斯国王。这里对他的描绘是"土星型"的,按占星术来说受土星影响,而土星倾向于帕拉蒙。下面阿赛特那里的埃梅屈武斯是"火星型"的。这样,乔叟将中世纪的占星术用于"军事"。

给他拉车的却是四头白公牛。
他的铠甲罩衣上纹章也没有, 2140
因为那是一张黑黑的老熊皮,
熊皮上四只黄爪子金光熠熠。
他长长的头发全都梳在后背,
就像是渡鸦的羽毛光亮乌黑;
有手臂那样粗的沉甸甸金冠 2145
镶满精美红宝石以及金刚钻,
流光溢彩地戴在他头上闪亮。
白色猎狼狗跑在他的战车旁,
约莫二十条左右,大得像牛犊,
可用来捕猎狮子或者捕猎鹿; 2150
它们跟着主人,嘴巴上了套,
黄金项圈上有圆孔供人牵牢。
与他同行的整整一百位贵族
全副武装,显得刚毅又勇武。

人们从书上可看到,印度大王 2155
埃梅屈武斯站在阿赛特一方;
他骑着枣红马活像战神玛斯,
那匹马有着精钢制成的马饰,
金线织的马衣,图案斑斓齐整。
铠甲罩衣用鞑靼的丝绸制成, 2160
镶着的珍珠又白又大又滚圆;
胯下是新近打制的纯金马鞍;
一件短斗篷披在他的肩膀上,
满缀其上的红宝石火一样亮;
他的头发鬈曲成一个个小圈—— 2165
那头发又黄又亮像阳光耀眼。

他眼睛色如柠檬，鼻子挺又高，
他的嘴唇很丰满，脸上血色好；
一些雀斑零星地散布在脸上，
雀斑颜色是黝黑之中带点黄。①   2170
他顾盼的目光如同出自猛狮，
我估计他的年龄是五加二十。
他开始蓄起的胡子有模有样，
他号角般嗓音有如雷声洪亮。
他头上戴着一顶玉桂的花冠，   2175
那枝枝叶叶翠绿清新很好看。
他手上擎着一只驯养的猎鹰，
这白得像百合的鹰让他高兴。
他也有一百名贵族伴随着他，
他们都没戴头盔但全身披甲，   2180
总之，一切都那么富丽堂皇。
因为你们能想象，公侯君王
为了爱情也为了武士的荣誉，
都在这支高贵的队伍里会聚。
就是在这位印度国君的身旁，   2185
许多驯养的狮子和豹在奔忙。
就这样，这些大大小小贵人，
都在某个星期天早晨九点整，
来到雅典城并在城里下了马。

忒修斯，这位君王兼武士之花，   2190
迎接他们进入了他这座都城，
按各人身份妥善地做了安顿，

---

① 同上面"眼睛色如柠檬"一样，偏于黄色符合"火星型"特点。

又设宴款待;总之不遗余力
使他们舒适,处处尽地主之谊——
人们都觉得,谁也没这份能耐 2195
比这位君王做出更好的接待。

至于歌手的献唱,席间的照应,
赠送给大小贵客的上好礼品,
忒修斯王宫中那种豪华壮丽,
宴会中谁坐在首座谁坐末席, 2200
哪位贵妇最美丽,舞跳得最好,
或是她们中哪一位歌舞最妙,
或是有谁讲起爱情来最动情,
或歇在栖木上的是谁家猎鹰,
或者有哪些猎犬趴倒在地上—— 2205
所有这些,我现在全都不讲,
只讲结果,我看这样最合理;
你们若愿意,我就直奔主题。

那个星期一凌晨,天还没亮,
帕拉蒙听到云雀已经在歌唱—— 2210
尽管离天亮还有两小时之久,
但云雀已在歌唱;一听之后
他立刻起床,怀着饱满情绪,
虔诚而崇敬地独自走了出去;
他去朝拜的基西里娅很仁慈,① 2215
正是值得我们崇敬的维纳斯。

---

① 基西里娅是希腊神话爱与美的女神,即罗马神话中的维纳斯,因为她在基西里亚岛的海中升起。

在她那个小时，他慢步而去，①
来到那比武场中她的神殿里，
带着谦卑的神情跪倒在地下，
伤心地说了下面这样一番话： 2220

"我的女神维纳斯仙界最美丽，
你是朱庇特之女、伍尔堪之妻，②
你在西塞龙山上赐人以欢快，③
凭着你对阿多尼斯的那份爱，④
请对我苦涩的眼泪加以怜悯， 2225
让我卑微的祷词深入你的心。
我呀！没什么言辞可以形容
我在自己地狱中遭受的苦痛；
我的心不能泄露受到的折磨；
羞愧使我不敢提要求，只能说： 2230
'我的女神开恩吧，就你知道
我的心思，看到我感受的苦恼。'
请考虑这些并垂怜我的痛楚，
我必定永远做你的忠实奴仆，
必定为了你而竭尽我的全力， 2235
同无谓的节制坚决斗争到底；

---

① 古人认为行星有七，即太阳、月亮、水星、金星、火星、木星和土星，并以此命名一星期中的各天。每个行星和用来称呼它的神（如水星叫墨丘利，金星叫维纳斯，火星叫玛斯）都可分配到一个"小时"，其计算以代表当天的那个行星开始。根据这种星象学的计时法，维纳斯的"时辰"在星期日日出后第二十三个"小时"。星期一日出后第一个"小时"属于狄安娜（英语与拉丁语中一样，星期一〈Monday〉以月亮〈Moon〉命名，而月亮女神为狄安娜）。日出后第四个"小时"则属于玛斯。这些"小时"长度不等，因为按这种计算法，从日出到日落或从日落到日出，不管日夜长短变化，一律分成十二个"小时"。
② 伍尔堪是罗马神话中的火与锻冶之神。
③ 作者在这里误将西塞龙山当作维纳斯居住的基西拉岛（参见1937行注）。
④ 阿多尼斯为希腊与罗马神话中的美少年，是爱与美的女神维纳斯的眷恋对象。

你若肯帮我，这便是我立的誓！
我不是想把自己的武艺显示，
我并不要求明天能获得优胜，
更不想凭借这件事博得名声， 2240
让武艺高强的虚名到处传播；
只求你把艾米莉完全赐给我，
我愿意为你效劳并效劳到死。
所以求你给我出主意想法子：
我并不在乎究竟什么结果好， 2245
我打败他们或他们把我打倒，
我不管，只求拥抱我那意中人。
因为，尽管玛斯是我们的战神，
但在天庭里，你有巨大的威力，
只要你同意，我就得到艾米莉。 2250
我要永远在你的神殿里朝拜，
无论到哪里，只要有你祭坛在，
我就要给你上供，为你点圣火。
我的女神哪，你若不愿这么做，
那我求你明天给阿赛特力量， 2255
让他的长矛一下刺穿我心脏。
这样，即使阿赛特赢得她为妻，
我既断了气，对此就不会在意。
我这祈祷，敬爱的赐福女神哪，
是在恳求：把我心上人给我吧！" 2260

帕拉蒙的这番祈祷刚一完毕，
便立刻在维纳斯的像前献祭；
他神情可怜但礼数十分周到——
那些仪式我现在就不做介绍。

最后维纳斯那座像震动起来 2265
并显示征兆,由此帕拉蒙明白,
他所做的这番祈祷已被接受。
尽管那征兆的显示有所滞后,
他却满以为恳求已经被认可,
于是就急急回家,满心快乐。 2270

这是帕拉蒙前去朝拜维纳斯。
在这事发生后的第三个小时,①
太阳升起,艾米莉这时起身,
匆忙去神殿祭拜狄安娜女神。
陪同她前去那里的一些侍女 2275
为她备好所有的材料和用具,
包括香火、祭服和其它一切,
反正献祭中必然要用到这些——
按照习惯,角器盛满蜂蜜酒;
献祭中的东西真是样样都有。 2280
待神殿里香火点起,祭服穿起,
这时,怀着虔敬心情的艾米莉
用泉水把身子洗得干干净净。
她那套仪式我不敢详细说明,
只能非常概略地大致提一提; 2285
但听听全部的细节也很惬意。
只要没有坏心思就不受指责,
不过讲的人最好分寸要掌握。
且说她梳好的头发光亮披散;

---

① 当时这"小时"是变量,可称"行星小时",指日出到日落的十二分之一时间,而星期一(月亮日)的日出"小时"属狄安娜(见2217行注)。

一只常绿橡树枝编成的花冠①　　　　　　　2290
稳稳戴在她头上合适又漂亮。
她先把圣坛上两团圣火烧旺,
接着举行仪式:要了解详细
可读斯塔提乌斯等人的古籍。②
点好圣火后她显得可怜巴巴,　　　　　　　2295
对着狄安娜说出下面这番话:

"贞洁女神哪,你住在绿树林里,
天空、大地和海洋你尽收眼底;
普路托幽冥王国里,你是王后,
你身为处女保护神,我的心头　　　　　　　2300
有什么愿望你早就一清二楚。
请别让我遭到你愤怒的报复
也付出亚克托安的惨痛代价。
你也完全知道,贞洁的女神哪,
我的愿望是终生做一个处女,　　　　　　　2305
不要被人爱也不要被人迎娶。
你知道我属于你的那个队列,
是个处女,喜爱的只是打猎,
只是在莽莽树林里到处游荡,
不愿嫁人也不愿把子女生养。　　　　　　　2310
我也不要同男子往来,女神哪,
你法力无边,请你就帮帮我吧——
就凭着你所具有的三重形象。③

---

① 这种常绿橡树出自南欧。
② 斯塔提乌斯的史诗《底比斯战纪》是乔叟《骑士的故事》来源之一,但其主要来源却是薄伽丘作品。艾米莉这祈祷场面的描写即出自后者。
③ 三重形象指天上的月亮女神、地上的狄安娜、地府的普罗塞耳皮娜(冥王强娶之后)。

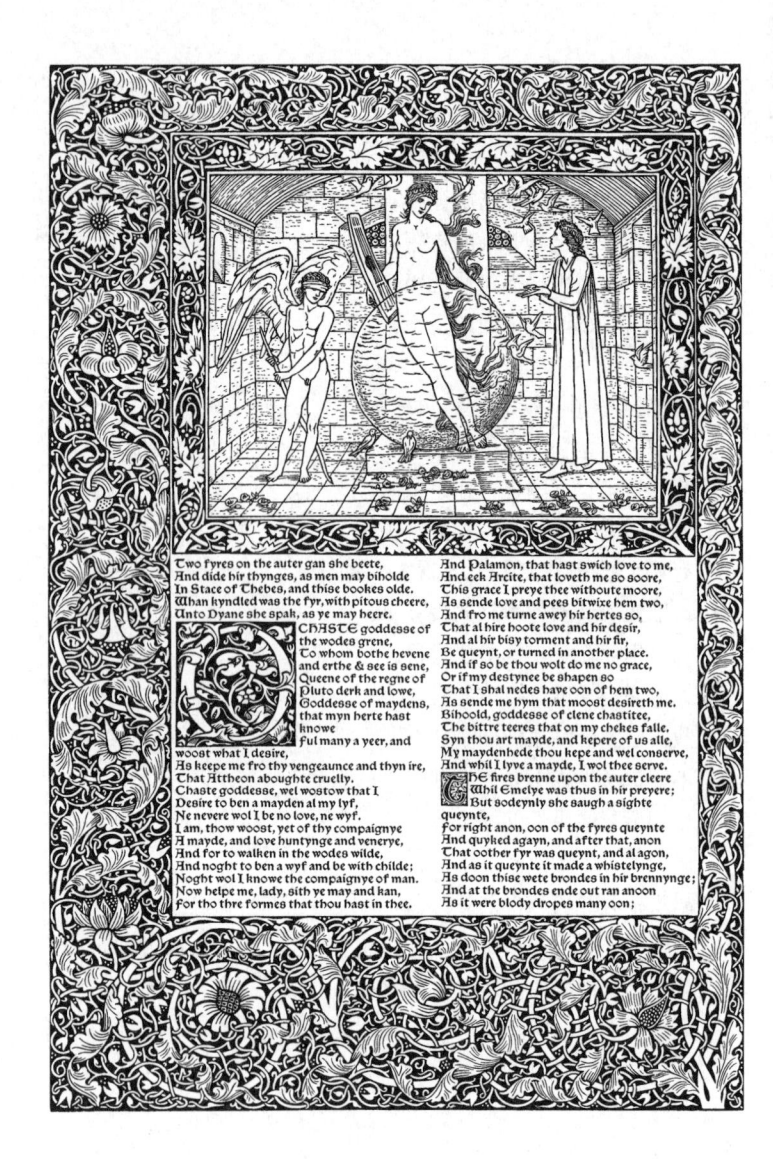

Two fyres on the auter gan she beete,
And dide hir thynges, as men may biholde
In Stace of Thebes, and thise bookes olde.
Whan kyndled was the fyr, with pitous cheere,
Unto Dyane she spak, as ye may heere.

CHASTE goddesse of the wodes grene,
To whom bothe hevene and erthe & see is sene,
Queene of the regne of Pluto derk and lowe,
Goddesse of maydens, that myn herte hast knowe
ful many a yeer, and woost what I desire,
As keepe me fro thy vengeaunce and thyn ire,
That Attheon aboughte cruelly.
Chaste goddesse, wel wostow that I
Desire to ben a mayden al my lyf,
Ne nevere wol I be no love, ne wyf.
I am, thow woost, yet of thy compaignye
A mayde, and love huntynge and venerye,
And for to walken in the wodes wilde,
And noght to ben a wyf and be with childe;
Noght wol I knowe the compaignye of man.
Now helpe me, lady, sith ye may and kan,
For tho thre formes that thou hast in thee,
And Palamon, that hast swich love to me,
And eek Arcite, that loveth me so soore,
This grace I preye thee withoute moore,
As sende love and pees bitwixe hem two,
And fro me turne awey hir hertes so,
That al hir hoote love and hir desir,
And al hir bisy torment and hir fir,
Be queynt, or turned in another place,
And if so be thou wolt do me no grace,
Or if my destynee be shapen so
That I shal nedes have oon of hem two,
As sende me hym that moost desireth me.
Bihoold, goddesse of clene chastitee,
The bittre teeres that on my chekes falle,
Syn thou art mayde, and kepere of us alle,
My maydenhede thou kepe and wel conserve,
And whil I lyve a mayde, I wol thee serve.

THE fires brenne upon the auter cleere
Whil Emelye was thus in hir preyere;
But sodeynly she saugh a sighte queynte,
for right anon, oon of the fyres queynte
And quyked agayn, and after that, anon
That oother fyr was queynt, and al agon,
And as it queynte it made a whistelynge,
As doon thise wete brondes in hir brennynge;
And at the brondes ende out ran anoon
As it were blody dropes many oon;

至于帕拉蒙爱我爱成了这样,
至于阿赛特爱我爱得这么深,　　　　　　　　　2315
我只求你在一点上对我开恩,
就是让他们两人相亲又相爱,
让他们把心思从我这里移开;
让他们一切炽烈的热望、爱火,
让他们一切剧烈的苦恼、折磨,　　　　　　　　2320
都烟消云散或者都转向别处。
如果你不愿给我这样的救助,
或者对我的命运已有了安排,
必将从这两人中挑出一位来,
就把最渴求我的那位给我吧。　　　　　　　　　2325
请你看看,最最贞洁的女神哪,
从我脸颊上淌下的苦涩眼泪。
你既是处女又要把我们保卫,
所以请让我保住我处女之身,
而我将以这身份侍奉你一生。"　　　　　　　　2330

艾米莉满心虔诚这样在祈祷,
圣火也正在华美神坛上燃烧,
但是突然间她看到一个异象:
因为一个火本来烧得相当旺,
忽地灭了灭,接着重又燃烧;　　　　　　　　　2335
随即另一个火灭了灭就熄掉,
而在熄掉时还发出啪啪声响,
就像湿漉漉木头燃烧时一样;
从那火炬的上端还淌下东西,
看上去就像一滴一滴的血滴。　　　　　　　　　2340
见到这景象艾米莉大为惊慌,

99

直吓得魂飞魄散流着泪叫嚷，
因为她不知道这有什么含义，
她这样哭叫只因为感到恐惧，
而她那哭声听来才真叫可怜。 2345
正这么哭着，狄安娜却已出现，
她手里拿弓，一身女猎手装束，
嘴里说道："女儿，可不要再哭。
天上的各位神明已做出决定，
而且永恒的天书上也已写明： 2350
他俩中的一个为你吃尽了苦，
你将嫁给他，他将做你丈夫，
至于他是谁，那就不能告诉你。
再见啦，我可不能流连在这里。
燃烧在我祭坛上的两道火焰， 2355
在你离去前，一定有所表现，
把你爱情纠葛中的命运显示。"
说完这话，她箭袋中的箭矢
相互碰撞而发出清晰的声音，
接着也就失去了女神的踪影。 2360
面对这情形，艾米莉感到惊异，
叹着气说道："这究竟有何含义？
狄安娜，我让自己受你的保护，
你尽可以随心所欲把我摆布。"
艾米莉说了这话就径直回家。 2365
经过情形就这样；此事且按下。

随后那个钟点是玛斯的时辰；
这时候阿赛特带着他的牺牲，
走到那剽悍战神玛斯的神庙，

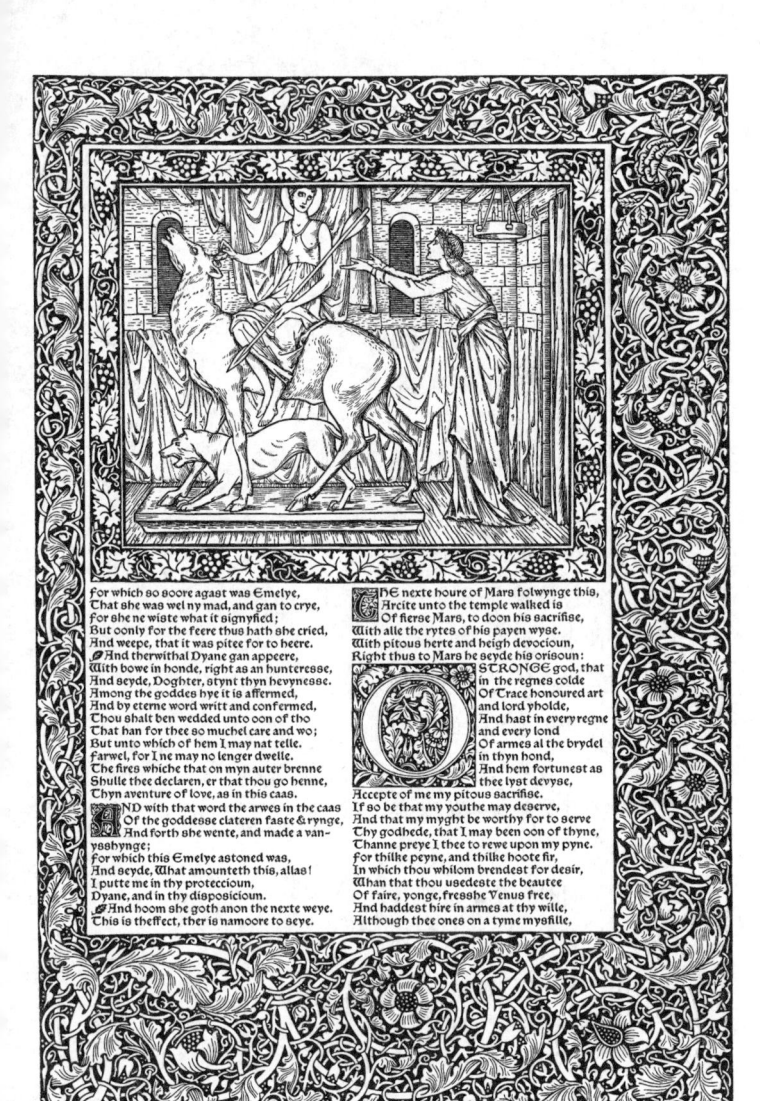

for which so soore agast was Emelye,
That she was wel ny mad, and gan to crye,
for she ne wiste what it signyfied;
But oonly for the feere thus hath she cried,
And weepe, that it was pitee for to heere.
And therwithal Dyane gan appeere,
With bowe in honde, right as an hunteresse,
And seyde, Doghter, stynt thyn hevynesse.
Among the goddes hye it is affermed,
And by eterne word writt and confermed,
Thou shalt ben wedded unto oon of tho
That han for thee so muchel care and wo;
But unto which of hem I may nat telle.
farwel, for I ne may no lenger dwelle.
The fires whiche that on myn auter brenne
Shulle thee declaren, er that thou go henne,
Thyn aventure of love, as in this caas.
AND with that word the arwes in the caas
Of the goddesse clateren faste & rynge,
And forth she wente, and made a vanysshynge;
for which this Emelye astoned was,
And seyde, What amounteth this, allas!
I putte me in thy proteccioun,
Dyane, and in thy disposicioun.
And hoom she goth anon the nexte weye.
This is theffect, ther is namoore to seye.

THE nexte houre of Mars folwynge this,
Arcite unto the temple walked is
Of fierse Mars, to doon his sacrifise,
With alle the rytes of his payen wyse.
With pitous herte and heigh devocioun,
Right thus to Mars he seyde his orisoun:

O STRONGE god, that in the regnes colde
Of Trace honoured art and lord yholde,
And hast in every regne and every lond
Of armes al the brydel in thyn hond,
And hem fortunest as thee lyst devyse,
Accepte of me my pitous sacrifise.
If so be that my youthe may deserve,
And that my myght be worthy for to serve
Thy godhede, that I may been oon of thyne,
Thanne preye I thee to rewe upon my pyne.
for thilke peyne, and thilke hoote fir,
In which thou whilom brendest for desir,
Whan that thou usedeste the beautee
Of faire, yonge, fresshe Venus free,
And haddest hire in armes at thy wille,
Although thee ones on a tyme mysfille,

以他异教的方式献祭和祈祷。 2370
怀着凄惶的心和高度的敬仰,
他对玛斯的祷词如下面这样:

"在那寒冷的色雷斯,强大的神,
你被看作是主宰并受到敬奉,
无论在哪片国土和哪块地方, 2375
你手里永远操纵着战争之缰,
双方的命运决定于你的心意,
现在请接受我这点可怜献祭。
如果我因为年轻能得到眷顾,
因为有力量而能够为你服务, 2380
成为你这位尊神手下的一员,
那我要请求你怜悯我的哀怨。
因为你同样经历过这种苦恼,
受到过情欲炽烈之火的煎熬——
那时你正享有妙龄的维纳斯, 2385
享有她姣好鲜艳优雅的丰姿,
让她在你的怀中任凭你摆布——
尽管有一回时运不济被抓住,
原来伍尔堪用大网网住了你,
发现你同他妻子睡在了一起。 2390
看在你心中那种痛苦的份上,
请你同样怜悯我极度的悲伤。
你知道我既年轻,阅世又不深,
所以,比起世界上其他任何人,
我相信我更容易为爱情所累; 2395
因为艾米莉使我受了这份罪,
却毫不在乎我沉下还是浮起。

我非常清楚,要等她对我怜惜,
我得先在比武场上把她赢得;
我很清楚,要是没你的恩泽　　　　　　　　2400
和帮助,单凭武力没法赢得她。
战神哪,明天对阵中帮我一把——
既为了当初煎熬你的那种火,
也为了这火如今同样煎熬我;
请做个安排,让我明天能胜利。　　　　　　2405
让我上场出力,让光荣归于你!
我将置你的神庙于一切之上,
你的威力我永远要尽力弘扬,
要钻研你高强武艺让你满意;
要在你的殿堂里挂上我的旗,　　　　　　　2410
还要挂上我所有战友的纹章;
而且从现在开始直到我死亡,
我将永远维持你面前这圣火。
我还情愿用这个誓言束缚我:
我的头发和胡子长得不算短,　　　　　　　2415
因为从来没刀剪把它们修剪,
但是我愿意把它们当作礼物
献给你,终生甘做你的忠仆。
战神哪,请垂怜我的深深悲愁,
让我获胜吧;其它我一无所求。"　　　　　2420

坚强的阿赛特祷词刚一说完,
神殿的门扇和门扇上的铁环
发出了咔哒咔哒很响的声音,
阿赛特听后不免有一点吃惊。
明晃晃祭坛上的火烧得正旺,　　　　　　　2425

103

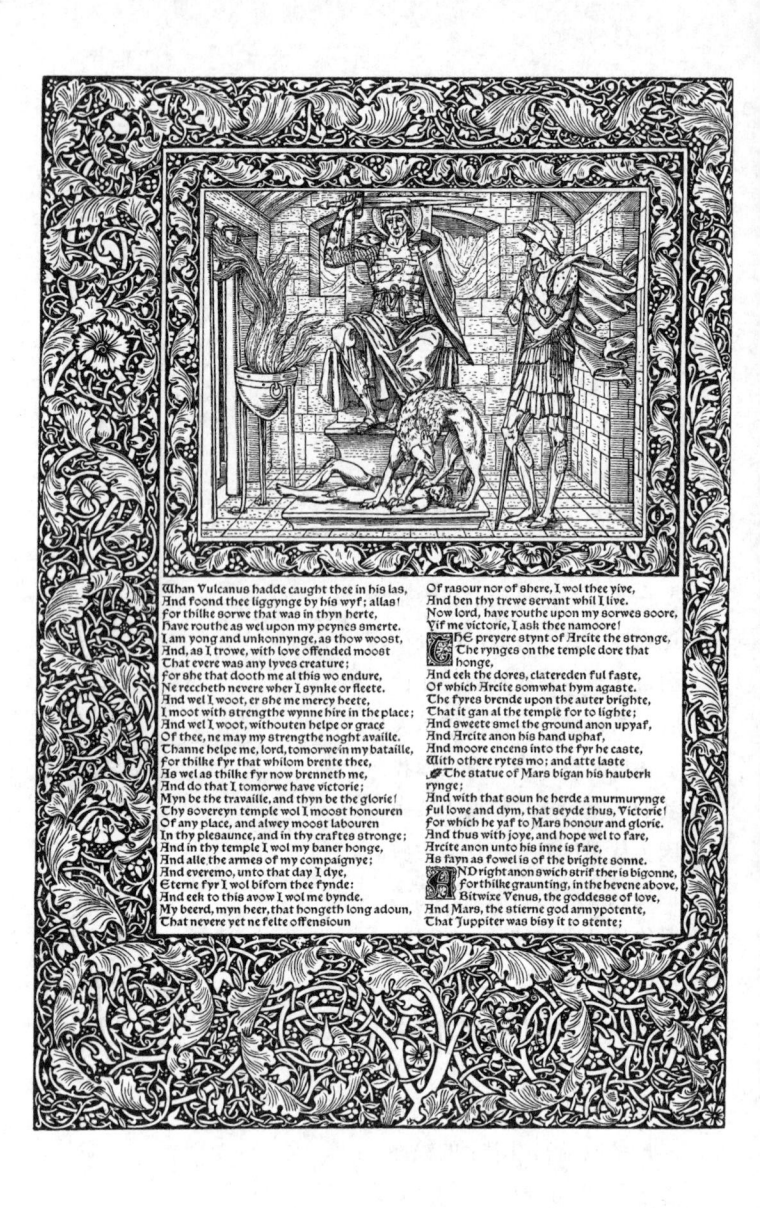

Whan Vulcanus hadde caught thee in his las,
And foond thee liggynge by his wyf; allas!
For thilke sorwe that was in thyn herte,
Have routhe as wel upon my peynes smerte.
I am yong and unkonnynge, as thow woost,
And, as I trowe, with love offended moost
That evere was any lyves creature;
For she that dooth me al this wo endure,
Ne reccheth nevere wher I synke or fleete.
And wel I woot, er me mercy heete,
I moot with strengthe wynne hire in the place;
And wel I woot, withouten helpe or grace
Of thee, ne may my strengthe noght availle.
Thanne helpe me, lord, tomorwe in my bataille,
For thilke fyr that whilom brente thee,
As wel as thilke fyr now brenneth me,
And do that I tomorwe have victorie;
Myn be the travaille, and thyn be the glorie!
Thy sovereyn temple wol I moost honouren
Of any place, and alwey moost labouren
In thy plesaunce, and in thy craftes stronge;
And in thy temple I wol my baner honge,
And alle the armes of my compaignye;
And everemo, unto that day I dye,
Eterne fyr I wol biforn thee fynde:
And eek to this avow I wol me bynde.
My beerd, myn heer, that hongeth long adoun,
That nevere yet ne felte offensioun
Of rasour nor of shere, I wol thee yive,
And ben thy trewe servant whil I live.
Now lord, have routhe upon my sorwes soore,
Yif me victorie, I ask thee namoore!

THE preyere stynt of Arcite the stronge,
The rynges on the temple dore that honge,
And eek the dores, clatereden ful faste,
Of which Arcite somwhat hym agaste.
The fyres brende upon the auter brighte,
That it gan al the temple for to lighte;
And sweete smel the ground anon upyaf,
And Arcite anon his hand uphaf,
And moore encens into the fyr he caste,
With othere rytes mo; and atte laste
The statue of Mars bigan his hauberk rynge;
And with that soun he herde a murmurynge
Ful lowe and dym, that seyde thus, Victorie!
For which he yaf to Mars honour and glorie.
And thus with joye, and hope wel to fare,
Arcite anon unto his inne is fare,
As fayn as fowel is of the brighte sonne.

AND right anon swich strif ther is bigonne,
For thilke graunting, in the hevene above,
Bitwixe Venus, the goddesse of love,
And Mars, the stierne god armypotente,
That Juppiter was bisy it to stente;

开始把整个神庙映照得通亮；
然后地上散发出一阵香味来，
阿赛特闻到后立即把手一抬，
将另外一把香料投进了火中，
又行了其它一些仪式；最终， 2430
玛斯像上的锁子甲殷殷出声，
同时阿赛特还听见一种话音：
是含含糊糊低低一声"胜利！"
他为此对玛斯致以崇高敬礼。
这样，阿赛特怀着喜悦和希望 2435
很快回到他住宿的旅店客房，
高兴得像灿烂阳光中的小鸟。

为了这份恩典，激烈的争吵
紧接着在高天之上骤然而起，
害得朱庇特忙着要使之平息—— 2440
争吵的一方就是爱神维纳斯，
另一方则是严酷的战神玛斯。
最后冷酷苍白的萨杜恩出场， ①
他熟知许多古代招数、花样，
凭着老经验想出了一条妙计， 2445
当即使争吵的双方感到满意。
俗话说得有道理：老年是个宝；
年纪一老，当然经验多智慧高——
虽说短于力气，却长于心计。
所以尽管这样做违反他本意， 2450
萨杜恩还是立刻动起了脑筋，

---

① 萨杜恩是罗马神话中的农神。

设法平息双方的争执和担心。

"亲爱的女儿维纳斯，"萨杜恩说，
"我运行的轨道范围十分广阔，①
我的法力在人们的想象之外。 2455
我能管幽暗海中的灭顶之灾，
能潜入漆黑一片的地牢监房，
我能使绞索或吊索套上颈项，
我能引起不满和暗地里下毒，
又能进行充分的惩罚和报复， 2460
我能使下层百姓抱怨和暴动，②
只要进驻我黄道上的狮子宫。
我能叫玉堂华厦顷刻间垮下，
能叫高高的塔楼和城墙倒塌，
压在下面掘土人和木匠身上。 2465
我叫参孙摇倒了屋柱而死亡，③
我还管辖着叫人心寒的疾病、
历史悠久的阴谋和谋财害命；
我的目光是一切瘟疫的祸根。
现在别哭啦，我能向你保证： 2470
帕拉蒙，这位受你眷顾的武士
将按照你的许诺得到那女子。
另一位武士虽得到玛斯帮助，
你俩之间的和平暂时可保住——
但是你们两个的脾性不一样， 2475

---

① 就像玛斯和维纳斯是火星和金星一样，萨杜恩（Saturne）是土星。按星相学说法，这颗星很"冷酷"，也很"凶险"。
② 这可能指 1381 年的农民起义。
③ 参孙是《圣经》中力大无穷的人物，见《旧约全书·士师记》第 13—16 章。

所以常造成争争吵吵的现象。
我是你的老长辈,总是依你;
现在别哭啦,我会叫你满意。"

现在我不再讲天上神明的事,
不讲战神玛斯和爱神维纳斯; 2480
我要尽可能清楚讲讲那结果,
所以,下面就要开始这么做。

第三部结束

第四部开始

那天,雅典像欢庆盛大节日,
又加上喜气洋洋的五月天时,
城里的每一个人都欢欣鼓舞, 2485
整个星期一不是跳舞就比武,
反正就把这一天献给维纳斯。
但为了看那场厮杀不致误时,
第二天他们人人都要起个早,
所以夜幕一降临便上床睡觉。 2490
第二天凌晨天色刚刚有点亮,
只听得所有旅店的各处地方,
马匹和盔甲的声音一片嘈杂;
贵人们骑着大大小小的好马,
成群结队一路路来到了宫里。 2495
在那里可看到种种甲胄武器,
做得华丽又奇异、精巧又别致,

极尽金匠、铁工和绣女的能事;
金光闪闪的头盔、锃亮的盾牌,
锁子甲、纹章、马的头罩和铁铠; 2500
骑马的贵人衣饰华美又雍容;
还有随侍左右的武士和扈从,
他们给盾安皮带,给盔装带扣,
把皮条穿好系好,给矛安矛头——
他们闲不了,总有需要做的事; 2505
只见喷白沫的马咬着金嚼子,
许多盔甲匠带着锤子和锉刀
不停地催动胯下马到处急跑;
徒步的乡勇和兵丁手执短棍,
来来往往时拥挤得密密层层; 2510
还有大鼓和号角、喇叭和军笛,
发出的声音里满是腾腾杀气;
王宫上下,处处是成堆的人群,
三五个、十来个,无非是在讨论
或猜测两位底比斯武士的事; 2515
无非是如此这般或这般如此。
有的对黑胡子的人表示赞同,
有的支持毛发稀或者毛发浓;
有的说那人看来凶猛又顽强:
"他那战斧的重量准有二十磅。" 2520
就这样,在太阳升起之后很久,
大厅里的人依然在猜测不休。

乐声和闹声实在响得很厉害,
已让伟大的忒修斯早早醒来。
他没有离开富丽堂皇的宫室, 2525

直到那两位底比斯青年武士
像贵宾一样被人引进了宫殿。
这时君王忒修斯端坐在窗前,
宝座上的他非常像一位神祇。
人群朝着他立刻就拥了过去——　　　　　　　　2530
为的是一睹丰采并向他致敬,
也为了聆听他的决定和命令。
传令官在台上吹了一声喇叭,
于是人群里渐渐没有了嘈杂,
待看到整个场面已归于安谧,　　　　　　　　2535
他这样宣布伟大君王的旨意:

"我们高贵的君主圣明又慎重,
认为这次规模盛大的比武中,
如果要进行你死我活的恶斗,
那就是听任高尚的鲜血白流。　　　　　　　　2540
为让比武者不死,他做出安排,
要对原先的计划做一点修改。
谁违反下列规定,以死罪论处:
进入比武场的人不得带战斧、
匕首和任何种类的投射武器;　　　　　　　　2545
任一种短剑只要是剑头锋利
能够伤人,就不得使用和佩挂。
各人只能向对方做一次冲杀,
这时可以用开过了刃的长矛;
但也可以在马下戳刺以自保。　　　　　　　　2550
招架不住的一方不能被杀戮,
应该被当作俘虏带他去桩柱——
桩柱应竖在双方设定的地方;

被押到那里的人不准再上场。
如果一方的主将被对方捉住, 2555
或者在打斗中不幸一命呜呼,
那么这次大比武就立即作罢。
愿天神成全你们,去出击厮杀!
挥舞长剑和狼牙棒,打个痛快!
现在就开打;这是主上的安排!" 2560

百姓发出的呼号声动地震天,
他们的嗓音响亮,欢快地叫喊:
"愿天神保护如此仁慈的君王,
他不愿让宝贵的血白白流淌!"
忽然之间响起喇叭声和乐声, 2565
所有的人马排列得齐齐整整,
穿过那座大城朝比武场进发——
金黄色锦缎在城里处处悬挂。

忒修斯骑在马背上气概万千,
两名底比斯武士分列他两边; 2570
骑马跟着的是王后和艾米莉,
她俩后面就按照地位的高低,
排列着一队队形形色色的人。
他们就这样秩序井然出了城,
来到那个比武场不早也不晚—— 2575
不到九点很难算真正大白天。
忒修斯坐上他那高高贵人席,
他王后希波吕塔女王、艾米莉
和其他贵妇依次坐在了周围,
这时人群涌向了其它的座位。 2580

在西面,通过玛斯下面几道门,
阿赛特带着支持他的一百人
高举着红旗转眼之间进了场;
同时,帕拉蒙也显得威武雄壮,
通过维纳斯下面的几个入口, 2585
打着白旗来到了比武场东头。
任凭在世界上哪个地方寻找,
这样的两支队伍可别想找到——
真可谓旗鼓相当,分不出高低。
因为无论讲年龄、高贵或勇气, 2590
没有一个聪明人有本领断言
哪一方比对方更具有利条件;
这些人真是挑选得势均力敌,
如今分别投入在两支队伍里。
他们的大名随后都宣读一遍, 2595
以免人数上可能存在的欺骗;
这时候门关上,命令大声传下:
"高傲的年轻武士,各自尽力吧!"

传令官不再催着马东奔西跑;
接着场上吹响了喇叭和号角。 2600
闲话不说;只见东面和西面
矛已端平,矛柄都顶住托垫,①
随着尖马刺在马的两肋一扎,
就能看出谁善于格斗和骑马。
有些矛一刺上厚盾立刻折断; 2605

---

① 持矛武士骑马格斗时,为增加攻击力而把矛端平,矛柄尾端顶在铠甲上一处专用来抵住矛柄的地方,所以这动作表明即将冲锋。

有的人感觉到矛把胸骨刺穿。
有的矛脱手飞离地面二十尺,
于是剑拔出剑鞘亮得像银子;
刀剑砍落处,头盔砍成碎片,
只见鲜红的血在迸流、喷溅;   2610
强力的狼牙棒叫人粉身碎骨。
有人朝人马最密集处奔突,
战马一失足,连人翻倒在地,
就像球那样在地上一路滚去;
有人站定在那里用断矛抵抗;   2615
这个人同马一起翻倒在地上,
那个人身体受伤被对方抓住,
尽管不愿意仍被押解到桩柱,
按照规定,必须留在那地方——
对面也有个武士站立桩柱旁。   2620
有时忒修斯让他们稍事休息,
若有需要就供应吃喝的东西。
两位底比斯对手频繁地交手,
彼此都能叫对方大吃其苦头,
都曾经两次把对方打落马下。   2625
嘎尔嘎菲山谷里的老虎妈妈①
即使因虎仔被偷而报复猎人,
也没满怀妒意的阿赛特残忍,
不会像他那样对帕拉蒙狠毒;
柏尔玛利亚的猛狮遭到追逐②   2630
或饿得发疯,反正任怎么凶残,

---

① 嘎尔嘎菲是古罗马作家奥维德(公元前43—17)《变形记》中地名,可能在希腊。
② 柏尔玛利亚,见"总引"57行。

任怎么嗜血,要把猎物当美餐,
也没帕拉蒙对待阿赛特狂野。
他们怒冲冲把对方头盔打瘪;
他们的身上溅满殷红的血污。　　　　　　　　　2635

任何事情到时候总有个结束:
那天太阳下山去休息前不久,
帕拉蒙、阿赛特两人正在恶斗,
威猛的国王埃梅屈武斯杀到,
在帕拉蒙身上深深砍了一刀;　　　　　　　　　2640
二十人的力量总算把他捉住,
见他不投降就把他拖到桩柱。
为了冲上前来把帕拉蒙救下,
利库尔戈斯大王也被打下马;
而埃梅屈武斯虽然力大无边,　　　　　　　　　2645
却也被摔出马鞍有一剑之远——
因为帕拉蒙被捉前狠击对方。
但是没用,他仍被拖到桩柱旁。
他的心虽然勇敢,却无能为力;
既然被捉住,就只能待在那里:　　　　　　　　2650
这既是较量的结果,也是规定。

现在谁的悲伤能超过帕拉蒙?
这时候他已不能再上场战斗。
忒修斯看到场上这局面之后,
对仍在拼命搏斗的人们高呼:　　　　　　　　　2655
"停止战斗,比武现在结束!
我是个公正的裁判不偏不倚,
现在宣布阿赛特赢得艾米莉——

凭着好运,公道地赢得了她。"
这时人群中爆发出一阵喧哗——　　　　　　　　2660
他们听到这结果高兴得大叫;
那轰响似乎要把看台震塌掉。

美丽的天神维纳斯又能如何?
这爱的女王说了又做了什么?
她只是哭泣,因为没如愿以偿,　　　　　　　　2665
她的热泪竟然落到比武场上。
她说:"我毫无疑问将遭人耻笑。"

"孩子别哭,等着瞧,"萨杜恩说道,
"玛斯遂了愿,那武士达到目的;
但我用脑袋担保:你将会满意。"　　　　　　　2670

喇叭手吹起的乐曲高昂响亮,
传令官一会呼喊又一会叫嚷,
热烈欢呼阿赛特公子的获胜。
但你们听好,暂时不要出声,
听我说说随即发生的怪事吧。　　　　　　　　2675

勇士阿赛特先是把头盔脱下
露出脸来,马刺再碰碰马肚子,
战马便在这场地上迈开步子
沿着场边走,一边仰望艾米莉;
艾米莉回看他,眼中颇有情意　　　　　　　　2680
(因为大体说来,既然是女子,
总看谁是幸运儿才决定行止)——
艾米莉是他心中幸福的源泉。

114

突然间一个恶鬼冒出了地面
（冥王派他来是应萨杜恩要求）， 2685
阿赛特的马受了惊猛地扭头
朝旁边一跳，当即摔倒在地；
阿赛特猝不及防被摔了出去，
他的头颅重重地在地上一撞，
于是躺在地上像死去了一样。 2690
他的胸膛被鞍桥撞得瘪进去，
他的脸黑得像煤或乌鸦毛羽，
因为血液都涌到了他的面孔。
他立刻就被抬到忒修斯王宫。
他感到胸口剧痛，痛彻心底， 2695
人们连忙割开他身上的铁衣，
很快就把他放上舒适的床铺，
因为他依然活着，神志清楚，
还时时刻刻大声叫唤艾米莉。

忒修斯回到自己的雅典城里， 2700
带着所有的贵宾和全班人马，
一路上气势雄壮又意气风发。
尽管发生了这次不幸的意外，
他不想因此让大家感到不快。
何况人们说阿赛特不会死去， 2705
说是他受的伤完全可以治愈。
人们感到庆幸的还有一件事：
因为尽管有人伤势重，特别是
某人被矛尖深深刺进了胸膛，
不过格斗中毕竟无一人死亡。 2710
至于其它的一些伤筋或断骨，

有的治疗用药膏有的用法术;
反正得喝草药汤或者服煎药,
为的是疗创治伤把身体养好。
好在高贵的忒修斯最有能力, 2715
把每位客人招待得舒服惬意,
按恰当的礼仪招待外国贵宾,
请他们整个夜晚都欢宴畅饮。
大家认为这一次骑士比武会
没有谁丢了面子没有谁败北, 2720
因为事实上没有一个失败者,
落马也只是运气不佳的结果。
同样,单单一个人赤手空拳,
不投降,却要二十名武士上前
方能抓住他,还要使尽了力气, 2725
拉住他手脚才拖到桩柱那里;
而对方的家丁家仆拿着棍棒,
奔过来把他的马赶出比武场——
所有这一切都不会招来耻辱,
没有人能把帕拉蒙叫作懦夫。 2730
所以,为了防止忌妒和怨恨,
忒修斯吩咐传令官公开宣称,
双方彼此彼此,就像是兄弟,
大家都获得成功,不分高低;
他根据位分尊卑送客人礼品, 2735
整整三天为他们摆筵席欢庆。
外邦君主回去时,他盛情相送,
出了城门,还送上一天的路程。
就这样,每一位客人径直回家,
无非说些"一路平安,再见啦!" 2740

对这场搏斗，我写到这里为止，
现在来讲阿赛特、帕拉蒙的事。

阿赛特整个胸部肿得很严重，
他感到心口变得越来越疼痛。
不管试着用什么办法来治疗， 2745
体内败坏的淤血没办法去掉；
所以虽然放了血，拔了火罐，
吃了煎草药，伤情不见好转。
从被称为自然功能的机体里，
那种叫作肉体功能的排除力 2750
已没有力量把毒消除或排空。①
他两个肺叶的管脉都已水肿，
胸部和胸部以下的每条肌肉
由于中了毒而在腐烂和衰朽。
无论让他下面泻或者上面吐， 2755
对救他性命来说都没有帮助。
因为他那个部分已全都坏掉，
凭他的自然功能已恢复不了；
既然是自然功能起不了作用，
药就免了！还是往教堂里送！ 2760
总之一句话，阿赛特必死无疑；
于是，他就派人请来了艾米莉，
同时也请来帕拉蒙，他的表兄；
然后，对他们如下诉说了一通：

---

① 中世纪医学认为三种功能控制生命：自然功能来自肝脏，生命功能集中于心脏，肉体功能（或称动物功能）在头脑并控制肌肉。肉体功能有"排除力"，能排出自然功能中的毒。这里乔叟的意思是：阿赛特头脑受伤，肌肉不能排除肝脏中的毒。

"我的意中人,我最珍爱的人, 2765
我因为心中充满哀怨和苦闷,
难以向你吐露出丝毫的悲愁。
但既然我的生命已快到尽头,
我要把我灵魂中的全部忠诚
献给你,因为你高于其他世人。 2770
唉,这许多艰难和痛苦和悲愁,
我为你承受,而且承受这么久;
唉,我即将死去,亲爱的艾米莉;
唉,我们俩将永远永远地分离;
唉,我心中的妻子,心中的女王!① 2775
你是我的心上人,却使我死亡!
世界是什么?人们要追求什么?
此刻情人在身旁,但一过此刻,
便孤零零一个进了冷冷坟墓。
为了对上帝的爱,请把我抱住; 2780
我的甜蜜敌人艾米莉,永别啦!
但是现在,请听我再说几句话。

"过去很长时间里,因为爱你,
也因为对这表兄所怀的妒忌,
我对他总有敌意并同他竞争。 2785
愿明察的天神引导我的灵魂
公正地说说这位爱情的忠仆,
把他的全部好品质如实说出——
说他的忠诚、气节和骑士行为,

---

① 薄伽丘原作中,阿赛特临死前与艾米莉结婚。后面3062行也称艾米莉是阿赛特的新娘。

他的智慧和谦卑,家世和高贵, 2790
还有慷慨和所有骑士的美德。
现在我灵魂即将归于朱庇特,
却终于知道,要论世界上的人
谁最值得爱,首先得数帕拉蒙。
他会侍奉你,侍奉你一生一世。 2795
如果你要嫁人,做人家的妻子,
这位高尚的帕拉蒙你别忘记。"
讲到这里,他开始讲不下去,
因为有股死亡的寒气从脚跟
升到他胸口,弥漫到他周身; 2800
更为严重的,是他两条手臂
已经完全丧失了生命的活力。
受创痛折磨的心既感受到死,
残留在他心中的孤零零神智
这时也开始渐渐地离他而去。 2805
他眼光模糊,呼吸难于延续,
但双眼仍朝他的心上人望着,
最后说了一句:"艾米莉宽恕我!"
他灵魂搬了家,去了别的所在——
那里我没去过,说不出地名来。 2810
所以到此为止啦;我不懂鬼神,
我这故事中也不谈什么灵魂;
有些人写过灵魂居住的地点,
我可不想转达这种人的意见。
愿玛斯引导阿赛特灵魂一缕! 2815
这里我还要继续讲讲艾米莉。

帕拉蒙号哭;艾米莉泪下如雨,

呼天抢地中转眼便昏厥过去;
忒修斯扶着姨妹离开了遗体。
花时间讲她白天黑夜的哭泣, 2820
对你们、对我自己有何好处?
因为这时的女人最悲伤痛苦——
当丈夫撇下她们离开这世界,
她们大多数会如此悲痛欲绝,
要不是这样准会生一场大病, 2825
而结果必然是要了她们的命。
这位底比斯青年武士的死亡,
使雅典城里的百姓极其悲伤;
老老少少洒下了无数的泪滴,
成人和孩子无不为他而哭泣。 2830
可以肯定,当初赫克托被杀后,[①]
他遗体运进特洛伊城的时候,
人们没哭成这样;多么凄惨哪!
人们抓自己脸颊,扯自己头发。
"你有足够的钱,又有艾米莉," 2835
女人们哭道,"为什么竟然死去?"

没人能够抚慰伤心的忒修斯,
除了他已年迈的父亲埃勾斯;
因为这老人饱经世事的沧桑,
见过人世的变迁和起落无常—— 2840
无非是乐极生悲或悲欢相续——
他对忒修斯把这类例子列举。

---

① 赫克托是特洛伊战争中的英雄,特洛伊王普里阿摩斯的长子,牺牲于沙场。

他说道:"正像每个死去的人
都曾在世上以某种方式生存,
所以无论谁只要生活在世上, 2845
到了一定的时候就必定死亡。
这世界是条大路,充满哀伤,
我们是路上过客,来来往往;
而死亡把人世的痛苦全了结。"
类似的宽慰话他还讲了好些; 2850
总之,这些话是要大家想得开,
不要再苦恼,要重新振作起来。

现在国君忒修斯又集中精力,
考虑要为阿赛特办一场葬礼,
要办得庄严隆重符合他身份, 2855
但什么地方举行让他很费心。
最后他做出决定,选定了地点,
就是当初阿赛特、帕拉蒙之间
为了爱情而发生恶斗的地方——
阿赛特那种情意绵绵的希望、 2860
那种苦恼和火一样炽热的爱,
曾在这青翠树林中表露出来。
忒修斯决定在这里把火烧起,
并在火焰中完成整个的葬礼。
他立刻下令,派人砍伐树木, 2865
把老橡树砍倒之后排在该处,
一排排一堆堆以备点火燃烧。
于是他手下的将士急急奔跑
或骑马奔驰,把他的指示执行。
在这之后,忒修斯又下达命令, 2870

叫人准备好一副棺椁,棺椁里
铺着他最好的锦缎,极尽华丽。
他给阿赛特穿戴得同样地道:
让他的手上戴着洁白的手套,①
让他的头上戴着绿枝的桂冠, 2875
让他的手中握着锃亮的利剑。
忒修斯看他露着脸放进棺椁,
哭了起来,那哭声叫人难过。
忒修斯为了让百姓瞻仰遗容,
白天里就把灵柩移到大厅中, 2880
于是那厅中回荡着哭泣之声。
这时来了满怀悲伤的帕拉蒙——
他胡须飘拂,乱发上沾满了灰,②
一身黑色丧服上,滴满了泪水;
但是可怜的艾米莉最最伤心, 2885
她流的眼泪多于其他任何人。
考虑到阿赛特是位王室子弟,
为了使他的葬礼更隆重壮丽,
忒修斯命人牵来了三匹骏马:
马身上纯钢的马饰闪耀光华, 2890
上面还有阿赛特公子的纹章。
在这又高又大的三匹白马上,
是三个拿着阿赛特遗物的人:
一个手持他的矛,一个拿盾,
一个把他土耳其弓背在身上—— 2895
箭囊和其它佩件闪烁着金光;

---

① 按照传统,死者戴白手套表明尚未结婚。
② 不加梳理的头发上撒一些灰,也是志哀(或表示悔恨)的方式。

他们悲哀地骑马慢慢去树林——
下面你们将听到有关的情形。
好几位最有地位的希腊贵胄,
肩膀上抬着阿赛特那副灵柩　　　　　　　2900
慢慢地走,睁着哭红的眼睛,
通过主要街道,横穿雅典城——
那些街道上,黑布从头铺到底,
街道两旁,黑布从高处挂到地。
灵柩右面,走着年老的埃勾斯,　　　　　　2905
而灵柩左面,走着君王忒修斯;
精致的金器捧在他俩的双手,
盛满牛奶和蜂蜜、鲜血和酒,
帕拉蒙也同很多人走在一起;
他们后面,就是悲伤的艾米莉,　　　　　　2910
她手中握着火把:按当时风尚,
在葬礼仪式中,这个将会用上。

为了准备这一次火葬和仪式,
花费了多少努力和多少心思:
那木堆的绿色顶端高可摩天,　　　　　　　2915
它的每一边伸到二十寻之远——①
我是说那些树大得令人叫绝。
那里先堆上一车一车的麦秸,
至于那些树如何堆得这么高,②
或者各种各样的树名怎么叫——　　　　　　2920
例如橡枞桦桤柳,杨榆和圣栎,

---

① 一寻等于六英尺,即一英寻。
② 从这行到 2964 行是葬礼细节,乔叟对薄伽丘原作中的描写已做压缩。

桦栗枫榛梾,山杨黄杨和菩提,
月桂山楂紫杉,悬铃木和柏树——
还有它们的砍伐,我不想叙述。
我不讲神祇是如何上下奔忙, 2925
不讲水神林仙树精住的地方
在此之前是多么清幽和安谧,
可现在他们失去这个居住地;
我不讲鸟兽纷纷四下里逃窜,
它们怕的是树木砍倒时遭难; 2930
我不讲林中地面从不见太阳,
如今在阳光下显得如何惊慌;
我不讲麦秸怎样在那里铺开,
然后又铺上一劈为三的干柴,
再堆上绿叶犹在的树和香料; 2935
我不讲放上绫罗绸缎和珠宝,
挂起用无数花朵编成的花环,
还有没药和熏香的奇香弥漫;
我不讲死者躺在这一切之中,
遗体的四周有多少珍宝陪同; 2940
我不讲艾米莉如何按照习惯,
在这次葬礼仪式上把火点燃,
而火烧起后她如何昏倒地上;
不讲她说了什么,有什么愿望;
我不讲趁着火烧得越来越旺, 2945
人们把什么珠宝扔在火堆上;
不讲人们扔进矛或者扔进盾,
或者把身上衣服也往火里扔;
纷纷投进那狂烧大火的还有
整杯的血,整杯的牛奶和美酒; 2950

我不讲大队希腊人骑着战马
围着左手边的火堆绕了三匝,
他们一边走一边还高声叫嚷,
又三次把长矛撞得咔咔作响;
不讲那些哭喊了三次的妇女, 2955
不讲艾米莉如何被送回家去;
不讲阿赛特烧成冷冷的灰烬,
不讲那一整夜人们如何守灵;
不讲希腊人守灵时如何消遣
(讲这方面的情形我很不情愿), 2960
不讲谁摔跤获胜在身上抹油,
不讲谁不慌不忙表现最优秀。
我也不讲,结束了这种消遣,
人们又怎样各自回到了雅典。
我只想尽快地回到主题上来, 2965
把这长故事的结局做个交代。

随着时间推移,好几年以后,
人们不再哀悼,眼泪已不流;
这时,似乎希腊人一致同意,
决定在雅典城召开一次会议, 2970
为的是对某些问题做出决定;
这些问题里的一件重要事情,
就是同有一些国家结成联盟,
以求那些底比斯人完全归顺。
高贵的忒修斯立即做出安排, 2975
温文尔雅的帕拉蒙就被请来,
却不让知道请他来有何目的。
帕拉蒙悲伤地穿着一身黑衣,

按吩咐急急忙忙地来到雅典。
此时忒修斯又请艾米莉露面。 2980
当他们坐下后全场一片沉寂,
忒修斯先没发言,等待时机,
尽管明智的心中话早已想好;
他眼光朝他想瞧的地方一扫,
面带愁容地轻轻发一声叹息, 2985
接着就这样道出了他的心意:

"那位最初创造了万物的天神
一开始,把爱的美好锁链铸成,
这意义重大,用意也非常崇高——
此举的原因、目的他完全知道。 2990
因为,凭借这爱的美好锁链,
他就可以在一定的范围里面,
束缚住空气水火土,不使脱逃。
正是这位造物主,"忒修斯说道,
"对我们这不幸世界也有法度: 2995
凡是在这里出生的一切生物,
都给设下了一定的延续时间,
无论哪个都不得超过那期限——
尽管要缩短寿命有的是办法。
这方面就不必引用权威的话, 3000
因为这一点凭经验就可证实,
但我希望更清楚表达我意思。
从这种规则我们就可以看清
这位造物主既永恒而又稳定。
只要不是傻瓜,人人都明白, 3005
每个部分都是从整体分出来;

因为自然的开始之处或起源
不会仅仅是一个部分或单元，
而是个不能改变的完整东西——
它延续下去直到消亡的终极。　　　　　　　3010
所以造物主以他的大智大慧
定出恰如其分的安排和法规，
使不同门类物种靠代代相传
才生生不息绵绵延延在世间，
而个体不能永恒；这说法不假——　　　　　3015
你们完全能明白，只要看一下。①

"就看橡树吧，从它开始发芽起，
然后经过那么漫长的成长期，
我们可以看到它寿命相当长，
但是最后这棵树仍不免衰亡。　　　　　　　3020

"也想想我们脚下这些硬石板，
我们踩在上面或是走或是站，
再硬也会因磨损而废弃路旁。
有时大江里也会没有水流淌。
我们还看到大城镇变为废墟。　　　　　　　3025
可见一切的一切都有个结局。

"说到男人女人，也同样能看到
他们要不是年轻，那就是年老，

---

① 乔叟曾以散文形式翻译6世纪初罗马学者波伊提乌《哲学的慰藉》，以上文字的大意出自该书。这问题柏拉图也讨论过，即宇宙中的万物都由爱环环相扣结合在一起。世上一切事物存在的时间有限，到时候必然消亡的观点，在中世纪很典型。

就是说，这二者之中必居其一。
国王与随从一样，也不免死去，　　　　　　　　3030
只是有人死床上，有人死荒郊，
有人死深海；这种事人人知道；
毫无办法，人人得走这条路——
这条路可说适用于世上万物。

"若不是朱庇特造成这种情况，　　　　　　　　3035
还能是谁？他确是万物的主上，
他使每样东西都变回其本原，
而这正是其由之而出的渊源。
任何生物不论其类别的高低，
同这个规律对抗就不会胜利。　　　　　　　　3040

"所以我认为明智的做法就是：
要自愿地去做非做不可的事，
要甘心接受不可避免的情形，
特别是我们必然遭遇的命运。
谁对此发怨言就是蠢事一件，　　　　　　　　3045
也是对引导众生之神的叛变。
若有谁确实已赢得崇高声望，
却在那花团锦簇的时刻死亡，
那么他肯定获得最大的名声，
不会给亲友和自己留下遗恨。　　　　　　　　3050
可见，谁若满载着荣誉断气，
他的亲友该为他去世而欣喜，
因为等他令名因年龄而枯槁，
那时他的能耐已完全被忘掉。
所以如果有人要留个好名誉，　　　　　　　　3055

那么最好在声名最隆时死去。
"否定这一点便是任性或固执。
何必怨天尤人呢？我们明知
好样的阿赛特这位骑士之花，
明知他带着功成名就的光华 3060
离开人生的脏牢笼，何必难过？①
这里是他最爱的新娘和表哥，
他们何苦为他的幸运而伤悲？
他会感谢他们吗？天知道不会。
这样对自身对他灵魂都不利， 3065
也不能使他们自己转悲为喜。

"从这番说理能得出什么结论？
我的建议是，大家不要再伤心，
要高兴起来并感谢神的恩典；
我还建议，我们离开这里前， 3070
要把两个人绵绵无尽的悲哀
结合成一个永恒的完美欢快。
现在请看这中间哪里最伤心，
我们就先从那地方着手改进。

"姨妹，我要明确提出一点， 3075
我所有的谋士也都是这意见，
就是你这位高贵骑士帕拉蒙
对你是尽心尽力又一片忠诚，
而且从见到你之后始终如此。

---

① 最好在声名最隆时去世的观念，很容易为骑士接受。事实上，现代人也有这种思想，例如美国诗人 Neihardt（1881—1973）就有如下诗句：Let me go quickly, like a candle light/Snuffed out just at the heyday of its glow.

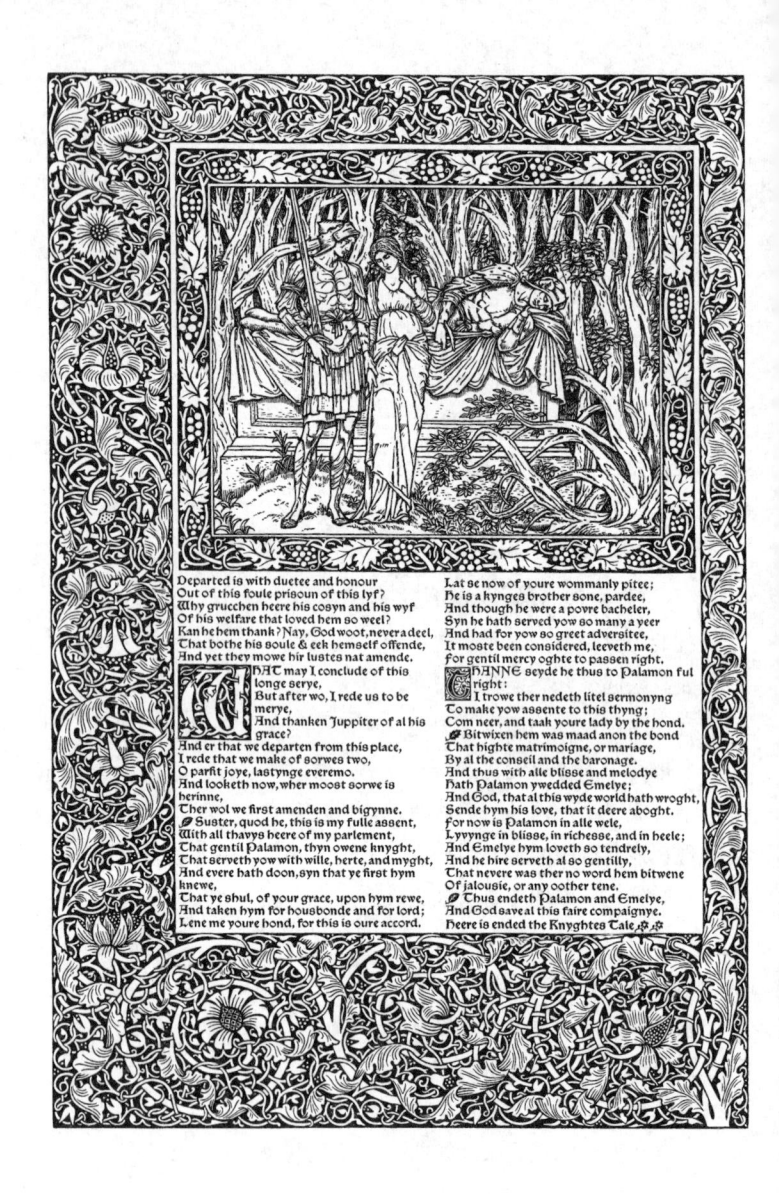

Departed is with duetee and honour
Out of this foule prisoun of this lyf?
Why grucchen heere his cosyn and his wyf
Of his welfare that loved hem so weel?
Kan he hem thank? Nay, God woot, never a deel,
That bothe his soule & eek hemself offende,
And yet they mowe hir lustes nat amende.

WHAT may I conclude of this longe serye,
But after wo, I rede us to be merye,
And thanken Juppiter of al his grace?
And er that we departen from this place,
I rede that we make of sorwes two,
O parfit joye, lastynge everemo.
And looketh now, wher moost sorwe is herinne,
Ther wol we first amenden and bigynne.

Suster, quod he, this is my fulle assent,
With al thavys heere of my parlement,
That gentil Palamon, thyn owene knyght,
That serveth yow with wille, herte, and myght,
And evere hath doon, syn that ye first hym knewe,
That ye shul, of your grace, upon hym rewe,
And taken hym for housbonde and for lord;
Lene me youre hond, for this is oure accord.

Lat se now of youre wommanly pitee;
He is a kynges brother sone, pardee,
And though he were a povre bacheler,
Syn he hath served yow so many a yeer
And had for yow so greet adversitee,
It moste been considered, leeveth me,
For gentil mercy oghte to passen right.

THANNE seyde he thus to Palamon ful right:
I trowe ther nedeth litel sermonyng
To make yow assente to this thyng;
Com neer, and taak youre lady by the hond.
Bitwixen hem was maad anon the bond
That highte matrimoigne, or mariage,
By al the conseil and the baronage.
And thus with alle blisse and melodye
Hath Palamon ywedded Emelye;
And God, that al this wyde world hath wroght,
Sende hym his love, that it deere aboght.
For now is Palamon in alle wele,
Lyvynge in blisse, in richesse, and in heele;
And Emelye hym loveth so tendrely,
And he hire serveth al so gentilly,
That nevere was ther no word hem bitwene
Of jalousie, or any oother tene.
Thus endeth Palamon and Emelye,
And God save al this faire compaignye.
Heere is ended the Knyghtes Tale.

你也该给他恩惠该把他珍视，   3080
应该接受他，让他当你的夫君。
把手伸给我，我们就一言为定。
现在，该显示你女人家的仁慈。
天哪，别说他是国王的亲侄子，
即便是穷苦的低级骑士一名，   3085
就凭多年来对你的相思之情，
就凭为了你受了这么许多罪，
也就值得你好好考虑，因为，
温情的怜悯应当比公正重要。"

接着他转朝帕拉蒙这样说道：   3090
"我想，要你同意我这建议，
也就不必讲这么一番大道理。
走近些，握住你这女士的手。"

于是在满朝贵人面前，这时候
一种被称为结亲的婚姻关系   3095
立刻在这两人之间牢牢确立。
于是伴随着音乐和满堂欢呼，
帕拉蒙、艾米莉成为一对夫妇。
创造世界的神哪，愿你把爱人
赐给付出巨大代价的帕拉蒙。   3100
现在帕拉蒙真是满足又幸福，
尽情地享受生活、健康和财富。
艾米莉爱他爱得有多么深情，
他对艾米莉也就同样地崇敬；
两个人彼此间始终恩恩爱爱，   3105
从来没一句怨言或半点不快。

帕拉蒙、艾米莉的事到此结束，
愿上帝保佑这支美好的队伍！阿们！①

骑士的故事到此结束

---

① "阿们"为基督教的祈祷用语，意为"诚心所愿"。

磨坊主的引子

下面是旅店主人同磨坊主的对话

骑士讲完了上面这个故事后，
无论老少，那整个队伍里头，　　　　　　　　3110
每个人都说这个故事很崇高，
完全值得大家在脑子里记牢——
特别对有身份的人更是如此。
旅店主人笑说道："我提议的事
就像走路般顺利；话匣子打开。　　　　　　　3115
现在我们看，下一个故事谁来？
毕竟，讲故事比赛已顺利开始。
修道士先生，你可否讲个故事，
作为对骑士所讲故事的回报？"
磨坊主骑在马背上东歪西倒，　　　　　　　　3120
喝得醉醺醺的他面色煞煞白，
这时候就连帽子头巾也不摘，
已完全没有待人接物的礼貌，
却用彼拉多的口气高声叫道：①
"凭神的手臂、鲜血和骨头起誓，　　　　　　3125
眼下我就有一个合适的故事，
要拿它来作为对骑士的回报。"
旅店主人见他喝醉酒，说道：
"且慢，我的罗宾，亲爱的兄弟；
你先等一等，做事要合情合理，　　　　　　　3130

---

① 彼拉多（?—36?）是罗马的犹太总督（26—36），曾主持对耶稣的审判并下令把耶稣钉死在十字架上。在中世纪的神秘剧中，这是个大叫大嚷的角色。

还是让别人先讲，人家更合适。"

磨坊主却说："凭天主之灵起誓，
不行，我要讲，不然我自己走啦。"
店主道："那就讲吧，你这傻瓜！
真是见了鬼！被酒冲昏了头脑！"　　　　　　　　　3135

磨坊主说道："各位，你们听好！
我喝醉了酒，这个我先讲清楚——
这一点，我听自己嗓音就有数——
所以，我若是哪里讲得不对头，
你们别怪我，要怪萨瑟克的酒。　　　　　　　　　3140
下面，我要给你们讲一个传说，
说的是一个木匠和他的老婆，
是这个木匠吃了读书人的亏。"①

管家立刻说道："闭上你的嘴！②
别喝醉了酒尽说下流的疯话。　　　　　　　　　　3145
这样做很是罪过，而且很傻，
何必伤害人家，坏人家名誉，
还把人家的老婆牵扯了进去。
你要讲故事，别的故事有很多。"

磨坊主醉意朦胧当即回答说：　　　　　　　　　　3150
"听着，我的亲爱兄弟奥斯瓦，

---

① 中世纪的这种读书人（本书中称学士）指大学生或受过大学教育的人，他们受教育的结果往往是担任低级圣职。
② 管家是木匠出身，现在管理农场，要同磨坊主打交道，但双方都想占便宜，因此是"天敌"。这里管家认为磨坊主的故事是有意挖苦自己。

一个人没有老婆就不做王八。
我可没有说故事里有你的份；
世上多的是贤妻良母好女人，
好的对坏的往往是一千对一。 3155
这点你清楚，除非不通情理。
我讲我的故事，你干吗发火？
我同你一样，家里也有老婆，
但不会因为有公牛为我耕地，
就胡思乱想对自己胡乱猜疑， 3160
以为像它们一样头上也长角——①
我相信自己的头不会戴绿帽。
对于上帝的或者妻子的秘密，
做丈夫的人不应该感到好奇。
只要他看到上帝赐他的福分， 3165
其它的事情可以不必去过问。"

我还能说些什么？这个磨坊主
不肯因为人家有意见就停住，
仍照旧开始他那种市井扯淡。
把这些照录下来是我的遗憾。 3170
所以我请求各位有教养的人，
别因此认为我这人心术不正——
看在上帝之爱的份上，要知道，
故事得照录，不管是坏还是好，
不然，就是我对材料掺了假。 3175
所以若有哪一位不爱听的话，
尽可把书翻过去另选个故事；

---

① "头上长角"同下一行的"戴绿帽"一样，意思都是妻子有外遇。

因为他会发现好故事多的是,
那些古代的故事有短也有长,
内容都是高贵、高洁又高尚。 3180
如果选错了,请不要把我责怪。
磨坊主是老粗,这点你们明白——
管家和其他几个人情况一样——
他们俩讲的东西都非常肮脏。
所以请你们注意,别把我责怪; 3185
再说都是讲了玩,别认真对待。

磨坊主的故事

磨坊主的故事由此开始[①]

从前在牛津住着一个守财奴,
家里有屋出租,管房客吃住;
他的行当是木匠,手头有钱。
他家住着一个求学的穷青年;　　　　　　　　　　3190
他学过文科课程前面那几样,[②]
但是爱好已转到了学习星象,
掌握一些这方面的推算办法;
你若就某些特定的时刻问他,
要他说出有阵雨还是有旱情,　　　　　　　　　　3195
或要他预卜各种各样的情形——
这些事要我一一说明有困难,
但他用星象分析会给你答案。

这个书生叫作殷勤的尼古拉,
他熟知男女私情和偷欢作耍,　　　　　　　　　　3200
外加他为人机灵又极为谨慎,
看起来就像姑娘家那样温顺。
他在木匠家租下了一间房屋,
孤零零一个,没有旁人陪他住。
他那间屋里布置了芳草香花,　　　　　　　　　　3205
极其雅致;本人也弄得潇洒,
那甜美劲儿像姜又像甘草根。

---

① 这种故事称 Fabliau,是流行于 12、13 世纪法国的故事诗,内容多为日常生活中的趣事,虽较滑稽,却难免粗俗。
② 当时文科学生学七门课程,前三门是语法、修辞、逻辑。

星象学的书和其它大小书本,
以及这方面的专用工具星盘,①
还有用来做数字运算的算盘, 3210
全在床头架上整整齐齐摆放。
一块羊毛红方巾罩在衣柜上,
方巾上放有一只索尔特里琴。②
到了夜里他弹出好听的乐音,
这乐音飘荡在他的整个屋子; 3215
他总是先唱天使传报赞美诗,③
随后接着唱当时流行的歌曲——
他的好嗓子常得到人们赞许。
书生就这样消磨自己的时间,
花着自己的和亲友给他的钱。 3220

那木匠新近娶来了一位姑娘,
他爱这姑娘爱得像性命一样;
新娘十八岁,年纪轻轻心思野;
而他是老汉,醋心比较大一些——
恨不得要把新娘关在笼子里, 3225
因为他知道他做王八很容易。
他无知无识,不知道加图说过,④
娶老婆千万要娶般配的老婆。
人们要结婚就得看自己条件,
因为老少不般配吵架就难免。 3230

---

① 星盘是六分仪的前身,乔叟写过有关星盘的论文。
② 索尔特里琴是中世纪的拨弦乐器。
③ "天使传报"指大天使加百列向马利亚传报耶稣将由她生下。
④ 这位加图似指狄奥尼西·加图,他生活在3世纪至4世纪。中世纪时有一本用作识字课本的谚语集据传是他的作品。

不过他既然掉进了这种罗网,
得受这种磨难,同别人一样。
这个年轻的老婆长得很俊俏,
那身材像鼬鼠一样窈窕娇小,
系着一条用绸子装饰的腰带; 3235
她的围裙白得像早晨的牛奶,
系在腰肢上,上面打有很多褶。
她身上穿的衫子也是白颜色,
衣领的前面后面或里面外面
全都绣花,绣花都用黑丝线。 3240
她的白帽子也有缎带做装饰,
同她领子的颜色配得很合适。
她的束发宽绸带束得相当高。
她那双眼睛可真是极其风骚;
两条弯弯的眉毛拔得相当细, 3245
漆黑漆黑的颜色就像黑刺李。
她那个模样让人看了也舒服,
赛似一棵刚刚开花的小梨树;
那细皮嫩肉赛过柔软的羊毛。
她的腰带上挂着真皮的钱包, 3250
包上有丝的流苏和黄铜珠子。
无论谁找来找去找遍这人世,
也找不到一个足够聪明的人——
能想象这玩具娃娃般的娘们。
她那姿色和面色惹眼又亮丽, 3255
胜过伦敦塔刚刚新铸的金币。①
说到唱歌,她嗓音宛转清亮,

---

① 伦敦塔为征服者威廉一世于 1066 年决定兴建。这金币称 noble,合六先令八便士。

就同栖在谷仓上的燕子一样。
除了这一切,她会调皮嬉戏,
同跟在母羊后面的羔羊无异。 3260
蜂蜜饮料再甜,甜不过她的嘴,
苹果经过了储藏,就是那滋味。
她活泼好动像是马驹,箭一般
挺直的身材,细挑得像是桅杆。
一只胸针别在她低低领口上, 3265
那大小像圆盾上的浮雕一样。
她的靴筒高,鞋带系到了小腿。
她是报春花,叫她延龄草也对,
反正配得上任一位贵人的床,
可做任何富裕自由民的新娘。 3270

我说各位各位,下面有故事啦!
话说一天这位殷勤的尼古拉
同这少奶奶打情骂俏在逗乐;
这时候那位老公去了奥斯讷。①
这些读书人最多各种鬼花样, 3275
他悄悄捏住那让他销魂地方,
"除非你能满足我,宝贝,"他说,
"这偷偷摸摸的爱将会憋死我。"
他边说,边紧紧抱住对方大腿:
"求你现在马上就爱我,宝贝, 3280
否则我就活不成,天哪帮帮忙!"
那女的像匹马驹正在钉铁掌,
她纵身一跳又猛地把头一扭,

---

① 奥斯讷是泰晤士河中小岛,在牛津西面。

说道:"你快让我走,你快让我走!
我发誓,决不会吻你,尼古拉! 3285
你再不放手,我可要叫救命啦!
把手挪开,你还有没有个进退!"

尼古拉开始哀求,求她发慈悲;
他说得好听又动人,逼得又紧,
最后那女人答应报之以爱情, 3290
而且以圣托马斯之名发誓说,
以后她愿意按照他的意思做——
不过她要看机会,有机会才行。
她说:"我的老公很有妒忌心,
所以你除非肯等待,肯守秘密, 3295
否则,我可以肯定我必死无疑。
在这件事上,你可千万要谨慎。"

尼古拉说道:"这个不用担心,
读书人连个木匠也都骗不了,
他的读书时间就白白浪费掉。" 3300
他们俩山盟海誓,一致同意,
要像我说过的那样等待时机。

尼古拉做到所有这一切之后,
拍着她的后背,又是吻又是搂,
随后,拿起他那只索尔特里琴, 3305
弹拨出一连串曲调,好不高兴。

也是合该有事,这个好女郎
在某个圣日去教区里的教堂,

为的是去做该对基督做的事。
这天她做好家务便细细擦拭, 3310
擦得额头像大白天一样白净。
再说教堂里有个管事很年轻,
这家伙的名字叫作阿伯沙朗。
他鬈曲的头发黄金一样闪亮——
铺展在头上,像是一把扇子; 3315
头路挑在正中,漂亮又挺直。
他面色红润,灰眼睛像鹅一样;
鞋上拷花,像圣保罗教堂的窗,①
穿红袜的脚走来走去很飘逸。
他身上穿着浅蓝色短短外衣, 3320
做得考究得体,大小正合身,
镶着的花边又紧又密又相衬。
外面还套着相当好看的法衣,
白得同苹果树的花可以相比。
天哪,这可真是可爱小伙子。 3325
他会替人放血、剪头发、刮胡子,
也善于起草地契和租赁文书。
当时的牛津流行二十来种舞,
所有这些舞他都熟悉他都跳,
踢来踢去的双脚轻盈又灵巧。 3330
他会在雷贝克琴上拉出乐曲,②
有时还会用尖嗓子唱唱歌曲;
他也会弹六弦琴,弹得也好。
城里所有卖酒的店铺或商号,

---

① 指鞋上的拷花像圣保罗教堂的窗子那样精细繁复。
② 雷贝克琴是中世纪的一种二弦琴或三弦琴,形似如今的小提琴,也用弓演奏。

只要那里有俊俏的卖酒姑娘, 3335
他都曾带着他的节目去拜访。
但是说句老实话,他很拘谨,
放屁小心,说话也正儿八经。

这个活跃又快活的阿伯沙朗
那圣日为教区中的妇女薰香; 3340
他手里殷勤地捧着一只香炉,
眼睛瞟着人家,流露出爱慕。
他特别爱看那个木匠的妻子,
觉得看到她真是天大的快事,
因为她那么娇美又那么风骚。 3345
这女人若是老鼠,我敢担保,
很快要落进他这只猫的脚掌。
这可爱的教区管事阿伯沙朗
心里充满着对于爱情的期盼,
所以决不肯收取女人的捐款; 3350
他说出于礼貌,这钱不能收。

夜幕降临,月色明亮又温柔,
阿伯沙朗拿起他那把六弦琴,
想要不睡觉把夜晚献给爱情。
他怀着柔情和欲火不停地走, 3355
终于在听到公鸡啼叫后不久,
来到了住着木匠夫妇的房屋。
他走近这栋屋子的一个窗户,
站在那扇装有铰链的窗子旁,
用他优美动听的尖嗓音歌唱: 3360
"亲爱的女士,如果愿意的话,

那么就请你对我发发慈悲吧。"
这歌声有琴声做着很好配合。
木匠一觉醒来，听见他唱歌，
听了没多久转身便对老婆讲： 3365
"艾丽森，你可听见有人在唱？
是阿伯沙朗在咱房间墙脚下！"
于是，那老婆对老公这样回答：
"天哪，约翰，听得清清楚楚。"

事情就这样下去；还想进一步？ 3370
一天又一天，漂亮的阿伯沙朗
就这样求爱，结果却满心忧伤。
他整日整夜没法子睡个好觉；
他梳理满头鬈发要显得俊俏。
他托人传话送信把情意表达； 3375
又发誓说要在她身边服待她；
他有如夜莺，颤抖着嗓子歌唱；
他送去的蜜酒、香酒各种各样，
还送去刚刚出炉的糕点、馅饼——
对方是城里人，所以也送现金。 3380
要赢得人家的心，有时靠财物，
有时靠拳打脚踢或宽厚大度。

为了显示出他的灵巧和本领，
有时候他在高台上扮演暴君。
但对他的求爱，有啥能帮他？ 3385
对方只爱讨人喜欢的尼古拉，
他阿伯沙朗只能去吹吹鹿角。①

---

① 意谓浪费时间，无可奈何。

144

他费了大劲，只是换来耻笑。
就这样那个女人拿他当猴耍，
把他的满怀真情全当作笑话。 3390
有句俗话倒不假，讲得很对——
人们常说："身边有个机灵鬼，
会让远方的情人显得很讨厌。"
正是因为不在艾丽森的眼前，
哪怕他阿伯沙朗气得要发疯， 3395
身边那个尼古拉总占他上风。

讨人喜欢的尼古拉，好好地干！
就让阿伯沙朗去啼哭去哀叹。
随后又是一个星期六来到了，
这一天木匠早早去了奥斯讷。 3400
讨人喜欢的尼古拉和艾丽森
经过了一番讨论得出个结论，
就是尼古拉应该想出个花样，
让那爱妒忌的傻瓜老公上当；
如果这一招玩得好，能够奏效， 3405
他们俩就能一整夜抱着睡觉，
因为这是他们俩共同的愿望。
这样商定后尼古拉二话不讲，
立刻行动，不再耽搁一分钟。
他偷偷把饮食拿进自己房中， 3410
这些饮食足够他一两天吃喝；
随后又对艾丽森小声吩咐说，
如果她老公问起尼古拉情况，
就回答说不知他在什么地方，
说是那一天根本没有看见他； 3415

很可能已经生病,早就躺下;
因为任女仆叫唤,他没开门——
不管怎么着,反正他不应声。

整整一个星期六就这样过完,
尼古拉待在屋里硬是不露面; 3420
他吃吃睡睡,随意干点什么事。
到了星期日太阳快要落山时,
傻乎乎的木匠不免心里嘀咕,
生怕尼古拉真有了什么变故,
他说:"圣托马斯呀,凭你的名, 3425
我真担心尼古拉出什么事情。
上帝该不会让他突然死去吧!
真的,现在这世界转眼就变化。
今天我看到死人被抬往教堂——
可是星期一我还看见他在忙。" 3430

"快快上楼,"他马上吩咐下人,
"去叫他一声,或用石块敲他门。
看看他怎么样,就来照直报告。"

那个小厮一听就直往楼上跑,
精神十足地来到尼古拉门前, 3435
疯了似的又是敲门又是叫喊:
"喂喂你是怎么啦,尼古拉先生?
你整天都在睡觉,这可怎么成!"

但毫无反应,听不到只字回答。
他发现有个窟窿就在门板下, 3440

那是猫平时钻进钻出的洞口；
于是他贴着洞口尽量朝里瞅，
终于看到尼古拉坐在椅子上，
只见他张着嘴巴朝着天上望，
那个神情似乎在盯着新月看。　　　　　　　　3445
小厮连忙下楼，到东家面前，
把看到的情形一五一十报告。

木匠边给自己画十字边说道：
"圣菲德斯怀德，救救我们吧！①
谁知道他会发生什么祸事呀！　　　　　　　　3450
这家伙一天到晚搞什么天闻，②
眼下竟然搞得发了痴发了疯。
发生这种事情，我早就料到！
老天的秘密，哪能给人知道。
是啊，还是不识字的人福气，　　　　　　　　3455
因为只知道上帝定下的道理。
有个书呆子也正是这个情形；
他搞天闻，在野外走路只看星，
想对未来的事情心里有个底，
结果跌进偌大的一个泥坑里——③　　　　　　3460
竟没看见！凭圣托马斯之名，
讨人喜欢的尼古拉叫我担心。
我真恨不得骂他一声死读书——
哦，我们的天国之王主耶稣！

---

① 圣菲德斯怀德是牛津的主保圣人，据说最能治病。
② "天闻"是木匠对"天文"的误读。
③ 这是《伊索寓言》中的故事，也是希腊七贤之一、哲学家兼天文学家泰利斯
（公元前 624—前 546）的一则轶事。

给我拿根棍子来,我门下一撬, 3465
罗宾,这时你一扛就把门卸掉。
我看这一来,他就想不下去啦。"
接着,他上楼把棍子插到门下。
罗宾身强力壮,干这事最拿手,
这门当即被扛离了门框搭扣, 3470
整个门扇一下子翻落在地上。
尼古拉端坐不动,像石头一样,
照旧还是张大了嘴巴看着天。
木匠只以为尼古拉犯了痴癫,
就用足力气抓住他两个肩膀 3475
猛摇一阵,又对他大叫大嚷:
"喂,尼古拉,你朝地上看看!
快点醒醒吧,想想耶稣的受难!
我替你画十字,驱除鬼怪魔妖。"
说完这话,他立刻朝屋子四角, 3480
又来到屋外,在那外门的门前,
把驱除黑夜妖邪的咒语诵念:
"耶稣基督,圣本笃,请听我求告。
请保佑这屋子不受邪魔侵扰;
白佩特诺斯特,请保我们过夜。① 3485
你呀去了哪里,圣彼得的姐姐?"

终于,那位讨人喜欢的尼古拉
深深叹了一口气并开始说话:
"唉,难道这世界又快毁灭了?"

---

① 佩特诺斯特为拉丁文音译,意为"我们的父",是主祷文开始词,这里用作咒语。

木匠问道:"你这是在说些什么? 3490
要像我们干活人,也想想上帝!"

尼古拉答道:"给我喝一点东西,
喝过之后,有件事我要同你谈,
要私下里谈,这事同你我有关——
去对别人说,我可绝对不愿意。" 3495

木匠下楼又上楼,回到屋里,
带来好大一瓶浓烈的麦芽酒;
两个人各自把酒喝下肚子后,
这个尼古拉紧紧把房门关上,
然后自己就坐在木匠的身旁。 3500

他说:"约翰,尊敬的亲爱房东,
你要以名誉向我发誓做保证,
绝不把我讲的话向别人透露,
因为我这个秘密来自于基督,
如果讲出去,你会丢掉性命; 3505
所以你别那么做,免遭报应:
你只要对我失信,就会发疯。"
"对,凭基督圣血,他不会容忍!"
那傻瓜答道,"我这人不爱唠叨,
不是我自吹,我不爱同人闲聊。 3510
说吧;凭征服地狱的基督起誓,
我绝对不告诉我的老婆孩子。"

尼古拉说道:"约翰,实话对你讲,

149

前一阵，我在观察明晃晃月亮。
根据我的星象学，我竟然发现，　　　　　　　　3515
下个星期一，过了半夜十二点，
就会下一场又狂又暴的豪雨——
挪亚遇到的那一场同这相比 ①
一半都不及。这雨来势凶险，
不到一小时，世界汪洋一片，　　　　　　　　　3520
整个人类将难逃淹死的命运。"

木匠叫起来："哦，我的艾丽森！
哦，我的老婆！她会淹死吗？"
大吃一惊的木匠差点没垮下，
急忙问道："有没有办法补救？"　　　　　　　　3525

尼古拉回答："凭老天起誓，有。
但要遵照有关的知识和指示，
不得按照你自己的心思行事。
说话最最可靠的所罗门说过：
'做事按照忠告，不会出错。'　　　　　　　　　3530
如果你愿意照我的忠告去办，
那我保证，不用桅杆和船帆，
我能救你救她，也救我自己。
挪亚得救的事，可听到说起？
那一次世界也是被洪水淹掉，　　　　　　　　　3535
但我们的主预先向他发警告。"

---

① 挪亚为《圣经》人物，据说那时降雨四十昼夜，引发了洪水，挪亚事先被告知，就造了方舟，舟上有一对一对的各种留种动物，逃过了洪水一劫。

"当然,那在老早老早。"木匠说。

尼古拉又说:"是否还曾听到过,
挪亚因为他老婆没登上方舟,
他和同伴们真是又急又发愁? 3540
我敢打赌:那时他肯定在想,
宁可全部放弃他那些黑毛羊,
只求他老婆同样也有一条船。
现在你知道最好应该怎么办?
这事要求动作快,情况紧急, 3545
不能再讲大道理,不能迟疑。

"快去,去找三只揉面的大木槽,
或三只大盆,找到就拿来放好——
我们仨一人用一只。一定要大,
要像坐船一样浮水上,就靠它。 3550
盆里要备足可供吃喝的东西——
够吃喝一天就行,其它都不必!
因为第二天上午,九点钟左右,
这一场大洪水很快就会退走。
可不能让你那小厮罗宾知道, 3555
你家的女仆吉儿我也救不了。
别发问;就算你问我什么道理,
也不会告诉你,这是上天机密。
你所得到的,是挪亚般的恩典,
除非昏了头,你才会感到不满。 3560
至于你妻子,我当然愿意救她。
现在走吧,快去干你的事情吧。

"等到你为你们夫妻俩和我
把准备三只揉面盆的事办妥,
就把它们在椽子上高高一吊, 3565
让我们这番准备人家看不到。
等你完成我所吩咐的这两点,
就把吃喝的东西放好在里面,
再放进斧子;这样洪水一到,
便可斩断绳子让大盆水上漂; 3570
如果还在马厩上方的山墙上
打个洞,要朝花园那个方向——
那么只消等这场大暴雨停下,
我们就能够自由自在出去啦!
我保证你会漂游得十分惬意, 3575
就像白公鸭跟在母鸭后嬉戏。
那时我喊:'艾丽森!约翰!喂!
高兴起来吧!洪水马上就要退!'
你也会喊:'尼古拉先生,你好啊!
早安!我看你很清楚,天早亮啦!' 3580
那时候,我们将是世界的主子,
一辈子都是,像挪亚和他妻子。

"但是有件事我要特别提醒你,
让你在那天夜里千万要注意,
就是一旦登上了我们那种船, 3585
任何人不得讲话也不得叫喊,
更不能互相召唤,除非祷告——
这是神亲自做出的亲切关照。

"你老婆的盆同你的离得远些;

免得你们俩又一次犯下罪孽—— 3590
眼光的,肉体的一样,统统不许。
情况已讲明白;去吧,祝你顺利!
明天夜里,等人家都睡觉之后,
我们就爬到那些揉面盆里头,
就坐在那里,等待上帝恩典。 3595
现在去干你的事,我没时间
对你长篇大论,老话说得好:
'派个聪明人干活,不用关照。'
你这人很聪明,教你也就不必。
我们保命要紧;走吧,求求你。" 3600

这个呆头呆脑的木匠一离开,
立刻长吁短叹,不是嗐就是唉,
接着,对老婆透露了这个秘密;
老婆比丈夫明白,她心里有底,
知道这古怪安排是什么意思, 3605
但是她装得好像马上就会死,
说道:"哎,你就去吧,要赶紧!
你不帮我们逃生,我们全没命!
我是你正式娶来的忠实老婆,
亲爱的夫君,去吧,可得救我。" 3610

瞧,情绪这东西有多大威力!
印象这东西能深深扎到心底,
想象出来的东西能要人性命。
傻瓜木匠这时候哆嗦个不停;
他确实感到能看见那种景象, 3615
汹涌的挪亚洪水像大海一样——

要来淹死他蜜样甜的艾丽森。
他满脸愁容流着泪，泣不成声；
他唉声叹气，叹不尽胸中苦恼。
随后他外出，找到一只揉面槽，　　　　　　　　3620
接着他又找到一只盆，一只桶，
便悄悄把三样东西弄回家中，
偷偷摸摸把它们挂在房顶下。
他亲自动手，做好扶梯三架——
他们踏着那梯级就能爬上去，　　　　　　　　　3625
爬到高挂在屋架上的木盆里。
他在盆里和槽里把食品放好，
那是大罐麦芽酒、面包和干酪——
这些东西足够供他们吃一天。
不过在他做这番准备工作前，　　　　　　　　　3630
他派家里的男仆和女佣出门，
要他们为他办事，去了伦敦。
到了星期一，刚要进入夜晚，
他不点蜡烛就悄悄把门一关，
把所有的事情做得无可挑剔。　　　　　　　　　3635
总之三个人很快都爬上扶梯，
随后大家静静坐了两三分钟。

"快说佩特诺斯特，就别再出声！"
尼古拉说完，夫妻俩跟着说句：
"别出声！"木匠一边听是否下雨，　　　　　　　3640
一边开始在心中把祷文背诵，
祈祷时他坐在那里动也不动。

大约在晚钟时分，或再晚一点，

154

我想,木匠忙活到现在很困倦,
怪不得一觉睡去,睡得昏沉沉。　　　　　　3645
他灵魂苦恼,苦恼得不断哼哼;
接着就打鼾,因为头的位置歪。
尼古拉轻手轻脚偷偷爬下来,
艾丽森急急忙忙悄悄下扶梯;
两个人一言不发就搂在一起,　　　　　　　3650
转眼便上了木匠平时睡的床。
真可谓兴高采烈又和谐异常;
于是尼古拉、艾丽森这对男女
躺在那里,忙活着寻求欢愉,
直到凌晨做法事的大钟敲响,①　　　　　　3655
直到圣坛上修道士开始高唱。
那教区管事,多情的阿伯沙朗,
多时以来为爱情而满心忧伤;
星期一这天正好就在奥斯讷,
为的是同朋友一起解闷取乐。　　　　　　　3660
正巧有修道院的人认识木匠,
他就私下里打听约翰的情况;
那人引着他走到教堂外说道:
"说不上来;打从星期六到今朝,
我没见他在这里干活,依我猜,　　　　　　3665
是我们院长派他去弄些木材;
因为弄木材的事通常归他管,
常在那个庄子里住上一两天;
要不,他在自己家确凿无疑——
我真说不准,究竟他在哪里。"　　　　　　3670

---

① 这种宗教活动总在天亮前举行,约在凌晨 4 时半。

阿伯沙朗快活得心里开了花。
"这可是我整夜不睡的时候啦,"
他想,"因为肯定从天亮之后,
一直没有见他在家门口转悠。
我要交上好运啦;公鸡一叫, 3675
我就悄悄去他家的窗上敲敲——
那窗低低地开在卧室的墙上。
那时我要对艾丽森好好讲讲
我的相思病;这样做不会吃亏,
至少至少,我也要同她亲个嘴。 3680
我相信,这类安慰多少有一点,
怪不得我的嘴巴痒了一整天,
看来至少那是接吻的好兆头。
何况在梦中我整夜吃肉喝酒。
所以我先去睡上一两个钟点, 3685
然后整夜不睡,去消遣消遣。"

这色迷心窍的情种阿伯沙朗
听见第一声鸡叫便立刻起床;
他穿衣打扮,直弄到无可挑剔。
在梳理头发之前,他先在嘴里 3690
嚼些豆蔻和甘草,让嘴香喷喷,
还在舌头的下面含轮叶王孙,①
希望凭这个能讨得人家喜欢。
他不紧不慢走到木匠的屋边,

---

① 轮叶王孙是植物名,在中古英语中的原名意为成双草或情人草,因为其柄上的
四片叶子宛如同心结。把它含在嘴里,可能因为有香味,也可能图个吉利。

在装有铰链的窗前悄悄站住—— 3695
窗子很低，只够到他的胸部——
然后他柔和地轻轻咳嗽几声。
"你在干吗，蜜一样甜的艾丽森？
你是我美丽的鸟、喷香的肉桂。
醒来同我说说话吧，我的宝贝！ 3700
你不大把我的痛苦放在心上；
我爱你却爱得浑身热汗流淌。①
我热汗流得发昏倒并不奇怪；
我想你就像羔羊想着要吃奶。
我的宝贝，我真的生了相思病， 3705
所以，像忠于爱情的斑鸠哀鸣。
我茶饭无心，吃得不如姑娘多。"

"离开我的窗口，傻瓜，"艾丽森说，
"上帝保佑我，要我吻你办不到。
我所爱的人，比你不知好多少—— 3710
耶稣在上，不然我就得挨人骂。
快点走吧，再不走就扔石头啦！
凭二十个魔鬼之名，让我睡觉！"
"这可真糟糕，"阿伯沙朗说道，
"真心的爱情总遭到这种对待。 3715
为了耶稣的爱，也为了我的爱，
请你吻吻我，这是我最低要求。"

艾丽森问道："我吻了你，你就走？"

---

① 在传统的"典雅爱情"中，是不大会出汗的，而这里是"土包子"在追求爱情。

"一定走,宝贝。"阿伯沙朗答道。

女的说道:"我就来,你快准备好。"   3720
随即她对尼古拉悄悄这样讲:
"可别出声,我让你大笑一场。"

这时候,阿伯沙朗已双膝着地,
说道:"我现在可真是荣耀至极;
因为,我想这以后还有所发展。   3725
只求你开恩发慈悲,宝贝心肝!"

艾丽森匆匆忙忙把窗子打开,
说道:"来把事了结,动作要快,
快快,免得被我们的邻居看见。"

阿伯沙朗把嘴唇仔细擦擦干。   3730
那个夜晚黑得像沥青又像煤,
艾丽森朝窗外露出一个部位。
不知阿伯沙朗算倒霉算走运,
反正他用嘴巴同光屁股眼亲吻
还津津有味:因为他不疑有诈。   3735
忽然他猛地一退,觉得出了岔:
他知道胡子不长在女人嘴上。
可他碰上的很粗硬,而且很长。
他呸了一声,说:"我干了啥事?"

艾丽森嘻嘻一笑就把窗关死。   3740
阿伯沙朗垂头丧气地走开去。

乖巧的尼古拉叫道:"胡须,胡须! ①
我凭上帝的身体起誓,太妙啦!"

上当的阿伯沙朗听了这句话,
气伤了心,狠狠咬自己嘴唇,　　　　　　　　　　3745
暗自说道:"一定要报仇雪恨!"

谁在用草用布用木屑用泥沙
把自己的嘴唇来来回回搓擦?
除了哼哼的阿伯沙朗,还有谁!
他说:"我宁把灵魂交给魔鬼——　　　　　　　3750
哪怕给我这座城我也要报复,
决不能忍气吞声咽下这耻辱。"
他叹道:"唉,可惜我没退后些!"

他热恋之火终于冷却后熄灭;
因为自从吻了艾丽森的屁眼,　　　　　　　　　3755
这个女人已让他觉得最讨厌,
他的相思病从此就霍然而愈,
再也没兴趣同女人明来暗去,
只像个挨打的孩子眼泪汪汪。
阿伯沙朗悄没声地走到街上,　　　　　　　　　3760
要找名叫杰维斯的铁匠师傅。
铁匠为打造农具而烧着锻炉,
还忙着打磨那些铧头和犁刀。
阿伯沙朗轻轻地敲着门说道:
"杰维斯师傅,请你开门,马上!"　　　　　　3765

---

① "胡须"一词的原文在当时俚语中有"花招""诡计"意。

"这是哪个?""是我,阿伯沙朗。"
"是怎么回事,阿伯沙朗!天哪!
基督保佑,你起来这么早干吗?
是不是碰上什么麻烦?天知道,
准有俊妞让你睡不着、起得早。　　　　　　3770
圣诺特在上,你明白我的意思。"

对此,阿伯沙朗没回应一个字,
铁匠这种打趣他根本不关心——
他的烦心事铁匠哪里弄得清!
"亲爱的朋友,"稍后他才说道,　　　　　　3775
"炉子边那把热气腾腾的犁刀
请你借给我,我要拿去用一用,
一会儿就拿来还到你的手中。"

杰维斯答道:"哪怕这是黄金,
哪怕是满袋金币还没有点清,　　　　　　　3780
你也尽管拿,我铁匠说话算话。
哦见鬼,你要拿这个东西干啥?"

阿伯沙朗说:"这个你就随它去,
到明天我会原原本本告诉你。"
说着便把犁刀不烫的柄一拿,　　　　　　　3785
不声不响就转身离开铁匠家。
他一路走到木匠家,靠在墙上,
先是咳嗽了一声,然后敲敲窗,
这做法,完全就是先前那一套。

"谁在外面敲窗?"艾丽森问道,　　　　　　　3790
"鬼鬼祟祟的,我想一定是个贼。"

他应道:"哦不对,老天知道,宝贝;
亲爱的,我是你的阿伯沙朗。
我带来金戒指想要给你戴上。
老天保佑,这戒指我娘给了我,　　　　　　　3795
它做工精致,雕镂得真是不错——
你吻我一下,我就把它送给你。"

尼古拉正要小便,翻身而起;
觉得先前恶作剧还有所不足,
想让阿伯沙朗吻过了他屁股　　　　　　　　3800
再离开,便急急忙忙把窗打开,
悄悄把整个臀部搁在了窗外——
他尽力往后,尽他大腿那点长。
"说话呀,"阿伯沙朗轻声轻气讲,
"哦亲亲,让我知道你人在哪里。"　　　　　　3805
不料尼古拉随即放了一个屁,
这屁的威力竟然比得上雷霆,
差一点炸瞎阿伯沙朗的眼睛;
但他仍拿着那柄火烫的犁刀
朝着尼古拉屁股的正中一捣。　　　　　　　3810

两边的皮肉捣去巴掌大一块,
他的屁股被犁刀烫得真厉害——
尼古拉觉得自己活活会痛死,
没命地直叫起来,像是疯子:
"救命!水!看在老天份上!"　　　　　　　3815

161

从梦中突然惊醒过来的木匠
听见有人在发疯似的叫着"水!"
心想:"糟啦!来的是挪亚洪水!"
一个字也没说他就坐起身子,
抄起手边的斧头砍断了绳子。 3820
他连人带盆哗的一声中掉下,
那些酒和面包还没来得及拿
就摔落在地,摔得昏死过去。

艾丽森、尼古拉吓得一跃而起,
跑到了街上哇哇大声叫"救命!" 3825
于是老老少少的街坊和四邻
奔过来目瞪口呆看着那木匠,
只见他脸色惨白昏倒在地上,
因为这一摔摔断了他的手臂。
但他的这次受伤只能怪自己, 3830
因为当他张嘴说话,尼古拉、
艾丽森的声音马上压倒了他。
他们告诉众人说木匠已发疯,
说他患上一种严重的妄想症,
害怕挪亚洪水害怕得发了呆, 3835
竟然把三只揉面盆买了回来,
还把这些盆在房顶底下一挂,
要他们两人也都去盆里坐下,
说是凭上帝的爱,大家做伴。

这奇思怪想使大家笑得更欢; 3840
他们张大着嘴巴朝房顶张望,

162

把木匠的不幸看作趣事一桩。
无论他怎么解释全都是白搭,
因为没有任何人相信他的话。
人家敢于发誓,他辩也没用, 3845
于是他发疯的名声传遍全城;
因为书生们立刻会互相支持,
会说"亲爱的兄弟,他已发痴";
见这场忙乱,每个人哈哈大笑。
所以尽管木匠醋心重、盯得牢, 3850
他老婆还是睡到了人家身边,
让阿伯沙朗吻她下面那只眼,
还让尼古拉屁股狠狠烫一下。
故事说完;愿老天保佑大家!

磨坊主的故事到此结束

管家的引子

管家的故事引子

阿伯沙朗和尼古拉这个故事　　　　　　　　　3855
让众人听了之后都大笑不止。
不同的人对这事的说法不同,
但多数的人笑得欢快又轻松。
我没看到谁对故事感到不快,
只有那管家奥斯瓦是个例外。　　　　　　　　3860
原来他干的本是木匠这一行,
这故事在他心中留下了懊丧;
于是他就恨恨地发起了牢骚:

"咱可以发誓,这种下流玩笑,①
只要咱愿意,也能讲一个奉还,　　　　　　　3865
也让骄横的磨坊主上当受骗。
但是咱老啦,老了就不爱胡闹;
青草期已过,咱的秣料是干草,
咱的白脑袋表明咱上了年纪,
心儿枯干得同咱的头发无异。　　　　　　　　3870
除非咱命运变得像是欧楂果——②
这果实越长越糟,直到掉落,
最后腐烂在垃圾或者枯草里。
恐怕咱们老年人也是这规律:
在腐烂之前永远也不会成熟;　　　　　　　　3875

---

① 管家是东英吉利人,说话带方言口音。
② 这种果实在开始腐烂后方可食用。

世人吹着笛，咱们就总是跳舞，
因为，有钉子刺激咱们的欲望，
白头发下面，青春尾巴还很长——
绿得像韭葱；力气虽说已没有，
但是，放荡的念头照旧在心头。　　　　　　　　3880
蠢事已经干不动，偏要嘴上说；
咱们的灰烬里，还能耙出余火。

"咱们有四点余火，咱来数数看：
就是吹嘘、撒谎、发怒和贪婪；
这也是属于老人的四点火星。　　　　　　　　　3885
咱们的肢体动作已经没有劲，
说实话，情欲却没离咱们而去——
咱在这方面一直有点像马驹。
自从咱那生命的桶塞一打开，
多少年已经过去并不再回来。　　　　　　　　　3890
当然啦，死神在咱生下的时候
就拔掉咱的桶塞，让生命流走，
从那时候起，这个桶流个不停，
直到桶里的东西几乎快流尽。
眼下生命的细流在桶边滴下，　　　　　　　　　3895
笨舌头还要说清脆的响亮话，
说那些早已过去的荒唐行为；
人老啦还有啥留下，除了昏聩！"

我们的旅店主人听了这说教，
显出一副君王般架势抢白道：　　　　　　　　　3900
"你这番至理名言有什么用呢？
难道整天都得讲《圣经》不可？

165

魔鬼让一个管家来开导我们,
如同把鞋匠变成水手或医生。
讲你的故事吧,可别浪费时间。 3905
瞧,德普福到啦!现在七点半。①
瞧格林威治,那里无赖可不少!②
现在,你还是开始讲故事为好。"

"咱说各位,"管家奥斯瓦说道,
"请你们听了咱的故事别气恼; 3910
因为也要回敬他丑化他一下,
这可是天经地义的以牙还牙。

"喝醉的磨坊主刚才讲了故事,
讲的是木匠受欺骗愚弄的事;
这或许是笑咱,因为咱是木匠。 3915
所以咱要报复他,请大家原谅;
咱讲故事,也用他粗俗的语言。
咱祈求老天,让他的头颈折断;
咱眼中草屑,他看得清清楚楚,
但他看不见自己眼中的梁木。"③ 3920

---

① 德普福离伦敦约五英里。
② 格林威治在德普福前面约半英里,很可能乔叟就住在那里。
③ 语出《新约全书·路加福音》:"为什么看见你弟兄眼中有刺,却不想自己眼中有梁木呢。"

管家的故事

管家的故事由此开始

离剑桥不远的特鲁平顿那里
有座桥,桥下流淌一条小溪,
小溪的边上矗立着一座磨坊;
咱对你们讲的事没半点虚妄。
那地方早就住着一个磨坊主, 3925
他像孔雀那样,虚荣又自负。
他吹笛钓鱼织网样样都拿手,
还会摔跤射箭,做杯子喝酒。
他的腰带上挂有大刀做武器,
又挂一把剑,刃口同样锋利; 3930
他的口袋里藏着精致的匕首,
没人敢碰他就因为怕他动手——
有把设菲尔德刀插在长袜里。①
他面庞滚圆,鼻子扁平鼻梁低,
头上没有几根毛,像猿猴一样。 3935
市场上他横行无忌,是个霸王。
没人敢在他的肩膀上搭一搭——
他发誓,谁动他就得付出代价。
他是一个贼,专偷面粉和谷物,
手法既非常狡猾,又极其纯熟。 3940
人家叫他神气活现的西姆金。
他娶了老婆,算是攀上好亲——
因为丈人是镇上的一名教士;

---

① 设菲尔德为英格兰城市,中古时即以冶炼钢铁著名。

为了让西姆金肯做他的女婿,
教士给女儿许多钱财做陪嫁。① 3945
这个女儿本在修道院里长大;
西姆金说过,自己身为自由民,②
就别辱没这身份:宁可不娶亲,
娶的非得是处女,还要有知识。
这老婆很高傲,喜鹊一样放肆。 3950
这一对夫妻,倒也真值得看看:
圣日里,那男的走在女的前面,
披巾的下垂部分缠着他的头;
女的穿着红裙子跟在他身后——
配她丈夫的红长袜倒也正好。 3955
任谁见了她,"夫人"称呼不可少;
她走在路上,没有人恁地胆大,
敢于走上前去挑逗她撩拨她,
因为西姆金有剑有刀有匕首——
这时就会要他性命、要他头。 3960
毕竟醋心重的汉子一向危险——
至少他们要老婆相信这一点。
再说这女人的出身本就难听,
那副臭架子更让人难以接近。
她摆出一副瞧不起人的模样, 3965
觉得自己受过修道院的教养,
而且还有个相当体面的娘家;
有身份的女人应该有点功架。

---

① 这表明他妻子是私生女,所以出嫁要靠嫁妆(父亲是教士,不能结婚)。
② 与农奴相比,自由民可免除一些义务,也算有点特权。

这一对夫妻有个闺女已不小,
这时正好二十岁不多也不少; 3970
还有个半岁婴儿睡在摇篮里,
这男孩有着健康结实的身体。
那女儿身体健壮,发育得很好,
臀部大,两个乳房又饱满又高,
鼻子扁平,灰色的眼睛像玻璃—— 3975
说真的,她的金黄头发真美丽。

镇上那教士见她长得很出色,
有意让这外孙女做他继承者,
将来由她来继承动产不动产,
所以满足其择夫条件就很难。 3980
按这外公的打算,外孙女出嫁,
就要嫁一个血统高贵的人家;
因为神圣教会的产业不外流,
得由神圣教会的后裔来接受。
所以他要为神圣家世添荣耀, 3985
哪怕要把神圣的教会金吞掉。

西姆金有权包干这一带的活,
收取的麦子麦芽自然就很多;
特别要提到那里一个大学院,
人们称之为剑桥的索雷尔馆,① 3990
那里的麦子麦芽都交给他磨。
但是有一天事情发生了波折:
学院里那个伙房采购得重病,

---

① 索雷尔馆后来也称国王馆,成为三一学院的一部分,有三十二位学人。

所有的人认为他肯定会送命。
这下,磨坊主又偷面粉又偷麦—— 3995
比起往常来,偷得一百倍厉害;
如果说从前还算偷得很客气,
那现在他连偷带抢毫无顾忌。
院长为此训了人,闹得很紧张,

但是,磨坊主丝毫不放在心上, 4000
咆哮着发誓说道:"没这种事情。"
且说当时那里有两个穷学生,
就住在我上面说到的学馆里。
他俩精力充沛,任性又调皮;
为了能去寻开心,胡闹一场, 4005
他俩就几次三番纠缠着院长,
要求放个短假,让他们两人
去磨坊看着自家谷物磨成粉;
他们夸口说,敢用脑袋打赌:
磨坊主休想再用诡计偷谷物—— 4010
即使他用武力抢也不会得手。
最后院长同意了他们的请求。
他们一个叫约翰,一个叫阿伦,
两个人都在斯特罗瑟镇出生——①
这镇在北方,具体地点不知道。 4015

阿伦把一切东西全都准备好,
又把满袋麦子在马背上捆住。

---

① 斯特罗瑟镇现在不存在,从前应在诺森伯兰的斯特罗瑟城堡附近。这两位属于英格兰北方来南方受大学教育的年轻人,所以他们的话带有北部方言特点。

阿伦和约翰就这样出发上路——
两个学生身旁都挂着盾和刀。
约翰认得怎么走,不用向导,　　　　　　　　4020
到了磨坊,阿伦把麦子卸下,
首先开口招呼:"西蒙,你好啊![①]
你那漂亮的女儿和太太可好?"

"衷心欢迎你,阿伦,"西姆金应道,
"欢迎你,约翰。你们来有何贵干?"　　　　　4025

约翰说:"老天在上,请急事急办。
教会人士中流传这样一句话:
不找人帮忙自己干就是傻瓜。
管俺们伙食的家伙大牙疼痛——
看那个样子将会要了他的命;　　　　　　　　4030
于是俺来啦,于是阿伦也来啦,
来你这里磨麦子,磨好带回家。
巴望你马上就替俺们赶一赶。"

西姆金说道:"我保证这就照办。
磨麦的时候,你们打算怎么样?"　　　　　　4035

"老天在上,俺就站在料斗旁,"
约翰回答道,"看麦子怎样进去——
看料斗究竟怎样摆来又摆去——
凭俺家声誉发誓,俺还没见过。"

---

① 西蒙是西姆金的简称或昵称。

阿伦说:"约翰,你若准备这样做, 4040
俺就用脑袋担保,待在那下面;
俺觉得这对俺倒是一种消遣——
看着粗磨的麦粉筛落在槽里。
真的,约翰,这方面俺就像你,
对于磨坊里的活,也是个外行。" 4045

磨坊主笑看着他俩那副傻相,
心想:"这些说法不过是借口。
他们以为没有人是他们对手;
任凭他们死道理学得多高明,
我发誓,偏要蒙蔽他们眼睛。 4050
他们越是对我耍这种鬼花招,
我下手越狠,偏要大偷大捞。
他们要面粉,我把麦麸给他们!
'最有学问未必是最聪明的人'——
正如寓言里母马对狼讲的话。① 4055
他们的招数一概都不在话下。"

过了一会儿,等到机会一来,
他悄没声息偷偷溜到屋子外,
东找西找,找到他们那匹马——
原来那两个学生已经拴好它, 4060
拴在磨坊后面的一棵大树上。
他悄悄走过去,来到那棵树旁,
很快就动作麻利解开了缰绳。

---

① 《列那狐的故事》中,狼想买马驹,母马说价格写在后蹄上,等狼去看,被母马狠狠迎面踢一脚。

那马获得了自由,嘶叫一声,
不管路是好是坏便飞奔而去, 4065
去那很多母野马活动的沼地。

磨坊主回到屋里,啥也没说,
一面敷衍着学生一面干着活,
直到把那些麦子完全都磨好。
等那些麦粉装进口袋并捆牢, 4070
约翰出了屋子找不到那匹马,
急得大叫起来:"哎呀倒霉啦!
马儿不见啦!看在上帝份上,
阿伦出来!快快出来,马上!
俺们院长的那匹坐骑不见啦!" 4075
阿伦一听,把麦粉麦子撇下,
他那种精明全都给忘了精光,
叫道:"什么?它跑哪个方向?"

磨坊主老婆蹦跳着跑来叫道:
"你们那马朝着沼地一路跑, 4080
急急忙忙跑去找那些母野马。
那系马的人应当挨一顿臭骂,
他本来该把缰绳好好系系牢!"

"看在基督份上,"约翰叫道,
"快解下佩刀,俺也解下,阿伦, 4085
这一来,俺就能像鹿一样飞奔。
老天做证,它可逃不出俺们手。
怎么,你没拴它在牲口棚里头?
天哪真倒霉!你是傻瓜,阿伦!"

173

于是，两个傻学生拔脚飞奔—— 4090
就这样阿伦和约翰奔向沼地。
磨坊主眼看他们两个人离去，
便从他们的麦粉中偷了两斗，
要老婆拿去揉好了做些馒头。
"我相信，学生担心我会耍花招， 4095
但是凭他们那点学问，"他说道，
"哪能是我对手！让他们去追吧！
看好他们去哪里。随他们去耍！
我担保，追到那马没这么容易。"

两个倒霉学生追过来追过去， 4100
一面叫："当心！站住！注意后头！
打个呼哨！俺拦住它，不让它走！"
总而言之，直追到那一天晚上，
虽然用尽全力，马还是没追上，
因为它跑得实在太快；到最后， 4105
总算在一条沟里，逮住这牲口。

阿伦和约翰往回走，筋疲力尽，
就像雨中的牲口，浑身汗淋淋。
"俺生来注定倒霉！"约翰说道，
"这一回，俺们肯定遭人耻笑。 4110
麦粉一少，俺们就做定了笨蛋——
院长、同学准这样把俺们叫唤，
特别是那个磨坊主。真是晦气！"

约翰把捉回来的马牵在手里，

174

一路朝磨坊走来一路在抱怨——　　　　　　　　4115
因为时间已晚,没法再走远。
他们看见磨坊主坐在炉火旁,
只能恳求他看在老天的份上,
留他们过夜和吃饭,他们付钱。

磨坊主说道:"哪怕只有一点点,　　　　　　　　4120
凡是能吃的,就会有你们一份。
但我屋子小得很,你们有学问——
读书人自能讲出一堆大道理,
能把几尺大的地方说成几里。
那就看看这里是不是住得下,　　　　　　　　　4125
要不,你们想办法叫它变大。"

"凭圣克贝之名,西蒙,"约翰说道,①
"你可真会开玩笑,回答得太妙。
老话说得好:'二者总得取其一;
不是带来的,就是找来的东西。'　　　　　　　　4130
俺在这里求你啦,亲爱的主人!
求你给点儿吃喝,让俺暖暖身。
俺一定付钱,而且付得很慷慨。
空空两只手,哪能把猎鹰引来!
瞧,这就是俺们准备花的银洋。"　　　　　　　　4135

磨坊主叫女儿马上就去镇上
买酒买面包,还把肥鹅烧烤,
更把那马拴牢,不让再跑掉;

---

① 圣克贝曾是诺森伯兰的主教。

又在自己房间里为他们搭铺,
齐齐整整铺上了床单和被褥。 4140
这张铺离他自己的床才一丈,
不远就是他女儿孤零零的床——
反正都很近,全在一个房间里。
事情只能这么办;你要问道理?
因为那屋子只有这么一点大。 4145
他们边吃边谈,消愁又解乏,
连连喝着上好的浓烈麦芽酒——
躺下的时候已经是半夜前后。

磨坊主喝醉了酒,头觉得很重,
脸变得煞白,一点也没有发红。 4150
他打着饱嗝,好似用鼻子说话——
既像伤了风,又像嗓子已沙哑。
他刚一上床,老婆也就跟着上,
轻松快活得就像是松鸦一样,
因为她的嗓子滋润得很舒坦。 4155
他们的床边放着幼儿的摇篮,
这样摇摇孩子喂喂奶也便当。
喝过了酒,大家醉得不像样;
这时磨坊主的女儿上床休息,
阿伦和约翰随即也进被窝里。 4160
事情就这样,大家无须安眠药。
那个酒,磨坊主喝得着实不少,
所以一睡下就马嘶般地打鼾,
对其尾部的漏气也不加照管。
他老婆给他配的和声很有力, 4165
那鼾声传到半里外不成问题。

女儿也打鼾,给她父母做伴奏。

阿伦轻轻问约翰:"你睡着没有?"
他边听着音乐,边把约翰碰碰:
"以前你可听见过这样的歌声? 4170
瞧,他们这晚祷配合得多好!
但愿有丹毒让他们身体发烧!
谁曾听见过这样古怪的歌唱?
他们绝对没有好结果好下场。
这个长夜里,俺已没法睡觉; 4175
但是不要紧,结果总能变好。
俺说约翰,但愿俺能够走运,
今夜就要拿那个姑娘开开心——
按法律,俺们应该得到补偿,
约翰,因为有条法令这么讲: 4180
如果一个人在这里受到损害,
可以在别处把那损失补回来。
毫无疑问,俺们的麦粉已被偷——
这一天的事不称心又不顺手;
既然俺在这方面得不到补偿, 4185
就要凭这个损失换一番舒畅。
以圣灵发誓,俺已这么决定。"

约翰答道:"阿伦,要三思而行!
磨坊主这个老家伙非常厉害,
万一他倒从睡梦中醒了过来, 4190
那么俺们两个人肯定要遭殃。"

阿伦答道:"俺不把他放在心上。"

说着便起身，悄悄去那姑娘处。
姑娘正仰面躺着，睡得非常熟，
当然不知道有人爬到她身边——   4195
待到想叫喊却已经为时太晚。
总之他俩已合二为一。阿伦哪，
玩你的吧，咱可要说说约翰啦！

约翰静静地躺了不过几分钟，
开始为自己感到难过和心痛，   4200
"嗜，这玩笑开得邪乎，"他说，
"讲起来，俺同傻瓜差得不多。
俺的伙伴吃了亏，但有了回报——
现在，搂着磨坊主的女儿睡觉。
他冒一冒险，结果就达到目的；   4205
俺躺在这里，就像是一袋垃圾；
日后这个恶作剧要是传出去，
人家准说俺是个没种的蠢驴！
俺也要起来去碰碰运气，没错；
俗话说得好：没勇气就没快活。"   4210
于是，他起身悄悄走了过去，
到了摇篮边上，就把它提起，
轻轻拿回来，在自己铺边放下。

磨坊主老婆的鼾声不久停下，
她醒来之后起身出房去小便；   4215
小便回来后当然找不到摇篮，
摸来摸去，摇篮就是摸不到。
"唉，差点走错地方，"她说道，
"险些就睡到两个学生的身旁。

天哪，那一来岂不是大出洋相！" 4220
她摸着摸着，终于摸到了摇篮，
随即又往前伸出手去探一探——
摸到了床便觉得找对了地方，
因为这张床正在摇篮的边上。
漆黑中，她哪知道情况有变， 4225
上床之后就躺在了约翰身边——
躺得那么安静，本可睡一觉。
不料，没多久那个学生一跳，
重重压在了这位好女人身上。
她已经好久不曾有这种舒畅， 4230
因为约翰疯了似的深扎猛干。
两个学生就这样分两处狂欢，
直到公鸡开始了第三遍啼叫。

拂晓的时候，阿伦感到疲劳，
因为长长的夜里都在使劲干。 4235
他说："玛琳，甜蜜的人，再见！
天快要亮了，俺可不能再陪你；
但今后无论走路、骑马到哪里，
俺是你的人，这一点俺能保证。"

姑娘道："那就再见啦，亲爱的人； 4240
你走之前我要告诉你一件事：
你在回去的路上经过磨坊时，
要去看看那进门处的门背后，
那里有两斗麦粉做成的馒头。
我先前帮着爹爹偷你们麦粉—— 4245
馒头就是用你们的麦粉做成。

再见啦宝贝,但愿上帝保佑你!"
她说到这里,差一点开始哭泣。

阿伦起床后想道:"趁天还没亮,
俺要悄悄地回到朋友的身旁。" 4250
他的手很快摸到了摇篮;"天哪,"
他心下寻思,"怎么俺全走错啦!
一夜下来,干得俺头晕目眩,
就连走路也忘了该走的路线。
但凭这摇篮俺知道走错方向; 4255
这是磨坊主夫妻俩睡的地方。"
就像鬼在带路,他东转西转,
结果转到磨坊主睡着的床边,
只道睡的是约翰就往下一躺,
却不知正好躺在磨坊主身旁, 4260
还偏要抱着他脖子轻声说话:
"约翰,你这猪头三,快点醒吧!
凭基督之灵,讲件趣事给你听。
名叫雅各的圣徒能给俺做证,
在这短短一夜里,俺已三次 4265
骑上了磨坊主女儿那个身子。
而你像胆小鬼,吓得目瞪口呆。"

磨坊主说道:"是吗,你这无赖?
什么读书人,恩将仇报的东西!
凭老天发誓,你别想活着出去! 4270
居然敢败坏我家女儿好名声——
你可知道我女儿是什么出身?"
说着他一下卡住阿伦的喉咙,

180

而阿伦同样恶狠狠进行反攻,
猛地一拳,打中磨坊主鼻梁,　　　　　　　　4275
打得他鼻血直淌,淌到胸膛。
两个人口鼻流血,扭打在地,
像麻袋里的两头猪拱来拱去;
他们一会儿站起,一会儿跌倒,
后来,磨坊主在石头上绊一跤,　　　　　　　4280
仰面跌倒在他那位老婆身上,
他的好老婆这会儿睡得正香,
因为约翰这一夜没让她睡觉,
现在刚睡着,打架的事哪知道!
磨坊主这么一跌,她立刻醒来,　　　　　　　4285
叫道:"圣十字架呀,救命!快!
我把自己交托在你手里,主啊!①
醒醒,西蒙!魔鬼上我身子啦!
救命!我心胆俱裂,死在眼前!
有人压在我头上,压在我胸前,　　　　　　　4290
两个坏学生打架;救命,西姆金!"

约翰一惊,顿时从床上跳起身,
沿着墙根一路摸过去,摸过来,
想找根棍子;女人也已跳起来,
对于这房间,她比约翰要熟悉,　　　　　　　4295
很快就找到棍子,握在了手里。
这时她看见暗中微微有点亮,
原来墙洞外亮着皎洁的月光。
她凭这点光看见那里两个人,

---

① 楷体字表明,原作中为斜体拉丁文。

但两人是谁,自然无法区分,   4300
只觉得眼前有个白糊糊东西。
现在她看着那个白糊糊东西,
想起有一个学生戴睡帽睡觉,
便拿着棍子一点一点往前靠;
满心想要把阿伦死命揍一下,   4305
揍的却是磨坊主光秃的脑瓜。
他跌倒在地大喊:"杀人啦!救命!"
两个学生狠狠地把他打一顿,
随即撇下他,穿好衣服牵了马,
再拿好麦粉,便匆匆上路回家;   4310
还在磨坊里找到做好的馒头——
这馒头用了他们的麦粉两斗。

这样,骄横的磨坊主遭到痛打,
白白地磨了麦子,工钱也没拿,
又白白请两个学生吃了晚饭,   4315
而且痛打了他的阿伦和约翰
还同他老婆和漂亮女儿睡觉。
瞧,这就是磨坊主恶有恶报!
所以,有句俗话说得真不错:
"做坏事的人总归没有好结果。"   4320
爱欺诳别人,自己就会受欺诳。
上帝呀你君临一切,高坐天上,
请不管咱们尊卑,保佑咱们吧!
咱这故事把磨坊主的抵消啦!

管家的故事到此结束

厨师的引子

厨师的故事引子

那伦敦厨师听了管家这故事,   4325
像背上被人搔了痒那么舒适,
笑道:"哈,受难的基督在上,
在留人在家睡觉这个问题上,
磨坊主得到一个惨痛的教训!
所罗门有句话说得实在高明: 4330
'别带随便什么人进你家门。'
因为留人过夜的事危险得很。
把人带进自己生活的小天地,
做这样的事就该注意再注意。
我叫瓦瑞的罗杰,已有些年岁,[①]   4335
从没听说磨坊主吃这种大亏,
竟在黑夜里被人当作猴子耍——
如果我撒谎,让我遭到天罚。
上帝不答应我们在这里停止;
所以你们若愿意听我讲故事,   4340
那么尽管我这个人穷困潦倒,
也要尽力为你们把故事讲好——
那是发生在我们城里的笑话。"

旅店主人答道:"我同意,你讲吧;
不过,罗杰,你要讲个好故事。   4345

---

① 瓦瑞为市镇名,在英格兰东南的哈福德郡,离伦敦约三十英里。

因为你很多馅饼里少了肉汁,①
你卖的很多肉饼味道并不好,
它们都热过两次又两次冷掉。
很多朝圣客把你恶狠狠诅咒:
因为吃了你的荷兰芹很难受——　　　　　　　4350
还吃了你用残茬烂叶喂的鹅,
而你店里的苍蝇又是特别多。
我的好罗杰,现在请你讲吧——
千万别计较我上面说的笑话,
不过说笑里也可以满是道理。"　　　　　　　4355

罗杰答道:"真的,你讲得有理。
哈利·贝利,佛兰芒人有句老话:②
'说笑中不含深意,说笑就很差。'
因为有旅店老板在我故事里,
所以我们分手前,你别生气。　　　　　　　　4360
但那个故事眼下我暂且不讲,
等到你我分手,再同你算账。"③
说罢他哈哈大笑,很是高兴,
接着把下面故事讲给你们听。

---

① 把馅饼里的肉汁抽掉,为的是延长馅饼的保质期。
② 14 世纪 80 年代,萨瑟克确有旅店主人叫哈利·贝利,并担任过一些公职。又,佛兰芒是比利时两个主要民族之一。
③ 厨师显然准备把这故事放在回来的路上讲。

厨师的故事

厨师的故事由此开始

有个学徒曾住在我们这城里,   4365
学的是粮商行会的那门生意。
他像林中的金翅雀那样快活,
短小精悍,皮肤褐色像浆果。
他头发漆黑,梳得美观整齐,
舞也跳得好,跳得欢天喜地,   4370
所以,叫他寻欢作乐的帕金。
他浑然是爱,也是蜜意柔情,
如同蜂窝,满是蜜甜的蜂蜜——
哪位姑娘遇上他也算是运气。
各处婚礼,他都去唱歌跳舞;   4375
他爱酒店远胜过爱他那粮铺。

如果在契普赛德有骑术表演,①
他就会跑出店门直奔那地点——
直到所有的节目全都看结束,
舞也跳个够,这时才回店铺。   4380
他还把同他一路的青年纠集,
大家唱歌跳舞,玩乐在一起。
他们常常安排好碰头的时间,
聚集在某条街上掷骰子赌钱。
说到掷骰子本事,整座城里   4385
没一个学徒能够同帕金相比;

---

① 契普赛德现在是街名,在伦敦商业区。

而且私下里，在那些密友中，
他花钱大手大脚，手头很松。
老板是个生意人，很快发现
自己钱柜里经常没有一文钱。 4390
既然学徒很放纵，老爱喝酒，
又爱玩爱闹爱掷骰子爱风流，
尽管那寻欢作乐老板没参加，
他那家店铺还是要付出代价。
再说偷窃和放纵能互相转变， 4395
而这两方面他都弹琴般熟练。
在小人物的身上，忠实和胡闹
总是不相容，这点大家会看到。

这个学徒鬼混在老板的店里，
混到满师的日子眼看就到期—— 4400
尽管他白天夜晚总给骂一顿，
有时甚至被歌手带进了新门。①
一天老板在查阅账本的时候
又想起了他，因为老板心头
响起一句俗话，这话说得好： 4405
"苹果堆里的烂苹果最好扔掉，
免得其它好苹果跟着一起烂。"
对于胡闹的下人也该这么办；
让他早点滚蛋，为害就不大——
带坏其他下人，事情就坏啦。 4410
于是，老板就跟他断绝关系；

---

① "新门"为意译，音译为"纽盖特"，是伦敦著名监狱（1902年拆毁）。据说当时送妨碍治安者进监狱，前面有吟游歌手开路，以扩大游街示众效果。

他只好自认晦气,伤心离去。
寻欢作乐的学徒这样出了店,
通宵达旦的胡闹再没人拘管。

每个做贼的自会有他的同伙,   4415
同伙在平时既帮他尽情挥霍,
又能分到他偷来或借来的钱。
他于是把铺盖行李等等物件
立刻送到他一个同路人那里。
这人对赌钱喝酒作乐也着迷;   4420
他的老婆表面上开一家店铺,
实际生活靠的是卖淫的收入。
……①

---

① 这故事在所有抄本中都不完整,乔叟可能认为,接连三个逗人发笑的胡闹故事也许太多,因此戛然而止。

片段二（第2组上）

律师故事的前奏

旅店主人对大家讲的话

旅店主人看到大太阳已很高，
它白天四分之一行程已走掉——
甚至还不止，超过半个多小时——
尽管他没有什么高深的学识，
却清楚知道这是四月十八号—— 5
这是个信使来通报五月来到。
他也清楚看到，每棵树的树影
同投下这个树影的直立树形，
那个长度和高度已难分长短；
凭这树影的情况，可以判断， 10
那照得天下一片光明的太阳
这时已爬到四十五度的天上。
而从这日期和所处纬度一算，
他最后确定，现在是上午十点。
于是，他突然勒住坐骑转过身， 15

说道："各位，我提醒大家一声：
今天，时间已过去了四分之一，
现在为了圣约翰，更为了上帝，

你们要尽量不浪费一点时光。
各位,时光日日夜夜在流淌; 20
我们睡觉的时候,它并不逗留,
我们醒后一疏忽,它同样溜走——
就像高山上流下平原的溪水,
时光之流流去了就永不流回。
塞内加他们痛惜时光的流逝,① 25
认为失去黄金也难比这损失。
他说:'失去财物还能够补救,
但失去时间,我们将一无所有。
时光这东西,一去之后永不归,
就像姑娘的处女膜,荒唐一回 30
捅破了,那就肯定没法再复原。
所以,让我们别因懒散而霉烂。

"律师先生,我说你得福有望,
应该讲个故事,像约定的那样。
你出于自愿,同意了我的意见, 35
所以,就应该听从我做的决断。
现在,你就来兑现你的诺言吧;
这样,就至少尽了你的义务啦!"

律师道:"凭天起誓,我同意,老板;
我根本没有自食其言的打算。 40
说真的,许下诺言就是欠下债——
我决不赖,但我好听的讲不来。
经文上说过:一个人定下规矩

---

① 塞内加(公元前4—65)是古罗马哲学家、政治家和剧作家。

让别人遵守,那么自己就必须
好好去遵守那个规矩。但是, 45
眼下我真说不出合适的故事,
除非乔叟讲过的,他音步粗糙,
而且,在押韵方面也不是很好,
然而很多人知道,就凭着往时
他那种英语,讲述了许多故事; 50
好兄弟,就算没在这本书里讲,
他还是会在另一本书里写上。
他讲过古往今来的恋人事迹,
就连奥维德那些古老书简里 ①
提到的恋人也没乔叟这么多。 55
他这些故事,我又何必重说?

"年轻时他就写过赛伊和奥申, ②
后来,几乎写过每一位有情人——
讲的是,佳人及其情郎的掌故。
《贞女的传说》这样一本大书, ③ 60
任何人只要找来细细看一下,
能看到卢克丽丝受辱后自杀,
巴比伦人提斯柏的巨大创伤,
狄多被埃涅阿斯抛弃后自戕,
菲莉丝为得莫丰在树上上吊, 65
德安尼拉与赫尔米恩的哀悼,
还有许普西皮勒、阿里阿德尼——
还有荒岛孤零零矗立在海里——

---

① 奥维德是古罗马伟大诗人,名作有《变形记》《爱的艺术》等。
② 赛伊和奥申是乔叟早期作品《公爵夫人之书》中的人物。
③《贞女的传说》也为乔叟所作。下面20多行中有大量人名(也有个别地名,如提尔),大多是希腊、罗马神话或传说中的人物。

勒安得耳为他的海洛而淹死,
海伦的眼泪,还有布里塞伊丝 70
和雷奥德迈娅那种深切痛苦,
那位王后美狄亚的忍心残酷——
遭到伊阿宋遗弃后绝望之余,
竟然勒死了亲生的幼小儿女!
许珀尔涅斯特拉,阿尔刻提丝, 75
帕涅罗珀!你们的妇道他珍视!

"但是对于卡纳丝一类的婆娘,
对那种坏样,他自然不会颂扬——
这女人不怕罪恶,爱上亲兄弟——
对这类丑事我也是嗤之以鼻! 80
他不写提尔的阿波罗尼乌斯,
还有该诅咒的国王安条克斯,
竟把自己女儿硬是摔倒在地
奸污了她,使她不再是处女——
这种事读起来叫人怒火中烧。 85
所以倒还是乔叟考虑得周到;
在他所有的创作中,他有决心
绝不写那种伤天害理的丑行。
同样,那类事我尽量不讲为妙。

"今天要我讲故事,讲什么是好? 90
缪斯也被人唤作皮厄里得斯,
同她们去比,我绝对没这意思——
不想成为《变形记》中的人物——①

---

① 奥维德《变形记》中,皮厄鲁斯的女儿们想与缪斯们一争高低,结果被变为喜鹊。

就是比不过乔叟我也不在乎!
让我这碟烤山楂跟在他后面,① 95
我讲散文,让他写押韵诗篇。"②
接着他露出一副庄重的表情,
开始把他的故事讲给你们听。

---

① "烤山楂"是比方自己讲的东西"味道"不好。
② 但下面律师的故事却是韵文,而且是很严格的七行诗节,不知何故。

律师的故事引子

哦,可恨的苦难和穷困的处境!
伴随痛苦的干渴、寒冷和饥肠!　　　　　　100
求助于人吧,你感到有愧于心;
如果不求助,困苦给你的创伤
巨大得使你没办法加以隐藏!
你迫于贫困,只能违反你本意,
去偷去借去乞讨,以维持生计。　　　　　　105

你以激烈的言辞责怪着基督,
怪他分配世上的财富出差错;
你指责邻居的话也相当刻毒,
说是你得到太少,他得到太多。
"等地狱之火烧他的尾巴,"你说,　　　　　110
"那时候报应就会落到他头上,
因为对穷人,向来不曾帮一帮。"

现在请听聪明人的有关名言:
"与其生活在贫困里,不如死掉";
"人一穷,就连邻居也给你白眼"。　　　　　115
穷困潦倒,尊严哪里还谈得到!
还是把聪明人的这句话记牢:
"穷人过日子,天天是悲惨愁苦。"
所以要当心,别落到那个地步!

如果你贫穷,你的兄弟会嫌你,　　　　　　120
亲友看到你,个个都远远跑掉。
有钱的商人哪,你可真是福气;

富贵人、聪明人,你们福气是好!
你们掷骰子,两点总不会碰到——
总是十一点,保你赢钱的点数;①
到了圣诞节,尽可以欢快跳舞!

你们在陆上和海上搜寻财富;
作为聪明人,知道各国的状况,
操纵事件的发生和新闻发布;
而且掌握和平与战争的动向。
本来连一个故事我也不会讲,
幸而有商人给我讲过一件事——
在多年后的今天我讲来试试。

---

① 当时这种赌博用两颗骰子,两个都是一点就最小,一个六点和一个五点就最大。

THE PROLOGE OF THE TALE OF THE MANNE OF LAWE

HARM! CONDICION OF POVERTE!
With thurst, with coold, with hunger so confoundid!
To asken help thee shameth in thyn herte;
If thou noon aske, so soore artow ywoundid,
That verray nede unwrappeth al thy wounde hid!
Maugree thyn heed, thou most for indigence
Or stele, or begge, or borwe thy despence!

Thow blamest Crist, and seist ful bitterly,
He mysdeparteth richesse temporal;
Thy neighebore thou wytest synfully,
And seist thou hast to lite, and he hath al.
Parfay, seistow, somtyme he rekene shal,
Whan that his tayl shal brennen in the gleede,
For he noght helpeth needfulle in hir neede.

Herkne what is the sentence of the wise:
Bet is to dyen than have indigence;
Thyselve neighebor wol thee despise;
If thou be povre, farwel thy reverence!
Yet of the wise man take this sentence:
Alle the dayes of povre men been wikke;
Be war therfore, er thou come to that prikke!

If thou be povre, thy brother hateth thee,
And alle thy freendes fleen from thee, allas!
O riche marchauntz, ful of wele been yee,
O noble, o prudent folk, as in this cas!
Youre bagges been nat fild with ambes as,
But with sys cynk, that renneth for youre chaunce;
At Christemasse myrie may ye daunce!

Ye seken lond and see for yowre wynnynges;
As wise folk ye knowen al the staat
Of regnes; ye been fadres of tidynges

律师的故事

律师的故事由此开始

从前在叙利亚住着一批富商,
他们的为人都非常严谨公道。 135
他们向遥远的地方运送奇香、
花色锦缎和金丝织就的衣料;
那些东方的货品精致又新巧,
所以大家喜欢买他们的货品,
也乐于把自己的货卖给他们。 140

一次他们的几位领头人决定,
大家一起去罗马城游历游历——
既是为了观光也为了生意经;
于是没有先派人送信去那里,
就径直去了罗马这个目的地, 145
到达那里后找到了一家旅店,
觉得很合适,就住在了里面。

几位商人惬意地在该城居住,
不知不觉中就有了一些时日。
且说那罗马皇帝的一位公主 150
有名地贤淑,名叫康斯坦丝;
有关她各种事迹的传说故事
那些叙利亚商人天天都听到,
听到的内容我下面做点介绍。

请听听人们异口同声的话语: 155

"愿上帝眷顾我们罗马皇帝,
他有个天下独一无二的闺女,
这公主既有德行又非常美丽,
自古以来没有人能同她相比;
我祈求上苍,永保她的好声望,　　　　　　160
但愿她成为整个欧洲的女王。

"她极其美丽却一点也不骄傲,
虽非常年轻却又成熟而稳重,
她的谦逊使专横显得很渺小,
她以德行指导她所有的行动;　　　　　　165
她是面镜子反映出一切雍容,
她的心就是圣洁的神龛一座,
她的手总在执行慷慨的施舍。"

这些话说得像上帝一样没错,
但是让我们回到故事上来吧。　　　　　　170
且说商人们把船重新装了货,
看过了这位赐人以福的娇娃,
心满意足地把船驶回叙利亚;
然后像往常那样经商和生活——
这方面我能说的只有这么多。　　　　　　175

这些商人在本国非常受优待,
每次那位统治叙利亚的苏丹
一听说他们从异国他乡回来,
总格外开恩把他们款待一番,
频频询问他们在国外的观感,　　　　　　180
以了解不同国家的武功文治

和他们看到听到的奇闻轶事。

这些商人介绍了各方面情形,
特别就提到那公主康斯坦丝,
认真细讲她优秀高贵的品性; 185
这就引起了苏丹极大的兴致,
心思里总有康斯坦丝的影子,
结果,他的最大愿望和关注
就是要终生不渝爱那位公主。

也许,早在他刚出世的时候, 190
在那称作上苍的特大天书上,
那些决定他命运的有关星宿
已经表明他将为爱情而死亡!
因为上帝知道,那些星宿上
人的死期写得比玻璃还清楚—— 195
当然要有专门的本领去解读。

那些星宿上,多少冬季以前
就写明希腊罗马英雄的死亡,
而且都写在他们的出生之前;
除写出大批历史名人的死亡, 200
星宿还表明底比斯成为战场——
可惜人们的智力实在太不济,
竟然没有人完全读出那含义。

苏丹请来他所有的心腹谋臣,
将事情向大家做了简短介绍, 205
把自己的心思全部告诉他们;

接着斩钉截铁向他们宣布道,
除非短期内有幸把公主得到,
否则他与死无异;于是下令,
要他们尽快想办法救他性命。 210

不同的人提出的建议也不同;
他们各讲各的理,争来争去,
巧妙的高招一个个层出不穷,
甚至提出用魔法或者用诡计,
然而最后的结论倒相当一致: 215
唯一的办法就是同公主结婚,
其它的妙计看来一个都不成。

他们认识到,要结这婚很难,
因为事情摊开来稍稍一分析,
就可以清楚地看到彼此之间 220
在信仰上的巨大冲突和分歧;
他们认为:"凡是信基督的皇帝
不愿把孩子嫁到我们这国度,
因为我们是穆罕默德的信徒。"

苏丹道:"与其失去康斯坦丝, 225
毫无疑问,我愿受基督教洗礼——
我不会选别人,只要康斯坦丝;
我请求你们平静地讨论问题,
切勿疏忽,要为赢得她而努力,
因为我的命只有她才能拯救, 230
而这种痛苦我不能长久忍受。"

何必还要长篇大论地多啰嗦?
我说,凭着订条约和派遣大使,
凭着教皇一次次地从中撮合——
还凭着全体教会人士和武士—— 235
结果谈成了你们将听到的事;
这个结果非常不利于伊斯兰,
但是有利于基督教势力扩展。

苏丹和他手下的王公和贵族、
藩臣和官吏全都得接受洗礼, 240
他才可迎娶到康斯坦丝公主;
他还送去大量的黄金做聘礼,
至于是多少,我却无法告诉你。
双方宣了誓;美丽的康斯坦丝,
但愿全能的上帝引导你行事! 245

我能猜到,有人等着听我讲:
在康斯坦丝公主将要出嫁时,
高贵的罗马皇帝准备的情况,
还有准备中显示的皇家气势。
但大家知道,这样一件大事, 250
这样庄严宏大的场面和规模,
谁也无法用三言两语来概括!

选定了陪同公主前往的主教,
随行贵人、命妇、著名骑士
和其他各色人等也全部选好; 255
这时整个罗马城都得到通知:
大家应该以高度的忠贞诚挚

200

祈求基督,求他接受这婚姻,
并求他保佑他们的这次旅行。

终于到了他们出发的那一天, 260
这决定命运的一天令人神伤;
我说,这时已经不能再拖延,
每个人必须准备好离开故乡。
哀哀切切的康斯坦丝起了床,
脸色苍白地穿衣梳妆准备走, 265
因为她知道,其它选择没有。

所以她哭泣并不是没有理由,
因为她将被送到陌生的国度,
远离一切真心待她好的亲友,
去嫁给一个她不了解的丈夫, 270
而且注定了事事得听他吩咐。
妻子们知道,丈夫向来个个好;
但除了这点,其它我可不知道。

"父亲,你生了我这可怜闺女,
慈爱地把我抚养长大,"她说道, 275
"还有你,母亲,是我莫大欢愉;
除天上基督,数你们待我最好,
愿你们常为我康斯坦丝祈祷,
因为你们这孩子将去叙利亚,
以后就再也不能见到你们啦。 280

"我现在就得去那个异教国度,
唉,因为这本就是你们的心意。

201

但是为拯救我们而死的基督，
愿他眷顾我，让我完成他旨意！
我一个不幸女子死也不足惜！ 285
因为女人生来得受苦又受难，
而且生来就得受男人的拘管。"

即便是皮洛斯攻破特洛伊城，①
或者伊利昂起火、底比斯陷落，②
又或者汉尼拔三次大获全胜，③ 290
打得罗马人的军队七零八落，
这样可怜的哭声也从没有过——
她在宫中的辞行充满了凄苦；
但不管是哭是唱歌，她得上路。

作为第一原动力的残酷上天！ 295
宇宙间的万物每天受你推动，
不停地做着由东向西的旋转，
而它们本身自然反方向运动；
你这种推动安排了整个天空，④

---

① 皮洛斯是希腊史诗中的人物，为英雄阿喀琉斯之子的别名，也是躲藏在木马中的武士之一。在夺取特洛伊城时，他杀死了特洛伊王普里阿摩斯。
② 伊利昂是古城特洛伊（在小亚细亚西北部）的拉丁名称。
③ 汉尼拔（公元前247—前183）为迦太基统帅，曾率大军远征意大利，因缺乏后援而撤离，后多次被罗马军队击败而自杀。
④ 当时天文学认为：地球静止不动并在中心位置，外有九重天围它转，较近地球七重各带一个星体（月亮、金星、水星、太阳、火星、木星、土星）。第八重天有一些固定星体由西向东慢慢运动，最外面的第九重天称为第一运动天（或上述"第一原动力"）或最外层天。据说它每天由东向西旋转一周并带动万物按这方向转，这方向与太阳"自然"运动的方向相反，因为太阳按黄道十二宫的顺序运转。作者下面几行意思是：康斯坦丝出发时，星相位置很不吉利，特别是火星影响了这场婚姻。

以致刚开始这次凶险的旅行，　　　　　　　　300
残酷的火星就毁了这段婚姻。

就在歪歪斜斜的不祥升腾中，
唉，那升腾的主儿却不幸跌落，
从原来那个宫跌进最暗的宫！
哦火星，这时你的影响大得多！　　　　　　305
虚弱的月亮呀，不幸步步走错！
你要去结合，那里不能接纳你；
而对你有利的地方，你却远离。

咳，轻率的罗马帝国的皇帝！
你全城就没有一个星象学者？　　　　　　　310
是否找不到稍稍好些的婚期？
行期难道就不能另外选一个？
何况是金枝玉叶，地位煊赫！
难道不知道公主的落地时辰？
咳，这要怪我们无知又迟钝！　　　　　　　315

这一位伤心欲绝的美丽公主
礼数周到地被簇拥到了船上。
她说："愿耶稣基督把你们眷顾！"
"再见，公主！"只听得喊声响亮，
她努力装出十分愉快的模样。　　　　　　　320
我就这样让她上了船去远行，
现在来讲讲另一方面的情形。

却说苏丹的母亲是邪恶之源，
她已清楚地知道儿子的心意，

知道他情愿放弃古老的信念,　　　　　　325
便立即派人把她的谋士召集,
他们便前来听她有什么主意。
大家到齐后,她在宝座上坐下,
说出你们就会听到的一番话。

"各位大人,"她说,"你们知道　　　　　　330
我不肖的儿子很快就要背弃
我们《古兰经》里的神圣教导——
这是先知穆罕默德给我们的。
我向伟大的真主立下一个誓:
宁可要了出自于我的那条命,　　　　　　335
不让伊斯兰信仰离开我的心!

"新戒律能够给我们什么东西?①
无非是肉体上的桎梏和悔恨,
而最后我们将全被拖进地狱——
因为把我们固有的信仰否认。　　　　　　340
各位大人,你们是否能保证:
如果我能够让大家永世得救,
你们就同意我将提出的计谋?"

每个与会者都宣誓表示同意,
愿与她站在一起,同生共死,　　　　　　345
而且每个人愿尽最大的努力,
去争取所有亲戚朋友的支持,
大家一致按太后的布置行事——

---

① 这里的"新戒律"指的是,如果苏丹和他的臣民接受洗礼,将奉行基督教戒律。

至于她怎么布置,我会继续讲;
她对他们说的话,如下面这样。　　　　　　　　350

"我们先假装接受基督教洗礼——
一点冷水对我们没什么损害——
然后我就要准备盛大的筵席,
我相信这准可结清苏丹的债。
他受过洗礼的妻子即使再白,　　　　　　　　355
那时要洗掉斑斑血迹的殷红,
哪怕她带着一盆圣水也没用。"

你这个苏丹之母是罪恶之根!
凶悍得可称塞米勒米丝第二!①
你是条毒蛇,只是长得像女人——　　　　　　360
就像锁在地狱里的那条毒蛇!②
你这奸诈的女人实在太邪恶:
那一肚子的坏水是罪孽之源,
而破坏美德、天真是你的心愿!

撒旦哪,你被逐出基督的教会,　　　　　　　365
从那时候起对我们心怀忌恨,
唆使夏娃堕落,让我们遭罪!
你一向知道怎么去教唆女人,
这回又要破坏基督徒的结婚。
你想要为非作歹就利用妇女,　　　　　　　　370
这一次你又用女人作为工具。

---

① 塞米勒米丝相传为亚述女王,巴比伦的创立者,以美丽、聪明和淫荡闻名。
② 这毒蛇指撒旦。

我所谴责和诅咒的苏丹老娘
悄悄地把那些谋士打发回家。
故事的细节我不该讲得太长。
就说有一天她去见苏丹陛下,　　　　　375
说了一通放弃旧信仰的鬼话,
说是为信了多年异教而懊恼,
要接受教士洗礼,改信基督教。

她要苏丹答应她提一个请求:
让全体基督徒出席她的宴请——　　　　380
"我要尽力使他们满意地点头。"
苏丹答道:"我一定遵命而行。"
说着便跪了下来感谢他母亲。
他过于高兴,不知说什么才好;
母亲吻了吻儿子便转身走掉。　　　　　385

第一部结束

第二部开始

那些基督徒抵达叙利亚国土,
浩浩荡荡的场面盛大又热闹。
苏丹急急忙忙地把信使派出,
先通知母亲,再向全国通告,
说是他妻子千真万确已来到;　　　　　390
他请求母亲骑上马也去迎接,
显示他这个国家文明讲礼节。

罗马人和叙利亚人彼此见面,
人头攒动的场面拥挤又绚丽;
那母后珠光宝气又笑容满面,　　　　　　　395
迎接康斯坦丝时她面带喜气,
同母亲在迎接爱女回家无异;
然后让坐骑踏着慢慢的步子,
他们堂皇地前往附近的城池。

卢坎曾极力描绘恺撒的凯旋,[①]　　　　　400
但是我相信,恺撒那支部队
若在这欢天喜地的人群旁边,
就绝对没有如此奇妙而壮美。
然而苏丹的母亲,这个恶鬼,
却是一只花言巧语的毒蝎子——　　　　　405
伪装之下,一心要把人螫死。

过后没多久,苏丹亲自驾临,
他真是气度非凡又英姿勃勃,
满心欢喜地把康斯坦丝欢迎。
现在我让他们去高兴去快活,　　　　　　410
因为我想说的是事情的结果。
最后大家都觉得时间已不早,
还是暂停作乐,去休息为好。

过了一些日子,苏丹的母亲
吩咐举办我前面说到的盛筵;　　　　　　415

---

① 卢坎(39—65)是生于西班牙的古罗马诗人,作品有拉丁史诗《内战记》。因密谋暗杀罗马皇帝尼禄之事败露而自杀。

所有基督徒,无论年老年轻,
全都做好了准备一起去赴宴:
那里既有皇家的气派和场面,
又有我难以尽数的山珍海味——
但是离席前付的代价太昂贵。 420

尘世的欢乐总是掺杂着凄苦,
而欢乐之后悲哀总突如其来,
把我们努力挣来的欢乐结束!
于是我们的欢乐变成了悲哀。
请听我一句忠告以避免意外: 425
在你高兴的日子里,可得记牢——
那后面跟着不测的灾难、苦恼。

现在,我就对你们长话短说吧。
总之,苏丹和所有那些基督徒
个个都在宴会上遭到了残杀—— 430
就单单没杀掉康斯坦丝公主。
那可诅咒的老太婆极其恶毒,
她让亲信们犯下这血腥罪行,
为的是在这国度里发号施令。

凡叙利亚人已经改信基督教, 435
凡苏丹的谋臣没有及时逃离,
一个个都在宴会上挨了乱刀。
康斯坦丝落到了那些人手里,
被押上了没舵的船,我的上帝!
他们命令她马上离开叙利亚, 440
自己去学习航海去返回罗马。

她从罗马带来做陪嫁的财宝，
说真的，还有许多食品和衣物，
他们给她送到了船上并放好，
于是她就开始在大海上漂浮。　　　　　　　　445
哦，仁慈的康斯坦丝好公主！
你这罗马皇帝的年轻闺女啊，
让命运之神充当你的船舵吧！

在胸前画着十字，她可怜巴巴
对着基督的十字架悲声说道：　　　　　　　450
"哦，光明的圣坛，神圣十字架！
基督的血把人间的罪恶洗掉，
而染红你的正是这济世之宝！
在我将淹死的那天保佑我吧，
别让我落进那个魔鬼的魔爪。　　　　　　　455

"胜利之树，你是忠诚者的庇护，①
只有你才配把那个重任担当，
把刚刚受伤的天国之王担负——
这位被长矛刺伤的洁白羔羊
能够把邪灵驱离人们的心上，　　　　　　　460
只要他们在胸前虔诚画上你——
也请保佑我，给我自救的能力。"

这可怜的人漂流了多少年月，

---

① 这里的"树"指的是钉死耶稣的十字架。

漂过希腊海来到摩洛哥海峡,①
这真是命运让她遭遇的灾劫; 465
多少粗劣的食物她努力咽下;
她的船备受惊涛骇浪的击打,
漂向一处又一处陌生的地方——
她在这期间多少次面临死亡!

有人也许要问:是谁救了她? 470
为何宴会上她没被砍成肉泥?
对这种问题我只能这样回答:
在那洞窟中,是谁救了但以理?②
除了他,别人一进那狮子洞里
就被咬死,无论是主人或仆人—— 475
告诉你,救他的是他心中的神。

上帝愿意在她的身上显奇迹,
让我们看到他的神力多伟大;
在祛病消灾上,基督最有能力——
学人们知道,他常用某种办法 480
达到其目的,但人的智力太差,
自然就不能了解是什么目的,
也无法知道做此安排的天意。

是谁使得她没有淹死在海里?
让她没在宴会上被杀的是谁? 485

---

① 希腊海指东地中海,摩洛哥海峡指直布罗陀海峡。
② 《旧约全书·但以理书》第 6 章说,他因笃信上帝,虽被抛入狮子坑而安然无恙。

是谁让约拿待在鱼的肚子里，①
最后又让鱼把他吐在尼尼微？②
人们都知道，除了上帝没有谁
能够使希伯来百姓免于淹死，
而且走过红海时连脚都不湿。③　　　　　　490

有能力呼风唤雨的四大精灵
从东西南北侵扰大海和陆地；
是谁向他们发出这样的命令：
"不许侵扰海洋、大陆和林地？"
能够发出这命令的，只有上帝；　　　　　495
他使这女子不受暴风雨侵扰，
无论这女子是醒着还是睡觉。

这女子哪里去找吃喝的东西？
三年多时间里她靠什么生活？
在洞穴和沙漠里的埃及玛丽，④　　　　　500
当然只有基督给她吃给她喝。
五个面包两条鱼，《福音书》上说，
能让五千人吃饱，创造了奇迹——
这女子的困难也有上帝接济。

她终于漂到我们的这片大洋，　　　　　　505

---

① 《旧约全书·约拿书》中说，在一次航行中，人们为平息风浪把约拿抛进大海，但耶和华安排一条大鱼吞下了他，让他在鱼腹中待了三日三夜。
② 尼尼微是亚述古国首都，遗址在伊拉克北部城市摩苏尔附近。
③ 以色列人过红海的故事见《旧约全书·出埃及记》。
④ 埃及玛丽又称埃及的圣玛丽，据说生活在5世纪，早年生活放荡，皈依基督教后遁入约旦附近的沙漠四十七年，遂获正果。纪念日为每年的4月9日。

最后漂到了遥远的诺森伯兰，
那地方浪涛汹涌，一个巨浪
把船甩到不知名的城堡下面；
船一下冲上海滩，牢牢搁了浅，
再怎么涨潮也不能使船漂起，　　　　　　　　510
因为基督就要她停留在这里。

城堡的长官走到下面海滩上
看那搁浅船，前后查看一遭，
发现这憔悴的女子满脸忧伤，
同时也发现她随身带的财宝。　　　　　　　515
这女子用自己那种语言求告，
请这位长官帮助她结束生命，
让她能摆脱苦不堪言的厄运。

她讲一种并不纯粹的拉丁语，
不过总算还能让人家听明白；　　　　　　　520
这时那长官不想再查看下去，
便把这苦命的女人带下船来。
她跪倒在地，感谢天上主宰；
然而她是谁，她却死也不说——
任凭你威吓她还是做出许诺。　　　　　　　525

她说漂在海上时过于受惊吓，
结果实实在在是丧失了记忆；
城堡长官夫妇俩都很怜悯她，
为她洒下了不少同情的泪滴；
她为大家做事既勤快又尽力，　　　　　　　530
那里的人对她也由衷地喜欢，

看看她的脸也就会生出爱怜。

那位长官和他的妻子赫曼吉
信奉异教,当地人都是异教徒。
赫曼吉爱她像性命,爱得出奇。　　　　　　　535
她待在那里,长期跟他们居住,
不断地祈祷,不断地淌下泪珠,
终于,凭着耶稣的恩典和引导,
那位长官的夫人改信基督教。

那个地方,基督徒不敢活动,　　　　　　　540
大批基督徒已逃离那个地区,
因为异教徒从海上陆上进攻,
早征服了北方沿海那片区域;
布立吞百姓便朝威尔士逃去,①
这些基督徒原先住在这岛上,　　　　　　　545
如今威尔士是他们避难地方。

尽管大量布立吞人出逃在外,
但那里还是有人瞒过异教徒,
私下里仍在把耶稣基督膜拜;
城堡边就有三个基督徒居住,　　　　　　　550
其中一个是盲人,视力全无,
就靠心灵的眼睛把一切观察——
人们失明后都得靠这个办法。

一个夏日,阳光明亮又灿烂。

---

① 布立吞人是古代居住在不列颠岛南部的凯尔特人,信奉基督教。

看到天气好,城堡长官夫妻 555
就带着康斯坦丝走向了海滩,
那儿离城堡最多不过半里地,
去那里散散步玩玩也是休息;
散步中,他们同那盲老汉相遇,
只见他双眼紧闭,腰弯背也曲。 560

"凭基督名义,"这位盲人喊道,
"请让我重见光明!赫曼吉女士。"
听他这么喊,这位夫人吓一跳,
道理很简单,她是怕丈夫得知
她爱了耶稣基督,会把她处死; 565
但康斯坦丝鼓励她,要她作为
基督教的女儿,发扬主的慈悲。

那长官看到这情形,感到困惑,
开口问道:"你们这番话怎么讲?"
"基督有力量,"康斯坦丝回答说, 570
"大人,他帮人逃出魔鬼的罗网。"
接着她大力宣传我们的信仰,
结果在天黑之前把长官说服,
使他改变信仰,成了基督徒。

康斯坦丝那条船搁浅的地方, 575
其最高主宰不是那城堡长官——
他主公是阿拉,诺森伯兰之王,
在主公手下,他治理该地多年。
这位国王很英明,又英勇善战,
人们知道,他把苏格兰人打败—— 580

但是，我现在要回到故事上来。

撒旦总是等机会要坑害我们，
看到康斯坦丝做成了许多事，
就想报复她，以解心头之恨；
于是让城堡里一名年轻武士　　　　　　　　585
生邪念，狂热追求康斯坦丝：
觉得只要在她的身上遂了愿，
那么就算丢了命也死而无怨。

他不断求爱，但没有丝毫结果；
康斯坦丝决不肯干苟且之事。　　　　　　590
武士本就坏心眼，心里窝了火，
便想出毒计，要叫她不得好死。
于是有一次那位长官外出时，
他等赫曼吉酣然进入了睡乡，
便趁着夜色偷偷溜进她卧房。　　　　　　595

康斯坦丝、赫曼吉长时间祈祷，
已经很疲倦，所以睡得特别熟。
而那名武士则受了撒旦引导，
这时悄悄走到那张床的床头，
随即用匕首割断赫曼吉咽喉，　　　　　　600
把凶器在康斯坦丝身旁一放——
凶手虽溜走，上帝会使他遭殃！

出事后不久，城堡长官回到家，
一起到来的还有那位阿拉王。
长官看到他妻子竟然被残杀，　　　　　　605

忍不住扭绞着双手痛哭一场；
但发现凶器在康斯坦丝床上——
就在她的身旁，她还能怎么说？
何况她忧伤过度，神智出差错！

这件惨案当即报告了阿拉王， 610
也报告了当初发现康斯坦丝
在那船上的时间地点等情况——
反正对你们我已讲过这些事。
阿拉王看到这位优雅的女子，
见她遇到这样的灾祸和不幸， 615
颤抖的心中满是同情和怜悯。

因为就像是羔羊被牵去宰杀，
这无辜的人站在国王的面前。
而那真正杀人的武士很狡猾，
发誓指控她割断了夫人喉管。 620
尽管如此，大家认为她蒙冤；
他们愤愤不平说：没人相信
她能做出这凶狠毒辣的事情。

因为大家都知道她一向贤惠，
一向爱赫曼吉就像自己性命。 625
对于这点，只有凶手很忌讳，
而城堡里的其他人都肯证明。
这些证词使阿拉王深受感动，
他下定决心要查个水落石出，
要把惨案的真相彻底查清楚。 630

康斯坦丝呀,你没有斗士保护,
而你自己又不会战斗,多可叹!
但是为拯救我们而死的基督
不仅捆住仍留在地狱的撒旦,
今天还要作为斗士为你而战! 635
因为要不是基督创造个奇迹,
无辜的你将立刻被置于死地。

她跪了下来,祈祷中这样倾诉:
"永生的神哪,你曾救过苏珊娜,①
为她辩诬,还有你,仁慈的圣母, 640
你也就是圣安娜之女马利亚,②
在你儿子前,天使高唱'和散那'——③
我如果没有犯大罪,就请你们
把我拯救,否则我可就活不成!"

你可见过人群中这样的场面?—— 645
有人苍白着脸被押着去刑场,
因为得不到任何恩典或赦免。
既然有这种神色流露在脸上,
无论谁只要朝那人群里一望,
就能凭那脸把那不幸者认出—— 650
康斯坦丝就这样在茫然四顾。

生活在荣华富贵中的王后啊!

---

① 苏珊娜为《圣经·旧约》的《次经》中女子,被诬告犯了通奸罪,幸有希伯来先知但以理为其辩护,恢复其清白。
② 据《次经》说,圣母马利亚之母为圣安娜(或圣安妮)。
③ "和散那"为希伯来语音译,意为"我们祈求现在得到拯救",后为赞美上帝语。

还有公爵夫人和所有的贵妇!
给身处逆境的她一点怜悯吧!
一位皇帝的女儿却如此孤苦;　　　　　　　655
她能去哪里,又去向谁哭诉!
哦,极度危难中的皇家之女,
你所有的亲友远离你的急需!

幸好阿拉王对她还非常同情,
怜悯之情充满他仁慈的心田,　　　　　　660
淌下的泪水沾湿了他的衣襟;
他说:"快去拿本圣书来,快点!
如果,这武士肯正式立下誓言,
说这女子杀了人,我们将考虑
派谁做法官,对案子进行审理。"　　　　665

布立吞语的《福音书》即刻取来;
正当那武士一只手按在书上,
发着誓对康斯坦丝进行陷害,
有只手突然打在他的颈骨上,
他顿时像石头一样倒在地上。　　　　　　670
在场的人没一个不感到惊愕,
因为他眼球已从眼眶里掉落。

大家还听见空中响起的人语:
"在这里你诽谤一个无辜的人,
在神的面前污蔑基督教之女;　　　　　　675
你干这些事情,我一直没作声!"
除了康斯坦丝,其他在场的人
目睹这奇迹,个个目瞪口呆,

只怕有报应落到自己身上来。

有人对康斯坦丝曾怀有疑心,　　　　　　　　680
真是冤枉了这位清白的女子,
现在他们感到既惊恐又悔恨;
总之,亲眼看到这样的奇事,
再加上顺势点拨的康斯坦丝,
结果,国王当场同另外许多人　　　　　　　685
改信基督教;这得谢基督之恩!

阿拉王当即宣布了他的裁定,
那个做伪证的武士立刻处死;
但康斯坦丝还为他的死伤心。
后来,耶稣又显示他的仁慈,　　　　　　　690
使阿拉娶了这位圣洁的女子——
婚礼隆重盛大,凭基督福佑,
姣好的康斯坦丝又成了王后。

要是说实话,那么只有一个人——
就是国王专横的母亲多纳吉,　　　　　　　695
只有她对这桩婚事感到恼恨。
她对儿子的此举百般不满意,
那颗歹毒的心里憋足了火气:
使她感到恼怒的,是她儿子
竟要来路不明的女人做妻子。　　　　　　　700

枝枝节节上,我不想多费时间,
只想把故事的主干做个介绍;
我何必讲那婚礼的豪华场面,

219

何必讲最先上的菜是哪一道,
或者什么人吹着喇叭或号角? 705
每个故事要讲的是它的实处——
婚礼上都有吃喝、作乐和歌舞。

他们夫妻俩天经地义上了床,
因为做妻子的哪怕圣洁至极,
到了夜里也得做必要的忍让—— 710
人家的结婚戒指既给了自己,
就得让那位给戒指的人满意,
就得把那种圣洁暂时搁一边——
这种事情看来就只能这么办。

过后不久,她就怀上了孩子。 715
这时阿拉王为了要打败敌军,
前往苏格兰,他把康斯坦丝
交托给主教和那位长官照应。
美丽的康斯坦丝腼腆而谦逊,
既怀孕多时就更常待在家里, 720
安静地等待耶稣基督的旨意。

分娩后一个男孩降临到世上;
为他施洗时给他取名莫里斯。
那位长官写了一封信给国王,
交给了一名特地去送的专使, 725
让他去禀报这件天大的喜事,
同时也报告一些紧要的事务;
专使接了信就准备出发上路。

这专使为了让自己讨些便宜,
马上就驰去拜见国王的母亲, 730
以奉承口吻向这个女人道喜。
他说:"太后,你该十分高兴,
该好好感谢上帝一万遍才行!
因为王后确实生下个小王子,
这可是我们全国上下的喜事。 735

"我得尽快把喜讯禀报国王,
瞧,这是报告喜事的一封信;
如果你有什么话要对国王讲,
只要吩咐,我臣仆随时听命。"
多纳吉答道:"一时想不出事情, 740
但我希望你今夜在这里休息,
明天就把想要讲的话告诉你。"

专使大喝一通麦芽酒葡萄酒,
接着便像猪一样昏沉沉睡觉,
哪里知道他包中的信被偷走, 745
而且另有一封信放进这个包;
这封假信伪造得恶毒又巧妙,
让人误以为是那长官写的信。
至于内容,下面就请你们听。

这封信上说,王后虽已生产, 750
但产下妖魔一样的可怕怪物,
结果城堡里的人哪怕再大胆,
也不敢继续在这城堡里居住。
孩子的母亲是妖精,凭着妖术

221

或凭着巫术碰巧来到了这里,　　　　　　755
没有人愿意再同她待在一起。

阿拉王读信之后感到很伤心,
但他不说出来,埋藏在心底,
随后就回了这样一封亲笔信:
"我既然接受教义信奉上帝,　　　　　　760
永远欢迎基督派给我的东西。
主啊你爱怎么办,我一概欢迎;
我的意愿是:一切服从你规定!

"不管孩子丑或美,养在那里;
照管好我妻子,等我回来再说。　　　　765
如果基督要我对继承人满意,
自然会把更好的继承人给我。"
他封好了信,尽管暗暗哭过,
还是很快就把信交给送信人——
这事办妥后,那人就此登程。　　　　　770

你这个专使喝醉酒便犯糊涂,
不但酒气冲人,站都站不牢,
任凭是什么秘密你都守不住。
你神志不清,松鸦一样聒噪,
就连你面孔也已经换了相貌!　　　　　775
无论谁喝酒喝得个昏天黑地,
就可以肯定他绝守不住秘密。

你这多纳吉,英语中没有字眼
可用来形容你的凶狠与恶毒!

所以我把你划到魔鬼那一边,   780
让他把你的阴谋诡计来记述!
滚吧,你这恶婆,哦不,不——
滚吧,你这妖魔!我敢说一句:
你人在这里走,灵魂已在地狱!

且说送信人从国王那里回来,   785
又在太后的宫门前面下了马。
这女人看到那信使喜出望外,
自然尽自己一切可能招待他,
让他喝得连腰带都快绷断啦——
接着去睡觉,照旧响起鼾声,   790
响了一整夜,直到太阳东升。

这一次他所带的信又被偷去,
换上了下面这样一封伪造信:
"国王对城堡长官做如下宣谕:
若不执行,得受审并处绞刑——   795
康斯坦丝,要尽早驱逐出境,
无论有什么理由,离境最迟
不得迟于三天后的退潮之时。

"得让她登上她来时所乘之船,
把她的儿子和她所有的东西   800
全都送上船,然后推船离岸;
还要吩咐她,不准再来此地。"
康斯坦丝呀,你灵魂也得恐惧——
难怪多纳吉搞这阴谋的时候,
梦魇让睡梦中的你瑟瑟发抖!   805

第二天,这个专使醒来之后,
抄一条最近的路线驰向城堡,
把那信交进了城堡长官之手;
他读了那可怕内容感到苦恼,
忍不住唉声叹气,频频说道: 810
"啊,基督,这世界怎能维持?
满心是罪恶的人竟比比皆是!

"伟大的神哪,如果这是你意愿,
那么你既然公正,怎么能同意
让邪恶的人尊荣富贵地掌权, 815
让清白无辜的人被置于死地?
唉,好康斯坦丝!要我来害你
是我的不幸;但是没其它办法——
我不这样做,就上可耻的绞架!"

国王有那样可恨的手谕下来, 820
当地的老老少少都为之哭泣。
只见康斯坦丝既憔悴又苍白,
在那第四天朝着她那船走去。
但是她对于基督的这个旨意
并无怨言,跪在海滩上说道: 825
"我永远乐于接受主的引导!

"我生活在这片陆地上的时候,
在你们中间,他使我避免诽谤;
所以我相信(尽管说不出理由)
在海上,他对我的保护也一样。 830
过去和现在,他一直很有力量。

224

我,信仰他和他那慈祥的母亲,
他是帆也是舵,掌管我的航行。"

这时她怀中的婴儿啼哭起来,
跪着的她悲哀地对孩子说话: 835
"孩子别哭,你不会受我侵害。"
说着她就把披着的头巾一拉,
朝她儿子的眼睛上轻轻盖下。
很快把怀中的孩子送进睡梦,
而她的双眼向上仰望着苍穹。 840

"哦,光辉的圣母马利亚!"她讲,
"因为受女人怂恿,听了她的话,①
人被逐出乐园并注定要死亡;
为此你的儿子被钉上十字架,
你亲眼看到遭受这酷刑的他—— 845
世上任何人无论有什么苦恼,
都不能同你承受的苦恼比较。

"你亲眼看到你的独生子被杀,
而我的孩子,现在还活在世上。
受苦的人都向你哭叫,圣母啊, 850
你是美好的贞女,女性的荣光,
白天的太阳,躲避风暴的海港,
怜悯我的孩子吧,你仁爱之心
对世上一切受苦者怀着怜悯!

"我的幼小孩子呀,你有什么罪? 855

---

① 指亚当听了夏娃的话,误食禁果,被一起逐出伊甸园。

你呀,根本就没有任何罪过,
狠心的父亲却把你往死里推。
发发慈悲吧,亲爱的官长,"她说,
"把这婴儿留下同你们一起过!
如果说你怕获罪而不敢救他, 860
就以他父亲的名义吻吻他吧!"

说完这话,她回头朝岸上看看,
说道:"无情的丈夫,我们永别啦!"
随后她站起身子,走下了沙滩,
朝船走去,人们在后面跟着她—— 865
她不断说着叫孩子别哭的话。
最后,虔诚地给自己画了十字,
她登上那条破船,向大家告辞。

船上有食品,所以这不用担心,
而且数量多,能维持很长时间; 870
航行中不可或缺的其它物品
也一应俱全:感谢上帝的恩典!
但愿上帝再给她顺风和好天,
送她回家乡!这是我最大愿望;
现在就这样她去航行在海上。 875

第二部结束

第三部开始

过后不久,阿拉王班师归来,

他回到我曾提到的那座城堡,
自然要问起他的妻子和小孩。
那城堡长官只感到冷汗直冒,
就把全过程详细地做了报告—— 880
这事你们知道,我不必多讲——
还把盖有封印的信呈交国王。

他说:"主上,你既然下了命令,
不执行就得处死,只能这么做。"
于是把那个专使抓来用了刑, 885
直到他原原本本全部照实说,
招出他每个夜晚都在哪里过。
就这样,凭着机智巧妙的审问,
终于可推断:这诡计出自何人。

写那封信的笔迹被认了出来, 890
那毒计的实施过程也已查明——
用什么方法,我可没有本事猜,
读者可以从别的书中看详情——
反正结果是阿拉王杀了母亲,
因为她已背叛对国王的效忠。 895
老多纳吉也就这样不得善终。

为了自己失去的妻子和孩子,
这位阿拉王日日夜夜都伤心,
没什么语言能描述他的愁思。
现在我来讲康斯坦丝的情形: 900
她漂泊海上,历尽万千苦辛;
可谓天意如此,漂泊了五年,

她的船总算又一次漂到岸边。

海流漂送着康斯坦丝和小孩,
他们漂到异教徒某个城堡下—— 905
这个城堡的名称我查不出来。
普救天下众生的全能的主啊,
把康斯坦丝母子放在心上吧!
很快他们将落进异教徒手里,
面临死亡危险:请听我讲下去。 910

从那城堡里,出来了很多男女,
他们来海边看船、看康斯坦丝。
然而,就在不久后的一个夜里,
来了堡主的管家(他不得好死!),
这个背离基督教信仰的贼子, 915
来船上想占康斯坦丝的便宜,
也不管康斯坦丝愿意不愿意。

那时,这不幸的女子真是痛苦,
孩子在啼哭,她也在哀哀哭泣;
但是,马利亚立刻就给她帮助。 920
她奋力挣扎,对那人狠狠反击,
那贼胚突然从船上翻落海里,
结果淹死在水里也是他活该——
耶稣让康斯坦丝保全了清白。

丑恶的淫欲啊,看看你的下场! 925
你不仅削弱和扭曲人的心灵,
使人的肉体也遭受巨大创伤。

你那盲目的冲动造成的恶行，
结果很可悲；我们早已看清，
很多人只因为有了这种心思，   930
还没行动，就落得名裂身死！

这个弱女子，力量怎么这样大，
竟能够抵御那个恶棍的骚扰？
我说歌利亚的身量无比高大，①
你怎么竟被大卫一下子打倒—— 935
他没有盔甲武器而且年纪小？
他怎么敢于仰视你可怕的脸？
大家看得清，这是上帝恩典。

又是谁给了犹滴力量和勇气，②
让她杀了营帐中的奥洛菲努，   940
把神的子民从苦难之中救起？
我提这问题，为的是要指出：
上帝给康斯坦丝勇气和帮助，
正如把犹滴派给他那些子民，
让勇敢的她把他们救出不幸。 945

康斯坦丝那条船就这样漂去，
漂过直布罗陀、休达间的峡口，③
有时朝北或朝南，有时朝西
或朝东，漂了无数黑夜白昼，

---

① 歌利亚为《旧约全书·撒母耳记上》中的非利士族巨人，为大卫所杀。
② 犹滴为传说中的古犹太寡妇，据说她杀了亚述大将奥洛菲努，救了全城。
③ 休达为摩洛哥北端地名，与直布罗陀隔海相望，扼地中海通往直布罗陀海峡要津。

直到圣母（愿她的荣光垂永久） 950
出于她无限慈爱，做出裁断：
要结束康斯坦丝的一切磨难。

现在让我们先搁下康斯坦丝，
回过来讲讲那位罗马的皇帝。
他从叙利亚来的报告中得知： 955
基督徒因为中了人家的奸计
而被杀，女儿也被赶离该地——
使坏的是那苏丹邪恶的母亲，
她在宴席上杀尽了各等来宾。

于是，皇帝就立刻降下圣旨， 960
派出一位大臣和好多名将领，
带了天知道多少的大批兵士，
一路开赴叙利亚去报仇雪恨，
要以烧杀给对方也制造不幸。
过了一阵（说个简短结果吧）， 965
他们做出决定：班师回罗马。

那位大臣的军队赢得了胜利，
现在班师回罗马多威武雄壮！
归途中看到一条船正在漂移——
可怜的康斯坦丝就在那船上。 970
大臣不知道她怎会流落海上，
更不知她是谁；有关她的情形
她只字不说，哪怕要判她死刑。

大臣把他们母子带到了罗马，

交托给自己的夫人细心照管， 975
于是康斯坦丝在大臣家住下。
就这样圣母带领她脱离苦难——
正像对许多受苦人做的救援。
在那里，康斯坦丝住了多时，
并像她蒙恩一样总在做善事。 980

那位大臣的夫人完全不知道：
她竟然就是康斯坦丝的姑妈。
对于这个情况我不想多唠叨，
眼下就把她留在那位大臣家，
且回过头去谈一谈国王阿拉—— 985
先前他曾出现在我们故事里，
为了妻子和孩子流泪和叹息。

阿拉王虽把邪恶的母亲杀掉，
但是有一天却感到极其懊悔——
我要把故事讲得简短又明了—— 990
他决定前往罗马，去那里忏悔，
把自己交给教皇去裁处、定罪；
他要把犯过的罪孽和盘托出，
以此来祈求耶稣基督的饶恕。

阿拉王很快就要来罗马朝拜—— 995
因为有先行官在他之前上路——
这消息立刻就在罗马城传开；
于是那大臣根据当时的礼数，
既为了表示尊重来访的君主，
同时显示自己的高贵和殷勤， 1000

231

带着大批的随从骑马去欢迎。

高贵大臣的欢迎盛大而热情,
阿拉王也非常高兴同他见面;
他们彼此向对方表示出尊敬。
这样你来我往地过了一两天, 1005
阿拉王就请那位大臣去赴宴。
长话短说,我对你们不撒谎:
康斯坦丝的儿子随大臣前往。

有人会说,是康斯坦丝的意思,
那大臣才带她的儿子去赴宴—— 1010
讲清楚每个细节我没这本事,
不管怎样,那孩子是去赴宴。
他母亲也的确要他记住一点:
得在宴会进行的整个过程中
站在阿拉王跟前看他的面容。 1015

阿拉王对这个孩子感到奇怪,
当时就向那大臣问了一句话:
"站在那里的,是谁的漂亮小孩?"
"老天做证,我不清楚,"他回答,
"我只知道这孩子有妈没爸。" 1020
随后他把发现这孩子的经过
对阿拉王简短扼要地说了说。

"上帝知道,"大臣继续说下去,
"我在一生中,从来还没见到
或者听到过一位姑娘或妇女, 1025

其品德有他的母亲那样崇高；
我敢说一句：她宁让一把尖刀
刺穿胸膛，也不肯做个坏女人——
没人能逼她做到这一点，没人！"

这孩子极像他母亲康斯坦丝， 1030
真可以说是能有多像就多像。
阿拉王记着康斯坦丝的风姿，
看到这孩子的脸不由得猜想——
其母亲也许曾经是自己新娘。
这样想着想着，他暗自叹息， 1035
接着，便匆匆忙忙起身离席。

他想道："我真想入非非，我的天！
因为按常理推想，应该想到
我的妻子早已经在海上遇难。"
随后他又这样对自己辩解道： 1040
"上帝既然让她从叙利亚漂到
我那个国度，我怎么知道上帝
就不会让她从海上漂到这里？"

午后阿拉王随大臣来到他家，
想看看是否真的有这等巧事； 1045
大臣隆重接待来做客的阿拉，
一到家就派人请来康斯坦丝。
相信我，她可哪有欢舞的心思！
因为当她知道了请她的目的，
她那两条腿简直都难以站立。 1050

233

阿拉王见到妻子便向她问好,
他泪流满面,让人见了叹息。
因为他只消朝康斯坦丝一瞧,
立刻就认出这是从前的爱妻。
但康斯坦丝想到他无情无义, 1055
心头难过得就像被东西闷住,
默不作声地站在那里像棵树。

丈夫亲眼目睹她昏厥了两次,
流着眼泪为自己苦苦地辩护。
他说:"凭上帝和光明天使发誓, 1060
也凭着他们对我灵魂的赐福,
并不是我让你们母子俩受苦——
我同莫里斯一样并没有罪过——
如果我撒谎就让魔鬼抓走我!"

他们俩久久哭泣,极为伤心, 1065
心中的悲苦很难一下子平息;
人们听他们的哀哭无不同情,
而越是哭泣就越是悲伤不已。
这件事请你们让我讲到这里;
我不能把那种痛苦讲到明天, 1070
因为老是讲哀愁我感到厌倦。

最后,真相终于完全弄清楚:
阿拉王对她的苦难并无责任。
于是他们俩都感到十分幸福——
我相信他们至少成百次亲吻—— 1075
这种幸福,除了欢乐的永生,

无论世界能够存在到哪一天,
大家现在和将来都难以看见。

为安慰多年来苦苦思念之情,
她极其谦恭婉转地请求丈夫, 1080
希望他专诚地举行一次宴请,
请她那身为罗马皇帝的老父
哪天能屈驾光临,让她一睹;
她同时还恳求丈夫千万注意:
跟她父亲说话时别把她提起。 1085

有人会说,是那孩子莫里斯
去把邀请信送交给罗马皇帝;
我想,阿拉王未必这样冒失,
对于基督徒心目中这面大旗,
对于这样的君主绝不会失礼, 1090
想必不会派这个小孩去送信,
更合理的猜测是他亲自去请。

罗马皇帝也非常谦和并有礼,
接受邀请后答应准时来赴宴——
我在书上读到的是:他很注意 1095
那孩子,从而也把他女儿思念。
阿拉王回到下榻的那家旅店,
自然就竭尽所能开始做准备,
为的是切切实实办好这宴会。

到了第二天,阿拉王夫妻两人 1100
都穿戴整齐,去迎接那位帝王;

他们俩高高兴兴骑马出了门。
康斯坦丝一看到父亲在街上,
忙翻身下马,跪倒在父亲脚旁,
说道:"父王啊,女儿康斯坦丝 1105
在你记忆中已完全没有位置。

"我是你女儿康斯坦丝,"她讲,
"当初我被远远送到叙利亚国,
后来,被孤零零地送到了海上,
父王啊,他们硬是不想让我活! 1110
我的好父亲,现在求你怜悯我,
别再送我去任何异教的国度,
而要感谢我这位好心的丈夫。"

他们三个人如今相聚在一起,
那种欢愉之情谁又能说得完? 1115
时间过得很快,我不再讲下去,
准备在这里就把这故事了断;
所以让他们三人坐下来进餐——
这次相逢使他们都十分欣喜,
那种欢快我只能表达其万一。 1120

那孩子莫里斯受了教皇之封,
后来做了皇帝,是个好教徒,
对基督教的教会立下过大功;
但他的故事我这里不想细述,
因为我讲的以康斯坦丝为主。 1125
在古罗马史中,人们可以找到
莫里斯生平事迹,但我没记牢。

阿拉王在罗马住了一段时间，
带着他圣洁的爱妻康斯坦丝
选了最短的路线回到英格兰，　　　　　　　1130
在那里过着平静美满的日子。
但是告诉你，这日子转瞬即逝——
毕竟光阴不等人，世上的欢情
像潮汐一样，日日夜夜变不停。

有谁能过上十足美满的一天——　　　　　　1135
在这一天里良心上毫无烦恼，
没有怒气、欲望或某种恐惧感，
没有恶意或不快，激奋或骄傲？
我说了这些，为的是证明一条：
世上没有持久的欢乐或幸福；　　　　　　　1140
阿拉夫妇的幸福同样很短促。

因为死神不管你地位高或低，
总要来找你；只有一年光景，
他就把阿拉从这世界上抓去。
康斯坦丝为他的死极其伤心——　　　　　　1145
让我们求上帝祝福他的灵魂！
最后为康斯坦丝再说几句话，
就是她终于决定还是回罗马。

这位圣洁的人儿回到了罗马，
看到亲友们一个个非常健康。　　　　　　　1150
如今所有的危难都已过去啦！
当她又见到已经年迈的父王，

不禁双膝着地,跪倒在地上,
满心的悲喜化作满眼的泪水,
嘴里千遍百遍地把上帝赞美。 1155

父女俩生活中始终行善积德,
从此就不再分离而守在一处——
只要死神不来,就这样生活着。
再见啦,现在我的故事已结束。
耶稣基督啊,你能把我们守护, 1160
我们受苦后,能把欢快赐我们——
我想求你:请保佑这里每个人!阿们!

律师的故事到此结束

律师故事的尾声 ①

〔旅店主人在马镫上站直身体,
说道:"各位好先生听我说几句!
刚才的故事,对我们很有好处! 1165
堂区长先生,凭着基督的圣骨,
你有言在先,得给我们讲故事。
我很了解,你们这些人有知识,
凭基督的尊严起誓,你有好货!"

堂区长答道:"但愿基督保佑我! 1170
这人怎么乱起誓,罪过也不怕?"

旅店主人道:"詹金,你在那里吗?②
在风里,我闻到罗拉德的气味。"③
旅店主人接着讲:"听我说,各位,
再等一会儿,为基督受的苦难, 1175
我们将可以听到大道理一篇;
这位罗拉德将会对我们说教。"
"不,凭我父亲的灵魂,"船长道,
"他别在这里说教,这我不答应!
我不要他给我们讲什么福音。 1180
我们都信仰伟大的上帝,"他说,
"他却在我们中间把麻烦撒播,

---

① 在 Skeat 编订的本子中,这是"船长的引子"。
② "詹金"是给教士的诨名。
③ 罗拉德是当时反对天主教会的一个英国基督教教派名称。据认为,这个教派与约翰·威克里夫(1320—1384)有关,他是神学博士,《圣经》的第一位英译者,也是第一位宗教改革家。这里用来泛指离经叛道者。

在干干净净麦子里乱丢杂草。
所以老板哪,我先给你预告:
我这快活人也要把故事讲讲, 1185
很快将摇起一只欢快的铃铛,
唤起这里每一位伙伴的注意。
但是我的故事里没什么哲理,
也没有高深古怪的法律名词——
我的肚子里没有什么拉丁字。"〕 1190

片段三（第4组）

巴思妇人的引子

巴思妇人的故事引子

"要说到婚姻生活的可叹可气，
那么即便世界上没权威典籍，
我凭经验也有足够的发言权。
各位，因为我满十二岁那年
到现在，感谢我们永生天主，　　　　　　　　　　5
在教堂门口我嫁了五个丈夫——
如果说可以这样多次地结婚；①
他们各有千秋，却是体面人。
但是不久前有人明确告诉我：
基督只去过一次婚礼的场合，　　　　　　　　　10
是在加利利叫做迦拿的地方，
按照这范例，那人还对我讲：
结婚的次数不应当超过一次。
我们还应当听听那严厉言词：
是在井边，神人合一的耶稣　　　　　　　　　　15
曾向一名撒玛利亚妇女指出：②

---

① 因为从一而终在当时是美德。
② 撒玛利亚为古巴勒斯坦地名。事见《新约全书·约翰福音》第4章第6—26节。

'你至今有过五个丈夫,'他说道,
'但是你目前的这个,你要知晓,
不是你的丈夫。'他的确这么讲;
他这话什么意思,我可说不上。　　　　　20
但我要问,为什么那第五个人
不是这撒玛利亚妇女的男人?
这女人究竟可以结婚几次呢?
我活到现在,还没碰上哪一个
能够告诉我一个确切的数目。　　　　　25
人们可以做各种解释和猜度。
可是我知道,主讲得清楚明白,
他吩咐我们,要我们繁衍后代;
我清楚记得,这句动听的经文。
我知道主还讲过,结婚的男人　　　　　30
应当离开他父母,同妻子生活;
至于数目,他从来就没说起过,
没说过不能结婚两次或八次。
但人们为什么把这说成坏事?

"看看那位贤明的君主所罗门,　　　　　35
我相信,他就不止有一位夫人。
但愿主也能让我来吐故纳新——
我只要有他一半的频繁就行!
他嫔妃成群,那是多大福分!①
现在世界上已没有这样的人。　　　　　40
依我想来,主知道这高贵君王
同各嫔妃的第一夜多么欢畅。

---

① 《旧约全书·列王纪上》第 11 章第 3 节说,所罗门有妃七百,嫔三百。

能这样度过一生该多么有福!

感谢天主,我嫁了五个丈夫!①
欢迎第六个,任何时候来都好。　　　　　　　　　45
说真的,我才不稀罕什么节操;
每当丈夫撇下我,离开这世界,
他的班,很快就有基督徒来接。
因为圣保罗说过,我是自由身,
老天允许我,想嫁人就可嫁人。　　　　　　　　50
他说结婚不是罪,没什么不好,
比起欲火中烧来,不知好多少。②
拉麦是重婚的,人们说他可恶,③
说他坏,但是这个我可不在乎。
我知道,亚伯拉罕是圣洁的人,　　　　　　　　55
甚至还知道,雅各也是个圣人,④
但他们都有两个以上的妻子,
许多圣人的妻子还两个不止。
你们说说,基督在何时何地
公开讲过他禁止结婚的话题?　　　　　　　　　60

---

① 根据有的文本,这下面紧接着这样六行:
　　他们个个都经过我精挑细拣,
　　就凭下面的货和柜子里的钱。
　　进过不同学校,学得更全面;
　　在各种作坊里干过就更能干,
　　这样的工匠手艺更高超可靠。
　　而我经过了五个丈夫的调教。
② 见《新约全书·哥林多前书》第7章第9节:……与其欲火攻心,倒不如嫁娶为妙。
③ 拉麦是《圣经》中最早有两个妻子的人,见《旧约全书·创世记》第4章第19—23节。
④ 亚伯拉罕和雅各都是《圣经》中人类的祖先。

我请你们告诉我，求求你们。
还有，他几曾规定要守住童贞。
同你们一样，我无疑十分清楚：
讲到童贞时，圣保罗这位使徒
曾经说过，他提不出什么戒律。 65
人们可以劝女子终身当处女，
但这不是戒律，是一种建议；
这方面他让我们自己拿主意。
因为如果主规定要守住童贞，
那么实际上他就是禁止结婚。 70
显然，如果没有种子播下去，
哪里有什么守住童贞的处女？
至少圣保罗绝不敢擅自规定，
只要他侍奉的主没下过命令。
人们为贞节准备了荣誉锦标， 75
让我们看谁跑得快把它夺到。

"但是这种话不是人人适用，
这就要看谁能够被上帝选中。
圣保罗是童贞之身，这我了解，
但是尽管他又是说教又是写， 80
希望大家这方面学他的榜样，
然而这只是他对人家的希望；
而在实际上他却给了我自由，
让我能嫁人；所以老公死后
我再嫁人，没什么可以责备， 85
根本扯不上犯了什么重婚罪。
当然能够不接触女人最高尚
（他的意思是指在床上或榻上——

火和麻屑在一起是件危险事,
我想你们明白这譬喻的意思)。 90
总而言之他认为:能守住童贞
比较完美,好于因脆弱而结婚。
我以为,男女要结婚的确脆弱,
如果本想过一辈子禁欲生活。

"有人喜欢守贞,不喜欢再婚, 95
我并不羡慕,但是很尊重她们。
是有人喜欢保持身心的纯洁,
我自然不想夸耀我没有守节。
你们知道,即使在贵人家里,
用的器皿也不会全都是金器; 100
有些是木器,却也同样实用。
天主对人们的召唤各有不同,
而且也给人分送合适的东西——
送这或送那,这就看他心意。

"贞洁是一种境界,高尚完美, 105
同样,节欲和虔诚也值得敬佩。
基督是一切完美品德的源泉,
他没有要求每个人变卖家产,
把变卖所得用来周济穷人家,①
没有叫人以这种方式追随他。 110
听他这话的人,想生活得完美,
但是请各位原谅,我不在其内。
我愿把我这一生的生命花朵

---

① 见《新约全书·马太福音》第19章第21节。

奉献给婚姻行为和婚姻之果。①

"我还请你们给我讲个道理： 115
创造了生殖器官是什么目的——
既然出自全知全觉的创造者？
这绝不会没有目的，相信我。
如果谁愿意，就让他去争辩，
说我们有那东西是为了小便， 120
或者说让我们长不同的东西
是为了由此可以识别男和女——
没有其它目的；你们说是不是？
经验知道得很清楚：并非如此。
我说句实话，教士听了别生气： 125
造我们那个东西，有两个目的，
就是为了生育和排泄的功能；
这样做不会惹得天主不高兴。
要不，为什么有人写下话来，
说男人该偿还他欠妻子的债？② 130
如果不使用他那天赐的工具，
那么所谓的还债是空话一句？
之所以给一切生物这件东西，
是为了排除尿液，为了繁殖。

"我讲这样的话，不是我认为 135
一个人只要有我所讲的配备，
就必须使用它，用它进行繁殖；

---

① "婚姻之果"指生儿育女，但她的话中看不出她有儿女。
② 参看本书第9组940行与《新约全书·哥林多前书》第7章第3节。

那样，人们对贞洁就不会重视。
基督有人的外形，是童贞之身；
而开天辟地以来，有很多圣人 140
一辈子过着完全纯洁的生活。
并不是我对保持贞洁看不过：
让他们当精白面粉做的面包，
让我们妇女被称为大麦面包；
但是用大麦面包，《马可福音》说， 145
主耶稣却让许多人解除饥饿。
天主要我们处在哪一种地位，
我就坚持在哪里，不挑精拣肥。
当妻子，我就用足我那副工具，
不浪费造物主赋予我的能力。 150
如果我小气，任天主罚我受苦！
我无论早晚，都会答应我丈夫；
只要他想来偿还他欠我的债，
我就答应他，不会设置障碍。
我要他成为我的债户和奴仆， 155
而且还要他肉体承受一些苦——
我就要这样，只要我是他妻子。
只要我活着，我就有权利控制
他的身子，而他不能控制我。
这同圣保罗讲的话正好符合，① 160
他还叫我们丈夫好好爱我们。
他这一教诲真叫我高兴万分——"

---

① 巴思妇人常引用《圣经》中的话，例如上面"肉体承受一些苦"和"有权利控制他的身子"出自《哥林多前书》第7章的第28节和第4节。

这时卖赎罪券的教士跳起来：
"我凭天主和圣约翰起誓，太太，"
他说，"你的这番说教真了不起！　　　　　　　165
唉，我倒是刚想要娶一位贤妻；
但要用肉体去换，代价太大吧？
所以今年哪，我不讨老婆也罢！"

妇人道："且慢，故事还没开始呢；
在我讲完前，你有一桶酒可喝，　　　　　　　170
不过这酒的滋味不如麦芽酒。
等你听完了我讲的故事以后，
就知道我婚姻中尝到的苦辣——
这方面，我这一辈子都是行家，
这也就是说，鞭子操在我手里——　　　　　　175
到那时你再决定愿意不愿意
把我桶里开出的东西抿一抿。
所以要当心，可别靠得太近；
因为我这里要讲十来个事例。
'谁不从旁人经历获取教益，　　　　　　　　　180
他自己就会有教益给人提供。'
这句话托勒密写在他的书中，
只要读读《大综合论》就能找到。"①

"太太，"卖赎罪券教士随即道，
"你若愿意，请继续讲你的故事，　　　　　　　185
绝不要因为有人打岔而停止，
用实践来把我们年轻人教导。"

---

① 托勒密是公元2世纪希腊天文学家、地理学家、数学家，建立了地心宇宙体系（托勒密体系）学说。《大综合论》为其著作，但其中没有这妇人讲的这句话。

"你既爱听,我乐于从命,"妇人道,
"可是我要请求同行的诸位:
如果我随心所欲地说漏了嘴, 190
别为我说的话不快或者见怪,
因为我目的只是让你们开怀。

"各位,我这就来讲我的故事,
有关我丈夫的事,我爱讲事实。
就像葡萄酒、麦芽酒总招我爱, 195
五个丈夫里头,三个好两个坏;
三个又好又有钱,但一把年纪,
所以,几乎没一个有那种能力
干好了他们理当给我干的事——
你们知道,我这话什么意思。 200
想到我夜里让他们窘态毕露,
真要笑死我,只好求天主保护——
真的,他们那点活不在我眼里。
他们给了我他们的钱财、土地;
所以我不必对他们毕恭毕敬, 205
不必为博得他们的爱而费劲。
天知道,他们爱我爱得很真挚,
所以,对他们的爱我并不珍视!
一个明智的女人总集中精力
去把她还没有占有的爱博取。 210
既然我已经把他们完全掌握,
既然他们已经把土地献给我,
那么,不为我的乐趣和利益,
我何必还费心去讨他们欢喜?

我引他们干那事（请你们相信），　　　　　215
使他们好多夜晚大叹其苦经。
埃塞克斯的邓莫腊肉滋味好，①
但我知道，这奖品他们得不到。
我有办法把他们很好地管理；
他们去市场，总给我买好东西。　　　　　220
对他们说话时只要和颜悦色，
他们心里就感到非常地快乐，
因为骂起他们来我相当厉害。

"聪明的妻子们，你们能够明白
我高明的手段，现在请听我说。　　　　　225
反正，开口就硬说是他们的错，
因为在撒谎和在发伪誓方面，
男人就远不如女人这样大胆。
聪明的妻子不必听我这句话，
除非有时候觉得自己出了岔。　　　　　　230
聪明的妻子知道怎样发誓好，
让丈夫相信红嘴山鸦已疯掉，②
还让同自己串通一气的使女
出来做证；请听我怎么言语。

"'老糊涂，你就让我穿这衣裳？　　　　　235
邻家的老婆，为什么穿戴漂亮？
无论去哪里，她都能博得敬意；
我没有好衣裳，只能待在家里。

---

① 邓莫是英格兰埃塞克斯郡乡村地区，在伦敦东北四十英里。据说，当地的夫妇如一年不吵架或吵架次数在当地最少，可获奖一块腌熏猪肉。
② 据说，如果妻子不忠实，家中养着的红嘴山鸦会向当丈夫的报告。

你到我们邻居家去,干什么?
难道她就这样美让你多情了? 240
你对家里的使女低声说了啥?
你这老色鬼,花招不准再耍!
凡是我有个朋友或有个熟人,
只要上门去玩玩或问候一声,
你就会平白无故地把我乱骂。 245
你自己喝醉酒,像只老鼠回家,
还坐在长凳上训人,见你的鬼!
你对我说过,娶了穷女人倒霉,
说是这样做的话,花费相当大;
但女方有钱又出身高贵人家, 250
你又说那种滋味同样很难受,
因为要忍受她的傲慢和怨尤。
她如果很美,无赖的你就讲:
每个色鬼能在她身上沾点光;
因为一个女人若处处受追求, 255
她的贞洁就很难保持得长久。

"'你说有的人看中我们钱财,
有的人看中我们美貌或身材;
有人爱女人因为她能歌善舞
或善于交际,或有温雅谈吐, 260
或因为她手臂或手长得娇美;
总之依你看,我们属于魔鬼。
你说城堡若长时间受到围攻,
要想守住它就很难获得成功。

"'你又说,一个女人如果很丑, 265

那么，见了男人就拼命地追求；
她会像条巴儿狗朝那人扑去，
直到有别的男人对她有兴趣。
你说，鹅群在湖上自在巡游，
不会因羽毛灰色而没有配偶。　　　　　　　　270
你说，大家不愿保留的东西，
那么这样的东西就很难处理。
老东西，上床时你竟然胡说，
说是聪明人大可不必娶老婆，
想要进天堂的人同样不必娶。　　　　　　　　275
我但愿焦雷和闪电把你轰击，
把你皱巴巴颈子劈个稀巴烂！

"'你说漏雨屋子和满屋子烟，
加上个老婆整天在埋怨、唠叨，
逼得男人从自己的家里出逃！　　　　　　　　280
老头子犯了什么病，这么责难？

"'你说我们当妻子的隐瞒缺点——
等到结婚后才开始显露出来；
说出这种话的人完全是无赖！

"'你说无论是买牛马买狗买驴，　　　　　　　285
还是买盆盆罐罐等家用器具，
无论是买汤匙或凳子等物件，
还是买穿着打扮的各类衣衫，
人们要反复检验才花钱买下；
但是对老婆，婚前并不检查。　　　　　　　　290
骂你一声老混蛋，竟说什么

我们结婚后才会暴露出罪恶。

"'你说我把不高兴挂在脸上,
除非你口口声声恭维我漂亮,
除非你看着我总是温情脉脉, 295
而且到处称呼我"漂亮太太";
还说我要你在我生日办庆宴,
替我买什么鲜艳花哨的衣衫;
还说我要你敬重我的老保姆——
不单单要敬重我的贴身女仆, 300
还要敬重我娘家的亲戚朋友——
这种胡说八道全出自你老狗!

"'还有,存着非常卑鄙的疑心,
你怀疑我们家那个学徒詹金,
因为他一头金发又鬈又光亮, 305
经常前前后后跟随在我身旁;
我不会要他,哪怕你明天就死。

"'为什么你要藏掉钱柜的钥匙?
你快告诉我,不得好报的家伙!
天知道,财产属于你也属于我。 310
你以为你能瞒过家里的主妇?
我要请圣詹姆斯来把我保护——
绝对不让你占有了我的身子
又占有我财产;任你气得要死,
瞎了你的眼,二者只能取其一。 315
盘问我窥探我,算是什么道理?
我觉得,你想把我锁进箱子呀!

253

你该说:"老婆,爱去哪里就去吧!
去好好消遣,我不信闲言碎语。
我的爱丽丝是位忠实的贤妻。" 320
到处监视我们的男人没人爱,
因为我们最爱的是自由自在。

"'一切人里面,明智的占星学家
托勒密最最值得上天保佑他,
因为他书中有这样一句名言: 325
"谁若不关心是谁把世界掌管,
世界上就数这个人最最明智。"
你通过这句名言就应当得知:
既然你自己已经够了,那人家
过得多痛快,你干吗要去管他? 330
别怪我要臭骂你,你这老混账!
反正到晚上,总归让你玩个畅。
不让别人在你灯笼上点蜡烛,
做人可就太小气,毫无气度——
你的灯笼又不会因此暗一点; 335
你自己若是够了就不必埋怨。

"'你还说,我们若讲究穿着打扮,
穿戴得珠光宝气又花枝招展,
就会危及我们贞操;老不死,
居然你还抬出圣保罗的名字, 340
用他这句话来支持你的观点:
"你们妇女身上的装饰和打扮,
应当是贞操,应当是知羞识耻,
而不应当是金银珠宝和钻石,

不该是头发花样和华丽衣帽。" 345
但你的这种条条和这套指导
只像虫子叫,根本不在我心上!

"'你还说我同一只猫没有两样。
因为如果猫被人烧伤了毛皮,
就会老老实实地待在它窝里; 350
如果它毛光皮滑,斑纹好看,
那么在窝里就不能待上半天,
就非要赶紧出去把毛皮炫耀,
要在夜里为求偶而大呼小叫。
你这牢骚鬼,这话是在说我, 355
说我穿了好衣裳就出去快活。

"'老笨蛋,盯住我又有什么用处?
哪怕你求得百眼巨人的帮助,
让他来特别卖力把我看得牢——
但我只要不情愿,他就看不好; 360
老实告诉你,我能蒙蔽他眼睛。

"'你说,这个世上有三样事情,
使这整个的人间非常不安逸,
所以第四样就让人承受不起。①
老粗,愿耶稣让你短寿促命! 365
你居然煞有介事地公开宣称:
坏老婆就是这几种祸害之一!
难道你想要说明你那番道理,

---

① 这四种事情是:"仆人作王,愚顽人吃饱,丑恶的女子出嫁,婢女接续主母。"
见《旧约全书·箴言》第30章第21—23节。

偏偏就找不到别的什么比喻,
非要把可怜的老婆顶替进去? 370

"'你把女人的爱情比作地狱,
比作一点水也留不住的荒地。
你还把女人的爱情比作野火,
烧得越旺,想要烧掉的就越多,
直到把可以烧的一切都烧光。 375
你说害虫毁掉一棵树的情况,
就像是妻子如何在毁掉丈夫——
说是被老婆套牢的人都有数。'

"各位,你们刚才听到的那些事,
是我一口咬定我的那些老头子, 380
说是他们酒醉后的胡言乱语。
这些都是捏造,但我叫侄女
和詹金做证,证明是他们胡说。
老天知道,他们并没犯什么错,
但是我叫他们吃苦头、受煎熬, 385
因为我像一匹马,会乱叫乱咬;
尽管错在我,但我先叫屈鸣冤——
要不是这样,那我可早就完蛋。
哪个人先来到磨坊,他就先磨;
我先发难,才平息了一场风波。 390
他们没错,结果却向我求情,
并为我原谅他们而显得高兴。

"我指责他们,说他们勾搭荡妇;

其实他们病得几乎都站不住。
他们还以为这是我在乎他们, 395
所以竟然还感到安慰和开心。
我发誓,说我每天夜里外出
是为了查明谁是他们的姘妇;
凭这借口,我倒快活无数次——
我们一生下就具有这种机智; 400
女人的天赋是纺纱、哭泣、欺骗,
活一天,这种本事就用一天。
所以说,有件事我可以自夸,
无论来软的硬的或其它办法,
例如唠唠叨叨埋怨、发牢骚, 405
总之,任何情况下他们输掉。
特别在床上,他们更加晦气:
我骂他们,不让他们称心意;
一发觉丈夫的手摸到我身上,
我就立刻起身,马上离开床; 410
除非我罚他的条件他肯答应,
那时我才同意让他称一下心。
所以,我要给男人讲一个道理:
一切都有代价,有本事就得利。
凭一只空手,哪能把猎鹰引来! 415
为得利,他的情欲我就得忍耐,
还假装我也颇想这样来一手,
尽管对这种老咸肉毫无胃口——
所以常常为此把他们骂一通。
哪怕有教皇就坐在他们当中, 420
我也不会让他们吃口太平饭;
他们说我的话,我句句清算。

所以，求全能天主帮我一把，
让我临终遗言中能这样自夸：
他们讲我的话，我统统不放过—— 425
做到这一点，凭我的机智灵活。
所以，他们最好的办法是退让，
否则的话，还想要太平就休想。
因为，任他们看来狮子般凶狠，
但是到头来，失败的总是他们。 430

"'我最亲爱的，'然后我会这样讲，
'看看维尔金，我们温驯的绵羊；
过来些，郎君，让我亲亲你脸颊！
你的心胸应当既宽厚又博大；
既然你常说约伯如何有耐心， 435
那么你应当又有耐心又温驯。
你讲得这么好，自己总要做到，
否则，就肯定要受我们的指导，
就知道最好不要惹老婆恼怒。
事实上，你我总得有人屈服； 440
而既然男人总是比女人讲理，
你难免就要耐心地受点委屈。
你哼呀哼的，究竟犯了啥病？
难道非独占我那好东西不成？
好吧，给你独占，整个都归你！ 445
真要诅咒你，要不是看你着迷！
如果我想把我的好东西出售，
我就像是鲜艳的玫瑰满街走；
但是我把我的好东西留给你。
所以实话对你说，要怪你自己。' 450

"这是常出自我们嘴里的言词。
现在,我来讲第四个丈夫的事。

"第四个丈夫是寻欢作乐的人,
这也就是说,他还有一个情人。
当时我既很年轻,又倔强健壮; 455
心思很野,快活得像喜鹊一样。
凭着小竖琴伴奏,我舞姿翩跹;
唱起歌来,可以像夜莺那么甜——
当然那是喝了香甜的酒之后!
梅特留斯的妻子就因喝了酒,① 460
她丈夫竟然用棍子把她打死——
哪怕我是这个猪头三的妻子,
他也吓不倒我,我照样喝酒。
喝过之后,维纳斯准来心头,
就像天冷了准会下一阵冰雹, 465
贪馋的嘴准是有骚尾巴一条。
女人喝醉酒,贞操也就保不住,
这一点,色鬼凭经验心中有数。

"耶稣基督啊,可是每当想起
年轻时我那些寻欢作乐的事, 470
这回忆就强烈撩拨我的心弦——
直到今天都让我有一种快感,
因为年轻时品尝过人世欢情。
然而能毒害人世一切的年龄
夺走了我的美貌和我的精力; 475

---

① 梅特留斯(Egnatius Metellius)为公元 1 世纪罗马作家。

算啦,别了,让这些全都见鬼去!
面粉已经没有,没什么可说啦!
只剩下麦麸,可得好好卖一下;
虽然如此,对作乐我仍有贪图。
好,我这就来讲讲第四个丈夫。   480

"我告诉你们,因为他另有所欢,
所以对于他,我心里又恨又怨。
但凭老天起誓,我同他扯平啦!
我用同样木料为他做十字架——
倒不是我用身子去外面胡来,   485
而是故意把人家亲切地接待,
要让他去猜疑、妒忌和气恼,
在他自己的油脂里受尽煎熬。
好哇,我成了他的人间炼狱——
愿他的灵魂就此有升天荣誉。   490
天知道,小鞋常夹得他脚疼,
疼得他时时坐在那里直哼哼。
除了他自己,除了天上基督,
谁知道我叫他吃过怎样的苦!
我从耶路撒冷回来后他死啦,   495
埋在教堂里十字架大梁底下。
当然他的墓造得不怎么精致,
绝不能同大流士的陵墓相比,
后者毕竟由阿佩利斯所营建,①
而埋葬我的丈夫不该浪费钱。   500
现在他在坟墓中躺在棺材里——

---

① 据说大流士的陵墓为犹太人阿佩利斯负责建造。

愿天主让他的灵魂得到安息。

"现在我来讲讲第五个丈夫。
愿主别让他灵魂进地狱受苦!
可是五个丈夫里他对我最凶——　　　　　　505
我现在还感到根根肋骨在痛,
还会一直痛下去,痛到我死。
但他在床上不知疲倦又放肆;
当他想要我那好东西的时候,
尽管他先前打遍我每根骨头,　　　　　　510
他却有本事哄得我心花怒放——
很快就爱他爱得像原先那样。
我爱他爱得最深,其中原因,
我想就是他对我冷漠又无情。
我要说句老实话:这件事上　　　　　　515
我们女人有一种古怪的倾向:
凡是我们轻易得不到的东西,
我们拼命想要,要不到就哭泣。
不给我们的东西,我们越是要;
把东西塞给我们,我们就逃跑。　　　　　　520
聪明的女人都懂得这些道理:
你小气,就偏给你看我的大气;
市场上人多,货品价钱就提高;
价钱太便宜,就觉得货色不好。

"愿主保佑我这丈夫的灵魂吧!　　　　　　525
我不是为了钱,而是真心爱他。
他一度是在牛津大学里学习,
后来离校,寄住在我密友家里——

愿天主保佑我那密友的灵魂,
她住在我们城里,名叫艾丽森。 530
她最最了解我的心事和秘密——
知道得比我们教区教士详细!
我所有的秘密全都让她知道。
哪怕是我的丈夫朝墙上撒尿,
或者干出了要他丢性命的事, 535
我都告诉她以及另一位女士,
并且告诉我非常疼爱的侄女——
告诉她们我丈夫的一切秘密。
我常这样通报情况,我的天!
我丈夫也常常羞得涨红了脸, 540
出一头热汗,但只能怨他自己
向我透露了那么重大的秘密。

"且说有一回,是在大斋节期间——
要知道,我常去那位密友家玩,
因为我这人一向就喜欢热闹, 545
喜欢在三四五月里出外跑跑,
去人家里串串门,听听新闻——
那一天我同我的密友艾丽森
和那位詹金一起去城外郊游。
我丈夫却要在伦敦待到节后, 550
所以我有空去看看漂亮人物——
自己也在漂亮人跟前露一露。
谁知道我会在哪里交上好运,
或好运几时会在我头上降临?
于是,我频频参加各种活动, 555
出现在祈祷守夜、宗教游行中,

去听人讲道或参加朝圣之旅,
祝贺人家婚礼或观看圣迹剧。①
我经常穿着鲜艳的大红斗篷——
可以发誓说,从来就没蛀虫　　　　　　560
蛀过我衣裳,知道是什么道理?
是因为经常穿,穿得又很仔细。

"我要告诉你们我那天的活动。
上面已说过,我们走在田野中,
到后来,詹金同我便开始调情。　　　　565
我告诉他说,凭我的先见之明,
哪天我丈夫死了,我做了寡妇,
那么他就得娶我,做我的丈夫。
因为不是夸口,能肯定的是,
我对于结婚或诸如此类的事,　　　　　570
向来就有事先做准备的本领——
我认为这样一种老鼠最不行:
如果只备一个洞给它自己钻,
那么要是它失败就全部完蛋。

"我让他相信,我受了他的诱惑;　　　　575
这一手,感谢我的老娘教了我。
我还告诉他,整夜我都梦见他,
梦见我仰天睡着,他把我刺杀,
梦见我床上到处是鲜血淋淋;
但我指望他,给我带来幸运,　　　　　580
因为据人说鲜血意味着金子。

---

① 圣迹剧又称奇迹剧,是中世纪时以圣母及圣徒事迹为题材的通俗戏剧。

其实我胡编,并没做梦的事——
就像我其它场合那些事一样,
教我这些招数的都是我老娘。

"现在让我看看,下面讲什么?   585
老天哪,还是再把故事往下说。

"当我第四个丈夫躺在棺架上,
按习惯,我像所有的寡妇那样,
流淌着眼泪,神情中显示悲痛,
还要用手绢捂住自己的面孔;   590
但是,既然有了个后备配偶,
可以肯定,我没多少泪可流。

"早上,我的丈夫被抬到教堂,
有一些邻人为他哀悼并送葬,
那个有文化的詹金也在其中。   595
愿主保佑我,当我看他走动,
在那棺架后一步一步往前走,
他的腿和脚美得叫我看不够;
于是我把一颗心完全交给他。
我看,他的年龄在二十上下;   600
实话实说,那时我已四十岁,
但是我有马驹子那样的口味。
我的牙缝很大,对我很适宜;
这是维纳斯给我的出生标记。[①]
求主帮助我,我这人欲望很大,   605

[①] 当时认为,人在出生时受到星宿影响而留下某种标记;牙缝大的人情欲旺盛。

我年轻貌美有钱,脾气也不差;
而且我的丈夫们都对我说过,
我还有一个最好最妙的宝货。
真的,金星维纳斯掌管我感情,
但是,火星玛斯却掌管我的心:① 610
爱神维纳斯使得我情欲特旺,
而战神玛斯使得我大胆顽强;
因为在我出生的时候,那火星
正在金牛宫。爱情哪能是罪行!
是天性决定了我的所作所为, 615
天性的根据是出生时的星位;
按照我天性,我的维纳斯闺房
对于一位好汉子就难以关上。
我的脸上有着玛斯的红胎记,
另一处隐秘地方也有这印记。 620
就像天主肯定会拯救我一样,
我也把公平原则用在爱情上:
随便什么人只要他合我口味,
不管他是高是矮,是白是黑;
只要能使我快活,使我高兴, 625
我不管地位高低,是富是贫。

"还说什么呢?到了那个月底,
詹金和我举行了盛大的婚礼。
殷勤的詹金实在是叫我喜欢,
以前人家给我的土地和财产, 630
这时我一股脑儿全都给了他。

---

① 英语中 Mars(音译玛斯)一词,既是罗马神话中的战神,又是火星。

但后来我痛悔自己这一做法，
因为很多事他都不让我做主。
一次，只是撕下他的一页书，
上天做证，他对我兜头一拳， 635
从此，我这耳朵再也听不见。
可是我就像母狮子一样倔强，
我的舌头也决不肯一声不响。
我要像从前那样去各处串门，
而他赌咒发誓，怎么也不准。 640
于是他对我的说教就此开始，
常对我讲些古罗马人的故事：
说是加卢斯离开了他的娇妻，
从此以后就一辈子把她遗弃，
因为有一天看见妻子在门口 645
朝外张望，却没蒙住脸和头。

"他还讲了另一个罗马人名字，
说他也同样休掉了自己妻子，
因为背着他去参加仲夏狂欢。①
这时我丈夫就把《圣经》一翻， 650
把《传道书》中几句箴言寻找，②
因为在那里写有严格的禁条，
禁止当丈夫的允许妻子游逛；
那时我丈夫肯定会这样哼唱：
'谁建造房屋全部都用柳树枝， 655

---

① 仲夏狂欢指仲夏日（6月24日）前夕的狂欢节。这是施洗约翰节，也是英国四个结账日之一。
② 这《圣经》指杜埃版《圣经》，其中的《次经传道书》又译《便西拉智训》或《德训篇》或《耶数智慧书》。

266

骑着瞎马在一片野地上奔驰,
谁让妻子去朝圣,去神庙古寺,
那么这个人该在绞架上吊死!'①
可是没有用,他的箴言和古训
一文不值,一个字我也听不进。 660
他的数落也不会让我改脾气,
我最恨人家指着我说三道四——
天主知道,不是只有我这样。
这就使我这位丈夫火冒三丈,
但我无论怎样,不向他屈服。 665

"为啥我当初撕掉他的一页书,
惹得他打聋了我的一只耳朵;
凭圣托马斯之名,我把这说说。

"他有一本书,常常用来消遣——
无论白天和黑夜,随时要念念。 670
他把这书叫作《瓦莱与泰奥佛》,②
翻看这书,他常常笑得很快活;
另外,从前在罗马还有个学者,
叫圣哲罗姆,是当红衣主教的,③
他写了一本书攻击约维尼安;④ 675

---

① 原作中,以上四行不是两行一韵,而是用同一个韵。
② 《瓦莱与泰奥佛》为《瓦莱里乌斯与泰奥佛拉斯托斯》之简,据说该书为生活于 1200 年前后的沃尔特·麦普所著。其中前者据说是《书信集》作者,后者为希腊哲学家和作家(公元前 372？—前 287？),他们的作品都反对男女平等,攻击婚姻。
③ 圣哲罗姆(347—420)是早期西方教会教父,《圣经》学者,通俗拉丁文《圣经》译者。
④ 约维尼安是位非正统教士,他否认童贞必然高于婚姻的说法。

在他那书里,还有德尔图里安、①
克里西波斯、卓图拉、埃罗伊兹——②
她是巴黎附近修女院的住持;
除了这些,还有所罗门的《箴言》
和奥维德《爱的艺术》等等名篇,   680
所有这些书全都装订成一册。
每天他把日常的俗事做完了,
无论白天黑夜,只要有时间,
作为习惯,他就拿这书消遣,
读着书中那些坏老婆的故事。   685
他满肚子是她们的生平轶事,
数量比《圣经》中的好女人还多。
讲到这点,我要请你们相信我:
读书人不可能称赞我们女人,
除非他们称赞的是位女圣人——   690
对于其他女人就没有这回事。
谁画的狮子?是人还是狮子?③
正像教士在经堂中讲的典故,
凭天起誓,若由女人来记述,
那么她们所记下的男人罪孽,   695
亚当的同类将永远无法洗涤。

---

① 德尔图里安一译德尔图良,是2至3世纪的基督教作家,作品有关女性与婚姻。
② 克里西波斯(公元前280?—前206?)为希腊哲学家。卓图拉是位女医生兼作家。埃罗伊兹(1098?—1164)是法国女隐修院院长,早年与其师神学家阿伯拉尔相恋私婚而生子,这是中世纪广为人知的轰动事件。
③ 典出《伊索寓言·人和狮子》。人和狮子都说自己比对方强大,这时他们走过一座表现人战胜狮子的雕像,人就叫狮子看这雕像。狮子说:"这像是你们人雕的;如果我们狮子也会做雕像,你看到的就是人在狮爪下的情景。"

墨丘利、维纳斯他们那些儿女,①
总有相反的行为方式和志趣;
墨丘利爱的是智慧、技艺、知识,
维纳斯却爱纵情声色和奢侈。　　　　　　　700
由于这两者有着不同的倾向,
所以彼此间就总是互为消长:
处于维纳斯主导的双鱼宫里,
天主知道,墨丘利就软弱无力;
墨丘利做主,维纳斯就会受压——　　　　705
所以读书人不会说女人好话。
等到读书人老了,没了力气,
对维纳斯的活儿已力不能及,
便坐在那里把糊涂想法写下——
说些女人不遵守婚约的胡话!　　　　　　710

"言归正传,这就告诉大家,
我怎么竟然就为一本书挨打!
有一晚,詹金,我们这一家之主
坐在炉火边,读着他的那本书。
先是读夏娃,说是因为她犯罪,　　　　　715
就此害苦了我们整个的人类,
而耶稣基督为救赎人的罪孽,
宁可自己被杀,流尽心头血。
他说由此可明确地获得结论:
害得整个人类堕落的是女人。　　　　　　720

---

① 墨丘利是罗马神话中司技艺、智慧、学术等的神,因此也是读书人的保护神。墨丘利是水星的音译,就像维纳斯是金星的音译。

"接着读到参孙的情人出卖他,
趁他熟睡,拿剪子剪下他头发——
这出卖,害得参孙被挖掉眼睛。

"如果没记错,他接着念给我听
赫拉克勒斯和他情人的故事,   725
结果,情人害得他活活烧死。

"他不会忘记苏格拉底的掌故,
总读到两个妻子给他吃的苦:
冉蒂泼撒泼,把尿泼在他头上——①
可怜的丈夫坐着,像死人一样,   730
只是把头擦了擦,斗胆说了句:
'雷声还没停止,却已下了雨。'

"克里特王后帕西法厄的故事,②
他居心不良,认为非常有意思;
帕西法厄的那种爱好和纵欲   735
实在可憎,叫人都说不下去。

"克吕泰墨斯特拉出于淫荡,③
阴险狠毒地致使其丈夫死亡——
这个故事,他读得投入又仔细。

"他还告诉我,究竟什么道理   740

---

① 冉蒂泼是苏格拉底之妻,泼辣凶悍,据说也是哲学家。
② 帕西法厄是希腊神话中克里特王弥诺斯之妻,与白公牛生下了牛头人身(一说人首牛身)的怪物弥诺陶洛斯。
③ 克吕泰墨斯特拉是希腊神话中希腊联军统帅阿伽门农之妻,因与人私通而杀夫。

安菲阿罗斯会在底比斯丧命；①
我丈夫说他知道这事的背景，
说是他妻子为了一枚金胸针，
便在私下里悄悄告诉希腊人，
说出了自己丈夫的藏身之处，　　　　　　　　745
导致了他在底比斯一命呜呼。

"他又说了莉薇亚、露西拉的事；②
是她们，造成各自丈夫的去世——
一个为了爱，一个却是为了恨。
莉薇亚既然成了丈夫的仇人，　　　　　　　　750
就在一天深夜给丈夫下了毒。
耽于情欲的露西拉很爱丈夫，
为了使丈夫的心里永远有她，
给丈夫一种汤药，要他喝下，
结果天还没亮，丈夫已死亡；　　　　　　　　755
反正倒霉事总落到丈夫头上。

"接着他说起一个拉图米乌斯，
说他伤心地告诉朋友阿留斯，
说是有棵树长在他家花园里，
就在这棵树上，他三个爱妻　　　　　　　　　760
竟然都满怀怨气一个个上吊。
'亲爱的兄弟，'那个阿留斯说道，
'这样的好树，请你分一点给我，

---

① 安菲阿罗斯是希腊神话中阿尔戈斯的先知与英雄，他在妻子埃瑞菲伦的鼓动下参加远征底比斯，尽管早知道这次远征的悲惨结局。
② 莉薇亚出身于罗马皇族，后来有了情夫，毒死自己丈夫。露西拉是拉丁诗人和哲学家卢克莱修（公元前93？—前50？）的妻子。

我希望自己园子里也有一棵。'

"他又读了近代女人的故事: 765
有些人就在床上把丈夫杀死,
让他的尸体直挺挺躺在地上,
自己同奸夫放肆胡搞到天亮。
有些人趁丈夫熟睡,拿了钉子
钉进丈夫的头颅,把丈夫钉死。 770
有些人则在丈夫的酒中下毒。
那罪恶之多真叫人想象不出。
他除了这些故事,知道的谚语
多过于青草,可说是举不胜举。
他说:'有些女人就是爱咒骂, 775
与其同这种女人组成一个家,
不如同猛狮或恶龙住在一起。'
又说:'与其同泼妇待在屋里,
倒还不如独自去住在屋顶上;
她们心思恶毒,又爱闹对抗, 780
总是恨她们丈夫喜爱的东西。'
他又说:'一个女人脱掉衬衣,
也就抛开了羞耻之心。'还说:
'不贞洁的女人就算长得不错,
也只像金环挂在猪的鼻子上。' 785
谁愿意体会体会或做点想象,
想象我心中多么难过和痛苦?

"我看他老捧着那本可恨的书,
瞧他那样子,像要读它一整夜,
就猛地出手一抓,扯下了三页; 790

他这时正读得来劲,猝不及防,
所以,还被我一拳头打在脸上,
仰面朝后面的炉子倒了下去,
随即像发怒的狮子一跃而起,
挥起拳头猛一下打在我头上。 795
我倒在地上,就像死了一样。
他见我一动不动地躺在地下,
吓得差一点就要逃离那个家。
可我终于从昏迷中醒了过来,
说道:'你要杀了我吗,贼无赖? 800
你要这样杀了我,霸占我土地?
但是,我断气之前还要吻吻你。'

"他走了过来,轻轻朝地上一跪,
说道:'艾丽森,我最亲爱的姐妹,①
愿神帮助我,我一定不再打你; 805
但这次的事情,应当怪你自己。
可我还是求你:原谅我这次吧!'
于是,我立刻在他脸上打一下,
说道:'贼胚,这下让我出了气!
我现在要死了,说话没有力气。' 810
此后经过了不少折磨和烦恼,
我们两口子终于又重归于好。
他把支配房产和地产的权力,
完完全全地交到了我的手里,
还让他的手和舌头由我支配; 815
我当即要他把那本书烧成灰。

---

① 看来,巴思妇人与她密友(见530行)的名字一样,其它故事中也有这名字。

这样，我凭棋高一着的手段，
使他服服帖帖地受我的拘管。
他还对我说：'我的忠实爱妻，
今后你要怎么做，按你心意， 820
只要保住你名节和我的身份。'
那天以后，我俩再没有争论；
结果老天帮助我成了他贤妻——
从丹麦到印度，贤惠数我第一，
而且我俩彼此都忠实于对方。 825
全能的主，你高高坐在天上，
求你发慈悲，祝福他灵魂。好吧，
你们若要听，那我就讲故事啦。"

请看差役和托钵修士的对话

"太太，"托钵修士听后笑着讲，
"你故事没讲，前奏倒是很长； 830
但愿天主赐给我快乐和福气！"
他说得很响，差役听在耳里，
开口说道："凭天主双臂起誓，
插嘴说话的总是个托钵修士。
大家看每份饭菜和每件事情， 835
总是会引来托钵修士和苍蝇。
刚才你说'前走'，这什么意思？
这样插嘴败坏了我们的兴致——
管它慢走或快走，不走或趴下。"[①]

---

① 吃教会饭的差役与托钵修士有矛盾，他听不懂"前奏"，以为同"行走"有关。

托钵修士道:"是你说的这样吗?   840
我要以名誉来担保,差役先生,
离开前,讲两个故事大家听听——
这种差役的故事,叫你们笑死。"

"我要诅咒你这张脸,托钵修士,"
差役说道,"我若走到悉丁本,①   845
讲两个故事的任务还没完成,
没讲得你托钵修士心里难过,
那我情愿让天主同样惩罚我。
你没有这份涵养,这我知道。"

旅店主人道:"别吵! 现在快别吵!   850
让那位太太开始讲她的故事。
你们真是一副喝醉酒的样子。
太太,你讲故事吧;这样最好。"

"立刻我就从命,"巴思妇人道,
"只要可敬的托钵修士说声行。"   855

他说:"讲吧,太太,我愿意听听。"

巴思妇人的引子到此结束

---

① 悉丁本在罗彻斯特与坎特伯雷之间,距伦敦四十英里。

HERE BIGYNNETH THE TALE OF THE WIFE OF BATH.

In th'olde dayes of the Kyng Arthour,
Of which that Britons speken greet honour,
Al was this land fulfild of faierye.
The elf queene with hir joly compaignye
Daunced ful ofte in many a grene mede;
This was the olde opinion, as I rede.
I speke of manye hundred yeres ago;
But now kan no man se none elves mo.
For now the grete charitee and prayeres
Of lymytours, and othere hooly freres,
That serchen every lond and every streem,
As thikke as motes in the sonne-beem,
Blessynge halles, chambres, kichenes, boures,
Citees, burghes, castels, hye toures,
Thropes, bernes, shipnes, dayeryes,
This maketh that ther been no faieryes;
For ther as wont to walken was an elf,
Ther walketh now the lymytour hymself,
In undermeles and in morwenynges,
And seyth his matyns and his hooly thynges
As he gooth in his lymytacioun.
Wommen may go saufly up and doun;
In every bussh, or under every tree,
Ther is noon oother incubus but he,
And he ne wol doon hem but dishonour.

And so bifel it, that this kynge Arthour,
Hadde in his hous a lusty bacheler,
That on a day cam ridynge fro ryver;
And happed that, allone as she was born,
He saugh a mayde walkynge hym biforn,
Of whiche mayde, anon, maugree hir heed,
By verray force he rafte hire maydenhed;
For which oppressioun was swich clamour,
And swich pursute unto the kyng Arthour,
That dampned was this knyght for to be deed

巴思妇人的故事

巴思妇人的故事由此开始

不列颠人对亚瑟王都很尊崇,
在他那个非常古老的时代中,
这片土地到处是仙子和精灵。
快活的精灵们都由仙后带领,　　　　　　860
常在一处处绿色田野上舞蹈——
古人这种观念在书上能读到。
我说的是几百年以前的事情,
现在可再也没人看到小精灵。
因为托钵修士和其他修士们　　　　　　865
如今密集得像阳光下的灰尘,
频繁出没在每处溪流和田间,
大做祈祷的同时大规模行善;
他们祝福厅堂、厨房和卧室,
祝福高高的塔楼、城堡、城池,　　　　870
还有乡村、谷仓、奶牛场、牲口棚,
于是那些地方就没有了精灵。
因为从前精灵们来往的地方,
如今无论在午前还是在早上,
那里总是有托钵修士的影踪,　　　　　875
因为他总在那个区域里活动,
不是做晨祷就是行其它圣礼;
无论是在树下还是在树丛里,
如今妇女们可以安全地来去,

那里只有他，没有淫邪的鬼蜮，① 880
而他只会对她们的贞操不利。

且说就是在亚瑟王的宫廷里，
有一个年轻力壮的好色武士；
某一天他从河边骑马过来时，
正好看到个姑娘走在他前面—— 885
就像她出生的时候一样孤单。
于是这武士赶上前去就施暴，
不管姑娘反抗，破了她贞操。
这桩暴行激起了人们的义愤，
大家在亚瑟王跟前议论纷纷， 890
于是，这武士就被送交法庭，
根据当时的法律，判处死刑，
所以，他将免不了被刀斧斩首。
可能随后发生的情况是，王后
带领贵妇们久久向国王求情； 895
结果亚瑟王饶了这武士一命，
把他交给王后，由王后处理——
他是死是活，就看王后心意。

王后衷心地感谢国王的恩典，
接着找了个比较合适的时间， 900
把武士叫到跟前，向他说道：
"现在你的处境仍然很糟糕，
因为你性命仍然是朝不保夕。
但我可以免你一死，只要你

---

① 据说这种鬼蜮能使熟睡的女子怀孕并生下怪物。

告诉我:女人最想要的是什么? 905
别让刀斧落上你脖子,注意了。
这问题如果你目前不能回答,
我给你十二个月零一天的假,
让你外出做一些寻访和学习,
弄明白之后回来解答这问题。 910
而你离开前,必须做出保证:
到时候这里还得见到你这人。"

武士感到很难受,深深叹气,
但是现在由不得他愿不愿意。
最后他决定还是去外面看看, 915
看天主给他提供怎样的答案;
反正在外等一年的期限结束。
他随即出发,独自登程上路。

那些他想去碰碰运气的地方,
他抱着希望一处一处去走访, 920
为的是打听女人最爱的东西。
可是尽管他走过一地又一地,
就在这样一个简单的问题上,
竟然就没有两个人看法一样。

有人说女人最喜欢的是财富; 925
有人说贞操或是作乐和歌舞;
有人说华美服饰和床笫之欢;
有人却说丈夫经常死经常换。

还有人说我们遇上奉承谄媚,

我们的心就感到舒畅和安慰。 930
说真的,这人的话接近真理;
男人凭恭维赢得我们很容易——
只要巴结体贴的功夫下得够,
富贵贫贱的女人都能弄到手。

有人说,我们最恨受人管束, 935
无论做什么,总要自己做主;
只爱听男人说我们聪明能干,
受不了男人指出我们的缺点。
如果有谁想触痛我们的伤疤,
那么尽管讲的是真话或实话, 940
我们个个会不服,会立刻反击;
不信就试试,准发现这是事实。
我们的内心无论有多么差劲,
总是希望被认为纯洁又聪明。

有人说,我们喜欢被人看得起, 945
被认为值得信赖、守得住秘密,
既有坚定的目标又能够持久,
不会把男人家透露的事泄露。
但是,这种看法连屁都不值:
我们女人就是藏不住一件事。 950
迈达斯的故事你们可要听听?

奥维德讲过许许多多小事情,
其中之一讲到,迈达斯的头上
长着两只驴耳,在长发下隐藏。
他尽量巧妙地掩盖这一缺陷, 955

反正不让任何人看见或发现;
所以这丑相被瞒得严严实实——
唯一的知情人只有他的妻子。
他非常爱妻子,对她十分信任,
一再求她,别把这告诉任何人。 960

妻子向丈夫发誓:把世界给她,
她也不会把这样的罪过犯下——
说出去是对丈夫名声的损害,
而且她自己脸上也没有光彩。
但是要长时间保守这个秘密, 965
她感到这把她憋得差点断气;
它胀啊胀的胀得她心头难受,
似乎有些话要从她嘴里逃走。
不过这件事怎么能够对人说?
于是,她跑向附近一处沼泽—— 970
一路上真是跑得心急又火燎——
跑到泥淖地之后,她像水鸟
把嘴凑近水,轻声轻气地说:
"我丈夫有驴子般的长耳朵!
对谁我都没讲这事,除了你, 975
你的流水声别泄露我这消息。
现在讲了出来,心里就好受——
这秘密实在没法憋住在心头。"
可见,守秘密我们没有长性,
只要时间一长,我们就不行。 980
若是想知道这事后来怎么了,
你们就去读读奥维德的著作。

我这故事里所讲的那位武士
直到现在还没打听到什么事——
不知女人最爱的究竟是什么，　　　　　　　　985
所以他心里难过，情绪低落。
但这时已不能继续在外滞留，
因为限期已到，必须往回走；
一路上，他愁云笼罩在心上，
但碰巧坐骑走过一处树林旁。　　　　　　　　990
这时他看见有些女人在跳舞，
人数不是二十四就是二十五。
他希望听到个答案比较聪明，
急急忙忙让坐骑奔向那人群。
但是等他来到了那处树林边，　　　　　　　　995
跳舞的人突然间都消失不见，
不知去了哪里，但还有一个——
只见草地上坐着一个老太婆——
没人能想象，有这么丑陋的人。
见武士来到跟前，她便站起身，　　　　　　　1000
说道："武士先生，这里没路了，
你要找什么，照实告诉我行么？
如果有事情，倒不妨对我说说——
年纪大的人，知道的事比较多。"

"我的亲爱的老妈妈，"武士说道，　　　　　　1005
"我性命已不保，除非我能知晓
世上什么是女人最大的欲望。
如果你教我，我必大大有赏。"

老妇说道："握住我的手发誓，

说你愿意做我要求的一件事——　　　　　　　1010
只要你确实有做这事的能力。
你若发誓,天黑之前我教你。"

武士说道:"我保证做到,我发誓。"
老妇道:"不是我夸口,包你没事,
因为,我敢以自己性命打赌:　　　　　　　　1015
王后的说法将同我没有出入。
那些戴着头饰的骄傲贵妇里,
我倒要看看会有哪个不服气,
敢于否认我教你做出的回答。
现在不必多谈,还是快走吧。"　　　　　　　1020
老妇在武士的耳边咕哝几句,
叫他打点起精神,不用恐惧。

他们来到了宫廷,武士说道,
他遵守诺言,准时回来报到,
还说准备好对问题做出答复。　　　　　　　　1025
于是,凡是要听答案的贵妇,
还有许多聪明的寡妇和姑娘,
全都聚集宫中,听他怎么讲——

王后坐在上面,做最后裁断;
安排停当后,宣那武士上殿。　　　　　　　　1030

王后叫在场的人都不要说话,
而要武士当着大家面讲一下:
什么是世俗妇女的最大愿望。
武士并没有像牲畜站着不响,

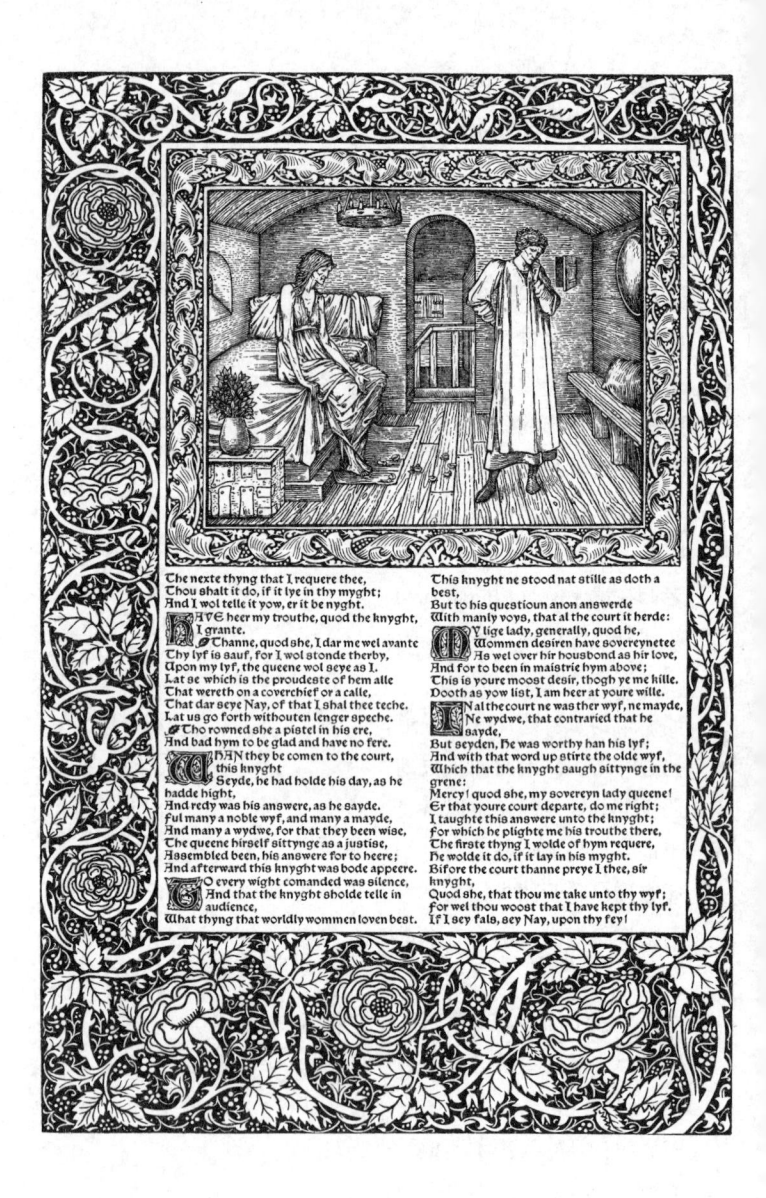

The nexte thyng that I requere thee,
Thou shalt it do, if it lye in thy myght;
And I wol telle it yow, er it be nyght.
HAVE heer my trouthe, quod the knyght,
I grante.
Thanne, quod she, I dar me wel avante
Thy lyf is sauf, for I wol stonde therby,
Upon my lyf, the queene wol seye as I.
Lat se which is the proudeste of hem alle
That wereth on a coverchief or a calle,
That dar seye Nay, of that I shal thee teche.
Lat us go forth withouten lenger speche.
Tho rowned she a pistel in his ere,
And bad hym to be glad and have no fere.

WHAN they be comen to the court,
this knyght
Seyde, he had holde his day, as he hadde hight,
And redy was his answere, as he sayde.
Ful many a noble wyf, and many a mayde,
And many a wydwe, for that they been wise,
The queene hirself sittynge as a justise,
Assembled been, his answere for to heere;
And afterward this knyght was bode appeere.

TO every wight comanded was silence,
And that the knyght sholde telle in audience,
What thyng that worldly wommen loven best.

This knyght ne stood nat stille as doth a best,
But to his questioun anon answerde
With manly voys, that al the court it herde:
MY lige lady, generally, quod he,
Wommen desiren have sovereynetee
As wel over hir housbond as hir love,
And for to been in maistrie hym above;
This is youre mooost desir, thogh ye me kille.
Dooth as yow list, I am heer at youre wille.

IN al the court ne was ther wyf, ne mayde,
Ne wydwe, that contraried that he sayde,
But seyden, he was worthy han his lyf;
And with that word up stirte the olde wyf,
Which that the knyght saugh sittynge in the grene:
Mercy! quod she, my sovereyn lady queene!
Er that youre court departe, do me right;
I taughte this answere unto the knyght;
for which he plighte me his trouthe there,
The firste thyng I wolde of hym requere,
He wolde it do, if it lay in his myght.
Bifore the court thanne preye I thee, sir knyght,
Quod she, that thou me take unto thy wyf;
for wel thou woost that I have kept thy lyf.
If I sey fals, sey Nay, upon thy fey!

284

他雄浑的声音立刻做出回答; 1035
殿堂上的人都能清楚听到他。

"王后陛下,"武士这样答道,
"总的来说,你们女人的目标
就是控制你们的情人或丈夫——
就是要他们的事由你们做主。 1040
这是你们最大的愿望。这句话,
就是杀我我也说。随你处置吧。"

在场的贵妇、小姐、寡妇虽然多,
但是对他说的话没有人反驳;
她们异口同声说不应该杀他。 1045

武士遇到的老妇人听到这话,
立刻跳起来,放开喉咙呼叫:
"请陛下散朝前为我主持公道;
高高在上的王后,请你开恩吧!
是我教了武士,让他这样回答。 1050
也正因为这样,他做出过许诺:
无论什么事,只要他有能力做,
那么只要我要求,他就会照办。
所以,趁现在王后的朝会没散,
我要求,你武士先生娶我为妻—— 1055
是我救了你的命,这你要牢记。
如果我撒谎,你凭你名誉否认!"

武士答道:"唉,我真是苦命人!
我确实答应过你,要给你报答。

凭着对天主的爱,换个要求吧。　　　　　　　1060
我把财产全给你,请你放我走。"

老妇答道:"那我把我们俩诅咒!
因为尽管我又穷又老又难看,
但哪怕金矿银矿我都不稀罕,
无论它们在地下还是在地上,　　　　　　　　1065
除非你爱我,娶我做你新娘。"

"要我爱你?还是要我进地狱吧!"
武士说道,"我怎么能这样糟蹋
我高贵的出身,辱没我的家世!"
但是所有的话都没用,结果是:　　　　　　　1070
他被迫接受这位老妇做新娘,
不得不同这夫人结婚上了床。

现在,也许有些人这样认为:
我由于疏忽或者由于怕劳累,
所以,没讲结婚那天的婚宴,　　　　　　　　1075
没讲那些欢乐和气派的场面。
对这意见,我的简短回答是:
那天并没有办婚宴这样的事,
有的却只是闷闷不乐和忧愁。
因为武士在上午偷偷结婚后,　　　　　　　　1080
整天就像猫头鹰那样不出来——
妻子这么丑,让他无精打采。

他同妻子被送上婚床的时候,
心里头实实在在感到很难受,

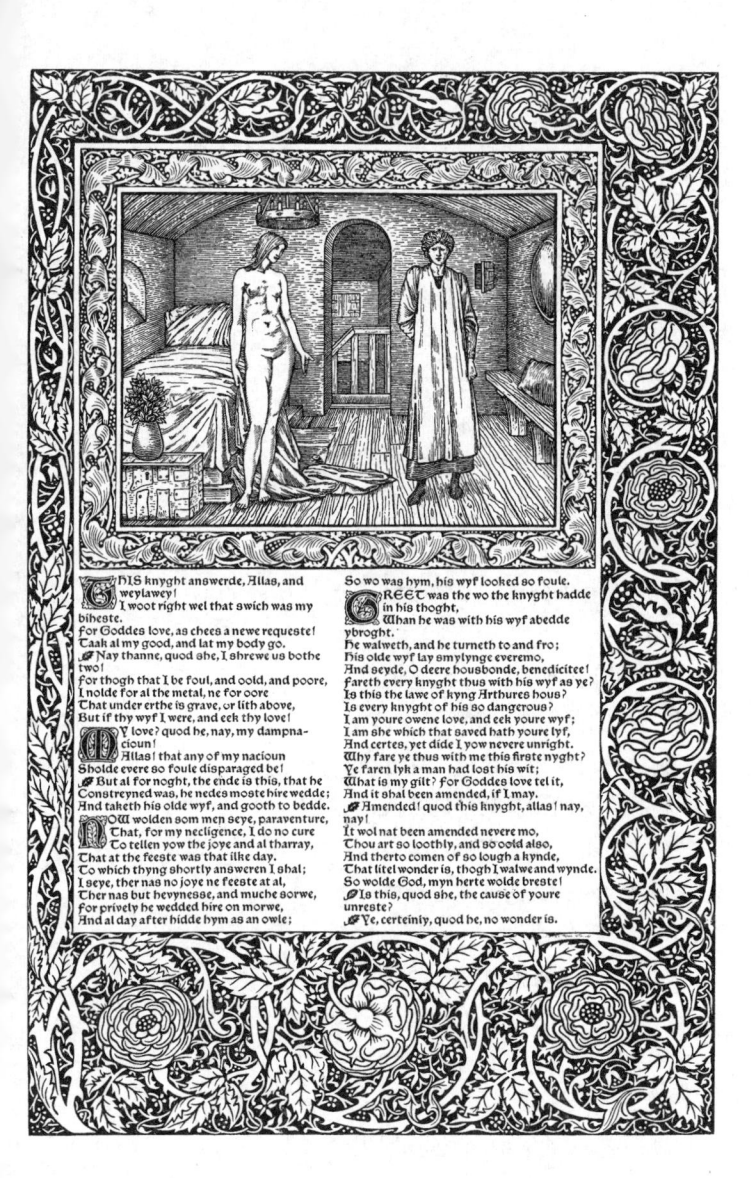

HIS knyght answerde, Allas, and
weylawey!
I woot right wel that swich was my
biheste.
For Goddes love, as chees a newe requeste!
Taak al my good, and lat my body go.
𝓐 Nay thanne, quod she, I shrewe us bothe
two!
For thogh that I be foul, and oold, and poore,
I nolde for al the metal, ne for oore
That under erthe is grave, or lith above,
But if thy wyf I were, and eek thy love!

MY love? quod he, nay, my dampna-
cioun!
Allas! that any of my nacioun
Sholde evere so foule disparaged be!
𝓐 But al for noght, the ende is this, that he
Constreyned was, he nedes moste hire wedde;
And taketh his olde wyf, and gooth to bedde.

NOW wolden som men seye, paraventure,
That, for my necligence, I do no cure
To tellen yow the joye and al tharray,
That at the feeste was that ilke day.
To which thyng shortly answeren I shal;
I seye, ther nas no joye ne feeste at al,
Ther nas but hevynesse, and muche sorwe,
For prively he wedded hire on morwe,
And al day after hidde hym as an owle;

So wo was hym, his wyf looked so foule.

GREET was the wo the knyght hadde
in his thoght,
Whan he was with his wyf abedde
ybroght.
He walweth, and he turneth to and fro;
His olde wyf lay smylynge everemo,
And seyde, O deere housbonde, benedicitee!
Fareth every knyght thus with his wyf as ye?
Is this the lawe of kyng Arthures hous?
Is every knyght of his so dangerous?
I am youre owene love, and eek youre wyf;
I am she which that saved hath youre lyf,
And certes, yet dide I yow never unright.
Why fare ye thus with me this firste nyght?
Ye faren lyk a man had lost his wit;
What is my gilt? For Goddes love tel it,
And it shal been amended, if I may.
𝓐 Amended! quod this knyght, allas! nay,
nay!
It wol nat been amended nevere mo,
Thou art so loothly, and so oold also,
And therto comen of so lough a kynde,
That litel wonder is, thogh I walwe and wynde.
So wolde God, myn herte wolde breste!
𝓐 Is this, quod she, the cause of youre
unreste?
𝓐 Ye, certeinly, quod he, no wonder is.

只是躺在床上翻过来扭过去; 1085
老妻却躺在那里笑嘻嘻打趣:
"愿神祝福我灵魂,我的夫君哪,
武士对待妻子都像你一样吗?
难道这是亚瑟王定下的规矩?
难道他的武士冷漠得都像你? 1090
不要忘记,是我救了你性命;
是你妻子就应该享有你爱情。
我从来没有对不起你的地方,
为什么第一夜你就对我这样?
你这种表现真像神经错乱啦。 1095
我有什么错,请你告诉我吧。
只要我能办得到,一定改掉。"

"还讲什么改不改,"武士说道,
"这样的情况根本就不可能改,
你这种讨厌相,这样一副老态, 1100
再加上你的出身又是这么低。
所以我翻来覆去就不足为奇。
但愿天主让我的这颗心碎掉。"

"这是你烦躁的原因?"妻子问道。

丈夫道:"确实如此;这并不奇怪。" 1105

妻子道:"我能把这个纠正过来,
而且只要我愿意,用不了三天;
不过,首先你应该对我好一点。

"你刚才说过,如果祖上富贵,
那么,其后代就算有身份地位, 1110
根据这道理,你就算高贵人士。
这样的自高自大,一文都不值。
看看,谁在公开场合与私下里
一向最有道德,谁一直在努力、
在尽力,要把高尚的事业完成, 1115
就应该,把他看作最高贵的人。
基督要我们视他为高贵之源;
我们的高贵不因为祖先有钱。
因为尽管他们留财产给我们,
而我们也就自称有高贵出身, 1120
但是他们的德行,他们的操守,
他们无法当产业给我们传授;
而正是德行使他们高人一等,
并召唤我们去努力追随他们。

"名叫但丁的佛罗伦萨大诗人 1125
在这个问题上,说得非常中肯。
但丁的话语,就是这样几行诗:
'人们难得凭着家族树的树枝
才有能耐;因为仁慈的天主啊,
要我们把我们的高贵归于他。' 1130
因为从祖先那里得到的一切
很容易遭到损失或遭到偷窃。

"任何人同我一样懂得这道理:
如果高贵的品行也能够世袭,
能在一个家族里一代代相传, 1135

那么这个家族在公私两方面
都会不断地涌现出高尚行为,
而不会有谁干出丑事犯下罪。
"从我们这里到高加索山之间,
找最暗的房子,把火放在里面, 1140
然后,即使人关上屋门走掉,
那个火照样还继续熊熊燃烧,
就同两万人看着它燃烧一样;
火会自然地燃烧,直到烧光
才熄灭;对于这点我敢赌生命。 1145

"由此你可看出,高贵的品行
与人们是否有财产全然无关。
火有火的特性,熄灭或烧燃,
但人不总是走他该走的正道。
天主知道,人们常常能看到: 1150
贵人的孩子干出可耻的坏事;
有的人凭着自己煊赫的家世,
或凭着高贵祖先的高尚德行,
要人家因此对他们表示尊敬。
但如果自己不想有高尚业绩, 1155
也不向他们高尚的祖先学习,
那么即便是公侯,也并不高贵,
因为谁行为卑劣,谁就是贱胚。
你讲的这种高贵,属于你祖先——
赢得这名声,只凭高尚的优点—— 1160
这高贵同你这个人没有关系。
你的高贵只能够来自于上帝;
所以真正的高贵来自于天恩,

不是凭社会地位而赐给我们。

"想想瓦勒里乌斯是怎么说的：① 1165
图卢斯·霍斯提利乌斯多显赫，②
他从贫困中崛起而君临天下。
读读波伊提乌斯以及塞内加，③
他们的书中提供了很多明证：
谁做高尚事，就是高贵的人。 1170
所以我说，我的亲爱夫君哪，
即便是我的祖先地位很低下，
我仍可希望天主会赐福于我，
让我过一种道德高尚的生活——
只要我远离罪恶而行为端正—— 1175
只要这样，我就是高贵的人。

"刚才你还指责我，嫌我穷困；
但我们信仰的那位至高的神
选择贫困的生活完全是自愿。
事实上每位姑娘、主妇、男子汉 1180
都十分清楚，天上的王，主耶稣
绝不会选择邪恶的生活道路。
塞内加和许多学者都曾说过，
安贫乐道是一种可贵的品德。
安于贫困者，哪怕衬衣也没有， 1185
在我的眼里，却认为他很富有。

---

① 瓦勒里乌斯·马克西穆斯是罗马史家，创作时期在公元20年前后。
② 图卢斯·霍斯提利乌斯是神话式的罗马第三代王（公元前673—前642在位）。
③ 波伊提乌斯（480—524）是古罗马哲学家兼政治家。塞内加见"片断二"25行注。

一个人贪得无厌就非常苦恼,
因为总有东西想要而要不到。
而一无所有的若能一无所求,
你虽叫他穷光蛋,却很富有。 1190

"真正的贫困还会由衷地欢唱;
关于贫困,尤维纳利斯这样讲:①
'穷人在路上遇到强盗的时候,
他可以说笑歌唱而不用担忧。'
贫穷是个招人讨厌的好东西, 1195
我想它能为驱除思虑出大力;
对于贫穷,谁能够坦然忍受,
他在才智上就可以大有补救。
所以贫穷看起来虽然很悲惨,
却是没有人会来争夺的资产。 1200
一个人如果贫穷又加地位低,
常常会更加了解天主和自己。
在我看来,贫穷像明镜一般,
真朋友假朋友一照便可了然。
既然,我的贫穷并没有损害你, 1205
所以夫君哪,说我穷大可不必。

"夫君哪,你还嫌我年纪太老,
这一点,即便书上没任何条条,
你们这些人,讲体面又有身份,
嘴上不也常常说:要尊重老人, 1210
说待老人像长辈,显出教养好——

---

① 尤维纳利斯(60?—140?)是古罗马讽刺诗人。

我想，这样的古训一定能找到。

"现在来讲我又丑又老这件事——
这样，你不必担心戴上绿帽子；
因为我敢于保证，又丑又老，　　　　　　　　　　1215
是保住贞洁的两个有效法宝。
但我既然知道你喜欢的东西，
我一定使你的身心感到满意。
"现在有两种情况供你选择：
一是娶又丑又老的我做老婆——　　　　　　　　1220
我对你将唯命是从，极其忠实，
我活着，就要使你高兴和舒适；
要不，就是希望我年轻又美貌，
这样，就有些风险你要冒一冒——
人们为了我，会来我们家拜访，　　　　　　　　1225
当然，也完全可以在别的地方。
现在你就选择吧，要走哪条路？"

武士边想边叹息，显得很痛苦，
可是，最后他说了这样一番话：
"我的亲爱的夫人，我的贤妻呀，　　　　　　　　1230
你这么明智，我就交出我自己，
由你来判断，哪条路最为适宜——
只要对你对我最惬意、最体面。
无论你怎么选择，我没有意见，
因为只要你满意，我也就满足。"　　　　　　　　1235

"你让我按我心意选择一条路，
这不是占了你的上风？"妻子道。

丈夫说:"正是,但我觉得这样好。"

妻子道:"吻我吧,我们不会再争,
因为这两点都要做到,我保证, 1240
就是说,既要美貌又要对你好。
我要向天主祈祷:我若做不到,
不像自古以来的忠实好妻子,
那就惩罚我,让我发疯而死。
而且,我若明天不变得美丽, 1245
美得可以同王后王妃比一比,
要是比不上东方西方的贵妇,
那么我是死是活就由你做主。
现在撩起帐幔,你自己看吧。"

武士也真的撩起帐幔看一下, 1250
只见他老婆变得年轻又美丽,
于是高兴得把妻子搂在怀里。
他满心感到幸福,无比兴奋,
抱着妻子千百遍地吻了又吻。
而妻子也是千依百顺听他话—— 1255
只要能使他快活,样样依他。

他们就这样度过美满的一生。
我祈求耶稣基督赐福于我们,
让我们丈夫顺从又年轻力壮,
并且让我们活得比他们久长。 1260
不仅如此,我还向基督祈祷:
让不服妻子管教的人早死掉;

至于怒气冲冲的吝啬老东西,
但愿天主让他们早日得瘟疫。

巴思妇人的故事到此结束

托钵修士的引子

托钵修士的故事引子

有着化缘地盘的这位好教士 1265
一直对差役沉着脸怒目而视;
不过到目前为止,还有分寸,
对那个差役并没有出言不逊。
可他终于对巴思妇人这样说:
"太太,愿天主给你美满生活! 1270
但愿我也能得意!而你在这里
触及一些学院里的困难问题。
你的很多话讲得都相当出色,
但太太,我们是在长途跋涉,
只需讲讲有趣的故事,所以, 1275
老天在上,经典中那些名句
就留给教士讲道或者研究吧。
而你们大家如果不反对的话,
我要给你们讲个差役的故事。
说真的,光凭差役这么个词, 1280
你们就知道对他没好话可讲,
我希望没人听了心中不舒畅。
差役这行当无非是东奔西窜,
为一些风流案子而早传晚唤,
所以在街头巷尾常常要挨打。" 1285

旅店主人道:"注意你的身份吧,
先生,应该多一点宽厚和礼貌。
在这里,我们大家不希望争吵。

你讲你的故事吧,别牵扯差役。"

差役说道:"让他讲,只要他乐意; 1290
但凭主起誓,轮到我讲的时候,
我将回报他,一点一滴都不漏。
到了那时候,我就会让他明白:
爱奉承人的托钵修士多气派;①
他这个行当干的又是什么事。" 1295

旅店主人道:"别吵了,到此为止!"
随后朝托钵修士讲了一句话:
"亲爱的师父,请讲你的故事吧。"

托钵修士的引子到此结束

---

① 在"河滨版"等文本中,这里还有如下两行(行码为1295与1296):
　　我还要讲讲他们的各种罪行,
　　但是这里暂且不说给你们听。

托钵修士的故事

托钵修士的故事由此开始

从前在我的家乡有一位教士,
他是领班神父,有很高的位置,   1300
一向果断地执行教会的法规:
无论是谁,凡是犯下了私通罪,
行了巫术,干了拉皮条的勾当,
与人家通奸,进行中伤和诽谤;
若有堂区的那一般俗人执事   1305
犯伪造遗嘱和契约、疏忽圣事、
盗卖圣物及重利盘剥等罪行——
当然还有些不必列举的罪行——①
对所有这些,他都严厉惩罚,
而色鬼对他的惩罚尤为害怕。   1310
他们一旦被拿获就大吃苦头;
没有缴足什一税的也得蒙羞——
只要主管的教士打报告给他,
那么欠缴者的罚金大大增加。
谁少缴什一税或者少缴献金,   1315
他会把人家罚得大叹其苦经;
因为主教的曲柄杖钩到之前,
这人已被他写到记事本里面。
而他就凭着自己掌握的权柄,
大力进行整治,把人家严惩。   1320
他下边有个非常得力的差役,

---

① "河滨版"文本中,以上几行文字略有差异并少了两行。

论狡猾,全英格兰数他第一;
这乖巧的家伙手下耳目众多,
会向他报告去哪里准有收获。
有时他会把一两个色鬼包庇, 1325
从而可以获悉两打人的秘密。
虽说这差役疯得像发情野兔,
他那些劣迹恶行我偏要揭露;
因为我们不在他管辖范围内,
他们根本就没法拿我们治罪—— 1330
哪怕他们等到死,也没有办法。

"圣彼得!要是说到不归我管辖,"
差役说道,"妓院有执照也一样!"①

"别打岔!当心倒霉事落到头上!"
旅店主人道,"让他继续讲故事。 1335
别漏掉什么,亲爱的托钵修士,
不用去理会差役的乱说乱叫。"

这个奸诈贼差役,托钵修士道,
总有几个拉皮条的人在手头,
为的是在英格兰引猎物上钩; 1340
他很早以前就开始利用他们,
从而得知不少的秘事和丑闻。
他们做他的眼线,向他告密,
他听了之后总能有极大利益,
但主子并不知道他怎么弄钱。 1345
他没有传票就去把文盲传唤,

---

① 这种妓院经大主教准许,可不受教会干预。

说要严惩，把他们革出教门，
人家就请他上酒馆大吃一顿，
同时也急于往他口袋里塞钱。
犹大是一个钱包很瘪的坏蛋，① 1350
他这坏蛋同犹大完全是一路；
可他主子只得到应得的半数。
如果我恰如其分地把他称赞，
他是差役，兼做贼和皮条纤。
还有一班娼妇，也听他指示， 1355
不管罗伯特爵士或者休爵士，
不管杰克或勒夫同她们睡觉，
她们都要向他做详细的报告。
就这样，他同娼妇串通一气，
私自伪造了一张传唤的字据， 1360
把嫖客和娼妇一起传到教堂，
榨光嫖客的钱，把娼妇释放。
"为你着想，"他对嫖客说道，
"我把她名字从黑名单上勾掉，
不必再担心这事有什么后果， 1365
我是你朋友，以后有事找我。"
他惯会敲诈勒索，花样不少，
花上两年也不能一一全说到。
训练有素的猎犬，能够区分
受伤和没受伤的鹿，他这人 1370
更能在人群中找到那些嫖客，
找到那些奸夫淫妇和奸淫者。
这是他聚敛钱财的主要手段，

---

① 使徒们的钱财都很少，犹大也不会多。

他便把全副心思用在这上面。

这差役时时刻刻都在找机会, 1375
要找可以供他下手的倒霉鬼。
一次,他找了理由传唤寡妇,
想在这老太婆头上捞些好处。
他看见有个自由农在他前方,
也骑在马上轻快走在树林旁。 1380
他身上背弓,挂着锋利的箭,
穿的是林肯绿的短上装一件,
头上戴帽子,帽上有着黑流苏。

"幸会,先生!"差役这样招呼。

对方道:"欢迎,祝每个同路人好! 1385
你上哪里去,要走树林这条道?
今天,你是不是要走很远的路?"

对这个问题,差役答道:"不不,
就去这附近;先生,我骑马出来,
目的是要把一笔租金收上来, 1390
因为这笔钱我要收回给东家。"

"这么说来,你准是位管家啦?"
"正是。"差役不敢说他是差役,
因为,这可耻的名称散发臭气。

那人道:"老天有眼,我说兄弟呀, 1395
你是个管家,恰恰我也是管家。

301

这一带对我说来是陌生地方，
所以很想同你有进一步交往，
如果你愿意，我们结为兄弟。
我家有很多金银放在钱柜里，　　　　　　　1400
有朝一日，要是你来我家中，
任你要多少，我都一定奉送。"

差役道："衷心感谢你的慷慨。"
于是，两个人的手握在了一块，
宣誓说要做生死与共的兄弟。　　　　　　　1405
随后高兴地边走边谈天说地。

差役就像又名屠夫鸟的伯劳，
心思极为恶毒，嘴巴又唠叨，
总是要打听，不断问短问长；
这时问道："你家在什么地方？　　　　　　1410
兄弟，说不定哪天我去看你。"

那人亲切地回答了他的问题：
"兄弟，我家在北方，非常遥远；①
但愿有一天，你我在那里见面。
我们分手前，我把地方告诉你，　　　　　　1415
不会让你到时候摸不到那里。"

"趁我们一起在路上，"差役说道，
"兄弟，我请求你给我一点指教；
既然你同我一样，也是个管家，

---

① 据一种说法，地狱在北方。

那就教教我，干这行当的手法； 1420
告诉我，怎么捞到最大收获？
用不着考虑什么良心或罪过。
请你像亲兄弟一样，尽管指教。"

"好兄弟，我可不会瞒你，"那人道，
"我要把我真实的情况告诉你： 1425
我的薪俸很微薄，可说非常低。
我的东家很刻薄，是个小气鬼，
而干的活儿却又让我相当累；
所以我也靠敲诈勒索来过活，
反正能够勒索到什么就什么； 1430
总之，不用暴力就是用花招，
每年我赢回自己付出的辛劳。
我跟你说的可是最真心的话。"

差役说："其实我也这个做法；
天知道，没有一样东西我不要， 1435
除非太重或太烫，拿也拿不了。
我只顾偷偷谋取自己的利益，
根本没什么良心责备的问题——
不勒索，怎么喂饱自己这张嘴？
我才不会为这些花招而忏悔， 1440
什么同情或良心，我一概没有——
听忏悔的神父，个个受我诅咒。
老天有灵，让我们相会在这里。
但请把你的大名告诉我，兄弟。"
差役刚刚说完了这么几句话， 1445
只见对方的脸上微微笑一下。

那人说:"要我告诉你吗,兄弟?
我是魔鬼,我的住所在地狱里。
这回骑马出来,是想捞好处,
想看看人家能给我什么礼物, 1450
因为我全部收获得靠自己捞。
瞧你骑着马,有着同样目标,
不为手段而烦心,只想发财。
我也是这样,现在骑马在外,
为了找猎物,愿把世界跑个遍。" 1455

差役说道:"你讲什么?我的天!
先前,我还以为你是个农民,
因为你同我一样有人的外形。
地狱是你地盘,你自由自在,
你在那里有没有一定的形态?" 1460
对方说:"没有,我在那里无形,
但若是喜欢,化出个形态也行——
让你觉得,形态我们照样有;
有时化成人,有时化成猿猴,
有时还化成骑马出游的天使。 1465
能这样化来化去不是稀奇事,
差劲的魔术师都能把你蒙住,
而他远远还没有我这些招数。"

差役问道:"那你为什么出来时
常改头换面,而不是一个样子?" 1470

对方说:"我们要变成什么模样,

得看我们的猎物是什么情况。"

"要费这样大工夫,这又是何苦?"

"亲爱的差役先生,有很多缘故,"
魔鬼答道,"'物各有时'你可懂? 1475
白天很短暂,现在已过九点钟,
而今天我还一样东西没到手,
所以心思要放在这件事上头,
不想来同你讨论这样的问题。
再说,我的兄弟,你智力不济, 1480
详细给你讲,你也未必明白。
既然你问我这样费劲何苦来,
我就告诉你:我也为天主做事,
有时,完全按他的心思和意志,
以各种方式、各种面貌或外形, 1485
把他的命令落实于万千生灵。
事实上,他若采取反对立场,
那么我们肯定就没什么力量。
有时候我的请求蒙天主应允,
能够害人的肉体而不害灵魂; 1490
看看约伯,我给他多少折磨。①
不过有时我可以骚扰这二者,
就是说,同时折磨肉体和灵魂。
有时,我获得准许骚扰一个人,
要折磨他的灵魂而不是肉体—— 1495
当然这样做出于上天的善意。

---

① 约伯为《圣经》中人物,虽备受磨难,仍坚信上帝,见《旧约全书·约伯记》。

一个人如果能抵御我的引诱,
那么他那个灵魂就可以得救,
尽管他得救本不是我的目的,
我的目的是要他落进我手里。 1500
有时候我会成为某人的仆人,
例如那位主教大人圣邓斯腾,①
而且我还为使徒们东奔西跑。"

"请你老实告诉我,"差役又道,
"你通常用什么来做新的形体?" 1505
魔鬼回答道:"并不用什么东西;
反正有时我们就作假或冒充,
有时就附在人家尸体里行动,
花样很多,说话也在情在理,
可同撒母耳对巫婆说的相比。② 1510
也有人说那事同撒母耳无关——
你们神学里的事我可不爱管。
不是骗你,我有件事告诉你:
你肯定会知道我有什么形体;
好兄弟,以后你会去个地方, 1515
在那里就不必向我问短问长。
那时你自己就有很多的经验,
能坐在自己席位上侃侃而谈,
能比维吉尔和但丁谈得还好。③
现在让我们骑着马儿快些跑。 1520

---

① 邓斯腾(909?—988)一译邓斯坦,955—988 年为坎特伯雷大主教,后被封为圣人。据说曾用烧红的火钳夹住魔鬼鼻子,制服了魔鬼。
② 事见《旧约全书·撒母耳记上》第 28 章。
③ 维吉尔和但丁的作品中都有对地狱的描写。

因为我愿意永远同你在一起,
除非你以后有一天离我而去。"

差役说道:"这事绝不会发生,
这里远近皆知我是个自由民;
今天这件事上,我已发过誓。 1525
哪怕你就是那魔鬼萨瑟纳斯,①
我还是要对我兄弟信守诺言,
因为我们彼此向对方许了愿,
已经认定彼此是忠实的兄弟;
现在就赶快去干我们的正事。 1530
无论人家能给啥,你拿你一份,
我拿我一份,这样我们能生存。
如果谁得到的东西多于对方,
那就老实拿出来同兄弟分享。"

魔鬼说道:"完全同意这意见。" 1535
他说完这话,两人继续走向前。
不久,他们来到一个城镇旁,
这正是差役打算要去的地方。
他们看见有一辆大车在路边,
车上装着干草,装得满又满, 1540
车轮深深陷在泥潭里动不了。
车把式抽着鞭子,疯狂喊道:
"使劲!布罗克,司各特,别管石块!
愿魔鬼赶紧来把你们抓走!快!
连肉带骨头都抓走,一点不留! 1545

---

① 萨瑟纳斯即撒旦。

你们这几个,真让我吃足苦头!
魔鬼来抓走马匹、大车和干草!"

"这里可一展身手。"差役说道。
他若无其事挨到了魔鬼身旁,
悄没声儿在他的耳边轻轻讲: 1550
"听啊,兄弟,千万听听这话!
你可听见那个赶车人在怒骂?
他既给你三匹马和大车、干草,
那你立刻就拿走,为什么不要!"

魔鬼说道:"天晓得,没有这回事。 1555
你要相信我:这不是他的意思。
你要是不信,可以亲自问问他;
要不等一下,马上你就明白啦。"

赶车人在马屁股上猛抽一鞭,
那些马低下头一个劲儿往前。 1560
赶车人喊道:"用劲!愿耶稣基督
保佑天主所创造的大小生物!
这下拉得好,我的亲爱的花马!
好哇,大车总算给拉出泥潭啦!
我求天主和圣罗伊保佑你们!"① 1565

魔鬼道:"刚才我说的话准不准?
由此可以看出,我亲爱的兄弟,
这人说的和想的却是两码事。

---

① 圣罗伊,也即圣埃利吉乌斯,赶车人的主保圣人。

我们还是去干我们的正事吧，
在这里我没什么便宜可占啦。"　　　　　　　　1570

他们来到了镇外不远的地方，
差役对他的那位兄弟轻声讲：
"兄弟呀，这里有个寡妇住着，
这个老太婆，真可说十分吝啬，
宁可掉脑袋，一个便士不肯出；　　　　　　　1575
但任她发疯，十二便士要她付，①
否则，我就传她去我们裁判所，
尽管天知我也知：她没有罪过。
但你不熟悉这里，没法子挣钱
维持你开支，我来给你示个范。"　　　　　　1580

于是，差役就猛敲寡妇家的门，
叫道："出来，老而不死的女光棍！
我想，你这里住着个什么教士！"

寡妇应道："谁在敲门？什么事？
哦先生，但愿天主保佑你。你好。"　　　　　1585

"我这里有张传票，"差役说道，
"要你在明早去领班神父那里，
要在裁判所里回答几个问题；
如若不从，小心被革出教门！"

寡妇说："求万王之王基督开恩，　　　　　　1590

----
① 当时的十二便士相当于现代的二十五镑。

我孤苦无依,千万来救救我吧!
我一直生病,生了有好多天啦!
没法走这么远,骑马我也不行;
去了就得死,我身上痛得要命。
先生,你能不能给我一份文书? 1595
我就请别人代替我前去应诉——
也不管人家告我犯了哪一条。"

"行,马上付钱,我想想,"差役道,
"付十二便士,我就放你一条路。
其实,这里面我没有什么好处; 1600
得到好处的是我主子,不是我。
快付十二便士!我不能再耽搁;
快一点,让我能尽早上马赶路!"

寡妇说:"十二便士!我的圣母,
千万保佑我脱离烦恼和罪过! 1605
哪怕有这钱整个世界就归我,
我家也没法凑出十二个便士。
你完全知道我是穷苦老婆子,
就请开开恩,饶了我这寡妇吧。"

"饶了你,魔鬼就要把我抓走啦," 1610
差役道,"不行,你死也得付这钱!"

寡妇道:"但我没有罪,天主明鉴!"

"快付钱,要不我发誓,"差役喝道,
"一定把你家那口新锅子拿掉!

因为,从前你还欠我一笔账——　　　　　　1615
当时你让丈夫把绿帽子戴上,
我代你付了罚金,才没传唤你。"

寡妇叫道:"你胡说,对天起誓!
我这一生,无论守寡前守寡后,
从来没受到你们裁判所传唤,　　　　　　　1620
从没让我这身子沾上肮脏事。
我宁可把锅子连同你的身子
交给黑魆魆的粗野魔鬼带走!"

见她跪倒在地上这么样赌咒,
魔鬼就对她说了下面一句话:　　　　　　　1625
"梅布莉,我最亲爱的年老妈妈,
你说的这个意愿是不是当真?"

寡妇答道:"他若不感到悔恨,
愿魔鬼立刻带走他和我那锅!"

差役说道:"我不会后悔,老太婆,　　　　　1630
无论我拿走了你家什么东西,
都不会感到后悔或感到歉意;
我还巴不得要你内衣和外套!"

"请别生气,兄弟,"魔鬼说道,
"我已占有这口锅和你的身体。　　　　　　1635
今天晚上你就随我去地狱里;
在那里你会知道许多秘密事——
那时神学大师不比你有知识。"

311

说完,凶恶的魔鬼抓住差役;
于是那差役就灵魂连同肉体 1640
随魔鬼去了差役该去的地方。
我们的天主,你以自己形象
创造了人,请保佑并引导我们,
也请你开恩,让差役变成好人!

托钵修士说道:各位,要不是 1645
在我们眼前有这个差役碍事,
我还可根据基督、保罗、约翰
和其他圣经权威的所述所言,
讲讲让你们心惊胆战的酷刑——
说到可恨的地狱中这类情形, 1650
任谁来讲,都无法讲出一半,
哪怕我讲一千年也都讲不完。
为了使我们不去那可怕地方,
我们得时刻注意并祈求上苍,
以远离惯会引诱的萨瑟纳斯。 1655
请听我这话!记住这个例子。
狮子日日夜夜在那里埋伏着,
只要有机会就会咬死无辜者。
你要让你的心做好一切准备,
抵抗那个要把你奴役的魔鬼。 1660
他的诱惑超不过你的忍受力,
因为基督会来帮助你保护你。
倒是要请差役们个个来忏悔——
在魔鬼收拾他们前诚心悔罪。

托钵修士的故事到此结束

差役的引子

差役的故事引子

差役脚踏马镫，笔直站起身；　　　　　　　　　1665
他被那托钵修士气得快发疯，
感到心头像杨树叶子在颤抖。

他说："各位，我只有一个要求：
你们既听了托钵修士撒的谎，
我只求你们也同样宽宏大量，　　　　　　　　　1670
让我把我的故事讲给你们听！
他夸口，说是知道地狱的情形；
上天知道，这一点没什么奇怪，
托钵修士同恶鬼是很难分开。
我相信，下面这事你们常听到：　　　　　　　　1675
某托钵修士有一回灵魂出窍，
在幻梦之中被捉到地狱里面；
有一位天使带着他到处参观，
让他对那里的酷刑有所见识。
他到处都没有见到托钵修士，　　　　　　　　　1680
只见受苦的都是其他各种人，
于是向陪他参观的天使发问：

"'托钵修士可特别受上天眷爱，
所以没有一个被送到这里来？'

"'不，打进地狱的数以百万计！'　　　　　　　1685
说完后天使带他见萨瑟纳斯，

说是'萨瑟纳斯有条大尾巴,
这尾巴要比大帆船的帆还大。
萨瑟纳斯,翘起尾巴来,'他说道,
'把臀部给这位托钵修士瞧瞧, 1690
叫他知道他们的归宿在哪里!'
转眼之间,你还走不到半里地,
就像蜂拥着涌出蜂房的马蜂,
两万个托钵修士从魔鬼肛门
一下子就乱哄哄地夺门而出, 1695
随后在地狱的四面八方奔突;
接着他们又尽快地跑回原地,
一个个重又钻进魔鬼肛门里。
魔鬼把尾巴一夹,稳稳坐定。
这可悲地方的种种惨状酷刑 1700
连托钵修士看了也感到不忍,
幸好天主开恩,放回他灵魂。
灵魂回进肉体,他终于苏醒,
但是想到魔鬼那臀部的情景,
想到他归宿就在那肛门里面, 1705
他还是害怕,怕得心惊胆战。
主拯救你们,除了这托钵修士;
就这样,我这个引子到此为止。"

差役的故事

差役的故事由此开始

各位,约克郡有处地方,我记得,
有个沼泽区,地名叫作霍尔德。　　　　　　　1710
在那片地区,有一个托钵修士,
他干的就是讲道、乞讨两件事。
一天,这托钵修士在其教堂里
以他的那种方式,讲他的道理。
在他讲道中,压倒一切的内容,　　　　　　　1715
就是要最大限度地刺激听众,
激发对卅日追思弥撒的热浪,①
并号召奉献,建造更多教堂,
以举行宗教仪式来敬拜天主;
他还要大家别向浪费者捐助,　　　　　　　1720
别把钱捐给并不需要钱的人,
例如生活舒适的经院修士们——
感谢天主,他们的财富已够多。
"对于亡故的老少亲友,"他说,
"这种弥撒使其灵魂脱离痛苦,　　　　　　　1725
即使唱这些弥撒时非常匆促,
也不要认为教士在敷衍了事——
因为按规定每天只唱经一次。
快来超度已死亲友的灵魂吧:
给铁钩钩着吊起来非常可怕,　　　　　　　1730
被放在火上烧灼也同样难熬,

---

① 卅日追思弥撒是为超度炼狱中的灵魂(据说需三十日),当然这活动要收费。

所以为了基督,快来行行好!"
托钵修士讲完想讲的话以后,
便结束讲道,准备四处走走。

信徒捐好了钱,他不再停留, 1735
撩起下摆往腰带下一塞就走。
他随身带着提袋和包头手杖,①
探头探脑地去各个人家张望,
向人乞讨谷物、面粉或干酪。
他那伙伴的手杖尖镶有牛角, 1740
除此以外,还拿着一副象牙板、
一支铁笔(这笔打磨得很好看)——
任何人只要给他一些好东西,
他就当即把施主名字写上去,
似乎很快就要为人家做祈祷。 1745
"请给一斗小麦或黑麦,"他说道,
"请给一块干酪或上供用的饼;
随便给吧,让我们来挑怎么行;
或者施舍半便士,给你唱弥撒;
或者给一块腌肉,如果有的话; 1750
亲爱的太太,请给一块小毯子;
亲爱的姐妹,瞧我写下你名字;
如果有,再给一点腊肉或牛肉。"

有个壮实的汉子跟在两人后,
这仆人有个大口袋背在背上,② 1755

---

① 这种手杖以金属包头,可表明其身份。
② 这个仆人由他们投宿的客栈雇佣。

人家给的东西就往这袋里装。
只要他们一离开人家的房屋,
托钵修士就把那象牙板拿出,
把写在上面的名字全都擦掉,
所以他在骗人,同人家胡搅。　　　　　　　　1760

托钵修士大叫:"差役在瞎讲!"

旅店主人道:"凭圣母之名,别响!
你接着说下去,一点不要漏掉。"
差役说道:"这就好,我准做到。"——

就这样,他从一家走到另一家,　　　　　　　1765
最后来到他常去的一户人家;
因为这里招待他吃喝最殷勤。
这户人家的男主人正在生病,
躺在低低睡榻上。托钵修士道:
"神与你同在,朋友托马斯,你好!"　　　　　1770
他的话说得很温和也很客气。
"我的托马斯,但愿天主报答你:
我常坐在这凳子上受你招待,
在这里吃过多少回好饭好菜。"
他赶走本来趴在凳子上的猫,　　　　　　　　1775
放下提袋、包头手杖和便帽,
让自己在那凳子上坐得舒坦。
由于他准备在城里住上一晚,
已经让他那伙伴先去了城里,
跟着那仆人一起去客栈联系。　　　　　　　　1780

317

"我的亲爱的师父,"病人说道,
"打从三月初以来你过得可好?
已有两个多星期没见到你啦!"
他答道:"天主明鉴,这一阵忙啊!
特别是为了让你的灵魂得救,   1785
做了无数次最最郑重的祈求——
也为其他朋友,主保佑他们吧!
我今天去你们教堂主持弥撒,
根据我粗浅的想法讲了一讲,
同《圣经》上的字句不全一样;   1790
因为依我看,那文字比较艰深,
所以要经过解释,再告诉你们。
做解释,是件很了不起的事情,
因为学者说:文字能致人死命——
在那里,我要他们有慈悲心肠,   1795
要他们把钱花在该花的地方——
还见到你太太,现在她在哪里?"

"我想,大概她在那边园子里,
马上就会来屋里。"病人回答道。

主妇来了就说道:"衷心问你好!   1800
圣约翰在上,师父,我们欢迎你!"

托钵修士站起身,彬彬有礼,
紧紧抱住了女主人甜甜一吻,
两片嘴唇发出麻雀般的叫声。
"哦,太太,"接着他这样回答说,   1805
"作为你忠实仆人,我感到不错。

感谢赐你灵魂和生命的天主!
今天教堂里没有哪一位主妇
有你这么漂亮,愿天主拯救我!"

"愿天主补救一切缺点,"太太说,　　　　　　　　　1810
"但我们一直欢迎你,这我担保。"

"多谢太太,这一点我能体会到。
但是凭你的那种宽厚和温良,
我请你不要见怪并请你原谅,
我同托马斯还要简短地谈谈。　　　　　　　　　　1815
那班堂区的教士拖拉又懒散,
不肯细致了解忏悔者的良心。
在给人讲道方面我用力很勤,
并研读彼得、保罗讲的经文。
我出来是为拯救基督徒灵魂,　　　　　　　　　　1820
这是该给耶稣基督付的利息;
传播他福音是我的唯一目的。"

"亲爱的先生,责备他吧,"主妇讲,
"看在圣父、圣子和圣灵的份上。
他有了他能想望的一切东西,　　　　　　　　　　1825
却还像蚂蚁那样老是在生气。
晚上我替他盖好被子,焐他热,
把手臂或腿往他的身上一搁,
他仍哼得像猪圈里的老公猪,
而从他那里我却得不到好处——　　　　　　　　　1830
任我怎么样,都没法使他快活。"

"哦，托马斯，托马斯，我要对你说，①
这可要引来魔鬼，一定要改正；
爱发怒，这是天主禁止的事情。②
这方面的事，我倒还要说两句。"　　　　　　　　　　1835

主妇道："我说师父，趁我没离去，
你说你要吃什么，我去准备好。"

"那我直说，太太，"托钵修士道，
不要给我肥阉鸡，只要它的肝，
把你松软的面包给我切一片，　　　　　　　　　　　1840
再来一只火功到家的烤猪头——
但我不希望为我而宰杀牲口——
这样吃一顿家常便饭就够啦！
因为，我的胃口向来就不大。
我的精神食粮来自于《圣经》；　　　　　　　　　　1845
我肉体经常要参加诵经守灵，
这使我肠胃受到极大的损害。
我对你讲了这些知心话，太太，
请千万不要听了之后不高兴——
这话只讲给少数几个人听听。"　　　　　　　　　　1850

主妇道："我有一句话，讲了就走。
就是你上回离开了此地不久，
我孩子死了；至今不满两星期。"

"我得到启示，早就看到他已死，

---

① 这里的楷体字表示原作中为法文（或拉丁文）。下同。
② 当时认为，发怒是七项重罪之一，可参看后面"堂区长的故事"。

当时我在宿舍里,"托钵修士道, 1855
"那时他死了肯定半小时不到,
我凭幻觉看到他被送进天国;
但愿天主今后也这样引导我!
我们的管事和院医也都看到;
他们五十年来诚心诚意修道, 1860
正因为这样,感谢天主恩典,
现在可独来独往,不需陪伴。
我站起身,泪水在脸上流淌;
整个修道院里的人也都一样。
没有一点喧哗也没有谁打钟, 1865
只有我们唱《感恩赞》的歌声,
还有我在向基督轻轻地祈祷,
感谢他给我启示,让我先知道。
先生太太,请你们完全相信我,
我们的祈祷很有效,不会白做。 1870
同俗人相比,甚至同国王相比,
基督让我们见到较多的天机。
我们在节制和贫寒之中生活,
而俗人有钱又可以大吃大喝,
还可以享受那种肮脏的乐趣。 1875
但世俗的欲求不在我们眼里。
穷汉和财主过的日子不一样,
他们自然就得到不同的报偿。
谁祈祷,就得斋戒和身心洁净,
让肉体消瘦,同时让灵魂丰盈。 1880
我们的生活符合使徒的要求:
吃饱穿暖就足够,不用讲究。①

---

① 见《新约全书·提摩太前书》第 6 章第 8 节。

我们因斋戒并保持身心洁净,
所以我们的祈祷基督愿意听。

"你们看吧,摩西曾在西奈山　　　　　　　　　　　　1885
前后斋戒了四十个白天夜晚,
斋戒到他的肚子里空空如也,
这时全能的天主才把他训诫,
才把亲手写的戒律交给了他。
你们知道以色列先知以利亚,①　　　　　　　　　　1890
他也是在何烈山上斋戒多时,②
并且进行长时间默祷和沉思,
治疗人类的天主才同他交谈。

"亚伦是他们国家神庙的主管,③
还有其他所有的那许多祭司,　　　　　　　　　　　1895
当他们想要为百姓举行仪式、
进行祈祷而进入神庙的时候,
无论如何,他们都不肯喝酒,
反正醉人的东西他们都不要,
而宁可不吃不喝地彻夜祈祷——　　　　　　　　　1900
否则情愿死。这话你们注意听!
为百姓祈祷的人得保持清醒,
听好这话。说这些已经够啦!

"现在看看《圣经》里的基督吧!
我们要学他怎样斋戒和祈祷。　　　　　　　　　　1905

---

① 以利亚为公元前 9 世纪的以色列先知,事见《旧约全书·列王纪》。
② 何烈山即西奈山。
③ 亚伦为摩西之兄,相传为犹太教第一个大祭司。

所以我们这些人修道又乞讨，
因为我们注定要受穷要节制，
注定要节欲、谦卑和接受布施，
注定要为了正义而受到迫害，
要流泪，要仁慈还要洁身自爱。 1910
所以你们能看到，我们的祷告，
就是说，我们托钵修士的祷告，
比起你们的，容易被天主接受，
因为，你们的饭桌上尽是酒肉。
说真的，当初人被赶出伊甸园， 1915
就是因为贪吃，就因为嘴巴馋——
尽管人在伊甸园，纯洁又老实。

"现在你要仔细听着，托马斯，
我估计，这里没法引经据典，
但是我能在一些阐释里发现， 1920
耶稣基督在说下面这句话时，
他指的完全是我们托钵修士——
'谦卑的人有福了。'他这样说道。
通读全部福音书，你就会明了，
这句话究竟适用于托钵修士， 1925
还是适用于那些富有的人士。
我绝不稀罕他们的大吃大喝，
我鄙视他们那种排场和浅薄！

"我看，他们像约维尼安那样：①
蹒跚有如天鹅，像鲸鱼那么胖， 1930

---

① 约维尼安曾惹得圣哲罗姆写书攻击他，见"巴思妇人的引子"674—675 行。

简直像食品室里装满酒的瓶。
他们祈祷的时候看来很虔敬——
为自己灵魂阅读大卫诗篇时,
打着饱嗝说:'*我心里涌出美辞。*'①
除了谦卑、纯洁、贫穷的我们,　　　　　　　　　　1935
谁在走基督之路,遵从其福音?
我们不但听道,而且行神的道。
所以,就像鹰一冲而起上云霄,
慈悲、纯洁而劳苦的托钵修士
只要说出他心中神圣的祷词,　　　　　　　　　　1940
这祷词会直接飞进天主耳朵。
哦,托马斯,托马斯,我要走的,
但是,凭圣徒伊夫之名我要讲:
若不是我们兄弟,你不会兴旺!
我们全院的修士日夜在祈求,　　　　　　　　　　1945
求基督恢复你健康,把你保佑,
让你尽早能活动自如身体好。"

"天知道,我没这感觉!"病人说道,
"请基督来帮帮我吧! 这些年来,
为各种修士,我花了多少钱财,　　　　　　　　　1950
但我的情况并没有丝毫改善。
说真的,我几乎花光全部家产。
花去的钱哪,我们就此永别啦!"

"原来如此,托马斯!"托钵修士答,

---

① 语出《旧约全书·诗篇》第 45 章第 1 节。原文是拉丁文,直译为"我的心涌出
(美辞)"。

"你又何必找其他托钵修士—— 1955
一个人既然有了很好的医师,
何必再去城里找其他的医生?
你三心二意的反而出了毛病。
有我和我们修道院为你祈祷,
难道你认为这还不够你需要? 1960
托马斯,你开这种玩笑不行;
就是因为给我们太少才生病。
'称一斗燕麦送给那个修道院!'
'数二十四个银币给那修道院!'
'拿一个铜板给这个托钵修士, 1965
叫他走!'不,这可不行,托马斯!
一文钱分了十份,还能值多少?
一样东西分散了,作用就很小;
聚在一起用,力量就会相当大。
托马斯,我不会对你奉承拍马; 1970
你这是想要我们替你白干活。
创造了整个世界的天主说过,
对干活卖力的人,工钱值得付。
托马斯,我本人不要你的财物,
但是,我们修道院的全体修士 1975
总是在为你而祈祷,日夜不止,
再说,我们要建造基督的教堂。
托马斯,如果你想了解造教堂
有什么好处,那么我就建议你:
读印度那位圣托马斯的传记。① 1980
你躺在这里,满是愤怒和气恼,

---

① 据说圣徒托马斯曾在印度传教。

凭这个，魔鬼就使你心火中烧；
你无辜的妻子这么贤惠温顺，
你却因心中有火就把她教训。
所以托马斯，请你相信我的话： 1985
为你自己好，千万别同她吵骂。
我的这些真心话，你就记记牢；
在这种事上，听听贤人的教导：①
'别在家里像狮子称王称霸，
也不要把自己手下的人欺压， 1990
别让认识你的人见了你就逃。'
我说托马斯，还要向你关照：
对睡在你怀里的人可要注意；
要留神有没有蛇躲在草丛里，
以避免被这狡猾的东西咬到。 1995
孩子，耐心地把我话听好：
因为与情人或妻子斗角钩心，
成千上万的男人枉送了性命。
你妻子既然这样虔诚又温顺，
托马斯，你何必还要引起争论？ 2000
毒蛇的攻击当然凶恶又可怕，
特别是有人踩到了它的尾巴；
女人也是这样，一旦被激怒，
那时候就会一心一意想报复。
发怒是罪过，是七项重罪之一， 2005
因此，自然就受到天主的嫌弃；
发怒还能将发怒者自己毁灭。
就连无知的牧师同样会告诫，

---

① 这位贤人指的是西拉之子耶数。

发怒会导致杀人。这说得也是；
因为，发怒受自高自大的驱使。 2010
我能给你讲发怒引起的悲剧，
能讲到明天，可谓举不胜举。
所以我日日夜夜在祈求上帝，
只求爱发怒的人别掌握权力！
因为要是让这种人身居高位， 2015
肯定非常有害，也非常可悲。

"据塞内加说，从前有个君主，[①]
他统治国家期间，很容易发怒。
有一天，两名武士骑马出外，
但命运女神只让一个人回来， 2020
那另外一人却迟迟不见回家，
于是，回来的武士受到追查。
君主说：'你既然杀了那个同伴，
那么我现在一定要拿你问斩。'
于是他命令身边的一名武士： 2025
'我把他交给你，由你带去处死。'
事有凑巧，他们俩走在路上，
还没有走到准备行刑的地方，
碰上那位被认为死去的武士。
这时他们觉得，最好的办法是 2030
一起再回到那位君主的跟前。
他们说：'这武士没杀他的同伴；
那同伴现在好端端站在这里。'
不料君主叫道：'你们都得死，

[①] 以下三个故事都出自塞内加作品。

就是说，你们三人个个活不了！' 2035
接着，他就对第一个武士说道：
'我已定了你的罪，你就得死。'
他对另一个武士说：'你也得死，
因为你同伴的死得由你负责。'
随后他又把第三个武士指责： 2040
'你没做到我派你去做的事。'
就这样，三个武士都被处死。

"生性暴戾的冈比西斯是酒鬼，①
他的另一个爱好是无事生非。
据说他手下有这样一位贵族， 2045
偏偏就特别讲究道德和仁恕，
一天对冈比西斯私下里说道：
'大人物心思恶毒就无可救药；
任何人经常喝醉酒也很可耻，
如果身居高位，则尤其如此。 2050
观察大人物言行的人非常多，
说不定哪里都有眼睛和耳朵。
看在天神份上，少喝些酒吧。
饮酒使人们的脑力变得低下，
而且使人们的肢体不听使唤。' 2055

"国王说：'你会看到情况相反，
而且，凭你的亲眼所见能证明：
喝酒对于人，未必是件坏事情。

---

① 冈比西斯（？—前522）指波斯居鲁士大帝之子，公元前529年即位的冈比西斯二世。可参阅2079行。

328

任何酒不能使我手脚没力气,
任何酒不能使我丧失掉眼力!' 2060
为表示不屑,他反而大喝其酒,
比平时多喝一百倍还不罢休。
接着,这个暴虐无道的大坏蛋
命人把贵族的儿子带到跟前。
他吩咐孩子直立在他的前方, 2065
然后,他突然把弓箭拿在手上,
搭箭挽弓,把弓弦拉到耳朵边,
一箭把孩子射死在他的面前。
'我的手是稳还是不稳?'他问道,
'我的神志和力气可曾丧失掉? 2070
酒,有没有把我的好眼力剥夺?'

"那位贵族的回答,我何必再说。
儿子被杀,他还能说些什么话?
所以,同王公交往可得注意啦。
要对他们唱赞歌;我尽量如此, 2075
除非,我打交道的人穷困之至——
指出穷人的缺点没什么关系,
对王公不行,哪怕他进地狱。

"瞧那火暴的波斯国王居鲁士:
因为他的一匹马在河里淹死 2080
(那是在他进军巴比伦的时候),
他就下令堵塞基森河的上游,
结果这条河变得又浅又狭窄,
妇女蹚水就能走过去走过来。
我们听听良师所罗门的教导: 2085

329

'千万别同爱发火的人结交,①
也别同气得发疯的人一起走,
免得后悔。'这个话说到了头。

"亲爱的兄弟托马斯,不要生气,
要知道,我像木匠的直尺正直。　　　　　　　2090
别拿魔鬼那把刀顶着你心脏;
生气会使你受罪,使你遭殃。
还是忏悔吧,把事全部告诉我。"

"不,我凭圣西门起誓,"病人说,
"今天我已向堂区教士忏悔啦!　　　　　　　2095
一切情况我都已如实告诉他。
没有必要把这话再向你诉说,
除非出于谦逊,自愿这样做。"

"那么你就捐钱给我们造教堂。
人家大吃大喝,"托钵修士讲,　　　　　　　2100
"我们只能吃些蚌肉和淡菜,
为的是把我们的新屋造起来。
但是天知道,基础还没打好;
而我们所住房屋的地面材料,
甚至到现在还没铺一块地砖——　　　　　　2105
买石料的钱还欠四十镑没还!
为征服地狱的基督,帮帮忙吧!
托马斯,不然我们得卖经书啦。
而你们俗人若没有我们指导,

---

① 见《旧约全书·箴言》第22章第24节。

那么这整个世界就将毁灭掉。 2110
若有人希望世界上没有我们,
那么托马斯,请你容我说一声:
照耀世界的太阳就被他取消!
谁能像我们一样工作和说教,
而且,还不是干了很短时间? 2115
很早我就从文字记载中发现,
以利亚、以利沙都是托钵修士,①
以乞讨为生,感谢天主的仁慈。
为了神圣的慈悲,慷慨捐助吧,
托马斯!"说着,他已单膝跪下。 2120

病人火冒三丈,气得要发狂;
看到托钵修士假惺惺的模样,
真是恨不得把他扔进火中烧。
"只有是我自己的东西,"他说道,
"我才可以给,别的没什么给你。 2125
刚才你说,我已是你们的兄弟?"②

"一点不错,"托钵修士说,"相信我,
文书已给你太太,有我们印戳。"

病人说道:"好吧,趁我在世上,
有些东西要奉献给你们教堂。 2130
你马上就能把这东西拿到手,
只是有一个条件你必须遵守,

---

① 以利沙为公元前 9 世纪以色列先知以利亚的门徒,继以利亚之后为先知。见《旧约全书·列王纪》。天主教的加尔默罗会宣称该会由以利亚创立。
② 这里的"兄弟"指的是修道会的俗人成员。

亲爱的兄弟,就是东西要平分,
你们每一个托钵修士分一份。
这一点,你得凭你的宗教发誓, 2135
不得搞欺诈或蒙骗之类的事。"

"凭信仰起誓,"托钵修士边讲,
边把手握在那个病人的手上,
"我完全按你的要求做了承诺。"

"好,你用手沿我背脊往下摸," 2140
病人说道:"要摸得非常仔细;
你在我屁股底下会发现东西——
我私下把东西藏在那个地方。"

"这倒合我意!"托钵修士心想。
他摸到两爿屁股的分界之处, 2145
指望在那里能摸到一份礼物。
病人感觉到托钵修士那只手
摸来摸去,摸到他的肛门口,
于是就朝那手里放了一个屁——
哪怕是拉着沉重大车的马匹, 2150
放出的屁也绝对没有这么响。

修士跳起来,像发疯狮子一样,
大声叫道:"凭基督的骨头起誓,
坏蛋,你这是故意作弄本修士。
我一定要你为这屁付出代价!" 2155

病人的家仆听见他们俩吵架,

便冲进房间把托钵修士赶跑。
他一路走去,满脸都是气恼,
最后寻找到守着东西的同伙。
这时他气得就同野猪差不多, 2160
恨恨地咬牙切齿又怒气冲天。
他急急忙忙地来到一处庄园,
要见那位颇有名望的庄园主,
因为这是常向他忏悔的信徒。
这可敬的领主拥有整个村子, 2165
托钵修士气急败坏地找来时,
这位老爷正好在餐桌前吃饭。
托钵修士一时间竟有口难言,
最后总算说道:"神与你同在!"

"主赐福于你!"老爷抬起头来, 2170
"托钵修士约翰,有什么事吗?
一眼我就看出,你出了什么岔。
看你这模样,似乎林中盗贼多。

坐下告诉我,什么事让你难过?
要是办得到,我一定帮你弥补。" 2175

托钵修士道:"我今天受到污辱——
愿主报答你——就在你的村子里。
世上任何人,哪怕他最没出息,
受到我在你村子里受的污辱,
心里也一定充满憎恶和愤怒。 2180
但是那个头发已白的庄稼汉
居然亵渎我们的神圣修道院,

这点使我最生气,也最难过。"

"师父,求你——"主人刚一开口说。

托钵修士道:"不是师父,是奴仆, 2185
尽管我在学院里得过那称呼。
无论在街上或在你的大厅里,
天主不喜欢人家叫我们拉比。"①

主人说道:"行,讲你的伤心事吧。"

托钵修士说:"这件事太不像话, 2190
竟落到我们修道院和我头上!
对神圣教会各阶层都有影响!
愿天主快点补救这桩事情吧!"

主人道:"你该知道自己的做法。
作为听我忏悔的教士,别气恼, 2195
因为你们是世上的盐和调料!
为了对天主的爱,请平静下来,
吐出你心中全部愤懑和不快。"
于是托钵修士把事情讲一遍。

这家的女主人始终坐在一边, 2200
静静地听他讲完才开口说话:
"哦,我们天国里的圣母马利亚!

---

① 拉比在犹太教中负责执行教规、律法并主持宗教仪式,也用来称呼犹太教会领袖、犹太学者、口传律法集《塔木德经》编纂者或教师。这里是对教士的尊称。

有没有漏掉什么？还有别的么？"

修士问："太太，你是怎么想的？"

她说："我的想法？天主保佑我。　　　　　2205
这是恶棍干的恶作剧，我要说。
怎么讲呢？愿天主不让他发达！
他脑子有病，装满了胡乱想法。
我认为，这人多少有点在发疯。"

托钵修士道："太太，我能保证：　　　　　2210
如果找不到其它的报复办法，
那我一定要到处说他的坏话。
这刁钻促狭又亵渎神明的人
竟要我把不能分的东西剖分，
还要各人均分；但愿他晦气！"　　　　　　2215

主人像出了神一样坐在那里，
但心里却思来想去想个不停：
"那家伙怎么动出这个脑筋，
竟出这种难题给托钵修士做？
这样的事情我还从没听说过；　　　　　　　2220
想来是魔鬼放进他的脑子里。
过去，这样刁钻促狭的问题，
人们从来没在算术中发现过。
现在，谁有办法这样做一做——
要来分一个屁的气味和声音，　　　　　　　2225
还要证明各人分到的很平均？
真该诅咒这个促狭的机灵鬼！"

接着他说:"但愿这家伙倒霉!
各位,谁曾听到过这种事情?
要人人分得平均?说来听听。 2230
这个不可能,是件办不到的事!
这个促狭鬼,愿主不让他发迹!
放屁的声音就像所有的声音,
无非是空气因为震荡而发声,
还一点一点不断减弱和消失。 2235
我想,谁也拿不出一个法子,
用来判断一个屁是否被均分。
看哪,今天这刁钻古怪的人
竟这样捉弄听我忏悔的教士!
他是魔鬼附身啦,肯定如此! 2240
现在你吃些东西,任他胡闹,
让他这就去见鬼,就去上吊!"

老爷的跟班在桌旁侍候老爷,
帮他切肉;你们讲到的这些,
他字字句句都听得清清楚楚。 2245
他说:"老爷,请别听了不舒服;
只要肯赏一块做长袍的衣料,
我愿意教托钵修士一个门道,
准能在修道院里平分这个屁。
我能办到,修士,你别生气。" 2250

"我凭天主、圣约翰起誓,"老爷道,
"你说了,我就立刻给你这衣料!"

他说道:"老爷,只要天气晴好,

天空中没有风，空气不受打扰，
那时，把大车轮子拿到这厅里，　　　　　2255
只是轮辐不能缺，这点要注意。
通常，大车轮子有十二根轮辐，
就来一打托钵修士。你问缘故？
因为修道院总该有十三个人。
这位听忏悔的师父很有身份，　　　　　2260
能为他的修道院凑足这数目。
让他们把那个轮子团团围住，
跪在地上，托钵修士的鼻尖
都完全紧贴在各根轮辐顶端。
你这位忏悔教士（愿主保佑他），　　　　2265
让他鼻子朝上地待在轮毂下。
然后把那刁钻家伙带到这里——
他肚皮胀得像是大鼓蒙的皮——
叫他在那个轮子当中蹲下来，
就对着轮毂把屁放它个痛快。　　　　　2270
这个实验的结果将十分明显；
我以性命担保，那时你发现：
屁的声音和臭味将四下扩散，
均匀地传到每根轮辐的顶端。
而你这位可敬的忏悔师除外，　　　　　2275
因为他这人既有名望又有才，
理当第一个把这好果子摘取。
因为托钵修士中有条好规矩，
他们中间的有道者享受优待，
所以他享受这优待当然应该。　　　　　2280
今天他站在讲经台上讲道理，
让我们得到许许多多的教益。

所以作为我本人,非常赞成:
开头三个屁应当让他优先闻。
当然他同院的修士不会落下,　　　　　　　　　　2285
但最圣洁公正的人毕竟是他。"
除托钵修士,老爷、太太和大家
一致认为,詹金的那颗脑袋瓜
同欧几里得、托勒密没有两样。
至于那坏蛋托马斯,他们都讲,　　　　　　　　　2290
他聪明机灵,才会说出那种话,
既没有魔鬼附身,也不是傻瓜。
于是,詹金赢得了一件新长袍——
我故事讲完,市镇也已经快到。

差役的故事到此结束

片段四（第5组）

学士的引子

下面是牛津学士的故事引子

旅店主人讲："牛津的学士先生，
你一本正经骑在马上不吭声，
就像坐在结婚筵席上的新娘；
今天一句话都没有听到你讲。
我想你大概在研究诡辩术吧？ 5
但所罗门讲过'物各有时'的话。

"看在天主份上，高兴起来，
考虑或研究问题不要挑现在。
尽力给我们讲个快活的故事，
因为无论谁进了我们这圈子， 10
我们的游戏规则对他就有效。
但别像修士在大斋节的说教：
别让我们为往日的罪而流泪，
别让我们听你的故事就瞌睡。

"给我们讲个有趣的冒险故事， 15
用不到什么术语、润色和修辞，
这一类本事，等你要写大文章

再使出来,例如给国王写奏章。
现在我们就请你讲出故事来,
只要让我们大家一听就明白。" 20
可敬的学士温和地这样回答:
"老板,我眼下在你掌管之下。
对我们大家,你有支配的权力,
所以,只要你要求得合情合理,
我非常乐意地服从你的意旨。 25
我讲个从帕多瓦学到的故事,①
当初讲的人是位学者,很可敬——
对此,他的言论和著作可证明。
现在他已去世,钉在棺材里。
愿天主让他的灵魂得到安息! 30

"彼特拉克是这位学者的名字,②
他是桂冠诗人,他优美的修辞
把熠熠光辉洒上意大利诗歌。
他对于诗歌,就像莱尼亚诺③
对于哲学、法律和其它学问。 35
但死神不大肯长久容忍我们,
——眨眼工夫就把他们俩杀掉——
这种结局,我们不久将轮到。

"让我知道这故事的可敬作家

---

① 帕多瓦是意大利东北部城市。
② 彼特拉克(1304—1374)是意大利诗人、学者,1341年在罗马得桂冠称号。下面的故事可能出自他译成拉丁文的薄伽丘原作。乔叟或在帕多瓦见过彼特拉克。
③ 莱尼亚诺(1310?—1383)是波伦亚法律教授。下文提到他去世,看来故事写于他死后。

我刚才已经讲到，现在还说他。 40
我首先要说，就在故事正文前，
他以格调高雅的文辞和语言，
写了一大段十分精彩的序文，
大力描述了萨卢佐和皮埃蒙；①
他也说到高峻的亚平宁山脉， 45
这山脉是伦巴第的西部边界；
他还特别提到了维苏勒斯山，②
那里的波河只是细小的山涧——
波河在这发源地淌出来之后，
一边变宽，一边不断往东流， 50
流向艾米利亚、费拉拉、威尼斯；③
这么讲起来，也是个长篇叙事。
说句心里话：根据我的判断，
我认为那段文字与正题无关，
只是作者想提供故事的背景。 55
下面我就把故事讲给各位听。"

---

① 皮埃蒙为意大利北部地区名，位于伦巴第之西；萨卢佐是皮埃蒙城市和地区名。
② 维苏勒斯山又名维索山，是阿尔卑斯山在意大利的最高峰。
③ 艾米利亚为意大利东部地区名，在伦巴第之南；费拉拉为艾米利亚城市和地区名；威尼斯则位于波河的入海口。

学士的故事

牛津学士的故事由此开始

在那风光旖旎的意大利西部,
就在高寒的维苏勒斯山山脚,
有一片肥沃的平原盛产谷物;
那里能见到不少城镇和城堡,   60
这些都是古时候祖先所建造;
其它赏心悦目的胜景还很多,
这片美好的地方叫作萨卢佐。

这里曾经是一位侯爵的领地,
他像他高贵的祖先进行统治;   65
大小的家臣掌握在他的手里,
他们服从他,随时供他驱使。
所以,这位幸运女神的骄子
生活一直很幸福;他的臣民
无论贵贱,对他害怕又崇敬。   70

要论这位侯爵的家世和门第,
整个伦巴第数他的出身最高;
他年轻英俊,身体强壮有力,
既有强烈荣誉感,又讲礼貌,
在他侯国的治理上慎微谨小,   75
这位年轻的君侯名叫沃尔特。
只是有几点他应该受到指责。

我要指责他的是,他不考虑

HEERE BIGYNNETH THE TALE OF THE CLERK OF OXENFORD ✣ ✣ ✣ ✣ ✣ PRIMA PARS ✣ ✣ ✣ ✣ ✣

IS, AT THE WEST SYDE OF YTAILLE,
Doun at the roote of Vesulus the colde,
A lusty playne, habundant of vitaille,
That founded were in tyme of fadres olde,
Where many a tour & toun thou mayst biholde,
And many another delitable sighte,
And Saluces this noble contree highte.

A markys whilom lord was of that londe,
As were his worthy eldres hym bifore;
And obeisant and redy to his honde
Were alle his liges, bothe lasse and moore.
Thus in delit he lyveth, and hath doon yoore,
Biloved and drad, thurgh favour of fortune,
Bothe of his lordes and of his commune.

Therwith he was, to speke as of lynage,
The gentilleste yborn of Lumbardye;
A fair persone, and strong, and yong of age,
And ful of honour and of curteisye;
Discreet ynogh his contree for to gye,
Save in somme thynges that he was to blame,
And Walter was this yonge lordes name.

I BLAME him thus, that he considereth noght
In tyme comynge what hym myghte bityde;
But in his lust present was al his thoght,
As for to hauke and hunte on every syde;
Wel ny alle othere cures leet he slyde;
And eek he nolde, and that was worst of alle,
Wedde no wyf, for noght that may bifalle.

Oonly that point his peple bar so soore,

将来可能会遇上的任何事情,
只是一味地追求眼前的欢愉;　　　　　　　　　　80
因为他最爱去各处打猎放鹰,
其它的事情几乎都不想关心。
还有最最糟糕的一点,就是:
无论如何,不肯娶一房妻子。

这一点使他的臣下感到心焦,　　　　　　　　　　85
有一天他们聚在一起去找他。
其中有个人,也许能说会道,
也许是由于知识丰富有才华,
要不,就是他代表大家说话
容易被他的这位主公所接受,　　　　　　　　　　90
反正他朝着侯爵这样开了口:

"高贵的侯爵啊,你的宽厚仁慈,
既给了我们信心,也给了勇气,
让我们总是能够在必要之时
把苦恼无所保留地禀告给你。　　　　　　　　　　95
现在我们有一条衷心的提议,
希望你能够虚心地接受下来,
别把我卑微的话音拒于耳外。

"尽管我同这里其他人相比,
在这问题上的关系并不更大,　　　　　　　　　　100
但由于你对我一直特有恩义,
所以,最最受我崇敬的主公啊,
我就斗胆地代表大家说句话。
请你花点时间听我们的要求,

随后，主公你决定是否接受。 105

"我们事实上一直十分敬爱你，
十分看重你所做的一切工作，
我们想不出其它还有什么事
能让我们过上更幸福的生活；
但是你若愿意向我们这样说， 110
说希望自己成为结了婚的人，
那你的臣民就会无比的兴奋。

"请向那幸福桎梏低下头去，
这是幸福的王国而不是束缚——
这桎梏称作婚姻或夫妻关系。 115
请你好好想想，英明的君主：
任我们是睡是醒，居家或外出，
我们的日子以各种方式消失——
时光流逝，不为任何人停止。

"尽管你青春年华仍像花一样， 120
但岁月不断在流逝，悄无声息；
死神威胁着老和少，不会遗忘
哪个阶层，任何人都难以逃避；
对于死，我们每个人心里有底，
知道总会有一天我们要去世， 125
只是说不准这一天会在几时。

"我们从没违抗过你的意志，
所以请接受我们诚挚的建议，
让我们立刻为你选一位妻子，

她是国内最高贵家族的后裔——　　　　　　　130
这应当符合天主和你的心意,
至少在我们看来应当是这样。
主公啊,请你满足我们的愿望。

"为了天主缘故,请娶个妻子,
从而使我们不必再经常担心;　　　　　　　135
因为这件事情上若违背天意,
那么你一旦去世就没有子孙,
你的爵位就只能由外人继承。
那时,我们活着的多么伤悲!
所以,我们请求你早日婚配。"　　　　　　　140

他们的殷切面容和委婉求告,
使这位侯爵的心里充满同情。
"我的亲爱的臣下,"他这样说道,
"你们要我做我没想做的事情。
我对于自由自在一向很倾心,　　　　　　　145
而一旦结婚就难得再有自由,
而那种束缚将会使我很难受。

"但是我看到你们一片好意,
而且我一直信赖你们的见识,
所以我愿意接受你们的提议,　　　　　　　150
要尽快为自己迎娶一位妻子。
至于刚才说由你们操办这事,
来为我选择妻子,那就不必啦——
这方面,但愿别劳动你们大家。

"天主明鉴一切,人的子孙　　　　　　　155
通常不大像他们高贵的祖先;
美德并不来自人的家庭出身,
而是全部都来自天主的恩典。
我信赖天主对我恩典这一点,
愿把婚姻、地位和内心的安宁　　　　　160
交托给他,由他的意愿去决定。

"请让我本人选择我的夫人,
这样的任务该由我自己担负。
但我要求你们以生命做保证:
任凭我娶谁,你们无论在何处,　　　　165
都要尊敬她,视她为皇家公主,
在她一生中随时愿为她效忠——
这要包括你们的言辞和行动。

"不仅如此,我要你们发誓:
对我的选择不会抱怨或违抗。　　　　　170
既然我应你们的要求而娶妻
并放弃自由,那就完全应当:
我选中了谁,谁就做我新娘。
除非你们对这一点表示同意,
否则,这件事请就不必再提。"　　　　175

他们都诚心诚意发誓和许愿,
同意这一切,没人提出异议。
他们离开前更求他格外恩典,
请他讲定个尽可能早的日期,
到了那日子他就得举行婚礼。　　　　　180

这是因为这些人仍不免担心,
只怕侯爵并不是真愿意成亲。

他定了一个对他合适的日子,
说是他到了那天准定会结婚,
是应他们之请,才决定如此。　　　　　　　　　185
他们听到后显得谦恭又温顺,
一个个怀着敬意跪下来谢恩。
看到事情有这样完满的结局,
他们目的达到,便各自回去。

侯爵随即就吩咐手下的家臣,　　　　　　　　190
要他们开始准备盛大的宴会;
接着召集亲信的武士和从人,
把他要安排的任务做了分配。
这些人对他的指示从不违背,
于是每个人都干得十分尽力,　　　　　　　　195
一定要办好那次盛大的筵席。

第一部结束

第二部开始

侯爵在华美的府邸准备婚事,
而在离开他府邸不远的地方,
有一个风景秀丽宜人的村子,
那里有一些贫苦农民的住房;　　　　　　　　200
他们边种地,边把牲畜饲养——

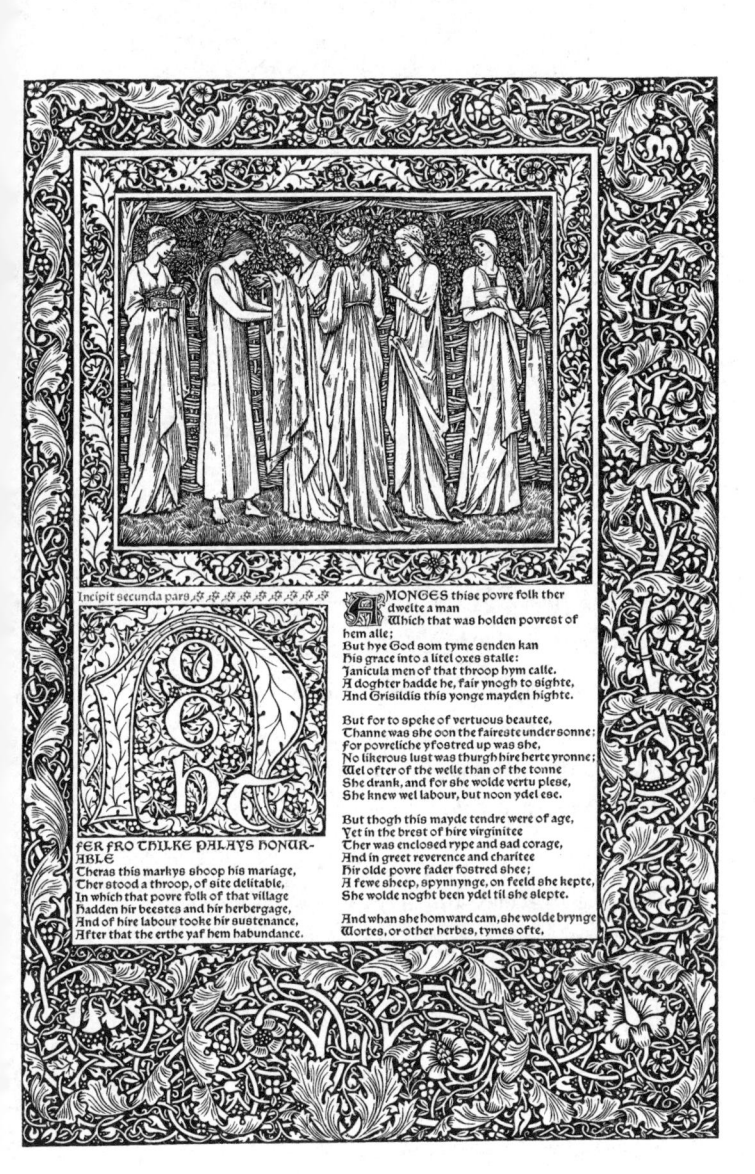

Incipit secunda pars

FER FRO THILKE PALAYS HONUR-
ABLE
Theras this markys shoop his mariage,
Ther stood a throop, of site delitable,
In which that povre folk of that village
Hadden hir beestes and hir herbergage,
And of hire labour tooke hir sustenance,
After that the erthe yaf hem habundance.

AMONGES thise povre folk ther
dwelte a man
Which that was holden povrest of
hem alle;
But hye God som tyme senden kan
His grace into a litel oxes stalle:
Janicula men of that throop hym calle.
A doghter hadde he, fair ynogh to sighte,
And Grisildis this yonge mayden highte.

But for to speke of vertuous beautee,
Thanne was she oon the faireste under sonne;
For povreliche yfostred up was she,
No likerous lust was thurgh hire herte yronne;
Wel ofter of the welle than of the tonne
She drank, and for she wolde vertu plese,
She knew wel labour, but noon ydel ese.

But thogh this mayde tendre were of age,
Yet in the brest of hire virginitee
Ther was enclosed rype and sad corage,
And in greet reverence and charitee
Hir olde povre fader fostred shee;
A fewe sheep, spynnynge, on feeld she kepte,
She wolde noght been ydel til she slepte.

And whan she homward cam, she wolde brynge
Wortes, or other herbes, tymes ofte,

他们的劳作换来地里的收获,
而收获丰盛让他们维持生活。

在这些卑微贫苦的村民中间,
住着一个被认为最穷的穷人——   205
有的时候,至高天主的恩典
同样会落进一个小小的牛棚,
比如这人的女儿就十分动人——
这个穷汉的名字叫詹尼库拉,
而他那女儿名叫格里泽尔达。   210

要说到一个姑娘德行上的美,
那么这姑娘可以说天下无双——
尽管成长的环境贫寒又低微;
她心中没有香艳色情的想望,
她喝酒不如喝泉水来得经常;   215
她注重美德,培养自己德行,
决不肯懒散而乐于终日辛勤。

格里泽尔达虽然还非常年轻,
但是在她的那颗处女的心里,
思想已十分成熟也相当坚定;   220
对她贫苦的老父满怀着情意,
细致的照料真可说尽心尽力;
她又在田野放羊又要纺羊毛,
总是要忙碌了一天才肯睡觉。

平日里,每当要从外面回来,   225
她常带回卷心菜和植物根茎,

细细地切碎之后烧来当饭菜；
她的床非但不松软，反而很硬；
对于她的老父亲，她极其孝敬，
完全是千依百顺又无微不至——　　　　　230
世上很少有这样孝顺的孩子！

爱打猎的侯爵有时骑马经过，
所以这位贫寒的格里泽尔达，
这位好姑娘，他多次碰巧见过；
而每一次碰到，侯爵都会看她，　　　　　235
但眼光毫不轻佻，很光明正大；
他只是冷静地观察这位姑娘，
而在内心里却是在细细思量。

她的容貌和举止都这么年轻，
侯爵的心感受到女性的温柔　　　　　　　240
和她超越其同龄人的好德行。
虽然说美德很难被眼睛看透，
但侯爵深信这姑娘品性优秀，
而且他已经暗暗地拿定主意：
到时候要把这位好姑娘迎娶。　　　　　245

举行婚礼的日子这时已快到，
但是谁也不知道新娘谁来做；
很多人感到奇怪也希望知道，
他们有时不免在私下这样说：
"干吗要搞这种空排场？为什么　　　　　250
主公要来这一手？他不想结婚？
他为什么这样骗自己，骗我们？"

351

另一方面，侯爵用黄金和宝石
为他的格里泽尔达，他的新娘，
定做各式各样的胸针和戒指；　　　　　　255
他还找来了身材相仿的姑娘，
命人按她的尺寸定做了衣裳，
同时还做好所有的饰物饰品，
总之为这次婚礼准备很充分。

这天的上午已经快过去一半，　　　　　　260
就是说快到举行婚礼的良辰；
整个的府第装点得美轮美奂，
所有的厅堂布置得恰如其分；
外屋里满是各地的海味山珍——
整个意大利的名酒美味佳肴　　　　　　　265
这里应有尽有，样样采购到。

这位侯国之君穿戴得很华丽，
身边有许多贵人和贵妇陪同
（他们都受到邀请参加婚礼），
身后还带着好一些少年侍从；　　　　　　270
在各种悠悠扬扬的乐曲声中，
这大队人马抄着最短的路径，
朝着我前面提到的村子前进。

老天知道，人马这样一大队，
那姑娘哪里能想到是来找她！　　　　　　275
所以她只管照旧去泉边打水，
打好水之后尽快地赶着回家；

352

因为她早就听到过这样的话,
说是侯爵结婚就定在这一天,
而她也很想看看壮观的场面。 280

她心想:"我要请我那些女伴
都来到我家,站在大门里头,
把侯爵的那位新娘仔细看看。
所以我就得抓紧时间往回走,
得把家里的那些事情做完后, 285
才会有看看侯爵夫人的工夫——
如果他们回城堡仍走这条路。"

她一路走回家来,正要进门,
侯爵已来到跟前并叫住了她;
她家那间屋子的边上是牛棚, 290
于是她就把水罐在那里放下,
随后,就端端正正双膝跪下,
脸上的神情显得沉静而端庄——
不知领主会有什么话对她讲。

侯爵对事情考虑得相当周密, 295
他很冷静地对姑娘这样说道:
"格里泽尔达,你的父亲在哪里?"
姑娘的神情谦恭有礼,回答道:
"回禀爵爷,他在屋里我去叫。"
说完后她毫不耽搁走进里面, 300
转眼领父亲来到了侯爵跟前。

侯爵忙上前握住了老汉的手,

把他拉到了一旁这样对他讲:
"詹尼库拉,我不愿也不再能够
隐瞒我这心中的爱慕和热望; 305
你若答应,我不管任何情况,
都将在离开之前娶你的闺女——
我要她一生一世做我的伴侣。

"你很爱我,这一点我很了解,
而且,你生来就是我忠实臣民; 310
我敢说一句,什么事让我喜悦,
就让你喜悦;也正是这个原因,
请你,对我刚才的话给个回音,
明确告诉我是否接受我提议,
让我知道能不能做你的女婿。" 315

这事突如其来,让老汉很吃惊,
他感到局促不安,脸涨得通红;
人站在那里,身子却颤抖不停,
只说出这样一句话:"我的主公,
你的意志是我的意愿,我服从 320
你的一切决定,在这件事情上,
敬爱的主公,你要怎样就怎样。"

侯爵温和地答道:"那么我希望,
在你的这间屋里,你和我和她
一起讨论这件事。为什么这样? 325
因为我希望,能当面问她一下:
愿不愿做我的妻子,听我的话。
这件事,我想当着你的面来做,

你若不在场,那我就只能不说。"

他们三个在屋里商谈的时候 330
(谈的内容你们马上会知道),
村民们都过来聚在农舍外头,
对这位孝女的贤德啧啧称道,
赞扬她对父亲的关心和照料;
但是格里泽尔达更吃惊莫名, 335
因为她从没遇见过如此情景。

看到这样的贵客到她家里来,
难怪格里泽尔达会感到惊讶;
因为这样的贵客她几曾接待,
所以脸色苍白地愣愣望着他。 340
我们讲故事要紧,少说闲话;
反正,对这谦恭忠实的姑娘,
我们的那位侯爵开口这样讲:

"格里泽尔达,我必须让你知道,
我本人,当然很希望娶你为妻, 345
令尊对此也高兴;我甚至感到,
对于这件事,你大概也会同意。
但是,我首先想到了一个问题:
因为这事很仓促,我想问一句,
你是同意呢?还是觉得要考虑? 350

"我要问你,是不是你真的愿意
以我的任何意愿为你的意愿;
不管我想法使你难受或欢喜,

355

你无论白天黑夜都不会抱怨,
也不会坚持同我相反的意见——　　　　　　355
对我的决定不会皱眉不承认?
你发了誓,我这就宣誓成婚。"

格里泽尔达听了这话很吃惊,
颤抖着说道:"我的主公大人,
我自问很不配你对我的垂青,　　　　　　360
但是你要做的事,我必赞成,
而且我愿意在这里发誓保证:
我虽不想死,但不会因为怕死,
就去想、去做违背你意愿的事。"

侯爵大声道:"有你这话够啦!"　　　　　365
说着,他面色庄重地走到门首,
他的后面紧随着格里泽尔达。
他向等在那里的人们开了口:
"站在这里的是我妻子,我要求
所有敬爱我的人同样敬爱她。　　　　　　370
就这一句,没有任何别的话。"

姑娘穿过的和正穿着的衣物,
一概都不必带进侯爵的府第;
侯爵命几位贵妇帮她脱衣服,
贵妇们对此虽然不是太乐意,　　　　　　375
还是帮着脱下她身上的旧衣——
在她们帮助下,她的全身上下
都穿戴一新,更显得容光焕发。

她们为她把蓬乱的头发梳好,
然后,在她收拾一新的头上, 380
她们的巧手给她把宝冠戴好,
只见她身上的珠宝闪闪发亮。
关于她服饰,还有什么可讲?
华美的衣着更使她增添风采,
美丽得几乎已让人认不出来。 385

侯爵把结婚戒指给新娘戴上
(带来戒指就是为了这目的),
把她抱到脚步平稳的白马上,
然后不再耽搁就立刻回府第。
很多人加入这个迎亲队伍里, 390
大家喜洋洋拥着新娘回府后,
开始宴饮作乐,到日落方休。

为了把故事讲得尽可能简短,
我只想说,我们仁慈的天主
对这位新侯爵夫人格外恩典; 395
因为,无论如何人们看不出
她出生和成长的地方很粗俗,
只是生活在茅舍和牛棚之间——
以为她准是出身于帝王宫殿。

她很快就成为大家敬爱的人; 400
她原先住的那个村子的村民,
那些看她一年年长大的人们,
尽管敢发誓,却还难以相信
我说的詹尼库拉是她的父亲;

在他们眼中这女儿变了模样,　　　　　　　　　　405
不再是原先他们熟识的姑娘。

因为尽管她一向就有好德行,
现在又增添高尚慷慨的品格,
在举止风度上显得更有才情;
既谨慎机智,口才也极出色,　　　　　　　　　　410
还有值得尊敬的仁慈与谦和——
正因为她言行举止暖人心怀,
所以,难怪人人见了人人爱。

如今她美好的名声四处传扬,
无论是在萨卢佐这个城市中,　　　　　　　　　　415
或在萨卢佐以外的其它地方,
一个人称颂就引来别人称颂,
所以她好名声传遍南北西东,
结果无论是男女,无论是老少,
人们都来萨卢佐,要把她瞧瞧。　　　　　　　　　420

沃尔特的婚姻幸运而又出名,
因为娶了极高贵的贫贱妻子;
看来他蒙受神恩,家中安宁,
享受上天赐予的安逸和舒适;
人们都认为沃尔特非常睿智,　　　　　　　　　　425
能看到隐藏在贫贱下的美德,
大家认为,这一点非常难得。

格里泽尔达是位贤惠的妻子,
不但井井有条地安排好家务,

而且,若有必要请她出场时,　　　　　　　430
对社会公益她也会有所帮助——
侯爵那片领地上,她能平复
任何忧伤、不和、怨仇和敌意,
使大家通情达理又平心静气。

格里泽尔达的丈夫有时外出,　　　　　　435
这时贵人或平民若发生争执,
她从中调解,使彼此做些让步;
她的话讲得恰到好处又明智,
做出的处理完全公正又无私。
大家认为,她是上天派来的人——　　　　440
派来救百姓,把不平的事纠正。

结婚以后没有过很多的时日,
格里泽尔达就生下一位千金;
尽管她心里倒是想生个儿子,
侯爵和百姓同样为此很高兴;　　　　　　445
因为虽说这头胎生的是千金,
还是证明了她有生育的能力,
今后生儿子应该也比较容易。

第二部结束

第三部开始

新生的孩子吃奶吃了还不久,
就像从前曾多次发生的那样,　　　　　　450

Incipit tercia pars.

FUL, AS IT BIFALLETH TYMES MO,
Whan that this child had souked but a
throwe,
This markys in his herte longeth so
To tempte his wyf, hir sadness for to knowe,
That he ne myghte out of his herte throwe
This merveillous desir, his wyf t'assaye,
Nedelees, God woot, he thoghte hire for
t'affraye.

He hadde assayed hire ynogh bifore,
And foond hire evere good; what neded it
Hire for to tempte, and alwey more and more?
Though som men preise it for a subtil wit,
But as for me, I seye that yvele it sit
T'assaye a wyf whan that it is no nede,
And putten hire in angwyssh and in drede.

For which this markys wroghte in this manere;
He cam allone anyght, ther as she lay,
With stierne face and with ful trouble cheere,
And seyde thus, ❦ Grisilde, quod he, that day
That I yow took out of youre povre array,
And putte yow in estaat of heigh noblesse,
Ye have nat that forgeten, as I gesse.

I seye, Grisilde, this present dignitee,
In which that I have put yow, as I trowe,
Maketh yow nat foryetful for to be
That I yow took in povre estaat ful lowe,
For any wele ye moot yourselven knowe.
Taak heede of every word that I yow seye,
Ther is no wight that hereth it but we tweye.

Ye woot yourself wel, how that ye cam heere
Into this hous, it is nat longe ago,
And though to me that ye be lief and deere,
Unto my gentils ye be nothyng so;
They seyn, to hem it is greet shame and wo

360

侯爵的心里产生了一个念头,
很想看看妻子的耐心怎么样;
这种想试探妻子的奇思异想
盘踞在侯爵的心中无法抛掉;
其实天知道,这种惊扰没必要。　　　　　　　　　455

侯爵已经许多次试探过妻子,
每次都发现她的表现非常好——
他这样试了又试有什么意思?
尽管有人称赞说试探非常妙,
但我认为这样做根本没必要,　　　　　　　　　460
只是徒然使妻子忧伤和恐惧,
所以侯爵的做法完全不可取。

但侯爵还是采取了这种做法:
他一天晚上显得严肃而烦恼,
独自进卧室来找格里泽尔达。　　　　　　　　　465
"我的夫人,"侯爵对妻子说道,
"当初那一天我想你未必忘掉——
我从那天起,让你脱离贫穷,
一直把你安置在荣华富贵中。

"我说格里泽尔达,我愿相信,　　　　　　　　　470
我让你如今享有的这种尊荣
不会让你忘掉你从前的处境;
尽管你现在生活在荣华之中,
当初却是我把你救出了贫穷。
现在请你听好我说的每句话——　　　　　　　　475
能够听到这话的只有我们俩。

361

"你来这里的时间并不很久,
你很清楚你怎么才进这府第;
尽管你是我妻子总在我心头,
但是贵人们并不这样看待你; 480
他们既感到耻辱又觉得丧气,
因为你本出生在一个小村庄,
臣下侍奉你就感到脸上无光。

"特别是在你生了女儿之后,
他们讲得更厉害(这确确实实); 485
但我像从前一样,总是要求
自己同周围的人能相安无事;
在此情况下我不能若无其事,
不能对大家的意见置之不理,
只能对你的女儿做妥善处理。 490

"上天知道,这样做非我所愿;
而且,也只有让你知道这件事
我才会行动;但是这种事要办,
我首先需要的就是你的同意。
你结婚那天在村里向我发誓, 495
说是你在生活中非常有耐心,
而现在对此正可以做出证明。"

格里泽尔达听了这番话以后,
言辞、态度和神情始终如一,
看起来她既不难过也不担忧, 500
只是说:"你要怎样随你心意,

夫君,孩子和我本都属于你,
你手中握有我们的生杀之权,
按你心思做,我们心甘情愿。

"愿天主救我灵魂,天下的事 505
凡是你喜欢的,我就必定欢喜;
除你之外,我没有什么怕丢失,
甚至,什么都不要也都可以;
这就是我现在和将来的心意,
时间和死亡都不能改变这点, 510
这种感情,我永远不会改变。"

侯爵听了这回答,满心得意,
却装得好像心里感到不舒服;
到后来他快要离开这间卧室,
举止和神色更显得有点恼怒。 515
他出了卧室,只是一刻工夫,
便向一个人悄悄地吐露心意,
随后打发他去侯爵夫人那里。

这人是侯爵手下的亲信警卫。
因为他发现这人办事很可靠, 520
事实证明,像他这样的警卫,
要他办起坏事来也同样周到。
他对侯爵又爱又怕,一听到
侯爵吩咐,得知了他的意愿,
便悄悄走进侯爵夫人的房间。 525

"夫人,请你原谅,"警卫说道,

"我奉命来办一件事,身不由己。
你向来大智大慧,想必也明了
我们不能违背老爷们的旨意;
作为下人,即便埋怨又哭泣,　　　　　　　　　530
只能完全按照上面的吩咐做。
我也这样,别的没什么可说。

"我接到命令,要把孩子取走!"
他不再说话却露出一副凶相,
无辜的孩子被他一把抓在手,　　　　　　　　535
那架势就像当场要杀掉一样。
格里泽尔达温顺得像只羔羊,
忍受着一切,静静坐在一边,
眼看这凶狠的警卫自行其便。

这人的名声本就让人不放心,　　　　　　　　540
看他的神色、听他的话也不妙,
发生这事的时间也让人担心;
唉,这女儿可是她心头的珍宝,
她真是担心女儿被立刻杀掉。
但她只想要顺着侯爵的心意,　　　　　　　　545
所以没有哭泣,也没有叹息。

后来她总算已能够开口说话,
就向那警卫怯生生提出心愿,
说他很有教养,应当很豁达,
会让她在永别前吻吻女儿脸。　　　　　　　　550
接着她就把婴儿搂抱在胸前,
满面愁容,却有着无尽爱抚,

364

一遍遍吻着,最后为她祝福。

她以慈爱的声音对着婴儿说:
"别啦,孩子,我再也见不到你; 555
但是既然我为你把十字画过,
但愿主耶稣基督将会祝福你——
他为了我们在十字架上死去。
宝贝,我把你灵魂交给了他;
你为我的缘故,今晚得死啦。" 560

我相信即使奶娘遭遇这情形,
面对这悲惨的场面也会难过,
更不用说这位母亲多么伤心。
但是格里泽尔达却十分沉着,
忍受着这个打击却不露声色, 565
只是对那警卫温顺地这样讲:
"现在我把女孩交到你手上。

"现在你去执行接到的命令吧,
但是有一点我要你手下留情——
我夫君若禁止这样,那就作罢—— 570
为让她以后不会遭鸟兽蹂躏,
请你选择埋葬地要多加留心。"
对此,警卫没有回答一个字,
只是立刻就抱走了她的孩子。

警卫来到了他主子侯爵跟前, 575
把夫人刚才的话和说话表情
简明扼要地从头讲述了一遍,

接着献上了侯爵的宝贝千金。
这时侯爵的神色中流露怜悯,
但是并没有更改原先的安排——　　　　　　　580
大人物常常就这样恣意胡来。

侯爵吩咐,事情要做得隐秘,
再三叮嘱那警卫越小心越好,
先是把婴儿包裹得非常仔细,
放进垫得好好的箱子和布包;　　　　　　　585
而且要警卫以自己脑袋担保:
绝不让人家知道他怀的目的,
绝不透露从哪里来、要去哪里。

警卫奉命把孩子送到波伦亚,
要交到帕纳哥伯爵夫人手里,①　　　　　　590
同时把情况禀告孩子这姑妈,
让她为其亲哥哥尽最大努力,
使孩子得到最最体面的养育;
并要保密:无论有什么情况,
也不要说出这是谁家的姑娘。　　　　　　　595

警卫随即出发,去完成这事。
但我要回来把侯爵交代一下,
因为他很快就进房来看妻子,
想要瞧瞧,凭她的举止谈话,
是不是能看出她有什么变化;　　　　　　　600
但结果侯爵没发现任何情况——

---

① 波伦亚一译波洛尼亚,为意大利北部城市。帕纳哥是波伦亚附近地名。

妻子沉静温柔，同往常一样。

无论侍候丈夫或爱丈夫方面，
她事事处处完全同往常一样，
照旧那样乐意、勤快和卑谦， 605
女儿的事，她一个字都没讲；
脸上看不出痛失女儿的忧伤；
而且无论正式谈话或说笑时，
她也从来不提起女儿的名字。

第三部结束

第四部开始

就这样，他俩过了四年时间， 610
这时她又给沃尔特生了孩子。
这是个男孩，凭着天主恩典，
长得健康漂亮，很讨人欢喜。
当人们告诉沃尔特这个消息，
不单是他，连他的全体臣民 615
全都唱起圣歌，来颂扬神明。

孩子到了两岁的时候已断奶，
可以不要奶娘；于是有一天，
侯爵把他那套老花样想起来，
又要对妻子做进一步的考验。 620
唉，没必要对她做这种试探！
但结了婚的男人不会有节制，

And whos child that it was he bad hir hyde
From every wight, for oght that may bityde.

☙ The sergeant gooth, and hath fulfild this
thyng;
But to this markys now retourne we;
For now gooth he ful faste ymaginyng
If by his wyves cheere he myghte se,
Or by hire word aperceyve that she
Were chaunged; but he nevere hire koude fynde
But evere in oon ylike sad and kynde.

As glad, as humble, as bisy in servyse,
And eek in love, as she was wont to be,
Was she to hym in every maner wyse;
Ne of hir doghter noght a word spak she.
Noon accident for noon adversitee
Was seyn in hire, ne nevere hir doghter name
Ne nempned she, in ernest nor in game.
Explicit tercia pars. Sequitur pars quarta.

IN THIS ESTHAT ther passed been foure yeer
Er she with childe was; but, as God wolde,
A knave child she bar by this Walter,
Ful gracious and fair for to biholde.
And whan that folk it to his fader tolde,
Nat oonly he, but al his contree, merye
Was for this child, and God they thanke and
herye.

Whan it was two yeer old, and fro the brest
Departed of his norice, on a day
This markys caughte yet another lest
To tempte his wyf yet ofter, if he may.
O nedelees was she tempted in assay!
But wedded men ne knowe no mesure,
Whan that they fynde a pacient creature.

☙ Wyf, quod this markys, ye han herd er this,
My peple sikly berth oure mariage,

如果他们有一位忍让的妻子。

侯爵说道:"夫人,你已听讲
臣下对我们的婚姻并不满意; 625
特别是从你生下了这个儿郎,
如今这不满意更是变本加厉。
他们的抱怨使我伤心又丧气,
因为传到我耳中的话很尖锐,
让我听了之后只感到心要碎。 630

"现在他们在说:'沃尔特一死,
詹尼库拉的外孙势必来继位,
因为我们的主公没别的后嗣。'
当然百姓说这种话我很忌讳,
所以对这类牢骚得有所准备。 635
说真的,我很害怕这种说法,
尽管没有谁当面对我说这话。

"我想尽可能过些安静日子,
所以现在已完全拿定了主意,
准备在夜里悄悄处置这孩子—— 640
就像对他的姐姐那样地处理。
正因为这样,我得事先提醒你:
别过于难受而突然表现失常;
请你要有耐心,忍受这悲伤。"

格里泽尔达答道:"我已说过, 645
但是还要说,除了满足你愿望,
我什么也不要,而且不会难过——

369

如果是你的命令（我想是这样）
导致了我的女儿和儿子死亡。
生他们两个，我没有付出很多,　　　　　　　650
只是先恶心，后来疼痛和难过。

"你是我们主人，不用问我,
按你的心意去处理你的东西。
想当初我来到你的身边过活,
全身上下都换上你给的新衣,　　　　　　　655
而把原先的旧衣留在了家里——
留下的还有我的自由和意愿。
按你心意做吧，我绝无意见。

"因为，如果在你告诉我之前,
我就能够知道你希望办的事,　　　　　　　660
那我一定会毫不懈怠地去办；
现在你想做的事已为我所知,
我自当坚定地服从你的意志——
如果我的死能符合你的意愿,
那么为让你高兴，我死而无怨。　　　　　　665

"因为死亡所带来的损失再大,
也绝不能同失去你的爱相比。"
看到他妻子能这样忠实于他,
侯爵垂下目光。他感到惊奇,
妻子竟然有这样的承受能力！　　　　　　　670
但是离开时显得非常不高兴,
尽管他心里充满了喜悦之情。

这时,那可恶的警卫故技重演,
像早先取走夫人的女儿一样
(如果可能,这回表现更凶险),　　　　　　675
取走了那么可爱的一个儿郎。
但格里泽尔达没有显露悲伤,
只是一如既往地忍受着痛苦,
她吻吻孩子后就为孩子祝福。

她只是央求警卫,要尽可能　　　　　　　　680
深深挖个坑再把她儿子埋下,
因为这孩子如此好看又娇嫩,
千万不能让飞禽走兽去糟蹋。
警卫连一声回答也没有给她
就径直走掉,看来毫不在意——　　　　　　685
但孩子被小心送到姑妈那里。

侯爵对她的忍耐心极为惊奇,
而且他这种惊奇越来越强烈:
要不是早在已往岁月里熟知
妻子对孩子们的挚爱和关切,　　　　　　　690
就会对妻子的忍耐产生误解——
认为她忍受这事而面不改色
出于狡猾、狠毒或居心叵测。

但是他清楚知道,除了爱他,
妻子最爱的便是女儿和儿子。　　　　　　　695
我所以有问题想请妇女回答:
这样的考验该不该到此为止?
为了证明妻子的德行和忠实,

一个执拗的丈夫若始终顽固,
还能想得出什么残酷的招数? 700

但是世上有些人恰恰就这样,
他们一朝想到了某一种主意,
这主意就永远缠在他们心上;
他们就像同木桩捆绑在一起,
再不能同他原先的打算分离。 705
侯爵的情形偏偏也正是如此,
仍像当初那样想考验他妻子。

侯爵对她的表情、言辞很注意,
想看出她在态度上有无变化;
但她的内心与外表始终如一, 710
侯爵实在看不出有丝毫变化;
而随着岁月流逝和年龄增大,
如果要说有变化,那么就是
对丈夫爱得更专注也更真挚。

结果,他俩似乎只有一颗心, 715
因为她无论丈夫有什么意愿,
总把实现这意愿看得最要紧;
谢天谢地,结果倒也很美满。
她的表现是:面对世上纷乱,
她作为妻子不肯有自己欲望, 720
除非这欲望就是丈夫的主张。

这时,沃尔特已经臭名远扬,
说他心思恶毒、手段又厉害,

娶的是一个出身贫贱的姑娘,
暗地里又杀害自家两个小孩。 725
这个谣言很快在人们中传开;
这并不奇怪,因为大家听到
一些流言,说孩子都已被杀掉。

尽管臣民们从前非常敬爱他,
可现在他有这样糟糕的恶名, 730
敬爱他的人全都变得讨厌他;
毕竟杀人凶手这称呼太难听。
但是他依旧认真地一意孤行,
不肯把他那狠心的计划收敛,
仍一心要把他那位妻子考验。 735

现在女儿已出生十二个春秋;
侯爵派遣了信使去罗马教廷,
巧妙通报了自己真实的念头,
要他们快把教皇的诏书拟定,
以便他狠心的计划得以实行—— 740
说侯爵若希望平息臣民不满,
那罗马教廷就命其另结良缘。

我说,他请他们以教皇名义
发出诏书,其中要清楚写明
他已经获准同他的发妻离异 745
(因为这样做需要教皇特许令),
以平息他这位君侯和他臣民
之间的矛盾;这份假诏书内容
他们又尽可能传播,公之于众。

Enformed of his wyl, sente his message,
Comaundynge hem swiche bulles to devyse
As to his cruel purpos may suffyse,
How that the pope, as for his peples reste,
Bad hym to wedde another, if hym leste.

I seye, he bad they sholde countrefete
The popes bulles, makynge mencioun
That he hath leve his firste wyf to lete,
As by the popes dispensacioun,
To stynte rancour and dissencioun
Bitwixe his peple and hym; thus seyde the bulle,
The which they han publiced atte fulle.

The rude peple, as it no wonder is,
Wenden ful wel that it hadde be right so;
But whan thise tidynges cam to Grisildis,
I deeme that hire herte was ful wo.
But she, ylike sad for everemo,
Disposed was, this humble creature,
Thadversitee of fortune al tendure,

Abidynge evere his lust and his plesance
To whom that she was yeven, herte and al,
As to hire verray worldly suffisance;
But shortly if this storie I tellen shal,
This markys writen hath in special
A lettre in which he sheweth his entente,
And secretly he to Bologne it sente.

To the erl of Panyk, which that hadde tho
Wedded his suster, preyde he specially
To bryngen hoom agayn his children two
In honurable estaat al openly.
But o thyng he hym preyde outrely,
That he to no wight, though men wolde enquere,
Sholde nat telle, whos children that they were,

But seye, the mayden sholde ywedded be
Unto the markys of Saluce anon.
And as this erl was preyed, so dide he;
For at day set he on his wey is goon
Toward Saluce, and lordes many oon
In riche array, this mayden for to gyde,
Hir yonge brother ridynge hire bisyde.

Arrayed was toward hir mariage
This fresshe mayde, ful of gemmes cleere;
Hir brother, which that seven yeer was of age,
Arrayed eek ful fressh in his manere,
And thus in greet noblesse and with glad cheere,
Toward Saluces shapynge hir journey,
Fro day to day they ryden in hir wey.

Explicit quarta pars.

百姓并不知情,听了这消息 750
信以为真,这自然毫不奇怪;
但消息传到格里泽尔达耳里,
我想她心中一定感到很悲哀。
但这位柔顺的女子神色不改,
像以往一样显得沉静而坚定, 755
并做好准备去承受新的厄运。

她把她的心和一切给了丈夫,
丈夫是她人间的希望和企盼,
她想的只是丈夫的愿望、幸福;
但我要尽量把故事讲得简短。 760
总之,侯爵另写了一封专函,
专函中他把自己的意图写下,
然后悄悄地派人送到波伦亚。

他特别要求他妹夫提供人马,
由这位帕纳哥伯爵带着队伍, 765
把他的一双儿女安全送回家;
路上要讲究排场,不怕暴露。
但是有件事他反反复复叮嘱:
如果有人问,这是谁家儿女?
不要说出来,也别支吾过去, 770

而要说:这位小姐快要结婚,
萨卢佐的侯爵将是她的丈夫。
侯爵的这些请求,伯爵大人
完全照办,在选定的日子上路,

前去萨卢佐。好一支豪华队伍： 775
许多体面的贵人把小姐护送，
还有她兄弟骑着马在旁相从。

穿着华丽的衣服又戴着珠宝，
这一位鲜艳的少女前去成亲；
她兄弟也穿着华美衣服一套—— 780
如今这兄弟七岁，极其年轻。①
他们骑着马向着萨卢佐前进，
走了一程又一程，一天又一天；
大家都喜气洋洋，场面很壮观。

第四部结束

第五部开始

侯爵还是改不了他那坏习惯， 785
还是在想再一次考验他妻子，
而且这一次的考验非常极端；
他想要通过最最彻底的测试，
看妻子是否照旧坚定而忠实；
一天他在有人在场的情况下， 790
大声对妻子讲了下面这些话：

"格里泽尔达，我当时娶你为妻，
是因为你的忠实、顺从和贤惠，

---

① 前文（554—555 行）中说，姐弟俩的出生时间相差四年，因此这里似应为八岁。

Sequitur pars quinta.

AL THIS, AFTER HIS WIKKE USAGE,
This markys, yet his wyf to tempte moore
To the outtreste preeve of hir corage,
Fully to han experience and loore
If that she were as stedefast as bifoore,
He on a day, in open audience,
Ful boistously hath seyd hire this sentence:

"Certes, Grisilde, I hadde ynogh plesance
To han yow to my wyf for youre goodnesse
As for youre trouthe & for youre obeisance,
Noght for youre lynage ne for youre richesse;
But now knowe I, in verray soothfastnesse,
That in greet lordshipe, if I wel avyse,
Ther is greet servitute in sondry wyse.

I may nat doon as every plowman may;
My peple me constreyneth for to take
Another wyf, and crien day by day;
And eek the pope, rancour for to slake,
Consenteth it, that dar I undertake;
And treweliche thus muche I wol yow seye,
My newe wyf is comynge by the weye.

Be strong of herte, and voyde anon hir place,
And thilke dowere that ye broghten me,
Taak it agayn, I graunte it of my grace;
Retourneth to youre fadres hous, quod he;
No man may alwey han prosperitee;
With evene herte I rede yow tendure
This strook of fortune or of aventure."

AND she answerde agayn in pacience:
"My lord, quod she, I woot, and wiste alway
How that bitwixen youre magnificence
And my poverte no wight kan ne may
Maken comparison; it is no nay.
I ne heeld me nevere digne in no manere
To be your wyf, no, ne your chamberere.

And in this hous, ther ye me lady maade,
The heighe God take I for my witnesse,
And also wysly he my soule glaade,
I nevere heeld me lady ne maistresse,
But humble servant to youre worthynesse,
And evere shal, whil that my lyf may dure,
Aboven every worldly creature.

That ye so longe of youre benignitee
Han holden me in honour and nobleye,
Wheras I was noght worthy for to bee,
That thonke I God and yow, to whom I preye
Foryelde it yow; ther is namoore to seye.
Unto my fader gladly wol I wende
And with hym dwelle unto my lyves ende.

Ther I was fostred of a child ful smal,
Til I be deed, my lyf ther wol I lede
A wydwe clene, in body, herte and al.
For sith I yaf to yow my maydenhede,
And am youre trewe wyf, it is no drede,
God shilde swich a lordes wyf to take
Another man to housbonde or to make.

And of youre newe wyf, God of his grace
So graunte yow wele and prosperitee:
For I wol gladly yelden hire my place,
In which that I was blisful wont to be,
For sith it liketh yow, my lord, quod shee,
That I shal goon, I wol goon whan yow leste.

But theras ye me profre swich dowaire
As I first broghte, it is wel in my mynde
It were my wrecched clothes, nothyng faire,
The whiche to me were hard now for to fynde.
O goode God! how gentil and how kynde
Ye semed by youre speche and youre visage
The day that maked was oure mariage!

But sooth is seyd, algate I fynde it trewe,
For in effect it preved is on me,
Love is noght oold as whan that it is newe.
But certes, lord, for noon adversitee,
To dyen in the cas, it shal nat bee
That evere in word or werk I shal repente
That I yow yaf myn herte in hool entente.

My lord, ye woot that, in my fadres place,
Ye dide me streepe out of my povre wede,
And richely me cladden, of youre grace.
To yow broghte I noght elles, out of drede,
But feith and nakednesse and maydenhede;
And heere agayn my clothyng I restoore,
And eek my weddyng-ryng, for everemore.

The remenant of youre jueles redy be
Inwith youre chambre, dar I saufly sayn;
Naked out of my fadres hous, quod she,
I cam, and naked moot I turne agayn.
Al youre plesance wol I folwen fayn;
But yet I hope it be nat youre entente
That I smoklees out of youre paleys wente.

Ye koude nat doon so dishoneste a thyng,

而没有考虑门第、财富的问题,
因此确实有很多欢愉和快慰; 795
但现在我有极其深切的体会,
不妨这么说:作为一个君主,
就在各方面负有重大的义务。

"我做事不能像农夫那么随便,
我的臣民硬要我另娶个妻子, 800
他们每一天都在提这种意见;
如今教皇为消除他们的怨气,
对我停妻再娶的事表示同意。
我现在可以明确地向你透露:
来同我成亲的新娘已经上路。 805

"你要坚强些,给她让出位置;
你嫁给我时,作为嫁妆的东西
都可以带回去,算是我的恩赐——
收拾好之后,就回你父亲那里。
人生在世,不可能一辈子得意; 810
所以我劝你,要以平静的心情,
忍受命运带来的打击和不幸。"

格里泽尔达很有耐心地回答:
"我的夫君,我很早以来就知道,
你位高权重,而我却地位低下; 815
没有谁能把这种差距弥补掉,
并对你我做等量齐观的比较。
我从没认为自己配做你夫人,
不不,就是做你使女也不成。

"你让我成为这府第里的主妇,   820
我要请至高的天主为我做证——
因为他能够把我的灵魂安抚——
我从没自命为这里的女主人,
觉得只配做爵爷的卑下仆人;
而且,只要我一天活在世上,   825
比起任何人,我更愿意这样。

"多年以来,你待我如此宽厚,
让我在这里享受着富贵荣华;
其实这里的荣耀我不配享受,
所以感谢你和天主,并求他   830
给你报答。其它我没什么话。
我将心甘情愿地去父亲那里,
今生今世就和他同住在一起。

"我要回到抚育我长大的地方,
还要身心洁净地居住在那里,   835
像单身女人那样生活到死亡。
因为自从以处女之身嫁给你,
多年来我始终是你忠实发妻,
既然曾经是一位侯爵的夫人,
如果改嫁,天主也不会赞成。   840

"但愿天主眷顾你新婚妻子,
并让你永远幸福和发达兴旺!
我乐意给她让出我这个位置,
尽管我在这位置上也曾欢畅;

一向以来,我的心全在你身上, 845
你是我主人,既然你希望我走,
那么,我随时都可满足你要求。

"至于你说让我把当初的嫁妆
全都带回去,其实在我记忆里,
无非是一些破烂,没漂亮衣裳, 850
而且很难找,已不知放在哪里。
天主啊,回想我们结婚时的你——
那天,你说话时的口气和神态,
让人感到多么地高贵与和蔼!

"俗话说得好:旧爱比不上新欢—— 855
至少,我觉得这话说得没有错,
因为,在我的身上得到了应验。
但爵爷,任凭命运怎样折磨我,
哪怕因此而死去,我要保证说:
不会因为我把整颗心给了你, 860
此后言谈举止中将流露悔意。

"爵爷当记得,在我父亲家里,
你不让我把破旧衣服穿在身,
慷慨地给我穿戴得十分华丽。
所以我来时只是光身一个人, 865
我所带来的只是忠诚和童贞。
现在我向你交还所有的衣饰,
同时也永远交还这结婚戒指。

"你赏给我的其它所有珠宝,

我可以保证全都留在你屋里； 870
离开父亲时我没穿娘家衣袍，
现在回老家也应该光身回去。
在任何事上我都想让你满意，
但我希望，离开你府第的时候，
你未必要我身上内衣也没有。 875

"我这身子里孕育过你的儿女，
你不会让我在你臣民前走过——
让我全身赤裸裸地暴露无遗——
这羞人的事，想来你也不肯做。
所以，请你别让我爬虫般赤裸。 880
我最亲爱的夫君，希望你记得：
我曾是你的妻子，尽管不够格。

"当初我童贞之身来到这地方，
现在不可能以童贞之身回去，
只要求赏我一件内衣算补偿， 885
反正是我穿旧的内衣就可以——
遮遮我这一度属于你的身体。
说完了这些，我现在向你告别，
免得你不快，我最亲爱的爵爷。"

侯爵说道："你身上穿着的内衣 890
就不必脱下，还是穿着它去吧。"
他说完这话就走开，百感交集；
而听了他这句有气无力的话，
格里泽尔达当众把外衣脱下，
只剩一件内衣，她便光着头， 895

赤着脚,转身便向娘家急走。

人们哭哭啼啼在后面跟着她,
一边走一边把命运之神诅咒;
但是格里泽尔达没说一句话,
干干眼睛里一滴眼泪也没有。 900
不过她父亲得知这个消息后,
开始把自己出生的时辰咒骂,
骂老天挑那个时辰让他生下。

可以肯定的是,对这场婚姻,
这位可怜的老汉早就在怀疑, 905
因为此事一开始他就在担心,
怕侯爵一旦遂了自己的心意,
会觉得这种婚姻贬低了自己,
因为女家的地位实在太低下——
于是很快会遗弃格里泽尔达。 910

听到人声,知道女儿已到来,
他连忙拿出女儿旧时的衣裳,
三脚两步急匆匆奔到了屋外,
边哀哀哭泣边把衣裳给披上;
但这是女儿无法再穿的衣裳, 915
因为衣裳的质地本来就很差,
而婚后这么多年又不曾穿它。

此后,这位忍让的贤妻之花
同父亲一起住了好一段时间;
从她脸上的表情或所说的话, 920

382

无论在没人时或在人家跟前，
看不出她的心里有什么哀怨；
从她面容上来看，你可断定：
荣华富贵早被她忘了个干净。

这并不奇怪，尽管当初富贵， 925
她灵魂深处照旧还十分谦虚；
心里没娇气，也没挑剔的嘴，
不讲排场，也不显示富贵气，
依然那样耐心、仁慈和平易，
依然那样正直、诚实和谨慎， 930
对丈夫则又是忠贞又是恭顺。

人们常说起约伯，说他忍让；
拿学者来说，他们特别乐于
把男人写得很好；然而事实上，
尽管学者们难得会颂扬妇女， 935
男人却不像女人谦抑又克己，
更没有女人一半的真挚忠实——
只是到最近才有这种新鲜事。

第五部结束

第六部开始

有个消息在贵人平民间传开，
几乎所有的人都听到这传闻， 940
说是帕纳哥伯爵从波伦亚来，

That thilke wombe in which youre children leye
Sholde, biforn the peple, in my walkyng,
Be seyn al bare; wherfore I yow preye,
Lat me nat lyk a worm go by the weye:
Remembre yow, myn owene lord so deere,
I was youre wyf, though I unworthy weere.

Wherfore, in guerdon of my maydenhede,
Which that I broghte, and noght agayn I bere,
As voucheth sauf to yeve me, to my meede,
But swich a smok as I was wont to were,
That I therwith may wrye the wombe of here
That was youre wyf; and heer take I my leeve
Of yow, myn owene lord, lest I yow greve.

THE smok, quod he, that thou hast on
thy bak,
Lat it be stille, and bere it forth with
thee.
But wel unnethes thilke word he spak,
But wente his wey for routhe and for pitee.
Biforn the folk hirselven strepeth she,
And in hir smok, with heed and foot al bare,
Toward hir fader hous forth is she fare.

THE folk hire folwe wepynge in hir weye,
And fortune ay they cursen as they
goon;
But she fro wepyng kepte hire eyen dreye,
Ne in this tyme word ne spak she noon.
Hir fader, that this tidynge herde anoon,
Curseth the day and tyme that nature
Shoop hym to been a lyves creature.

For out of doute this olde povre man
Was evere in suspect of hir mariage;
For evere he demed, sith that it bigan,
That whan the lord fulfild hadde his corage,

BOLOIGNE IS THIS ERL OF PANYK
COME,
Of which the fame up sprang to moore and
lesse,
And in the peples eres alle and some

Hym wolde thynke it were a disparage
To his estaat so lowe for talighte,
And voyden hire as soone as ever he myghte.

AGAYNS his doghter hastiliche goth he,
for he by noyse of folk knew hire
comynge,
And with hire olde coote, as it myghte be,
He covered hire, ful sorwefully wepynge;
But on hire body myghte he it nat brynge,
For rude was the clooth, and moore of age
By dayes fele than at hire mariage.

Thus with hire fader, for a certeyn space,
Dwelleth this flour of wyfly pacience,
That neither by hire wordes ne hire face
Biforn the folk, ne eek in hire absence,
Ne shewed she that hire was doon offence;
Ne of hire heighe estaat no remembraunce
Ne hadde she, as by hire contenaunce.

No wonder is, for in hire grete estaat
Hire goost was evere in pleyn humylitee;
No tendre mouth, noon herte delicaat,
No pompe, no semblant of roialtee;
But ful of pacient benyngnytee,
Discreet and pridelees, ay honurable,
And to hire housbonde evere meke & stable.

Men speke of Job, and moost for his hum-
blesse,
As clerkes, whan hem list, konne wel endite,
Namely of men, but as in soothfastnesse,
Though clerkes preise wommen but a lite,
Ther kan no man in humblesse hym acquite
As womman kan, ne kan been half so trewe
As wommen been, but it be falle of newe.
Explicit quinta pars. Sequitur pars sexta.

Was kouth eek, that a newe markysesse
He with hym broghte, in swich pompe and
richesse,
That nevere was ther seyn with mannes eye
So noble array in al West Lumbardye.

The markys, which that shoop and knew al
this,
Er that this erl was come, sente his message
For thilke sely povre Grisildis;
And she with humble herte and glad visage,
Nat with no swollen thoght in hire corage,
Cam at his heste, and on hire knees hire
sette,
And reverently and wisely she hym grette.

GRISILDE, quod he, my wyl is outrely
This mayden that shal wedded been
to me,
Received be tomorwe as roially
As it possible is in myn hous to be,
And eek that every wight in his degree
Have his estaat in sittyng and servyse
And heigh plesaunce, as I kan best devyse.

384

据说来的还有侯爵的新夫人。
一支豪华的队伍送她来成婚,
这整个送亲的队伍气派非凡,
西伦巴第人从没见过这场面。 945

这一切完全符合侯爵的计划,
他趁伯爵还没到就派出信差,
先去叫来可怜的格里泽尔达。
她奉命而来,脸上显出欢快,
见了侯爵便心怀谦恭地跪拜; 950
全然没有丝毫的怒气或怨气,
而是恭敬得体地祝侯爵大喜。

侯爵说道:"格里泽尔达,听好啦!
那位将要同我做夫妻的女士,
明天我府中将要隆重迎接她, 955
迎接时要用最最隆重的仪式,
在场的人要按照地位和职司,
安排他们所受的待遇和座位,
我要尽可能让大家高兴而归。

"这里没哪个妇女知道我心思, 960
更不能按我的心意布置房间;
所以我非常希望你留在这里,
把所有这些事情替我管一管。
你一向知道怎样能使我喜欢;
现在尽管你衣衫不整很不雅, 965
但至少可以干好这份工作吧。"

格里泽尔达答道:"我的爵爷,
我不但乐于按你的愿望去做,
还愿尽力侍候你,使你愉悦;
这方面我将永远也不会退缩。 970
而且无论我感到忧伤或欢乐,
我的心里却总是永远爱着你,
而对你的忠实我也始终如一。"

她说完这话便开始整理房屋,
既把餐桌布置,又铺好了床; 975
她一面努力料理着各种事务,
一面叫女仆看在天主的份上,
赶紧把里外打扫得整洁亮堂;
所有的人里数她干得最尽心,
厅堂和内室布置得焕然一新。 980

九点钟左右,伯爵大人来到,
还亲自送来一对高贵的姐弟。
这时百姓都奔过去亲眼瞧瞧,
只见姑娘容貌好,服饰华丽。
于是,人们又开始窃窃私议, 985
说沃尔特停妻再娶虽然不对,
但他不傻,因为新娘更般配。

比起格里泽尔达,大家都认为,
这新娘年轻很多,也更加美丽;
更令人高兴的是,她出身高贵, 990
今后会生下更加优秀的子女;
她弟弟同样也长得英俊神气;

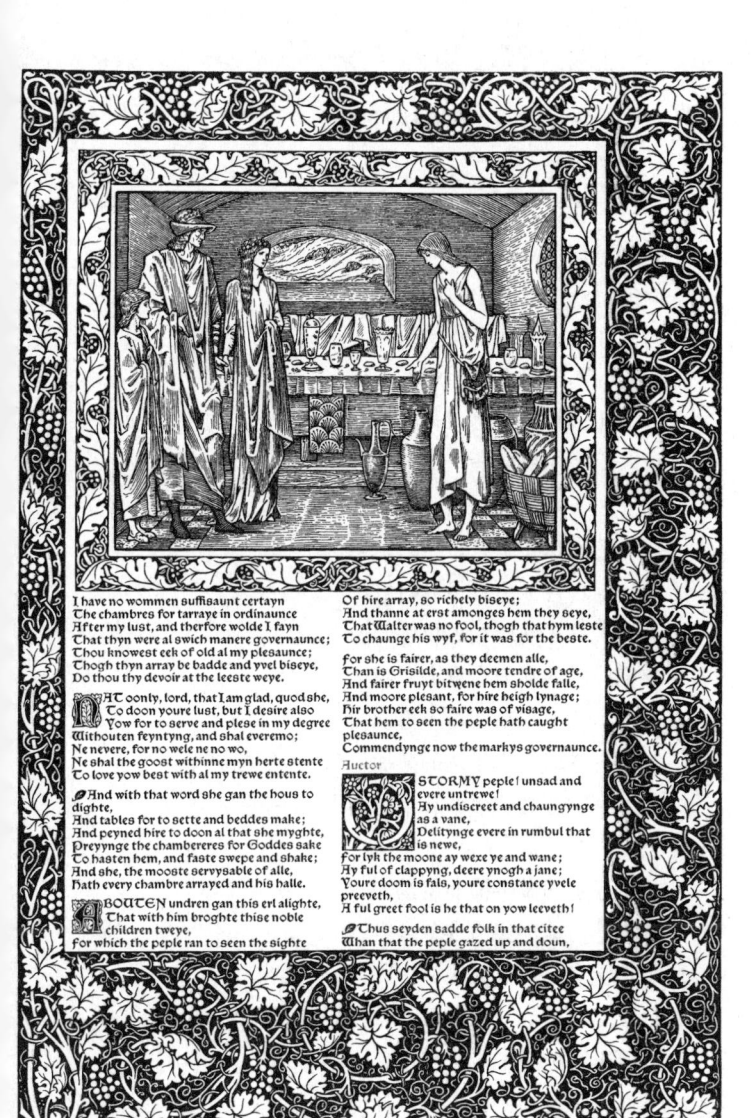

I have no wommen suffisaunt certayn
The chambres for tarraye in ordinaunce
After my lust, and therfore wolde I, fayn
That thyn were al swich manere governaunce;
Thou knowest eek of old al my plesaunce;
Thogh thyn array be badde and yvel biseye,
Do thou thy devoir at the leeste weye.

NAT oonly, lord, that I am glad, quod she,
To doon youre lust, but I desire also
Yow for to serve and plese in my degree
Withouten feyntyng, and shal everemo;
Ne nevere, for no wele ne no wo,
Ne shal the goost withinne myn herte stente
To love yow best with al my trewe entente.

And with that word she gan the hous to dighte,
And tables for to sette and beddes make;
And peyned hire to doon al that she myghte,
Preyynge the chambereres for Goddes sake
To hasten hem, and faste swepe and shake;
And she, the mooste servysable of alle,
Hath every chambre arrayed and his halle.

ABOUTEN undren gan this erl alighte,
That with him broghte thise noble children tweye,
For which the peple ran to seen the sighte
Of hire array, so richely biseye;
And thanne at erst amonges hem they seye,
That Walter was no fool, thogh that hym leste
To chaunge his wyf, for it was for the beste.

For she is fairer, as they deemen alle,
Than is Grisilde, and moore tendre of age,
And fairer fruyt bitwene hem sholde falle,
And moore plesant, for hire heigh lynage;
Hir brother eek so faire was of visage,
That hem to seen the peple hath caught plesaunce,
Commendynge now the markys governaunce.

Auctor

STORMY peple! unsad and evere untrewe!
Ay undiscreet and chaungynge as a vane,
Delitynge evere in rumbul that is newe,
For lyk the moone ay wexe ye and wane;
Ay ful of clappyng, deere ynogh a jane;
Youre doom is fals, youre constance yvele preeveth,
A ful greet fool is he that on yow leeveth!

Thus seyden sadde folk in that citee
Whan that the peple gazed up and doun,

387

于是老百姓都看得满怀高兴,
个个称赞侯爵的才干和精明。

"暴风雨般的百姓朝三暮四! 995
轻率得犹如时时转向的风标,
多变得好比月亮,时圆时缺,
听到什么新传闻兴致就很高。
你们的闲话一个铜板值不到!
谁能相信你们的忠诚和判断? 1000
谁若相信,就是一个傻瓜蛋!"

城里的有识之士就是这么讲,
但是老百姓上下打量看新鲜,
个个兴高采烈地在那里张望,
要把侯爵的新夫人看上一眼。 1005
不过这些事现在我可不愿谈,
却要讲讲格里泽尔达的情形,
让大家知道她的忠诚和辛勤。

格里泽尔达做事情非常勤快,
忙前忙后地为侯爵准备宴席; 1010
她不受自己那身衣服的妨碍,
尽管衣服质地差又近乎褴褛。
她面露喜色随别人来到门前,
一同把那位新侯爵夫人欢迎,
随后又忙着去做其它的事情。 1015

她喜气洋洋接待众多的宾客,
按各人身份,接待十分得体——

388

任何人都不能挑出一点差错；
看她这一身穿着虽这样褴褛，
待人接物上却极为彬彬有礼， 1020
人们暗暗称奇，不知她是谁——
尽管对她的能干都高度赞美。

与此同时，她对那姐弟两人
不断表示由衷的赞美和惊喜；
这高度赞美出自于一片好心， 1025
别人的赞美全不能同她相比。
所有的贵宾最后都一一入席，
这时侯爵又想起格里泽尔达，
叫来了正在大厅里忙碌的她。

侯爵打趣似的说："格里泽尔达， 1030
可喜欢我这新娘？她美不美丽？"
"喜欢，新娘非常美丽，"她回答，
"我见过的人都不能同她相比；
我祈求天主能让她万事如意，
同时我希望天主能保佑你们， 1035
让你们幸福美满地度过一生。

"我有件事很想求你提醒你：
你对这姑娘不能像从前那样，
可不能把她折磨或把她刺激；
依我想来，她自幼娇生惯养， 1040
一直是在优越的环境里成长，
自然不像穷人家长大的闺女，
哪里受得了这样那样的委屈。"

侯爵看到格里泽尔达的忍耐、
她毫无怨气又喜洋洋的面庞,　　　　　　　　　1045
又想到自己常使她受到伤害,
而她始终坚定得像是一堵墙,
面对考验却始终坚贞又坚强——
想到了这些,侯爵虽然狠心,
对他妻子的德行也不免动情。　　　　　　　　　1050

"好,我的格里泽尔达,"他说道,
"往后你再也不必苦恼和害怕;
你的忠贞和宽厚我都已见到——
你在高位上或在贫困境况下,
受到了别人从没受过的考察——　　　　　　　　1055
现在我知道我爱妻坚定的心!"
他伸手抱住妻子并同她亲吻。

格里泽尔达惊得没有注意听,
根本就没有听清侯爵讲的话,
那情形就像刚刚从梦中惊醒;　　　　　　　　　1060
最后她平静下来,不再惊讶。
这时侯爵说道:"格里泽尔达,
凭基督起誓,我只同你结了婚,
没别的妻子,愿主拯救我灵魂!

"你以为是我新娘的这个姑娘　　　　　　　　　1065
是你的女儿,另外那一个男娃
就是你十月怀胎生育的儿郎,
我打算今后就把爵位传给他。

我让他们悄悄在波伦亚长大;
现在接他们回来,不能再说　　　　　　　　　　1070
你女儿和儿子都已没了下落。

"有人说了我一些闲言碎语,
我要提醒他们,我做这事情,
不是因为我残酷或者有恶意,
而是想看看你所具备的德行;　　　　　　　　　1075
不是要杀儿女(天主不答应!)
是要抚养他们,但不为人知——
直到我完全了解到你的心思。"

听了丈夫这番话,她悲喜交集,
一时竟昏倒在地。苏醒了以后,　　　　　　　　1080
她把孩子们叫过去,搂在怀里,
一边在哀哀切切,哭泣了很久,
一边还吻着孩子,那样的温柔
真是慈母所独有;她热泪流淌,
沾湿了一双儿女的头发、面庞。　　　　　　　　1085

看到她昏倒真令人感到难过,
她谦卑的话更叫人听了心伤!
"夫君哪,主也感谢你的恩德,
你为我留下亲爱的儿女一双!
此时此地我立刻就死也无妨——　　　　　　　　1090
既然能够蒙受你的爱你的恩,
我就不在乎死神勾去我灵魂!

"亲爱的儿女,你们年幼娇小,

391

你们伤心的母亲一直在担心,
怕你们被野狗或者恶虫吃掉;　　　　　　1095
仁爱的主和你们亲爱的父亲
这么慈祥,保全了你们性命。"
说到这里,她突然跌倒在地,
因为这时再一次昏厥了过去。

一双儿女本被她搂抱在怀里,　　　　　　1100
昏倒后,她仍紧紧抱着不放。
人们细心地做了种种的努力,
才让她放开那个男孩和姑娘。
泪水在多少同情的脸上流淌——
站在她周围的人满怀着爱怜,　　　　　　1105
几乎已没有勇气站在她身边。

沃尔特为她驱愁,极力抚慰她;
她醒来后站了起来,面露愧色。
大家赞美她,讲了许多鼓励话,
最后她终于恢复往日的神色。　　　　　　1110
而沃尔特更是尽力逗她快乐——
大家看他俩如今相聚在一起,
彼此恩恩爱爱,个个都欢喜。

一些贵妇找了个合适的时机,
簇拥她回到她原先住的卧房,　　　　　　1115
一起动手脱掉她身上的旧衣,
给她穿上了金光闪闪的衣裳,
又为她梳理头发,给她戴上
镶满宝石的金冠;回到大厅,

392

她理所当然受到大家的致敬。　　　　　　　　　1120

凄凉的日子有了美好的结局;
所有在场的,无论是女是男,
开怀畅饮,分享这天的欢愉,
直到繁星在夜空中忽闪忽闪。
在每个人的眼里,这场欢宴　　　　　　　　　　1125
比起他俩当初结婚时的筵席,
更显得丰盛,更有欢庆喜气。

此后多年,他们生活得极富足,
两个人相亲相爱,和谐又安宁;
后来女儿嫁给了另一位贵族,　　　　　　　　　1130
这位贵族在意大利赫赫有名。
侯爵又将老岳丈接进城堡中,
让他在那里安静地度过晚年,
直到灵魂同肉体分离那一天。

侯爵去世后,他的那位公子　　　　　　　　　　1135
继承爵位,过得安宁又舒坦;
也很幸运,娶到贤惠的妻子,
但是他没有对夫人进行试探。
现在的世道不像古时候森严——
无论谁都得承认这说法不假——　　　　　　　　1140
现在请听原作者对此讲的话。

讲这故事,不是要个个女性
去学格里泽尔达那样的谦卑
(即使愿学,学起来也过于费劲),

而是要人人明白自己的地位, 1145
在逆境中也要像她坚定无悔;
彼特拉克正为了这样的目的,
写这个故事用了庄重的文体。①

因为,既然女子对人间的男子
都这么容忍,那么高兴地接受 1150
天主的赐予,对我们就更容易;
他试探他造的人也更有理由——
但对他救赎的人,他不会引诱。
看看《雅各书》就知道雅各说过
神时时都在考验世人,这没错。② 1155

不仅如此,神为了磨炼我们,
时时挥动苦难这厉害的皮鞭,
以各种各样的方式抽打我们;
他这样,不是要知道我们意愿,
因为他很早就知道我们弱点; 1160
他一切作为都为了我们大家。
我们就在生活中磨炼品德吧。

各位,结束之前我还要讲句话:
如今哪怕我们把整座城找遍,
也难找到两三个格里泽尔达; 1165

---

① 乔叟这故事用的是被称为君王诗节的七行诗体,这也是同内容有关的选择。本书中,学士的、律师的、女修道院院长的和第二位修女的故事(及引子)都用这种被称作乔叟诗节的七行诗节(又称特洛绮丝诗节)。
② 见《新约全书·雅各书》第1章第13—14节。

因为如果让她们受那种考验,
她们的那种金币虽然很耀眼,
但是其中,黄铜掺进了不少——
拿来一拗,还没弯就已断掉。

各位,为了巴思妇人那份爱, 1170
愿主保佑她同类和她的一生,
让她们掌权,否则令人感慨;
我年轻活跃,怀着欢快心情
要给你们唱歌,让你们高兴。
现在严肃的事情我们不谈了; 1175
下面请你们听我这样一支歌。

乔叟的跋

格里泽尔达同她那种忍耐心
都已死亡,已在意大利埋葬,
为此我要向世人公开喊一声:
一位丈夫无论有多硬的心肠, 1180
也别为了把格里泽尔达寻觅①
而考验妻子,因为他准失望!

高贵的妻子,你们非常聪明,
别让谦卑把你们的舌头锁上,
别希望文人看到你们的品性 1185
就像前人写格里泽尔达那样,
写你们贤淑仁爱的非凡事迹,

---

① "觅"在这节诗中未押韵,却与其它各节第5行押韵。见本故事最末注释。

免得被瘦牛吞下肚子当食粮！①

要学习回声女神，也要出声，②
要让你们的回答也同样响亮；　　　　　　　　　　1190
别因为纯真就受人家的欺凌，
对于主动权千万得当仁不让。
这条教训得牢牢记在心坎里，
它很管用，而且有利于双方。

机智强悍的妻子，准备战斗；　　　　　　　　　　1195
既然，你们像骆驼那样健壮，
那么男人的欺侮就不要忍受。
瘦弱的妻子，要像印度虎那样
凶狠顽强，千万别不堪一击；
要像座风车叽叽呱呱不停嚷。　　　　　　　　　　1200

对丈夫别害怕也别毕恭毕敬，
因为尽管他可以把甲胄穿上，
你那种言辞之箭的锐利锋刃
照样能刺穿他的面甲和心脏。
用妒忌把他牢牢捆住，我劝你，　　　　　　　　　1205
让他畏缩得就像是鹌鹑那样。

如果你很美，那就走进人群，
给大家看看你的面庞和服装；

---

① 瘦牛是法国寓言中只吃坚忍妇女的怪物，因这种妇女极少，所以它极瘦。与之相对，双角怪兽以食为数众多的坚忍男人为生，所以极肥。
② 回声女神又音译为厄科，是希腊神话中的女山神，因为爱遭拒绝而憔悴，只剩声音。

如果你很丑,就要赢得友情,
为人就得勤快,花钱得豪爽;　　　　　　　　　1210
神态轻松得像是椴树的叶子——
让丈夫担心得扭绞着手哭嚷。①

请听旅店主人的打趣话

可敬的学士结束了故事以后,　　　　　　　　　1212a
旅店主人凭基督的圣骨起誓,　　　　　　　　　1212b
说道:"与其得到一桶麦芽酒,　　　　　　　　1212c
我宁可家中老婆听听这故事,　　　　　　　　　1212d
这真是个好故事,确确实实　　　　　　　　　　1212e
深得我心(你们了解我的话);　　　　　　　　1212f
然而不可能的事,只能随它。"　　　　　　　　1212g

牛津学士的故事到此结束

---

① 多数手抄本中还有如下诗节。这个"跋"所用的六行诗体韵式特殊(据说数百年英诗中仅此一例)。若突出韵式的不同,这两种诗节可排成下列形式:
　　可敬的学士结束了故事以后,　　　　如果你很美,那就走进人群,
　　　旅店主人凭基督的圣骨起誓,　　　给大家看看你的面庞和服装;
　　说道:"与其得到一桶麦芽酒,　　　如果你很丑,就要赢得友情,
　　我宁可家中老婆听听这故事,　　　　为人就得勤快,花钱得豪爽;
　　这真是个好故事,确确实实　　　　　神态轻松得像是椴树的叶子——
　　　深得我心(你们了解我的话);　　让丈夫担心得扭绞着手哭嚷。
　　然而不可能的事,只能随它。"

商人的引子

商人的故事引子

"我从早到晚总得忧愁与烦恼,
受够了哭泣与号啼,"商人说道,
"而且我也相信,结婚的男子, 1215
有许多人的情况,也同样如此,
因为,我这种处境我自己知晓。
至于我妻子,可能要算最霸道;
我敢发誓,哪怕是魔鬼娶了她,
也不是她对手,得受她的欺压。 1220
我何必向你们细谈她的凶狠?
她这人事事处处刁悍又骄横。
总之,可说是彻头彻尾泼辣,
拿她去比温顺的格里泽尔达,
这两者之间简直是天差地别。 1225
我如果有幸消解命中这一劫,
那肯定不会再投进这种罗网!
婚后的男人不免烦恼和忧伤;
我凭印度的圣托马斯来起誓,
谁愿试试,准发现这是事实—— 1230
不是讲全部,是指多数情形;
但愿天主可别让这种事发生!

"旅店主人哪,从我结婚到今天,
天哪,总共不过才两个月时间!
但我想,哪怕有人终生没老婆, 1235
哪怕他被人用刀刺穿了心窝,

反正无论怎样，他也讲不出
我所感到的这些痛苦和酸楚——
说到我老婆，她的可恨讲不完！"

旅店主人道："愿主保佑你，老板，　　　　　1240
既然，你这方面的经验这么多，
那我恳切请求你，对我们说说。"

商人道："乐于效劳，但我的酸楚
我就不讲了，讲了心里太痛苦。"

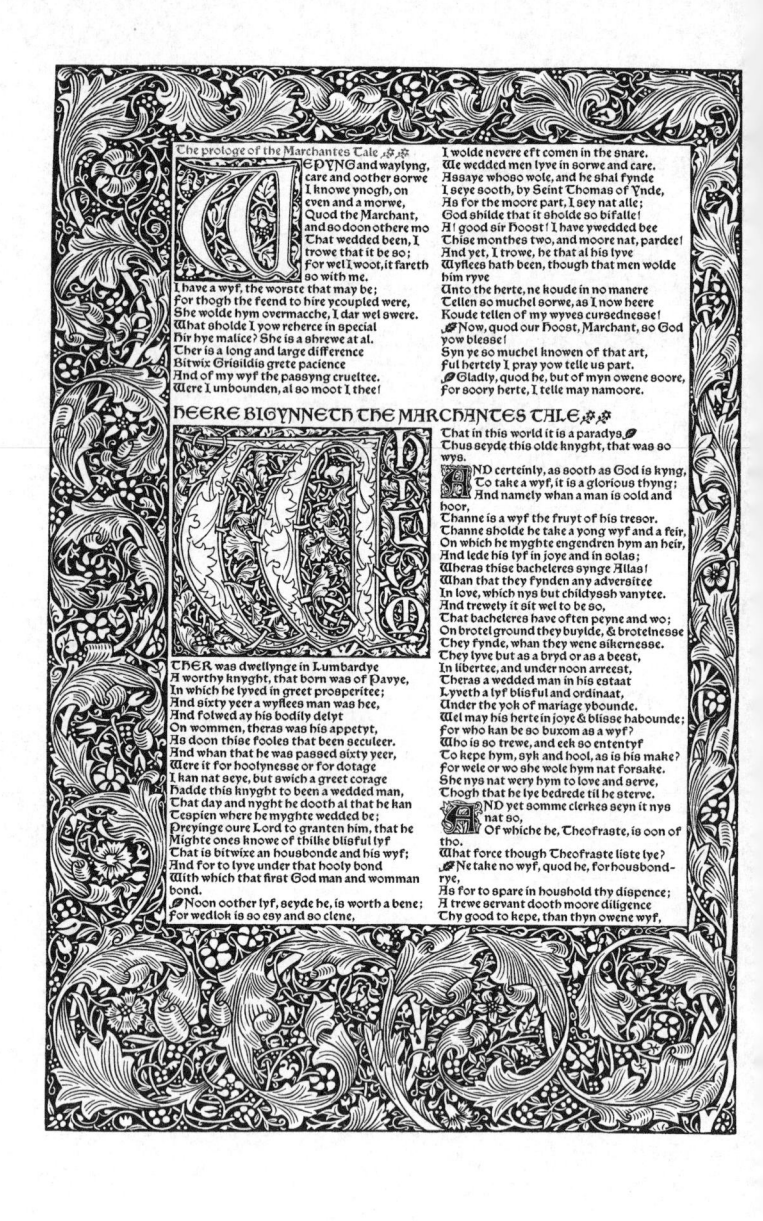

The prologue of the Marchantes Tale

WEPYNG and waylyng, care and oother sorwe I knowe ynogh, on even and a morwe, Quod the Marchant, and so doon othere mo That wedded been, I trowe that it be so; for wel I woot, it fareth so with me.
I have a wyf, the worste that may be;
For thogh the feend to hire ycoupled were,
She wolde hym overmacche, I dar wel swere.
What sholde I yow reherce in special
Hir hye malice? She is a shrewe at al.
Ther is a long and large difference
Bitwix Grisildis grete pacience
And of my wyf the passyng crueltee.
Were I unbounden, al so moot I thee!
I wolde nevere eft comen in the snare.
We wedded men lyve in sorwe and care.
Assaye whoso wole, and he shal fynde
I seye sooth, by Seint Thomas of Ynde,
As for the moore part, I sey nat alle;
God shilde that it sholde so bifalle!
A! good sir Hoost! I have ywedded bee
Thise monthes two, and moore nat, pardee!
And yet, I trowe, he that al his lyve
Wyflees hath been, though that men wolde him ryve
Unto the herte, ne koude in no manere
Tellen so muchel sorwe, as I now heere
Koude tellen of my wyves cursednesse!
Now, quod our Hoost, Marchant, so God yow blesse!
Syn ye so muchel knowen of that art,
Ful hertely I pray yow telle us part.
Gladly, quod he, but of myn owene soore, for soory herte, I telle may namoore.

HEERE BIGYNNETH THE MARCHANTES TALE.

WHILOM ther was dwellynge in Lumbardye
A worthy knyght, that born was of Pavye,
In which he lyved in greet prosperitee;
And sixty yeer a wyflees man was hee,
On wommen, theras was his appetyt,
As doon thise fooles that been seculeer.
And whan that he was passed sixty yeer,
Were it for hoolynesse or for dotage
I kan nat seye, but swich a greet corage
Hadde this knyght to been a wedded man,
That day and nyght he dooth al that he kan
T'espien where he myghte wedded be;
Preyinge oure Lord to granten him, that he
Mighte ones knowe of thilke blisful lyf
That is bitwixe an housbonde and his wyf;
And for to lyve under that hooly bond
With which that first God man and womman bond.
Noon oother lyf, seyde he, is worth a bene; for wedlok is so esy and so clene,
That in this world it is a paradys.
Thus seyde this olde knyght, that was so wys.

AND certeinly, as sooth as God is kyng, To take a wyf, it is a glorious thyng; And namely whan a man is oold and hoor,
Thanne is a wyf the fruyt of his tresor.
Thanne sholde he take a yong wyf and a feir,
On which he myghte engendren hym an heir,
And lede his lyf in joye and in solas;
Wheras thise bacheleres synge Allas!
Whan that they fynden any adversitee
In love, which nys but childyssh vanytee.
And trewely it sit wel to be so,
That bacheleres have often peyne and wo;
On brotel ground they buylde, & brotelnesse They fynde, whan they wene sikernesse.
They lyve but as a bryd or as a beest,
In libertee, and under noon arreest,
Theras a wedded man in his estaat
Lyveth a lyf blisful and ordinaat,
Under the yok of mariage ybounde.
Wel may his herte in joye & blisse habounde; for who kan be so buxom as a wyf?
Who is so trewe, and eek so ententyf
To kepe hym, syk and hool, as is his make?
for wele or wo she wole hym nat forsake.
She nys nat wery hym to love and serve,
Thogh that he lye bedrede til he sterve.

AND yet somme clerkes seyn it nys nat so,
Of whiche he, Theofraste, is oon of tho.
What force though Theofraste liste lye?
Ne take no wyf, quod he, for housbondrye,
As for to spare in houshold thy dispence;
A trewe servant dooth moore diligence
Thy good to kepe, than thyn owene wyf,

商人的故事

商人的故事由此开始

从前,伦巴第有位高贵的爵士,   1245
帕维亚是他出生、居住的城市,①
他在这座城市里兴旺又发达,
但是到了六十岁还没有成家;
在平时,为了满足肉体需要,
他也凭兴之所至而拈花惹草,   1250
就像是某些俗人中间的笨蛋。
话说这爵士活了整整六十年,
不知是由于他老得糊涂至极,
还是另有宗教信仰上的动机,
反正这时候他却非常想结婚。   1255
于是,他日日夜夜尽其所能,
一面努力把结婚的对象寻找,
一面急切地向我们的主祈祷,
求上天开恩,早日赐福于他,
让他把婚姻的生活体验一下,   1260
让他生活在一种神圣结合里——
像上帝当初撮合的一男一女。
"其它的生活方式不值一文;
要纯洁安宁的生活就得结婚,
因为,婚姻生活是人间天堂。"   1265

---

① 帕维亚在北意大利,现伦巴第大区帕维亚省省会。在米兰南面三十二千米。该地从公元 6 世纪起即为重要城市,多古迹与教堂。帕维亚大学建于 1361 年,有"意大利的牛津大学"之称。

素来英明的年老爵士这样讲。

不错,就像上帝是我们主宰,
娶妻子的事也的确十分光彩,
特别是到了年老头发变白时,
妻子是男人财富的最佳果实。 1270
那时该娶个年轻貌美的太太,
这样,同妻子还能生养小孩,
能让自己生活在融融乐乐里——
任那些单身汉独自唉声叹气,
谁叫他们不争气,情场失手—— 1275
其实,这是幼稚的自命风流!
不过,单身汉时时会遭磨难,
这也是势所必至,理所当然:
他们在不牢固的地基上建屋,
想建得牢靠却只能并不稳固。 1280
他们生活得像飞鸟或像走兽,
完全没有管束,完全有自由;
而结了婚的男人所过的生活
完全不同,既幸福又有规则,
因为要受到婚姻关系的束缚。 1285
但是他的心满是欢乐和幸福,
毕竟,谁能像妻子那样温顺?
像妻子那样体贴又忠心耿耿?——
无论丈夫生不生病,细心照顾;
不离不弃,任境况安乐或艰苦。 1290
哪怕卧床的丈夫,病已告不治,
仍有不倦的爱妻,把丈夫服侍。
但有些学者却并不这样认为,

泰奥佛就是他们中间的一位。①
即使他喜欢胡说,有什么关系? 1295
他说:"为了节约就不要娶妻,
这样就可以减少家庭的开支;
忠实的仆人可以胜过你妻子,
比她更勤奋地管理你的资产,
而你的妻子活着就要分一半。 1300
如果你生病(愿天主把我拯救),
那么你忠心的家仆或者朋友
能够更好照顾你,而你妻子
却像往常一样,只等继承你。
这还不算,你若娶老婆回家, 1305
那么,你就很容易变成王八。"
这人写了这些,更难听的还有
上百句;愿天主诅咒他的骨头!
泰奥佛讲的,完全是一篇胡话,
大家别听他,还是听听我说吧。 1310

一位贤妻的确是上天的恩赐,
其它各种各样礼物,像田地、
租税、牧场、共有地上的放牧权
和动产,这些只是命运的恩典,
就像是墙上的影子一掠而过, 1315
但我能肯定而直截了当地说:
你们的妻子在家中待的时间,
多半比你希望的还要长一点。

---

① 泰奥佛即泰奥佛·拉斯托斯(公元前372—前287?),为古希腊逍遥学派哲学大师,亚里士多德的学生,据说他写有攻击婚姻和女性的《婚姻金书》。

婚姻是一件非常神圣的事情；
我认为没有妻子的人很不幸：　　　　　　　1320
他在生活中没有帮手很孤独——
我这说的是教会以外的凡夫。
这不是凭空胡说，请听原因。
造出女人，就是要她帮男人；
我们的天主创造了亚当之后，　　　　　　　1325
看到他孤苦伶仃又一无所有，
免不了大发慈悲，这样说道：
"我按他模样把他的帮手创造。"
就这样，他把夏娃创造出来，
由此，你们能看到也能明白：　　　　　　　1330
妻子是丈夫帮手和人间乐园，
也是他的慰藉和欢乐的源泉。
妻子既这样顺从又这样贤德，
夫妻的生活自然就情投意合，
自然结合成一体，共有一颗心，　　　　　　1335
共同去享受幸福，去面对不幸。

愿圣马利亚祝福我，说到贤妻，
有贤妻的人还有什么不乐意？
至少可以肯定：我讲不出来。
至于夫妻之间的幸福与恩爱，　　　　　　　1340
真是说也说不尽，想也想不完。
如果丈夫穷，妻子就会帮他干——
若有钱，妻子帮他照管不浪费；
丈夫的趣味，就是妻子的趣味；
丈夫说"是"，她就不会说"不"。　　　　　1345

要她做事,她立刻就答应丈夫。
哦,珍贵的婚姻和幸福的结合,
既充满欢乐,又完全符合道德,
所以有件事应当推荐和赞成:
任何一个有自知之明的男人　　　　　　　　1350
都该光着膝头在地上跪一世,
或者是感谢天主赐给他妻子,
或者是祈求天主给他开开恩,
让他有妻子陪伴他度过一生;
只有这样,他生活才有保障。　　　　　　　1355
我相信妻子不会让丈夫上当,
所以尽可按妻子的忠告行动;
所以做丈夫的尽可昂首挺胸,
因为妻子既忠实又十分明智;
所以,如果想做聪明人的事,　　　　　　　1360
你就要按照妇女的忠告去做。

去听听那些学者讲述的雅各:
正因听从母亲利百加的忠告,
用小羊毛皮在颈子周围一包,
由此他就赢得了父亲的祝福。①　　　　　　1365

再看史书上那个犹滴的典故:
她是趁奥洛菲努睡着还没醒,②
按忠告杀他,救出神的子民。

---

① 利百加是以撒的妻子,有一对孪生子以扫与雅各,但父亲喜欢以扫,所以利百加设法让雅各赢得父亲的祝福。见《旧约全书·创世记》第27章。
② 有关奥洛菲努的事,"修道士的故事"中有专门一节。

看看亚比该,看她怎样以忠告①
救丈夫拿八,使他没有被杀掉;　　　　　　　　1370
再来看看以斯帖,看看这女性②
如何救出苦难中的神的子民——
她的忠告让末底改得到尊荣,
因为他得到阿哈随鲁王重用。
塞内加说得好:最最幸运的事　　　　　　　　1375
莫过于有个温顺谦恭的妻子。

加图说过:要容忍妻子的舌头,
即使她发号施令,你也得接受,
尽管她出于礼仪也会依从你。
家庭事务少不了妻子的料理;　　　　　　　　1380
一个人家里如果没妻子照顾,
那么生了病就只能独自啼哭。
我得提醒你,做事若要有智慧,
就爱你妻子,要像基督爱教会。
你若爱自己,就要爱你的妻子;　　　　　　　　1385
没有人讨厌他自身,一生一世
对身体爱护备至,所以我要你
呵护你妻子,否则你不会发迹。
丈夫和妻子,不管人怎么取笑,
他们走的路,尘世之间最牢靠。　　　　　　　　1390
这种结合很紧密,不会出危险,
特别是,不会出在妻子那方面。

---

① 见《旧约全书·撒母耳记上》第 25 章。
② 见《旧约全书·以斯帖记》。

所以，我讲的这位佟月老爵士，①
考虑后觉得，活到他这把年纪，
该向往蜜一样甜的道德婚姻，　　　　　　　　1395
享受其中完美的生活和安宁。
于是，有一天他把亲友请来，
把他心中的打算向他们交代。

他一本正经向大家这样说道：
"各位亲友，我头发已白年已老，　　　　　　1400
天知道，已经快要埋进坟墓，
所以我得考虑我灵魂的归宿。
我曾愚蠢地浪费过自己身体，
现在要做点补救，感谢上帝！
因为我已经下定决心要结婚，　　　　　　　1405
而且要找个年轻又貌美的人，
以最快速度把这桩大事办妥。
我恳求你们，因为不能再拖，
帮我促成这婚事，想想办法——
当然我这里也要出去做调查，　　　　　　　1410
找一个可以尽快娶来的对象。
但是你们人多，接触面很广，
所以能比较容易就发现目标，
把同我结婚最合适的人找到。

"各位亲友，但我声明一件事：　　　　　　　1415
我绝对不要年纪很大的妻子；
别给我找二十岁以上的女人——

---

① "佟月"，原作中为"一月"。

我就是喜欢老鱼配上肉鲜嫩。
大狗鱼虽比小狗鱼更有滋味,
但是老牛肉没有小牛肉鲜美。　　　　　　　　　　1420
三十岁左右的女人我更不要,
那是豆秸,只能用作粗饲料。
再说上天知道,那些老寡妇
都很有一套韦德驾船的功夫——①
心血来潮了,就会惹是生非——　　　　　　　　　1425
同她们生活在一起就得倒霉。
进的学校多,读书人变得乖巧;②
女人嫁的男人多,资格就变老。
不言而喻,调教年轻人容易,
就像把烘热的蜡捏弄在手里。　　　　　　　　　　1430
所以我要直截了当对你们说:
为了这缘故,不要大龄老婆。
因为碰上这种倒霉事很难办,
我与其娶了老婆还郁郁寡欢,
那倒还不如一辈子荒唐胡闹,　　　　　　　　　　1435
死掉后直接去投奔魔鬼拉倒。
再说,老婆如果不能生孩子,
与其让财产落到外人的手里,
倒宁可让野狗把我吃个干净。
所以,我要对你们把话讲明:　　　　　　　　　　1440
我年纪虽老,但是并不糊涂,
我知道人们结婚有什么好处;
我还知道许多人谈结婚的事,

---

① 韦德是日耳曼神话中的巨人,是主宰风暴的海上恶魔,瞬息间可驾船到任何地方。
② 见"巴思妇人的故事引子"44 行注。后面有商人向巴思妇人学习的例子。

其实对结婚的道理并无所知——
甚至未必及得上我的小家童。 1445
若有人不能孤独清净过一生,
就应该诚心诚意把妻子迎娶,
从而能名正言顺地生儿育女,
这就不算是沉湎于交欢之乐,
就算对得起天主造人的恩德。 1450
要让他这样做,因为他该避开
纵欲的罪过,清偿彼此间的债;
要让他这样做,因为这就可以
互相帮助,像姐妹在帮助兄弟
克服困难,生活得纯洁又神圣。 1455
但是对不起,我可不是这种人;
因为要感谢天主,不是自夸,
各位,我感到身体样样不差,
完全能够干男子汉干的事情——
我对自己能干的事心知肚明。 1460
我头发虽白,仍像开花的树,
树会开花,那就不会死不会枯——
这种树还会结果,不单开花。
其实我样样年轻,除了头发,
我的心我的身子都非常年轻, 1465
就像月桂树,看来终年常青。
现在,你们既听明我的心意,
请你们对我的愿望表示同意。"

不同的人从不同的角度劝他,
举许多结婚的例子表明看法。 1470
有的人对此反对,有的人称赞,

最后（我这里尽可能讲得简短）——
最后，就像经常发生的那样，
也像亲友争论时常有的情况，
他两个兄弟偏偏都各执一词： 1475
其中的一位名叫朱斯提努斯，
另外的那一位则叫帕拉西波。①

"我的佟月兄长啊，"帕拉西波说，
"我的亲爱的主人，其实你不必
叫我们大家给你提什么建议， 1480
因为你为人洞悉世事和人情，
所以凭着一贯的审慎与小心，
你决不愿偏离所罗门的教导。
他曾这样对我们每个人说道：
'你若凭忠告去做任何事情， 1485
就不会为你的行为感到烦心。'
但是尽管所罗门说了这句话，
我的亲爱兄长，我的主人哪，
就像我真心希望天主保佑我，
我真心认为你的主意很不错。 1490
我的兄长啊学学我这条宗旨：
如今，我在宫廷里混了一世，
虽说没啥了不起，老天知道，
占据的那个位置却也相当高，
接触的尽是显赫的达官贵人。 1495
但是我向来不去同他们争论，
真的，他们的话我从来不反驳，

---

① 这两行中的人名分别有"正直""直话直说"和"谄媚""奉承拍马"意。

我知道,我的上峰懂的比我多;
无论他们说什么,我奉为真理,
说话的口径,尽量与他们统一。   1500
一个人,若给王公贵人当幕僚,
却自视甚高,认为自己有一套,
觉得自己的意见胜过他东家,
那么这家伙肯定是个大傻瓜。
大人物绝对不傻,这我能保证。   1505
再说,今天你自己在这里表明,
你有正确的判断,善良而圣洁;
所以,对你的决定和说的一切,
我完全同意,而且也完全赞成。
我敢起誓,这城里没有一个人   1510
比你讲得更好,全意大利没有!
连耶稣基督,也会满意地点头。
真的,年高之人的新娘年轻,
恰恰证明这人有壮志和雄心!
我以我父亲的这个姓氏起誓: 1515
你的心已经挂上快乐的钉子!
你就按你的心意这样去做吧,
因为说到底,这样再好不过啦!"
朱斯提努斯一直坐在那里听,
这时,对帕拉西波做出反应: 1520
"兄弟,现在请你性子耐一下,
你已发了言,也请听听我的话。
塞内加说的许多话,非常精辟,
他曾说过,把土地、财物送人时,
该好好考虑送的是什么对象。   1525
既然送身外之物就需要这样,

要考虑送的对象是个什么人,
那么永远送掉的如果是自身,
要送给谁,当然就更应当注意。
所以我要提醒你:这不是儿戏, 1530
娶妻子,没有仔细考虑可不行。
按我的意见,我们得首先打听:
她是否明智稳重,是否爱喝酒,
是否骄傲又自大,泼辣又好斗,
是否爱骂人,或者生性爱挥霍, 1535
是贫是富,还是像男人爱发火。
当然无论是谁,在这世界上
找不到一个十全十美的女郎,
也难想象有这种走兽或男士。
无论如何,考虑到是娶妻子, 1540
我们总希望这位妻子品性好,
总希望她的优点多多缺点少;
而要打听这些事,就得花工夫。
天知道,自从成了家做了丈夫,
我在暗地里流了多少的眼泪。 1545
所以任别人把婚姻生活赞美,
我觉得这种生活里没有幸福,
有的只是不幸、花费和义务。
但是天知道,我家周围邻居,
特别是那些为数众多的妇女, 1550
居然个个都说我妻子最忠实,
说她是世上最最温顺的妻子。
我清楚,小鞋哪里夹我脚趾疼。
就我来说,你喜欢怎么办都成,
但你毕竟已上了年纪,所以, 1555

412

对于婚姻大事可千万得注意,
何况你要娶年轻貌美的妻子。
我凭创造水、土、空气的神起誓,
哪怕我们中间最年轻的青年,
要独占妻子也得忙得团团转。　　　　　　　　　　1560
相信我,最多不过三年时间里,
也许,你还能让你的妻子满意,
就是说,完完全全能让她称心;
但妻子的要求包括很多事情。
愿你听了我的话不至于烦恼。"　　　　　　　　　1565

"讲完了没有?"佟月爵士说道,
"收起那套塞内加的滥调陈词,
那种学究的话,一篮草也不值!
刚才你听见,比你聪明的人
对我的打算已表示完全赞成。　　　　　　　　　　1570
帕拉西波,你有什么话要讲吗?"

"我敢肯定说,"帕拉西波回答,
"阻挠人家婚事的人最是可恨。"
听到这句话,大家立刻站起身,
对佟月的婚事一致表示同意——　　　　　　　　　1575
无论何时同何人结婚都可以。

于是他每天对婚事加以考虑,
各种非非之想和怪怪的思绪
时时在他的心头上浮现出来。
许多漂亮的脸蛋和苗条身材　　　　　　　　　　　1580
每天夜里一一地经过他心上。

如果有人把一面镜子擦擦亮,
把它放在人来人往的市场里,
他就会看见人影在镜中来去。
而佟月爵士也正是这种情形: 1585
住他家附近那些姑娘的倩影
也同样一一出现在他的心头,
但他不知道应该在哪里停留。
因为她们中这个人面貌俊俏;
那个人却在居民中口碑极好, 1590
说是她庄重文静又仁慈善良,
所以老百姓大多在把她夸奖;
另有一些富家女,名声很糟。
最后,像是认真又像是胡闹,
他终于选定其中的一位女子, 1595
并让其他人在他心头上消失;
他这次选择,凭的是自己意愿,
因为爱神是瞎子,本就看不见。
晚上他躺在床上睡觉的时候,
总是在自己脑海、自己心头 1600
描摹那位对象的年轻和美貌,
想象她那修长的手臂和细腰,
她那稳重的谈吐、高雅的举止,
她那贤淑的风度、坚定的品质。
选中了那位姑娘,主意既定, 1605
他感到自己的选择英明透顶。
因为他一旦觉得拿定了主意,
就会感到别人的智力非常低,
低得不可能反对他做的选择——
当然这不过是他自己的臆测。 1610

414

于是，他急急忙忙邀请亲友，
希望他们能应他的这次请求，
赶快上路，赶快来他爵士府——
他已大大简化了他们的任务，
因为他心里选定了一位姑娘， 1615
不必再跋山涉水到处寻访。

帕拉西波等亲友很快赶到后，
主人首先向他们提一条要求，
要人家对他已经决定的打算
不要再提出什么不同的意见。 1620
他说他的打算既取悦于天主，
也是他本人今后幸福的基础。

他告诉他们，城里有位姑娘，
这姑娘因为美丽而芳名远扬，
虽然出身低微，但她的美丽 1625
和她的年纪已足够使他满意。
他说他已经决定娶这位姑娘，
从而让生活变得可敬又舒畅。
他为完全占有她而祈求天主，
不容许别人分享他这份幸福。 1630
接着，他请求大家为这事出力
并做出安排，确保他达到目的——
只有这样，他的心才得以安宁。
他说："那时没什么再使我烦心，
只有一件事叫我良心很不安， 1635
这事我要对你们当面谈一谈。"

"我早听人说过，"他接着叙述，
"人不能兼享两种圆满的幸福——
就是人间的、天上的不能兼享。
但即使不犯七项重罪任一项，① 1640
不碰这罪恶之树的任何枝杈，
婚姻生活里仍有完美的欢洽，
这欢洽十分幸福，十分美满，
所以年纪大的我常感到不安，
只怕日子过得太美满太无忧， 1645
就变得没有一点矛盾和闲愁，
这人间世界竟成了我的天堂。
而进真正的天堂代价很高昂，
这要经过多少的忏悔和磨难；
而像我这样，日子过得太欢， 1650
享尽了夫妻生活的一切乐趣，
基督的永生天堂怎还进得去？
这就是我的担心，两位好兄弟，
请你们帮帮我，解决这个问题。"

朱斯提努斯本就嫌他干蠢事， 1655
立刻就做出回答并语带讽刺；
但为了尽量地把话说得简短，
他在说话中并没有引经据典。
他说："如果你只有这点障碍，
那么凭神的仁慈和出奇能耐， 1660
老兄，他也许对你特别恩典，
在你最后接受教会的仪式前，

---

① 七项重罪指：骄傲、妒忌、发怒、懒惰、贪婪、贪吃、好色。

让你为婚姻生活而感到懊丧——
尽管你说其中没矛盾没忧伤。
换句话说,神让单身汉忏悔, 1665
那么对结婚者就会恩典加倍,
让做丈夫的人更是经常懊恼!
所以老兄,我能给的最好忠告,
就是要你别绝望,而是要牢记:
你的妻子很可能是你的炼狱! 1670
是专来给你磨难的天神之鞭!
这样,你灵魂就能一蹿升天,
速度真是比离弦之箭还要快!
我但愿天主以后会让你明白:
婚姻中并没有那种巨大幸福, 1675
事实上,永远不会有什么幸福
竟然足以妨碍你灵魂的得救——
只要你能合情合理地去享受,
享受你妻子所能给你的欢洽,
与此同时也不要过分宠爱她, 1680
并尽力避免犯下其它的罪孽。
我的智力很有限,就说这些。
亲爱的老兄,不必为此害怕。[①]
这件事情,我们谈到这里吧。
对我们现在讨论的婚姻问题, 1685
你如果对巴思妇人略有所知,
那么她已经讲得简明又透彻。
但愿天主格外眷顾你,再见了。"

---

① 在 Skeat 的文本中,这下面的四行并不出自朱斯提努斯之口。

说完，朱斯提努斯同他的兄弟
告别了主人，各自回自己家里。　　　　　　　1690
他们看到，事情非这样办不可，
于是，经过机智的商谈与撮合，
那位芳名叫伍悦的年轻女郎①
总算同意婚事，答应做新娘，
尽快嫁给那年老的佟月爵士。　　　　　　　　1695
我相信，细细讲来会很费时，
因为这次婚姻中有很多细节，
比如把地产赠予新娘的契约，
比如新娘的结婚礼服极鲜艳。
终于到了早已定好的那一天，　　　　　　　　1700
于是这对新人走进了教堂里，
那里为他们举行神圣的婚礼。
教士颈子前挂着圣带走出来，
嘱咐新娘要忠贞要善于安排，
要她好好学习撒拉和利百加，②　　　　　　　1705
接着照例求天主祝福他们俩，
最后念了祷文，给他俩画十字，
总之，圆满又圣洁做好每件事。

他们就这样举行了隆重婚礼，
随后夫妻俩为客人大开筵席；　　　　　　　　1710
他们同贵宾坐在一处高台上，
只见豪华的厅堂里喜气洋洋，
满眼是各种乐器和美食佳肴——

---

① "伍悦"在原作中意为"五月"，与"一月"（佟月）一夏一冬。现代诗人约翰·普莱斯也有名为《一月与五月》的作品。
② 撒拉和利百加都是《圣经》中的女子，是忠贞与智慧的典范。

418

反正意大利的珍奇一样不少。
各种乐器演奏着美妙的曲子; 1715
底比斯的安菲翁或者奥菲士①
都不曾演奏得这样动听美妙。
每上一道菜就响起一阵曲调,
约押或底比斯的西俄达马斯②
(当这城邦的命运岌岌可危时) 1720
吹奏的喇叭远没有这样响亮。
酒神巴克斯为斟酒来回奔忙。
维纳斯更是笑看着每个男子,
因为佟月已变成了她的骑士,
她要好好试试在婚姻生活里 1725
这骑士是否有独身时的精力。
维纳斯手持火把,在宾客面前,
在新娘面前跳着舞,舞姿翩跹。
不但如此,我要大胆地说句话:
就算是那位婚姻之神许门吧, 1730
也从没见过这样快乐的新郎。
马提阿努斯,你这诗人不要响,③
你虽写过菲洛洛姬和墨丘利,
写过这两位天神欢乐的婚礼,
也曾向我们描绘缪斯的歌唱, 1735
但是你的笔和歌喉不够欢畅,

---

① 安菲翁见"骑士的故事"1545行注。奥菲士是希腊神话中的诗人歌手,其琴声能打动野兽和顽石。
② 约押是大卫王的元帅,据说以吹奏喇叭指挥战斗或中止战斗(见《旧约全书·撒母耳记下》第2章第28节)。西俄达马斯是传说中底比斯军中先知,他祈祷后总响起喇叭声。
③ 马提阿努斯·卡佩拉是5世纪作家,有拉丁文诗作《菲洛洛姬和墨丘利的婚礼》。

很难来描绘眼前的这场婚姻。
当青春女郎嫁给佝偻的老人,
那种欢乐劲就简直写不出来;
你若能亲自去试试就会明白　　　　　　　　　　1740
我在这件事上是不是撒了谎。

伍悦满面春风,坐在那台上;
她情意绵绵,哪怕以斯帖王后
看她的国王,眼光也没她温柔。
看上去,她简直就像有股魔力,　　　　　　　　1745
反正,我无法描述她多么美丽,
我能够说的只不过这样一点:
她呀就像阳光初照的五月天,
洋溢着各种各样的欢情和美。

佟月爵士每次朝新娘看一回,　　　　　　　　　1750
就感到如痴如醉的一阵狂喜;
但他的心里开始打新娘主意,
想要在夜里格外地同她亲近:
要比帕里斯搂海伦搂得还紧。①
他的心里对新娘充满了爱怜,　　　　　　　　　1755
为夜里将把她蹂躏感到抱歉。
"唉,你这娇嫩的人,"他想道,
"我体内这股精力充沛又狂暴,
愿天主保佑你,让你能够顶住。
但老天不会容许我全力以赴!　　　　　　　　　1760
而我也担心,只怕你会受不了。

---

① 帕里斯是特洛伊王子,因拐走斯巴达王的妻子海伦,引发了特洛伊战争。

哦，愿天主让天色现在就黑掉，
然后，让夜晚永远永远地延续！
哦，我巴望宾客们立刻就离去。"
最后，他在不失体面的情况下，   1765
尽了一切努力，也说尽了好话，
终于巧妙地让宾客停止用餐。

现在到了该离开餐桌的时间，
撤席以后，人们喝酒又跳舞，
把各种各样的香料撒了一屋。   1770
大家兴高采烈，心里很痛快，
但名叫达米安的扈从是例外。
他在餐桌上一向为爵士切肉，
但是这新娘让他爱得昏了头，
他感到痛苦，痛苦得近乎痴迷，   1775
连站在那里也差点跌倒在地。
维纳斯手里拿着火把在跳舞，
达米安被这个火把烧得好苦，
只能匆匆忙忙地去躺在床上。
眼下我暂且不谈他那份苦况，   1780
让他去独自伤心又尽情哀哭，
等鲜艳的伍悦怜悯他的苦楚。

哦，床榻间生出的火苗多危险！
哦，家中的手下人却不共戴天！
哦，全不顾信义的奸诈小仆从，   1785
就像阴险的毒蛇在人的前胸！
天主保佑，让我们别碰上他们！
佟月爵士啊，这场欢乐的新婚

让你沉醉,但看看你这达米安,
你这扈从,这依附于你的壮汉, 1790
看他将怎样打定主意伤害你!
愿天主让你识别家中的仇敌;
因为家中有仇敌经常在身旁,
就是世上最大的危险和灾殃。

太阳走完它白天的那道弧线, 1795
已经不可能继续停留在天边,
终于从地平线上渐渐往下沉。
这时夜色展开它粗黑的斗篷,
开始笼罩了整个大地的上方。
这时候来宾们纷纷告辞新郎 1800
(四处响起一迭连声"谢谢你"),
然后上车上马喜滋滋回家去——
他们在家里把想做的事做好,
看看时间已不早就上床睡觉。
客人一走,心急火燎的爵士 1805
只想上床,再不肯等待片时。
他喝了甜酒露酒再加甜药酒,
酒里的香料能使他精力持久;
他还吃下许多加糖的混合剂,
反正那可恨的康士坦丁修士[①] 1810
在他《交欢》一书中提到的药,
他吃得毫不迟疑,毫不动摇。
他对自己的知心亲友这样说:

[①] 康士坦丁·阿弗即康士坦丁·阿非利加努斯,为公元 11 世纪修道士,其论述交欢的作品中有催欲剂的内容。此书内容下面还会提到。

"请你们尽快把这屋子腾给我,
为了天主的爱,请你们帮帮忙。" 1815
于是,亲友们满足了他的愿望,
向他祝了酒,接着就拉上帷幔。
新娘被抱上了床,像石头一般;
等到教士对这床做好了祝福,
所有的客人都从屋子里走出, 1820
佟月爵士便紧紧搂住了新娘——
这鲜艳伍悦是他配偶和天堂。
他抚摩着她,一遍一遍吻她,
用脸去挨擦新娘柔嫩的脸颊——
他虽按习惯新近剃过了胡子, 1825
但是密密的胡子根硬得像刺,
像狗鲨的皮那样扎得人难受。
这时他说:"嗨,我亲爱的配偶,
现在我可要放肆,要冒犯你啦!
当然,到时候我自会翻身而下。 1830
但是我要你考虑这一点,"他讲,
"任何一个工匠,无论哪一行,
都不能把事情干得既好又快;
要把事情干得好可得慢慢来。
我们玩多长时间没什么关系, 1835
反正我们凭婚姻结合为一体;
这是我们的束缚,但值得欣慰——
有了这个,怎么干都不算犯罪。
说犯罪,当然不是说同他爱妻,
正如一个人不会用刀伤自己—— 1840
任凭我们怎么玩,有法律保障。"
于是,他不辞劳累,干到天亮;

423

完事后,吃了用酒浸过的面包,①
接着,在床上直起身子坐坐好,
开始放开了喉咙就大声歌唱; 1845
随即吻了吻妻子又放肆一趟——
他像马驹不安分,放荡又活跃,
叽叽喳喳的,像只斑驳的喜鹊。
唱歌时他那颈子周围的皱皮
抖个不停,而歌声就像鸡啼。 1850
新娘见他坐床上,颈子瘦又长,
脑袋上戴着睡帽,睡衣披身上,
天知道,她的心里是什么想法——
反正不会为他那点把戏夸赞他。
这时爵士道:"我要睡一会儿觉, 1855
天亮了,再要不睡我可吃不消。"
他倒头便睡,醒来时九点已过。
这时,他看看时间已经差不多,
便从床上爬起,而娇艳的新娘
按当时的习俗,三天不能出房。 1860
这习俗对于新娘倒是挺受用,
因为干活的人不休息怎么成?
要长时间的坚持就需要休息——
对任何生物都适用这个道理,
不管是人是鱼,是走兽飞禽。 1865

现在来说达米安可怜的情形,
让你们知道他为爱备受煎熬。

---

① 这是当时贵人们通常的早餐。

所以，我直截了当对他说道：
"哦，我的可怜达米安，哎呀，
请你对我这个问题做出回答： 1870
你将怎样去倾吐你的相思苦？
你这娇艳的心上人准会说'不'，
而且，她不会为你诉的苦保密。
我可没有好办法，愿主帮助你。"

达米安心中烧着维纳斯之火， 1875
他的相思病害得他半死不活，
那样的欲望逼得他拿命去拼。
因为再这样憋下去实在不行，
于是，他偷偷借来一套文具，
把他的相思全都写成了诗句， 1880
结果是一封哀婉凄恻的情书，
向鲜艳美丽的伍悦女郎诉苦。
他把这封信装在丝绸小袋中，
挂在衬衣里，紧贴他的前胸。

佟月爵士娶亲的那一天正午， 1885
月亮正在金牛宫中的第二度；
到了现在，月亮移进巨蟹宫。
这段时间，新娘待在卧室中；
根据所有贵人所遵行的习惯，
如果新娘要到大厅里来进餐， 1890
要等到过了四天，至少三天，
这时才可以让她来参加欢宴。
就这样到了整整第四天中午，
等到仪式隆重的大弥撒结束，

佟月爵士和伍悦坐在大厅里,　　　　　　　　1895
这新娘像夏日一样清新明丽。
但这时新郎偏偏想起达米安,
发现他不像往常总在他跟前。
"圣马利亚,这是怎么回事?"他说,
"什么道理,达米安不来侍候我?　　　　　　1900
是出了什么事,还是有了病痛?"
站在他身旁侍候的其他扈从
都为达米安解释,说他生病,
所以不能来爵士跟前做事情——
只是生病的缘故使他来不了。　　　　　　　1905

"我为他感到难过,"佟月爵士道,
"说实话,他这个扈从知书识礼,
如果病死了,这个损失太可惜。
我知道很多他这一阶层的人,
其中数他最聪明谨慎可信任,　　　　　　　1910
他既有气概,办事相当得力,
这对他今后的发展非常有利。
等到吃好饭,尽快收拾一下,
我会带着伍悦一起去看望他,
要尽我的力去把他安慰安慰。"　　　　　　1915
听了这番话,大家把他赞美,
因为这是他一片善意与好心,
去对他生病的扈从表示关心——
这做法完全称得上礼贤下士。
"夫人,请你千万别忘一件事,"　　　　　　1920
佟月爵士道,"饭后你带侍女
离开饭厅,回到你的房间去,

426

那时候你们一定要把他看望,
让他高兴;他这人很有教养。
请你告诉他,我得休息一下, 1925
用不了多长时间就会去看他。
你现在快去,因为我要等你,
要等你上床来同我睡在一起。"
他说完便叫一个扈从到跟前
(这人是他府中的最高总管), 1930
把要做的事对他吩咐了几句。

鲜艳的伍悦带着她所有侍女
径直走去,来到达米安房间。
现在,她坐在这个病人床前,
尽可能温和地给他一些安慰。 1935
达米安时刻留心,一见机会,
便把那丝绸袋子塞进她手心,
袋里有他倾诉衷肠的那封信。
他做这件事并没有任何解释,
只显得非常痛苦,连连叹息, 1940
同时,轻声地这样咕哝一句:
"请你发发慈悲,可别说出去;
这事若让人知道,我就活不成。"
她把袋塞进衣服的胸前夹层,
起身离开;此事就说到这里。 1945
伍悦离开后,回到佟月那里,
只见他舒服地坐在床的边沿。
丈夫搂住她吻了一遍又一遍,
很快便说要睡觉,往下一躺。
但新娘借口先要去一个地方 1950

（你们知道，那里人人得光顾），
她到了那里，把那信反复细读，
然后就把信撕成了一把碎片，
毫不声张地丢在那厕所里面。

现在这艳丽的伍悦心烦意乱，　　　　　　　　　　1955
她回去躺在睡着的爵士身边。
不料老头一阵咳嗽，醒来后，
向妻子提出脱光衣服的要求，
说是要在她身上玩一个痛快，
而她身上的衣服却是个障碍。　　　　　　　　　　1960
不管她欢迎或者厌恶，她照办。
为免得爱挑剔的人对我不满，
我不说佟月爵士干的那个活，
对伍悦是天堂或地狱也不说；
在这里，我就任由他们怎么样——　　　　　　　　1965
直到晚祷钟声响，他们得起床。

无论是因为命运或因为凑巧，
是由于某种神秘作用或天道，
或是星象影响，这也就是指：
天上的星体这时所在的位置　　　　　　　　　　　1970
使得给任何女士的求爱文书
全都得到维纳斯的有力帮助
（正如文人常说：万物各有时）——
所有这一切，当然不为我所知；
但天主知道，万事都有个理由，　　　　　　　　　1975
他裁断一切，所以我在此住口。
事实是，这位鲜艳的伍悦女郎

对那天的事留下了极深印象,
她很同情正在生病的达米安,
所以心里不由得时时在盘算, 1980
总想要好好地把他安慰安慰。
她想:"不管这件事把谁得罪,
我都不在乎,因为我能保证
我最爱他,爱得超过任何人,
哪怕他穷得只有身上衬衣。" 1985
瞧,好心多快就滋生怜惜!

由此能看到,女人心地多好——
只要是她们经过了仔细思考。
但世上也有不少暴虐的女人,
她们的心简直像石头那样硬—— 1990
哪怕达米安当场死在其面前,
也不会像伍悦那样对他垂怜;
她们甚至为心狠手辣而得意,
即使去亲手杀人也未必迟疑。

好心的伍悦心中充满了怜悯, 1995
拿起笔来亲自写好了一封信,
表达了对达米安的真挚情感;
说是问题只在于时间和地点,
只要达米安安排好这样两项,
她就可以来满足其一切愿望。 2000
写好了信,一天看到有机会,
伍悦就去把病人探访和安慰。
她把信塞到达米安枕头底下,
塞得很妙,心想让他去读吧;

随后拉着他的手用力捏了捏， 2005
动作很隐蔽，谁也没有察觉。
正这时爵士派人来，找她回去，
她起身告别，祝愿病人早痊愈。

次日早晨，达米安很快起床，
他的病、他的悲愁一扫而光。 2010
他立刻动手，梳洗打扮一番，
一心想讨自己心上人的喜欢。
对佟月爵士他照旧谦恭驯良，
就像是训练有素的猎狗那样。
在任何人面前，他都讨人欢喜 2015
（这不难做到，只要为人有心计），
结果人人喜欢他，说他好话，
那意中人对他更是青睐有加。
这里我让达米安去忙他的事，
话分两头，我还继续讲故事。 2020

有的读书人认为，幸福这个词
意味着寻欢作乐；而佟月爵士，
也确实为这个目的动足脑筋，
要让日子过得最甜蜜最舒心，
生活要高贵体面，像个爵士。 2025
他那宏伟的府第和他的服饰，
都同王公的一样豪华和气派，
在这些豪华气派的财产之外，
他建有一座石墙围住的花园——
像这样美好的花园世所罕见。 2030
毫无疑问，我能做这样的猜测：

即使请来《玫瑰传奇》的作者,[①]
恐怕也很难描写园中的美景;
就是请来普里阿普斯也不行,[②]
他是园林之神,却也难描绘 2035
这大花园中那些景物的秀美,
特别是常绿月桂树下的清泉。
冥王普路托,据人们口口相传,
同冥后普罗塞耳皮娜常一道
带着他们所有的小仙或小妖, 2040
在那清泉边唱歌跳舞或嬉戏。

且说我们高贵的佟月老爵士,
最喜欢去那花园中散步游玩,
所以不肯把钥匙给人家保管:
他为了自己进园时比较方便, 2045
总把那小小银钥匙带在身边,
要进园就把便门上的锁打开。
有时夏日里他想还妻子的债,
这位佟月爵士就带上了爱妻,
两个人不声不响走进园子里, 2050
把他没在床上施展过的功夫
在这花园中一一成功地展露。
佟月爵士和他那娇艳的妻子
就这样过了不少快活的时日。
但无论对谁,哪怕爵士大人, 2055

[①] 《玫瑰传奇》是中世纪著名寓言诗,第一部分讲有围墙的爱情园。"骑士的故事"中的维纳斯神庙一些细节来自此诗。作者纪尧姆(Guillaume de Lorris)生平不详。
[②] 普里阿普斯是希腊、罗马神话中果园、酿酒、牧羊及男性生殖力保护神。

人间欢乐也总有终止的时分。

突如其来的变故,无常的命运!
你们哪,像蝎子一样欺诈成性!
想要蜇人的时候,头却在巴结,①
而那尾巴里,满是致命的毒液! 2060
哦,脆弱的欢乐,诡甜的恶毒,
谁能够像你这样地狡猾,怪物?
你把你礼物涂上忠贞的色彩,
曾经欺骗了多少贵人和乞丐!
既然你接受佟月爵士做朋友, 2065
为何把他欺骗,给他吃苦头?
现在你使他丧失双眼的目光,
使他伤心到极点,宁可死亡。

唉,这逍遥自在的高贵爵士,
正过着满园春色的快活日子, 2070
突然,莫名其妙丧失了目力。
这就害得他时时哀号和哭泣,
而他的心中有一团猜忌之火,
只怕老婆靠不住,就此出错。
猜忌之火烧得他难受,所以, 2075
他倒宁可有人来杀他们夫妻。
因为无论在他的生前或死后,
他都不希望老婆落进人家手,
只愿自己死去后她穿黑丧服,
像失去伴侣的斑鸠那样孤独。 2080

---

① 中世纪的博物学认为,蝎子先让头部蛊惑其攻击对象,然后用尾部刺去。

终于，这样过了个把月之后，
他变得不像先前那么样悲愁，
因为他知道没有恢复的希望，
只能耐心地忍受不幸的现状。
但毫无疑问，心思并没放开，　　　　　　　　　　2085
他那种猜忌的心理时时还在；
不但还在，甚至还变本加厉。
因为，无论妻子想要去哪里，
哪怕是自己家里的什么地方，
或者邻居家，他都一概不让，　　　　　　　　　　2090
除非手搭在妻子身上一起去。
为此，鲜艳的伍悦多次哭泣，
因为达米安时时在她芳心上，
要是不能实现同他好的愿望，
她宁愿立刻死掉，一了百了，　　　　　　　　　　2095
免得一直干等，等得心碎掉。

话分两头，我们来说达米安。
他是世上最最伤心的男子汉。
因为不论在白天不论在夜里，
他都没法向心上人吐露心迹——　　　　　　　　　2100
哪怕是仅仅只说上一言半语，
也必定要被佟月爵士听了去，
因为爵士的手总搭着他妻子。
但是，他凭一来一往打手势、
递条子，得知伍悦夫人心意，　　　　　　　　　　2105
伍悦夫人也知道了他的目的。

眼力对你又有什么用，爵士——

即使能看到船只在天边行驶?
反正没瞎眼也是在受人欺诳,
这同瞎了眼遭到蒙骗没两样。 2110

想想阿耳戈斯吧,这百眼巨人,
尽管他东张西望,极尽其所能,
老天知道,他照样受人家蒙蔽;
不过,也有人认为并不是如此。
不谈这事倒省心;我就不谈啦。 2115

且说伍悦夫人弄来了一些蜡,
把爵士进出花园的钥匙弄到;
然后在火上慢慢把蜡烘软掉,
再把钥匙摁上去,把模型压出。
伍悦夫人的心思,达米安清楚, 2120
就用这模型偷偷做了把钥匙。
闲话休说,只因为有这钥匙,
不久之后,便发生奇迹一桩。
你们听着,下面我就接着讲。

哦,尊贵的奥维德说得真对: 2125
爱情从来不吝惜时间和汗水,
总能找到办法,怎么也拦不住!
皮剌摩斯、提斯柏的事很清楚:①
尽管,他们受到严密的监视,
却隔着一堵墙相互交流心思, 2130
而这个高招却没人能够发现。

---

① 这是乔叟另一作品《贞节妇女的传说》中的人物。

言归正传:在六月份第八天,
就在那一天还没过去的时候,
佟月爵士感受到妻子的挑逗,
很想同妻子去那园子里玩玩——　　　　　　2135
就他们两个,不要别人陪伴。
于是早上他对妻子道:"起来,①
我的夫人,我最亲爱的太太!
我的甜蜜鸽子!听听斑鸠叫!
冬天和湿淋淋的雨都已过掉!　　　　　　2140
来吧,睁开你鸽子般的眼睛,
你的胸脯比葡萄酒还要白净!
我那个园子有围墙在它四周,
来,我的白净的妻子和配偶!
亲爱的,你真让我神迷心醉,　　　　　　2145
我一生都觉得你无瑕地完美。
来吧,我们一起去作乐一番,
我选你做我妻子,我的慰安。"

爵士讲这些肉麻的滥调陈词,
他妻子却对达米安打个手势,　　　　　　2150
要他把钥匙带好了先走一步。
于是,达米安遵照伍悦吩咐,
没什么动静也不露任何形迹,
打开便门就闪身进了园子里,
然后静静地坐在一处树丛下。　　　　　　2155

---

① 这段话几乎都来自《旧约全书·雅歌》第2章。

爵士的眼睛已瞎得不能再瞎；
他一手拉着妻子，不带从人，
自己打开那美好园子的便门，
走了进去，便立刻把门关掉。

"娘子，这里就你我两人，"他说道， 2160
"这个世上，我最爱的人是你。
我发誓，凭那坐在天上的上帝，
我宁可自己被人家一刀捅死，
不愿受伤害的是亲爱的妻子！
请看在上苍的份上考虑考虑： 2165
我当初是出于爱才把你迎娶，
而绝对没有其它的什么贪图。
现在我虽年老，两眼看不出，
你仍要忠实于我。什么道理？
忠实于我，准得到三样东西： 2170
这就是基督的爱和你的贞操，
还有我的产业、集镇和城堡。
我给你这些，你要就立字据，
肯定在明天日落前办好手续，
就像我希望上天能让我遂愿。 2175
这契约请你先用亲吻签一签。
尽管我时时猜疑，但请原谅；
因为你倩影深深印在我心上，
所以每当我想到你那种美丽，
再想到我这并不相称的年纪， 2180
我愿死，也不愿没你在身旁；
千真万确，我爱你爱得发狂。
现在请吻我一下，我的娇娘，

然后，我俩去四处随意逛逛。"

鲜艳的伍悦夫人听了这番话，　　　　　　　　2185
对佟月做了让他宽心的回答；
她先哽咽几声，然后这样讲：
"我也有个灵魂，同你一样
有待基督拯救，这不去说它；
我的贞操和我这女性的娇花，　　　　　　　　2190
当初教士把我俩结合为一体，
这两样就已交托在你的手里。
所以亲爱的夫君，你若允许，
我想我还是这样向你说几句：
如果我让我们家蒙受这羞耻，　　　　　　　　2195
或因不忠实而玷污这个姓氏，
我情愿身败名裂而倒地死亡，
要不，求天主永远别让天亮；
如果对你不忠实，犯下那种罪，
那就剥光我衣服，装进麻袋内，　　　　　　　2200
把我扔到最近的河里去淹死。
我是有身份女人，不是婊子。
你这话什么意思？男人虽变心，
但受责备的，永远是我们女人。
我想，你们要掩饰自己的过错，　　　　　　　2205
就说我们不忠实，把我们指责。"

说完，她看见达米安坐在那里，
便咳嗽几声，以引起他的注意；
然后向树丛下的他做做手势，
要他爬上结满了果子的树枝。　　　　　　　　2210

达米安会意，立刻爬上树去。
他确实了解伍悦夫人的心曲，
也完全懂得她打的每个手势——
那丈夫这方面不能同他相比。
因为伍悦夫人曾给他写了信，　　　　　　　　　　2215
详细告诉他事情该如何进行。
现在我让他坐在那棵梨树上，
让爵士和他的夫人随意游逛。

那天风和日丽，空中一片蓝，
太阳洒下的一道道金色光线　　　　　　　　　　2220
让花朵感到快活，感到暖烘烘。
依我想，那时太阳正在双子宫，①
离它最北端的下倾距离不长，
而巨蟹宫里的木星影响上扬。
事有凑巧，就在这晴朗早晨，　　　　　　　　　　2225
普路托，就是那位冥国之君，
正好就在这花园里的另一头，
随同他一起来的有他的冥后——
这普罗塞耳皮娜当初在采花，
不料被他抢走，离开埃特纳，②　　　　　　　　　2230
你们去读读克劳狄安写的诗，③
就知道这次用战车抢人的事。
且说这冥王不但带来了冥后，

---

① 双子宫离夏至点不远，此后可看到太阳高度渐渐减低，这是巨蟹宫的开始。据占星术说法，木星在该宫时的影响力最大。
② 埃特纳即意大利的埃特纳火山。
③ 克劳狄安（370？—404？）是古典传统最后一位重要诗人，来意大利后放弃了希腊文创作。神话史诗《普罗塞耳皮娜被劫记》是他代表作。

还有许多的仙女跟随在后头。
冥王在绿草地的石凳上落座, 2235
随即就对他那位王后这样说:

"夫人,有一点谁也没法否定,
这一点就是,每天有事实证明:
女人总弄虚作假把男人背叛;
这类著名事例能举出一百万, 2240
内容都是讲女人的水性杨花。
哦,贤明而又豪富的所罗门哪,
你知识渊博,又享尽人间尊荣;
任何人只要对智慧、理性尊重,
就该把你的话牢牢记在心上, 2245
因为你这样赞扬男人的善良:
'一千名男子中还能找个好的,
但所有女人里,好的没有一个。'

"这君王了解你们女人的恶毒。
我相信,连那位西拉之子耶数,① 2250
对于你们,也难得有好话可说。
哦,但愿要人命的瘟疫和流火,
今天夜里就落上你们的身子!
有没有看见那位可敬的爵士?
因为他年纪又老,眼睛又瞎, 2255
他手下的人竟想让他当王八!
瞧那个色鬼现在正坐树上!

---

① 耶数是《次经传道书》的作者,该书又译《耶数智慧书》或《德训篇》,即杜埃版《圣经》中的《便西拉智训》。

我要给这高贵的老爵士帮忙,
要以我的法力帮帮这瞎老头:
在他的老婆让他蒙羞的时候, 2260
要让他突然恢复失去的视力,
看清他老婆是个下流的东西。
我要叫她和她那类人丢丢脸。"

冥后说道:"是吗?你想这么干?
那么我就以外公的灵魂起誓:① 2265
我要给她一个很不错的说辞——
既是为她,也是让其他女人
以后干丑事被人抓住的时分,
能勇敢地面对并为自己申辩,
让指责她们的家伙哑口无言, 2270
免得因无言可答而活活羞死。
哪怕男人亲眼看到了什么事,
我们女人也老着面皮要顶住,
要打迂回战,发誓、咒骂、痛哭,
叫你们男人狼狈得呆若木鸡—— 2275
我才不在乎你的法力不法力!

"我很了解那个犹太人所罗门,
他在女子中是找到很多蠢人;
但他即使好女人一个没发现,
却仍有许许多多别的男子汉 2280
找到忠实、善良、贤淑的女子。
看基督门下的女子便可证实;

---

① 她的外公是罗马神话中的萨杜恩,可参看"骑士的故事"2443 行注。

440

她们的殉难证明她们的忠贞。
罗马的历史也提供很多明证,
提到了许多赤胆忠心的贤妻。 2285
即便情况如此,你也别生气;
所罗门虽说他没找到好女子,
但我请你理解他真正的意思,
他说的是那种至高无上的善——
是男是女都没份,由天主独占。 2290

"凭这唯一的真神,我要问问你,
你把所罗门捧得高是何道理?
他虽然造过神庙,那又怎样?
他虽然荣华富贵,那又怎样?
他不是也曾为假神造过庙宇? 2295
还有什么事比这更触犯戒律?
凭天起誓,即使你为他粉饰,
抹不掉他纵欲和拜偶像的事;
何况,他年老之后背离天主。
根据《圣经》说法,我们天父 2300
要不因为他父亲而宽恕了他,①
他那个王国也早就归了人家。
你们写那些羞辱女人的文字,
我看连只蝴蝶的代价也不值!
作为女人,我要说说心里话, 2305
要是不说出来,心要被气炸。
他既然说我们喋喋不休空谈,

---

① 所罗门是公元前 10 世纪的以色列王,父亲是大卫王(公元前 1000?—前 962 年在位)。

那么只要我享有着自己发辫，①
　　就不愿因为讲究礼貌而容忍，
　　就偏要攻击说我们坏话的人。" 2310
　　普路托说道："夫人，别再发火，
　　我退出争论；然而誓我已发过，
　　说是要恢复他已失去的视力；
　　这仍有效，这点我得告诉你。
　　我是王者，说话不该像撒谎。" 2315

　　普罗塞耳皮娜说："我也一样；
　　作为仙后，已决定给她个回答！
　　关于这件事，你我不必再争啦。
　　说实话，我也不想再同你抬杠。"

　　现在让我们来看爵士的情况。 2320
　　他同美丽的夫人在那花园里，
　　唱歌唱得比鹦鹉还欢天喜地：
　　"我不爱别人只爱你，爱到永远。"
　　他沿着园中的小径走得很远，
　　这时，已走到那棵梨树底下—— 2325
　　上面是青翠欲滴的枝枝桠桠，
　　还有达米安喜滋滋坐在那里。

　　鲜艳的伍悦满脸焕发着春意，
　　却叹息着叫道："唷，我这身子！
　　我的夫君哪，不管发生什么事， 2330
　　我知道，现在我得吃上几个梨，

---

① "享有着自己发辫"意为"活在世上"。

否则活不了！这种小小的青梨
一看见，我就巴不得吃上几个。
看在天上女王的份上，救救我！
告诉你，女人若是我这情况，   2335
那就很可能对水果特别渴望，
要是吃不到，可能死路一条。"

"叫我瞎子怎么办？"佟月爵士道，
"我们身边没有带爬树的小厮。"
夫人说道："你眼看不见不碍事，   2340
只要你能够看在天主的份上，
伸出双臂抱紧在这棵梨树上
（因为我很清楚，你并不信任我），
这样我就能自己爬上去，"她说，
"只是我的脚就会踏在你背上。"   2345

"哪怕你要用我的心头血帮忙，"
爵士说道，"我保证也一定给你。"
他刚俯下身，夫人已踏上背脊，
然后拉住了树枝，爬上那棵树。
各位女士，我请求你们别发怒；   2350
我是个粗人，说话不大会拐弯。
反正一见她上去，那个达米安
撩起她裙子立刻就干了起来。

普路托看见他们的那副丑态，
当即让爵士恢复原有的眼力，   2355
使他能够像从前一样看东西。
且说佟月爵士恢复了视力后，

443

那欣喜之情可真是人间少有；
但他的心思仍在妻子的身上，
于是他抬起头来朝树上一望， 2360
却见达米安同他老婆在一起——
我不想细谈他们的那种把戏，
因为谈起来难免就粗俗不堪。
爵士不由得爆发出一声大喊，
像亲娘突然看到她孩子死亡。 2365
"出事啦，出事啦！"爵士大叫大嚷，
"好不要脸的女人，你在干吗？"

夫人答道："夫君，你是怎么啦？
你可得耐下心来，好好想一想。
是我，给你的两只瞎眼帮了忙。 2370
我以我的灵魂起誓，绝不骗你：
因为人家教我，要让你有视力，
要治好你的眼睛，最好的办法，
就是到树上，同一个男人打架。
天知道，这是对你的一番好意！" 2375

爵士叫道："打架？打进你身体！
愿天主叫你们两个不得好死！
他在给你通阴沟，我眼见为实！
要是我冤枉了你，吊死我好啦！"

"这么说来，是我用错了疗法，" 2380
夫人道，"因为如果你真看得见，
肯定就不会对我出这种恶言；
你视力仍然模糊，没完全恢复。"

444

"我两眼看得同以前一样清楚,
我真感谢天主,"佟月爵士道, 2385
"我相信,你俩干的事我已看到。"

"你好糊涂,我的夫君,"夫人说,
"我让你看得见,你却这样谢我!
嗐,我一向是好心得不到好报!"

"夫人,这事算了吧,"爵士说道, 2390
"亲爱的,你下来;我若说错了话,
老天在上,就让我心里难过吧。
但凭我爹的灵魂,我想我看见
达米安刚才的确躺在你身边,
而你的裙子却搭在他的胸膛。" 2395

夫人道:"你爱怎么想就怎么想,
但是夫君哪,任何人一觉醒来
睁开眼,不可能立刻看得明白,
看起东西来,总会有一点模糊;
要完全醒透,视力才完全恢复。 2400
同样,眼睛如果已瞎掉了很久,
那么,在视力刚刚恢复的时候,
也不能一下子看得十分清楚,
总要一两天之后才有所进步。
所以,在你视力完全恢复前, 2405
你的视觉很可能会让你受骗。
我凭上天的主宰恳求你注意:
很多人自以为看到什么东西,

但是同实际情况有很大出入。
结果有了误会,判断就错误。" 2410
夫人边说话边从树上跳下来。

还有谁像佟月爵士那样欢快?
他搂住妻子吻了一遍又一遍,
温柔地抚摩着她的身子和脸,
随后带着她回到自己的府第。 2415
亲爱的各位,我愿你们满意。
佟月爵士的故事现在已结束。
愿我们得到基督和圣母祝福!

商人的故事到此结束

商人的故事尾声

"天主慈悲,"旅店主人大声说,
"千万别给我这样的一个老婆! 2420
女人的把戏和花招数不胜数。
她们就像是蜜蜂一样在忙碌,
总是要欺骗我们这种老实人。
她们对事实永远也不肯承认;
这商人的故事便是一个证明。 2425
幸而我老婆钢铁一样地坚定;
毫无疑问,她其它方面糟糕,
那喋喋不休的舌头不依不饶,
除此之外,她有一大堆缺点。
反正没关系,这些不必再谈。 2430
你们知道吗?我在私下说说,
娶了她,我心里后悔又难过。
但如果我把她缺点一一道明,
那我这傻瓜也真是傻到透顶。
想问为什么?因为我们里面 2435
有人会把我的话传到她耳边。
至于谁去传,这就不必宣布,
因为女人干这种交易很娴熟。
再说我智力有限,顾不了这些,
所以,我的话到这里便了结。" 2440

Ye maze, maze, goode sire, quod she;
This thank have I for I have maad yow see;
Allas! quod she, that evere I was so kynde!
◊ Now, dame, quod he, lat al passe out of
 mynde.
Com doun, my lief, and if I have myssayd,
God help me so, as I am yvele apayd.
But, by my fader soule! I wende han seyn,
How that this Damyan had by thee leyn,
And that thy smok had leyn upon his brest.
◊ Ye, sire, quod she, ye may wene as yow lest;
But, sire, a man that waketh out of his sleep,
He may nat sodeynly wel taken keep
Upon a thyng, ne seen it parfitly,
Til that he be adawed verraily;
Right so a man, that longe hath blynd ybe,
Ne may nat sodeynly so wel yse,
First whan his sighte is newe come ageyn,
As he that hath a day or two yseyn.
Til that youre sighte ysatled be a while,
Ther may ful many a sighte yow bigile.
Beth war, I prey yow; for, by hevene kyng,
Ful many a man weneth to seen a thyng,
And it is al another than it semeth.
He that mysconceyveth, he mysdemeth.
◊ And with that word she leep doun fro the
 tree.
This Januarie, who is glad but he?
He kisseth hire, and clippeth hire ful ofte,
And on hire wombe he stroketh hire ful
 softe;
And to his palays hoom he hath hire lad.
Now, goode men, I pray yow to be glad.
Thus endeth heere my tale of Januarie;
God blesse us, and his mooder Seinte Marie!
Heere is ended the Marchantes Tale of
Januarie.

Words of the Host to the Squire

EY! Goddes mercy!
seyde oure Hoost tho,
Now swich a wyf I
pray God kepe me fro!
Lo, whiche sleightes
and subtilitees
In wommen been! for
ay as bisy as bees
Been they, us sely men
for to deceyve;
And from a sothe evere wol they weyve.
By this Marchauntes tale it preveth weel.
But douteles, as trewe as any steel
I have a wyf, though that she povre be;
But of hir tonge a labbyng shrewe is she,
And yet she hath an heep of vices mo;
Therof no fors, lat alle swiche thynges go.
But wyte ye what? In conseil be it seyd,
Me reweth soore I am unto hire teyd;
for, and I sholde rekenen every vice
Which that she hath, ywis, I were to nyce,
And cause why; it sholde reported be
And toold to hire of somme of this meynee;
Of whom, it nedeth nat for to declare,
Syn wommen konnen outen swich chaffare;
And eek my wit suffiseth nat therto
To tellen al; wherfore my tale is do.
SQUIER, come neer, if it youre wille be,
And sey somwhat of love; for certes, ye
Konnen theron as muche as any man.
◊ Nay, sir, quod he, but I wol seye as I kan
With hertly wyl; for I wol nat rebelle
Agayn youre lust; a tale wol I telle.
Have me excused, if I speke amys,
My wyl is good; and lo, my tale is this.

HEERE BIGYNNETH THE SQUIERES TALE

Incipit prima pars

AT SARRAY, IN THE LAND OF Tartarye,
Ther dwelte a kyng, that werreyed Russye,
Thurgh which ther deyde many a doughty
 man.
This noble kyng was cleped Cambynskan,
Which in his tyme was of so greet renoun
That ther was nowher in no regioun
So excellent a lord in alle thyng;
Hym lakked noght that longeth to a kyng.
As of the secte of which that he was born
He kepte his lay, to which that he was
 sworn;
And therto he was hardy, wys, and riche,
And pietous and just, alwey yliche;
Sooth of his word, benigne and honurable,
Of his corage as any centre stable;
Yong, fressh, and strong, in armes desirous
As any bacheler of al his hous.
A fair persone he was, and fortunat,
And kepte alwey so wel roial estat
That ther was nowher swich another man.
◊ This noble kyng, this Tartre Cambynskan
Hadde two sones on Elpheta his wyf,
Of whiche the eldeste highte Algarsyf,

448

片段五（第6组）

扈从的故事

扈从的故事前奏

"扈从先生过来，你若愿意，
就请给我们讲一个爱情故事。
可以肯定，你这种故事有不少。"
"未必，先生，"扈从随即答道，
"但是我会尽力；因为我不想 5
违背你意愿。我会真心实意讲；
讲得不好请原谅，怪我本事差，
但本意很好；现在请听故事啦。"

扈从的故事由此开始

萨莱是那片鞑靼地区的城池，
那里的君王曾经进攻俄罗斯， 10
战争中死了许多勇猛男子汉。
这位高贵的君主叫坎宾思汗。①

---

① 萨莱又称拔都萨莱，是金帐汗国（又称钦察汗国，在蒙古帝国的西部）都城，建于伏尔加河支流旁，现名扎列夫，仅存废墟。坎宾思汗指成吉思汗（1162—1227）或其孙子忽必烈，但入侵俄罗斯的是成吉思汗的另一位孙子拔都。弥尔顿名篇《沉思的人》中也有这故事。

他在那个时代里,赫赫有名,
整个世界上,没有其他国君
可以比得上他的任何一方面; 15
王者应有的,他是一应俱全。
对于他生来就已信奉的宗教,
既然已起誓,就笃信其教条;
不但如此,他勇敢英明而富有;
与此同时,他公正仁慈又宽厚; 20
他说话算话,为人可亲可敬;
内心的稳健,就像是个圆心。
他年轻活跃刚强,驰骋疆场
同他麾下的年轻武士一个样。
他深受上天宠幸,长相英俊, 25
君临天下的地位也极其稳定,
这样的威权真可谓举世无双。

这位坎宾思汗,高贵鞑靼王,
同王后埃尔菲塔生两个儿子。
阿尔加西夫是他长子的名字, 30
而那次子的名字叫作坎巴罗;
国王有三个孩子,最小一个
是位女儿,名字叫作卡纳丝——
若要给你们讲她的丰采秀姿,
我实在没有这种口才和本领, 35
不敢承担这样高难度的事情。
如果谁想比较全面地描述她,
就必须是位高超的修辞学家——
知道用什么修辞能恰到好处;
但我的英语还没有这种功夫。 40

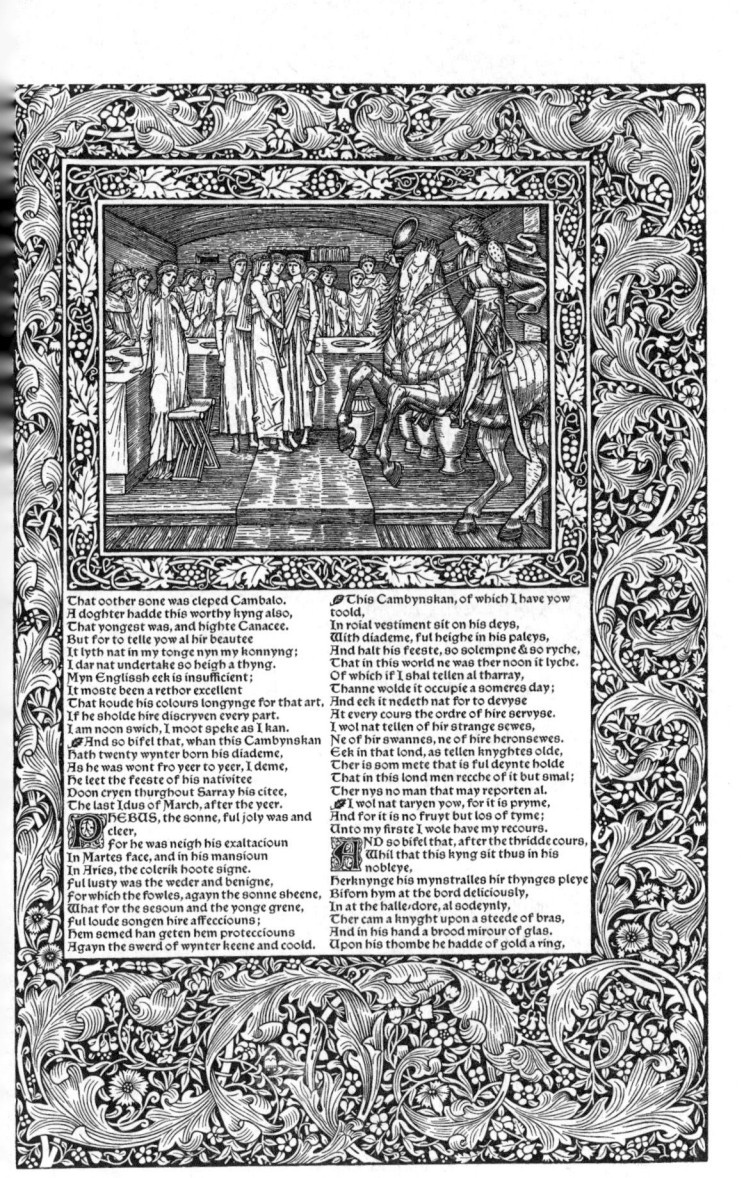

That oother sone was cleped Cambalo.
A doghter hadde this worthy kyng also,
That yongest was, and highte Canacee.
But for to telle yow al hir beautee
I dar nat undertake so heigh a thyng;
Myn Englissh eek is insufficient;
It moste been a rethor excellent
That koude his colours longynge for that art,
If he sholde hire discryven every part.
I am noon swich, I moot speke as I kan.
And so bifel that, whan this Cambynskan
Hath twenty wynter born his diademe,
As he was wont fro yeer to yeer, I deme,
He leet the feeste of his nativitee
Doon cryen thurghout Sarray his citee,
The last Idus of March, after the yeer.
Phebus, the sonne, ful joly was and cleer,
For he was neigh his exaltacioun
In Martes face, and in his mansioun
In Aries, the colerik hoote signe.
Ful lusty was the weder and benigne,
For which the fowles, agayn the sonne sheene,
What for the sesoun and the yonge grene,
Ful loude songen hire affecciouns;
Hem semed han geten hem protecciouns
Agayn the swerd of wynter keene and coold.

This Cambynskan, of which I have yow toold,
In roial vestiment sit on his deys,
With diademe, ful heighe in his paleys,
And halt his feeste, so solempne & so ryche,
That in this world ne was ther noon it lyche.
Of which if I shal tellen al tharray,
Thanne wolde it occupie a someres day;
At every cours the ordre of hire servyse.
I wol nat tellen of hir strange sewes,
Ne of hir swannes, ne of hire heronsewes.
Eek in that lond, as tellen knyghtes olde,
Ther is som mete that is ful deynte holde,
That in this lond men recche of it but smal;
Ther nys no man that may reporten al.
I wol nat taryen yow, for it is pryme,
And for it is no fruyt but los of tyme;
Unto my firste I wole have my recours.
And so bifel that, after the thridde cours,
Whil that this kyng sit thus in his nobleye,
Herknynge his mynstralles hir thynges pleye
Biforn hym at the bord deliciously,
In at the halle-dore, al sodeynly,
Ther cam a knyght upon a steede of bras,
And in his hand a brood mirour of glas,
Upon his thombe he hadde of gold a ring,

451

尽管不合格，仍要尽力而为。

这天，从坎宾思汗登上王位、
戴上王冠，已整整廿度春秋，
他历年来的规矩这回仍照旧，
要把盛大的诞辰庆宴准备好， 45
并派人在萨莱城中大声宣告。
且说那一天正是三月十五日，
明亮的太阳也显出洋洋喜气，
因为在火星面前已近升腾点，
而它现在所处的白羊宫里面 50
颇为燥热：这是个燥热宫座。
这一天天气晴朗又相当暖和，
鸟雀在朗朗阳光下歌声婉转，
唱着春天已到来，青翠满眼；
同时也为它们的爱情而高唱， 55
因为感觉到大家都有了保障，
不用再担心刀似的严冬酷寒。

我对你们讲的这位坎宾思汗
正高高坐在大殿里的宝座上，
头戴王冠，身穿帝王的盛装； 60
他大开华筵，排场富丽宏大
难有其匹，哪怕是找遍天下；
如果把所有的场面统统讲遍，
那就得花掉长长的一个夏天。
再说，我也用不着一一道来； 65
不用讲他们按什么次序上菜，
用了什么奇妙的酱料和佐料，

那些小鹭鸶与天鹅烧得多好。
有些老骑士说过，他们那里，
有一些食品被认为非常珍奇， 70
但是在我们这里觉得很平常；
可没人能全部报出那些名堂。
我不想耽搁你们：现在快九点，
而那样做的话，只是浪费时间；
还是回到我先前的故事上来。 75

话说宴席中刚刚上第三道菜，
那位君王正高高地身居宝座，
面前放着他自己的那个餐桌，
听着桌前乐师们美妙的演奏。
突然之间，那座大殿的门口， 80
来了一位骑黄铜骏马的武士。
他手拿一面巨大的玻璃镜子，
大拇指上戴着一枚黄金指环，
身旁悬挂着一把没鞘子的剑。
他骑马向那最高的餐桌走近， 85
这时整个的大殿笼罩着寂静——
他的出现使大家都感到惊讶，
无论老少都睁大了眼睛看他。

瞧这突如其来的陌生武士吧：
他没戴头盔，身穿华贵铠甲， 90
按照大殿里人们座次的高低，
向国王、王后和文武百官致意。
无论是他的言辞还是他表情，
全都表现出他的恭顺和尊敬；

即便是高文爵士从仙境回来，① 95
以他的那套古代礼仪和风采，
也不能在其表现中找到缺点。
接着，他在那张最高餐桌前，
按照他那语言中惯用的方式，
嗓音洪亮地宣布此行的宗旨—— 100
说得字正腔圆，没一点偏离。
同时，为使他的话更加有力，
他在说话时还有丰富的表情，
就像教人演说时的那种情形。
我没有模仿他那风格的能耐， 105
实在没法越过这样高的障碍；
只能凭我头脑中的一点记忆，
介绍一下他那篇讲话的大意，
下面是我印象中他那天所讲。

"我的君主是阿拉伯、印度之王，" 110
他说，"在你这个喜庆日子里，
最最衷心、最最热烈地祝贺你；
为了让你的寿筵把喜气增添，
他派我来这里听候你的差遣，
并要我把这匹铜马送来给你。 115
这匹铜马能在一天的时间里，
这也就是，在二十四个小时中，
而且无论是在旱天里暴雨中，
都能轻易地驮你到任何地方，
只要这地方你希望立刻前往—— 120

---

① 高文是传奇中亚瑟王的侄子，圆桌骑士之一，以礼数周到著称。

454

无论天晴下雨,都无害于你。
如果你希望高高地飞翔而去,
即使要像鹰一样高飞在天上,
它照样能驮你飞向那个地方,
让你毫发无损地到达目的地—— 125
任凭你在马背上睡觉和休息;
等到想回来,只要转这销子。
制作这铜马的人非常有本事,
他在制作这马的整个过程里,
经常等候星象运行中的时机, 130
因为熟知魔法的方技和诀窍。

"我手中这面镜子魔力不小。
当你对着它朝里面看的时候,
能看到你的敌人或你的对手
是否准备袭击你领土或身体; 135
它能为你分清楚朋友或仇敌。

"这还不算,若有美貌女士
把她的芳心交给了某位男子,
男的不忠实,女的就能看见,
看穿那男的花招和他的新欢; 140
反正这一切在镜中暴露无遗。
所以这暖洋洋的喜庆日子里,
你们看到的这面镜子和戒指,
主公要我送给你们的卡纳丝,
送给这位才貌出众的好公主。 145

"若要知道这个戒指的用处,

那么只要她拇指戴上这戒指,
或者只要把戒指放在口袋里,
那么天底下飞来飞去的鸣禽,
她只要听见它们发出的啼鸣, 150
就能听懂它们叫声中的含意,
还能回答它们,同样用鸟语。
任何药草,只要下面长着根,
她知道这能治什么伤员病人,
无论病多重,伤口多深或多宽。 155

"至于我身旁挂的这把无鞘剑,
它的特点是:无论用它砍谁,
它都将名副其实地无坚不摧,
哪怕铠甲就像大橡树那样厚;
而且无论谁被这剑砍伤之后, 160
不能治好,除非你把他宽恕,
用剑的平面部分拍拍那伤处。
这也就是,你用这同一把剑,
不用剑刃而用它两侧的平面
拍拍伤处,那创伤才会收口。 165
这都是事实,绝非我在夸口;
而且屡试不爽,只要掌握它。"

陌生武士说完了这么一番话,
便骑马出了大殿,跨下马背。
马在庭院里发出太阳般光辉, 170
它站着一动不动像石头一样。
武士立刻被领进另一间厅堂,
解下了武装,坐下来参加寿筵。

两件礼物,就是说,魔镜和剑,
由几名指定的军校捧在手里,　　　　　175
非常隆重地举行了一些仪式,
当场就送进城堡的主塔收藏;
那只戒指,卡纳丝既在席上,
就当面郑重地交给本人收下。
但是铜马(这绝非胡编谎话),　　　　180
但是铜马却像是粘在了那里——
牢牢站着,无法使它移一移。
人们无论用滑车或者用绞盘,
都不能使它稍稍移动一点点。
什么道理?因为不懂其奥秘,　　　　185
所以,也只能让它留在那里,
等武士教他们开动它的诀窍。
至于怎么开,你们就会知道。
为了看这匹站着不动的铜马,
许多人挤来挤去细细地观察。　　　　190
只见它又高又大,身子又很长,
匀称的体型正显示它的强壮;
看起来这马就像来自伦巴第。
连眼睛的灵活也同好马无异,
简直像阿普利亚的纯种骏马;①　　　195
真的,从它的耳朵直到尾巴,
大家认为没丝毫缺陷或毛病,
无须天工或人工做任何改进。
然而,最让大家感到诧异的是:

---

① 阿普利亚同伦巴第一样,也是意大利一地区名。

这马既然是铜的,怎么能奔驰? 200
所以有人认为,它来自仙界。
可是不同的人有不同的见解;
真是有多少头就有多少头脑。
他们像一群蜜蜂嗡嗡嗡嗡叫,
各人在想象这匹马中的机理: 205
有的人在把读过的古诗回忆,
说它同神话中的飞马没两样,
也将凭一副翅膀而腾空翱翔;
有人却说这马由希腊人制造,
说是在古代史诗中可以读到, 210
当年是它造成特洛伊的败亡。
有人还说:"我心里十分紧张,
只怕这马肚子里也藏有武士,
他们想夺取我们的这座城池。
这件事情很有弄清楚的必要。" 215
另外一个人向同伴低声说道:
"他在胡说;这像幻觉杂技,
是魔术师们经常表演的把戏,
在这种盛大宴会上博得喝彩。"
人们就这样各自乱想或胡猜, 220
就像是一些大老粗无知无识,
遇到了超出他们理解力的事,
通常就胡思乱想,而想来想去
总觉得事情会有不妙的结局。

对于已经被送进主塔的魔镜, 225
另有好些人总感到非常吃惊——
不知为何能照出那些事情来。

有人回答说这也许并不奇怪，
只要把那面镜子的角度放好，
再把反射的角度安排得巧妙； 230
他还说，这种镜子罗马就有。
于是他们说到海桑和维台娄，①
说到亚里士多德，他们三人
都有关于怪镜和光学的专论——
凡是读过这些书的人都知道。 235

另外有人感到那把剑很奇妙，
因为，它能够刺穿任何东西；
而阿喀琉斯的矛有同样威力，
就是用这矛刺伤特勒福斯王，②
然后，还是用这矛为他治伤—— 240
正像我给你们介绍的这把剑，
既无坚不摧又能使伤者复原。
他们谈种种给钢淬火的奥秘，
还谈到使钢增加硬度的药剂，
但什么时候、用什么方法加药， 245
那么至少对于我，确实不知道。

接着他们谈到卡纳丝的戒指，

---

① 海桑（965？—1039）是阿拉伯数学家和物理学家，在托勒密之后首先对光学理论做出重大贡献。1270年，其论著由波兰数学家维台娄译成拉丁文的《海桑光学理论》。中世纪的人认为维吉尔有魔力，他在罗马的魔镜能侦知三十英里外敌人的进犯。
② 特勒福斯在希腊神话中为赫拉克勒斯之子，迈西亚之王。希腊人进军特洛伊途中，他想阻止他们，为阿喀琉斯所伤，后来阿喀琉斯用这矛上的铁锈为其治伤。

说是戒指能做得这样有魔力,
对他们来讲可真是闻所未闻,
除非摩西和以色列王所罗门——① 250
因为据传说他们懂这类事情。
这些人三五成群谈得很起劲。
有人在说,某些情形也稀奇,
比如用羊齿草的灰做成玻璃,
毕竟玻璃同草灰完全不一样。 255
但人们早就知道这样的情况,
所以不感到奇怪,也不再议论。
有人对潮起潮落、雾气、雷声
和空中游丝等等的成因好奇,
直到他们弄明白其中的道理。 260
就这样他们边谈边议边瞎猜,
直到国王从他那桌后站起来。

这时,太阳已从经线角离开,
而那狮子宫却把奥狄朗携带——②
这高贵的万兽之王正在上升; 265
而坎宾思汗,这位鞑靼国君,
也从高高的座位上离席而起,
于是走在他前面弹琴的乐伎
把他引进了满挂壁毯的厅堂;③
这时各种乐器演奏得更响亮, 270
听来简直就像天堂中的妙音。

---

① 中世纪时,人们认为摩西和所罗门都有魔法。
② 奥狄朗是狮子星座中的一颗星。这两行意为,这是 3 月 15 日下午 2 时,但也有人认为指上午 10 时到 12 时这一时段。
③ "满挂壁毯的厅堂"用来接受觐见。

现在金星的孩子们舞得高兴,
因为这位维纳斯高居双鱼宫,①
看着他们舞蹈时笑意在眼中。

高贵的君王在其宝座上坐好, 275
便吩咐叫那个异邦武士上朝,
他随即就同卡纳丝一起跳舞。
感觉迟钝的人怎么也讲不出
这里的饮酒作乐有多么开心!
必须懂得爱,懂得爱的殷勤, 280
必须有五月一样欢快的心情,
才能向你们描绘那样的情景。

谁能讲得出跳舞的种种花样,
那些奇妙而容光焕发的面庞,
那些狡黠的眼波和那种掩饰—— 285
免得招来男人们妒忌的注视?
只有已故的朗斯洛有这本领。②
所以我不谈他们的那份高兴,
让他们大家在那里作乐寻欢,
直到他们一个个都去进晚餐。 290

在音乐声中,宫廷总管下令,
叫赶快送去酒和香喷喷糕饼;
扈从和侍从听到吩咐连忙跑,
随即美酒和香饼就源源送到。

---

① "金星的孩子们"指受金星维纳斯影响的人,也即恋人们。而金星在双鱼宫时的影响力据说最大。
② 朗斯洛是亚瑟王传奇中最著名的圆桌骑士之一,是王后桂妮薇的情人。

人们吃着喝着，吃喝了之后， 295
便按照常理，来到神庙里头。

祭神之后天还亮，再进晚餐——
他们的吃喝何必要叙述一番？
人人知道君王的筵席最丰盛，
足以满足贵贱高低的任何人； 300
美味佳肴多得我说也说不清。
待晚宴结束，这位高贵国君
起身离席，走去看那匹铜马——
所有的王公和贵妇簇拥着他。

看到这铜马，人人大为惊奇—— 305
自从那次希腊人围攻特洛伊，
人们曾对那木马表示过惊讶，
至今还不曾有过如此的惊诧。
最后，坎宾思汗询问那武士，
这马有什么能耐，什么本事， 310
要武士讲解一下驾驭的窍门。

武士伸手拉一拉铜马的缰绳，
这马立刻就踏出舞蹈的步法。
武士道："我自不必多说，陛下，
无论你想去哪里，任何时候， 315
只要把它耳中的销子扭一扭——
这点，待会我再个别禀告你。
你得让马知道，你想去哪里，
或者说你想骑它去哪个国家。
到了那里之后，你若想待下， 320

就扭另一只销子，让马落地。
驾驭它的所有诀窍全在这里，
反正它会按你的意愿降下去，
一动也不动在那里站定身躯。
尽管全世界的人发誓用全力， 325
无法把它拉动，使它移一移。
不过，如果你要去别的地方，
只要扭动这销子，它便前往，
在众目睽睽下顿时消失不见。
而如果你要它回到你的身边， 330
那不论白天黑夜，它都回来；
至于它怎么才能被你叫回来，
待会没有了别人，我再禀告。
随你几时骑，这些需要做到。"

听了武士如此这般的一番话， 335
勇武的国君对马的驾驭方法
心里已大致有了一定的把握；
于是这高贵的国君非常快活，
又去饮酒作乐，像先前一样。
人们把马缰送到主塔里收藏， 340
同君王的其它珍宝放在一起。
这时候，那马却已没了踪迹——
我不知什么道理，只能这样，
让这位坎宾思汗像先前那样，
同他的文武百官去吃喝玩乐， 345
一直到天际开始出现了曙色。

第一部结束

In swich a gyse as I shal to yow seyn
Bitwixe yow and me, and that ful soone.
Ride whan yow list, ther is namoore to doone.
INFORMED whan the kyng was of
that knyght,
And hath conceyved in his wit aright
The manere and the forme of al this thyng,
Ful glad and blithe, this noble doughty kyng
Repeireth to his revel as biforn.

THE brydel is unto the tour yborn
And kept among his jueles leeve and deere,
The hors vanysshed, I noot in what manere,
Out of hir sighte; ye gete namoore of me;
But thus I lete in lust and jolitee
This Cambynskan his lordes festeyinge,
Til that wel ny the day bigan to sprynge.
Explicit prima pars. Sequitur pars secunda.

NORICE OF DIGESTIOUN, the sleepe,
Gan on hem wynke, & bad hem taken keepe,
That muchel drynke & labour wolde han reste;
And with a galpyng mouth hem alle he keste,
And seyde, it was tyme to lye adoun,
For blood was in his domynacioun.
Cherisseth blood, natures freend, quod he.

They thanken hym galpynge, by two, by thre,
And every wight gan drawe hym to his reste
As sleep hem bad; they tooke it for the beste.

HIRE dremes shal nat been ytoold for me;
Ful were hire heddes of fumositee,
That causeth dreem, of which ther nys no charge.
They slepen til that it was pryme large,
The mooste part, but it were Canacee.

464

第二部开始

睡眠,是良好消化的一位保姆,
这时向他们眨眼,叫他们记住:
酣饮和劳累之后,得好好睡睡。
她吻过他们,张着打哈欠的嘴　　　　　　350
对他们说道,时间已到该睡觉,
因为,这时候血已经成了主导:①
"血是自然之友,要好好珍惜。"
他们都打着哈欠,感谢她好意;
心里都感到她的意见的确好,　　　　　　355
便三三两两按她吩咐去睡觉。

他们做了什么梦,我就不提,
因为那些头脑里充满了酒气,
做的无非是毫无意义的乱梦——
一直睡到红日高照的九点钟。　　　　　　360
他们大多这样,除了卡纳丝,
因为她是个女子,很有节制。
入夜以后她很早就告别父亲,
回到自己卧室里不久便安寝;
因为她不愿第二天苍白着脸,　　　　　　365
让人看起来显得满面是疲倦。
她美美睡了一觉,醒了过来,
因为那么多喜悦藏在她心怀,
想到那面镜子和奇妙的戒指,

---

① 中世纪医学认为,人有四种体液,血是其中之一,也是午夜12时到早晨6时之间人体的主导力量。见"总引"421行注。在Skeat编定的文本中,从上一行的"时间"到下一行的"珍惜"都是"保姆"的直接引语。

兴奋之情让脸儿涨红二十次; 370
那面镜子给她的印象也很深,
睡着之后还让她做了一个梦。
所以,就在太阳升起来之前,
她把照料她的保姆叫到身边,
对这嬷嬷说,她想现在起床。 375

老妇人爱刨根问底,她也一样,
听见卡纳丝这么说,马上问道:
"公主,这是要去哪里,这么早?
你想想,所有的人还都在睡觉哩!"

卡纳丝说道:"我就是想要早起, 380
不想再睡,倒很想出去走一走。"

老保姆就叫侍女们起来伺候,
于是,她们十来人立即起床;
卡纳丝随即也起来穿好衣裳。
她红红的脸蛋像是太阳初露—— 385
只是在白羊宫里攀升了四度。
卡纳丝收拾停当,太阳还低,
她踏着轻盈的步子走了出去。
现在这季节可说蓬勃又温暖,
她穿着便于散步游玩的衣衫; 390
只见她身边陪着五六个侍女,
在御花园中沿一条小径走去。

蒙蒙的水汽从地面腾腾升空,
更显得那一轮太阳又大又红;

这真是一幅美丽的清晨图景, 395
看得她们一个个都十分高兴。
这样的一个季节,这种清晨,
她听见无数鸟雀鸣出的欢声;
她一听就懂那歌声中的含义,
因为鸟雀的歌声里道出心意。 400
每一篇故事里总有一个要点,
如果这要点总是迟迟不出现,
有些听众的热情也许会冷掉——
拖得时间越长,趣味越减少,
因为越是拖拉,故事越冗长。 405
考虑到这层原因,所以我想
我该尽快地回到故事要点上,
就让卡纳丝终止散步和游荡。

且说卡纳丝这样游荡和散步,
走近一棵白得像石灰的枯树; 410
在这高高的树上栖着一只鹰,
这时它突然叫出凄厉的声音,
直叫得整个树林都发出回响。
它还猛烈地拍动一副大翅膀,
直拍得它自己身上鲜血直流, 415
连它栖息的这棵大树上也有。
它就这样时不时地又啼又叫,
还用它硬喙把自己乱啄乱咬——
无论是住在小树丛中的老虎,
还是住在密林里的其它猛兽, 420
见了这种情形,只要会哭泣,
准流同情之泪。它高声哀啼;

如果，我有本领描写一只鹰，
那么这样一只鹰的哀叫声音，
我想世界上不会有人听到过。 425
它的羽毛和体型都相当不错，
其它各方面也长得好看得很；
看起来，它是一只雌性游隼，
来自异国他乡。它失血过多，
好几次差点从那树枝上跌落， 430
因为已近乎虚脱，很难站住。

这位容貌昳丽的卡纳丝公主，
手指上既然戴着那样的魔戒，
自然就能够完完全全地了解
无论哪一种鸟叫声中的含义， 435
甚至连回答也用它们的鸟语；
所以她立刻懂得那鹰的意思——
出于同情，为它难过得要死。
卡纳丝急急忙忙走到树底下，
带着怜悯的神情抬头望着它， 440
又把裙子撩起，因为她知道，
如果鹰再次因为失血而晕倒，
就一定会从树上掉落到地上。
公主就这样在那里等了一晌，
最后，她向那鹰说了一番话， 445
这里把那话的意思照录如下。

"能不能说说，这是什么道理，
你痛不欲生，竟如此作践自己？"
公主抬头向鹰说道，"是不是

失去情侣或哀悼伴侣的去世？ 450
因为据我了解，这两个原因
往往最能够伤一颗温柔的心。
其它的祸事我这里不必多提，
因为，你既然这样戕害自己
就可证明，不是怕就是愤怒， 455
使你对自己这样狠心又残酷，
因为我没见有谁要把你捕杀。
看在天主份上，善待自己吧！
或者说说看，如何给你帮助？
我无论是在东西南北哪一处， 460
没见过鸟兽竟如此糟蹋自己。
真的，你这样使我伤心至极，
因为，对你的同情已难表达。
看在天主份上，还是下来吧！
我的亲爸爸既然是一位国君， 465
只要让我知道你悲伤的原因，
只要事情在我的能力范围内，
我一定解决，不用等到天黑。
伟大的天主啊，愿你给我帮助！
现在为尽快地治疗你的伤处， 470
我还得开始为你找一些药草。"

这时鹰发出更加凄厉的尖叫，
接着就从树枝上跌落到地上，
昏死在那里，像块石头一样。
卡纳丝把它抱起，放上膝盖， 475
然后耐心地等待它苏醒过来。
这只鹰从昏迷之中醒来以后，

就操着鹰的语言这样开了口:
"善心中很快就能涌出怜悯,
因为它能感受到人家的痛心—— 480
人们每一天能看到这样的事,
经书上也把这样的道理证实;
因为善良的心会让善意显露。
我能看出,美丽的卡纳丝公主,
老天给了你一副慈悲的心肠, 485
而由于你有这种女性的善良,
你就对我的痛苦表现出同情。
倒不是我希望改善我的处境,
而是我愿意遵从你一番好心,
同时也可让人家汲取我教训—— 490
像狮子见狗受罚而获得教益——①
也就是出于这个缘故和目的,
我愿用我飞走前的这点时间,
把我所遭受的伤害追述一遍。"

就这样,一个讲得满心悲伤, 495
另一个哭得就像是泪人一样;
后来还是那只鹰劝她不要哭,
随即叹着气说出它心中的苦。

"我出生(唉,那真是不幸时光!)
并成长在一处灰色云石崖上, 500
自小处处受关爱,毫无忧烦,
所以不知道世上什么叫磨难,

---

① 英谚"在狮子跟前打狗"(莎剧《奥赛罗》中也有此比喻)意即"杀鸡给猴看"。

就这样直到我能在高空翱翔。
有只雄鹰就住在不远的地方，
看上去它具备一切高贵品质； 505
其实它阴险狡诈，极不老实，
但全包藏在它的谦和外貌下，
表面上只显得一派光明正大。
它很会虚情假意地大献殷勤——
如果说它假装，有谁会相信？ 510
总之，涂了厚厚一层保护色，
它就像躲在花朵底下的毒蛇，
一直在那里等待咬人的时机。
这个所谓的爱神是个伪君子，
总装成一副谦恭有礼的外表， 515
对异性更做得礼数十分周到，
显出一派求爱者的甜情蜜意——
就像坟墓，外面整修得华丽，
里面你们知道，只是具尸首。
这个伪君子同样有冷热两手， 520
就靠这两手，它想达到目标，
这目标，除了魔鬼没谁知道。
它向我苦苦哀告总满面泪流，
多少年来假装着在把我追求；
我哪里知道它那种绝顶恶毒， 525
还偏偏存着好心的柔肠一副；
看到它斩钉截铁，指天起誓，
真以为它会为了爱我而去死。
于是我把爱给它；唯一条件，
就是我的贞操和名誉得保全， 530
无论在私下里或在公开场合。

也就是说，我信了它的品德，
把整个的心和心思全都给它——
天知道，它知道，就此都给了它——
我还以为永远赢得了它的心。 535

"有句老话说得好，事实也证明：
'君子和盗贼想的不是一回事。'
后来，它看到事情发展到这时，
我已把我的爱情完全给了它——
有关的情形前面已经讲过啦—— 540
并像它发誓向我保证的那样，
把我的痴心一下交到它手上。
这惯耍两面手法的凶恶东西，
当初，曾卑躬屈膝跪倒在地，
满是一种崇敬的表情和姿态， 545
似乎是一个痴情郎温情脉脉，
被爱情的欢乐弄得心迷神痴——
无论是特洛伊的那个帕里斯，
还是伊阿宋，反正从那个拉麦①
（根据古人在《圣经》中的记载， 550
他是最早爱两个女人的男子），
甚至可以说，从人类始祖开始，
论装腔作势，谁也不能同它比，
甚至还不及它的两万分之一。
要说到装模作样和口是心非， 555
那么人家给它解鞋带也不配，
谁有它那样的本事把我赞扬！

---

① 这里提到的三个人前面都曾出现过，他们对爱情或婚姻都有不忠实的经历。

女的看它那风度像看到天堂——
没有一个例外,任怎么明智;
它的外貌举止,讲的每个字 560
都被修饰、装点得恰到好处。
我既认为它的心忠实又纯朴,
又为它顺从而对它格外钟爱,
以至于它只要受到任何伤害,
我一旦知道,不管程度轻重, 565
也会感觉到死神绞得我心痛。
事情就这样很快发展了下去,
我的意志成了它意志的工具;
这也就是说,只要符合情理,
我在任何事情上都顺它的意, 570
只要我能够保住自己的自尊。
它是我最亲最爱的唯一亲人——
天知道,我再不会对谁这么亲。

"就这样过了大约一两年光阴,
这期间我只觉得它一无缺点。 575
可最后,事情摆明在我面前:
命运决定了它必须离开家乡,
而我则必须依旧留在老地方。
毫无疑问,我感到极度悲哀,
那种心情我简直表达不出来。 580
但是有一点我敢于向你吐露:
就是我由此体会到死的痛苦——
为它的离开我确实过于痛心。
终于到了那天,它向我辞行;
看来它也悲伤,于是我以为 585

473

它同我一样感到离别的伤悲。
我听它说话,又看它的神情,
只当它对我怀有真挚的深情;
真的,我竟以为过一段时间,
它就回来,仍旧回到我身边。 590
我又联想到通常见到的情形,
以为它这次去是为它的功名,
不去不行;事情既得这么办,
那么让它走,只能心甘情愿。
我尽量不让它看出我的哀愁; 595
凭圣约翰做证,我握着它手,
对它说道:'我已完全属于你,
但愿你对我也像我始终如一。'
它怎样回答,这里不必重复——
谁还能讲得更好,做得更毒? 600
它好话说过,好事也就算做过。
'谁同魔鬼一起吃饭,'老话说,
'就得准备好一个长长汤勺。'
最后我只得让它远远地飞掉,
于是它去了它最想去的天地。 605
哪里合它意,它就待在哪里;
我想,有句话它一定牢记在心:
'谁要快活,就回归自己本性。'
我相信,这老话人们也常说起。
自然啦,人的本性就是爱新奇; 610
这就像人们养在笼子里的鸟。
哪怕你日日夜夜把它们照料,
用草把笼底垫得像丝绸一样,
哪怕你喂它们牛奶面包蜜糖,

但在笼子门打开的那个瞬间,　　　　　　615
它们立刻就会把饲料杯踢翻,
急不可耐地飞进树林找虫吃,
因为它们就爱吃新花样的食;
它们内在的本性就是爱新奇,
哪怕血统高贵,也本性难移。　　　　　　620

"唉,我讲的这雄鹰正是这样!
尽管出身好,模样漂亮大方,
活泼潇洒中,态度温雅谦恭,
但一次看到雌鸢高飞在空中,
它就一下子把那只雌鸢追求,　　　　　　625
而对我的爱随即就化为乌有,
它那套忠诚从此变成了背叛。
从此把对我的爱献给那只鸢,
于是我无可挽回地被它遗弃!"
说完这话,雌鹰又开始哭泣,　　　　　　630
随后在卡纳丝的怀里昏过去。

卡纳丝和她所有的那些侍女
为这雌鹰所受的伤害而伤悲,
却又不知道怎样能把它安慰。
卡纳丝撩起裙子下摆兜着它,　　　　　　635
带回闺房后,轻轻为它包扎,
把它啄伤自己的地方包扎好。
现在卡纳丝一心去找寻药草,
她把鲜艳的奇花异草挖出来,
把它们做成前所未有的药材;　　　　　　640
为了尽力把这鹰的伤病治好,

卡纳丝日日夜夜都尽力照料。
她在自己床头边做好了鹰笼,
又在这笼里铺上蓝色的丝绒,
对女性说来,这是忠诚标记;
这鹰笼外面全都涂上了绿漆,① 645
并画上所有背信弃义的飞禽,
比如山雀、雄鹰以及猫头鹰——
就在这些鸟旁边,为了泄愤,
还画一些喜鹊,用来骂它们。 650

现在我让卡纳丝照料那只鹰,
暂且也不谈她那戒指的事情;
以后我当然还要回过来讲讲:
这鹰如何赢回它悔过的情郎——
据故事所讲,雄鹰后来悔过, 655
也正是坎巴鲁斯调解的结果。
这坎巴鲁斯是我讲过的王子。②
下面,接着要给你们讲的是,
一些出奇的历险和重大战役——
你们都不曾听到过这种奇迹。 660

我首先要对你们讲坎宾思汗,
他曾把多少座城镇一一攻占;
然后我就要讲讲阿尔加西夫,
讲他如何做了肖朵拉的丈夫——
为这妻子,他多次经历危难, 665

---

① 在作者生活的时代,蓝色象征对爱情的忠贞,绿色则象征轻浮的爱情。
② 事实上,前面讲过的是"坎巴罗"。

幸好有那匹铜马帮助他脱险；
在那之后，还要讲讲坎巴罗，①
他为了要把公主卡纳丝争夺，
与一对兄弟在比武场上格斗——
现在我捡起刚才放下的话头。　　　　　　　　670

第二部结束

第三部开始

阿波罗驾着战车飞驰在高空，
在那位墨丘利神的水星宫中——②

　　　　*　*　*　*　*

下面是平民地主对扈从说的话
和旅店主人对平民地主说的话

"扈从先生，你真是讲得很好，
很优雅，我要把你的智慧称道，"
平民地主说，"想到你这么年轻，　　　　　　675
先生，我认为你讲得挺有感情！
据我的看法，我们这群人里，

---

① 上一节中的坎巴鲁斯在以前从未出现，有可能就是坎巴罗。而这里的坎巴罗既要赢得卡纳丝，那就难以是她的同胞兄弟。让人感兴趣的是，"坎巴罗"在乔叟原作中为Cambalo。而在《马可·波罗游记》的各种西文译本中，元代大都的拼写形式常为Cambuluc或Kanbalu，何其相似！
② 这两行诗以星象点明时间，意为两个月以后。故事在此戛然而止。

任何一位的口才不能同你比。
但愿天主赐给你良好的机会,
让你在有生之年能继续发挥! 680
因为我听了你的故事很满意。
哪怕现在就给我一大片土地,
每年可稳稳收到二十镑地租,
我宁可儿子能得到神的眷顾,
能像你一样有眼光又有才干! 685
我可不在乎一个人有啥财产,
除非他有其它的才艺可以夸!
我常骂儿子,以后还是要骂,
因为他不肯学习,不肯受教育,
偏对掷色子、挥霍浪费有兴趣, 690
而把钱输得精光,是他老一套。
他还喜欢和家童、小厮们瞎聊,
却不肯去结交一些体面人物,
同他们结交倒能学一点礼数。"

"去你的礼数,"旅店主人高叫, 695
"你这位地主先生清楚地知道,
每个人至少要讲一两个故事,
否则就是对自己诺言的背弃。"

"我很明白,先生,"平民地主说,
"但是要请你别用这态度对我—— 700
我只是同这年轻人说了几句话。"

"别再多说,快讲你的故事吧。"

"乐于从命,老板,"平民地主道,
"我照你的意思做;现在请听好。
只要我这人还有足够的智慧, 705
那我再怎么也不会同你作对;
愿天主让这故事合你的心思,
让你满意,我这才是好故事。"

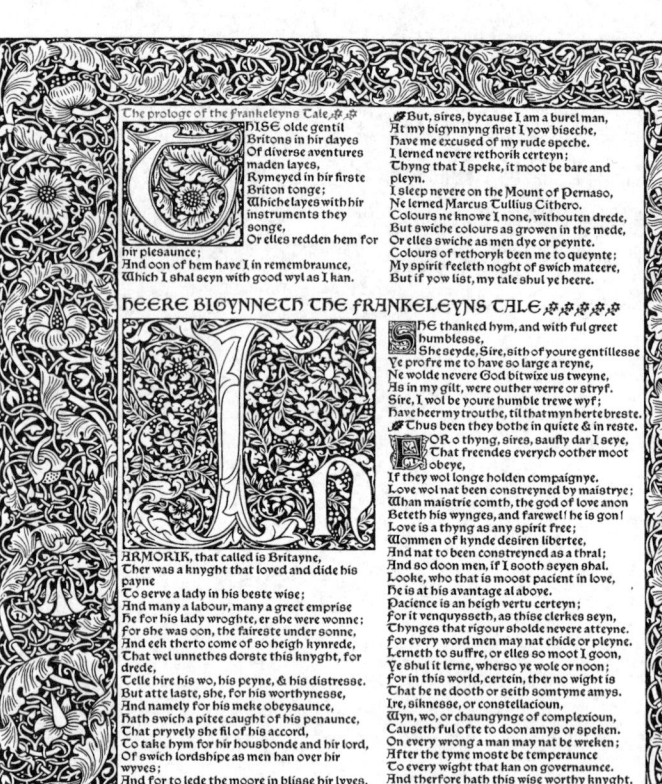

The prologe of the Frankeleyns Tale

THISE olde gentil Britons in hir dayes
Of diverse aventures maden layes,
Rymeyed in hir firste Briton tonge;
Whiche layes with hir instruments they songe,
Or elles redden hem for hir plesaunce;
And oon of hem have I in remembraunce,
Which I shal seyn with good wyl as I kan.

But, sires, bycause I am a burel man,
At my bigynnyng first I yow biseche,
Have me excused of my rude speche.
I lerned nevere rethorik certeyn;
Thyng that I speke, it moot be bare and pleyn.
I sleep nevere on the Mount of Pernaso,
Ne lerned Marcus Tullius Cithero.
Colours ne knowe I none, withouten drede,
But swiche colours as growen in the mede,
Or elles swiche as men dye or peynte.
Colours of rethoryk been me to queynte;
My spirit feeleth noght of swich mateere,
But if yow list, my tale shul ye heere.

HEERE BIGYNNETH THE FRANKELEYNS TALE

IN ARMORIK, that called is Britayne,
Ther was a knyght that loved and dide his payne
To serve a lady in his beste wise;
And many a labour, many a greet emprise
He for his lady wroghte, er she were wonne;
for she was oon, the faireste under sonne,
And eek therto come of so heigh kynrede,
That wel unnethes dorste this knyght, for drede,
Telle hire his wo, his peyne, & his distresse.
But atte laste, she, for his worthynesse,
And namely for his meke obeysaunce,
Hath swich a pitee caught of his penaunce,
That pryvely she fil of his accord,
To take hym for hir housbonde and hir lord,
Of swich lordshipe as men han over hir wyves;
And for to lede the moore in blisse hir lyves,
Of his free wyl he swoor hire as a knyght,
That nevere in al his lyf he, day ne nyght,
Ne sholde upon hym take no maistrie
Agayn hir wyl, ne kithe hire jalousie;
But hire obeye, and folwe hir wyl in al,
As any lovere to his lady shal;
Save that the name of soveraynetee,
That wolde he have, for shame of his degree.

She thanked hym, and with ful greet humblesse,
She seyde, Sire, sith of youre gentillesse
Ye profre me to have so large a reyne,
Ne wolde nevere God bitwixe us tweyne,
As in my gilt, were outher werre or stryf.
Sire, I wol be youre humble trewe wyf;
Have heer my trouthe, til that myn herte breste.
Thus been they bothe in quiete & in reste.

FOR o thyng, sires, saufly dar I seye,
That freendes everych oother moot obeye,
If they wol longe holden compaignye.
Love wol nat been constreyned by maistrye;
Whan maistrie comth, the god of love anon
Beteth his wynges, and farewel! he is gon!
Love is a thyng as any spirit free;
Wommen of kynde desiren libertee,
And nat to been constreyned as a thral;
And so doon men, if I sooth seyen shal.
Looke, who that is moost pacient in love,
He is at his avantage al above.
Pacience is an heigh vertu certeyn;
for it venquysseth, as thise clerkes seyn,
Thynges that rigour sholde nevere atteyne.
for every word men may nat chide or pleyne.
Lerneth to suffre, or elles so moot I goon,
Ye shul it lerne, wherso ye wole or noon;
for in this world, certein, ther no wight is
That he ne dooth or seith somtyme amys.
Ire, siknesse, or constelacioun,
Wyn, wo, or chaungynge of complexioun,
Causeth ful ofte to doon amys or speken.
On every wrong a man may nat be wreken;
After the tyme moste be temperaunce
To every wight that han on governaunce.
And therfore hath this wise worthy knyght,
To lyve in ese, suffrance hire bihight,
And she to hym ful wisly gan to swere
That nevere sholde ther be defaute in here.

HEERE may men seen an humble wys accord;
Thus hath she take hir servant and hir lord,
Servant in love, and lord in mariage,

平民地主的引子

平民地主的故事引子

古代的布列塔尼人很有文化,
他们的许多冒险以诗歌记下, 710
用的是他们古老语言的韵律;
有时候他们唱诗可伴有乐器,
有时候就凭着兴趣把诗朗诵。
其中有首诗我还牢记在心中,
非常乐于给你们尽力讲一下。 715

但是各位,我这人没有文化,
所以一开始就要请你们原谅:
对我粗俗的语言要宽宏大量。
说句实话,我从没学过修辞,
开出口来总不免平淡和率直。 720
我从来没睡在帕纳塞斯山上,①
从来没有读过西塞罗的文章。
修辞的色彩我当然一窍不通,
我懂的色彩全都长在田野中,
要不就是人们的染料和油漆。 725
修辞的色彩对我来说很稀奇,
我感觉不到那里有什么花样。
你们要听故事,下面听我讲。

---

① 帕纳塞斯山在希腊中部,古时被认为是太阳神和缪斯的灵地。

平民地主的故事

平民地主的故事由此开始

布列塔尼在古代叫阿莫利凯,①
当地有一位骑士满怀着挚爱, 730
竭尽全力地追求着一位女子,
既用事实证明了自己是勇士,
也献足殷勤,总算赢得芳心。
那位女子是太阳下最美的人,
而且出身于非常高贵的门第, 735
当初这骑士感到心里没有底,
不大敢吐露自己的万般苦恼。
后来,那女子看他忠诚可靠,
特别是感到他一向温顺听话,
就为他受的苦恼开始怜悯他, 740
最后私下里同意接受他的爱,
让他来做自己的丈夫和主宰,
就像一般的妻子听命于丈夫。
这丈夫为了生活的美满幸福,
以骑士名义自愿向妻子保证: 745
无论白天黑夜,他整个一生
绝对不会凭着做丈夫的权利
强迫妻子,或者表现出妒忌,
而要像追求女子的男人一样,
听从她的话并尊重她的愿望; 750

---

① 布列塔尼在法国北部,布列塔尼人的语言是一种凯尔特语。阿莫利凯又译阿尔莫利卡,是布列塔尼的拉丁名称。

只是考虑到他的身份和体面，
需要保持名义上的丈夫之权。

妻子向丈夫道谢，谦卑地说道：
"夫君，你能这样体谅和周到，
主动给我这样宽大的自主权， 755
我但愿天主让我俩亲密无间，
别让我出错而使我们起争执。
我愿做你卑顺而忠诚的妻子，
向你保证，我一定至死不渝。"
这样，他俩过得安宁又欢愉。 760

各位，有一点我敢肯定地讲，
就是朋友间彼此都必须谦让，
这样才会有天长日久的友谊。
爱情同样不能靠压力来维系，
一用压力，爱神就拍动翅膀 765
立刻飞走，不回你这个地方！
爱情这东西同灵魂一样自由，
而女人的天性就是爱好自由，
不愿像奴仆受人家颐指气使——
说句实话：男人也同样如此。 770
看看求爱中最有耐心的是谁，
他就占了比别人有利的地位。
可以肯定，忍耐是高尚品德，
学者们对这点讲得非常透彻：
它能克服压力压不服的东西。 775
所以，别为一言半语而怄气。
要学会忍耐，否则我可以保证：

管你愿意不愿意，还得学着忍。
因为这世界上，可以肯定的是：
人人都会偶尔讲错话、做错事。 780
发火、生病、星象对世人的影响，
体液组合的变化、喝酒或悲伤，①
经常会使人们做错事、说错话。
所以，别为一点错而大张挞伐。
每一个懂得要控制自己的人 785
都会根据情况，做必要容忍。
所以，这位骑士可敬又明智，
为生活安宁，这样许诺妻子；
而妻子也很明智，向他保证：
在她这方面也会尽自己本分。 790

这里可看到谦让明智的约定：
妻子得到了她的仆人和夫君，
这是婚姻中的君，爱情中的仆；
而丈夫，则既有权威又受束缚。
受束缚？不，他是一家的主宰， 795
因为他已赢得心上人、赢得爱；
这是他最忠实的情人和妻子，
这种关系与爱情的法则一致。
我们的这位骑士得意又风光，
带上了他的新娘一起回故乡， 800
回到他离彭马克不远的老宅，②
日子始终过得既美满又安泰。

---

① 西方古代生理学认为，生物体冷、热、干、湿四种体液的组合决定生物体的体质等。
② 彭马克在布列塔尼西端，下面 807 行中的凯鲁特就在该地。

Thanne was he bothe in lordship and servage;
Servage? nay, but in lordshipe above,
Sith he hath bothe his lady and his love;
His lady, certes, and his wyf also,
The which that lawe of love acordeth to.
And whan he was in this prosperitee,
Hoom with his wyf he gooth to his contree,
Nat fer fro Penmark, ther his dwellyng was,
Wheras he lyveth in blisse and in solas.

WHO koude telle, but he hadde wedded be,
The joye, the ese, and the prosperitee
That is bitwixe an housbonde & his wyf?
A YEER & moore lasted this blisful lyf,
Til that the knyght of which I speke of thus,
That of Kayrrud was cleped Arveragus,
Shoop hym to goon & dwelle a yeer or tweyne
In Engelond, that cleped was eek Briteyne,
To seke in armes worship and honour,
For al his lust he sette in swich labour;
And dwelled there two yeer, the book seith thus.

NOW wol I stynte of this Arveragus,
And speken I wole of Dorigene
his wyf,
That loveth hire housbonde as
hire hertes lyf,

For his absence wepeth she and siketh,
As doon thise noble wyves whan hem liketh.
She moorneth, waketh, wayleth, fasteth, pleyneth;
Desir of his presence hire so distreyneth,
That al this wyde world she sette at noght.
Hire freendes, whiche that knewe hir hevy thoght,
Conforten hire in al that ever they may;
They prechen hire, they telle hire nyght and day,
That causelees she sleeth hirself, allas!
And every confort possible in this cas
They doon to hire with al hire bisynesse,
Al for to make hire leve hire hevynesse.

BY proces, as ye knowen everichoon,
Men may so longe graven in a stoon
Til som figure therinne emprented be.
So longe han they conforted hire, til she
Receyved hath, by hope and by resoun,
The emprentyng of hire consolacioun,
Thurgh which hir grete sorwe gan aswage;
She may nat alwey duren in swich rage.

AND eek Arveragus, in al this care,
Hath sent hire lettres hoom of his welfare,
And that he wol come hastily agayn;

485

除了结婚的人,谁能说得出
夫妻之间的那种美满和幸福,
那种和谐又舒适的快活日子! 805
且说我上面所讲的这位骑士
名叫阿维拉古斯,住在凯鲁特,
这样甜美的日子过了一年多,
这时决定要去英格兰一两年
(当时英格兰被人叫作不列颠),① 810
要去凭武艺博取名望和荣誉,
因为他爱在这方面做出努力——
结果待两年,这是书上原话。

这位阿维拉古斯我暂且搁下,
先来讲讲他那位妻子道丽甘—— 815
她把丈夫视为她的心她的肝;
丈夫不在身边,她悲叹啼哭——
忠诚的妻子常这样思念丈夫。
她伤悲、哀诉、流泪,不吃不睡,
想丈夫回来想得她日渐憔悴—— 820
连整个世界都不在她的心上。
她的朋友们知道了她的哀伤,
全都尽她们所能来把她安慰,
日日夜夜地劝她别过于伤悲,
说她这样是莫名其妙的自杀! 825
她们就是在她那样的情况下,
各人都为劝慰她而竭尽全力,

---

① 中古英语中的"不列颠"和"布列塔尼"往往拼法相同。

要她放下心头上沉重的思虑。

大家知道,就算一块石头吧,
你如果经常在上面刻刻画画,   830
那么到时候总能留下些痕迹。
人们对她的劝慰,同样道理,
她既然仍怀希望,仍有理性,
就接受下来,抚慰自己感情;
终于渐渐克制了心头的悲痛,   835
毕竟她不能一直处在悲痛中。

她所牵肠挂肚的阿维拉古斯
带信给她,说自己平安无事,
不久回家;也幸而有这来信,
不然的话,她差点死于伤心。   840

女友们见她已没从前那样愁,
便一个个跪在地上向她请求,
要她千万同她们一起去游玩,
以便把心中的愁绪哀思驱散。
最后她同意她们所提的建议,   845
因为她觉得这确实也有道理。

她的城堡正好屹立在大海旁,
所以就在那一带高高崖岸上,
她常常随同女友们散步消遣。
但只要看见有或大或小的船   850
各自在驶向它们要去的地方,
这景象会勾起她心中的忧伤。

因为她经常自言自语地悲叹:
"我见到这么许许多多航船,
难道就没有一艘载夫君回来? 855
见他回来,我的心不再悲哀。"

有时她坐在崖岸上沉思默想,
眼光越过了崖沿朝着下面望。
每当她看到狰狞的黢黑礁石,
她的心就会害怕得不断战栗, 860
她的腿就会撑不住身体重量。
这时她只得颓然坐在草地上,
可怜巴巴地凝望那一片海面,
忧伤地发出下面这样的悲叹:

"永生的天主啊向来远见卓识, 865
对这个世界,有效地加以统治;
人们都说,没用的东西你不造。
但是主啊,这些狰狞的黑石礁
看上去杂乱又丑恶,怎么会是
全能又全智的你创造的东西? 870
坚定而永恒的主啊,什么缘故
你把这不合情理的东西造出?
这种礁石,无论在南北东西,
无论对人对鸟兽都有害无益——
依我想是没有好处,只有坏处! 875
多少人由此丧生?这点你清楚;
这种礁石把成千上万人杀死——
尽管人们记不得死者的名字——
人类是你创造的最美的生灵,

所以你把人造得有你的外形! 880
当时你似乎对人类极其仁慈，
但是为什么又要用这种方式，
用这些礁石把人们置于死地？
这样的礁石有百害而无一利。
我知道学者会随心所欲地说： 885
这样的安排会有最好的结果。
但我看不出他们有什么论据。
天主啊，你有能力叫风吹起，
总之，我只要求保护我夫君——
让学者去做那种辩解和争论。 890
但愿为了我的夫君，天主啊，
让这些礁石沉到地狱里去吧！
因为我看到它们就怕得要死。"
她一边说着，一边泪流不止。

她的女伴看到，在海边散步 895
不能为她消愁，反增加痛苦，
于是就安排去别的地方游玩。
她们陪她去一些山泉与河川，
陪她去一些风景宜人的胜地，
陪她跳舞下棋，玩十五子游戏。① 900

日子这样过去，有一天早上，
她们去附近的一个园子游逛，
事先就把事情安排得很周密，

---

① 这种游戏音译为巴加门，游戏的双方各有十五枚棋子，凭掷骰子决定行棋格数，也可以此进行赌博。

带上食物和一切必需的东西,
准备整整一天在那里玩个爽。 905
这是五月里第六天那个早上,
头些天几次温暖的五月阵雨
像把满园的花花叶叶抹了漆;
而人们凭各种各样灵巧的手
也真把园子装点得美不胜收—— 910
说句实话,除了那个伊甸园,
没有第二个这种园子在人间。
繁花芬芳,清新鲜艳的景物,
能使每个人的心都欢欣鼓舞——
只要这个人并不是身患重病, 915
没有巨大的悲痛压着他的心——
因为园中充满了美好和欢乐。
饭后,人们开始跳舞和唱歌,
但是只有道丽甘一个人除外;
她仍旧没有摆脱愁思和悲哀, 920
因为她看着翩翩起舞的人群,
却不见时时在她心头的夫君。
尽管如此,她仍得耐心等待,
希望时间能慢慢地磨掉悲哀。

这次舞会上跳舞的男宾中间, 925
有位年轻骑士出现在她面前;
这个人生气勃勃又衣物鲜明,
在我看来,他比五月还清新。
他唱歌跳舞要比任何人都好——
自开天辟地以来数他最高超。 930
此外,如果还要进一步描写他,

那么这年轻人极其英俊潇洒,
身强力壮,又聪明富有正派,
极受人们的敬重和大家喜爱。
这里我简短说个情况你们听,　　　　　　　935
只是道丽甘本人却并不知情:
这多情的青年名叫奥雷留斯,
他所侍奉的神是爱神维纳斯;
他在世人中最爱的是道丽甘——
命中注定,爱了两年多时间,　　　　　　　940
但一直不敢把这心事告诉她,
只是默默把无尽的苦酒喝下。
不敢说出来,那就只能绝望,
只能在歌中流露自己的悲伤,
因为诗歌中常有情人的哀告。　　　　　　　945
他说他的爱一直得不到回报,
以这个题材,他写了许多诗:
短歌、回旋曲、双韵短诗和怨词。
他说他不敢道出心中的忧伤,
憔悴得像地狱中的女魔一样;　　　　　　　950
又像是厄科爱上了那喀索斯,
因不敢吐露愁思而只能一死。
他除了我讲的这种方式以外,
根本不敢向对方倾吐他的爱。
但舞会上的年轻人有些时候　　　　　　　955
也可以按习俗把心上人追求,
所以他时时凝视道丽甘的脸,
他那种神情就像在恳求恩典;
然而道丽甘哪知道他的心思!
尽管如此,他们快要走开时,　　　　　　　960

由于他正好是道丽甘的邻居,
为人既很受尊重也很有声誉,
道丽甘很久以前就已认识他,
他们两人很自然就开始谈话。
奥雷留斯渐渐谈到他题目上, 965
一等机会到来便向她这样讲:

"凭创造世界的天主发誓,夫人,
可惜,我不知道这能使你开心,
否则,那天你丈夫阿维拉古斯
出海远航的时候,我奥雷留斯 970
也该去得远远的并不再回来,
因为对我的效劳你并不理睬。
我得到的报答是颗破碎的心。
夫人,请为我的苦给我怜悯;
因为我的生死就凭你一句话—— 975
我但愿天主让我埋在你脚下。
亲爱的,现在我没时间多讲,
开恩吧,不然就是要我死亡!"

道丽甘正眼盯视着奥雷留斯,
问道:"你这话是你真实心思? 980
你这种念头我以前全不知道,
现在知道了,必须正言奉告:
以给我灵魂和生命的主起誓,
只要我还有控制言行的神志,
就永远也不会背叛我的丈夫—— 985
他同我结婚,就是我的归属。
记住,这是给你的最后回答。"

It may wel be he looked on hir face
In swich a wise, as man that asketh grace;
But nothyng wiste she of his entente.
Nathelees, it happed, er they thennes wente,
Bycause that he was hire neighebour,
And was a man of worship and honour,
And hadde yknowen hym of tyme yoore,
They fille in speche; and forth moore and moore
Unto his purpos drough Aurelius,
And whan he saugh his tyme, he sayde thus:

MADAME, quod he, by God that this world made,
So that I wiste it myghte youre herte glade,
I wolde, that day that youre Arveragus
Wente over the see, that I, Aurelius,
Hadde went ther nevere I sholde have come agayn;
For wel I woot my servyce is in vayn.
My guerdoun is but brestyng of myn herte;
Madame, reweth upon my peynes smerte;
For with a word ye may me sleen or save,
Heere at youre feet God wolde that I were grave!
I ne have as now no leyser moore to seye;
Have mercy, sweete, or ye wol do me deye!

SHE gan to looke upon Aurelius:
Is this your wyl, quod she, and sey ye thus?
Nevere erst, quod she, ne wiste I what ye mente;
But now, Aurelie, I knowe youre entente,
By thilke God that yaf me soule and lyf,
Ne shal I nevere been untrewe wyf
In word ne werk; as fer as I have wit,
I wol been his to whom that I am knyt!
Taak this for fynal answere as of me.
But after that in pley thus seyde she:
Aurelie, quod she, by heighe God above!
Yet wolde I graunte yow to been youre love,
Syn I yow se so pitously complayne;
Looke what day that, endelong Britayne,
Ye remoeve alle the rokkes, stoon by stoon,
That they ne lette ship ne boot to goon,
I seye, whan ye han maad the coost so clene
Of rokkes, that ther nys no stoon yseene,
Thanne wol I love yow best of any man;
Have heer my trouthe in al that evere I han!

IS ther noon oother grace in yow? quod he.
No, by that Lord, quod she, that maked me!
For wel I woot that it shal never bityde.

随后,她添上一句说笑的话:

"奥雷留斯,上天做证,"她说,
"看你这诉说如此可怜又难过, 990
我愿意有朝一日接受你的爱,
条件是:你得从这岸边搬开
所有那些零零落落的黑礁石,
免得会妨碍来往船只的行驶——
等你从布列塔尼这一带海岸 995
把那些礁石一块块全都搬完,
那时,所有男人中我最爱你。
我能够做的许诺也仅此而已。"

奥雷留斯问:"你不能格外开恩?"

她说:"凭造我的天主发誓,不能。 1000
因为我知道,这事你没法做到,
所以,还是把你那种妄想抛掉。
一个男人爱上了人家的妻子,
人家随时能占有妻子的身子——
爱人家妻子,这有什么开心?" 1005

奥雷留斯的叹息一声又一声——
听了这话,他感到十分懊恼,
不由得满腔哀怨地这样答道:

"既然这是不可能办到的事,
那么夫人,我只能一死了之。" 1010
说完这话,他立即转身走开。

这时道丽甘的许多朋友走来，
沿着花园里的小径四处游荡，
完全不知道发生过这一情况。
接着，他们又重新开始作乐， 1015
直到明亮的太阳已黯然失色；
因为地平线已经把阳光遮掉，
这时，白天过去而黑夜来到。
于是，人们心满意足回了家，
唯有奥雷留斯的情绪非常差， 1020
回家的时候心里充满了悲伤。
他感到自己已无法逃脱死亡，
只感到心头一阵又一阵发冷；
他伸出双手，高高举向天空，
光着膝头，跪倒在石板上面， 1025
嘴里似乎在祈祷却胡话连篇——
由于伤心过度，已神志不清，
自己也不知道在说什么事情。
他要向天神诉说心中的苦恼，
首先就向太阳神这样诉说道： 1030

"阿波罗，世上一切花草树木
都归你管辖，你是它们的总督，
你给了它们不同的生长时节，
这全都根据你本身如何倾斜，
根据你所在位置的不同高低。 1035
死路一条的奥雷留斯求求你，
用你仁慈明亮的眼睛看看我！
我的心上人非得要我死不可，
尽管我没罪；求你慈爱的心

对我这垂死的心能加以怜悯！ 1040
我知道，如果你肯帮我一把，
那么心上人之外你最有办法。
现在，请让我禀告我的建议，
你用这办法，救我没有问题。

"你那皎洁有福的妹妹鲁西娜，① 1045
海洋女神和海洋女皇就是她
（尼普顿虽是掌管海洋的海王，
但是，鲁西娜的地位在他之上），
你很清楚她的愿望，太阳神哪，
正是被你的那团火点亮、激发， 1050
所以，她就一刻不停地跟随你。
同样的，海洋也按照这个道理
一心跟从她，因为她是位女皇，
主宰着大大小小的河流与海洋。
所以我要向你恳求，太阳神哪， 1055
行个奇迹（否则我的心就碎啦）：
当你下次走到"冲"的位置时②
（据我所知，那将是在狮子宫里），
请向她提出，要她掀起大潮，
把布列塔尼海岸的礁石淹掉； 1060
让最高的礁石也在水下五寻，
让这样的水位维持两年光阴；
那时我就能对心上人这样说：
'礁石没了，你得兑现许诺。'

---

① 鲁西娜是罗马神话中司生育的女神，这里她又是月亮女神，而且由于月亮对潮汐的影响，她又成了海神。从下文 1074 行看，她还统治地狱。
② "冲"的位置，指月亮隔着地球与太阳在一直线上，这时的潮位最高。

"太阳神,请你对我行个奇迹吧! 1065
请你去要求你的妹妹鲁西娜,
请她务必在今后两年帮帮忙,
把她的速度控制得同你一样。
这样保持着与你对应的位置,
春潮就一直早晚都出现两次。 1070
她除非肯这样对我大大开恩,
让我赢得我最亲爱的心上人,
帮我将每一块礁石沉到海底,
沉到归她统治的黑暗世界里,
沉到普路托在地下住的地方, 1075
否则我没赢得心上人的希望。
我愿赤脚去你的特尔斐神庙。
请看看泪珠在我脸上往下掉,
太阳神,请你可怜我的痛苦吧。"
说完,他就在一阵昏眩中倒下, 1080
在不省人事中躺了很长时间。

他的兄弟知道他心中的哀怨,
过来扶起他,把他送到床上。
尽管他胡思乱想并感到绝望,
我只能让这可怜人躺在那里, 1085
让他自己去选择是生还是死。

且说阿维拉古斯这骑士之花
同其他一些英豪俊杰回了家,
既很健康又赢得了巨大荣誉。
道丽甘,你多幸福又多欢愉! 1090

497

你把多情的丈夫搂抱在怀里,
他是高贵剽悍的骑士和武士;
他爱你就像他爱自己的生命,
他根本就没产生过任何疑心,
从没想过,那么长时间离家, 1095
可有人对他妻子说求爱的话。
他在这方面完全没有多操心,
只是跳舞比武,让妻子高兴。
现在让他俩去过快活的日子,
且说生着相思病的奥雷留斯。 1100

不幸的奥雷留斯卧床两年多,
他满心凄楚,精神备受折磨,
后来,总算能够下地走走路。
他这段时间没得到什么安抚,
只有做学问的兄弟给他安慰, 1105
因为知道哥哥的心事和伤悲。
关于他生了这场大病的起因,
他没有胆量说给任何别人听。
潘菲留斯虽然暗恋着格拉佳,①
藏在心中的深度远远不如他。 1110
他的胸膛看来虽完好没有伤,
但总有一支利箭扎在他心上。
你们非常清楚,外科治疗中,
危险的做法是只治表面伤痛,
但应当找到那箭头及时取出。 1115
他兄弟为了他的事暗自哀哭,

---

① 潘菲留斯和格拉佳是 12 或 13 世纪拉丁文长诗中的一对恋人。

到后来忽然勾起了一段回忆,
就是他曾去法国奥尔良学习——①
那里有一些同样年轻的学子,
对钻研秘术有特别高的兴致。 1120
他们在各个角角落落里寻找,
想要把一些秘传的本领学到——
他想起当初在奥尔良的时候,
有一天看到某本星象学的书;
尽管当时他学的是别的课程, 1125
但一位已经是法学学士的人
(这人是他同学,经常来往)
却把这书悄悄留在他书桌上。
这书中讲了月亮的许多情形,
讲了月亮与二十八宿的运行, 1130
还讲了许多无稽之谈的东西。
如今,这连一只苍蝇也不值,
因为我们信奉基督教的信条,
不能让这种胡闹把我们骚扰。
然而当这位书生想到这本书, 1135
他的一颗心立刻就感到鼓舞,
私下里自言自语地这样说道:
"我哥哥的病准能很快治好。
可以肯定,确实有一些秘诀,
让人产生出各种不同的幻觉, 1140
就像灵巧的魔术师做的那样。
因为我的确听说有些宴会上,
魔术师曾在大厅里当众表演:

---

① 奥尔良有一所古老的大学。

让人看到大厅里流淌着清泉,
还有一条船在屋里划来划去; 1145
有时候似乎扑过来一头猛狮;
有时候似乎草原上百花盛开,
或出现一串串葡萄有红有白;
有时候是涂石灰的石头城堡——
这些,人人似乎都亲眼看到, 1150
但是魔术师能随意使其消隐。

"所以,现在我能得出结论:
只要我去奥尔良找个老朋友,
只要他了解月亮和二十八宿,
或者还掌握一些其它的法术, 1155
我哥哥就能够解除相思之苦。
某些学者有造成幻觉的本事,
既叫人家看不到那些黑礁石,
让它们在布列塔尼消失不见,
又让船只来往在那里的海边。 1160
只要一两个星期维持这情形,
就能治好我哥哥那种相思病——
那时道丽甘得遵守她的诺言,
不然,至少也能羞辱她一番。"

我何必不把这故事讲得简短? 1165
总之,他来到哥哥病榻跟前,
极力鼓励他一同前去奥尔良;
于是,奥雷留斯立刻起了床,
很快同弟弟一起出发上了路,
为的是解除自己的哀愁悲苦。 1170

Seken in every halke and every herne
Particuler sciences for to lerne,
he hym remembred, that upon a day,
At Orliens in studie a book he say
Of magyk natureel, which his felawe,
That was that time a bacheler of lawe,
Al were he ther to lerne another craft,
hadde prively upon his desk ylaft;
Which book spak muchel of the operaciouns
Touchynge the eighte and twenty mansiouns
That longen to the moone, and swich folye,
As in oure dayes is nat worth a flye;
For hooly chirches feith in oure bileve,
Ne suffreth noon illusion us to greve.
And whan this book was in his remembraunce,
Anon for joye his herte gan to daunce,
And to hymself he seyde pryvely:
'My brother shal be warisshed hastily;
For I am siker that ther be sciences
By whiche men make diverse apparences,
Swiche as thise subtile tregetoures pleye.
For ofte at feestes have I wel herd seye,
That tregetours, withinne a halle large,
have maad come in a water and a barge,
And in the halle rowen up and doun.
Somtyme hath semed come a grym leoun;
And somtyme floures sprynge as in a mede;
Somtyme a vyne, and grapes white and rede;

Somtyme a castel, al of lym and stoon;
And whan hym lyked, voyded it anoon.
Thus semed it to every mannes sighte.
Now thanne conclude I thus, that if I myghte
At Orliens som oold felawe yfynde,
That hadde this moones mansions in mynde,
Or oother magyk natureel above,
he sholde wel make my brother han his love.
For with an apparence a clerk may make
To mannes sighte, that alle the rokkes blake
Of Britaigne weren yvoyded everichon,
And shippes by the brynke comen and gon,
And in swich forme endure a wowke or two.
Thanne were my brother warisshed of his wo.
Thanne moste she nedes holden hire biheste,
Or elles he shal shame hire atte leeste.'

What sholde I make a lenger tale of this?
Unto his brotheres bed he comen is,
And swich confort he yaf hym for to gon
To Orliens, that he up stirte anon,
And on his wey forthward thanne is he fare,
In hope for to been lissed of his care.
Whan they were come almoost in to that citee,
But if it were a two furlong or thre,
A yong clerk romynge by hymself they mette,
Which that in Latyn thriftily hem grette,

501

他们离那座城池已越来越近,
现在看来只剩下半里路光景,
却遇见一位书生在独自走路。
他用拉丁语向他们打着招呼,①
相当客气,但随后的话很怪异:　　　　　　　　　　1175
"我知道你们为什么要来这里。"
接着,他们还没往前走一步,
他已把他们的心事全部道出。

布列塔尼来的书生向他打听
自己往日的朋友现在的情形,　　　　　　　　　　1180
不料他说他们都进了坟墓里,
害得那兄弟淌下了不少泪滴。

奥雷留斯立刻就翻身下了马,
跟随这位魔法师一起进他家。
他把他们俩安顿得非常舒服,　　　　　　　　　　1185
供给他们的食物可口又丰富。
尽管奥雷留斯的家世很不错,
没见过魔法师家的这种阔绰。

开饭之前,魔法师给他观看
满是野鹿的一些树林和猎苑;　　　　　　　　　　1190
他看到那里的公鹿长着大角,
这样大的鹿在别处从没看到。
他看到百来头鹿被猎狗咬死,

---

① 法国人听不懂布列塔尼人的凯尔特语,而拉丁语是当时欧洲文化人的通用语言。

看到有些鹿中箭后流血不止。
野鹿都消失以后,他又看见 1195
有些放鹰人站在一条大河边,
他们放出的猎鹰扑杀了苍鹭;
接着他看到武士们正在比武。
随后魔法师更使他大为开心,
因为看到正在跳舞的心上人, 1200
甚至觉得自己在那里一起跳。
魔法师把这些戏法玩了几套,
看看时间差不多,一拍双手,
热闹的场面顿时就化为乌有:
原来他们根本就没有出屋子, 1205
只是在屋里看了这么些奇事,
而且就他们三个人坐在书房,
安静得同那满屋子的书一样。

魔法师把徒弟叫到跟前,问道:
"我们的晚饭是否已经准备好? 1210
先前这两位可敬的先生过来,
我陪着他们进了我这个书斋,
那时我叫你为我们准备晚餐,
我想,到现在快有一个钟点。"

徒弟说道:"开饭时间随你定—— 1215
先生,准备妥当,马上开也行。"
魔法师说道:"最好现在就吃,
两位多情的先生还需要休息。"

吃过晚饭后,他们商谈正事:

清除掉布列塔尼的全部礁石　　　　　　　　1220
　　（纪龙德河口到塞纳河口那段，①
　　也得把礁石清除），这要多少钱？

　　魔法师说这事难办，发誓说道：
　　办这事得要一千镑，不能再少——
　　就算这数目，他还不大愿意干。　　　　　　1225

　　那哥哥一听，心情立刻就好转，
　　说道："一千镑没有什么了不得！
　　据说这广阔世界是圆的，如果②
　　我能够做主，我就把它送给你。
　　我同意，我们已谈妥这笔交易。　　　　　　1230
　　我名誉担保，一定付你这笔钱，
　　但这事别拖拉疏忽，立刻就办；
　　我们在此只待到明天，行不行？"

　　魔法师说道："我发誓，一言为定。"
　　奥雷留斯到时候便去上了床，　　　　　　　1235
　　这一觉他几乎一直睡到天亮；
　　因为满怀着希望又一路辛苦，
　　现在的心情稍稍摆脱了凄楚。

　　一宿无话，到了第二天上午，
　　他们已踏上回布列塔尼的路。　　　　　　　1240
　　魔法师一路上陪着奥雷留斯，

---

① 纪龙德河在法国西南，是法国最大最长的三角湾；塞纳河在法国北部。相距七十英里。
② 这么说来，早在哥伦布出生之前，已有人认为地球是圆的。

等到他们抵达了此行目的地,
大家下马;这时已是十二月,
据书上说,那里是寒霜时节。

盛夏时节,太阳在它位置上 1245
射出一道道锃亮的金色光芒,
可现在它已衰老,色如黄铜,
眼下正无力地照在摩羯宫中——
简直可以说:它已黯淡无光。
一次次冰雹、冻雨还有严霜, 1250
已经毁掉每个庭院的绿草地。
这时前后都长胡子的杰纳斯①
坐在炉边,正用牛角杯喝酒,
而他的面前则是新鲜野猪肉——
还有壮汉叫喊:"圣诞!圣诞!" 1255

奥雷留斯在款待和尊重方面
对这位法师都做得无微不至,
只求他施展出他的全部本事,
帮助他解除心头的烦忧苦恼,
否则宁可在自己心口扎一刀。 1260
聪明的魔法师同情他的苦恼,
日日夜夜在尽心尽力地操劳,
为的是尽快寻获有利的时机,
就是说,要凭他那奇妙技艺
(星象学上的术语我可不会讲), 1265

---

① 杰纳斯是罗马神话的天门神,司守护门户和万物始末,他前后都有脸,又称两面神。

来造成一些幻觉或特异景象，
要使道丽甘和别人全都以为，
布列塔尼的礁石已不翼而飞，
或以为礁石全都沉入了海底。
最后他终于等到了这种时机，　　　　　　　　　　1270
于是施展出一套又一套本领，
尽管那一类东西可恶又迷信。
他拿出几张托莱多的天文表，①
表经过修订，样样东西不少：
既有大年，也有小年的算计，　　　　　　　　　　1275
还有星象计算的图表和仪器，
其它的东西如星盘等等器物，
又如用于各方程式的比例图，
他全都带着，没留一样在家。
他根据第八运行轨道的岁差，　　　　　　　　　　1280
清楚知道：阿尔纳斯的位置②
从白羊宫顶已上去多少距离
（白羊宫则被认为在第九轨道）；
他很熟练地把这一切计算好。

当他找到月亮第一个位置时，　　　　　　　　　　1285
就用比例法得出其它的位置，
也就清楚地知道月亮的上升
和在哪个行星的界限内等等；
他清楚知道，按照要办的事，

---

① 托莱多是西班牙城市。这些表是 11 世纪时在西班牙的阿拉伯天文学家制订。中世纪天文学中，以托莱多的纬度为根据进行计算，而天文表则经常修改。
② 中世纪天文学认为，恒星在第八重天（共有九重天）或第八运行轨道上。又，阿尔纳斯是白羊星座中的一等星。

月亮应当在怎样的一个位置； 1290
他还知道其它一系列的规矩——
反正当时异教徒搞这类把戏，
就是按这样的规矩完全照办。
所以他毫不迟疑也毫不拖延，
施展法术，在一两个星期里， 1295
似乎让那些黑礁石没了踪迹。

对于是否能赢得他的心上人，
奥雷留斯始终都没什么信心，
只是日夜等待着奇迹的出现；
现在他知道礁石都已经不见， 1300
再也没什么困难可以难住他，
便立即跪在那位法师的脚下，
说道："我这可怜人奥雷留斯
真要感谢你，感谢爱神维纳斯，
是你们给我帮助摆脱了苦恼。" 1305
他随即便动身前往一座神庙，
他知道心上人将在那里露面。
到了那里，一见有机会出现，
他心情忐忑，带着谦恭神情，
上前向他最热爱的女子致敬。 1310

这个可怜人说道："敬爱的夫人，
你是我最最害怕、最最爱的人，
世人中间，我最不愿得罪你。
要不是因为爱你而相思成疾，
几乎就要在这里死在你脚边， 1315
我不会对你谈我有多么悲惨。

但是我不谈,肯定一命呜呼——
你让我太苦,尽管我很无辜。
但即使你对我的死毫不怜惜,
请你在背弃诺言前考虑仔细。 1320
因为我爱你,你就几乎要我死,
为了天主,忏悔你做的这件事!
夫人,你肯定记得所做的承诺——
当然,我以为无权要你怎么做,
主宰我的女士啊,我只求恩典。 1325
当时在那个花园,在那个地点,
你曾答应我(这点你肯定记得),
你曾把手放在我手里,保证说
你将会最最爱我;我虽然不配,
但天主知道,这话出自你的嘴。 1330
我说这个话,为的是你的名誉,
夫人,而不是为我生命在考虑。
你当时怎么吩咐,我就怎么干,
你现在如果肯屈驾,就去看看。
决定由你做,但记住你的许诺—— 1335
无论死活,你在那里能找到我。
你能决定,要我活还是要我死,
但是我知道,那些礁石已消失。"

他转身走掉,对方呆呆站着,
道丽甘脸上没有了丝毫血色, 1340
她哪里想到被自己的话套牢!
"唉,竟会发生这事,"她说道,
"我从没想到竟然有这种可能,
有这种怪事,有这种奇迹发生!

But thurgh his magik, for a wyke or tweye,
It semed that alle the rokkes were aweye.
Aurelius, which that yet despeired is
Wher he shal han his love or fare amys,
Awaiteth nyght and day on this myracle;
And whan he knew that ther was noon obstacle,
That voyded were thise rokkes everychon,
Doun to his maistres feet he fil anon,
And seyde, O I, woful wrecche, Aurelius,
Thanke yow, lord, and lady myn Venus,
That me han holpen fro my cares colde.
And to the temple his wey forth hath he holde,
Wheras he knew he sholde his lady see,
And whan he saugh his tyme, anon-right he,
With dredful herte & with ful humble cheere,
Salewed hath his sovereyn lady deere:

Y righte lady, quod this woful man,
Whom I moost drede and love as I best kan,
And lothest were of al this world displese,
Nere it that I for yow have swich disese
That I moste dyen heere at youre foot anon;
Noght wolde I telle how me is wo bigon;

But certes, outher moste I dye or pleyne;
Ye sle me giltelees for verray peyne.
But of my deeth, thogh that ye have no routhe,
Avyseth yow, er that ye breke youre trouthe.
Repenteth yow, for thilke God above,
Er ye me sleen bycause that I yow love.
For, madame, wel ye woot what ye han hight;
Nat that I chalange any thing of right
Of yow my sovereyn lady, but youre grace;
But in a gardyn yond, at swich a place,
Ye woot right wel what ye bihighten me;
And in myn hand youre trouthe plighten ye
To love me best, God woot, ye seyde so,
Al be that I unworthy be therto.
Madame, I speke it for the honour of yow,
Moore than to save myn hertes lyf right now;
I have do so as ye comanded me;
And if ye vouchesauf, ye may go see.
Dooth as yow list, have youre biheste in mynde,
For, quyk or deed, right there ye shal me fynde;
In al lith al, to do me lyve or deye;
But wel I woot the rokkes been aweye!

HE taketh his leve & she astonied stood,
In al hir face nas a drope of blood;
She wende nevere han come in swich a trappe:

这全然违反自然界中的规律。" 1345
于是这忧心忡忡的人回家去;
由于担心,她简直难于举步,
此后整整一两天她只是啼哭,
还昏厥几次,叫人见了难过。
但是其中缘故,她没对人说, 1350
因为阿维拉古斯正好出了城。
她面色苍白,一脸痛苦表情,
只见她哭哭啼啼地自言自语——
那自言自语的话记在了这里。

"这要怪你命运之神,"她说, 1355
"你用圈套趁我不备套住我。
要逃出你这圈套没别的办法,
要不是失去贞操就只有自杀——
就这两条路中间我得选一条。
然而我宁可拼了这条命不要, 1360
也不愿身子受辱,坏了名声——
这样的话,是对丈夫不忠诚。
我只要一死,事情就能过去;
从前,不是有很多高贵妇女,
不是有很多姑娘,宁可自杀, 1365
也不让她们的身子被人糟蹋?

"瞧啊,有些史料可以证实:①
那雅典的三十僭主令人发指,②

---

① 平民地主在引子中说不懂修辞,但从上一段到 1456 行却是中世纪文学的典型做法,先从不在场的第二人称(命运之神)开始,再枝枝节节举出许多史例。
② 这是公元前 4 世纪雅典的一帮掌权者,据说他们至少杀害一千五百人。

他们在一次宴会上杀了菲顿,
还下命令去拘捕他的女儿们, 1370
把这些姑娘带来供他们泄怒;
先是要一丝不挂供他们污辱,
接着逼姑娘跳舞,就在菲顿
溅血地方。愿天主惩罚他们!
这些可怜的姑娘胆战又心惊, 1375
乘人不备,一个个全都投井,
宁可淹死,也不愿失去贞操。
这些都是古书上记载的材料。

"再说迈锡尼城一大帮武士①
掳来五十名斯巴达未婚女子, 1380
想要对她们进行蹂躏和奸淫;
但这些姑娘个个坚决不答应,
不肯让自己的童贞受到糟蹋,
结果这些斯巴达少女全被杀——
她们为保住贞洁,把死亡选择, 1385
那我对于死,还有什么害怕呢?
想想那暴君阿里斯托克里底,②
他看中的姑娘叫斯蒂姆法丽;
一天夜里,姑娘之父被杀掉,
姑娘就一直逃到狄安娜神庙, 1390
伸出双手紧紧地抱住那神像,
怎么也不肯松手离开那地方;
没人能把她的手从神像拉开,

---

① 迈锡尼是希腊伯罗奔尼撒半岛西南部古城。
② 阿里斯托克里底是希腊中部古城奥尔霍迈诺斯的暴君。

最后她就在那个地方被杀害。

"既然一些姑娘都不愿屈服,　　　　　　　　　　1395
不愿让身子被坏人泄欲玷污,
那么我想,已经结婚的女子
为不受玷污,更应一死了之。

"哈斯卓巴之妻在迦太基自戕,
对这个女人,我还有什么可讲?　　　　　　　　1400
当时她看到罗马人攻占城池,
便带上所有的儿女跳进火里;
宁可让自己被火烧死又烧焦,①
也不让罗马人危及她的贞操。
露克丽丝遭到了塔昆的强暴,②　　　　　　　　1405
不也在罗马对自己心口扎刀?
因为她认为塔昆毁了她名声,
于是宁可就这样了却她一生。
还有米利都那里的七位贞女,③
她们因为满心是恐惧和疑虑,　　　　　　　　　1410
生怕遭到高卢人的蹂躏糟蹋,④
于是一个个全都选择了自杀。
这类故事我能讲一千个不止。
阿布拉达蒂斯被杀后,他妻子⑤

---

① 与儿女一起投火自焚的其实是迦太基王后。可参看"片段七"4553 行。
② 露克丽丝一译卢克丽霞,为古罗马传说中贞烈典范。莎士比亚有以其为主角的长诗。
③ 米利都是安纳托利亚西部的希腊古城,是早期希腊在东方的最大城市。
④ Gawle 也被认为是小亚细亚中部古国加拉提亚。
⑤ 阿布拉达蒂斯是古代小亚细亚一小国国王。

就殉夫自杀，让自己鲜血直流，　　　　　　　　1415
流进她丈夫又大又深的伤口；
她说道：'至少这点我还能做到：
任何人都不能破坏我的贞操。'

"我何必再要多举这类范例？
既然有这样多的烈妇和贞女　　　　　　　　　　1420
为保全自己贞操而了断一生，
那么由此可得到这样的结论：
与其被玷污，宁可自杀身死。
我要永远忠实于阿维拉古斯，
否则，就情愿找个办法自戕，　　　　　　　　　1425
像德莫提恩的那个闺女一样，
因为她不愿受到人家的玷污。
塞达索斯，我为你感到痛苦，①
每当我读到你两位闺女夭亡，
她们的自杀都出于同样情况。　　　　　　　　　1430
还有一件事，至少同样悲惨：
一位底比斯姑娘遇到这劫难，
为逃避尼卡诺尔而选择死亡。②
另一位底比斯姑娘情形一样：
那是有个马其顿人糟蹋了她，　　　　　　　　　1435
她为了贞操也用自尽的办法。
我何必再提尼斯拉提的妻子——③
她也在同样处境下自杀身死？

---

① 塞达索斯的两个女儿在遭到强暴后，相互把对方杀死。
② 尼卡诺尔为亚历山大大帝手下的武士，公元前336年参与攻占底比斯。
③ 尼斯拉提为公元前404年向三十僭主交出权力的雅典领导人，他妻子不愿向三十僭主屈服而自杀。

阿尔西皮亚提斯的那个爱人，
她对自己的爱人是多么忠贞！——　　　　　　1440
丈夫遗体不埋葬，她就宁可死！
瞧，阿尔刻提丝是怎样的妻子！
荷马对帕涅罗珀又怎样置评——①
全希腊已传遍她的贞洁之名！
哦，记载中还有拉俄达弥亚；②　　　　　　1445
当她得知丈夫在特洛伊被杀，
不愿继续活下去，即刻自尽。
高贵的鲍西娅也是同样情形；③
她把整颗的心献给了布鲁图——
没了爱人，世界就留她不住。　　　　　　1450
阿尔特米西亚是完美的女性，④
在异教国度里受到广泛尊敬。
丢塔王后啊，你那贞洁美名，⑤
应当是天下为人妻者的明镜！
至于比利娅、瓦莱莉亚、萝多冈，　　　　　　1455
她们的情况与丢塔王后一样。"

道丽甘呜呜咽咽哭了一两天，
下定了决心要离开这个人间。

---

① 帕涅罗珀是希腊英雄奥德修斯的忠贞贤妻。
② 拉俄达弥亚的丈夫是普洛忒西拉俄斯，他在特洛伊登陆时最先阵亡。他的新娘求诸神使其丈夫复活三小时，时限一到便自杀，陪同丈夫去冥界。
③ 鲍西娅是布鲁图妻子，她吞燃煤自杀是因为不堪病魔折磨，她自杀时丈夫还活着。
④ 阿尔特米西亚（？—350？）为阿纳托利亚西南部卡里亚古国的王后，国王死后，她主持朝政并为丈夫修建陵墓，为世界七大奇观之一。
⑤ 丢塔为古伊利里亚王后。下面的比利娅曾在一次海战中打败迦太基。瓦莱莉亚在丈夫去世后拒绝再嫁并殉情。萝多冈为大流士王之女，因保姆劝她再嫁而杀保姆。

Allas! quod she, that evere I was born!
Thus have I seyd, quod she, thus have I
sworn.
And toold hym al as ye han herd bifore;
It nedeth nat reherce it yow namoore.
This housbonde, with glad chiere, in freendly
wyse,
Answerde and seyde as I shal yow devyse:
Is ther oght elles, Dorigen, but this?
Nay, nay, quod she, God help me so, as
wys!
This is to muche, and it were Goddes wille.
Ye, wyf, quod he, lat sleepen that is stille;
It may be wel, paraventure, yet today.
Ye shul youre trouthe holden, by my fay!
For God so wisly have mercy upon me,
I hadde wel levere ystiked for to be,
For verray love which that I to yow have,
But if ye sholde youre trouthe kepe and save!
Trouthe is the hyeste thyng that man may
kepe:
BUT with that word he brast anon to
wepe,
And seyde, I yow forbede, up peyne of
deeth,
That nevere, whil thee lasteth lyf ne breeth,
To no wight tel thou of this aventure.

As I may best, I wol my wo endure,
Ne make no contenance of hevynesse,
That folk of yow may demen harm or gesse.
AND forth he cleped a squier & a mayde:
Gooth forth anon with Dorigen, he
sayde,
And bryngeth hire to swich a place anon.
They take hir leve, and on hir wey they gon;
But they ne wiste why she thider wente.
He nolde no wight tellen his entente.
PARAVENTURE an heep of yow,
ywis,
Wol holden hym a lewed man in this,
That he wol putte his wyf in jupartie;
Herkneth the tale, er ye upon hir crie.
She may have bettre fortune than yow semeth;
And whan that ye han herd the tale, demeth.
THIS squier, which that highte Aurelius,
On Dorigen that was so amorous,
Of aventure happed hire to meete
Amydde the toun, right in the quykkest
strete,
As she was bown to goon the wey forthright
Toward the gardyn theras she had hight;
And he was to the gardynward also;
For wel he spyed, whan she wolde go
Out of hir hous to any maner place.

515

但在第三天晚上,阿维拉古斯
回到了家里,这位可敬的骑士 1460
问妻子为什么这样哀哀痛哭。
妻子听这一问,哭得更悲苦。
她说:"唉,我不该来到世上!
竟然那样发誓,竟然那样讲——"
于是把事情全都告诉了丈夫; 1465
那事你们已听过,不必重复。
阿维拉古斯听了妻子这番话,
和颜悦色给了她这样的回答:
"就是这些,道丽甘,没有别的?"

妻子道:"没了,这是千真万确的! 1470
就算这是天意,我也受不了啦!"

骑士说:"夫人,这事就别声张吧!
事情拖到今天,也许还可以,
你该信守诺言,我得提醒你。
就像我祈求天主保佑我一样, 1475
真的,我宁可刀子扎进心脏,
也无论如何不愿你失信于人,
因为我爱你爱得实在非常深。
一个人,重要的是言行一致。"
说到这里,丈夫也泪流不止。 1480
接着他说:"你一天活在世上,
这事就不许你对任何外人讲,
你讲出去,我就叫你活不成。
我对这件事也要尽可能隐忍,
脸上绝不流露出痛苦的痕迹, 1485

免得人家犯了疑就对你不利。"

他唤来一名扈从和一个侍女,
吩咐他们说:"伴随夫人出去,
立刻就送她去某某某某地方。"
他们两人告辞后送夫人前往, 1490
尽管不知道夫人为何去那里。
骑士当然也不说此举的用意。

我想,或许你们中间很多人
认为他在这事上表现很愚蠢,
竟然叫妻子去冒这样的风险。 1495
请先听故事再去为妻子叫冤。
也许她那份运气比你想的好,
反正听完了故事你自己思考。

且说那个叫奥雷留斯的乡绅,
始终把道丽甘爱得很深很深; 1500
这天就在城里最热闹的街道,
恰恰就把他这位心上人遇到。
因为道丽甘按照自己的诺言,
这时候正径直前往那个花园;
而奥雷留斯也朝那个花园去, 1505
因为他对道丽甘一直很注意,
观察她每次出门去什么地点——
不管是否巧遇,他们见了面;
奥雷留斯满怀着希望打招呼,
并问道丽甘,这是前往何处。 1510
道丽甘回答时,神态近于疯癫:

But thus they mette, of aventure or grace;
And he saleweth hire with glad entente,
And asked of hire whiderward she wente.
And she answerde, half as she were mad,
Unto the gardyn, as myn housbonde bad,
My trouthe for to holde, allas! allas!

AURELIUS gan wondren on this cas,
And in his herte hadde greet compassioun
Of hire and of hire lamentacioun,
And of Arveragus, the worthy knyght,
That bad hire holden al that she had hight,
So looth hym was his wyf sholde breke hir trouthe;
And in his herte he caughte of this greet routhe,
Consideringe the beste on every syde,
That fro his lust yet were hym levere abyde,
Than doon so heigh a cherlyssh wrecchednesse
Agayns franchise and alle gentillesse;
For which in fewe wordes seyde he thus:

MADAME, seyth to youre lord,
Arveragus,
That sith I se his grete gentillesse
To yow, and eek I se wel youre distresse,
That him were levere han shame, and that were routhe,
Than ye to me sholde breke thus youre trouthe,
I have wel levere evere to suffre wo,
Than I departe the love bitwix yow two.
I yow relesse, madame, into youre hond
Quyt every surement and every bond,
That ye han maad to me as heer biforn,
Sith thilke tyme which that ye were born.
My trouthe I plighte, I shal yow never repreve
Of no biheste, and heere I take my leve,
As of the treweste and the beste wyf
That evere yet I knew in al my lyf.
But every wyf be war of hire biheeste,
On Dorigene remembreth atte leeste.
Thus kan a squier doon a gentil dede,
As wel as kan a knyght, withouten drede.

SHE thonketh hym upon hir knees al bare,
And hoom unto hir housbonde is she fare,
And tolde hym al as ye han herd me sayd;
And be ye siker, he was so weel apayd
That it were inpossible me to wryte.
What sholde I lenger of this cas endyte?

"丈夫吩咐我,要我去那花园;
他叫我信守自己的诺言,唉唉!"

奥雷留斯感到这情况很奇怪,
看到道丽甘那种痛苦的神情, 1515
心中不由得产生极大的怜悯;
他又想到那丈夫阿维拉古斯,
这高贵骑士不愿自己的妻子
失信于人而要她履行其许诺,
想到这里,他心里感到难过。 1520
考虑到怎样对各方都有好处,
他觉得人家既这样高尚大度,
他也就应该收敛自己的痴心,
别去干那种下贱卑劣的事情,
于是他比较简短地这样说道: 1525

"夫人,请向阿维拉古斯转告:
我看到你自己这样忧愁悲哀,
看到你丈夫对你的宽厚信赖:
他宁可让自己蒙受大辱奇耻,
也不愿让你背弃自己的言辞。 1530
所以我宁可让自己永远悲哀,
也不愿离间你俩之间的情爱。
夫人,自你有生以来到眼前,
凡是你对我许下的一切诺言
和一切保证,我都放弃权利, 1535
把所有这些交还到你的手里。
我以名誉担保,今后绝不会
为这诺言而对你有任何责备。

现在我要向一位好妻子告辞——
我所见过的妇女中你最忠实。　　　　　　　　　1540
但每个妻子许诺时应当注意！
至少道丽甘的教训应当牢记。
可见一个人尽管没骑士头衔，
做的事可以同骑士一样体面。"

道丽甘光着膝盖，跪在地上　　　　　　　　　　1545
向他道谢，随后回丈夫身旁，
把上面讲到的情况说给他听。
你们可以想象她丈夫多高兴——
描绘这高兴，我没这个能力，
其实，这事何必讲得更详细？　　　　　　　　　1550

阿维拉古斯和他妻子道丽甘
此后所过的日子十二分美满。
他们之间再也没丝毫的不快；
丈夫把妻子当女王一样对待，
而妻子对丈夫也是忠贞到底。　　　　　　　　　1555
关于这对夫妻，我讲到这里。

奥雷留斯白白要浪费一笔钱，
不禁把自己出生的时辰埋怨。
"我曾答应那位魔法师，"他讲，
"天哪，说是给他黄金一千镑！　　　　　　　　　1560
话已经说出去，还有什么办法？
这一来，我看我可真的破产啦！
只得把祖传家产卖它个精光，
变成乞丐，不再留在这地方，

520

免得连我的亲属也丢人现眼——　　　　　　　　1565
除非我能得到魔法师的宽限。
还是去找他，试着安排一下，
以后，每年按期把钱付给他，
并保证信守诺言，绝不相欺，
同时要感谢他的那一番好意。"　　　　　　　　1570

他心情沉重，打开家中钱柜，
取出了黄金去同魔法师相会——
我估计是值到五百镑的现钱，
至于剩下数目，他请求宽限，
希望给他些时日，让他以后付。　　　　　　　　1575
他说："我敢夸口说一句，师父，
我至今为止，从来不曾失信；
欠你的钱，我肯定全部付清，
哪怕这使我穷得只剩下单衣，
哪怕要饭，我也会把钱给你。　　　　　　　　　1580
你只要肯答应接受我的抵押，
宽限两三年工夫，那样的话，
我完全可以应付过来；不然，
只能卖祖产。情况我已说完。"

魔法师听了他的这样一番话，　　　　　　　　　1585
当下就很严肃地这么回答他：
"难道我没履行同你的约定？"
奥雷留斯说："你已很好履行。"

"难道你没有赢得你的心上人？"

回答"没有"时,他的叹息很伤心。 1590

"这是什么缘故?照实告诉我。"

于是,奥雷留斯把事情的经过
对他讲一遍,这事你们已知道,
我再来重复,就完全没有必要。

他说:"阿维拉古斯品格高尚, 1595
他宁可自己死于哀痛和悲伤,
也不愿妻子背弃自己的许诺。"
他还讲到了道丽甘心里难过,
说她那天难过得宁可就去死,
也不愿做个伤风败俗的妻子; 1600
还说她发了那个誓出于无心:
"她全不知道幻术可以乱真。
这就使我非常同情她怜悯她;
于是我把她大度的丈夫效法,
同样大度地把她送还她丈夫。 1605
全部情况就如此,和盘托出。"

魔法师听后答道:"我的兄弟,
你们彼此的作为都很讲道义。
虽然你是乡绅,他是位骑士,
我想,我作为知书识礼之士, 1610
万能的主不会不让我学你们,
同样来个善举。所以你放心!

"我就免除你欠我的一千镑债,

先生,就像你刚从地面冒出来,
而以前同我根本就互不相识。 1615
因为我决定不要你一个便士,
尽管为你出了力,行了法术。
你已经为我提供丰富的食物;
这就够了,好吧,我就告辞啦。"
说完话,他便骑上马一路回家。 1620

各位,现在我要问你们一句话:
你们看,他们中谁的气度最大?
现在回答我,回答后再往前走。
而这里,我的故事也到了尽头。

平民地主的故事到此结束

片段六（第3组）

医生的故事

以下是医生的故事

根据提图斯·李维记的史实，[①]
从前有位骑士叫维吉尼乌斯，
他德高望重，为人正直高尚，
家中富有资财，交游也很广。

这骑士同妻子生有一位闺女， 5
他这一辈子只有么个孩子。
这位独生女长得出奇地美貌——
那样美的女子还真难得见到。
因为，自然女神花极大精力，
使她出落得非同一般地美丽， 10
似乎想说："瞧我这自然女神——
只要愿意，就能使得任何人
姿容绝代。这点谁能同我比？
皮格马利翁，任凭怎么努力[②]

[①] 李维（公元前59—17）一译李维乌斯，是古罗马历史学家，著有《罗马史》一百四十二卷，记述从罗马建城开始到公元前9年的历史，但大多佚失。
[②] 皮格马利翁为希腊神话中的塞浦路斯王，善雕刻，因热恋自己所雕少女像，感动了爱神，遂赐生命于雕像，使他们结为夫妻。

锻打和雕琢不行;我就敢说: 15
阿佩利斯与宙克西斯想学我,①
那么任凭他们去锻打或刻画,
他们的精力到头来都将白花。
因为创造了万物的至高之神
把总代表的职务派给我担任, 20
让我对世上的大小万物负责,
按我的心意给他们赋形着色,
因为月亮下的一切归我照料。
我干这工作并不求任何回报。
我主的看法与我的完全一致, 25
我使她美,为了对主表敬意。
其它万物,无论形象或色彩,
也都出自我的手,无一例外。"
依我想,这是自然女神的话。

且说那闺女这时正二七年华, 30
而自然女神就是喜欢这年岁。
像把红白色染上百合与玫瑰,
她在这闺女还没有出生之时
就大笔一挥,给那优雅身子
染上她染百合与玫瑰的颜色, 35
让各个部分有最合适的色泽。
太阳神用他一道道火热的光
把她的长发染成波纹般金黄。
如果说她有着异乎寻常的美,

---

① 阿佩利斯是公元前4世纪希腊画家,曾给亚历山大大帝当宫廷画师(按另一传说,他是雕刻家,曾为大流士装饰陵墓)。宙克西斯活动于公元前5世纪末,是雅典艺术家,据传其所画葡萄引来飞鸟啄食。

那么她德行更是高出千百倍。 40
凭她在道德方面的任何一点,
都能够获得有识之士的称赞。
身心两方面,她都十分纯洁,
像一朵花儿开放在处女时节。
无论是她的衣着或她的举止, 45
无不显示出她的谦抑与节制,
同时反映出她的温良和恬静。
她回答问话时一向谨慎小心;
其实她像帕拉斯那样有智慧,①
说起话来充满了女性的柔美, 50
没一点矫揉造作或故弄玄虚,
只根据自己的身份出言吐语,
而她讲的每句话,无论长短,
或多或少同品性和善行有关。
她有少女们共有的那种娇羞; 55
从不三心二意,总有事在手
让她忙碌,避免懒散和怠惰。
对她的嘴,巴克斯无法掌握——②
酒和青春增加维纳斯的影响,
就像是,人在火上浇油一样。 60
为保持自己毫无瑕疵的品德,
她有时装病以避开某些场合——
有的聚会上有人可能说傻话,
对于这样的场合她避免参加,
所以不去宴会、酒会和舞会; 65

---

① 帕拉斯即希腊神话中的智慧女神雅典娜。
② 巴克斯是罗马神话中的酒神。

那些场合给人们调情的机会，
使少男少女变得早熟又大胆——
这种事向来就有，并不少见。
人们看到，这类事危险得很。
一位处女一旦变成了小妇人，　　　　　　　　70
可能很快就学会放肆和胡闹。

你们这些女人家年纪都不小，
如今管教着富贵人家的千金，
不要听了我这话心里不高兴。
想想吧，千金小姐交给你们管，　　　　　　75
无非是因为考虑到这样两点：
或者，是你们一直保持贞洁；
或者，是你们受过诱惑失节，
已完全熟悉爱神的那种舞蹈，
早就下决心再也不玩那一套。　　　　　　　80
所以请看在耶稣基督的份上，
不要松懈，教千金品德高尚。

专门偷猎鹿的家伙一旦醒悟，
不再走那种贪婪的生活老路，
那么让他管树林就最牢靠。　　　　　　　　85
认真管吧，你们有能力管好。
要注意，对恶习败行可别容忍，
否则，你们的坏心思要受严惩；
因为纵容者背叛了自己义务。
下面我的这句话请你们记住：　　　　　　　90
一切最最严重的背叛行为里，
最坏的是对天真无邪的背弃。

你们这些为人父母的也听着：
你们的孩子无论一个或两个，
在把他们照管养育的时期里,   95
最大的责任就是把他们教育。
要注意自己在生活中的榜样，
对惩戒一事也不能疏忽淡忘，
免得毁了孩子；有个赌我敢打：
孩子被毁，你们的代价就太大。   100
一个牧羊人如果软弱又大意，
狼就使他的羊死无葬身之地。
此处就只给你们举这个例子，
因为我还得继续讲我的故事。

我故事里的姑娘自律非常严，   105
根本不需要家庭教师的拘管。
世上的姑娘看她的日常举止，
就像是在读书，书中每个字
全像出自于贤德的淑女之口。
她非常节俭，却又十分宽厚，   110
所以她有美貌而慷慨的名望，
而且这名望远播到四面八方，
使得那一带所有讲道德的人
把她赞扬；当然也有人忌恨，
他们看到人家好就心里难过；   115
看到人家倒了霉就满心快活
（这是圣奥古斯丁讲的原话）。

一天，姑娘同她亲爱的妈妈

一起离家,要去城里的教堂,
像当时年轻姑娘常做的那样。 120
且说这座城池里有一名法官,
周围那一片地区全都归他管。
真不巧,姑娘一路走向教堂,
偏偏走过了那法官站的地方。
他一眼看见这女郎如此娇艳, 125
心思和心情顿时都有了改变。
姑娘的美貌深深地吸引着他,
他暗暗对自己说出这样的话:
"不管有谁作梗,她得归我!"
于是,魔鬼立刻钻进他心窝, 130
给他出主意:只有使用诡计
才能达到占有那姑娘的目的。
他也觉得,要办成这件事情,
使用暴力或金钱肯定都不行,
因为姑娘有许多高贵的亲友, 135
而且其高尚的品行底蕴深厚,
所以他知道绝没有其它办法
能够使这位好姑娘委身于他。
于是,经过仔细谋划和安排,
他派人找来城里的一个无赖; 140
他知道这个无赖无耻又狡猾,
仍把自己心中的秘密告诉他,
并要他切切实实地做出保证:
绝不透露此事,告诉任何人——
若敢泄露出去就要他掉脑袋。 145
罪恶的计划就这样定了下来,
法官为表示自己的友好之情,

送了那无赖许多珍贵的礼品。
这好色的法官为了达到目的,
把他的阴谋设计得非常周密,   150
当然,实施起来也需要手段,
这过程你们在下面就会看见。
无赖克劳迪乌斯随后回了家。
坏法官阿庇乌斯(名字不假,
因为这不是一个虚构的故事,   155
而是历史上一段有名的史实,
至少我所讲的要点确凿无疑),
做好了布置,仍然忙碌不已,
要尽快实现他那种非分之想。
于是,按照史料记述的情况,   160
此后的一天,这个阴险法官
像平时一样坐在公堂上办案,
对各种案子做出判决和仲裁。
这时那邪恶无赖匆匆闯进来,
叫道:"大人明鉴,请接受我控告。   165
我请你主持正义,还我以公道。
我这状子告的是维吉尼乌斯;
要是他说我控告的不是事实,
我可以请来证人并提供证明,
证明我诉状里讲的全是真情。"   170

法官答道:"他本人不在这里,
所以,这案子我现在不好处理。
派人叫他来,我乐于听你控告;
这里不会冤屈你,会还你公道。"

维吉尼乌斯奉召来到了公堂,　　　　175
马上就听到那个无赖念诉状;
这份可诅咒的诉状内容如下:

"敬爱的阿庇乌斯大人阁下,
你可怜的仆人我克劳迪乌斯
现在要控告维吉尼乌斯骑士。　　　　180
他不顾法律和世界上的公理,
根本不管我本人愿意不愿意,
一天夜里,从我的私人住处
偷去我女仆,我的合法家奴——
当时女奴很小;有关的情形,　　　　185
我都有证人,可以提供证明。
那不是他的女儿,他在胡诌。
所以法官大人,我提出要求:
请您依法把我的奴婢还给我。"
瞧,诉状里竟然是这类胡说。　　　　190

维吉尼乌斯一时看着那无赖,
仓促之间还没把辩词讲出来
(他是骑士,能证明自己无辜,
而且还可以把许多证人举出,
证明对方的控告全都是诬赖),　　　　195
但是那邪恶的法官急不可耐,
哪里要听维吉尼乌斯的答辩!
他匆匆忙忙做了如下的宣判:

"我宣判,原告领回他的奴婢;
被告不能再留那女奴在家里。　　　　200

531

回去带她过来,由我们监护;
我已判定这女奴将归还原主。"

这就是法官阿庇乌斯的判词。
于是可敬的骑士维吉尼乌斯
就得被迫把心爱的女儿交出—— 205
交在这法官的手里遭受玷污。
他回家之后坐在自己房间里,
立刻就派人去叫心爱的闺女。
他的脸色苍白得像死灰一样,
看着女儿那谦卑温顺的面庞, 210
万般的痛苦扎着他慈父之心,
但是没有动摇他心中的决定。

"亲爱的女儿维吉尼娅,"他说,
"这里有受辱或受死两种选择
在你面前。唉,我何必来世上! 215
因为这对你来说,绝对不应当,
你呀,绝不该惨死在刀剑之下。
你是我的性命,亲爱的女儿呀!
我最大的欢乐,就是把你抚养,
每时每刻,你都在我的心坎上! 220
女儿呀,你可以使我极端难过,
也可以让我生活中充满欢乐。
你这贞洁的宝石就安安静静
准备死吧,因为我下了决心。
我怜悯的手必须砍下你的头, 225
这是出于爱,并非出于怨仇。
唉,偏偏让阿庇乌斯看见你!

今天就这样卑鄙地做此处理。"
他把事情的原委向女儿讲述,
这些你们已知道,不必重复。 230

姑娘叫道:"发发慈悲,父亲!"
说着她双臂围住了父亲脖颈——
就像平日里她经常做的那样——
与此同时,泪水流出了眼眶。
她问:"好爸爸,我就非得死吗? 235
能不能饶我?有没有别的办法?"

父亲说:"亲爱的女儿,只能这样。"

"那就给我一点时间,"女儿讲,
"让我为自己的死先哀悼一下。
唉,凭上天做证,当初耶弗他[①] 240
杀女儿之前也给她时间哀悼——
女儿没什么过错,上帝知道,
她只是首先从屋里跑到屋外,
以极大的敬意欢迎父亲归来。"

说完这话,她感到一阵眩晕 245
昏倒在地,但是很快就苏醒,
便站了起来对父亲这样说道:
"趁我还没受辱就把我杀掉。

[①] 耶弗他率以色列人与亚扪人英勇作战,战前他向耶和华许愿,如他得胜回家,将以首先从家门出来迎接他的人献为燔祭,不料是其独生女拿鼓跳舞出来迎接他。他答应女儿离开两个月,与同伴去山上为她终为处女哀哭,然后献为牺牲。见《旧约全书·士师记》第11章。

533

按你的意志处置你的孩子吧;
感谢主,我以女儿之身见他!" 250
说完这话,她再三央求父亲,
请他下刀时动作要利索要轻。
她这话刚一说完就再次昏倒。
父亲怀着满腔的悲愤和苦恼,
砍下了女儿的头颅提在手上, 255
赶往仍旧在审理案子的公堂,
把这颗头颅放在法官的面前。
据书上说的情况,法官一见,
便下令把他捉住并立即吊死。
但人们得知了这件邪恶丑事, 260
成千的群众出于义愤和同情,
立刻都赶来要救骑士的性命。
他们得知那无赖在控告骑士,
就猜到这怪事后面另有故事,
就知道必有阿庇乌斯在搞鬼, 265
因为大家都清楚他是个色鬼。
人们都冲到了阿庇乌斯那里,
立刻把这坏法官投进了监狱,
不久这阿庇乌斯自杀在牢中。
至于克劳迪乌斯,这个帮凶 270
也被定了罪,将在树上吊死;
倒是心怀恻隐的维吉尼乌斯
为他求情,结果就改判流放,
因为他毕竟也上了法官的当。
其他同此案有关的大小人犯, 275
一个个全被吊死,无人获免。

由此可看到:作恶者必有报应!
所以要警惕,因为没人说得清
上天的惩罚将会降临于何人;
而且即便犯下的罪孽藏得深, 280
除了天主和自己没有谁知道,
但良心谴责的酷烈也难预料。
因为不管是无知或是有才学,
谁都不知道什么时候会胆怯。
所以请把我这句忠告牢牢记: 285
抛弃罪恶,别等罪恶抛弃你。

医生的故事到此结束

卖赎罪券教士的前奏

旅店主人对医生和卖赎罪券教士讲的话[①]

旅店主人发疯似的破口咒骂：
"天哪！十字架的钉子和圣血呀，
这个无赖和法官真卑鄙透顶！
最好能想出一种厉害的酷刑， 290
叫这个法官和帮凶死得可耻！
可惜这苦命姑娘已被杀身死！
她为美貌而付出的代价太大！
这个事实可证明我常说的话：
命运女神或自然女神的赋予 295
有时候也会使很多生灵死去。
我敢说，是美让她一命归天；
唉，她这样被杀实在太可怜！
我刚才说到的那样两种赋予，
人们得到后往往是弊大于利。 300
不过说句实话，亲爱的先生，
你这个故事叫人听了很气愤。
但是算了，这就让它过去吧。
你这行当，我求天主保佑啦！
还保佑你的那些尿壶和便盆， 305
你的那些加香料药酒和药品，
还有你那些装满盒子的药物——
保佑它们的是马利亚和天主！
你是体面人，像个高级教士，

---

① 卖赎罪券教士是中世纪时获准出售天主教赎罪券（也称赦罪符）的神职人员。

这个,我凭圣罗念之名起誓。① 310
讲得对吗?我不懂医学词汇,
但我清楚,你使我十分伤悲,
差一点就使我的心交痛大发。②
凭圣骨起誓!我有治疗办法,
新酿麦芽酒让我喝一点就行, 315
或者接着有快活的故事听听——
那可怜姑娘使我心中很难受。
卖赎罪券的教士,漂亮朋友,
你就快讲件趣事给我们听听。"

"我凭圣罗念之名,一定遵命," 320
这人答道,"这里有家小酒店,
我先喝口酒,再吃一些糕点。"

可是,几位正经人立刻喊道:
"粗俗的故事还是不讲为好;
要讲就讲有教育意义的事情, 325
既供我们学习,我们也爱听。"

这人说道:"我答应你们要求,
准想个正经故事,一边喝点酒。"

---

① 圣罗念可能指苏格兰圣徒圣罗南。
② 很可能旅店主人想要讲的是"心绞痛"。

卖赎罪券教士的引子 ①

以下是卖赎罪券教士的故事引子

贪恋钱财是万恶之本 ②
　　　　《提摩太前书》第六章

"各位，当我在教堂里面说教，"
他说，"总尽力讲得头头是道，　　　　　　　　330
讲的声音也像钟声一样洪亮，
因为，讲的东西牢记在心上。
只有一个题目我经常要讨论，
就是'贪恋钱财是万恶之本'。

"我首先讲讲我的来龙去脉，　　　　　　　　335
再把教皇的特许全部拿出来。
主教的大印盖在我证书上面，
大家看看，以确保我的安全，
可免得有教会人士轻举妄动，③
来阻挠我为基督做神圣之工。　　　　　　　340
在这之后，我才讲我的故事。
我把教皇和主教的文书出示，
还要出示长老和教长的特许；
讲话中我要用上几句拉丁语，
这能使我的讲道听来更有劲，　　　　　　　345

---

① 在 Skeat 编定的版本中，这标题为"买赎罪券教士的故事引子"。
② 同下面第334行中的文字一样，在原作中都是拉丁文，出自《新约全书·提摩太前书》第6章第10节，中文《圣经》里译作"贪财为万恶之根"。
③ 周游四方兜售赎罪券的行为，常侵犯当地教区的利益，易引起敌对情绪。

538

从而更激励听众的崇拜之情。
然后，我拿出那些玻璃长罐，
里面装满了骨头和零碎布片，
人们觉得这都是圣骨和圣物。
我有一块镶进黄铜的肩胛骨， 350
这来自一位犹太圣徒的羊羔。①
我说：'各位好人，仔细听好：
任何泉水里只要浸浸这骨头，
那么凡是羊、小牛、母牛或公牛，
若因吃了蛇或被蛇咬了肿起， 355
就用这泉水把它的舌头洗洗，
它马上可以复原。不但如此，
这种泉水只要弄一点给羊吃，
羊就不会染上瘟疫之类的病，
不会生疮。这里也要仔细听： 360
只要养着牛羊的主人家愿意，
每个星期趁公鸡早晨还没啼，
空着肚子喝一口这样的泉水，
他的牲口数量上肯定会翻倍——
犹太圣徒就这样教我们祖先。 365

"'这水治疗妒忌疗效明显；
各位，一个人哪怕醋心大发，
只要用这种泉水做成汤喝下，
那时，就再也不会怀疑妻子，
尽管他知道妻子已干了丑事， 370
甚至还是两三个教士的相好。

---

① 这犹太人指《旧约全书·创世记》中的雅各。

"'瞧瞧,这里还有一只手套。
任何人只消把这只手套一戴,
那么不管播的是小麦或燕麦,
麦子的收成就会成倍地增加——　　　　　375
不过手套钱这人必须舍得花。

"'各位先生女士,我提醒你们,
现在这座教堂里,如果有的人
因为犯下的罪孽太丢人现眼,
已羞于通过忏悔来获得赦免,　　　　　　380
或者哪个或老或少的妇道家
让丈夫戴了绿帽子当了王八——
这种人无权得到上天的恩典,
我不要他们对这些圣物奉献。
但谁若觉得没犯过这种错误,　　　　　　385
就能以天主的名义奉献财物;
而凭着教皇特许赋予的权威,
我就能完全赦免他犯下的罪。'

"自我承担发卖赎罪券之责,
每年靠这种把戏挣一百马克。①　　　　　390
站上布道坛,我有学者派头,
等那些无知的家伙坐好以后,
我就讲道,讲什么你们已听到,
另外,还加上一百种胡说八道。
我花了很大力气伸长了头颈,　　　　　　395

---

① 一马克相当于三分之二英镑,一百马克约合六十六英镑,这至少超过如今两千英镑。

忽朝东忽朝西把头点个不停,
就像栖在谷仓上的鸽子那样;
我手和嘴的动作都非常匆忙,
你们看了那种忙乎劲准喜欢。
我所有说教,总要说到贪婪, 400
说这罪行最可恶;总这样说,
是要他们掏钱,掏出来给我。
因为说到底,我的目的是钱,
不在乎人们是不是改恶从善——
他们死后被埋葬,他们灵魂 405
随便去哪里,不用我来操心!
毫无疑问,我许许多多说教,
出发点通常都是卑劣又无聊;
有时用奉承讨好让人家喜欢,
有时用伪善来博取自己升迁, 410
有时却是为了争虚名泄私愤。
每当我不敢以其它方式争论,
但只要有人冒犯我和我同行,
那么我就在讲道时同他算账,
用我嘴皮子功夫去狠狠刺他, 415
叫他的名誉逃不过我的糟蹋。
尽管对这人我不会指名道姓,
但是我会打手势,含沙射影,
人家一听,就知道我在讲谁——
谁要得罪我们,就同他作对。 420
就这样,凭神圣旗帜的掩护,
我道貌岸然向敌人喷毒报复。

"总之,我可没有其它目的,

我讲道，只是因为贪财求利。
所以只有这题目我反复讨论，　　　　　　425
就是'贪恋钱财是万恶之本'。
我这样说教，要人不要贪婪，
而这种罪孽我自己不断在犯。
但是，尽管自己总犯这种罪，
我却能让别人感到深深懊悔，　　　　　　430
让他们就此同贪婪保持距离。
不过，这并不是我主要目的。
我讲道不为别的，只为捞钱；
我想我已讲够讲透了这一点。

"我还对他们举出好多例子，　　　　　　435
都是一些很久很久前的故事；
因为老故事能讨大老粗喜欢——
毕竟要记住或复述不是很难。
什么？我凭鼓唇弄舌的讲道，
就能够赚来不少的金银财宝，　　　　　　440
你们还以为我甘愿受苦受穷？
不，这真的不在我考虑之中！
我情愿去各处讲道乃至乞讨，
也不愿用双手辛辛苦苦操劳；
做个懒散的叫花子并非难事，　　　　　　445
又何必为了糊口而去编篮子。①
使徒的穷日子我可不愿模仿，
我要羊毛和干酪，也要钱粮，
哪怕施舍者是个贫苦小娃娃，
或是村子里最穷的寡妇人家——　　　　　450

---

① 据说圣保罗曾以编篮子为生。

哪怕她孩子全饿死我也不管。
对,葡萄美酒我可是最喜欢;
每处市镇上还养个漂亮婊子。
总之,你们既要听我讲故事,
那就听好,我答应你们要求。　　　　　　455
现在既然我已喝够了麦芽酒,
倒也希望给你们讲一些东西,
而这些东西理当讨你们欢喜。
因为尽管我为人卑劣又贪心,
讲出来的故事却是道德教训——　　　　460
讲道挣钱,我就靠这些故事。
现在请安静!故事这就开始。"

卖赎罪券教士的故事

卖赎罪券教士的故事由此开始

从前在佛兰德斯有伙年轻人,
他们放荡成性,成天在鬼混,
不是赌博就是去妓院或酒馆, 465
在那里听着竖琴、鲁特琴、吉坦,①
日日夜夜地掷骰子或者跳舞;
又暴饮暴食,不怕饮食过度。
如此这般在这些魔鬼殿堂里,
他们可恨地向魔鬼奉献自己—— 470
真是既过分放纵又肆无忌惮。
他们的诅咒和毒誓无法无天,
就连听他们发誓也令人恐怖;
他们让主耶稣基督粉身碎骨——②
似乎还嫌犹太人摧残得不够—— 475
同伴的罪恶让他们常开笑口。
接着来的有娇美的跳舞女郎,
有卖水果的年轻窈窕的姑娘,
有卖糕点的,有弹竖琴的歌女
和妓女,反正都是魔鬼的前驱; 480
她们来点燃并吹旺情欲之火,
这同贪吃和贪喝正是一路货。
我用《圣经》为我做个证明:
喝酒或喝醉了酒能造成荒淫。

---

① 鲁特琴一名诗琴,是 14 至 17 世纪使用较多的半梨形拨弦乐器,形似吉他。吉坦是另一种类似吉他的弦乐器。
② 因为这种诅咒或发誓常以耶稣身体的各种部位为内容。

看那喝醉了酒的罗得多糟糕,　　　　　　485
糊涂得竟同他两个女儿睡觉——
醉得竟然不知道自己干什么。①

有关希律的故事有的人读过:
因为在宴席上喝了太多的酒,
就在餐桌上答应了非分请求,　　　　　　490
下令把无罪的施洗约翰杀害。②

毫无疑问,塞内加说得精彩。
他说,一个喝多了酒的醉汉
同一个神智不正常的人之间,
可以说并没有什么重大差别,　　　　　　495
要说有的话,那么唯一区别,
是笨蛋发疯时间要比醉汉长。
贪吃贪喝呀,恶果难以估量!
这就是我们人类堕落的起点!
这就是我们受到天罚的根源,　　　　　　500
直到耶稣以他的血拯救我们!
大家看看,不用我长篇大论:
这种堕落行为的代价多么大——
整个这世界为了贪吃而腐化。

我们的始祖亚当和夏娃一样,　　　　　　505
也因为贪吃被逐出人间天堂,

---

① 见《旧约全书·创世记》第19章第30—38节。
② 见《新约全书·马太福音》第14章和《马可福音》第6章。

从此经受世上的劳苦和悲愁；
在亚当饮食很有节制的时候，
我们知道，他在乐园里生活，
但是一旦去吃了树上的禁果， 510
他就立刻被投入苦难和哀愁。
所以贪吃的行为该受到诅咒！
大吃大喝能引发出多少疾病！
这一点要是人们都了然于心，
那么他们坐在饭桌前进餐时 515
肯定会有所顾忌，有所节制。
唉，短短的食管和灵敏嘴巴，
驱使人在空中、地上和水下，
在世界的东西南北操劳忙碌，
为的是满足他们贪婪的口腹。 520
圣保罗对这事讲得恰到好处，
他说："食物为肚腹，肚腹为食物；
但是上帝要叫这两样都废坏。"①
贪吃的事，说起来很不光彩，
我看，做起来更是当众出丑。 525
当人们这样喝着红白葡萄酒，
那么由于这可恨的多吃多喝，
他们把食道变成他们的厕所。

"我常告诉你们，"圣保罗哭道，
"现在我说这个话，哭声更苦恼； 530
我说，走在这世界上的很多人，
他们，偏是基督十字架的敌人，

---

① 见《新约全书·哥林多前书》第 6 章第 13 节。

既把肚子当上帝,注定要废坏。"①
肚子和胃呀,恶臭的酒囊饭袋,
里面充塞着腐败,充塞着大粪! 535
而两端发出的声息,污秽难闻。
为了你,得花多少金钱和精力!
厨工们舂着、榨着、磨着东西,
把各种原料加工成不同食品,
就为了满足你那放浪的食性! 540
厨师们敲碎骨头,取出骨髓;
任何东西只要能取悦一张嘴,
他们就不会任意地随手抛弃。
会用各种香料、根叶和树皮,
做成味道鲜美的浆汁或佐料, 545
刺激食欲和味觉使胃口更好。
可以肯定,沉湎于这种美食,
那么人在这罪恶中虽生犹死。

酒可是一种挑动色情的东西,
喝醉了酒争闹,是害人害己。 550
酒醉之徒啊,你的面庞变样,
不但酒气冲人,拥抱也肮脏,
你喷着酒气的鼻子不断出声,
似乎一直在说"参孙,参孙";②
天知道,酒这东西参孙从不尝。 555
你像被杀翻的猪,卧倒在地上,
口齿不清,对体面已不再关心;

---

① 见《新约全书·腓立比书》第 3 章第 19 节。
② "修道士的故事"有专门一段,可参看。

说真的，喝醉了酒便像一座坟，
里面埋着醉汉的判断与理智。
一个人如果爱喝酒而难自制，　　　　　　　　560
毫无疑问，他不能保守秘密。
所以不要让红酒白酒接近你，
特别是不要碰那种勒伯烈酒①
（这在鱼街和契普赛德出售）；
这种西班牙酒因为价钱便宜，　　　　　　　　565
会偷偷掺进附近酿造的酒里，
但那酒劲儿大得可以冲上头。
所以一个人喝上三大口之后，
尽管仍以为在契普赛德老家，
却已去了勒伯，去了西班牙——　　　　　　　570
倒也不去拉罗谢尔和波尔多——②
"参孙，参孙！"这时他嘴里会说。

现在，请各位听我再来讲一句：
就是《旧约全书》中一切胜局，
可以说，所有那些伟大的业绩，　　　　　　　575
凭的是全能天主的真正支持，
凭的是人们不喝酒再加祈祷——
这一点你们读《圣经》就可明了。

瞧，征服者阿提拉多不可一世，③
却因为喝醉酒，鼻子流血不止，　　　　　　　580

----

① 勒伯为西班牙地名，该地出口廉价酒。下一行中是伦敦的两个地名。鱼街与泰晤士街相接，乔叟的父亲曾在泰晤士街做酒生意。
② 拉罗谢尔与波尔多都是法国地名，后者尤以产酒著名。
③ 阿提拉（？—453）是进攻罗马帝国的最伟大的匈奴王，在新婚之夜突然死去。

结果在睡眠中死去,声名蒙垢;
所以说,统兵之人就不该喝酒。
更重要的是,你们好好想一想,
利慕伊勒的母亲对他怎么讲——①
不是撒母耳,我是指利慕伊勒—— 585
看看《圣经》里面明确记载的:
那是叫执掌法律的人别喝酒。
这个不再多讲,讲得已足够。
贪吃贪喝的坏处我已经讲过,
现在得警告你们:不要赌博。 590
赌博这种事,最应当受到诅咒,
它是撒谎、欺骗、伪誓的根由;
渎神和杀人,浪费财产和时间,
全都由此而引起;这还不算,
一个人如果被大家称为赌徒, 595
那么这是可悲又可耻的称呼。
这样的赌徒,他的地位越高,
那么他越是被认为不可救药。
如果王侯和国君也参加赌博,
那么无论有什么政绩或政策, 600
在上上下下贵人平民的眼里
他的声誉就必然会大大降低。

斯蒂尔朋是一位明智的使节,②
为了代表斯巴达去订立盟约,
带着壮观的队伍前往科林斯。③ 605

---

① 利慕伊勒(Lemuel)是《旧约全书·箴言》第31章中的国王,撒母耳(Samuel)也是《旧约全书》中的人物,两者拼写相近。
② Stilboun 可能指希腊哲学家 Stilpo(活动时期为公元前380—前300)。
③ 科林斯是希腊南部伯罗奔尼撒半岛一城邦,以奢靡闻名。

他到了那里以后却改变心思，
因为他偶然发现当地的王公
对于赌博这恶习都非常热衷。
他为此毫不停留立刻想办法，
偷偷地尽快赶回自己的国家， 610
说道："我不愿在那里丧失美名，
让人说我做了不光彩的事情，
我不愿让你们去同赌徒结盟。
要派使节去，就派别的能人；
与其让赌徒来做你们的盟友， 615
我发誓，宁可砍下自己的头。
因为，你们有非常好的名声，
我怎么能让你们同赌徒结盟？
我不做这事，不能订这条约。"
这话表明这智者为人的哲学。 620

我们再来看看帕提亚的君王；①
据书上记载，他为轻侮对方，
送德米特里厄斯金骰子一副，
因为，这国君以前是个赌徒。
所以，在这位帕提亚王眼里， 625
已勾销德米特里厄斯的业绩。
大人物尽可以找些高尚消遣，
以此来消磨他们闲暇的时间。

古书上提到乱发誓和发伪誓，
现在我也说几句这方面的事。 630
经常乱发誓非常可恶又可厌，

---

① 帕提亚是古代安息国的音译，该国在亚洲西部，今伊朗东北部。

发伪誓更应受到指责和非难。
至高的天主根本就不许发誓——
看看圣马太就能知道,尤其是
圣洁的先知耶利米说过这话: 635
"如果你发誓,不能弄虚作假,
也不能撒谎,应当认真而公正。"①
胡乱发誓是一种罪恶,极可恨。
请看看至高天主的光荣戒律,
看看戒律头三条中写的东西, 640
那中间有一条戒律这样说到:
"不可妄称我名"就是第二条。②
看,禁止发这种誓放在前面,
而杀人等等大罪放在这后边。
告诉你们,这条就在这位置; 645
只要对天主的戒律略有所知,
就明白为何这是第二条戒律。
还要对你们直率地添上一句:
一个人发的誓如果太过凶狠,
那么他的家一定会遭到报应。 650
"我凭基督在海尔斯的宝血发誓";③
"凭着他的宝心和指甲,我发誓,
我要掷七点,你掷五点和三点";
"凭基督手臂发誓,你干老千,
我这把匕首一定捅穿你心窝!"—— 655
两颗坏骰子就生出这些结果:

---

① 见《新约全书·马太福音》第5章第33—34节和《旧约全书·耶利米书》第4章第2节。
② 若根据"钦定本"《圣经》,这第二条戒律就是第三条。
③ 海尔斯在英格兰的格洛斯特,这里的修道院中藏有一小瓶(据称是)基督的血,后被亨利八世下令销毁。

发火发伪誓，杀人或坑蒙骗拐。
凭着为我们而死的基督之爱，
请你们大小事情别赌咒发誓。
好吧，现在我给你们讲故事。 660

故事中我要讲的三个无赖汉
早在晨祷的钟声还没响起前，
已经坐定在一家酒店里酣饮；
这时候他们听到丁零响的铃，
见那后面有尸体在抬去下葬。 665
其中的一个无赖看到这情况，
吩咐小厮道："快去替我问问，
抬过这里的死者是个什么人；
问清楚姓名，就来向我报告。"

小厮答道："先生，不问也知道。 670
有人在你们到来前两个钟头
告诉了我；他是你们老朋友，
昨晚突然之间被夺走了性命。
当时他坐在凳上喝得醉醺醺，
偷偷来了个叫作死神的强盗—— 675
我们这里许多人都被他杀掉——
他用矛把这人的心一下刺破，
然后转身就走，一句话没说。
这次瘟疫流行，他杀了千把人；
所以趁他还没有来找你，先生， 680
我看，你很有必要提高警惕，
免得碰上这对手就措手不及。
所以，你要时时刻刻提防他，

552

这是我妈教我的,别的不说啦。"

"凭圣马利亚之名,"酒店老板道, 685
"他这是真话,今年一年不到,
有个很大村落离这儿三里路,
男女老少和劳力都遭他杀戮。
我相信死神一定住在那地方,
所以明智的办法是注意提防, 690
尽量使自己不受死神的侵袭。"

无赖说道:"凭神的手臂问一句,
难道碰上他就真这么危险吗?
那我倒要去大街小巷找找他——
我敢凭基督珍贵的骨头起誓! 695
听着,伙计们,我们仨齐心协力,
快伸出手来,伸给另外两人吧,
这样,我们仨就是结义兄弟啦!
这就去,杀掉这个不义的死神!
应该杀他,他杀了这么多的人—— 700
以神的名誉发誓,天黑前杀他。"

他们说了些以名誉担保的话,
不能生死与共就舍生救兄弟,
因为他们亲密得就像亲兄弟。
他们喝醉后怒冲冲站起身子, 705
趁一股酒兴就直奔那个村子——
这就是酒店老板提到的地点。
他们一路上发出可怕的誓言——
听来简直在撕碎耶稣的身体——

553

说要抓住死神,置他于死地。 710

三里地的路他们没走到一半,
正好要踏着个梯磴翻过栅栏,
这时候来了一位穷苦的老翁;
老翁招呼他们,态度很谦恭:
"愿老天照看你们,各位大爷。" 715

三人中最狂的一个颇感不屑,
答道:"碰上你真是倒霉,老汉,
为什么裹成这样,只露一张脸?
你为什么这么老,活得这么长?"

老汉的双眼盯视这家伙面庞, 720
答道:"因为哪怕我走到印度,
无论在乡村还是在大邑通都,
我都没办法找到这样一个人
愿让我这把年纪换他的青春。
所以我只能按照天主的意愿, 725
活在这世上,一年老似一年。
唉,连死神也不来取我性命;
我像不得安息的囚犯走不停,
拄着手里的拐杖,从早到晚,
敲着作为我母亲门扇的地面, 730
说道:'亲爱的娘,让我进来吧!
我皮皱肉瘪血枯,请你看看哪!
我这把老骨头何时才能安息?
娘,我想把我的百宝箱给你,
它在我屋里已放了很长时间, 735

拿它换马尾衬把我裹在里面!'①
但她对我的请求并没有理睬,
所以我的脸如今憔悴又苍白。
不过,对老人说话这样粗暴,
先生,这样做就太没有礼貌—— 740
除非是他的言行把你们伤害。
'在白发老人跟前应当站起来'——
这话你们能在《圣经》上读到,②
所以,我要向你们提出劝告:
你们如果命长,活到头发白, 745
也希望人家不要把你们伤害,
那么,现在就不要欺负老人。
任凭去哪里,愿神保佑你们;
现在我得去我准备去的地方。"

"不,凭天起誓,不许走,老流氓," 750
他们中另一个赌棍马上说道,
"我发誓,没这么容易让你走掉!
你刚才说到那个奸诈的死神,
他杀了我们这里的全部友人。
我说一不二:你是他的奸细, 755
想不吃苦头就得说他在哪里——
这是凭基督起誓,凭圣餐起誓!
我能肯定,你是他一路的贼子,
你们结了伙,来杀我们年轻人!"

---

① 马尾衬是以棉、麻等为经,马鬃、驼鬃等为纬织成的织物,质地硬而韧,一般用作衣衬或家具套,这里则作裹尸布用。
② 见《旧约全书·利未记》第19章第32节。

老汉道："既然你们急于找死神， 760
那么就沿这条曲折的小路走，
因为我在那树林中同他分手；
我保证他还在那棵树下等待——
你们的夸口不会使他藏起来。
看见那棵橡树吗？去那里找他。 765
救赎人类的主啊，保佑他们吧！
求你把他们纠正。"老汉说道。
听了这话，三个无赖一路跑，
停也不停就跑到那棵树那里；
在树下发现大量圆溜溜金币—— 770
看起来绝对不会少于二十斗。
这时候他们不再把死神寻求；
看着金币，三个人惊喜若狂，
因为那些金币又好看又锃亮。
于是他们在那堆宝贝旁坐下， 775
三人中最坏的一个开口说话。

他说："弟兄们，我的话你们听好；
我脑子很灵，常耍花招开玩笑。
幸运女神让我们意外发了财，
日子就可以过得精彩又痛快—— 780
来得容易，花起来大手大脚。
光荣归于天主！谁能想得到
我们今天会有这样的好运气？
若能把这些金币搬回我家里——
当然也可以搬回你们俩的家—— 785
反正所有这金币属于我们仨，
那就要怎么快活就怎么快活。

当然，这件事情白天不便做；
人家会说我们是流窜的强人，
就为我们这些钱而吊死我们。 790
所以这金币一定要夜里来搬，
这件事要做得尽量隐秘妥善。
我们还是来次抽签，我建议，
看看签究竟会落在谁的手里。
无论谁中签，就得心甘情愿 795
赶紧到市镇上去快快转一圈，
悄悄给大家捎一些面包和酒；
另外两人则机警地在此守候。
只要去市镇上的人不多耽搁，
晚上我们就可以搬运财宝了—— 800
大家觉得哪里好就往哪里送。"
于是一个人把签条捏在手中，
让另两人抽，看谁把签抽到，
结果那最年轻的抽到那签条；
他随即出发，朝着镇上快走。 805
等这个最年轻的人出发以后，
那第一个人对另外一人说道：
"你我结义兄弟，这你明了；
我要对你说件事，也是为你。
你看到我们的伙伴离开这里， 810
而此地一大堆金币数量很多。
分这笔钱的，本是我们三个，
但是如果我想出个什么妙计，
结果就我们两人分这些金币，
那我这样做是不是对你很好？" 815

那人答道:"这可怎么办得到?
他知道这批金币由你我看守,
我们怎么办?怎么向他开口?"

头一个恶棍说道:"你守秘密,
我就把我的办法简单告诉你,　　　　　　　　820
告诉你怎么办才可干净利落。"

"我保证严守秘密,"另一个人说,
"你绝对放心,我绝不会出卖你。"

头一个人说:"那好,你我一起,
两人的力量,就比一个人的大。　　　　　　825
所以,等到他回来之后一坐下,
你就站起来,假装要同他打闹,
我这时就趁机给他两肋扎刀;
而你在同他打斗玩闹的时候,
得同我一样扎进你那把匕首。　　　　　　　830
这样,亲爱的朋友,这批金币
就由我们俩平分,全归我和你,
那时能满足我们的一切意愿,
也随我们爱怎么掷骰子赌钱。"
两个恶棍经过了这一番商议,　　　　　　　835
就此决定置另一个人于死地。

那个最年轻的人虽往镇上走,
心里却一直不停地转着念头,
惦记着那些金光闪闪的钱币,
情不自禁喃喃说道:"哦上帝,　　　　　　840

558

这批财宝都归我,那该多好哇!
这样一来,那么上帝的宝座下,
没有一个人生活得有我快活!"
于是同我们为敌的那个恶魔
在他脑袋里怂恿他去买毒药, 845
要让他两个同伴中毒后死掉。
魔鬼既然看出这无赖的贪心,
更觉得有理由使他遭遇不幸,
因为他决心把两个同伴杀掉——
这个心思很明确也绝不懊恼。 850
他急急忙忙朝镇上迈着大步,
毫不耽搁,来到了一家药铺,
求药铺老板卖给他一些毒药,
说要拿回去把家里老鼠杀掉;
还说他家场院里有只黄鼠狼, 855
害得他家喂养的鸡只只死亡,
对这夜间搞破坏的邪恶东西,
这一回,他要尽量出一口恶气。

"愿天主救我灵魂,"药铺老板道,
"我可以卖给你一种剧毒的药, 860
无论世界上的人或大小野兽,
这种调制的药只要喝一小口,
或吃下麦子那样大小的一粒,
那么这个人或兽很快就断气——
一点不假,一里地还没走完, 865
那吃了药的家伙准已经完蛋,
因为,这药的毒性非常厉害。"

那个该死的年轻人伸出手来
抓紧药盒,随后便开始飞奔,
跑到相邻的街上,找他熟人, 870
借来了三只很大很大的瓶子,
就把毒药分放在两只瓶子里;
一只瓶子自己用,没有放药,
因为,晚上的事他已盘算好,
准备一整夜独自搬那些黄金。 875
这个该死的恶棍主意既打定,
就给三只大瓶子满满打了酒,
朝着伙伴们待的地方赶快走。

这件事再多说还有什么必要?
因为正像那两人已经商量好, 880
他们很快就把这年轻人干掉。
干完杀人勾当,一个人说道:
"我们坐下喝喝酒,庆祝庆祝,
过会儿,再把他尸体埋进泥土。"
说完这话,他随随便便一伸手 885
就拿了一瓶,恰好是下毒的酒。
他举瓶就喝,又给他的伙伴喝;
结果,这两个恶棍很快都死了。

我想,两个恶棍临死的时候,
曾有过一些奇特的中毒征候—— 890
这种征候,我猜想阿维森纳
也从未在任一部药典中写下。
这样,两个杀人犯中毒倒毙,
而那奸诈的下毒者同样断气。

哦，可诅咒的罪恶充满恶毒！　　　　　　　　895
背信弃义、谋财害命的奸徒！
贪吃贪喝、骄奢淫逸和赌博！
还有你这基督的凶恶亵渎者，
出于习惯和狂妄，胡乱发誓！
人类啊，怎么可能发生这事：　　　　　　　　900
造物主创造你们；你们有罪，
他用心头的宝血为你们赎罪，
你们对他竟如此虚伪和不仁！

哦各位，但愿天主宽恕你们，
保佑你们不去犯贪婪的罪恶。　　　　　　　　905
我的赎罪券一切罪孽都能赦，
只要你们肯拿出金币或银钱，
或是银的胸针、汤匙或指环。
朝这份圣谕低下你们的脑袋！
来，妇女们，捐些羊毛出来！　　　　　　　　910
我马上把你们姓名写进文书，
保你们日后升天享天堂之福。
我有这大权能赦免你们罪孽，
使你们就像出生时一样纯洁——
只要肯捐献。这是我的说教。　　　　　　　　915
耶稣基督把我们的灵魂治疗，
所以要接受他这最好的赦免——
关于这点，我可绝不会欺骗。

"各位，我讲着故事把话忘记：①

---

① 故事已经结束，这里开始可看作故事的"尾声"。

圣物和赎罪券都在我包包里——　　　　　　　　920
是我从教皇本人的手里得到,
在全英格兰数这些东西最好。
你们中有谁想敬奉天主,有谁
愿做出奉献,让我赦免他的罪,
就请走上前来,在这里跪下,　　　　　　　　925
虚心诚意地接受我的赦免吧。
要不,也可一路走一路赦免:
走上三里地,就做一次奉献,
只要献的金币银钱货真价实,
那我就重新再赦免你们一次。　　　　　　　　930
对你们来说,这是一种荣幸,
能够与合格的赦罪教士同行;
因为你们骑着马走在这乡间,
毕竟有可能发生意外的事件——
你们中或许别人遭遇不幸,　　　　　　　　　935
会一头栽下马来,摔断头颈。
你们看看,我能与你们同路,
这为你们提供了多好的保护——
你们灵魂脱离肉体时,不管谁,
不管啥地位,我能赦免他的罪。　　　　　　　940
就从旅店老板开始吧,我建议,
因为他的整个人,都在罪孽里。
你来头一个奉献吧,旅店主人,
付一个银币,每件圣物让你吻。①
快,你还是快打开自己钱包吧。"　　　　　　945

---

① 这银币是英国 1351—1662 年间发行的 groat (grote),值四便士。

店主道:"不,我宁受基督惩罚!
我还想发迹,绝对不会这么蠢!
你呀,还会拿条旧内裤让我吻,
会信誓旦旦说那是圣徒遗物——
尽管这内裤已被你肛门玷污!   950
凭圣海伦找到的十字架起誓,①
我宁可把你的睾丸捏在手里,
不愿碰你的圣物或者圣物盒。
算了,我来帮你拿这些货色——
把它们供在猪粪里最最合适。"   955

卖赎罪券的教士被气得要死,
他一言不发,已根本不想说话。
旅店主人道:"好,不逗你玩啦;
对于要生气的人,可不能胡闹。"
看到队伍里的人个个都在笑,   960
那位可敬的骑士便开口说话:
"到此为止,这样已经够啦。
赦罪教士先生,不要不开心;
旅店老板,我觉得你很可亲,
我请你去把赦罪教士吻一下。   965
赦罪教士,你也凑近一些吧。
让我们说说笑笑的一如当初。"
于是两人吻一下又接着赶路。

卖赎罪券教士的故事到此结束

---

① 圣海伦为第一位信奉基督教的罗马皇帝君士坦丁之母,据说她发现了真正十字架。

片段七（第2组下）①

船长的故事

船长的故事由此开始

从前有个商人住在圣但尼城，②
他有钱，所以人家认为聪明；
他娶的妻子可以说美得出奇，
只是爱寻欢作乐只是爱交际。
有这样的爱好花钱就得大方，   *1195
比起男人在宴席或者舞会上
奉承女人，这可要花大本钱。
那一套点头哈腰或挤眉弄眼，
就像是黑影在墙上一掠而过，
苦的是得为大家付账的家伙！   10
因为掏钱的总是可怜的丈夫，
他得经常给我们买漂亮衣服；③
我们穿得好不仅让丈夫风光，
连自己跳起舞来也更加欢畅。

---

① 在 Skeat 文本中，这是属于第二组（Group B），接在"律师的故事"之后。这里为读者查找方便，保留原有的"传统行码"，并以星号区分。
② 圣但尼城位于巴黎北面。
③ 这话是女人口气，或许原准备让巴思妇人说，后来改让船长说，却未做相应改变。

如果丈夫干不了这付账差事,   *1205
或者他受不了这样一笔开支,
认为花这钱浪费,毫无必要,
就自有别的男人给我们报销,
或者借钱给我们,这就危险啦。

这富商有一个非常气派的家;   20
家里头每一天都是高朋满座,
因为妻子美,自己出手阔绰——
美丽、阔绰得出奇就有故事。
他的所有客人中有个修道士,
这人长得很帅气,胆子很大,   *1215
依我看,年纪约在三十上下。
这位年轻的修道士相貌英俊,
是经常拜访这富商家的上宾。
自从他开始同这好主人交往,
他们的交情至今已非同寻常,   30
要说他同这家庭的关系之密,
那么朋友间最多就如此而已。

且说这一位慷慨大方的富商
同我刚刚说到的修道士一样,
居然都是出生在一个村子里,   *1225
于是修道士同他攀上了亲戚。
而他对修道士非但言听计从,
这样的关系更使他心里高兴,
就像为白天到来高兴的小鸟。
于是他们俩决定要终生交好,   40
彼此向对方做出庄严的保证:

565

要把这兄弟般情分维持一生。

这约翰先生花钱也慷慨大方,
住在这里做客,更格外豪爽,
这样大笔花钱,使大家满意, *1235
就连卑下的童仆他也不忘记。
但他送东西,得看对方身份,
当然先是主人,然后是仆人。
每次他一来,大家总有收获,
所以人人都欢迎他常来做客, 50
那心情就像小鸟等日出一般。
这事一说就明白,不必多谈。

且说这商人有一天做出决定,
要打点行装出门做一次旅行——
去的地方是比利时的布鲁日, *1245
为了在那里把商品采购一批;
为此,他就派人去巴黎送信,
向那位约翰先生发出了邀请,
盼望他快点来圣但尼城玩玩,
让他们夫妇陪他玩上一两天—— 60
趁他在出门之前手头没有事。

我对你们说到的这位修道士
为人谨慎,而且有一定职务,
随时能得到院长批准而外出,
因为他做的工作就是骑着马 *1255
去各处农庄和大型粮仓巡查。
所以,他很快就来到圣但尼。

除了约翰这样殷勤的好亲戚,
还有谁能够比他更加受欢迎?
他带来马姆齐好酒偌大一瓶,①   70
再加上意大利上好白葡萄酒——
他同往常一样还带来野禽肉。
所以我让他在那里消遣消遣,
让商人同他吃喝玩乐一两天。

第三天早上那位商人起了床,   *1265
想要清静地算算生意上的账,
于是走进了自己那个账房间,
准备独自一个人细细算一遍,
看看一年来自己的经济状况,
看看里里外外的开支怎么样——   80
究竟他财产是增加还是减少。
他把所有的账本所有的钱包
全都放在面前的那个账台上。
他是积聚了大量资财的富商,
所以这时把账房间上了门闩;   *1275
还吩咐家里人这时别来扰乱,
免得算账分了心,把账算错;
就这样算着算着,九点已过。

却说约翰先生,早上起床后
就去花园里,到处随意走走——   90
当然这时已虔诚地念了祷词。

---

① 这是产于希腊和西班牙的烈性白葡萄酒,因最早输出此酒的希腊港口得名。

他在那个花园里慢慢散步时,
商人的妻子也悄悄走进花园,
像平时那样对他道了声早安。
跟她一起走来的是个小丫头, *1285
丫头年纪小,吃过棍棒苦头,
所以,女主人要她怎样就怎样。
"亲爱的表亲约翰先生,"她讲,
"你有什么不舒服,起来这么早?"

"亲爱的妹子,"那位修道士说道, 100
"夜里睡觉,睡上五小时就足够,
除非,是那些身体衰弱的老头,
他们像结了婚的人,不爱起床——
就像是野兔,被狗群追过那样,
累坏了身子,只能趴倒在窝里。 *1295
你怎么这样苍白,亲爱的妹子?
我相信,准是你的那位好丈夫,
从昨晚开始,叫你一整夜辛苦。
看来,你需要赶快去休息一会。"
说完这句话,他自己回味回味, 110
脸倒也红了,但还是开怀一笑。

那位美貌的夫人把头摇了摇,
说道:"上帝知道所有的情况,
我的表亲啊,事情并不是这样;
给我灵魂和生命的神能做证: *1305
在整个法兰西,任何一个女人
在这傻事中,比我有更多欢情。
而且,如果我想要叹一叹苦经,

说我生来就命苦,也无处可讲,
何况,我不敢说出这样的情况。 120
所以,我常常想要离开这国家,
或干脆,自己把自己了结算啦。
唉,我真有满腔的担心和烦恼。"

修道士盯看着那个女人,说道:
"妹子,不管怎么忧愁和担心, *1315
说到要自杀,上帝可不会答应。
有什么烦恼,倒不妨给我讲讲,
说不定,对你的担心或者悲伤,
我还能给点忠告或帮助;所以,
把烦恼统统告诉我,我会保密。 130
现在,我凭手边的祈祷书起誓,
今后,不管会发生什么样的事,
我也绝不会透露出你的秘密。"

那妇人说道:"我也这样对你,
凭上帝和这祈祷书,我也起誓, *1325
哪怕人家要杀我,要把我碎尸,
我也决不肯(哪怕我会进地狱)
把你对我说的话透露出一句。
这倒不是凭亲戚关系和情谊,
完全是凭彼此的关爱和信义。" 140
两个人发誓之后把嘴亲一下,
接着向对方吐露心底里的话。

"表亲,要是我有时间,"妇人说,
"就给你讲讲我圣徒般的生活——

569

可惜没时间,尤其在这地方——　　　　　　　　　*1335
我真想把嫁给他以后的苦况
告诉你,尽管你俩还是亲戚。"

修道士答道:"凭圣马丁和上帝,
他同我根本什么亲戚都不是——
我同他就像我同树上的叶子!　　　　　　　　　150
我凭圣但尼起誓,我攀这个亲,①
只是想,找个理由能同你亲近,
因为千真万确,所有的女人里,
我最最爱的一个女人,就是你——
我以我信仰的名义向你保证。　　　　　　　　　*1345
赶快把你的烦恼说来给我听——
你说好快走,免得他下楼碰上。"

"我最亲爱的约翰先生,"她讲,
"我倒真希望把话埋藏在心里,
但是不行,再也守不住这秘密。　　　　　　　　160
事实上,我那个丈夫对我来说,
开天辟地以来,是最坏的家伙。
夫妻间的事,既然我是妻子,
不管是床上的事还是别的事,
要我说给外人听不是很妥当,　　　　　　　　　*1355
仁慈的上帝也不会让我乱讲。
我知道妻子不该谈论她丈夫,
除非对丈夫的声望有所帮助;
不过我可以告诉你这样一点:

---

① 圣但尼是法兰西的主保圣人。

愿上帝保佑,他在任何方面　　　　　　　　　170
都没有价值,抵不上一只苍蝇。
但最使我难过的,是他的悭吝。
你知道,女人天生有六个愿望,
我作为一个女人,自然也一样;
就是说,女人对丈夫抱有期待,　　　　　　　*1365
要他强健又聪明,富有而慷慨,
对妻子顺从,在床上生龙活虎。
其实,凭着为我们流血的基督,
我穿着打扮也是为他的体面,
但是星期天之前我必须付钱,　　　　　　　180
付不出一百法郎,我就完啦!
与其丢人现眼给人家说闲话,
我觉得倒还不如不出世的好;
而如果这件事让我丈夫知道,
我同样完蛋,所以我想请求你　　　　　　　*1375
借我这笔钱,否则我必死无疑。
请借给我一百法郎,约翰先生,
我一定会感激不尽,这我保证。
我这个要求,如果你能够答应,
到时候,我一定报答你的恩情:　　　　　　190
只要我能够办到,你要怎么干
我就怎么干,准让你意足心满。
如果我食言,愿上帝给我报应,
就像他严惩法国那个加涅隆。"①

那位修道士很殷勤,这样回答:　　　　　　*1385

---

① 加涅隆一译冈隆,是《罗兰之歌》中出卖英雄罗兰的叛徒,后被四马分尸。

"我的最最贴心的亲爱女士啊,
真的,我对你的确非常同情,
所以我向你发誓并向你保证:
只要你丈夫出门去了佛兰德,①
我一定来帮你摆脱这种困厄——　　　　　　200
那时我会带一百法郎来给你。"
说完,他一把搂住妇人的腰肢,
把她紧抱在怀里,吻了好一阵。
"现在去吧,轻轻地可别出声!"
他说,"但愿尽快让我们吃早饭,　　　　　　*1395
看我的袖珍日晷,现在已九点。
去吧,要说话算数,同我一样。"

"说话不算数,上帝不容。"她讲。
快活得像只喜鹊,她走进屋来,
吩咐厨师厨娘,要他们动作快,　　　　　　210
让大家可以立刻坐下来用餐。
接着她上楼去了丈夫账房间,
冒冒失失地把门敲得砰砰响。

"谁?"丈夫问。"凭圣彼得之名!"她讲,②
"我。你准备不吃不喝到几时?　　　　　　*1405
搞这些账目、账本这一类东西,
算来算去的,算不算时间花费?
恨不得叫你这些混账去见鬼!
上帝给你的恩典已经够多啦;

---

① 佛兰德即佛兰德斯,为西欧地区名,布鲁日为其中一城市。
② 原作中,丈夫的问话用法语。

572

今天快下楼,快把钱袋放下。 220
让约翰先生整天饿瘪着肚子,
你这样亏待客人怎么好意思?
好啦,我们祈祷后就去用餐。"

丈夫说道:"娘子,吃这一行饭,
你很难想象我们有多么艰辛。 *1415
做生意的人,但求上帝照应——
还有我们称圣埃夫的保护神——
十二个人里难得会有两个人①
始终兴旺发达,一直好到老。
我们的脸上虽显得亲切友好, 230
为迎合世人各种需要而尽力,
也得为自己的业务保守秘密,
直到去世,要不假装去朝圣,
或者干脆就不干这一种营生。
所以在这个难以捉摸的世上, *1425
我很有必要注意各方面情况;
因为我们做生意总是在担心,
生怕错过了机会或遭遇不幸。

"明早我去佛兰德那个地方,
办完事情就尽快回到你身旁。 240
所以亲爱的娘子,我要求你
无论是对谁,都要谦卑有礼,
要对我们的财产好好地守护,
要光鲜体面地管好我们家务。

---

① 有的版本中,"两个人"作"十个人"。

任何方面,你什么也不缺乏, *1435
我们这家,称得上富足之家:
你不愁吃不愁穿,样样都有,
钱包里的钱没有不够的时候。"
他说完以后走出账房间的门,
关上门就不再耽搁来到底层; 250
接着,便急急忙忙做了祈祷。
这时餐桌上的东西都已摆好,
于是,他同大家赶紧吃了饭——
招待修道士吃了丰盛的一餐。

这一顿美餐约翰先生刚用罢, *1445
一本正经把商人往边上一拉,
私下说道:"表亲,目前这情况,
眼看你就要去布鲁日走一趟。
愿天主天使保佑你一路顺利!
表亲啊,骑在马上千万别大意, 260
在饮食方面要节制,切莫过度,
特别眼下这么热,绝不能疏忽。
我们彼此就不说客套话,表亲,
再见,愿上帝保佑你处处称心!
无论白天黑夜有什么事要干, *1455
只要这事情我有这能力去办,
那么只要你设法吩咐我一声,
我一定完全按你的意思完成。

"有件事我要请你出发前帮忙:
如果方便,请借给我一百法郎, 270
只要借一两个星期就能归还。

因为我们那地方有个牲口栏,
我必须为那里采购一批牲口。
上帝保佑,那里该归你所有!
到了约定日期,我一定归还, *1465
哪怕一千法郎,也绝不食言。
但请你为我这件事保守秘密,
因为买牲口的事今晚得办理。
再见,你是我最亲爱的表亲!
对你的盛情款待我感激不尽。" 280
这位高尚的商人谦和地回答:
"我的亲爱表亲,约翰先生啊,
这样的事情,真是极小的要求。
我的钱就是你的,只要你开口——
不但是钱,我的货你需要就拿, *1475
要是你客气,那倒反而见外啦!

"当然你非常清楚这样的道理:
对于生意人,银钱就是他的犁。
只要我们有信誉,钱就能借到,
如果没有钱,那可不是开玩笑。 290
你手头方便的时候,还我就行,
只要我有能力,帮助你我高兴。"

很快,他就把一百法郎拿来,
私下往约翰先生的手里一塞;
世界上没人知道这借钱的事, *1485
只有他们两个人你知和我知。
他们喝酒谈话,游逛了一下,
然后约翰骑马朝修道院进发。

575

第二天,商人骑马登上旅途,
陪他去佛兰德的是他的学徒;   300
他们高高兴兴地到了布鲁日。
现在我们这商人忙着在办事,
因为他既要搞采购又要借款,
所以不跳舞也不掷骰子赌钱。
总之,他过着商人那种生活——   *1495
我让他待在那里,暂且不说。

商人走后第一个星期日早上,
约翰先生已光临圣但尼拜访,
不但新剃了头也新刮了胡子。
那幢屋子里就连起码的小厮,   310
反正个个都由衷地感到高兴,
因为再一次来了这约翰先生。
我们直截了当,长话短说吧。
那位美妇人同意如下的办法:
一收到约翰先生的一百法郎,   *1505
就在他怀里陪他玩一个晚上。
对这一协议两人都忠实履行,
整整一夜两人忙乎得很尽兴。
天亮后约翰先生告别那家人,
道了早安和再见便踏上归程。   320
无论在这个家里还是在当地,
没人对约翰先生有任何怀疑。
他骑着马儿究竟是回修道院
还是去了别处,我按下不谈。

576

话说那商人把事情办理完毕， *1515
便动身回到他圣但尼的家里；
他一边同妻子吃喝一边谈笑，
说是现在很需要大笔的现钞，
因为货物价高，借了很多钱，
而且正式保证过，很快得还， 330
而现在就得把两万克朗筹集。
于是这商人接着就去了巴黎，
毕竟他自己的钱数目还不够，
要向亲戚朋友借些钱来凑凑。
就这样他孤身一人来到巴黎。 *1525
出于深厚的友谊和深切情意，
他首先就去约翰先生那里玩，
倒不是为了向他讨钱或借钱，
而是想看看他是否一切都好，
同时把自己生意的情况相告， 340
就像朋友相聚时常做的那样。
约翰先生殷勤地款待了富商；
富商就详细谈起自己的生意，
说是特别要感谢仁慈的上帝，
因为已成功完成采购的工作， *1535
但眼下他得把一笔款子筹措——
以某种方式借笔贷款就可以——
然后他可以轻轻松松去休息。

"我真是高兴，"约翰先生回答，
"因为你已经安然无恙回来啦！ 350
我有钱多好，可惜没这福气，
否则，给你两万克朗没问题；

上回你待我这么有义又有情，
把钱借给我，让我感激不尽——
我凭上帝也凭圣詹姆斯起誓！ *1545
那笔钱我已经还给你的妻子，
对，就还在你那位太太的手里，
放在账台上；这事她准记得起，
她知道我有证明，不是凭空讲。
现在我得失陪啦，要请你原谅！ 360
我们的修道院长马上要出城，
我只能陪他一起出去转一阵。
千万向尊夫人转达我的问候；
好表亲，下回再见，暂且分手。"

那商人办起事来精明又能干， *1555
不久在巴黎筹足这样一笔钱，
交到几位伦巴第钱商的手里，
同时从他们那里收回了借据。
他回到家里，乐得像只鹦鹉，
因为这次生意的结果很清楚： 370
他去布鲁日这样来回走一趟，
除去开支，他净赚一千法郎。

同往常一样，到他回家时候，
等他回来的妻子早已在门口；
那一夜他俩有说不尽的恩爱， *1565
因为赚到了大钱又还清了债。
天亮后做丈夫的又来了兴致，
吻着妻子的脸又抱住她身子，
一骨碌翻身而上，开始蛮干。

578

妻子说:"天哪,行啦!你有完没完?" 380
说着,自己也忍不住同样放肆;
最后,那丈夫这样告诉他妻子:
"娘子啊,尽管不愿生你的气,
但上帝做证,我确实有点恼你。
你知道什么缘故?因为依我看, *1575
在我和我表亲约翰先生之间,
你插了一手,使我们有了隔膜。
你应该在我出发之前告诉我:
他已把一百法郎现钱还了你。
我看他好像觉得受到了委屈, 390
因为我向他说到借钱的事情,
我瞧他脸上就是这样的表情。
但我们的天国之王上帝知道,
他借的钱我根本没想要催讨。
所以娘子啊,以后不能这样啦; *1585
如果有人来还钱,而我不在家,
你收下钱,千万要记得告诉我,
免得又因为你一时疏忽,结果,
人家还了钱,我却向人家催讨。"

那老婆并不害怕,更没吓一跳, 400
她非常泼辣,当即破口骂起来:
"圣母啊,这个约翰先生无赖!
我承认,他是给了我一些法郎,
什么证明不证明,我没在心上。
但愿那修道士的嘴脸倒大霉! *1595
我原先毫不怀疑,只是以为

579

是因你的缘故,他给我那钱,
算是为我好并维持我的体面,
又出于我们间那点亲戚关系,
报答我们经常款待他的好意。 410
我既处在这样尴尬的位置上,
就不妨直截了当对你这样讲:
债户欠你多还你少,比我厉害!
因为,我很乐意每一天还你债,
就算还不出,毕竟是你老婆吧—— *1605
怎么样,就记在我的账上好啦——
我必定尽我所能,早一点还你。
说真的,我没用这钱去买垃圾,
而是把每个子儿都买了衣着——
为你的体面,这钱花了值得, 420
所以听我说:看在上帝份上,
可别生气,还是开心玩一场。
你有我这快活的身子做抵押,
我也只能在床上对你做报答!
原谅我吧,我最亲爱的好郎君, *1615
请翻过身来,现在就高兴高兴。"

见到事已如此,商人没办法——
如果骂老婆一顿,那就太傻,
因为这于事无补;于是说道:
"娘子,这回我就不再计较, 430
但以后千万不准这样乱花钱——
给你管的财产,你得好好管。"
我的故事到此为止,上帝呀,
给我们足够的故事听到死吧。阿们!

船长的故事到此结束

请看旅店主人对船长和修女院院长的趣话

"凭主的身体起誓,讲得真好!   *1625
愿你航行中永远平安,"店主道,
"你是一名好海员,一个老把式!
上帝呀,年年重罚那个修道士!
哈,伙伴们,那种诡计要提防;
不单是,那位丈夫上了个大当,   440
圣奥古斯丁啊,老婆也被戏弄!
所以,别再把修道士带回家中。

"不讲这个啦;我们再来试试,
看这队伍里谁来另讲个故事。"
说完这句话,没过多少时候,   *1635
他像姑娘一样客气地开了口:
"修女院院长女士,真是对不起,
我知道我本不该这样打搅你;
但是我想,如果你同意的话,
你也可以接下去讲个故事吧?   450
能够赏脸吗,亲爱的院长女士?"

"很乐意。"院长说罢,开讲故事。

修女院院长的故事引子

修女院院长的故事引子①

*主啊，我们的主啊*②

主啊，我们的主，你伟大的名
在这大地上的传播何其美妙！
因为那些称颂你的人不仅仅　　　　　　　　　　*1645
都很高贵（修女院院长说道），
连儿童也在把你的美德称道——
哪怕是一些还在吃奶的婴孩，
也会把对你的赞美表露出来。③

所以，我要竭尽全力颂赞你　　　　　　　　　　460
和你百合花那样纯洁的母亲，④
她虽生下你，始终却是处女。⑤
我要努力讲个故事给大家听；
倒不是我能够发扬她的荣名，
因为她的荣名仅次于其圣子，　　　　　　　　　*1655
她是美德和灵魂慰藉的根子。

圣母童贞，仁慈的童贞圣母啊！

---

① 希腊史诗中，诗人常在正文前向缪斯等神灵祈求灵感。这里的颂歌有同样性质。
② 语出《旧约全书·诗篇》第 8 篇第 1 节（原作中为拉丁语），下面头两行也出自该节。
③ 指从小斋戒的圣尼古拉，据说他星期三与星期五才吃奶，见下面 *1704、*1705 行。
④ 百合花是圣母象征。
⑤ 按基督教说法，生下耶稣的马利亚是童贞女。

未燃的灌木，摩西看来在烧燃！①
因为你谦卑，上帝就大为欢洽，
于是，圣灵就降临到你的心田； 470
当上帝之光照亮了你的胸间，
其神力使圣父之智托胎于你；
请助我讲个故事向你表敬意。

你的仁慈和你的尊荣，圣母啊，
你的力量和你那伟大的谦虚， *1665
没有任何语言和智慧能表达；
因为有时候人们还没祈求你，
你已经开始行动，怀着善意
为我们祈祷，求来一种启示，
把我们引向你那亲爱的圣子。 480

啊，天后，我只有微薄能力，
要我把你的伟大美德讲明白，
这样的重任我确实担当不起；
对此，就像不满周岁的小孩，
我几乎连一个词也讲不出来； *1675
正因为如此，我要向你祈祷：
请在歌唱你的时候把我引导。

结　束

---

① 见《旧约全书·出埃及记》第3章第24节。这是圣母的又一象征：燃烧的灌木未受损，就像生下了耶稣的圣母仍是处女。

HEERE BIGYNNETH THE PRIORESSES TALE

WAS IN ASYE, IN A GREET CITEE,
Amonges cristene folk, a Jewerye,
Sustened by a lord of that contree
For foule usure, and lucre of vileynye,
Hateful to Crist and to his compaignye;
And thurgh the strete men myghte ride or wende,
For it was free, and open at eyther ende.

A litel scole of cristen folk ther stood
Doun at the ferther ende, in which ther were
Children an heepe, ycomen of cristen blood,
That lerned in that scole yeer by yere
Swich manere doctrine as men used there,
This is to seyn, to syngen and to rede,
As smale children doon in hire childhede.

AMONG thise children was a wydwes sone,
A litel clergeon, seven yeer of age,
That day by day to scole was his wone,
And eek also, whereas he saugh thymage
Of Cristes mooder, hadde he in usage,
As hym was taught, to knele adoun and seye
His Ave Marie, as he goth by the weye.

Thus hath this wydwe hir litel sone ytaught
Oure blisful lady, Cristes mooder deere,
To worshipe ay, and he forgate it naught,
For sely child wol alday soone leere;
But ay, whan I remembre on this mateere,
Seint Nicholas stant evere in my presence,
For he so yong to Crist dide reverence.

This litel child, his litel book lernynge,
As he sat in the scole at his prymer,

修女院院长的故事

修女院院长的故事由此开始[①]

从前在亚细亚的一座大城里,
基督徒之中划有一个犹太区——
这个区的设立经过领主同意,　　　　　　　　490
自然这出于重利盘剥的考虑——
基督和基督徒自然痛恨此举;
人们可通过这个区来来往往,
可以从两头自由进出那地方。

就在这个犹太区尽头的地方,　　　　　　　　*1685
有着一所小小的基督教学校;
许多有着基督教血统的儿郎
年复一年地来这学校里受教;
他们学的无非是通常那两条,
就是说,学的只是唱歌和识字——　　　　　　500
这正是小孩幼年时该做的事。

这些孩子中有个寡妇的儿子,
只有七岁,是唱诗班的一员;
每一天他按习惯来到学校里,
路上只要有圣母像被他看见,　　　　　　　　*1695
他就跪下来把圣母颂赞一番——
这一切就像母亲教他的那样,

[①] 在口头文学和拉丁文学中,这类"圣母奇迹"故事在乔叟之前就传播较广,并与迫害犹太人密切相关。这故事说明宗教狂热中的残酷。

而他这样做也早就习以为常。
守寡的母亲这样把孩子教导，
要他把基督的神圣母亲崇敬； 510
他也就此把母亲的教导记牢，
因为天真的孩子总是学得进；
然而，每当我想起这件事情，
总是觉得圣尼古拉就在面前，①
因为他崇拜基督时还在幼年。 *1705

这个小孩子每天去学校学习，
坐在教室中念着初级识字书；
年纪较大的孩子学唱赞美诗，
他就能听到他们在歌颂圣母，
于是大着胆子朝他们挪几步， 520
仔细去倾听那些歌词和曲调，
最后终于把第一首完全记牢。

他不懂拉丁语歌词什么意思，
因为毕竟是年纪太小的幼童；
有一天他要求他的同伴解释， *1715
请他用英语说说这歌的内容，
或者讲讲唱这歌起什么作用。
他赤裸双膝，多次跪在地上，
要求那同伴给他仔细讲一讲。

比起他来，这同伴年龄大一点， 530
"我曾听到人家说，"他这样回答，

---

① 圣尼古拉是职员和文书的主保圣人，参看 *1649 行注。

"我们唱这歌是要把圣母颂赞,
不单这样,唱这歌也是祈求她:
我们去世的时候,救我们一把。
我只是学着唱歌,只能讲这些; *1725
其中的那些语法,我不太了解。"

"写这歌就是为了敬奉圣母吗?"
这个天真无邪的小孩子问道,
"这样,我就一定努力学它,
要在圣诞节到来前把它学好。 540
任老师罚我,说我书也念不好——
为敬奉圣母,我一定把它记住,
一小时打我三顿,我也不在乎。"

同伴每天在回家的路上教他,
直教到他对这支歌非常熟悉; *1735
这时他唱得很好,嗓门很大,
字句和曲调配合得十分紧密。
他一天两次把这首颂歌唱起,
一次在去学校时,一次回家时,
总之,敬奉圣母之心很诚挚。 550

这孩子上学和回家,上面说过,
走过犹太人聚居的那个区域,
而他走过时总在欢快地唱歌,
唱的也总是那支拉丁语歌曲。
基督之母的美德像温润的雨 *1745
滋养他的心,使他把圣母颂扬,
他情不自禁一路走去一路唱。

撒旦是毒蛇,是我们头号敌人,
在犹太人的心中,筑有马蜂窝,
这时抬起蛇头道:"哦希伯来人,　　　　　　　　560
你们哪,竟让这孩子随意穿过?
竟让他如此挑衅,大唱这种歌?
这种歌,同你们信仰背道而驰——
这样的事情,你们看是否合适?"

于是,犹太人策划一个阴谋,　　　　　　　　　*1755
要把这天真的孩子撵出人世;
为了这目的,他们雇佣杀手,
让他埋伏在一条隐蔽的巷子;
等到这孩子经过那条巷子时,
这个该死的凶手紧紧抓住他,　　　　　　　　　570
割断喉管后把他往坑里扔下。

事实上他被抛进了一个粪坑,
坑里都是犹太人排泄的东西。
这些家伙像希律王那样可恨!①
犯下这种罪能获得什么利益?　　　　　　　　　*1765
杀人罪总会暴露,毫无疑义——
而且暴露后更荣耀我们的主。
血债定会把你们的罪行控诉。

哦你呀,你以童贞之身殉教,

---

① 希律王指犹太王希律大帝之子及继承人希律·阿基劳斯(前22—18?),后被罗马帝国剥夺王位,流亡高卢。《新约全书·马太福音》第2章中说,当希律王听说刚出生在伯利恒的耶稣将成为犹太人之王,就派人前去,命令"将伯利恒城里并四境所有的男孩……凡两岁以里的都杀尽了"。

现在，你可以永远放声歌唱， 580
永远追随那位天国的白羊羔——
伟大的圣约翰传播福音，据讲，
在帕特莫斯他这样写在纸上：①
从未同女性发生关系的少年
唱着新曲，走在那只羊羔前。 *1775

可怜的寡母等了整整一晚上，
但是幼小的孩子并没有回来；
等到天色刚刚有一点蒙蒙亮，
便去学校等地方看他在不在。
这母亲心烦意乱，脸色苍白， 590
最后她总算打听到这样一点：
孩子最后在犹太区里露过脸。

母亲怀着七上八下的一颗心，
就像失了魂落了魄东奔西跑，
去她认为有可能的地方找寻， *1785
想把她失踪的幼小孩子找到；
她边跑边向仁慈的圣母求告；
最后慈祥的圣母给了她点拨，
让她去犹太人那里寻找线索。

既然犹太人都住在这个地区， 600

---

① 帕特莫斯为爱琴海小岛，面积二十八平方千米，位于萨摩斯岛西南，中文《圣经》中译作拔摩。罗马统治时期为流放地，最有名的流放者是第四福音书的作者约翰，据说《启示录》是他在这里的洞穴中写就的。中文《启示录》第14章第4节中的原话为："这些人未曾沾染妇女，他们原是童身。羔羊无论往哪里去，他们都跟随他。"

她就苦苦向每个犹太人打听,
她儿子究竟有没有走过那里?
他们说没有;但凭耶稣指引,
她不知不觉走到那粪坑附近,
而心中忽然就有个念头一闪, *1795
于是放声把儿子的名字叫唤。

伟大的上帝啊,你以天真的嘴
显示你荣耀,现在看看你威力!
这颗纯洁的珍宝,这粒翡翠,①
这块殉教的红宝石光华熠熠, 610
虽割断了喉管仰面浮在那里,
还是唱起那支歌把圣母颂赞——
嘹亮的歌声在那里响彻一片。
所有的基督徒走过那个地方,
都聚拢观看,感到极为神奇, *1805
一面忙派人去请当地的官长;
他毫不耽搁,立刻赶到这里,
不由得赞美天国之王的上帝,
也赞美作为人类荣耀的圣母;
随后便把所有的犹太人逮捕。 620

人们哀哭着把这个孩子捞起,
然而小孩子并没有停止歌唱;
聚集在这里的人们怀着敬意,
列着队,抬他去附近的教堂。
这时他母亲昏倒在他棺架旁; *1815

---

① 翡翠是纯洁的象征。

这可是又一位拉结昏倒在地——①
把她扶离那棺架实在不容易。

犹太人凡是参与这谋杀之事,
这长官立即对他们施加酷刑,
或者就立即叫他们不得好死, 630
因为他不能姑息这样的恶行。
"谁干坏事就应当受到报应":
他先用野马把他们拖个半死,
再根据法律把他们一吊了之。

举行弥撒时,这个无邪孩子 *1825
躺在主祭坛前的一个棺架上;
仪式结束,长老和全体教士
加紧工作,准备要把他埋葬。
他们把圣水泼洒在他的身上;
圣水刚一洒好,孩子又开口, 640
唱的仍是赞美圣母的那一首!

就像修道士全都应该的那样,
这位长老是个很圣洁的教士;
他用央求的口气对那孩子讲:
"凭着神圣的三位一体之力, *1835
我想请你说说,亲爱的孩子,
在我看来,你已被割断喉管,
为什么还能唱歌,歌声不断?"

---

① 希律王下令杀死伯利恒两岁以内孩子,无数孩子被杀。拉结为受害儿童之母,
她"号啕大哭……不肯受安慰"。见《新约全书·马太福音》第2章第18节。

WITH torment, and with shameful deeth echon,
This provost dooth these Jewes for to sterve
That of this mordre wiste, and that anon;
He nolde no swich cursednesse observe,
Yvele shal have, that yvele wol deserve,
Therfore with wilde hors he dide hem drawe,
And after that he heng hem, by the lawe.

UPON his beere ay lith this innocent
Biforn the chief auter, whil masse laste,
And after that, the abbot with his covent
Han sped hem for to burien hym ful faste;
And whan they hooly water on hym caste,
Yet spak this child whan spreynd was hooly water,
And song, O Alma redemptoris mater!

This abbot, which that was an hooly man,
As monkes been, or elles oghten be,
This yonge child to conjure he bigan,
And seyde, O deere child, I halse thee,
In vertu of the hooly Trinitee,
Tel me what is thy cause for to synge,
Sith that thy throte is kut, to my semynge?

My throte is kut unto my nekke-boon,
Seyde this child, and, as by wey of kynde,
I sholde have deyed, ye, longe tyme agon;
But Jhesu Crist, as ye in bookes fynde,
Wil that his glorie laste and be in mynde,
And, for the worship of his mooder deere,
Yet may I synge O Alma, loude and cleere.

This welle of mercy, Cristes mooder sweete,
I loved alwey, as after my konnynge;
And whan that I my lyf sholde forlete,
To me she cam, and bad me for to synge
This anthem verraily in my deyynge,
As ye han herd, and whan that I hadde songe,
Me thoughte she leyde a greyn upon my tonge:

Wherfore I synge, and synge I moot certeyn
In honour of that blisful mayden free,
Til fro my tonge oftaken is the greyn;
And afterward thus seyde she to me,
My litel child, now wol I fecche thee
Whan that the greyn is fro thy tonge ytake;
Be nat agast, I wol thee nat forsake.

THIS hooly monk, this abbot, hym meene I,
His tonge outcaughte, and took awey the greyn,

"我喉管完全割断,割到骨头,
按照通常情况,"孩子回答道, 650
"是该断气了,而且该断了很久。
但是,耶稣基督要显示其荣耀,
让人记牢(你在圣书上能读到);
所以为了把圣母崇拜和颂扬,
我仍能把那歌唱得清晰响亮。 *1845

"我一向热爱一切仁爱的源头,
我知道,源头就是基督的亲娘。
然而,在我马上要断气的时候,
她来到我身旁,要我开口歌唱,
所以你们听到,我虽然已死亡 660
还在唱,而我在开始唱的时候,
似乎,她把麦粒放上了我舌头。

"所以我要歌唱,肯定唱下去,
歌唱赐福于人的童贞的圣母,
直到我舌头上的麦粒被拿去。 *1855
随后圣母又这样来把我嘱咐:
'你别害怕,我不会弃你于不顾;
等到拿掉了你舌头上的麦粒,
我的小孩,我就会来接走你。'"

圣洁的修道士(我指那位长老) 670
拉出他舌头,取走了那颗麦粒;
这时孩子的灵魂静静出了窍。
长老亲眼看见了这样的奇迹,

滚滚而下的泪珠简直像雨滴,
他一动不动完全匍匐在地上, *1865
那个情状就像被捆绑着一样。

其他修道士也都匍匐在地上,
一边哭一边赞美慈爱的圣母;
然后他们站起,从那棺架上
抬起这位殉教者从教堂走出, 680
来到用光洁大理石筑成的墓,
把他小小的身躯永远埋里面——
愿上帝准我们今后同他相见。

林肯郡那个年纪幼小的休啊,①
(事情发生还不久,大家知道) *1875
你不也被可恨的犹太人所杀?
请你为容易犯罪的我们祈祷,
让仁慈的主对我们格外关照,
让我们对圣母马利亚的崇敬
能博取他对我们更大的欢心。阿们! 690

修女院院长的故事到此结束

---

① 休在亨利三世(1216—1272)时被杀,1255 年在林肯郡遇害时年仅八岁,据说
也被犹太人所杀。这在当时引起广泛注意,后来休被列为圣徒。

托帕斯爵士的引子

请看旅店主人打趣乔叟的话

修女院院长讲完这奇迹之后,
大家的神情看来严肃得出奇,
后来调皮的旅店主人开了口——
他的眼光头一次扫到我这里——
"你!怎么眼睛老是看着地?" *1885
他朝我说道,"这是在干啥呀?
难道,你是想找一只野兔吗?

"走近些,抬起头来好好望望。
各位让一让,让这位先生过来。
他的腰身很标准,同我的一样, 700
他个头不大,面色倒也相当白,
这样的娃娃,女人都爱搂进怀;
他的样子像心不在焉的精灵,
因为同谁也都不搭讪不谈心。

"现在别人讲过了,得你说说, *1895
赶快给我们讲个有趣的故事。"
我答道:"老板,听了你别发火,
因为除了很早学过的一首诗,
我确实讲不出什么别的故事。"
他说:"也好,从他样子看来, 710
我们听到的东西将会很精彩。"

托帕斯爵士

乔叟的托帕斯故事由此开始

第一曲
你们好好听我说,各位,
我很想迎合你们的口味,
　　讲出个有趣的故事。
有一位骑士英俊而高贵,　　　　　　　　　　*1905
战场比武场上总显神威,
　　他就叫托帕斯爵士。

他生在那个遥远的地方
佛兰德,同我们隔着海洋,
　　他老家是在波波林;① 　　　　　　　　720
他父亲为人慷慨又大方,
这领主在当地很有名望——
　　这可是上帝的恩情。

托帕斯爵士长成为英豪,
他皮肤白得像精制面包,　　　　　　　　　　*1915
　　嘴唇却红得像玫瑰;
他满面红光,气色极好,
而且我可以向你们担保:
　　他鼻子长得相当美。

他的须发像藏红花那样,　　　　　　　　　　730
黄黄地垂到他的腰带上;

---

① 波波林为佛兰德一城市。

皮鞋用的是进口皮,
布鲁日产的褐色袜很长,
昂贵的绸缎制成的衣裳
　　要值到好多个杰尼。① *1925

猎野兽是他的拿手好戏,
他手上常擎着苍鹰一羽;
　　骑马在河边猎水禽;
他射箭也有很高的技艺,
所以总是他把公羊夺去, 740
　　因为他角力总是赢。②

多少闺房中的漂亮姑娘
盼望他来做她们的情郎,
　　盼望得竟难以入睡;
但是他洁身自好不荒唐, *1935
可爱得像野蔷薇花一样,
　　还长有红果实累累。

话说有一天发生一件事,
下面我告诉你们那事实:
　　托帕斯爵士要离家, 750
于是拿一支短矛在手里,
把一柄长剑佩挂在腰际,
　　骑上了他的灰骏马。

---

① 杰尼是一种热那亚银币,14世纪时流通于英国,约值半便士。
② 当时角力优胜者得到的奖品通常是公羊,见本书"总引"548行。其实,养鹰、射箭都不是骑士的事,角力更是下层百姓的比赛。

他催马驰进一片大树丛,
许多野兽住在这树林中, *1945
　　野鹿和野兔多的是;
他催马向前,朝北又朝东;
我告诉你们,这次来林中
　　差一点给他添祸事。

那里的花草有大也有小, 760
既长有甘草也长有缬草,
　　甚至有好多的丁香;
还有肉豆蔻可做浸酒药——
不管酒放的时间有多少,
　　哪怕在橱柜里储藏。 *1955

那一天鸟雀唱得真动听——
鸟雀中有鹦鹉也有雀鹰——
　　听它们唱叫人欣喜;
檞鸫这种鸟也正在啼鸣,
娇柔的欧鸽则栖在树顶, 770
　　唱得又响亮又清晰。

托帕斯爵士听歌鸫在唱,
心坎上涌起了爱的渴望;
　　他疯似的催动坐骑——
这好马被扎得直冲前方, *1965
狂奔中它周身热汗流淌,
　　两肋都淌下了血滴。

爵士满怀着火样的勇气,

598

催着马驰过柔柔绿草地,
　现在已感到了疲劳;　　　　　　　　780
就找了个地方躺下身体,
同时让坐骑也休息休息,
　让它去吃一些好草。

"哦,圣母马利亚保佑我,
不知道为什么,这股爱火　　　　　　*1975
　把我纠缠得这么牢;
我昨晚一整夜被梦折磨,
梦见仙女王睡进我被窝,
　说是要做我的相好。

"我确实爱上这位仙女王,　　　　　　790
因为这世上没一位女郎——
　我同城里人不般配,
　　　　　难成配偶;
别的女人我一概无所谓——
为了同仙女王成双捉对,　　　　　　*1985
　我翻山越岭去寻求!"

转眼他跨上了宝马雕鞍,
纵马跳过了石塽和围栏,
　要去找那位仙女王;
他骑马奔驰了不知多远,　　　　　　800
最后来到个幽僻的地点;
　这个仙女们的地方
　　　　　相当荒凉,
因为在那里,谁也不敢

走近来同他打一个照面，　　　　　　　　　　*1995
　　　　无论是儿童或女郎。

　　这时候走过来一个巨人，
　　他的名字叫欧利丰先生，①
　　　　这家伙危险而莽撞；
　　他说："公子，凭凶神发誓，　　　　　　　　　810
　　除非你马上离开我领地，
　　　　否则我就用狼牙棒
　　　　　　　　　打死你马。
　　因为仙女王就住在这里，
　　经常弹竖琴打鼓和吹笛，　　　　　　　　　　*2005
　　　　把这里当作她的家。"

　　"但愿我得福，"爵士答道，
　　"明天我一早把盔甲穿好，
　　　　来这里同你开一仗；
　　我希望，其实我敢担保，　　　　　　　　　　820
　　叫你在我的短矛前败掉——
　　　　让你把报应尝一尝。
　　　　　　　　　你的肚皮
　　我要尽力地用矛尖刺穿，
　　在上午没过掉一半之前　　　　　　　　　　　*2015
　　　　就把你打死在这里。"

　　托帕斯爵士说完了就走；
　　巨人用投石器投出石头，

---

① 欧利丰是按当时发音的音译，意为"大象"。

600

非常凶险地投向他；
但是托帕斯凭上帝保佑，　　　　　　　　　830
　　也凭他自己灵活的身手，
　　石头都没有击中他。

第二曲
各位，请听我讲的故事，
这比听夜莺歌唱还惬意；
　　我就要对你们讲讲，　　　　　　　　*2025
腰杆不粗的托帕斯爵士
如何在山上和山下奔驰，
　　回到他原先的镇上。

他叫手下的武士都出来，
来同他吃喝玩乐个痛快，　　　　　　　　840
　　因为他就得去厮杀；
他那位意中人最有光彩——
为了幸福也为了赢得爱，
　　他得同三头巨人打。

他叫道："我的乐手们，来呀　　　　　　*2035
快来呀，小丑！趁我穿盔甲，
　　来讲个故事给我听！
讲段宫闱内廷的秘事吧，
讲段教皇主教的轶事吧，
　　或讲讲恋爱的欢情。"　　　　　　　850

他们先给他拿来了甜酒，
用枫木的碗装来蜂蜜酒，

601

还拿来上好的香料
制成的姜饼,味道极爽口,
　　土茴香和甘草,我想也有——　　　　　　*2045
　　　用的糖当然也最好。

他贴着他那一身白皮肤
穿衣裳,那是细洁麻布
　　制成的裤子和衬衫;
外加一件衬垫厚的衣服,　　　　　　　　　　860
再套短锁子甲保护胸部,
　　以防他心脏被刺穿。

穿在外面的铠甲比较长,
出自于犹太的能工巧匠——
　　那精钢片十分坚韧;　　　　　　　　　　*2055
他的铠甲外还饰有纹章,
白得简直像百合花一样——
　　他准备这样去对阵。

他用的盾牌由赤金精制,
盾牌上有野猪头的装饰,　　　　　　　　　　870
　　另外还镶着颗红玉;
他凭麦芽酒和面包发誓:
不管将来会发生什么事,
　　那巨人却必然死去!

他用硬革做腿上的护甲,　　　　　　　　　　*2065
用来做他剑鞘的是象牙,
　　他的黄铜盔亮闪闪;

602

他缰绳耀得人家眼睛花——
亮得像阳光或者像月华——
　　鲸鱼牙做成他马鞍。　　　　　　　　　　880

坚挺的柏木做成他矛杆,
这不要和平,只要作战——
　　那矛头磨得极锋利;
他的坐骑是一匹灰斑马,
行进时踏着稳健的步伐——　　　　　　　　*2075
　　那脚步轻盈地落地,
　　　　　　踏在路上。
各位注意,这里是一曲!
如果你们都愿意听下去,①
　　那我就试着继续唱。　　　　　　　　　890

第三曲②
对不起,各位女士先生,
请你们先将嘴巴停一停,③
　　好好地听我讲故事;
讲骑士精神和战斗情景,
讲闺中女郎的相思之情——　　　　　　　*2085
　　而这些马上就开始。

人们常说到著名的传奇,④

---

① 乔叟已感到听众有些不耐烦了。
② 在 Skeat 文本中,这里是"第二曲"。
③ 听众显然不耐烦了,至少在窃窃私议,甚至七嘴八舌交谈。
④ 以下三行中的人名,普莱恩达摩(法语音译,意为"满是爱")不知是谁,其他五位都是传奇和传说中的人物。

603

说到英雄霍恩和贝维斯,
　或希波底斯和盖埃,
或普莱恩达摩和利波斯;　　　　　　　　　　900
但是所有杰出的骑士里,
　托帕斯爵士最最帅!

他英姿勃勃骑在骏马上,
像火炬飞出的火星那样
　飞也似的奔驰赶路;　　　　　　　　　　*2095
有个小塔镶在他头盔上,
一朵百合花更在小塔上——
　愿上帝能把他保护!

他这位骑士爱四方漫游,
休息时就地用披肩一兜——　　　　　　　　910
　总不肯进屋子睡觉;
锃亮的头盔是他的枕头;
他的战马一整夜在四周
　咀嚼着丰美的细草。

帕齐法尔是出色的战士;①　　　　　　　　*2105
也就像这一位圆桌骑士,
　他渴了就喝些泉水,
直到有一天——

在这里旅店主人打断了乔叟的故事

---

① 帕齐法尔是亚瑟王传奇中的圆桌骑士,最后找到了"圣杯"。

"看在上帝份上,别再讲下去,"
旅店主人道,"你那些无聊东西 920
让我们听的人感到非常腻烦——
愿上帝真的保佑我灵魂平安——
你这种胡诌听得我耳朵发胀;
像这样的诗你还是对鬼去唱,
这一类货色不妨叫作打油诗。" *2115

"干吗这样?为什么别人讲故事
你从不打断,偏偏就来打断我;
这是我知道的绝妙好诗。"我说。

店主说:"凭上帝起誓,这种臭诗
一句话就能说到底:屁都不值。 930
这样做,是在把时间白白糟蹋;
劝你一句话,别搞这押韵诗啦。
不知道你可会唱头韵体传奇,
或至少用白话讲点什么东西——
内容要有意义,要有趣而活泼。" *2125

"好,凭受难基督起誓,"我说,
"我就用白话给你讲个小故事;
依我看来,这故事该讨你欢喜,
不然的话,要讨你好可就太难。
这故事突出了一种道德典范, 940
尽管很多人以不同方式讲过,
这一点,我要对你仔细说说。

"大家知道,那几位福音传道师

总讲到主耶稣基督受难的事,
但各说各的,各人说的不一样; *2135
然而,尽管在讲法上各不相像,
他们各人所讲的却都是事实,
所讲的基本内容也相当一致。
因为讲到主耶稣受难的情况,
各人的讲述多少有些不一样; 950
我是指马可、马太、路加和约翰,①
他们讲的话并没有各执一端。
所以我要向各位把要求提出:
如果我讲的话中有一点出入,
比如在我的这篇短短故事里 *2145
为了要清楚地讲明某种道理,
额外给你们引用了几条格言,
而这些,你们以前不曾听见,
或者我用的一些字眼和句子
同你们以往听到的不太一致, 960
那么我得请你们不要责备我;
因为在基本内容上不会有错,
再说我写的这篇轻松的东西,
毕竟同故事的主旨没有分离。
所以请你们听好我讲的故事, *2155
并听到我把故事讲完了为止。"

结　束

---

① 这四位圣徒在《新约全书》中都有以他们命名的"福音书"。

梅利比的故事

乔叟由此开始讲梅利比的故事

一位名叫梅利别斯①的年轻人有财有势,妻子叫普鲁登丝,女儿叫索菲娅。

一天,他去野外游玩。让妻女留在家中,家门关得牢牢的。他三个宿敌发现后,把梯子搭在他家墙上,从窗口进了屋。/② 他们打他妻子,又把他女儿打成五处重伤,就是脚、手、耳朵、鼻子和嘴;他们以为她已被打死,便一走了之。 *2160

梅利别斯回家看到这祸事,疯了似的扯身上衣服,哭叫起来。

普鲁登丝尽力劝丈夫别哭,可丈夫哭叫得更厉害。 975
普鲁登丝是位贤妻,她想起奥维德在《爱的治疗》中说:"谁想阻止母亲为死去的孩子哭泣,就是傻瓜;除非那母亲哭够了,旁人方可好言劝慰,尽力让她不哭。"于是这贤妻让丈夫去哭叫;过了一阵,她瞅准机会,劝慰丈夫道:"夫君啊,为什么把自己弄得像傻瓜呢?/ 明 *2170
智者不该这样悲痛。凭神的恩典,女儿的伤可以治好,能恢复健康。就算她死了,你也不该毁了自己。塞内加说过:'明智者不该为子女死亡而过于伤心,应该有耐心忍受这事实,就像等待自己的死亡。'"/ 985

梅利别斯当即答道:"遇上这祸事,谁能忍住不哭?主耶稣基督还为朋友拉撒路③哭呢。"

---

① 乔叟从法语译来这故事,原作是13世纪意大利法官用拉丁文写的《训子篇》。乔叟译文中,"梅利比"与"梅利别斯"拼法不同并常混用,这里保留这区别。
② 斜线表示该处对应于右侧行码(如*2160)。
③ 见《新约全书·约翰福音》第11章第35节。

普鲁登丝说:"我很清楚,大家很难过时,悲伤的人适度哭泣,大家不会有意见。使徒保罗对罗马人写道:'与喜乐的人要同乐,与哀哭的人要同哭。'① 但是,尽管可以有节制地哭泣,过度痛哭却肯定要防止。/ 根据塞内加教导,忧伤时得考虑节制。'亲友去世时,'他说,'别泪满眼眶,也别让眼睛干干的;尽管泪水涌上眼睛,也别让淌下。'而当你送走了那位亲友,就得努力另找一位;这比较明智,老是为去世亲友哭泣没有好处。所以,你若让理智控制自己,就别再伤心。想想西拉之子耶数的话:'心中快乐就一生兴旺,心中悲伤就骨头枯槁。'/ 他还说:'心中忧伤置很多人于死地。'所罗门说:'像羊毛里的蛀虫蛀坏衣服,像树上的蛀虫蛀空树干,忧伤会蛀蚀人心。'所以,无论损失人间财货,还是失去孩子,我们都应当忍耐。想想耐心的约伯;他丧失了孩子和资财,肉体又经受许多痛苦,但他说:'赏赐的是我们的主,收取的也是我们的主,主愿意怎么做就怎么做,主的名应当称颂。'"②/

*2180

995

*2190

听了这话,梅利别斯对妻子说:"你的话都对,对我有好处;但这伤心事叫我心烦意乱,不知怎么办才好。"

普鲁登丝说:"把你的知心朋友都请来,把头脑清楚的亲戚请来,把这烦心事告诉他们,听听他们的建议和忠告,控制好自己。所罗门说得好:'做事凭忠告,日后无懊恼。'"

梅利别斯听了妻子劝,请来老老少少许多人:有内外科医生;有同他和好的往日仇人,现在看来很敬爱他

---

① 见《新约全书·罗马人书》第12章第15节。
② 见《旧约全书·约伯记》第1章第21节。乔叟引用的《圣经》文字与后来的"钦定本"《圣经》常有出入,本书中均按乔叟的文字译。

并得到他宽恕；/还来了一些邻人，像通常那样，他们尊敬他与其说出于爱，不如说出于惧怕；另有一大帮溜须拍马老手；还有熟读法律条文的精明律师。

这些人聚集后，梅利别斯难过地把情况告诉他们；从他的话来看，他心里窝着怒火，随时会对仇人报复，恨不得立刻就同他们较量。尽管如此，他还是征求他们对此事的看法。/一位外科医生征得所有在场的聪明人同意，站起来对梅利别斯讲了下面一席话。

"先生，"他说，"我们做医生，只要请我们看病，那么尽力治病是本分，不会伤害病人。所以受伤的敌对双方常请同一个医生。我们自然不该加深双方的矛盾或偏袒一方。至于治疗你女儿，尽管她伤势险恶，我们会日夜注意，再加神的恩典，她会康复，我们会使她尽快复原。"/几位内科医生的话几乎一样，只是加了句："治病要用药，同样，治人间冤仇也该冤仇相报。"那些妒忌他的邻人，装得同他和好的假朋友和马屁鬼，边假装流泪边吹捧梅利比，说他有财有势，交游广阔，同时贬低他仇人的力量，建议立刻报复，马上反击。这就让事态更趋严重。/

经很多聪明人的同意和建议，一位聪明的律师站起来说："各位先生，我们聚在这里讨论的大事涉及一桩罪恶，这罪恶可能造成严重恶果，而且双方有权有势。考虑到这些，在这事上如果走错一步就很危险。/所以我们首先要向你建议，立即采取措施保护自己，密探和警卫必不可少，以确保你安全。我们还建议，住宅里也布置足够警卫，同你一样受到保护。至于马上报复，说实话，短时间里我们无法判断这是否有利。希望有充裕时间考虑得周密些，俗话说：'决定做得快，悔恨来得快。'/再说，人们心目中的明智法官，是了解

*2200

*2210

*2220

案情快却不忙判决。旷日持久虽使人不耐烦，但如果对公正判决或量刑得当来说，旷日持久必要而合理，那就无可指责。主耶稣基督就有这种例子。当时，人们捉到一个犯奸淫的女人，带到耶稣跟前，想听听他的处置意见。尽管耶稣很清楚怎样回答，却没立即回答，而是思考一番后，两次俯身在地上写字。由于这些缘故，我们要求考虑一下，然后按神的指点，向你提出有利的方案。"

年轻人顿时都跳了起来，他们大多听不进这位明智老人的意见，喧嚷道：/打铁要趁热，报仇要趁怒火旺；大叫道："出击！出击！"

另一位明智老人站起来，做手势请大家静听。他说："各位先生，很多人大叫'出击！出击！'却不很了解这词意义。'出击'的入口处又大又宽，人人可随意进去，要出击很容易；但结果是什么就不很清楚。/因为一旦真的打起来，连很多没出生的也会胎死腹中，即使出生了，也会活着受罪死得惨。所以出击前得好好商量，细细考虑。"这老先生还想据理论证，但几乎所有的人都站起来打断他话头，叫他少啰唆。其实，对说教者的话充耳不闻，说明人家厌烦。西拉之子耶数说过："哀悼时的音乐很讨厌。"就是说，不合时宜的话令人讨厌，就像对哭泣者唱歌。/这聪明人见没有听众，只得讪讪坐下。所罗门说："没人愿听，就得住口。""是啊，"这聪明人说，"俗话说得好，真所谓'最需要忠告时听不到忠告'。"

这次会上，还有许多人私下对他说一套，当着众人面说的是另一套。

梅利别斯听到多数人主张以牙还牙，便很快接受，完全同意他们的判断。/普鲁登丝见丈夫决定报复并向仇人开战,便瞅准时机,谦恭地说:"夫君哪,我真心诚意斗胆恳求你,别仓促从事;千万听我说几句。彼得·阿方索①说过:'有人对你施恩或加害,别急于回报;这将使朋友继续对你好,使敌人担心的时间更长。'俗话说得好:'谁能明智地等待,行动才是真正快。'粗心的匆促,绝没有好处。"

梅利比答道:"我决定不照你的意见办,这有几方面缘故。那样的话,人家肯定认为我是傻瓜;/就是说,如果采纳你的意见,就得改变许多聪明人决定和肯定的事情。其次我要说,女人很坏,没一个好的。所罗门说:'一千个男人中,能找到个好人;但所有的女人中,从没找到好人。'同样可以肯定,如果照你意见办,那么看起来我在受你支配——愿老天不让这事发生。西拉之子耶数说:'若由妻子做主,就成丈夫对头。'所罗门说:'决不把控制你的权力交给妻子,或交给孩子和亲友;与其让自己落在孩子手中,不如让他们需要什么的时候向你要。'/还有,如果照你意见办,那么我对这劝告肯定要保密一段时间,以后必要时才让人知道;但这办不到。因为有人写道:'女人爱唠叨,只能藏住她们不知道的事。'不仅如此,哲人②还说:'在出坏点子方面,女人胜过男人。'因为有这些理由,你的意见我不能接受。"③

普鲁登丝夫人温柔而耐心地听完,要求说几句。她说:"夫君,你讲的第一条理由容易回答。我是说,见情况有变或与原先不同,那么改变主意并不傻。/不仅如此,即使发过誓或做过保证,说要做某事,但只要没

1055

*2250

1065

---
① 彼得·阿方索又译彼埃尔·阿方索,是西班牙的犹太学者,受洗于1106年。
② "哲人"指古希腊哲学家、科学家亚里士多德(公元前384—前322)。
③ 原作中,这段文字为法语。

去做的理由正当，就不能说你讲话不算数或食言。《圣经》上说得好：'明智者改进想法，不是狡诈。'你这事虽由一大帮人定下，但除非你愿意，不一定要做。因为少数明智而理性的人知道事情的是非曲直和利害关系，而多数人未必了解，只是乱叫乱嚷。真的，这帮人不值得敬重。至于你第二条理由，说是'女人很坏'，请原谅，这表明你瞧不起一切女人。《圣经》上说：'谁瞧不起所有的人，就得罪了所有的人。'/塞内加也说：'任 *2260
何智者不会贬低别人，相反，会乐于传授知识，而且不会骄矜无礼。对于不懂的事，他会不耻下问。'再说世上确有很多好女人，先生，要证明不难。可以肯定，先生，如果女人都坏，主耶稣基督就决不肯由女人生出来。而此后正因为女人的好德行，主耶稣基督复活时，向女子显灵，没向门徒显灵。/尽管所罗门说他从没见 1075
到好女人，也不能就此说女人都坏。因为就算他没找到好女人，事实上却有许多男人找到忠贞的好女人。说不定所罗门的意思是：他没找到具有至高美德的女人，就是说，除了神，人没有至高的美德，这一点记在《福音书》中。人是神创造的，不可能像神那样完美，总有所欠缺。/你的第三条理由说：'如果照你的意见办，那 *2270
么看起来我在受你支配。'先生，请原谅，情况并不如此。如果这样，人们只能听支配者意见了而不会经常听到忠告。事实上，一个人尽管征求人家对做某事的看法，他仍可自由选择是否按人家意见办。至于你第四条理由，说'女人爱唠叨，只能藏住她们不知道的事'，这正像人们说的：'女人藏不住她知道的事。'先生，这是指饶舌女人；/对这种女人，男人还说：'三 1085
件事把男人赶出家，就是烟、漏雨、坏老婆。'所罗门也说：'与其同爱吵闹的妻子住一起，不如住在沙漠

612

里.'先生,请允许我说一句:我不是这种女人;我的冗默和耐心经常受你考验,你知道我守得住男人应守的秘密。至于你第五条理由,你说'出坏点子方面,女人胜过男人';天知道,这理由站不住脚。/ 要知道,你现在请人家帮你出主意干坏事;如果你想干坏事而妻子劝阻你,用道理和好建议说服你,那么她肯定应受到称赞,不应受指责。所以,对于说'出坏点子方面,女人胜过男人'的那位贤哲,你该这样了解。既然你指责所有的女人和她们的判断力,我倒要举些例子让你看,不但过去和现在都有很多好女人,而且她们的意见正确而有益。/ 有的男人还说:'女人的劝告代价不是太高,就是太低。'然而尽管不少坏女人的主意又坏又没价值,人们还是发现很多好女人的意见慎重又明智。你瞧,雅各听从母亲利百加的正确意见,赢得了父亲以撒的祝福,可以对兄弟们发号施令。犹滴凭有力的说词,从围攻的奥洛菲努手中救下她居住的伯修利亚城,免遭毁灭。亚比该以智慧和好言好语让大卫王息怒,救下差点被杀的丈夫拿八。/ 以斯帖一番话,极大提高了阿哈随鲁王治下那些上帝子民的地位。人们可讲出许多好女人的金玉良言。再说,主造出我们始祖亚当时曾说:'那人独居不好,我们为他造一个同他相像的帮手。'可见,女人若不好,意见若不可取,/ 天主根本不会造她们,不会称之为男人的帮手,倒要称之为男人的祸害。从前有文人有诗:'什么比黄金好?碧玉。什么比碧玉好?智慧。什么比智慧好?女子。什么比好女子好?没有。'① 先生,还有许多理由可使你明白:好女人很多,她们的意见正确而有益。所以,如果你相信我劝告,我

---

① 语出罗马作家 Vincentii Metulini。

将使女儿康复。/我还将大力帮助你,使你体面地了结这事。"

梅利比听了妻子这番话,说道:"我深感所罗门说得不错。他说:'有条有理的好言好语是蜂房,给心灵甜蜜,给身体健康。'娘子讲得好,你出众的才智和忠诚都受过我考验,我愿意所有的事都按你意见办。"

"好吧,先生,"普鲁登丝夫人说,"既然你给我面子,答应照我意见办,我想奉告你,该怎样选择给你出主意的人。/首先要在一切事情上谦卑地祈求天主给你指点,要知道,天主会给你忠告和安慰,多比①教导儿子说:'你要时时赞美神,祈求指引。'你一切行动要永远听从神的指引。圣雅各也说:'你们任何人若要智慧,就向神去要。'然后你该问问自己,好好考虑你各种想法,看哪种对你最有利。/再从心里驱除不利于正确判断的三样东西,就是愤怒、贪婪和急躁。

"首先,考虑问题不能发火,这有几点理由。一、满腔怒火的人总以为能做自己做不了的事。二、怒气冲冲的人不能很好判断;/不能很好判断就不能很好听取意见。三、塞内加说,'怒冲冲的人只会出口伤人,'伤人的话又会惹人家生气。同样,先生,你还得排除心中的贪婪。圣保罗说:'贪婪是一切罪恶之根。'/请相信我:贪婪之徒不能正确判断和思考,只想满足贪婪的目的;但肯定永远达不到目的,因为越富有就越贪婪。还有,先生,你得排除心中急躁;因为可肯定,那些突然出现在你心中的念头,你不会认为最高明,必须反复加以考虑。想必你听到过这句俗话:'决定做得快,后悔

---

① 多比是《多比传》中人物(《多比传》是基督教《圣经·旧约》中《外典》之一卷)。

来得快。'/先生，你的心思不会一成不变，可以肯定，有时你会认为做某事好，但换个时候会认为不好。

"你若自己找答案，仔细思考后觉得找到了最佳方案，那么我劝你保守秘密，别把意向告诉人，除非有把握说出去对你更有利。/西拉之子耶数说：'无论对敌对友，别暴露你的秘密或蠢事；他们当你面听着你、看着你、支持你，但背后瞧不起你。'另一位作家说：'很难找到能保守秘密的人。'《圣经》上说：'把想法藏在心里，就把它关住了；把想法告诉人，就落在人家罗网中。'/所以最好把想法藏在心中，免得说出去之后求人家别透露。塞内加说：'自己都藏不住想法，怎能要别人为你守秘密？'不过，你若能肯定告诉人家就更有利，那就说出去。但首先要不露声色，叫人看不出你准备求太平还是对着干，叫人看不出你的意向和目的。因为说真的，那些出主意的人往往是溜须拍马之徒，/特别是给大人物出点子的人。他们总是投其所好，尽量讲好听的，不讲于人有益的真话。常言道：'财主听不到忠告，除非他向自己要。'

"其次，你得分清敌友。考虑朋友时，你要想想他们中谁最忠实、最明智、最老成，提供的意见最受称道。/你得根据情况向这些人求教。我说你首先应当听忠诚朋友的意见，所罗门说：'香味使心灵感到愉悦，好朋友的劝导使灵魂感到甜美。'他还说：'没什么比得上忠实的朋友。'确实，金银都没有忠实朋友的情谊珍贵。/他还说：'忠实的朋友是坚强的保障，找到他就找到大宝藏。'然后你应当想想，这些忠实朋友是否谨慎明智。《圣经》上说：'要经常向明智者讨教。'所以，要征询意见就该找年长的朋友，找阅历丰富、办事老练、在出谋划策上受好评的朋友。《圣经》上说：'年老了就知识丰富，活久了就深谋远虑。'图利乌斯①说：'完成大事业不靠体力和体能，靠的是好主意、权威和学识；这三样东西不随年龄增长而削弱，反倒逐日加强和增长。'/下面是你该遵守的原则。先请教几个密友就可以了。所罗门说：'朋友虽多，可请教的却千里挑一。'开始时你只把想法告诉个别人，以后若需要，可以多告诉几个人。你得永远牢记：帮你出主意的人需具备我讲过的三个条件，就是忠实、明智、富于经验。任何情况下不能凭一个人的主意行动，有时应当多听一些人的意见。/所罗门说：'出主意的人多，办事情不会错。'

"讲了应向哪种人讨教，我现在要教你，该避免怎样的意见。首先要避免傻瓜的意见，所罗门说：'别听傻瓜的意见，他只按自己的兴趣爱好发表意见。'《圣经》上说：'傻瓜的特点是轻易相信每个人都坏，又轻易相信自己有一切优点。'你也别听溜须拍马者的意见，他们宁可勉强自己奉承你，也不愿对你说真话。/所以图利乌斯说：'危害友谊的一切瘟疫中，最坏的是谄媚。'因此谄媚者比任何人可怕，更应远离。《圣经》上说：'你该害怕并远离奉承和赞美你的甜言蜜语，不该害怕和远离朋友的逆耳真话。'所罗门说：'谄媚者的话是天真者的陷阱。'他还说：'对朋友甜言蜜语的人，在他脚前安置了诱捕的罗网。'图利乌斯说：'别听谄媚者的话，别把奉承话当回事。'/加图也说：'要注意，别听甜言蜜语。'还有同你言和的宿敌，对他们的意见也该保持距离。《圣经》上说：'别轻易相信从前的敌人表示的好意。'伊索也讲：'别相信曾同你为敌或不和的人，别把心思告诉他们。'塞内加讲出其中道理。他说：'大火久

---

① 图利乌斯似即古罗马最著名的演说家马库斯·图利乌斯·西塞罗。

然之地，总是留下热气。'/所以所罗门说：'绝不要相信以前的仇敌。'仇敌虽同你言归于好，对你谦恭有礼，低着头，也绝不能信任他。他装得低声下气，肯定不是因为喜欢你，而是为其私利；认为靠伪装可占你便宜，而同你斗占不到便宜。彼得·阿方索说：'别同过去的敌人交往，因为你若对他们好，他们会曲解为恶意。'还有，凡是你仆人和对你毕恭毕敬的人，对他们的意见特别要保持距离；因为他们的话恐怕是出于惧怕而不是敬爱。/所以哲人说：'如果非常惧怕某人，对他就不会完全忠诚。'图利乌斯说：'无论帝王多强大也不能持久，除非百姓对他的爱戴多于恐惧。'还有，要同醉汉的意见保持距离，因为他们心里藏不住东西。所罗门说：'醉汉王国里没有秘密。'对于私下里向你讲一套而公开场合又另讲一套的人，对他们的建议你也该警惕。/卡西奥多鲁斯①说：'若有人在公开场合做某件事，私下里却干相反的事，这是要作梗的花招。'还有，要警惕坏人的意见。《圣经》上说：'坏人的劝告总充满圈套。'大卫说：'没听从恶棍建议的人有福了。'你还应当同年轻人的建议保持距离，因为他们的建议并不成熟。

"先生，我已告诉你应当征求和听从什么人意见，/现在我要教你按图利乌斯的教导检验意见。检验提意见的人，你要考虑很多方面。首先，在你想解决和听取意见的这件事上，应考虑讲出事情真相，就是如实讲清事情。因为说假话就是撒谎，就不可能听到正确忠告。然后你得考虑，建议你采取的行动是否符合实际，是否合理，/是否你有能力达到目的；还要看给你出主意的人

---

① 卡西奥多鲁斯（490？—585？）是古罗马史家、政治家和僧侣，曾建立寺院并为保存罗马文化而努力。

里，多数的明智派对此赞成或反对。接着你得考虑，按那意见做有什么后果，如仇恨、和解、对抗、荣誉、利益、损失等等。其中你该选择对你最好的，放弃其它选择。随后你该考虑产生这些意见的根源和由此产生的结果。你还得考虑这一切的原因及其产生的原因。/按我这办法检验意见后，你找出较好、较有利并得到很多聪明人和老人赞同的意见，再考虑是否有能力贯彻并获得满意结果。理智的人肯定不会着手去做某事，除非他能如愿完成。任何人不该担负他担负不了的负担。俗语说：'想抓的越多，抓住的越少。'/加图说：'只能试图做你能做的事，免得因负担过重而有始无终。'你若感到犹豫，不能肯定自己是否有能力去做，那么宁可忍一忍，不要着手就做。彼得·阿方索说：'即便有能力做一件准让你后悔的事，也宁可不做。'就是说，最好忍住了别干。这样你更有理由明白：会让你后悔的事不做为好，即使有能力也宁可忍着不做。/有人不清楚自己是否有能力做，那么劝他别做的人就很有道理。当你按我讲的检验了种种意见，充分了解你有能力做成你的事，那就认真去做，直到完成。

"我现在应当告诉你，在什么时候和什么情况下，你可以改变主意而不受指责。事实上，只要早先的原因不再存在或发生了新情况，就可以改变主意，法典上说：'对于新情况，要有新对策。'/塞内加说：'你的对策若传到敌人耳朵里，就改变对策。'还有，若发现差错等原因可能造成危害或损失，也可改主意。另外，如果你的意图或出发点并不正大光明，也应当改变。法典上说：'一切非正大光明的法令都没有价值。'再有，凡不可能或不大能好好贯彻与遵循的办法，都应当修改。/

"请把下面的话当作普遍原则：如果有哪种意见十

分僵化，不管发生什么情况也不能改变，那我认为这种意见很糟。"

梅利别斯听了妻子这番道理，答道："娘子，你对我大致讲了该如何选择或拒绝帮我出主意的人，讲得合情合理。现在请你具体指点一下：对我们目前选定的求教对象，你有什么看法？觉得他们怎样？"

"夫君哪，"她说，"我卑顺地恳求你，如果我的话让你不快，请别生气，也别故意反对。上天知道，我是为你好，为你的荣誉和利益。希望你宽宏大量，耐心听我的意见。相信我，你在这事上听到的意见，严格说来算不上忠告，是怂恿你干傻事的胡言。而你也几方面有错。

"首先，你请人来商讨的方式不对。开始时你该少叫些人，以后需要时再让较多的人知道。可你一下子叫来一大批，让人听得费劲又厌烦。还有，你本该只叫年长又明智的真心朋友来，可你叫来莫名其妙的人，年轻人，虚情假意的马屁精，同你言和的仇敌，还有表面尊敬但并不喜欢你的人。／你的错还在于：你找人来商量，却把愤怒、贪婪、急躁带进来，这些同公道而有益的商讨格格不入，是你和为你出主意的人本该排除的。你还错在向他们流露心思，表明要立刻反击报复，让他们了解到你想做的事。／所以他们的建议与其说为你好，不如说顺从你意愿。还有，你似乎满足于征询这些人意见，听到区区几条就像够了，而这种大事有必要征求更多的人意见，对你想干的事多加考虑。另外，你没按前面说的方式，没按实际需要的合适方式检验那些意见。再说，你没区分出主意的人，没区分真心朋友和假意给你出主意的人；／没了解到年长明智的真心朋友意愿，把各种说法混为一谈，让心思倾向于多数人意见，随大

1235

*2430

1245

*2440

1255

流。你清楚，傻瓜比聪明人多，所以一大帮人商量的结果，往往是多数人意志而非个别人的真知灼见。这种场合经常是傻瓜控制局面。"

梅利别斯答道："我认错；不过你说过，在某些情况下只要理由正当，更换出谋划策的人可不受指责。现在我准备按你指点，更换他们。俗话说：'是人就难免犯错误；魔鬼对罪孽才不思悔悟。'"

听了这话，普鲁登丝夫人答道："你回顾一下听到的意见，看哪条最有道理，对你帮助最大。这回顾很必要，我们从首先发言的外科医生和内科医生开始吧。我认为他们讲得在情在理。他们说他们的职责是善待每个人，不是亏待任何人；要凭医术努力疗伤治病；他们的话很明智。我说先生，既然他们的话在情在理，我建议为这高尚讲话重谢他们，这也是为了让他们更尽心地治疗你爱女。尽管是你朋友，也不能让他们白辛苦，相反，更要重谢他们，显示你慷慨。至于内科医生们对这事的建议，就是治病用针锋相对的办法，我想知道你怎么理解，有什么看法。"

梅利别斯说道："我对此的理解是，他们怎么伤害我，我就怎么伤害他们。他们怎么报复我，让我受害，我也同样报复，叫他们倒霉。这样就做到了针锋相对。"

普鲁登丝夫人说道："瞧瞧！人人都乐于让自己称心和痛快！内科医生的话不该这样理解。其实，作恶的反面不是作恶，报复的反面不是报复，伤害的反面不是伤害，那都是一路的。所以，报复不能以报复克服，伤害不能用伤害克服，它们会相互激化，相互生发。内科医生的话该理解为：善良与邪恶、言和与敌对、报复与容忍、分歧与一致等等，这些才互相对立。可以肯定，邪恶该由善良纠正，分歧该由一致纠正，敌对该由

620

言和纠正，其它事情也如此。/使徒圣保罗在多处表达这个观点。他说：'不要以怨报怨，以恶言还恶言；要以德报怨，以祝福回报对你出恶言的人。'他在其它许多场合谆谆告诫，要和平与和谐。现在我要讲律师和聪明人的建议。/你听到他们一致主张，要你首先注意自身防卫和屋子守卫。他们还说，你在这方面的行动该非常谨慎，仔细斟酌。先生，说到自身防卫，你要明白，随时会受攻击的人首先要做的，就是时时恭顺而虔诚地祈祷，/请慈悲的耶稣基督保护，必要时给予最有效的救援。可以肯定，世人若没有主耶稣基督保护，就不可能凭人家告诫而确保平安。先知大卫也这样认为，他说：'如果神不保护城池，护城的人彻夜不睡也没用。'先生，你该把自身安全交托给真心朋友，他们经过考验并且为你熟知，/你该请他们帮助，确保你人身安全。加图说：'需要帮助时就去找朋友；再好的医生比不上真心朋友。'此外，你该远离陌生人和撒谎者，永远对他们保持警惕。彼得·阿方索说：'除非是熟人，千万别同陌生人同行。如果是偶然相遇，你要尽可能机警地观察其言谈举止，/了解他的过去。你要隐蔽自己，说是去某个你不准备去的地方。如果他带着矛，你就走在他右面；如果他带刀剑，就走在他左边。'对我提到的这类人，你该巧妙避开，不但避开，他们的话也别听。千万别自以为有力量，别轻视对手，小看其力量，从而危及自身。/明智者对仇敌都不敢疏忽。所罗门说：'对任何人保持警惕的人必将得福；而胆大力大有恃无恐的人必将遭殃。'所以你时时要提防伏击暗算。塞内加说：'对危险心怀恐惧者能避免危险；谁避开危难，才免于危难。'/现在你似乎处境安全，但仍要时刻注意；无论仇敌强弱，都不能掉以轻心，要注意防卫。塞内加说：

*2480

1295

*2490

1305

*2500

1315

*2510

'谨慎者对最起码的仇敌也存戒心。'奥维德说:'小小黄鼠狼能咬死大牛和野鹿。'/《圣经》上说:'小刺能扎疼大王,猎狗能制服野猪。'但我这样讲不是要你做胆小鬼,不是要你在安全地方也心怀疑虑。《圣经》上说:'有些人专想骗人,又怕受人骗。'不过你还是得防着点,免得被下毒,还要远离出言不逊的人。《圣经》上说:'别同出言不逊的人为伍,听到他们的话要避开,像见到毒物那样。'/

"现在讲第二点。你那些聪明谋士给你出主意,要你大力加强屋子的防卫。我很想知道,你对此怎么理解?有什么看法?"

梅利别斯答道:"我的理解是,在屋外造些塔楼,像城堡那样,再备上攻防武器。这就能防卫屋子和自身安全,使敌人不敢接近。"

普鲁登丝当即回答:"修造高高塔楼和防卫建筑,派人驻守,这有时助长骄气。/而花了大量钱财和人力,造了高大塔楼和堡塔,除非由明智而真心的老朋友防守,否则还是没用。要知道:有钱人保卫自身或财产的最强大力量,在于下人和邻人对他的敬爱和友爱。图利乌斯说:'有一种城堡攻不破也摧不毁,就是百姓对那领主的爱戴。'/

"先生,现在讲第三点。你请来的那些年长明智的亲友劝你,做这事不该仓促急躁,要仔细考虑,大力做好物质和精神准备。我认为他们有见地,有道理。图利乌斯说:'事事要在着手前大力准备。'所以我说,无论采取报复行动或敌对行动,无论进行斗争或部署,/我都奉劝你:要事先做好周密准备。图利乌斯说:'长久的准备换来迅速的胜利。'卡西奥多鲁斯说:'准备越久,越能坚守。'

"现在谈另一些人的建议。他们有的是你的邻人,尊敬你但并不喜欢你;有的是你往日仇敌而现在相安无事;有的是马屁鬼,/私下对你说一套,公开场合却相反;有的是年轻人,建议你报仇雪恨,立刻反击。先生,我说过,你请这些人来商议就犯大错,前面说的理由足以证明这些人不可靠。还是具体谈谈吧。首先你应当按图利乌斯的教导行事。/(当然,这事件或这类建议的真情已不必细究,因为大家知道是谁对你干下这伤天害理的事,是几个人干的,以什么方式干的。)然后你该检查一下图利乌斯添加的第二个条件。因为他加了一条所谓的'赞同'条件,就是说,/你任性地表示要立刻报复后,有哪些人赞同,他们有多少人,是什么人。我们来考虑,哪些人持反对意见,有多少人,是什么人。关于第一批人,大家都清楚哪些人赞同你任性而鲁莽的行动;可以肯定,建议你立刻反击的都不是你朋友。现在我们考虑:你深信是你朋友的是些什么人?/你尽管有财有势,其实很孤立,除了一个女儿没有孩子,也没有亲兄弟、堂兄弟、表兄弟,没有近亲,因此仇敌如果同你过不去或要你性命,不会因忌惮而罢手。你知道,你的遗产得分给各个方面,/各人拿到的一份并不丰厚,不会为这点钱就为你的死复仇。可你却有三个仇敌,他们有很多孩子、兄弟、堂兄弟、表兄弟和其他近亲;就算你杀了他们两三人,还有足够的人来杀你报仇。哪怕你亲戚比仇敌的亲戚忠诚可靠,但他们是远亲,同你没什么血缘关系,/而仇敌的亲戚中有的是近亲,所以他们这方面条件肯定比你好。现在我们考虑:建议你立刻报复的人是否确有道理。你当然清楚,答案是否定的。因为从权利和道理讲,没人可以报复,只有得到授权的法官可做出裁决,至于从速从缓,得按法律要求。/不但如此，讲到图利乌斯的'赞同'一词，应当考虑，你的权力和能量是否足以'赞同'你那种任性和出主意者的意愿。可以肯定，回答是否定的。因为确切说来，我们只能做公道合理的事，别的事不能做。而要公道合理，就肯定不能自作主张地报复。/可见你的力量不足以'赞同'你任性的决定。现在我们仔细看看第三点，就是图利乌斯所称的'后果'。你该明白，你想进行的报复就是后果。由此会引来另一轮报复、危机、厮杀和难以预见的无数其它祸害。要谈的第四点就是图利乌斯所称的'生发'。/你该想一想，你受的伤害由你仇敌的宿怨生发，而如果报复，就生发另一轮报复，这又将带来很多痛苦和财产损失，就像我说过的那样。

"先生，现在讲图利乌斯所称的'起因'，这是最后一点。你该明白，你受伤害是有起因的，学者称之为 Oriens[①] 和 Efficiens，也称 Causa longinqua 和 Causa propinqua，即远因和近因。/远因即全能的神，他是一切事物的起因。近因则是你三个仇敌。偶因是仇恨，实因是你女儿的五处创伤。表因是他们行动的方式，即带梯子来爬进你家窗户。/终因是想杀害你女儿，但并不妨碍他们便宜行事。说到远因，说到他们得到的结果，或你那些仇敌由此是什么下场，我无法判断，只能猜想和推测。我们可以假定他们没有好结果，《教令集》上说：'除非付出极大努力，难得会有起因坏而结果好的事。'

"先生，人们若问我，为什么神允许他们对你下这毒手，我无法明确回答。/圣保罗说：'我们全能天主的智慧和判断深邃至极，没人能充分了解或探究。'但根据某些猜想和推测，我认为并且相信：最正直而公道的

---

① 这里出现的是几个拉丁词，其意义下文中有说明。

624

天主既然允许这样的事发生，自有其公正合理的原因。

"你叫梅利比，意为喝蜂蜜者①。/你喝了多少人间富贵的甜美蜂蜜，喝醉了就忘了造就你的耶稣基督，没好好敬奉他。你也没牢记奥维德的话；他说：'蜂蜜对肉体是好东西，却藏着戕害心灵的毒液。'/所罗门说：'若找到蜂蜜，吃起来要适量；过量会呕吐。'结果仍是饥饿。没准基督因此轻视你，扭过头不再听你请他开恩的话，而作为惩罚，还容许人家侵犯你。你对主基督犯了罪；/因为你肯定让肉体、魔鬼、俗世这人类三大敌通过你身上的窗口进入心灵，却没有充分抵抗其侵袭诱惑，让心灵受五处伤害；也即几项大罪已通过你五官进入心灵。同样，主基督也容许你三个仇敌通过窗口进屋，/伤害你女儿。"

梅利比说："我知道，你向我说明报复可能产生的危险和灾祸，是要更有力地说服我别向仇敌报复。但是都这么考虑就没人报复了，而那是有害的；/因为通过报复，可以把坏人从好人中分出来。有些人本要干坏事，但看到干坏事的人受惩罚，就会收敛坏心思。"

对此，普鲁登丝夫人答道："不错，我承认报复有坏处也有好处。但报复不是人人可以做的事，只有法官和有司法权的人有权惩处罪人。②我还要说的是，正如个人报复是犯罪，/法官没惩处应受惩处的人也是犯罪。塞内加说：'能给坏人定罪的才是好官。'卡西奥多鲁斯也说：'一个人如果知道恶行会触怒法官和主上，就不敢作恶。'还有人说：'法官不敢秉公执法，人们都将横行不法。'使徒圣保罗在《罗马人书》中说：'法官带矛

*2600

1415

*2610

1425

*2620

1435

---

① 梅利别斯之名出自古罗马诗人维吉尔（公元前70—前19）第一首《牧歌》中的牧羊人。乔叟这故事译自古代法国故事《梅利比与普鲁登丝夫人》。
② 这段话在原作中为法文。

并非没有道理。'/他们带矛为的是惩罚坏人和作恶的家伙,保护好人。所以你若想报复,该去找法官,他们有制裁权,可依法律惩治。"

梅利比说:"唉,这样的报复不合我心意。现在回想起来,从我童年起,幸运女神就很照顾我,帮助我渡过许多难关。/现在我想再试她一下;我相信,凭基督的保佑,她会帮助我报仇雪耻。"

普鲁登丝说:"你若愿按我忠告行事,就不该以任何方式试探幸运女神;按塞内加说法,你也不该俯首听命于她,因为'怀着侥幸干蠢事,哪里会有好结果'。塞内加还说:'幸运越清澈晶莹,就越脆越早破碎。'/所以别相信幸运女神,她不坚定不可靠,你自以为最有把握得她帮助时,她会欺骗你,叫你希望落空。你说童年起就受她照顾,就更不该信任她和她的智力。塞内加说:'受幸运女神照顾,会被养成大傻瓜。'/现在你渴求报复,却不喜欢法官依法处理,而抱着侥幸心报复很危险又没把握,只剩一个办法,就是求助于惩治一切罪恶与暴行的最高主宰。他会按承诺为你报复,因为他说过:'把报复留给我吧,这事由我来做。'"①/

梅利比答道:"人家恶意害我,我不报复,就是在通知和邀请伤害者和其他人再来害我。书上说:'受到伤害不报复,是请对手再伤害。'我若是忍了,人家会肆意伤害我,叫我想忍也忍不了;还会叫人看不起。/人们说:'越忍就越有事落到你头上,叫你再也忍不了。'"

普鲁登丝说:"我承认过分的忍让不好,但不能因此说,受到侵害就可报复;因为这只归法官管,他们该

---

① 本书中引自《圣经》的语句译自乔叟原作,通用的《圣经》中译本根据的是英王詹姆斯一世任命五十四位学者定稿的"钦定本",其中该句为:主说:伸冤在我,我必报应。(见《新约全书·罗马人书》)

为受害者报复。所以你上面那两句权威性的话应理解为对法官而言，/他们一味容忍，不惩罚干恶事坏事的人，那不仅是请人家再干，简直是命令人家再干。有位智者也说：'法官对罪人不加惩处，就是吩咐他再去犯罪。'任何地方，如果法官和当权者对坏人恶人容忍姑息，那么随着时间推移，坏人恶人的势力会膨胀，使法官和当权者在位子上坐不住，/直到丧失权力。

"现在假定你有报复的自由，但我要说你还没报复的能力。拿你和敌人做一力量对比，你会发现，就像我先前讲过的，他们在许多方面条件比你好。所以我说，目前你还是忍让为上。/

"再说，你知道这句老话：'同强于自己的人斗，是疯狂；同势均力敌的人斗，是危险；同弱于自己的人斗，是愚蠢。'所以应尽量避免争斗。所罗门说：'能避开纷扰和争斗，是巨大的荣耀。'/所以，若有比你强的人伤害了你，那么与其设法报复，不如努力从伤害中恢复。塞内加说：'同强于自己的人斗，就面临巨大的危险。'加图也说：'要是权位比你高、势力比你大的人惹了你，你就忍一忍；说不定这次他惹你，下次会帮你一把。'/现在假定你有自由也有力量报复，我仍要指出，有很多情况会制约你，使你倾向于忍让，耐心地承受伤害。首先，请你考虑本身缺点，我说过，神因为这些缺点而让你遭这磨难。/因为诗人说：'想到并认识到我们理当遭受磨难，就该耐心承受。'圣格列高利说：'好好想过自己错误和罪过之多，会觉得痛苦和磨难减轻一些；越感到自己罪孽深重，就越觉得痛苦不太厉害而易于忍受。'/你该虚心学习主耶稣基督的忍耐心，像圣彼得在书信中写的那样：'耶稣基督为我们受难，给每个人做出榜样。他从没犯罪，从不口出恶言。人们咒

627

骂他，他不咒骂他们；人们打他，他没威吓他们。'还有天堂里的圣徒，他们在世上没任何罪过而遭受许多苦难，但表现出极大耐心。/这应当激发你耐心。进一步说，考虑到世间苦难短暂，很快会过去，更应当有忍耐心。圣保罗书信中讲，人们通过忍受苦难而追求的幸福是永恒的。他说，'天主那里的幸福是永恒的'，永无止境。/你应当坚信，没耐心或不愿锻炼耐心的人，显然没受过良好教养和教育。所罗门说：'看人的耐心就知道其信仰和智慧。'他又在别处说：'有耐心的人会审慎控制自己。'他还说：'怒冲冲的人吵吵闹闹，耐心者使吵闹声平息。'还说：'与其强大，不如有耐心，/同凭借武力攻城略地相比，能主宰自己心态更值得赞扬。'所以圣雅各在书信中写道：'耐心是完美的高尚德行。'"

梅利比说："普鲁登丝，我承认耐心是完美的高尚德行，但你追求的这种完美不是人人做得到；我不在完人之列，/因为不报仇我的心就不得安宁。敌人对我报复并加害于我，也给他们带来巨大危险，他们却不顾危险，只顾满足他们的恶毒目的。所以即使我为报仇而冒点险，甚至做过了头，就是说，以牙还牙，我想人们也不该责备我。"/

普鲁登丝道："你呀，讲出了心中愿望。但任何情况下，不该以暴行或过激行动报复。卡西奥多鲁斯说：'谁以暴行报复，就同先前的施暴者一样恶劣。'所以你得按规矩报复，靠法律而不靠过火行动或暴行。你虽受仇敌的暴行之害，以非法手段报复却是犯罪。/塞内加说：'永远不该以恶还恶。'如果说正当防卫须以暴力对抗暴力，以攻击对付攻击，那么，只要防卫行动是当场做出的，在受攻击和防卫之间没有间隔，而且确实是为防卫而不是为报复，你这话肯定正确。但即使自卫，也应该有节制，/免得落下话柄，被认为反应过度，行动凶暴，有理成了没理。我能对天起誓，你很清楚你现在不是要自卫，是要报复，而且行动上不想有所节制。所以我认为还是忍耐为好。所罗门说：'不能忍让的人必受大苦。'"

"不错，"梅利比说，"我承认，如果为不相干的事大动肝火，那么即使因此受伤害也不足为怪。/法律上有一条：'谁干涉或干预同他无关的事，谁就有罪。'所罗门说：'谁干涉别人的争吵或争斗，就像去揪狗耳朵。'狗不认识揪它耳朵的人就可能咬他；同样道理，没耐心的人去干涉同他无关的争吵，就可能受伤害。你很清楚，他们给我的伤害和痛苦至深至巨。/所以我忍不下这口气而发火并不奇怪。说句失敬的话，我可看不出，为什么报复了就会大受其害。毕竟我比对方更有财势。你也清楚，世上的事由钱财主宰。所罗门说：'万事听命于钱财。'"/

普鲁登丝听到丈夫自恃富有而轻敌，便说："不错，亲爱的先生，我承认你有财有势；而且对于以正当手段获取财富并善于使用的人来说，财富是好东西。正像人的肉体没有灵魂就不能生存，肉体也不能脱离物质而存在。财富还能招来有权势的朋友。/潘菲留斯[①]说：'牧场主的女儿富有，就可从千人中挑选如意郎君；因为没人不要她。'他又说：'如果你很幸福，就是说很富有，就有大量伙伴和朋友。但如果不走运，没了钱，那么友情结束；你将形单影只，没人交往，除非与穷人为伍。'/他还说：'哪怕是奴仆和农奴出身，有了财富就

---

① 潘菲留斯（？—309）是古罗马基督教作家；一说是13世纪某拉丁诗歌中的主人公。

体面高贵。'正像财富能带来好处,贫穷能带来灾难和坏处,极端贫困还会逼人去干坏事,所以卡西奥多鲁斯称贫穷为'毁灭之母',即崩溃和败落之母。/彼得·阿方索也说:'人生的最大厄运之一,就是家世好、出身清白的人为贫困所迫,只得以敌人的施舍为生。'英诺森①也在书里说过:'乞丐的处境不幸又悲惨,因为不要饭就饿死,要饭就羞死;但境况逼得他不得不乞讨。'/而所罗门说:'与其如此穷困,还不如死了好。'他还说:'与其这样活着,不如惨死痛快。'根据我对你讲的这些理由和可以举出的其它理由,我承认:对于以正当手段获得财富的人来说,对于正确使用财富的人来说,财富是好东西。因此我要告诉你,该怎样去获得财富和使用财富。/

"首先,获取财富的愿望不可过于强烈和急切,要不慌不忙逐渐进行。贪财者先会自甘堕落,干出偷盗等勾当。所罗门说:'急忙发财致富的人没一个清白。'他又说:'钱财来得容易去得快,但一点一点挣得的会不断积累。'/先生,你该用智慧和努力去获利,不要损害别人。法律上有一条:'不得以损害他人来致富。'就是说,不得损害他人而致富是天经地义的。图利乌斯说:'忧伤,害怕死亡,怕遭遇不测,/这些并不违背情理,违背情理的是为了利益而损害别人。尽管有权势的人比你容易获取钱财,你也别在谋利上懒散拖拉,做任何事都要避免懒散。'所罗门说:'懒散能教人做坏事。'他还说:'忙碌耕耘的人就有面包可吃;/无所事事、游手好闲的,必陷穷困而饿死。'懒散拖拉者永远找不到

---

① 英诺森疑指某位教皇或英诺森一世,因为到乔叟时代,已有多位叫英诺森的教皇。

合适的时间为自己谋利。有位诗人说:'懒汉不爱干活,冬天借口天冷,夏天借口天热。'加图说:'醒醒吧,别贪睡;睡得太多会滋生罪恶。'所以圣哲罗姆也说:'做些好事吧,免得与我们为敌的魔鬼发现你无所事事,/因为他很难把做好事的人拉去为他干。' 1595

"所以,要获取财富就得避免懒散。而使用以才智和辛劳获取的财富也要恰当,别让人说你吝啬小气或大方得像傻瓜,即大肆挥霍。吝啬小气被人骂守财奴,/挥霍浪费同样挨骂。所以加图说:'要恰当使用挣来的钱,让人家没法说你是败家子或吝啬鬼;内心贫乏而钱袋饱满的人很可耻。'他还说:'用钱要节制。'就是花钱有度,/有些人挥霍浪费,傻劲十足,待家产花光就去谋别人钱财。然后,我说你该避免贪婪;花钱要恰当,免得人家说你把钱财埋藏起来,相反,要把钱财掌握在手里,牢牢控制。/有个智者写了两句诗讽刺贪财鬼:'贪财鬼知道会死,因为这是生命归宿;那么他如此贪财,为什么要埋藏财富?'是何缘故和动机,他让自己同财产紧紧结合在一起,心思离不开财产?/他明知或应该知道:死后带不走世上任何东西。圣奥古斯丁说:'贪婪之徒像地狱;吞下越多,想吞的就更多。'你既要避免被称为贪婪小气,也该自我约束,免得被称为滥花钱的傻瓜。/所以图利乌斯说:'钱财不该藏起或守得太牢,该用于同情心和行善。'用一部分救危济困。'但是对钱财也不该毫无保留,不能成为公共资财。'获取和使用资财时,要牢记三点:我们的主、良心和好名声。/首先你该心中有神,不可为钱财去干使神不快的事,因为神创造你,给你生命。所罗门说:'钱财少而得到神的爱,强似财宝多而丧失天主的爱。'先知说:'做善良的穷人,/强似富豪被认为是坏蛋。'我还要说, *2820

631

努力积聚财富永远要凭良心。圣保罗说：'世上最叫我们高兴的，是良心能为我们做证。'这位圣哲还说：'人的良心上若没罪过，他的资产才真的不错。'/在获取和使用财富时，你必须努力保持好名声。所罗门说：'好名声比巨额资产重要，也更有用。'他又说：'要努力保住朋友和好名声；因为同最珍贵的财宝比，这二者伴随你更久。'/即使敬畏天主又有良心，但只要没努力保全好名声，就不该称为有德之人。卡西奥多鲁斯说：'有德之心的标志是：热爱又热望好名声。'圣奥古斯丁说：'两样东西必不可少，就是良心和好名声。为了内在灵魂，得有良心；为了外在邻人，得有好名声。'/谁一味相信自己的良心，对好名声不屑一顾，不在乎有没有，只是个粗鄙之徒。

"夫君哪，我讲了该怎样积聚和使用钱财，但你自恃有钱，倾向于开战。劝你别这样，因为你的钱不足以维持战斗。/有位哲人说：'好斗并希望斗下去的人，永远不会有足够经费；因为若想获得崇敬和胜利，那么他越有钱，花费就越大。'所罗门说：'一个人财富越多，花他钱的人也越多。'亲爱的夫君，凭你的财富，你有很多追随者，但为了你的声望和利益，若能以和平手段解决，就不该开战，因为这不是好事。/世上战斗的胜利并不在于人多和人品，在于我们全能天主的意愿和安排。所以，天主的武士犹大·马加比① 同人多势众的敌人作战时，对力量单薄的部下鼓动道：/'全能的天主很容易让人少的队伍获胜，就像让人多的军队获胜一样；因为胜利不取决于人多，而取决于天主。'亲爱的先生，

---

① 犹大·马加比（？—前161）是犹太游击队领导人，抗击塞琉西国王入侵，使犹太免于希腊化，胜利后修复耶路撒冷圣殿，争取犹太人宗教信仰自由及政治独立，后战死。

没人说得准自己配不配得到神的爱①，或配不配得到神给的胜利，因此所罗门说人人应该对开战极为谨慎。/而一旦开战就有诸多危险，转眼间大人物同小百姓一样被杀。《列王纪下》中说：'战斗的结果有偶然性，无法确定；谁都可能被矛刺中。'既然战斗很危险，就应尽可能体面地避免开战。/所罗门说：'喜欢危险的人会在危险中倒下。'"

听普鲁登丝说完，梅利比答道："夫人的话很公道，也很有道理，我明白你不喜欢开战；但在这局面下该怎么办，我还没听到你的意见。"

夫人说："我建议同敌人妥协，和平相处。/圣雅各在信中写道：'大家和睦一致，小钱变成大财；大家你争我吵，大财不免衰败。'你清楚知道，世上头等大事之一，就是团结与和平。主耶稣基督对门徒说：'热爱并追求和平的人快乐而有福，因为被称为神的孩子。'"②/

梅利比说道："哦，原来你并不爱惜我的荣誉和声望。你明知对方先下毒手挑起事端，也清楚他们没求和，甚至没提出和解，难道你要我去他们那里，俯首帖耳地，卑躬屈膝地求他们开恩？我的荣誉感实在不允许我这么做。/就像人们说的：'过分熟悉滋生轻蔑之心。'同样，过分谦让也导致这结果。"

普鲁登丝夫人显得有些生气说："先生，对不起；我爱惜你的荣誉和利益肯定同爱惜我自己的一样，而且一贯如此。无论你或别人，都没否定过这点。即使我说

---

① 这句在原作中为法文。
② 这里可表明乔叟引用的《圣经》与"钦定本"《圣经》存在区别。这句话在后者中译为："使人和睦的人有福了，因为他们必称为上帝的儿子。"见《新约全书·马太福音》。

要你争取妥协和太平,这既没说错,也不离谱。/智者说:'不和起于别人,和解起于自己。'先知说:'要避恶行善,尽可能寻求并遵循和平之道。'我不是说你应当向敌人求和,而他们不应当向你求和;因为我清楚知道,你心肠很硬,不肯为我做任何事情。/所罗门说:'心肠太硬,必遭不幸。'"

梅利比听出夫人有点生气,说道:"请别为我的话感到不快;你知道我很气恼就不会怪罪了;气恼的人不知道自己在做什么讲什么。/先知说:'眼睛有病,就难看清。'但你尽管讲,尽管提意见,我准备照你的意愿去做。如果你责备我愚蠢,我会更爱你、称赞你。所罗门说:'同甜言蜜语的骗人精相比,责备人家做蠢事的人更蒙受天恩。'"/

普鲁登丝夫人说:"我为你大局考虑才感到气恼。所罗门说:'傻瓜干了蠢事,有人气愤地责备他责骂他,有人当面支持和赞扬他干的错事,背后却笑他蠢;两者相比,前者高尚。'所罗门还说:'看到人家愁容'(也即人家心情沉重的难受面容)'傻瓜也会改正错误。'"/

梅利比随即说:"你给我摆出这么多正经道理,我不知该怎么一一回答。你还是简短地讲讲想法和建议,我就照你意思做。"

普鲁登丝夫人把心思全讲了出来,她说:"我劝你做的首要事情,就是别同神过不去,要顺从神和神的恩典。/先前我说过,神因你有罪,让你经受这次磨难。你若按我的话去做,神会叫你对手来找你,跪倒在你面前听候处置。所罗门说:'如果人的所作所为使神高兴和欢喜,神会使他的仇敌改变心意,前来请求他宽恕和求和。'/我要求一件事,就是让我同你的对手私下谈一谈,但不让他们知道这是你的意思或经过你同意。得知他们意向后,我可以更有把握地向你提出建议。"

"夫人,"梅利比说,"按你的心愿和喜欢的方式做吧,我把自己交托给你,完全由你支配和安排。"/　　　　1725

普鲁登丝夫人见丈夫同意,便细细盘算一番,要为这棘手事找个妥善解决办法。她看准时机,派人去找那几个对手,要他们来同她私下一会。她非常得当地向他们说明,和平相处会带来巨大好处,彼此开战会带来巨大损害和危险;/她心平气和地说,他们应当深深后悔,　　　*2920
因为伤害了她丈夫梅利比、她本人和他俩的女儿。

听了普鲁登丝夫人的好言好语,那些人大为惊奇敬佩,欣喜之情无法形容。"夫人哪!"他们说,"用先知大卫的话来说,你向我们显示了'甘美的祝福'。/你一　　　　1735
片好意,向我们提出和解建议,叫我们无地自容,因为这本该我们提出,而且带着深深的懊悔和歉疚提出。现在我们深切体会到,所罗门确实才智双全,因为他说:'好言好语能使朋友成倍增加,能使恶人谦恭温雅。'/　　　*2930

"我们一定把这事交托给好心的你;我们也做好准备听候梅利比大人处置。所以,亲爱而仁慈的夫人,我们怀着最谦卑的心情,恳求你宽宏大量,让你美好的言词化为事实。我们认识到对梅利比大人造成的极度冒犯和伤害,/却无力弥补。所以我们这伙人有义务听他处　　1745
置。也许他对我们的冒犯余怒未消,要对我们施以无法承受的重罚。所以,高贵的夫人哪,求你以女性的仁慈之心,/在这棘手事情上多加考虑,免得我们这伙人因　　*2940
一时糊涂而被剥夺权利并毁了一生。"

普鲁登丝说:"要毫无保留地把自己交在对方手里,任由对方裁断和处理,确实很难,也很危险。所罗门说:'相信我,相信我的话:你们这些百姓和神圣教会首领,在世的时候,/决不要把支配你们的权力交给　　　1755

妻儿或亲友。'既然他叫人别把支配自己之权交给亲友,就更有理由不把自己交给对手。但是我劝你们别怀疑我丈夫。我太了解了,他谦和友善,宽厚有礼,/既无野心,又不贪财。除了尊重和荣誉,他在世上一无所求。我很有把握地知道一点,就是他在这件事上对我言听计从。所以我要为这事出力,让我们双方凭着天主的恩典彼此和解。"

*2950

那几个人异口同声说:"可敬的夫人,我们把自己和自己的一切完全交在你手里,由你处置。/无论你定在哪一天,我们都一定来履行你好心让我们承担的义务。无论这义务多沉重,我们也一定满足你和梅利比大人的愿望。"

1765

普鲁登丝夫人听了这回答,叫他们悄悄离去,自己来向夫君讲了经过,认为那些对手已低声下气承认犯了侵害之罪,/十分懊悔,愿接受任何惩罚,只是恳求他宽宏大量,发发慈悲。

*2960

梅利比说:"犯了罪过而不为自己辩解,却承认罪过,表示悔改又要求宽恕,这种人的罪过可以宽恕。塞内加说:'谁忏悔,谁就得到赦免和宽恕。'/因为忏悔已接近于无辜。他又说:'承认犯了罪过并感到羞愧的人,是值得赦免的。'所以我同意和解,对此表示认可;但我们做这件事最好取得亲友的同意和支持。"

1775

普鲁登丝夫人高兴地说:"你这回答确实很好。/既然你先前在他们的建议、赞同和支持下激动起来,要报复和开战,那么现在你没取得他们的同意就别同敌人讲和修好。法律上有一条:'由制造问题的人去解决问题,这种有针对性的办法最好。'"

*2970

普鲁登丝夫人毫不耽搁,立刻派人请来亲戚和忠实而明智的老朋友,当着梅利比的面,有条有理地向他们讲述上面讲过的一切。/ 她要求大家发表看法和意见,此事怎么办最好。亲友们做了反复考虑和认真研究,完全赞同和解以平息事端,认为梅利比要心平气和地接受敌人请求,宽宏大量地饶恕他们。/

普鲁登丝夫人先前听到了丈夫同意,现在听到亲友的意见与她的愿望和心意一致,心里欣喜异常,说道:"老古话说得好:'做好事不要等待,能在今天做就别拖到明天。'/ 所以我要建议派几个办事稳健机智的人去,代表你告诉对方,如果愿意和解就别耽搁,立刻来我们这里。"这意见当即付诸实施。/ 对方正为干的蠢事懊悔,现在听了来人的话自然高兴,当下谦和地回答说,非常感谢梅利比大人及其亲友;并立刻做好准备,同来人一起出发,去听候梅利比大人的处置。/

他们很快上路去梅利比的宅第,还带去几个知心朋友做担保。见他们来到跟前,梅利比对他们说:"你们无缘无故对我,对我妻子普鲁登丝,对我女儿造成极大伤害;/ 这都是实情。你们闯进我屋子,犯下了暴行,大家都知道你们犯了死罪。因此我要问你们:由我和我妻子决定对你们暴行的惩罚,你们愿不愿意?"/

三人中最聪明的那个代表大家答道:"大人,你这么尊贵显赫,我们清楚知道不配进你府第。我们大错特错,竟以那样的方式冒犯高贵的大人,犯下了罪,死也活该。但世人都知道大人善良宽厚,/ 我们愿意把自己交给你,任凭宽宏大量的大人明断和处置。只是我们恳求你大发慈悲,考虑我们的极度悔恨和伏地请罪的态度,宽恕我们肆无忌惮的侵害行为。我们清楚知道,我们对高贵的大人犯下的罪行可恶又可恨,是极其深重的罪恶,/ 但你的宽厚和仁慈是更深更深的善心。"

梅利比温和地把他们从地上搀起,听取他们愿受惩罚的誓言，接受了他们提供的保证，然后定下日期，要他们到时候来听取并接受梅利比为上述罪行而对他们做出的判决。/然后他们各自回家。

普鲁登丝夫人找了个机会问夫君，准备怎样报复那些对手。

梅利比答道："我当然考虑好了，决定没收他们财产，剥夺他们的权利，把他们永远流放。"/

"说真的，"普鲁登丝夫人道，"这判决严厉得没有道理。因为你有足够的钱，不需要人家财产；这样反容易得到贪婪的恶名，正派人对此避之唯恐不及。圣保罗说：'贪婪是一切罪恶之根。'/所以对你来说，宁可自己损失这些财产，也别以此方式收取他人财产。与其以邪恶可耻的方式获取财产，不如丧失财产而保全声誉。人人都该尽力赢得好名声；为保全好名声努力，还时时有所作为，为好名声增添新光彩。/经书上说：'从前的好名声好名望，如果没新东西添上，很快会过去并被遗忘。'至于你说要流放对手，我认为既没道理又过分。你该考虑到，是他们将处置权交给了你。经书上说：'谁滥用权力，就该剥夺他特权。'/我承认，依据法律你也许有权那样惩罚他们，但我觉得你可能做不到，没法付诸实施；于是又好像回到从前那样的争斗不休。你若要人家听命于你，就得手下留情，/从轻发落。经书上说：'谁的命令最体谅下情，人家对他最乐于从命。'所以在这要紧事情上，你得克制感情。塞内加说：'谁能克服自己感情，就有双倍克服的本领。'图利乌斯说：'对于位高权重者，最值得称赞的，/是他的仁慈、谦让、随和。'所以我劝你放弃报仇，保全好名声，让人有理由赞美你仁慈而富于同情心，你也不会为所做的事懊悔。/塞内加说：'以坏办法得胜的人将为得胜而懊囱.'所以我请求你,让脑海和心坎里萌生怜悯,让全能的主也在最后审判日①怜悯你。圣雅各说:'谁对别人没有怜悯,那么对他的审判也将没有怜悯。'"

梅利比听了夫人这番道理,听了她明智的见解和开导,/再考虑到她真挚的情意,心思开始同妻子的意愿趋于一致,不久便完全同意按她的意见办。梅利比感谢一切德、善之源的神,赐给自己如此足智多谋的妻子。到了预定之日,梅利比和善地对来到跟前的对手说:/"你们骄傲自大又不用脑子,再加疏忽与无知,结果做了错事,伤害了我。但看到你们低头认罪的懊恼和悔恨,我只能网开一面,从宽发落。/所以我宽恕你们,不再计较你们对我和我家人的一切侵犯和伤害,为的是在我们去世时,无限仁慈的天主也宽恕我们,宽恕我们在这可悲世界上对他犯的罪过。毫无疑问,对于我们在神注视下犯的罪过,如果我们感到懊恼和悔恨,/那么宽宏大量的神也会宽恕我们,把我们带进他永无止境的巨大幸福。阿们!"

梅利比和普鲁登丝夫人的故事

乔叟在这里结束

---

① 根据《圣经》中说法,到了世界末日,上帝要对所有已死的人做最后审判。

修道士的引子

旅店主人打趣修道士的话

贤惠的普鲁登丝以及梅利比,
他俩的故事我刚一讲述完毕, *3080
旅店主人就说:"作为基督徒,
我发誓,凭圣马德里安的圣骨:①
宁可不要上等的麦芽酒一桶,
只要这故事传到我贤妻耳中!
因为同这位普鲁登丝比的话, 1895
我那位老婆的耐心显得太差。
我的天哪!每当我要打小厮,
她总是给我拿来粗大的棍子,
喊道:'打死他们,一个别留!
打断这些狗崽子脊梁和骨头!' *3090
而且我老婆只要来到教堂中,
如果有任何邻人不向她鞠躬
或胆大妄为,有冒犯她的地方,
她回家就发作,对我大叫大嚷:
'给你老婆报仇,孬种没出息! 1905
你的刀应该给我,凭圣骨起誓,
你应该拿起我的纺杆去纺纱!'
她一天到晚就是爱这样叫骂:
'我的命真是好苦,嫁的老公
是个胆小鬼,没有骨气没有种。 *3100
随便是谁,都能欺负你凌辱你!

---

① 圣马德里安不知是何神圣,也可能是旅店主人顺口胡诌或发音有误。

你呀,却不敢保卫老婆的权利!'
这就是我的生活,除非我打架;
所以,我只能立刻离开那个家,
要不然待在家里就只能完蛋,　　　　　　　1915
除非像一头猛狮野蛮又凶悍。
我知道总有一天我拗不过她,
结果杀了人只得逃出那个家。
因为我手里有刀就非常危险,
但要我同她对着干却还不敢——　　　　　　*3110
绝不撒谎,她双臂结实粗壮,
谁得罪了她就知道那个力量。
这事不提也罢。"接着他说道:

"修道士先生,把你兴致提提高;
说真的,你也应该讲个故事吧。　　　　　　1925
哦看哪,罗切斯特已经快到啦!①
可别让消遣中断,骑过来一点!
我还不知道你的大名,我的天!
该怎么称呼你,叫你约翰先生、②
托马斯先生,还是奥尔本先生?　　　　　　*3120
究竟,你在哪个修道院里修道?
我对天起誓,你皮肤又白又好;
你去的那片牧场水草很丰美,
所以你不像悔罪之人或饿鬼。
我保证,你准担任什么职司,　　　　　　　1935

---

① 罗切斯特离伦敦约三十英里,属肯特郡,古代是带城墙的罗马不列颠城镇,有建于7世纪的圣安德鲁教堂。现在从伦敦通往坎特伯雷和多佛尔的铁路经过此地。
② 在"船长的故事"中,那个坏蛋修道士就叫约翰。

不是可敬的司事，就管伙食；
凭我父亲灵魂，总之依我猜，
你在那修道院里相当吃得开——
不是一般的可怜修士或新手，
而是掌握着实权又足智多谋。　　　　　　　　　　*3130
瞧你这一身肌肉和一副身骨，
真是个不可多得的体面人物。
当初是谁竟让你皈依了教门？
我真要祈求基督：惩罚那人。
要是你曾经得到一个好机会，　　　　　　　　　　1945
让你把传宗接代的能力发挥，
那你准是精力旺盛的大公鸡，
让人家生下一堆儿子和闺女。
你穿这么宽大的法衣要干啥？
可我不是教皇，如果是的话，　　　　　　　　　　*3140
我让你和你所有的魁梧同道——
哪怕脑瓜顶上的头发已剃掉——①
都有老婆。否则世界要完蛋！
身强力壮的都给拉进修道院，
我们这帮俗人都只是一些虾！　　　　　　　　　　1955
细弱的树上只能长瘦小的芽，
所以我们只配有瘦弱的后代，
而他们以后还生不出子女来。
这就让老婆去找教士试一试，
因为你们确实比我们有本事，　　　　　　　　　　*3150
能够更好地偿还维纳斯的债；

---

① 当时修道士的头顶是剃光的。

642

主知道,你们不会付出劣币来!①
但是先生,别为这玩笑而生气,
因为玩笑中我常听出些道理。"

可敬的修道士耐着性子听完,　　　　　　　　　　1965
说道:"我愿尽我的能力去干,
反正故事无伤大雅,讲就讲,
别说一个,讲两三个也无妨。
如果你们愿听,就请过来听,
我给你们讲圣爱德华的生平,②　　　　　　　　*3160
或者给你们先讲些悲剧故事,
这种悲剧我的脑子里多的是;
所谓悲剧就是历史上的事迹,③
古籍上记录了下来供人记忆,
其中的主人公原先兴旺发达,　　　　　　　　　1975
后来却一蹶不振而难以自拔,
最后,终于悲惨地了结一生。
它们通常以诗歌的形式写成,
每行六音步,称作六音步诗句,
也有不少用散文写成的悲剧,　　　　　　　　　*3170
当然用其它音步写成的也有。
瞧,有这段说明应当已足够。

"如果你们愿意听,那就听好;
但是,有一个要求首先要提到:

---

① 这里的劣币指卢森堡发行的一种硬币。
② 指英格兰最后一位盎格鲁-撒克逊王(1003?—1066),1042年登基。
③ 这不是现在的"悲剧",其特点如下面几行所述,但乔叟这些韵式为 ababbcbc 的八行诗节中,诗行都为五音步,六音步诗行应在拉丁的英雄诗中。

643

就是讲到的教皇、皇帝和君主, 1985
我在年代上,次序也许有出入,
同原书里的次序也许不一致,
可能改变了前前后后的位置,
反正,先想到什么就什么先讲。
我才疏学浅,请你们各位原谅。" *3180

结　束

修道士的故事

**修道士的故事由此开始
取自《名人落难记》**

我要以悲剧这样的一种文体
为遭遇不幸的人们表示悲哀;
他们从高位上一旦跌落在地,
难把他们再从逆境中拉出来。
幸运女神从他们那里忙跑开,   1995
那就没有谁能改变她的心思;
所以不要对幸运盲目地信赖,
要注意历史上这些确凿往事。

路济弗尔 [①]
路济弗尔,本是个天使不是人,
这里,我首先就想把他讲一讲: *3190
天使,照理说命运女神不敢碰,
但他犯了罪,就此被赶出天堂,
落进了地狱,至今关在那地方。
路济弗尔呀,你已落入不幸里,
尽管,以前你在天使中最辉煌,   2005
现在成了撒旦,苦难将缠住你。

亚 当
瞧瞧亚当,大马士革的花园里

[①] 路济弗尔是音译,是早期基督徒对堕落前撒旦的称呼,原意为明亮之星、早晨之子、金星。

我们全能的天主亲手创造他
(同男人肮脏的精液没有关系);
除了棵禁树,那乐园归他管辖。 *3200
要论地位高,世人都比不上他,
但后来行为不端而铸成大错,
就此从他的显赫位置被赶下,
落到地狱里经受苦难和折磨。

参 孙

看看参孙,在他出生前很久, 2015
天使就宣告他将出世的消息,
说他的一生将献给全能天主。
他视力完好时地位尊荣无比,
说到力气,说到勇气和坚毅,
那就没有一个人能够比得上; *3210
但结果他向妻子透露了秘密——
这招来不幸,使他自杀身亡。

参孙是力大无穷的高贵斗士,
在他去参加自己婚礼的路上,
活活打死并撕碎了一头猛狮, 2025
凭的是没拿武器的两个手掌。
不忠的妻子逗得他心花怒放,
探听出他的秘密便背信弃义,
把这秘密告诉了参孙的敌方——
自己投奔新欢,把丈夫抛弃。 *3220

愤怒的参孙捉来三百只狐狸,
把所有的狐狸尾巴系在一道,

又拿火把在每条尾巴上牢系,
然后在这些尾巴上点火燃烧。
这样,当地的庄稼全被烧掉, 2035
橄榄树葡萄树一棵都没剩下——
他又拿驴子的腮骨一路横扫,
一千名对手竟然就这样被杀。

杀掉他们后他感到渴得要命,
差点就渴死,于是祈求天主, *3230
求天主对他的痛苦加以怜悯——
要是再不喝点水就没有活路;
从那腮骨的白齿竟有水涌出,
尽管先前那整块骨头很干燥;
神这样帮他,让他把水喝足—— 2045
这件事情《士师记》里写到。①

他毫不在乎迦萨的非利士人,②
有一天夜里稍稍用了点力气,
就卸下那座城池的两扇城门,
扛在肩上向高高的山上走去, *3240
为的是让人看到他干的事迹。
亲爱的参孙,你强大而又高尚,
要是你没有向妇人泄露秘密,
世上没有一个人能同你对抗!

参孙从来不喝烈酒和葡萄酒, 2055

---

① 事见《旧约全书·士师记》第 15 章,但略有差异。下一节中的事见《士师记》第 16 章。
② 迦萨即现今的加沙。

647

他的长头发从来不剪也不剃;
因为天使曾向他提出这要求;
正是那长发让他强大而有力。
整整在二十年的漫长岁月里,
整个以色列全部都归他统治。　　　　　　　　*3250
但不久他将流下无数的泪滴,
因为,女人给他带来了祸事!

他把秘密告诉了情人大利拉,
说是他的力量全在他头发里;
这女人向他的敌人出卖了他;
有一天趁他熟睡在身边之际,　　　　　　　　2065
很快把他的满头长发都剪去,
然后向他的敌人透露这情形;
敌人一看到他这样睡在那里,
便把他捆住,挖掉他的眼睛。　　　　　　　　*3260

如果他长发没有被全部剪去,
人们不可能拿绳索把他捆住;
但是现在他已被关在洞穴里,
还被逼着推磨,推得很辛苦。
哦,高贵的力士参孙,当初,　　　　　　　　2075
你这士师生活在荣华富贵里!
如今只能用瞎掉的眼睛哀哭,
因为从高位落到悲惨的境地。

这囚徒的结局,我给你们讲吧。
有一天,他的敌人要大摆筵席,　　　　　　　*3270
叫他也去,让大家当众羞辱他。

648

筵席摆在一座宏伟的神殿里；
而他终于给敌人毁灭性打击：
他摇动两根柱子，摇倒它们——
那神殿的屋顶顿时塌落在地， 2085
压死了他和所有的那些敌人。

也就是说，所有的文武大员，
三千个来宾当场全死在那里——
死在神殿塌落的大石头下面。
参孙的事我现在不再说下去。 *3280
通过这个古老又明显的事例，
人们可得注意：秘密很重要，
它能伤害你或能置你于死地——
这种秘密连妻子也别让知道。

赫拉克勒斯

赫拉克勒斯，战无不胜的勇士！ 2095
我们歌唱其业绩和崇高声誉；
作为勇武之花，他扬名于世。
他曾杀死猛狮，撕下它的皮；
又叫狂妄的人马怪低声下气；
他杀了半鸟半人的凶残女怪； *3290
又从恶龙那里把金苹果夺取；
还把守卫地狱的三首犬偷来。

他杀了凶残的暴君布西鲁斯，①
让他的马群把他的尸首吃掉；

---

① 这是希腊神话中的埃及国王，想把赫拉克勒斯用作牺牲以解除旱灾，反被杀死。

他把剧毒的喷火蛇活活打死； 2105
又从河怪的头上折下一只角；①
卡科斯躲在石洞里也被杀掉；②
他还杀死巨人大力士安昔乌；
那头凶猛的野猪也在劫难逃；
他又用宽阔的肩膀把天扛住。③ *3300

开天辟地以来，世上没有人
杀死的妖魔鬼怪有他那么多；
凭他的赫赫伟力和武士精神，
他的英名在世界上远远传播。
他寻访的足迹遍及各个王国。 2115
他那种勇猛任何人抵挡不住；
在世界两个尽头，特罗菲说，④
作为界标，他竖两根大石柱。

这位高尚的武士有一位爱人——
德杰妮拉像五月那样地鲜艳；⑤ *3310
据一些古代作家记载的传闻，
她送给郎君崭新的漂亮衬衫。
唉，真是不幸，这衬衫里面

---

① 这河怪叫阿刻罗俄斯（一译阿谢洛奥斯，也是希腊一河名），据说它同赫拉克勒斯搏斗时曾化为公牛。
② 卡科斯是火神之子，生性邪恶而能吞烟吐火，因偷了牛群而藏在山洞中。
③ 以上所述即传说中赫拉克勒斯完成的十二项业绩。
④ "世界两个尽头"指东方和西方的尽头。特罗菲是古代迦勒底（在古巴比伦王国南部）先知。下一行中的"石柱"又称赫拉克勒斯之（石）墩，即直布罗陀海峡东端两岸的两个岬角（欧洲的直布罗陀和非洲的穆塞山），据传为赫拉克勒斯所立。
⑤ 德杰妮拉（一译德安尼拉）可见"片断一"1943行注，但说法略有不同。

650

竟非常巧妙地下了剧毒的药,
赫拉克勒斯穿了还不到半天, 2125
身上的肉就从骨头上往下掉。

有些写书人为那个女人辩护,
说是这衬衫出自奈苏斯之手。①
不管怎样,我不想把她控诉。
且说那郎君贴身穿上衬衫后, *3320
肌肤就中毒发黑而变成烂肉。
他既然不愿就这样中毒死亡,
又眼见自己没任何办法得救,
便燃起煤堆把自己烧个精光。

勇士赫拉克勒斯就这样死去。 2135
谁还敢轻易相信命运的安排?
谁要在这个乱世上追求荣誉,
会在不经意之间就名裂身败。
聪明人对自己的心应当明白。
要是你看到命运女神在微笑, *3330
注意啦,是在安排某人失败,
而她采用的手段叫人猜不到。

尼布甲尼撒②
尼布甲尼撒拥有的宝座王位、
奇珍异宝和光华四射的权杖,

---

① 一说德杰妮拉并非有意害丈夫,后来因痛苦和绝望而死。
② 这里指公元前605年登基的巴比伦国王尼布甲尼撒二世(公元前630?—前562),他侵占叙利亚和巴勒斯坦,攻占并焚毁耶路撒冷,将大批犹太人掳到巴比伦。他和下文中伯沙撒的故事均出自《旧约全书·但以理书》。

他所享有的王者的尊荣华贵，　　　　　　　　　　2145
实在很难用言辞细细讲一讲。
耶路撒冷城遭到他两次扫荡，
神庙里的法器全数被他掠走；
他都城建在巴比伦那个地方，
就此天天把荣耀和安乐享受。　　　　　　　　　　*3340

以色列皇家血统的漂亮男孩
全被割去了睾丸送到王宫里，
充当奴隶侍候他，替他当差。
他们中有个男孩名叫但以理，
那些男孩中论聪明数他第一；　　　　　　　　　　2155
因为，他能给这位国王解梦，
能讲出梦中究竟有什么含义——
迦勒底全境唯独他有这本领。①

骄奢的国王建造了一座金像，
这像六十肘尺高，七肘尺宽。②　　　　　　　　　*3350
他下令，百姓无论年幼年长，
都得诚惶诚恐地拜倒在像前；
否则烧得通通红的炉膛里面，
就是不听命令者的葬身之处。
可是但以理和他的两个伙伴　　　　　　　　　　　2165
在这偶像前怎么也不肯屈服。

这万王之王高傲又骄横得意，

---

① 迦勒底为古巴比伦王国南部地区名（新巴比伦王国也称迦勒底王国）。
② 肘尺是古代长度单位，为肘部到中指顶端的长度，约为十八到二十二英寸。

他认为君临天下的威严天主
奈何他不得,不能把他贬抑。
可他突然间落到悲惨的地步: *3360
竟觉得自己就像是一头牲畜,
同牛一样吃干草,栖身野外,
或者同野兽在一起风餐露宿——
好长时间里就这样熬了过来。

他的一头乱发像老鹰的羽毛, 2175
他的手指甲像是鸟雀的脚爪;
几年后天主总算是把他宽饶,
恢复了他的理智,这时的他
含着泪感谢天主,从此害怕
自己再触犯天条再冒犯天主; *3370
就这样一直到最后躺上棺架,
他为天主的威力和仁慈折服。

伯沙撒
他有个儿子名字叫作伯沙撒,
父王驾崩后这个儿子登了基;
他心气高傲又非常爱好浮华, 2185
没从父亲的经历中汲取教益,
竟然还一直把偶像奉为神祇。
他以为身居高位可作威作福,
但命运女神却把他打翻在地,
转眼间人家瓜分了他的国土。 *3380

有一次他在王宫中大宴群臣,
叫他的文武百官舒畅又惬意。

他这样吩咐随侍左右的从人:
"父王征战四方时所向无敌,
从耶路撒冷搬来了全套法器——　　　　　　　　　2195
你们就去把那些法器拿出来。
我们要感谢自己供奉的神祇,
让我们享受先辈遗留的光彩。"

他的后妃和大臣们济济一堂,
手拿盛满各种酒的神圣法器,　　　　　　　　　　　*3390
个个把美酒尽情往肚子里装。
国王的眼睛忽然盯视着墙壁——
顿时给吓得浑身颤抖乱叹气,
原来有只无臂手在墙上写字。
很快写出的几个字叫他惊疑,　　　　　　　　　　　2205
写的就是:**弥尼,提客勒,法勒斯**。

他国度里的法师都无法解读,
不知这几个字里有什么意思;
可是但以理却做了如下讲述:
"王上,你的父亲蒙天主厚赐,　　　　　　　　　　*3400
享有荣耀、财宝、租税和权势,
结果,骄傲得不把主放在眼里。
于是天主教训他,收回了恩赐——
他一无所有,落到了悲惨境地。

"到了这时已没人同他交往,　　　　　　　　　　　　2215
他就此住进驴棚与驴子为伍,
风里雨里,干草就是他食粮,
直等到天恩和理智使他清楚:

654

不管是哪种生物或哪个国度,
无一不是在天主的管辖之下。 *3410
这时天主对他的怜悯才恢复,
才让他重新做人并统治国家。

"你是他儿子,同他一样骄横;
尽管你十分清楚他全部经历,
却反叛天主,成了天主敌人; 2225
你同后妃们狂妄地拿着神器,
用来盛放各种酒灌下肚子去,
这是多大罪过你们知不知道?
还要荒唐地崇拜那些假神祇,
所以对你的重罚很快将来到。 *3420

"天主派来那只手在墙上写字:
弥尼,提客勒,法勒斯。其中含义,
就是你无足轻重,不能再统治;
你的国家将分裂,将会分归于
玛代人、波斯人。"他就说到这里。 2235
也就是那天夜里,伯沙撒被杀;
大流士既无权利也不凭法律,[①]
占据了他的王位,替代了他。

诸位,这例子说明一个道理:
世上的权位不大能永久占有, *3430
因为当命运女神一旦抛弃你,
你的权势和财富就被她带走;

---

① 见《旧约全书·但以理书》第5章末(其中的"大利乌"即大流士)。

她还带走富贵或贫贱的朋友,
因为你在幸运时结交的友人
在你倒霉时会同你反目成仇——   2245
这句谚语说得多么好多么真!

芝诺比亚
芝诺比亚是巴尔米拉的女王,①
波斯人记载了她的光荣事迹;
她足智多谋,武艺十分高强,
没有人及得上她的勇敢刚毅,   *3440
在家世和修养方面无人可比。
她的血统可追溯到波斯王族;
我不说她是如何地绝顶美丽,
但身材好到不能再好的地步。

我发现她从小就不爱做女红,   2255
倒是经常溜到树林里去游荡;
她的宽头箭把许多野鹿射中,
射得它们身上的血不住流淌,
随即飞快跑过去把它们追上;
年事稍长后她能杀狮又杀豹,   *3450
凭她两条灵活而有力的臂膀,
就是撕碎一头熊她也能办到。

她有胆量敢去闯野兽的巢穴,
敢于一整夜翻山越岭地奔走,
也敢在树下睡觉;任何男子   2265

---

① 巴尔米拉为叙利亚一古城名,可参看本片断 *3542 行注。

即便是力大无穷或敏捷善斗,
她也敢于同他们角力或交手,
因为她臂力能把任何人制服。
她从来没有答应人家的追求,
一直牢牢把自己的贞洁守护。 　　　　　　　　*3460

最后,经过亲友们一再撮合——
尽管她一拖再拖,拖了很久——
她嫁了当地的王公渥登那克;①
但要明白,若是说到怪念头,
这一对夫妻倒是彼此同样有。 　　　　　　　　2275
不过,自从他俩结合在一起,
生活很美满,真是绝佳配偶,
因为相互都怀着亲密的情意。

但有一件事她早就打定主意,
丈夫要与她同床以一次为限, 　　　　　　　　*3470
因为生孩子是她结婚的目的——
为了让这个世界把人口增添。
而在同床之后,如果她发现
自己并没有因此而怀上孩子,
就会容忍丈夫尝试着重新干—— 　　　　　　　　2285
毫无疑问,再干也只能一次。

如果她终于发现自己怀了孕,
那她就不让丈夫再干那把戏;

---

① 渥登那克一译奥登纳图斯,是公元 3 世纪统治巴尔米拉的罗马藩王,约于 267 年与长子希律被暗杀,于是芝诺比亚辅佐幼子瓦巴拉特即位,继承其父头衔"王中之王"兼"全东方总督",而她自称巴尔米拉女王。

直到足足把四十个星期过尽,
才会让丈夫再这样干上一次。　　　　　　　　*3480
然后任丈夫同意还是发脾气,
她再也不让渥登那克碰一碰,
说是"怀了孕还让丈夫干那事,
这样的妻子就是淫荡的女人"。

同渥登那克她生了两个男孩,　　　　　　　　2295
在她的教养下他们知书识礼;
但我们还是回到故事上面来。
我说,像她这样可敬的女子,
非常明智又慷慨得很有节制,
打仗时坚忍不拔又讲究分寸,　　　　　　　　*3490
一上了战场更是勇敢又坚毅——
世上难找第二个她这样的人。

她衣着之华美难以细细描述;
所用的器物同样也十分富丽;
周身上下多的是金玉和珍珠。　　　　　　　　2305
她在不去打猎的空暇时间里,
总是把不同的语言努力学习——
只要有时间就钻研各种学问,
因为她就是喜欢知识和书籍,
要自己做一个道德高尚的人。　　　　　　　　*3500

在这里我就把故事长话短说。
总之她丈夫和她都勇猛无比,
征服了东方不少的庞大王国,
占领了许许多多美丽的城市,

而这些地方本是罗马的属地。 2315
在渥登那克生前那段好时光,
他们俩对那些城邦严加治理,
他们的敌人从没使他们逃亡。
谁愿意读一读有关她的记载——
看看她对萨博王等人的战绩,① *3510
看那些战事怎样一步步展开,
看她南征北战的目的和名义,
还有她后来遭遇不幸的经历,
从如何遭到围攻到被人捕获——
就看我老师彼特拉克的东西;② 2325
我保证这些事情他写了许多。

渥登那克去世后她执掌朝政,
把国家大权牢牢掌握在手里,
同很多敌人进行残酷的战争;
附近的君主凭着各自的运气, *3520
只要她不来攻打就相当满意;
所以他们同她订条约结结盟,
为了保太平,让日子过得安逸——
至于她,人们让她去纵横驰骋。

罗马皇帝,一个是克劳狄乌斯, 2335
另一个加列努斯,是他的前任,③
都没有勇气出面去把她制止;

---

① 萨博王指波斯国王沙普尔一世(?—272)。
② 芝诺比亚的故事实际上出自薄伽丘,但乔叟在作品中未提及。
③ 这里的克劳狄乌斯即克劳狄二世(268—270年在位),他曾任加列努斯皇帝(253—268年在位)的骑兵统领。

另外，无论亚美尼亚人、埃及人，
或者是叙利亚人和阿拉伯人，
全都不敢在战场上同她较量， *3530
怕的是自己在她大军前逃遁，
或在她手里落得个命丧疆场。

她两个儿子穿上国君的袍服，
他们作为继承人统治了国家；
根据波斯人对他们俩的称呼， 2345
他们分别叫作赫曼诺、蒂马拉。
但命运之蜜总是有胆汁掺杂；
这位强大的女王过了没多久，
命运女神把她从宝座上赶下，
也让她尝遍辛酸，吃尽苦头。 *3540

当统治罗马帝国的军政大权
落到奥雷连坚强有力的手里，①
他决定打击芝诺比亚的气焰，
便率领大军向她发动了攻击。
这里我就把结果简单提一提： 2355
他打得女王的军队落花流水，
最后捉住了她和她两个儿子，
在占领巴尔米拉后胜利而归。②

---

① 奥雷连（215？—275）是原籍巴尔干的骑兵统帅，公元270—275年为罗马皇帝，恢复了帝国统一，赢得"世界光复者"称号。他征服巴尔米拉并于273年将其夷为平地。
② 公元269年，芝诺比亚侵占埃及，后又占领小亚细亚大部分地区，宣布脱离罗马而独立。奥雷连（一译奥勒利安）俘获了她，274年，罗马为奥雷连举行凯旋式时芝诺比亚作为战俘。后来她嫁给罗马元老院议员，在其别墅中度过余生。

罗马皇帝带回的战利品很多,
其中最吸引人们目光的一件 *3550
就是女王那镶金嵌宝的战车,
奥雷连把它带回罗马给人看。
凯旋式上,女王走在最前面,
她的颈子上有镀金链子锁住,
头上戴着符合她身份的冠冕, 2365
衣服上密密麻麻地缀满珍珠。

命运哪!这位女王不久之前
还是国君和帝王畏惧的对象,
现在连百姓也能正眼朝她看!
当初她头戴银盔奋战在沙场, *3560
要攻下城堡或城池易如反掌,
可现在脑袋上只能包块头巾;
本来掌握着雕花权杖的手上,
现在只能拿纺杆并赖以为生。

西班牙的彼得王①

高贵的彼得是西班牙的光荣, 2375
命运女神曾让你高坐王位上,
人们当然为你的惨死而悲痛!
你的弟弟逼得你从祖国逃亡,
然后在受到围攻时你又上当,
遭人出卖后被带进他的帐篷, *3570

---

① 西班牙的彼得王(1334—1369)常译作佩特罗王,1350—1362 年间是卡斯蒂利亚和莱昂的统治者。他与弟弟恩利克争夺王位,1369 年被围,情急中派罗德利哥游说恩利克的盟友哥斯克林,以帮助他恢复王位。哥斯克林拒绝后,将情况告诉亲戚奥利弗·莫尼爵士。后者转告恩利克后,设计骗彼得来哥斯克林营中谈判。彼得不知有诈,去后即被其弟亲手刺死。

结果他亲手刺穿了你的心脏,
从而把你的国家和国库继承。

一片雪地上,有一只黑色的鹰
被黏胶杆粘住,杆子颜色似火,①
是他酿成了这桩邪恶的罪行。 2385
犯下这桩罪行的是"邪恶之窝";②
绝对不是查理手下的奥利弗③
(他忠诚可靠),而是布列塔尼④
那个像加涅隆的贪婪奥利弗——
他使那可敬的君王中了奸计。⑤ *3580

塞浦路斯的彼得王 ⑥
塞浦路斯高贵的国王彼得呀,
你曾对无数异教徒施加打击,
又运筹帷幄打下了亚历山大;
因此你手下的家臣心怀妒忌,
一天早晨在你的床上杀了你—— 2395
不为别的,就为你勇武刚强。
命运之轮就这样转来又转去,
转眼使人们从欢乐转为悲伤。

---

① 这两行谜一样的诗句指哥斯克林纹章上的图案。长杆头上涂黏胶,用于捕鸟。
② "邪恶之窝"在古法语中为mauni,发音同"奥利弗·莫尼"中的"莫尼"(Mauny),因此"邪恶之窝"指莫尼。
③ 奥利弗是《罗兰之歌》中人物,是罗兰之友和查理大帝忠诚战士,战死于西班牙。
④ 原文为Armorike,古时候指布列塔尼和诺曼底的沿海地带。
⑤ 加涅隆是《罗兰之歌》中的叛逆,使勇士们全部牺牲。但这彼得王并非英主,被称为残酷的佩特罗,因1367年获英格兰国王爱德华三世之子和继承人黑王子爱德华协助,反对恩利克。而乔叟一保护人1371年娶佩特罗之女,可能影响了乔叟立场。
⑥ 这位国王也译作比埃尔,1352年登上塞浦路斯王位,1369年遭暗杀。前面乔叟笔下的骑士似乎曾为其效力。

伦巴第的伯纳博①

米兰大名鼎鼎的爵爷伯纳博
是享乐之神和伦巴第的霸王。　　　　　　*3590
为什么我不把你的厄运说说——
既然你已爬到这样的高位上?
你的亲侄儿把你投进了牢房;
他是你侄子兼女婿,亲上加亲,
但是却让你在他牢房中死亡——　　　　　2405
我不知你被杀的原因和情形!

比萨的乌格利诺伯爵

这比萨伯爵乌格利诺的哀怨,
最同情的嘴也只能道其万一。
有一座城堡离开比萨城不远,
伯爵就被监禁在这座城堡里;　　　　　　*3600
他三个孩子也同他关在一起,
其中最大的只是个五岁娃娃!
唉,把这种鸟关在这种笼子里,
这可真是太残酷,命运女神哪!

他被定罪,得死在这处牢房里,　　　　　2415
因为鲁吉埃里这比萨的主教,
为了激起百姓反对他的情绪,
捏造了罪名,对他进行诬告。

---

① 伯纳博(一译贝尔纳博)·维斯孔蒂原与其兄加莱阿佐分享米兰统治权。1378年,侄儿继承父业。1382年,伯纳博与法国结盟,侄儿感到威胁,于1385年逮捕叔父(两个月后,其孙女成为法国王后)。Skeat认为,他遇害(可能被毒死)的日子为1385年12月18日。这是本书涉及事件中最晚发生的。乔叟1378年出使米兰,可能见过米兰公爵,这节诗想必是他在英国听到公爵死讯后所写。

就是这缘故,他被关进大牢——
你们知道,牢里伙食糟得很, *3610
不但是糟,而且给的量极少,
所以他们要吃饱根本不可能。

有一天到了该来送饭的时候——
往常总是这时候来送饭给他——
狱卒关掉了这个城堡的入口。 2425
他听得清清楚楚但一言不发,
心里头顿时闪过了一个想法,
他们要把他活活饿死在牢里,
不禁叹道:"不出世我倒也罢!"
说完这话,他眼中滚下泪滴。 *3620

他的小儿子这时不过才三岁,
对他说道:"你没有一点面包?
爸爸,为什么你在这里流泪?
我们的燕麦粥什么时候送到?
我肚子很饿很饿,饿得睡不着。 2435
但愿天主能让我一直睡下去!
免得空空的肚子咕咕咕乱叫——
只有面包才是我最要的东西。"

小儿子一天又一天这样哭着,
最后终于躺倒在父亲的怀里, *3630
说道:"永别了,爸爸,我要走了!"
随后他吻吻父亲,当天死去。
悲痛的父亲眼看他这样死去,
难过得把自己两条手臂乱咬。

"咳,命运女神,我要责备你! 2445
你的诡计造成我悲伤。"他说道。

另两个孩子以为父亲饿得慌,
这才把自己手臂上的肉咬下,
齐声叫道:"爸爸,你别这样。
你要吃就吃我们两人的肉吧! *3640
你给了我们身子,收回好啦,
给你吃个够。"孩子这样说道。
随后又是一两天熬过,他俩
终于也倒在父亲的怀中死掉。

他自己终于也在绝望中饿死, 2455
比萨伯爵大人的结局就这样,
命运夺走了他那高高的位置。
他这场悲剧我就讲到这地方;
谁想要知道更加详细的情况,
可读意大利那伟大诗人的书; *3650
这位叫但丁的诗人讲得周详,①
所有的细节交代得一清二楚。

尼　禄

虽然同地狱深处的恶魔一样,
尼禄也非常奸邪凶狠又恶毒,
但是随托尼乌斯却另有一讲,② 2465
说是在广袤辽阔的罗马疆土,

---

① 见《神曲·地狱篇》第32—33歌。
② 随托尼乌斯(69?—122以后?)一译苏埃托尼乌斯,是古罗马传记作家和文物收藏家,写过《名人传》和《诸恺撒生平》。

无论东西和南北都对他臣服。
他绣满图案的衣裳华丽无比,
缀满了红蓝宝石和洁白珍珠,
因为珠宝是他最喜爱的东西。 *3660

没一个帝王生性比他还骄横,
排场比他大,衣着比他华丽。
他的王袍只要哪一天上过身,
以后连再看一眼他也不愿意。
他若要散心就去台伯河捉鱼—— 2475
金线织成的渔网他有许多口。
他的愿望也就是命令或法律——
命运女神像听他使唤的朋友。

他为了取乐放火焚烧罗马城;
有一天为了要听人怎么哭泣, *3670
杀了好几位元老院议员大人;
他同他姐妹睡觉又杀了兄弟;
连他母亲也惨死在他的手里,
因为他下令剖开母亲的腹部,
为了看当初哪里孕育了自己—— 2485
唉,母亲的性命他毫不在乎!

看见那惨状,他眼中并无泪水,
只是说道:"这女人从前很好看!"
真令人奇怪,对被杀母亲的美,
他怎么竟能够做出如此评判; *3680
他吩咐随从快把酒送到跟前,
接着便喝起酒来,行若无事。

666

凶残暴虐的人若手中握大权，
唉，其危害之深重可想而知！

这个皇帝年轻时有一位老师， 2495
教给他各种文化知识和礼仪，
因为当时他本人的道德品质
就是楷模（除非是古书误记）；
在尼禄听从老师教导的时期，
他显得十分聪明也非常温良， *3690
只是多年之后，暴虐和恶意
才敢于在他身上显露出真相。

我讲的这位老师名叫塞内加；
尼禄对老师自然有几分忌惮，
因为做了坏事，他虽不体罚， 2505
却也要言辞得当地责备一番。
他会说："陛下，头上戴了王冠
就必须有道德，必须痛恨暴政。"
因此尼禄趁他洗澡时不防范，
致使他双臂流血不止而丧生。 *3700

尼禄小时候养成了一个习惯，
一见老师总不由自主地起立；
可后来他对这习惯感到厌烦，
所以让老师这样死在浴室里。
但这也符合智者塞内加心意： 2515
因为与其会遭受其它的酷刑，
倒还不如就这样死在浴室里——
尼禄杀他的老师就是这情形。

如今,尼禄已变得极端猖狂,
命运女神不愿意再容忍下去——   *3710
当然女神比尼禄更加有力量;
她想:"天哪,这是什么道理,
尼禄这个人确实已邪恶至极,
我却让他占据着皇帝的宝座!
我要把他从皇位上拖倒在地——   2525
要出其不意,叫他立刻跌落。"

一天晚上,老百姓起来造反,
清算他的罪行;他见势不妙,
来不及准备就独自逃出宫苑,
来找原先拥护他的那些臣僚;   *3720
但他越是敲门,越拼命喊叫,
里面越不肯开门越不肯理睬。
这时他明白找他们也是白找,
于是不敢再喊叫,连忙逃开。

百姓叫嚷着乱哄哄东奔西跑;   2535
他亲耳听见人们都在这样喊:
"暴君在哪里?别让尼禄逃掉!"
他吓得慌了神,差点神经错乱。
他求告神灵,显得可悲又可怜,
但是,他的祷告没任何的效力。   *3730
他感到害怕,知道死期已不远;
为了藏身,他逃进一座园子里。

他在园子里看到有两个家伙,

668

正烧着一堆熊熊火坐在那里。
他上前直截了当对那两人说: 2545
"杀了我吧, 让我身首分离!
这样我就能保住自己的遗体,
免得被人认出来还会受糟蹋。"①
没其它办法, 只能了结自己——
命运女神微笑着玩了他一把。 *3740

奥洛菲努②

任何国王手下的任一位战将,
没人像他征服过那么多国家,
当时没有谁在战场上比他强,
也没任何人名望有他那么大——
论声势煊赫, 没人比得上他。 2555
命运女神淫荡地去同他交好,
引得他时起时伏又忽上忽下,
直到掉了脑袋自己还不知道。

世人因唯恐失去自由和财富,
对他自然就不仅满怀着恐惧; *3750
而他还要把人们的信仰铲除,
下令道:"尼布甲尼撒就是天帝;
绝对不允许崇拜其他的神祇。"
没人敢挺身而出违抗他命令,
但在教士埃略欣所住的城里, 2565

---

① 尼禄即位时仅十七岁, 开始实行仁政, 但后来越来越凶残, 元老院缺席判处他上十字架, 用鞭子抽死。
② 奥洛菲努一译荷罗孚尼, 是基督教《次经》中的人物, 曾引兵攻打耶路撒冷, 后为犹滴所杀, 见"片断二"939行注。

人们非常坚强，决不肯从命。

还是来看看奥洛菲努的横死。
一天夜里在军中他喝醉了酒，
躺在谷仓一般大小的营帐里；
尽管他位高权重俨然如君侯，　　　　　　　　　　*3760
一位叫犹滴的妇女往里一溜，
见他正仰面睡着便一刀下去，
然后提着他的头悄悄朝外走，
避开了哨兵，一路回到城里。

安条克四世①

这位安条克王身为一国之主，　　　　　　　　　　2575
那种王者的威风和狂妄劣迹
哪里还需要我来一件件指出？
因为这方面没人能同他相比。
只要你们肯去读读《马加比》，②
就知道他是什么人，说话多狂，　　　　　　　　　*3770
为什么他从高位上翻落在地，
如何悲惨地死在一座小山上。

命运女神的抬举使他昏了头，
他真的以为只要他愿意的话，

---

① 安条克四世（公元前 215—前 164）公元前 175 年起为塞琉西王国（在今叙利亚）国王。年轻时在罗马做人质，登基后两次打败埃及，在埃及首都亚历山大城下扎营。罗马出面干涉，迫使其撤出埃及与塞浦路斯。他因实行希腊化政策而与犹太人冲突，公元前 167 年从埃及撤回时又强占耶路撒冷，不准信奉耶和华（违者处死），在犹太教圣殿中建宙斯祭坛。于是犹大·马加比领导人们开展游击战，多次打败他的将领，公元前 164 年终于重建犹太教圣殿。这时他在波斯病死。
② 这里的《马加比》指天主教《旧约全书》及新教《次经》中的《马加比书》。

就可以登上随便哪一颗星球, 2585
能在天平上把大山也称一下,
就连大海的潮汐也得听他话。
他最最恨的就是天主的子民;
以为天主对他的骄横没办法,
肆意对他们动用酷刑和死刑。 *3780

他两员大将尼卡诺尔、提莫西
被天主的选民犹太百姓打败,
所以他把犹太人恨到骨子里;
他下令尽快备好他战车送来——
他恶狠狠地说胜利指日可待, 2595
发誓说要一举拿下耶路撒冷,
那时候他就要泄愤泄个痛快,
但是他这个计划并没有完成。

天主为他的恶毒而给以痛击,
让他遭受了无法治疗的内伤; *3790
他的肠子竟然断在了腹腔里,
不但断而且还叫他疼痛难当。
这种报应说起来理由很正当,
因为他曾使多少人肝肠寸断!
但他的目的照旧可恨而嚣张—— 2605
尽管受到了惩罚仍毫不收敛。

他刚下命令让人马整队进军,
突然,还没了解怎么一回事,
天主就煞了他的气焰和威风。
让他从战车上重重摔落在地, *3800

671

摔得他手脚骨折又皮肉分离。
这一来他不能走路不能骑马,
只能坐在人们抬着的椅子里——
浑身是伤,骨头像是散了架。

震怒的天主对他的惩罚很重, 2615
他周身爬满了令人厌恶的蛆,
而且不管是醒着还是睡梦中,
身上总是在散发强烈的臭气,
伺候的人只能同他保持距离,
因为那臭味大家实在受不住。 *3810
他受了这份罪终于痛哭流涕——
这才承认,天主是万物之主。

对于手下人,甚至对于自己,
他身上这种恶臭都难以忍受——
抬他出去走走已没有人愿意。 2625
他受着这种痛苦,忍着恶臭,
终于死在了山中,吃尽苦头。
这杀人强盗曾使多少人悲伤!
如今悲惨地走到生命的尽头,
这也就是骄横者必然的下场。 *3820

亚历山大

亚历山大的故事流传非常广;
任何人只要不是太孤陋寡闻,
就多少会知道一些他的辉煌。
总之,这世界虽说广阔无垠,
却是他用武力夺取的战利品, 2635

或人家慑于他威名不战而降。
他灭了人和野兽的种种威风,
他所到之处便是世界的边疆。

任凭哪个征服者的东讨西伐,
其业绩全都不能同他的相比; *3830
他是勇武之花,是宽厚之花,
整个世界都因为怕他而战栗。
命运给了他所有能给的荣誉;
他在武功文治上有很高理想,
又有着猛狮一样的满腔勇气—— 2645
除了酒色,都难改变其意向。

我这样做算不算是对他赞扬?——
告诉你们,说他打败大流士,
征服了成百上千的大小君王,
他们虽英勇却打得一败涂地。 *3840
说到底,人的足迹能到哪里,
那么那就是归他统治的地方;
他有过不计其数的英勇业绩,
要讲也讲不完——任我怎么讲。

在位十二年,是《马加比》的说法; 2655
马其顿国王腓力的这个儿子,
这位可敬而高贵的亚历山大——
国王中,他最先把全希腊统治!
你呀,竟然被自己的国人毒死!
唉,你遭遇的事情怎么这样糟? *3850
但命运女神不会为你而哭泣,

673

是她把你骰子上的六改成幺！①

　　高贵大度的君王就这样死掉！
　　整个世界曾经在他的掌握里
　　他还不满意，认为世界太小—— 2665
　　谁会因为哀悼他而为他哭泣？
　　他壮志凌云，满怀热诚勇气。
　　我谴责反复无常的命运女神
　　和毒药，谁愿对我表示支持？
　　要知道这两者造成他的厄运。 *3860

尤利乌斯·恺撒

　　尤利乌斯·恺撒的出身很寒微，
　　凭着智慧、刚强和巨大的努力，
　　他飞黄腾达，登上征服者高位，
　　以订条约的手段或凭借武力，
　　赢来西方全部的海洋和陆地， 2675
　　使那些君主对罗马俯首称臣；
　　随后他也就成了罗马的皇帝，
　　一直到命运女神成了他敌人。

　　哦，强大的恺撒！当初在塞萨利
　　你作为女婿同岳父庞培打仗，② *3870
　　尽管他拥有整个东方的兵力——
　　这东方远及太阳初升的地方；
　　你勇敢坚毅，率军杀败对方，

---

① 骰子上，六点最大，幺点（一点）最小。
② 恺撒与庞培（公元前106—前48）均为古罗马统帅，庞培在法萨卢斯被恺撒打败后逃到埃及被杀。事实上，恺撒的岳父名叫 Pompeius Rufus，并非同一个庞培。

只有少数人得以随庞培逃跑,
这一仗打得东方人大为惊惶。 2685
感谢命运吧,是她对你关照!

庞培一向是高贵的罗马统帅,
这里我要为他的命运而悲哭:
他这次时运不济被恺撒打败,
逃跑后他手下一个无耻叛徒 *3880
竟暗杀了他并割下他的头颅,
献给了尤利乌斯以邀功请赏。
哦,庞培,你曾把东方征服,
命运女神却给了你这种下场!

全胜而归的恺撒回到了罗马, 2695
戴着高高的桂冠举行凯旋式。
这样威风,自然有人忌恨他;
有人名叫布鲁图·卡西乌斯①,
下定了决心要暗杀尤利乌斯;
经过密谋定下了巧妙的计划, *3890
选好地点,决定用匕首行刺;
下面我告诉你们他怎样被杀。

有一天尤利乌斯同往常一样,
去卡皮托利尼的朱庇特神庙;②
险恶的布鲁图就在那个地方 2705

---

① 布鲁图(公元前85—前42)为罗马贵族派政治家;卡西乌斯(公元前85?—前42)为罗马将领。两人都是行刺恺撒的主谋,后兵败自杀。像其他中世纪作家一样,乔叟把他们当作一人。
② 卡皮托利尼是罗马小山名,朱庇特神庙就在这山上。

领着一大帮人当即把他抓牢,
拔出匕首连连扎了他好几刀,
然后才撒下倒在血泊里的他。
恺撒挨了好几刀,一声没叫——
最多一二声,除非传说出岔。　　　　　　　　　　*3900

尤利乌斯对尊严特别地重视,
真正显示出一个男子汉气概:
尽管致命的刀伤痛得他要死,
他却留心让斗篷遮到他膝盖,
因为他不愿让臀部暴露在外;　　　　　　　　　2715
他倒在那里,神志开始昏迷,
而且他知道死神马上就会来,
但保持尊严这点却没有忘记。

卢坎、随托尼乌斯、瓦勒里乌斯,[①]
我把这故事向你们三位献上;　　　　　　　　　*3910
是你们从头到尾写下这史实,
讲了命运女神对这两位名将
起先交好,后来叫他们死亡。
别指望命运女神永远赐恩典;
对于她时时刻刻都需要提防——　　　　　　　2725
这两位征服者便是前车之鉴!

克罗伊斯[②]
富有的克罗伊斯是吕底亚王,

---

① 这里的瓦勒里乌斯似指罗马史学家瓦勒里乌斯·马克西穆斯(创作时期在公元20年前后)。另两人前面已有介绍。
② 克罗伊斯(?—前546)是吕底亚末代国王,敛财成巨富,即位后征服爱奥尼亚,后试图阻止波斯势力扩张,失败被擒后在波斯宫廷任职。

波斯的居鲁士对他很是害怕,①
他却因骄傲而落入敌人手掌;
人家送他上火堆想要烧死他, *3920
恰逢一场大雨从云朵里降下,
浇熄那堆火,让他死里逃生;
但最后被命运女神送上绞架,
因为给了他警告还不知感恩。

当初他得救之后没接受教训, 2735
情不自禁地又再次发动战争。
他想得很美,既然他有好运,
有一场大雨来帮他死里逃生,
那他的敌人就无法要他性命;
偏偏有个梦他还以为好兆头, *3930
更使他变得格外骄傲和蛮横,
更使他一心想着雪恨和报仇。

他在这梦中觉得自己在树上,
朱庇特给他擦洗整个的身子,
太阳神拿着漂亮毛巾来帮忙, 2745
把他擦干;因此更踌躇满志。
他知道女儿很有才学和知识,
所以见她在身边就开口问她,
要她说说这个梦是什么意思;
于是女儿给了他如下的回答。 *3940

女儿说道:"那棵树意味绞架,

---

① 居鲁士大帝(公元前600?—前529)是阿契美尼德王朝开国君主,后战死沙场。

而那朱庇特是雨和雪的代表，
太阳神拿的那块干净毛巾呀，
就是从天而降的阳光一道道。
哦爸爸会被吊死，在劫难逃——　　　　　　　2755
雨把你冲洗，阳光把你晒干。"
女儿这样明白地发出了警告；
这个女儿的名字叫作法妮安。

高贵的王位能够帮他什么忙？
骄傲的克罗伊斯终于被吊死。　　　　　　　*3950
所有的悲剧都只是一种哀唱，
唱的是那种可叹又可悲的事；
就是哪个大人物正踌躇满志，
命运女神就叫他遭遇到灾祸；
谁一味信赖她，她叫谁出事——　　　　　　　2765
她明智的脸却在云雾里隐没。

悲剧故事结束

骑士在这里打断了修道士的故事

修女院教士的故事引子 ①

修女院教士的故事引子 ②

骑士说道:"喂,好先生,住嘴吧!
我敢肯定,你讲得已经够多啦,
实在太多,从多数人的情况看,
我想,大家都有点感到不耐烦。　　　　　　　*3960
拿我来说,听人家以前很富足,
突然间一落千丈,比谁都不如——
听了这种事,心里总是很难过!
相反的情况,听了就叫人快活。
比如,有的人原先生活很贫困,　　　　　　　2775
后来却发达起来,变得很兴盛,
而且还兴盛下去。叫我说起来,
听听这种事,就让人感到痛快,
所以,讲这种故事才比较合适。"

"说得好,我凭圣保罗的钟起誓;"　　　　　　*3970
旅店主人道,"修道士啰啰唆唆,
说什么'命运女神在云中隐没',
我不懂什么意思;至于'悲剧',
你们刚才全都听到了,管它去!
事情已经发生了,抱怨和哭嚷　　　　　　　　2785
根本没有用;正像你说的那样,
听这种惨事,心里可真难受啊。

---

① 修女院教士须听取修女们忏悔,这职位同他故事中那群母鸡中的公鸡有相像处。
② 原作中这文字即与上面的标题文字是同一个意思。

"愿神保佑你,修士先生,别说啦!
你这些故事让大家听了烦恼,
所以就连一只蝴蝶也值不到;   *3980
因为没啥趣味,修道士先生——
要不就叫你名字,彼得先生——
我求你讲些别的给我们听听。
实话实说,要不是那些小铃
在你坐骑的颈子旁叮叮当当,   2795
我早就呼噜呼噜进入了梦乡——
凭着为我们而死的基督担保,
我保准跌进路旁的深深泥淖。
这样,你的故事就白讲一场,
因为有些读书人确实这样讲: *3990
'要是有人找不到什么听众,
那么他那套道理讲了也没用。'

"一篇故事究竟讲得好不好,
对于这点,我可是清楚知道。
先生,我请你讲个打猎故事。"   2805

修士说:"不,对玩乐我没兴致;
我已讲过,还是请别人讲吧。"
旅店主人的嘴里讲了些粗话,
随后很快朝修女院教士一瞥:
"教士约翰先生,过来一些。①   *4000
请讲个故事,让我们开心开心。
你要愉快些,尽管你的马不行。

---

① "约翰先生"在当时是对教士的轻蔑称呼。

它虽然又丑又瘦,有什么关系?
只要它肯驮着你,操心就不必。
要紧的倒是,心情可要一直好。" 2815
他答道:"对,老板,我一定做到;
我知道,我若不快活,会受责怪。"
于是他很快便开始讲了起来。
下面就是他给我们讲的故事——
好约翰先生真是可爱的教士。 *4010

结　束

修女院教士的故事

**修女院教士的故事由此开始,
讲的是公鸡羌梯克利和母鸡佩特洛特**

有一位上了年纪的贫苦寡妇,
住的是一间非常狭小的房屋;
屋子靠近树林,造在山谷里。
现在我要给你们讲她的故事。
话说这妇人自从死掉了丈夫, 2825
过的日子就非常节俭和简朴,
因为资产少,收入自然有限;
她凭着量入为出和精打细算,
维持自己和两个女儿的生活。
她有一只羊,她叫这羊摩罗, *4020
还有三头母牛、三头大母猪。
她吃得很少,只吃一点食物;
饭间和房间却被烟熏得乌黑。
她不用什么香油辣酱来调味,
从没有美味食品沾过她嘴唇; 2835
她的饭菜同她的房屋很相称,
她从来不因大吃大喝而生病——
饮食的节制、劳作和知足的心,
这一切就是她赖以强身的药;
既没有痛风症害她不能舞蹈, *4030
也没有中风爆裂她的脑血管。
无论红酒或白酒她一点不沾,
饭桌上的东西多为黑白两样——
牛奶、黑面包天天吃得很香,

有时还有烤咸肉和个把鸡蛋,　　　　　　　　2845
因为制奶酪一类的活她也干。

她有块场地,柴篱围在四周,
柴篱外面是一圈没有水的沟——
这里养一只公鸡叫羌梯克利;
他的啼叫声在当地无有其匹。　　　　　　　*4040
礼拜天教堂响起风琴的声音,
但他的嗓音比风琴更加动听;
他的啼叫声按时发自他鸡棚,
时钟和教堂里的钟没有他准。
不但如此,凭着本能他也懂:　　　　　　　2855
那地方的昼夜长短总在变动。
所以他也就不断地做些调整,
使他报出的时间不用人修正。
他的鸡冠比珊瑚更加红一些,
鸡冠上的锯齿像是城堡雉堞。　　　　　　　*4050
他黑黑的嘴油光锃亮像乌玉,
他的腿他的脚趾就像天青石,
脚爪白得连百合花都比不上,
一身的羽毛更像是黄金闪亮。
在这位体面的公鸡统治之下,　　　　　　　2865
有七只供他取乐的母鸡陪他。
她们是他的姐妹也是他情侣,
羽毛的颜色同他的像得出奇。
其中一位的颈部格外好看些,
她叫作美丽的佩特洛特小姐。　　　　　　　*4060
她温文尔雅实在是个好伴侣,
所以从出生之后的第七夜起,

683

她那种仪态万方再加上贤淑，
就把羌梯克利的那颗心拴住——
拴得他简直可以说五体投地。 2875
他爱这母鸡，这是他的福气。
哦，听他俩的合唱叫人兴奋，
每天早晨，旭日初升的时分，
他们就合唱《我的爱去了远方》——
因为那时候，据我了解的情况， *4070
飞禽和走兽都是能唱又会道。

这里且说有一个明媚的清晓，
羌梯克利待在饭间的栖木上，
所有的妻妾簇拥在他的身旁，
而娇媚的佩特洛特离他最近。 2885
羌梯克利喉咙里发出的声音，
像人睡觉时发出的痛苦咕哝。
佩特洛特听见后就忧心忡忡：
"亲爱的，"她对羌梯克利说道：
"你可是病了？干吗哼哼直叫？ *4080
老是这样睡觉，你不怕难为情？"

"夫人，求你别为我的事担心，
我的天！"羌梯克利这样答道，
"我的心受了惊眼下还在乱跳，
因为刚刚在梦中碰上倒霉事。 2895
天哪，但愿这梦有个好解释，
别让我这个身子落进了魔掌！
我在那梦中场地上四处游荡，
看见一只猎狗似的四脚动物，

684

真是差一点我就要被他抓住, *4090
这条性命也真是险些就断送。
他的一身毛色带点黄带点红;
他有黑黑尾巴尖黑黑耳朵尖——
同他别处的毛色区别很明显;
鼻子小又尖,两只贼眼闪凶光。 2905
我吓得要死,就为他这副模样。
没错,就是他害得我梦中哼唧。"

佩特洛特道:"呸!没种的东西!
请天上的神为我做证:你现在
已经丧失了我的欢心我的爱。 *4100
凭名誉担保,要爱懦夫不行。
因为女人家都说得截铁斩钉:
我们大家有一个热切的希望,
要自己丈夫勇敢、聪明、大方,
可以信赖,不要傻瓜、守财奴, 2915
不要见了武器就害怕的懦夫,
上天做证,也不要吹牛家伙!
而你怎么竟敢对你的爱侣说,
竟有脸说什么东西让你受惊?
你有胡子却没有男子汉的心! *4110
唉,你怎么就连做个梦也犯愁?
天知道,梦里什么意思也没有!
梦这东西,因为你吃得太饱;
是身子里的郁气冲上了头脑,
是由体液多得不平衡而造成。 2925
可以肯定地说,你这回做梦
就是因为在你的这个身体里

你那红红的胆汁已过分充溢,
这就让人在梦中也害怕弓箭,
害怕火或者害怕红红的火焰, *4120
也让你害怕可能咬你的野兽,
甚至怕打架或大大小小的狗。

就像那些体内多黑胆汁的人,①
他们睡觉时发出叫喊或呻吟,
或许是因为害怕黑牛和黑熊, 2935
或许是怕落进黑魔鬼的手中。
其它让人睡不稳的体液情况,
我还有许许多多的话可以讲,
但我想这样轻轻带过就算啦。

"来听听加图这个聪明人的话, *4130
他不是讲过'对梦可不要认真'?
我们还是飞下栖木去,好先生,
为了主的爱,吃点通便药就好。
我要用我的灵魂和生命担保,
这样劝你是为你好,不骗你; 2945
你得排除你的红胆汁黑胆汁。
可是这附近找不到一家药店,
为了不耽误给你治病的时间,
我教你识别对你有用的药草,
让你能恢复健康,把病治好。 *4140
只要在这片场地上四处看看,
准能把疗效对路的药草发现,

---

① 古时候认为这种人容易患忧郁症。

让你可以上上下下地清一清。
你呀,属于那种多胆汁类型;
别忘记这点,为了天主的爱,　　　　　　　2955
别让升高了的太阳把你暴晒,
免得过热的体液充溢你身体。
如果这样,我同你赌个银币:
你准会得疟疾或者隔天发烧,
这一来,你的性命也就难保。　　　　　　*4150
你得先吃些虫子把消化调理,
吃上一两天再换通便的东西,
就像桂叶芫花、埃蕾和蓝堇,
或是这美丽场院里的活血藤,
要不就吃这里长的嚏根草叶,　　　　　　2965
或者吃鼠李的果实和樲果戟。
找到了它们就快啄来吃下去。
你得振作些,为你老家的荣誉!
别怕梦,郎君,我的话到此为止。"

丈夫说道:"感谢你丰富的知识。　　　　*4160
夫人,至于你提到加图先生,
尽管在智慧上享有鼎鼎大名,
而且也说过对梦不要有恐惧,
但我担保,你在一些古书里
能读到许多比他更权威的人　　　　　　2975
(愿我发达,得到你的信任),
他们的说法同加图正好相反。
他们都从大量的经验中发现:
梦有一定含义,能够显示出
人们在现实生活中遭受的苦——　　　　*4170

687

当然也能反映生活中的欢快。
我们不必为这点而争论起来,
因为实际经验证明得很清楚。

"人们若读某位大作家的书,①
会读到他写的这样一件事情: 2985
两个朋友非常虔诚地去朝圣,
有一个城池他们途中要经过,
城里的居民虽说相当相当多,
偏偏供住宿的地方少得可怜,
结果竟然就找不到一个房间, *4180
所以夜里就没法再住在一起。
他们碰上这情况也很不得已,
只能分头去设法度过那一晚;
结果两人各自都找到了客栈,
至于住什么地方只能碰运气。 2995
一位就被安置在远处牛棚里,
必须在那里同耕牛一起过夜;
另外一位却被安排得很妥帖——
这得归功于他的运气或命运,
总之命运支配着我们每个人。② *4190

"夜里,远远不到天亮时分,
那有幸躺在床上的人做个梦,
只见他那位朋友在梦中叫他,
对他说道:'今夜我要倒霉啦!

---

① 这位大作家当指西塞罗。
② 前面修道士讲的都是大人物受命运播弄的"悲剧",这里讲的是小人物。

我会被人杀害在一个牛棚里！　　　　　　　　3005
请你快点赶来吧，现在来得及！
亲爱的兄弟，趁早来救救我吧！'
他顿时惊醒过来，心里很害怕；
但是，等到他完全清醒了以后，
却翻了个身，没把这事放心头，　　　　　　　*4200
觉得梦只是幻觉，没什么意思。
同样的梦，他接连着做了两次，
到了第三次，只见朋友走向他，
朦胧中对他说道：'我已被杀；
瞧这又大又深的血淋淋伤口！　　　　　　　　3015
明天早晨，你一早起来以后，
立刻就去这座城西面的城门，
能见到有辆大车装满了牛粪，
我的尸体就偷偷地藏在那里。
你放胆把车拦下，不必犹疑。　　　　　　　　*4210
真的，我的金钱送了我的命。'
那苍白的脸上带着凄惨神情——
他向朋友细说了他被杀的事。
瞧，朋友发现他的梦是事实。
第二天，天色蒙蒙亮的时候，　　　　　　　　3025
他去另一家客栈找他的朋友；
不多几时，走到那个牛棚外，
便开始喊他朋友，叫他出来。

"很快走出来的是客店老板，
说'你朋友已离开我们客栈，　　　　　　　　*4220
天色刚亮的时候他就出了城'。

"这人想着自己夜里做的梦,
感到蹊跷,心里顿时犯了疑,
于是不再耽搁,离开了那里,
走到这城的西门,果然看见 3035
有一辆大车装着牛粪去肥田。
这样的情景同他梦中的景象——
同梦中朋友的描述一模一样。
他坚定果断把这桩血案揭发,
要求对凶手进行公正的惩罚: *4230
'昨晚我的朋友遭到了毒手,
现在他尸体藏在这大车里头。
是哪位长官把这个城池管理,
这件凶杀案我就交到他手里。
杀人啦,我被杀的朋友在车上!' 3045
故事到这里,我还有什么可讲?
人们奔过来,推翻大车就发现:
就在那满满一车的牛粪里面,
藏着那个刚被杀害者的尸体!

"我们赞美天主,你公正严厉! *4240
看哪,你总把杀人的罪行揭穿!
杀人会暴露,这我们天天看见。
因为我们的天主贤明而公正,
对于杀人的事最愤怒最憎恨,
绝不能容忍这种罪行被掩盖; 3055
尽管有时候或许要等两三载,
但我的结论是:杀人总要暴露。
且说那赶大车的立刻被逮捕,
城里的官长对他动用了酷刑,

又抓来那客店老板同样用刑: *4250
两人很快就招认自己犯的罪,
结果都成了绞刑架上的死鬼。

"由此可以看出,梦值得注意。
而且,也就是在那同一本书里,
就在那紧后面的一章,我读到   3065
(我还想得救,决不胡说八道):
两个人有事要办,得乘船远航,
渡海去一个非常遥远的地方,
但吹的不是顺风,船不能开,
只得在一个城市里耽搁下来——   *4260
这座城市位于宜人的港湾中。
有一天将近黄昏时分起了风,
而那个风向正符合他们愿望。
于是,他们高高兴兴上了床,
准备第二天一早就登船启程。   3075
且听下面这怪事!其中一人
那天睡下去几乎就睡到天明,
但这时做了个怪梦让他吃惊。
梦境中似乎有个人站在床边,
口气坚决地吩咐他切莫上船,   *4270
对他说道:'我要讲的话就是:
你若明天上船,一定会淹死。'①
他醒来之后把梦告诉了朋友,
建议在城里再做一天的逗留,
把他们原定的行期推迟一下。   3085
睡另一张床的朋友听了这话

---

① 原作中是"明天",但按我们的说法,应当是"今天"。

大笑了起来，感到非常不屑，
说道：'没有什么梦使我胆怯，
使我把要去办的事搁置一旁。
你的梦根本就不在我的心上。 *4280
梦是幻觉，只是骗人的东西；
猫头鹰、猿猴常常出现在梦里——
还常有其它莫名其妙的怪事，
或者过去和将来都没有的事。
但是我看你准备逗留在这里， 3095
轻易把这次出发的机会放弃，
我很难过；告辞了，祝你好运！'
于是他撇下朋友，独自出行。
然而他的船还没有驶到半路——
究竟出什么漏子我可说不出—— *4290
反正他那船出事，船底破损，
结果船下沉，连同全船的人——
这船同其它船一起趁潮出海，
这海难人家看得清楚又明白。
所以我美丽亲爱的佩特洛特， 3105
凭这些古代例子你可以懂得：
对于梦，大家必须加以注意；
凭我讲的这些事，毫无疑义，
说明很多梦应该让我们担心。

"瞧，我读过圣徒凯内伦生平 *4300
（他是麦西亚王凯努弗的儿子），①

---

① 麦西亚是不列颠岛中世纪早期七国时代的七国之一，位于今英格兰中部。国王凯努弗（即森伍尔夫 Cenwulf，？—821）死后，儿子凯内伦接位，年仅七岁，遭其姐姐谋害。据说他死前不久梦见自己爬上美丽的树，而他的侍从在下面把树砍倒，于是他的灵魂像小鸟飞向天空。

知道他遇害前不久的一件事，
就是在梦中看到自己被杀掉。
保姆详细告诉他这个梦不妙，
要他千万注意，保护好自己 3115
免遭毒手；但他没怎么在意，
毕竟他只有七岁，年纪很小，
有关梦的故事听得还非常少，
而且，他的那颗心非常圣洁。
你如果对这个故事有所了解， *4310
凭天起誓，我宁可送掉这衬衣。

"佩特洛特夫人，实话告诉你，
马克罗比乌斯写过一段史实，①
那是西比阿在非洲做梦的事；②
他认为梦中事并不虚无缥缈， 3125
是日后必将发生之事的先兆。
"除此之外，我请你仔细地想想
《旧约全书》中但以理那种情况，
看他是不是认为梦毫无意义。③
再读约瑟的故事，看看在那里④ *4320
有时做的梦（不是说一切的梦）
是不是先兆，预告事件的发生。

---

① 马克罗比乌斯是拉丁语法家和哲学家，创作时期在公元400年前后。他对西塞罗（公元前106—前43）所著《论国家》中的《西比阿之梦》写有两卷评注，成为中世纪梦幻文学（如《神曲》《农夫皮尔斯》等）的背景，也是中世纪有关梦的权威著作。
② 西比阿（公元前236—前183）为古罗马共和国伟大人物，在对迦太基战争中功勋卓著，被授以"阿非利加征服者"的殊荣。
③ 根据《但以理书》中一些描述，他梦境中的景象后来都应验了。
④ 约瑟之所以著名，是因为他是埃及法老的解梦人。

693

再看看身为埃及国王的法老,
把他的膳食总管和厨师瞧瞧,
看他们是否认为梦没有意义。①　　　　　　　　　3135
无论谁,只要进各国历史寻觅,
可发现许多同梦有关的奇事。

"看看吕底亚国王克罗伊斯;
他梦见自己坐在一棵大树上,
那不就预示他在绞架上死亡?②　　　　　　　　*4330
安德洛玛刻,赫克托耳的贤妻,③
她在丈夫被杀的前一天夜里,
也做了一个非常不吉利的梦,
得知她丈夫如果第二天出阵,
就会在沙场格斗中丢掉性命。　　　　　　　　　3145
她提醒丈夫,但丈夫完全不听,
头也不回,照旧出阵去厮杀,
很快就死在阿喀琉斯的手下。
但是,那故事讲起来实在太长——
我不能多耽搁,因为天快大亮。　　　　　　　　*4340
总而言之,我要做这样的结论:
我的这个梦,预示我交上坏运。
除此之外,我还要这样说一句:
通便药根本就没有什么道理,
因为我很清楚,这些药都有毒,　　　　　　　　3155
我讨厌它们,吃它们没有好处。

---

① 以上几行中的事可见《旧约全书·创世记》第37、40、41章。
② tree 在古代有"绞架"意。
③ 赫克托耳为特洛伊战争中的英雄。他是特洛伊末代国王普里阿摩斯长子,后被阿喀琉斯所杀。安德洛玛刻是他妻子,以忠贞著称。

"不谈这事,讲些快活事情吧!
你知道我总巴望得救,夫人哪,
有一点,天主给了我很大恩典,
因为每当我看着你美丽的脸,   *4350
看着你眼睛周围的那圈绯红,
这些就会消除我心中的惊恐。
这一点很肯定,就像 In principio,①
Mulier est hominis confusion——
夫人,这句拉丁语的意思就是: 3165
'男人的全部欢乐就在于女子。'
每当夜里贴在你酥软的身旁,
尽管我不能够骑在你的身上
(唉,要怪我们的栖木太窄),
我就感到极大的安慰与欢快,   *4360
对于梦和梦魇也就不再害怕。"

说完这话,他从栖木上飞下,
母鸡们跟下,因为天已大亮。
他发现一粒麦子在那场地上,
便咯咯咯地叫唤他那些母鸡——   3175
现在他称王称霸,不再恐惧。
上午没过一半,对佩特洛特
他已扑上去干了二十个回合。

---

① In principio 是拉丁文《旧约全书·创世记》和《新约全书·约翰福音》开头两个词,意为"起初",中文圣经译为"起初"和"太初"。通常用这两词有"这是《福音书》上道理"之意(见"片断一"254 行)。结合这里的下文看,也可解释为"从一开始",于是与下面一行连在一起后意为:从一开始,女人导致了男人的毁灭(这里的"女人"指夏娃),与羌梯克利的解释相反。

看起来他像猛狮般神气威武;
踮着脚来去,胜似闲庭信步, *4370
不屑让他那高贵的脚跟着地。
他咯咯一叫就表明找到麦粒,
于是妻妾们全都跑到他身旁。
现在我把他留在他这场地上,
让羌梯克利像朝廷上的国君; 3185
然后我要讲讲他遇险的情形。

当初天主创造人是在三月份,①
世界的开始也就在那个时分。
现在三月早结束,这还不算,
从结束至今足足有三十二天,② *4380
就那天,羌梯克利满怀豪情——
他七位妻妾把他簇拥在中心,
这时他抬头朝太阳望了一望,
见它正在金牛宫那个位置上,
已经走过了二十一度还不止。 3195
凭他的本能而不是他的知识,
他知道已是九点,便引吭欢唱,
这样唱道:"越爬越高的太阳
已经爬上了四十一度还有余。
佩特洛特啊是我幸福的依据, *4390
你听欢天喜地的鸟雀在歌唱,
你看鲜艳可爱的花朵在开放;
我的心里充满了安慰和欢乐。"

---

① 中世纪时,人们相信世界是春分那天创造的。
② 就是说这天是 5 月 3 日,也是"骑士的故事"中帕拉蒙与阿赛特格斗的日子。

但就在这时,突然降临灾祸,
因为快乐的尽头一向是祸害。 3205
老天知道,世间欢乐消失快;
任何文笔出色的修辞学名家
不妨在编年史中把这话写下,
因为这样的至理名言不会错。
各位聪明人请再继续听我说。 *4400
我这个故事同样也非常真实,
完全可同《湖上的朗斯洛》相比—— ①
这本书很受一些妇女的喜爱。
但现在我可要回到主题上来。

一只狡猾恶毒的黑斑纹狐狸 3215
在林中住了三年,那天夜里
就像神机妙算设定了的一样,
他居然突破了那道树篱屏障,
来到了雍容华贵的羌梯克利
同他妻妾们日常活动的园地。 *4410
他悄悄趴在一片洋白菜地中,
等待着时机向羌梯克利进攻,
直等到半个上午都已经过去;
这就像一切杀手所用的惯技:
他们杀人前总是埋伏着等候。 3225
哦,藏在黑窝里的凶险杀手!
哦,新的加略人犹大和加涅隆! ②

---

① 这是一篇传奇,朗斯洛是亚瑟王传奇中的圆桌骑士之一,与王后圭妮维尔有私情。
② 加略人犹大就是出卖耶稣的人。

新的两面三刀的希腊人西侬,①
是他,导致特洛伊彻底败亡!
羌梯克利,从栖木飞落地上, *4420
该诅咒你那么做的这个上午;
你的梦警告了你,完全显出
这一天你会遇到极大的危险。
而天主预见的事情无法避免,
这话的根据是学者们的共识。 3235
任哪位饱学之士都可以证实:
就在这件事上,一些学院里
存在非常重大的分歧或争议,
恐有十万人卷入了这场争论。
但要我辨别曲直我却很无能, *4430
不能像神圣的学者奥古斯丁、
波伊提乌斯、主教布拉德沃丁,②
弄不清天主先知先觉这事实
是否强制我必然去做某件事
(我说"必然"是指无可避免); 3245
或者,如果能让我自由挑选
去做或是不去做某一件事情,
而天主此前已经预知其发生;
又或者其预见并不意味强制,
而顺理成章地变成必然之事。 *4440

---

① 西侬据说是希腊人,是他说动特洛伊王普里阿摩斯,使之同意把特洛伊木马弄进城中,从而导致特洛伊城陷落。
② 这三人代表三种观点。圣奥古斯丁(354—430)认为上帝给人自由意志。布拉德沃丁主教(?—1349)曾在牛津讲学并任坎特伯雷大主教,反对自由意志说。波伊提乌斯(480?—524/525)研究宿命与自由意志,认为上帝知道人的选择,但其先知先觉并不决定人的选择。后者为古罗马哲学家和政治家,乔叟译过他狱中写成的《哲学的慰藉》。

诸如此类的事情我不想多谈；
我讲的故事只是同公鸡有关。
刚才说了，那早晨公鸡做梦，
又不幸听了妻子的一番议论，
眼下在那场地上走去又走来。 3255
唉，女人的建议常常很有害——
女人的话一开始就害人不浅，
害得亚当不得不离开伊甸园——
在那里他本过得愉快又惬意。
但我把女人的意见这样贬低， *4450
也许这种话会把哪一位惹恼；
请别在意，我只是开开玩笑。
读读这方面权威写下的书吧，
看看他们对妇女说些什么话。
上面是公鸡的，不是我的言辞， 3265
对于妇女，我可没一点儿轻视。

佩特洛特高兴地趴在沙地上，
同她所有的姐妹一起晒太阳；
羌梯克利自由自在地唱着歌，
唱得比海中的人鱼还要快乐 *4460
（因为《非肖洛古斯》讲得可信，①
说是人鱼唱得又快活又好听）。
说来实在是巧，当他抬起头，
看着白菜上一只蝴蝶的时候，
竟然发现埋伏在那里的狐狸。 3275
这时他没有兴致再唱或再啼，

---

① 《非肖洛古斯》是音译，意为"博物学家"，这是中古时期相当流行的拉丁文动物寓言集，内容多为有关基督教的道德说教。

却像一个满心惊恐的人那样
惊跳起来,发出"咯咯"的叫嚷。
因为动物一见到自己的克星,
哪怕从来也没有见过其身影, *4470
凭本能立刻就会转过身逃跑。
见到狐狸,羌梯克利正要逃,
不料狐狸马上就开口招呼他:
"嗨,我的好先生,你去哪里呀?
我是你朋友,难道见我还恐惧? 3285
要是我想伤害你,破坏你名誉,
那我真是比恶鬼还坏的东西!
我来这里不是要窥探你秘密;
真的,我来这里的唯一愿望,
就是想听听你究竟怎么歌唱。 *4480
因为你确实有着极美的嗓音,
唱得同天使的歌声一样好听;
多么真挚的感情在你音乐里,
波伊提乌斯他们也难同你比。①
令尊大人(天主保佑他灵魂), 3295
还有那位最贤淑的令堂大人,
曾光临舍下,让我喜出望外;
当然我也愿意把先生你款待。
说到唱歌,我要这样说一声——
我以双眼的视力来发誓保证—— *4490
除你之外,我还没有听见谁
早晨唱的歌有你父亲那品位,
他的那种歌全都来自他心中。

---

① 波伊提乌斯写过《论音乐》,这是中世纪大学的标准教材。

他为了使嗓音能够声若洪钟,
他高唱之时就运足全身之气,　　　　　　　　3305
他那双眼睛也就会牢牢紧闭,
同时还用力踮起他几个脚趾,
拼命把细细的脖子伸长伸直。
这还不算,他特别乖巧伶俐,
所以无论什么地方的什么鸡,　　　　　　　　*4500
都没他聪明或者比他唱得好。
我从《驴先生布鲁内勒斯》读到①
用诗写成的另一只公鸡的事:
说是教士的儿子因年轻无知,
曾经有意无意地踢过他一脚,　　　　　　　　3315
他就让那小子把教职丢失掉。②
当然,他的那份聪明和伶俐
如果同令尊的乖巧伶俐相比,
其中的差别就实在太大大大!
你就发发神圣的慈悲快唱吧;　　　　　　　　*4510
让我来看看你同令尊是否像。"

羌梯克利一听就大拍其翅膀,
狐狸的捧场话使他狂喜不已,
哪里还能听得出话中的杀机!

唉,君主啊,就在你们宫廷,　　　　　　　　3325

---

① 这是 12 世纪拉丁语讽刺诗,又名《傻瓜的镜子》。作者为坎特伯雷基督教会的修士奈吉尔·德·龙香(1130?—1205,一说 1180 前后),又名奈吉尔·维勒克(Nigel Wireker),是讽刺教会的作家。
② 这公鸡的报复是:当这教士之子五年后要在主教主持下接替父亲,接受教职任命之日,它故意不叫,使他睡过头而失去任命,耽搁一生。

多的就是拍马溜须的马屁精；
比起对你讲真话的人，我保证，
他们的话更动听，更让你兴奋。
念念《传道书》中有关谄媚的话，
君主啊，你就知道谄媚的可怕。 *4520

羌梯克利高高地踮起了脚趾，
闭上了眼睛，用力伸长脖子，
开始喔喔喔大声啼叫了起来；
狐狸拉塞尔顿时就猛扑过来，
一口咬住了羌梯克利的脖颈， 3335
驮他在身上急冲冲跑向树林——
因为事出突然，还没人追上去。

命运哪，注定的命运难以逃避！
羌梯克利偏从栖木上飞下来！
他妻子恰恰又不相信梦，唉！ *4530
于是那个星期五发生这灾祸。

维纳斯女神，你管寻欢作乐，①
既然羌梯克利一直就侍奉你，
而且还一向侍奉得尽心尽力——
不是为繁衍，而是为了要快活—— 3345
那为何在你这日子遭遇灾祸？

哦，杰弗里，至高的亲爱大师，②

---

① 过去用太阳系中行星名称命名一星期中各天，维纳斯即金星，金星日是星期五（据说这天多灾祸）。
② 指12世纪的杰弗里·德·文索夫，写有当时的名诗等，如悼念狮心王理查一世的哀歌。乔叟年轻时受其影响，下面故意模仿那写法。

当你可敬的理查王被人射死,
你写诗表达你的哀悼和痛惜;
为什么我没你的才智和笔力,　　　　　　　*4540
不能像你那样把星期五责怪?
因为理查王是在这天被谋害!
这样,羌梯克利的害怕和痛苦,
我能向你们做一番充分描述。

可以肯定的是,伊利昂城破时,　　　　　　3355
手里提着利剑冲杀的皮洛斯
一把抓住普里阿摩斯的胡须,
随手把这特洛伊王杀翻在地
(这是《埃涅阿斯纪》讲的情况),①
当时城里妇女们的哭喊叫嚷,　　　　　　　*4550
比不上目睹惨剧的这些母鸡。
特别是佩特洛特叫得最尖厉,
哈斯卓巴的妻子叫得没她响,②
尽管刚得知丈夫已惨烈阵亡——
她见罗马人正在烧迦太基城,　　　　　　　3365
于是这妻子就怀着满腔悲愤,
一头扑进了熊熊燃烧的烈焰,
决心在火中让自己一命归天。

你们哭得如此伤心,母鸡们,
就像当尼禄放火焚烧罗马城,　　　　　　　*4560
那些元老院议员的夫人哀哭,

---

① 《埃涅阿斯纪》是罗马诗人维吉尔所作史诗,讲的是特洛伊英雄埃涅阿斯在伊利昂城破后,背父携子逃出,流浪到意大利,其后裔建起罗马城。
② 哈斯卓巴一译哈斯德鲁巴,是公元前3世纪的迦太基将领。

因为尼禄使她们失去了丈夫——
他们虽无辜却都被尼禄杀死。
现在,我回过来继续讲故事。

那位可怜的寡妇和两个闺女 3375
听到母鸡们发出的悲呼哀啼,
赶紧跑出屋子,到门外一瞧,
只见狐狸正朝着树林飞快跑,
还背着公鸡,于是大声叫嚷:
"狐狸叼走鸡啰,快来帮忙!" *4570
她们一边喊一边跟在后面奔;
许多男人追上去,手拿木棍;
玛尔金追了上去,手拿纺杆;
一起追上去的还有三条猎犬。
母牛小牛也在跑,猪也在跑, 3385
因为男男女女的奔跑和喊叫,
因为猎犬的吠叫把它们吓坏,
大家跑得连心都差一点炸开。
一时间那喊叫就像鬼哭狼嚎;
鸭以为死到临头,吓得大叫; *4580
鹅被吓得昏了头,飞到树上;
蜜蜂都纷纷飞出他们的蜂房。
天哪,狐狸引起的喧嚣之声
真可说惊天动地,声势吓人!
当初杰克·斯特劳领一群暴徒① 3395
大声叫嚷要把佛兰芒人杀戮,

---

① 据说杰克·斯特劳是1381年伦敦农民暴动的领袖之一,他和手下的人屠杀了一些经营比较成功而遭忌恨的佛兰芒人,后来被捕并被斩首。

他们的喧哗远不及这回可怕。
人们吹起了铜制或木制喇叭,
拿出角制或骨制的喇叭狂吹,
一面乱叫,一面在后面穷追, *4590
喧嚣得就像天空都要往下掉!

各位好朋友,现在你们听好:
瞧,命运女神的变卦多突然——
敌手的希望和骄气顿时推翻!
且说那只狐狸背脊上的公鸡 3405
虽满心恐惧仍这样招呼狐狸,
对他说道:"如果我是你,先生,
上天保佑,我就对他们说一声:
'回去!你们这些大小傻瓜!
但愿上天让你们都染上天花! *4600
现在我已经到了树林的边上,
鸡是我的啦,你们还能怎样?
我的确是要吃他,马上就吃!'"

狐狸答道:"我确实要做这事。"
就在他张嘴说这句话的时候, 3415
公鸡灵活地逃脱了狐狸之口,
立刻飞上了近旁的高高树梢。
狐狸见公鸡一下子逃之夭夭,
就对他说道:"唉呀,羌梯克利,
刚才的事情,真有点对你不起; *4610
我捉住了你,把你带出那场院,
那时候你的心里想必很不安。
但我这样做并没有不良动机,

下来吧,让我奉告我的用意;
上帝保佑,一定不对你撒谎!"   3425

公鸡答道:"要是我再上你当,
那么就让咱们俩都受到诅咒,
但先诅咒我自己,连血带肉。
你别想再用花言巧语的捧场,
骗得我闭上了眼睛放声歌唱。   *4620
应该睁着眼睛时却无端紧闭——
这种人,上天不会让他得意。"

狐狸道:"对,谁若粗枝大叶,
应该沉默的时候却滔滔不绝,
那么,天主准会让他交坏运。"   3435

瞧,对奉承话信以为真的人
再加粗心大意,后果多严重。

你们会认为这故事无足轻重,
是讲狐狸或鸡夫妇的小趣闻,
但是朋友,要牢记其中教训。   *4630
圣保罗说过,凡写下的东西
肯定都是为了供我们去学习;
所以要留下谷粒并扬去秕糠。
就像主基督允诺我们的那样,
伟大的天主,就请你调教我们,   3445
让我们享受至高的福泽!阿们。

修女院教士的故事到此结束

修女院教士的故事尾声

"修女院教士先生,"旅店主开口,
"但愿你臀部和精巢得到保佑!
你这羌梯克利的故事好得很,
不过我相信,如果你是俗人,   *4640
你这只公鸡就专同母鸡交往!
因为我看得出来,你有力量,
所以只要有勇气就会要母鸡,
要的数目还远不止七乘十七。
瞧这文雅的教士肌肉多发达,   3455
胸膛多宽阔,脖子又多粗大!
他眼睛有鹰一样犀利的目光,
他天生就是这样满面红堂堂,
不用葡萄牙颜料来涂红脸皮!
愿上天为你的故事赐福于你!"   *4650

说完这些,他一阵嘻嘻哈哈,
就招呼别人,引出下面的话。

片段八(第7组)

第二位修女的故事引子

第二位修女的故事引子

罪恶有其自己的保姆和仆人,
这在英语里被称作怠惰懒散——
她这看门的引人进荒淫之门;
要想躲开,得靠她的对立面,
也就是说,得靠诚实的勤勉;　　　　　　　　　　5
为此,我们该竭尽自己全力,
否则,魔鬼趁懒散会来袭击。

因为他有千百根阴险的绳子,
时时等待着机会把我们捆牢;
只要他看到有人在无所事事,　　　　　　　　　　10
就很容易叫这人从此逃不掉,
因为只有当衣领已被他抓到,
人们才觉察自己落入了魔掌。
故要努力工作,同懒散对抗。

哪怕人们对于死一点也不怕,　　　　　　　　　　15
但是凭理智,无疑看得清楚:
懒散同懒惰相像,危害很大,

708

从懒散懒惰得不到任何好处；
而这种习性却会把人牵制住，
让人只知道吃喝只知道睡觉， 20
把人家劳动的果实全部吞掉。

为了使我们远离这样的懒惰，
免得由此而造成严重的劣迹，
这里我努力根据古老的传说，
忠实地译出一位殉教者遭遇 25
和光辉生平；啊，指的是你，
你的花冠出自玫瑰花百合花，
你这殉教的少女圣塞西莉亚！①

向马利亚所做的祈求②
你呀，一开始我要向你呼吁，
你是世上一切处女中的花朵， 30
圣贝尔纳就最爱写诗歌颂你；
你这不幸者的慰藉请帮助我，
写好你这圣女之死。凭美德
她获得永生，并把魔鬼战胜；
下面，人们可以读到她生平。 35

你是位处女，又是你神子之女；
是仁恕之源，医治罪恶的灵魂；
神因为你的善，情愿托胎于你；

---

① 圣塞西莉亚（？—230？）是罗马的基督教女殉教者，因拒绝崇拜罗马诸神而被斩首。她是音乐的主保圣人，据传她能歌唱又能弹奏乐器，发明了风琴。
② 原作中为拉丁文。这里像西方早期史诗，作者先祈求缪斯等天神赐予灵感。

你极为谦卑,却高于世上众生;
你使我们的天性得到了提升, 40
这使创造我们的主毫不迟疑,
让他的独子也有个血肉之躯。

在你身躯构成的神圣修院里,
那永恒的爱与和美长成人形,
这位神主宰天空、海洋、大地, 45
也受这三重世界的不断称颂;
万能的天主创造了芸芸众生,
他让你处女之身把神子孕育,
你呀,你这纯洁无瑕的贞女!

你那端庄中聚有仁慈和善良, 50
还有着如此宽厚的怜悯之情,
你呀就是太阳,是美德之太阳;
不单单帮助向你祈祷的人们,
而且还时不时大发慈悲之心:
当人们还没有向你提出请求, 55
你已经主动前去把他们拯救。

谦和神圣、美丽纯洁的圣母啊,
救救放逐在茫茫苦海中的我!
请你想想那迦南妇人讲的话:①
"主人餐桌上若有面包屑掉落, 60
哪怕是狗也可以去吃。"她说。

---

① 见《新约全书·马太福音》第 15 章第 22—27 节。

所以,我虽是夏娃有罪的后代,
凭我的信仰,请你别把我推开。

但没有善举的信仰与死无异;
为让我行善,请给智慧和时间,   65
让我离开这一片黑暗的境地!
你呀这么美又有无限的恩典,
愿你在那高天之上为我申辩,
那里,天使们永远在唱"和散那",
哦,基督之母,圣安娜的闺女呀!   70

用你的光照亮我幽禁的心灵,
它受我肉体的污染不胜困扰,
而且凡俗的欲望和假意虚情
对它是个重压,是不断的骚扰;
你是避难港,人们有哀伤苦恼   75
总能得到你救援。请帮助我吧!
因为,很快我就开始讲故事啦。

但是请这个故事的读者原谅,
因为,说到巧妙地组织故事,
我很抱歉,没有花多少力量;   80
对于原作者因为崇敬这圣女
写的这个故事,我做的只是
按那传说,取其用词和行文——
所以请你们加以修正和改进。

**对塞西莉亚这一名字的解释，
由沃拉吉纳的雅各修士
置于《金传》中** [①]

我先解释圣塞西莉亚这名字。　　　　　　　　85
人们在她的故事中可以看到，
这在英语里是"天国百合"之意，
象征着最最纯洁的处女贞操；
或者说，因为她令誉芬芳美好，
更有洁白的美德、青翠的良知，　　　　　　　90
因此"百合花"成了她的名字。

或者塞西莉亚为"盲者之路"意，
因为她给了教益，是个好榜样；
要不然，我看到有的书中分析：
塞西莉亚一词靠两部分拼镶，　　　　　　　　95
前一部分"塞西"当作"天"讲，
象征她对于神圣的默想沉思，
"莉亚"意为不断地积极行事。

塞西莉亚还能做这样的解释：
"不聋不盲"，因为她睿智聪明，　　　　　　　100
具有极其高尚的美德和品质；
要不然，请看这位圣女的美名

[①] 原文为拉丁文。沃拉吉纳是热那亚附近地名。沃拉吉纳的雅各（1228/1230—1298）为基督教热那亚大主教，史家兼作家，著有热那亚史及《金传》。《金传》按教会历编排，供每日阅读，内容有圣徒生平、基督和圣母事迹以及圣日和圣期资料。中世纪艺术家从中摄取素材。有专家认为，这拉丁文标题可能是抄写人加进去的注释或说明，而这塞西莉亚故事中的材料，可能更接近于《金传》以外的来源。

由"天"和"雷奥斯"两个部分组成，
所以人们能称她为"众人之天"——
因为是所有善行智举的模范。 105

"雷奥斯"在英语中意为"众人"；①
正像人们在空中看到的那样，
既有日和月，又有满天星辰，
人们在这位坦荡的圣女身上
同样看到精神上的宽宏信仰， 110
也看到她那智慧的全部光辉
和各种各样光明磊落的行为。

像有些天文学家写下的那样，
燃烧的圆滚滚天穹运行迅速；
美丽洁白的塞西莉亚也一样， 115
她忙于慈行善举，也很迅速，
又能周全地坚持走行善之路，
她那颗爱心燃烧得大放光明。
她名字的意义现在我已讲清。

结　束

---

① 塞西莉亚（Cecilia）在中古英语中为 Cecilie 或者 Cecile。上文中，作者主要根据拉丁文对此字的词源做了一番说明，但"雷奥斯"则是希腊文 leos 的音译。

第二位修女的故事

**第二位修女的故事由此开始
圣塞西莉亚的生平**

据记载,这光辉少女塞西莉亚　　　　　　　　　120
出生于罗马的一个贵族家庭,
自幼在基督教的信仰中长大,
心中牢牢记住了基督的福音;
书上说,她的祈祷时时不停,
因为她既爱天主又敬畏天主,　　　　　　　　　125
总祈求天主把她的贞洁保护。

后来这姑娘不得不准备结婚;
要娶她为妻的人叫瓦莱里安,
同她一样,是年纪很轻的人;
到了将要举行婚礼的那一天,　　　　　　　　　130
她怀着虔诚而又卑顺的心愿,
在那极尽华丽的金丝罩袍里,
贴着肉穿上了一件刚毛衬衣。①

当风琴为她的婚礼奏出乐音,
她却独自在心里对着天主唱:　　　　　　　　　135
"请你保护我心灵肉体的纯净,
主啊,要不然我就必然灭亡。"
为了纪念基督死在十字架上,
她每隔一二天就要斋戒一次,

---

① 刚毛衬衣是苦行者或忏悔者贴身穿的衣服,通常用马毛制成。

而且斋戒的时候总祈祷不止。 140

到了晚上,按照通常的情形,
她得同新婚丈夫上床去睡觉。
"啊,我所钟爱的亲爱夫君,"
她悄悄对丈夫很快这样说道,
"我这里有个秘密很想奉告, 145
只要你愿意听并且愿意起誓,
保证不把我这个秘密说出去。"

瓦莱里安当下就向她发了誓:
无论发生什么事或出什么错,
他都不会把听到的话说出去。 150
于是塞西莉亚对丈夫这样说:
"有位天使向来十分钟爱我,
不管是我醒着或睡着的时候,
他总怀着爱把我这身子镇守。

"如果他发现(这点可别怀疑) 155
你碰了我,或者说粗俗抚爱我,
那么他就会立刻置你于死地,
这样你年纪轻轻就没法再活;
但如果你以纯洁的方式爱我,
他会同样爱你,和爱我一样, 160
并向你显示他的欢快和荣光。"

同样纯洁的瓦莱里安回答道:
"要我相信你讲的都是事实,
就让天使显现,也让我瞧瞧;

如果他的的确确是一位天使,　　　　　　165
我一定照你刚才讲的话行事;
如果你爱的竟是别人,那好,
我就用这剑把你们两个杀掉。"

塞西莉亚立刻就这样回答道:
"你若想看,就能看到那天使,　　　　　　170
这样你就会受洗,会信基督教。
现在你到维亚·阿庇亚去一次,①
那儿离这城的距离不过十里。
到了那里,找住在那里的穷人,
把我下面讲的话去告诉他们。　　　　　　175

"告诉他们,我塞西莉亚叫你去,
要求让你见见好老汉乌尔班,②
说你一片诚心,有秘密之需。
等你见到了这位圣人乌尔班,
把我对你讲的话对他讲一遍;　　　　　　180
只要他为你洗清罪孽,那时,
你还没告辞就能够看到天使。"

瓦莱里安听后便赶往那地点,
果然按塞西莉亚所讲的意思,
很快就找到圣洁老人乌尔班,　　　　　　185
原来老汉藏身在地下墓地里。
他毫不耽搁,立刻说明来意;

---

① 维亚·阿庇亚是罗马附近地区,罗马最早基督教徒的地下墓地就在该地。另外,一条著名大路也以此为名。
② 这里指乌尔班一世,他在公元230年5月25日被斩首,成为殉教圣人。

乌尔班仔仔细细听他讲完后,
兴高采烈地朝天空举起双手。

泪水一下子涌出了他的眼睛,   190
他说:"耶稣基督,全能的主啊!
你放牧我们,把善播进我们心,
把贞洁的种子播向塞西莉亚;
现在收回这种子结的果实吧!
你看,就像纯洁勤劳的蜜蜂,   195
她就是你的忠仆,把你侍奉!

"她叫新婚的丈夫来到这里,
这丈夫本来完全是一头猛狮,
现在却像温驯的羔羊献给你!"
乌尔班刚刚说完这话,顿时,   200
有位老汉,身穿洁白的袍子,
蓦然出现在瓦莱里安的前方,
一本金字的大书拿在他手上。①

瓦莱里安一看见便惊倒在地,
像死了一样,老汉扶他起来。   205
"一个主,一个信仰,唯一的上帝,"
老汉打开书,这样念了起来,
书上那些字闪烁出黄金光彩,
"一个基督教和一个万物之父,
他高于一切,而且无论在何处。"   210

读完了这些,那位老汉就问他:

---

① 这显然是指圣保罗。

"你信还是不信?就说'信''不信'。"
"我信,"这是瓦莱里安的回答,
"我敢说,比这更加真切的情形,
天底下没人能举出一件事情。" 215
老汉忽然消失,不知去哪里。
乌尔班主教当即给他施了洗。

瓦莱里安回家后见到了妻子;
还有位天使也站在屋子中间,
那是一位拿两只花冠的天使, 220
分别是玫瑰花冠和百合花冠;
天使把一个花冠给瓦莱里安,
又把另一个花冠给塞西莉亚——
两个花冠就给了他们夫妻俩。

"这两个花冠我从天国取来," 225
天使说,"你们要以纯洁身心
好好地永远把它们保护起来。
它们永远都不会衰败或凋零,
也不会丧失香味,这能肯定。
只有纯洁的和痛恨邪恶的人, 230
他的眼睛才能够看得见它们。

"瓦莱里安,你为人从善如流,
很快就欣然接受基督教信仰;
你讲个愿望,我将满足你要求。"
"我有个兄弟,"瓦莱里安这样讲, 235
"对别人我没爱得像爱他那样。
我求你让他也像我得到恩典,

让真理之光同样使他睁开眼。"

天使道："你这要求天主喜欢,
你俩将凭殉教者的棕榈叶子　　　　　　　　240
来参加天主最最欢乐的盛宴。"
说话间来了那兄弟提布尔斯;
他一到就立刻感到香气扑鼻——
这种香味来自玫瑰花百合花,
于是他心中不由得感到惊诧。　　　　　　　245

他说："真是稀奇,这个季节里,
哪里还会开着玫瑰花、百合花?
但我在这里闻到它们的香气。
再说,哪怕我手中捧满这些花,
香味也不能这样深入肺腑呀!　　　　　　　250
但我感到这香味直入我心田,
把我这个人做了彻底的改变。"

"我们有两个非常亮丽的花冠,
一个雪白一个玫瑰红,"哥哥道,
"但是你凡俗的眼睛没法看见。　　　　　　255
你闻到它们香味,是靠我祈祷;
亲爱的兄弟,我说你想要看到
这花冠并不难,只要毫不迟疑,
心悦诚服地了解并相信真理。"

弟弟问："这是你在对我讲话,　　　　　　　260
还是我在梦境里听你讲道理?"
"真的,弟弟,"瓦莱里安回答,

"迄今为止我们都生活在梦里,
到如今,我们才开始明白真理。"
"你怎么知道?你又如何做到?" 265
瓦莱里安道:"那我就据实相告。

"神派来天使,用真理把我开导,
说要让心地纯洁,把偶像摒弃,
就能够如此,否则啥也见不到。"
有关这两个花冠的一些奇迹, 270
圣安布罗斯曾在经文中提起;①
这位受人敬爱的高贵神学家
郑重其事地说过下面这番话:

"为接受棕榈叶这一殉教标志,
圣塞西莉亚满怀着神的恩典, 275
从此放弃了她的绣房和尘世;
那兄弟俩的皈依证明了这点。
于是天主出自于浩荡的恩典,
指派了一位天使去他们那里,
把两个香气扑鼻的花冠送去。 280

"这圣女把他俩带进无上快乐,
世人当然就清清楚楚地看到,
一心去敬爱天主有什么收获。"
接着塞西莉亚向小叔讲解道,
偶像都是些没用的泥塑木雕, 285

---

① 圣安布罗斯(339?—397)是意大利米兰主教(374—397),有文学、音乐造诣,是古代基督教拉丁教父,原为省长,374 年被米兰市民拥戴为主教,始受洗入教,接受神职,任米兰主教。他厉行禁欲,主张独身。

它们不会讲话,根本听不见,
所以要求他同偶像一刀两断。

"谁若不信这一点就是禽兽,"
提布尔斯说,"这话出自真心。"
塞西莉亚听后吻了吻他胸口, 290
为他能认识真理而感到欢欣。
"今天就认你作我的同路人。"
这可亲可爱的圣洁女子说道;
她其它的话,下面就可听到。

"就像由于基督的爱,"她说道, 295
"我嫁给你的哥哥,同样道理,
我如今视你为我的亲密同道,
因为你将你所有的偶像抛弃。
现在跟你哥哥走,去受洗礼,
使你的灵魂洁净,就能看见 300
你哥哥说起的那位天使的脸。"

提布尔斯答道:"亲爱的哥哥,
请先告诉我找谁,去什么地方。"
"找谁?来吧,高兴起来,"哥哥说,
"我带你去乌尔班主教的地方。" 305
"乌尔班?瓦莱里安,我的兄长,"
提布尔斯说,"你要带我去那里?
我觉得,这件事有点不可思议。"

"你指的不是乌尔班吧?"弟弟讲,
"人家三令五申,要把他处死, 310

以至于他居无定所,东躲西藏,
白天里都不敢出来露面一次,
怕人家用熊熊烈火将他烧死——
只要有人发现他并把他抓到。
我们也一样,只要同他结交。　　　　　　　　　315

"我们见不到那位天国主宰,
但是我们如果在世上寻找他,
我们就会被烧死,会被杀害!"
塞西莉亚很勇敢地这样回答:
"人若只能活这么一回的话,　　　　　　　　　320
那么自然怕死,亲爱的好兄弟,
自然怕丧失生命,这合情合理。

"但你不要害怕,离开尘世
还能更好活下去并得到永生;
这是仁慈的基督所做的宣示。　　　　　　　　325
这位圣子创造了各种的生灵;
而对被赋予性灵的所有生命,
由圣父而来的圣灵赋以灵魂——
对于这一点不存在任何疑问。

"当初这位圣子来到世上时,　　　　　　　　　330
用言词和他所行的奇迹宣告,
人类还有另一种生存的方式。"
"亲爱的姐妹,"提布尔斯说道,
"只有一个神,先前你不还说到,
说到这个神是我们真正的主?　　　　　　　　335
现在却说了三个;请讲清楚。"

"离开前,我把这点对你说一说:
就像是人有三种智能的情况,
即记忆、想象、判断,"塞西莉亚说,
"神的情形同这点也非常相像, 340
很容易三位一体;可以这样讲。"
接着,她十分认真地开始讲述
基督的降临和所遭受的痛苦,

又说圣子被安排在世上居留,
而最终在十字架上受苦蒙难, 345
为的就是要让人类得到拯救,
因为人们生活在罪和愁中间。
总之她全面解释了有关各点;
那个做弟弟的听后疑问全消,
跟哥哥一道去找乌尔班主教。 350

乌尔班感谢了天主,满心欢快,
当即就施洗,让他做神的斗士,
把全部有关的知识对他讲解。
神此后常赐恩典给提布尔斯:
除了每天能到处都看到天使, 355
他若有什么要求向天主提出,
天主也总是及时地予以满足。

耶稣为他们行的奇迹非常多,
要我按次序说来就十分困难,
所以在这里我们就长话短说: 360
总之,罗马兵捉了他们去见官,

押送到长官阿尔马奇的跟前。
他审问他们,弄清他们信仰,
下令押他们前往朱庇特神像。

他说:"要是谁不愿去那里献祭,　　　　　365
就砍下他脑袋,这是我的命令。"
这个长官的手下有一位书吏,
马克西姆斯是这位书吏的姓;
他受命押送他们两人去执行,
于是带走了这两个殉道圣徒,　　　　　370
但因同情他们,他不禁哀哭。

马克西姆斯听到他们的说法,
便去征得几位掌刑人的同意,
把他们径直带回了自己的家,
天黑前又听他们讲了番道理。　　　　　375
结果,他同他的全家人一起,
连同掌刑人,信奉了唯一天主,
个个把心中谬误的信仰驱除。

天黑时分,塞西莉亚过来了,
她带来教士专为那些人施洗。　　　　　380
又过一阵,夜色让位于曙色,
这时候塞西莉亚一脸的正气,
对他俩说道:"抛开黑暗东西,
你们两个基督的忠诚战士啊,
现在穿上你们光明的铠甲吧!　　　　　385

"你们确实打了重大的一仗,

现在可以去接受那永生之冠;
你们完成使命,保全了信仰。
你们侍奉的那位正义的法官
会赐给你们理应得到的华冠。" 390
塞西莉亚刚讲完上面这番话,
人们就把他们俩带去献祭啦。

他们俩虽然被押到偶像跟前——
这里就简短讲讲这事的结尾——
并不焚香,什么也不愿奉献, 395
而是毕恭毕敬地往地上一跪,
决心献身于基督而视死如归,
于是他们在那里被砍掉头颅。
他们的灵魂飞向仁慈的天主。

马克西姆斯目睹了发生的事, 400
立刻含着同情的热泪对人说,
他亲眼看到许多光辉的天使,
簇拥着他俩的灵魂飞向天国。
结果,改信基督教的人很多,
但阿尔马奇为此而下令惩治: 405
用带铅的鞭子把他活活抽死。①

在瓦莱里安和提布尔斯旁边,
塞西莉亚不事声张地埋了他——
埋在同一石板下的墓穴里面;
不久,阿尔马奇又命令属下, 410
要他们立刻去缉拿塞西莉亚——

---

① 这种鞭子上带有铅珠。

他想要塞西莉亚在公众面前
朝着朱庇特焚香献祭给他看。

但他们听过她教诲已经信教,
对于她的每句话都无限信任, 415
接到这个命令便反复哭喊道:
"基督,你这神之子同样是神,
我们但愿你的名崇高而神圣;
我们哪怕死也异口同声坚持:
你有个极好的仆人把你奉侍。" 420

阿尔马奇听到了他们讲的话,
吩咐把塞西莉亚抓来给他瞧,
首先请看这长官怎么审问她。
"你是怎样一个女人?"他问道。
塞西莉亚答:"我家的门第很高。" 425
"尽管你听了不乐意,"长官又说,
"但我还是要问你:你信奉什么?"

"你的问题一开始就十分愚蠢,
一个问题,竟要人做两个回答,"
塞西莉亚说道,"你问的话很笨。" 430
对于这说法,那长官以问为答:
"你怎么竟敢说这样无理的话?"
"怎么敢说?"受到追问的她答道,
"我凭良知和真诚信仰做指导。"

阿尔马奇说道:"你难道就不怕 435
我的权力?"但塞西莉亚这样讲:

"你的权力根本就不值得害怕;
任何凡人的权力只是个膀胱,
里面被吹足了气所以才膨胀,
但小小一个针尖能叫它爆开—— 440
叫那种虚张声势立刻瘪下来。"

"一开始你就错,"阿尔马奇说道,
"然而现在还是在错误里坚持。
你知不知道,我们的高官大僚
已经下达了命令并做了指示, 445
要对每一个基督徒严加惩治?
除非他把基督徒的身份放弃,
就此同基督教完全脱离关系。"

"你们的高官和你大人都错啦!
用疯狂的判决,"塞西莉亚说道, 450
"你们把无辜的我们说成犯法,
其实我们的清白你完全知晓。
而仅仅因为我们信奉基督教,
自称基督徒,你们认为是罪过,
就横加罪名,把我们肆意逼迫。 455

"但是这个称号道德上的价值
我们知道,所以就决不会放弃。"
阿尔马奇道:"你若想免于一死,
那只有两条路,你选其中之一:
去献祭,或者把你的信仰放弃。" 460
听到了这话,圣洁美丽的姑娘
大笑起来,冲着那长官这样讲:

727

"你这个判官真是愚蠢又糊涂,
难道你要我变成邪恶的罪人?
你难道要我否认自己的无辜? 465
大家来看看这装腔作势的人,
瞧,他瞪着眼睛就像发了疯!"
长官问道:"你这可悲的人哪,
你知不知道,我的权力多大?

"你知不知道,我们高官贵爵 470
已经给我充分的权威和权力,
人的生死,我一句话就可判决?
你对我说话为什么傲慢无礼?"
她答道:"我的话只是坚决而已,
并不是傲慢无礼,因为依我看, 475
傲慢是重大罪恶;我痛恨傲慢。

"如果你不怕听我一句真话,
我就公开指出(我有这权利),
你刚才讲了一句严重的谎话。
你说你们的大人物给你权力, 480
可以让人活也可置人于死地;
其实,你只能剥夺人家生命,
此外,没有其它权力或本领!

"只能说是你上司委派了你,
做了死神下手;你要是夸口, 485
就是撒谎,因为你没那权力。"
长官说:"你那嚣张气焰收一收——

728

不向我们的神献祭就别想走。
你对我的无端指责我不在乎,
我能容忍,我有哲学家气度。　　　　　　　　490

"但我无论如何都不能容忍
你针对我们众神的污蔑言辞。"
塞西莉亚说道:"你这人真笨!
从头到尾你对我讲的每个字,
都使我感到你这人十分无知;　　　　　　　495
可以说无论我从哪个方面看,
你是瘟官,是个愚蠢的判官。

"你的眼睛外观上虽无瑕疵,
但已经瞎掉,因为我们大家
看得清清楚楚的是一块顽石,　　　　　　　500
你却偏偏要以'神'来称呼它。
告诉你,不妨伸手摸它一下,
好好摸摸,既然你眼看不见,
是不是石头,摸摸就能分辨。

"多么可耻:百姓都笑你愚蠢,　　　　　　　505
他们根本就不把你放在眼里。
因为随便在哪里问也不用问,
大家都知道天上有全能上帝;
而这些偶像,你若还有眼力
就能看出对他们对你没好处,　　　　　　　510
其实,这些偶像连虫都不如。"①

---

① 这一行也可解释为:其实,它们连一个小钱也不值。

这类话她滔滔不绝讲了不少，
长官动了怒，下令押她回家。
"在她家里，"阿尔马奇说道，
"大锅底下燃起大火烧死她。" 515
既然他下这命令，塞西莉亚
就被上了枷锁，扔进了大锅，
大锅底下一昼夜烧着熊熊火。

整整烧一个夜晚和一个白天，
尽管那大火把大锅烧得滚烫， 520
但塞西莉亚没有流下一滴汗，
她冷冷坐着，丝毫没有受伤。
但是她不得不在大锅里死亡，
因为阿尔马奇有歹毒的狠心，
派了人去，要塞西莉亚性命。 525

那凶手朝她的颈子砍了三下，
但是并没有砍下她那颗头颅；
这时刽子手不能再砍第四下，
因为有一条法令那时已公布，
就是受刑人不得受四刀之苦—— 530
不论那把刀下得是轻还是重，
反正刽子手不敢再有所举动。

圣女颈子挨了刀，半死不活，
刽子手让她躺着，管自走掉。
住在她家附近的基督徒很多， 535
他们用布给她止血并包扎好；

730

三天里她受这种创痛的煎熬,
不断地宣扬她的基督教信仰,
向受她开导而信教的人宣讲。

她把家中的东西都送给他们,   540
并把他们托付给乌尔班主教,
这样说道:"我已经祈求了神,
得到宽限,能够晚三天报到,
以便走前把这些人向你转交,
同时让我的房屋能做些准备,   545
永远做教堂,供给教徒聚会。"

圣乌尔班带领他的一些助祭,
趁夜色悄悄把她的遗体埋葬,
郑重地同其他圣徒葬在一起。
她的屋子改叫圣塞西莉亚堂,   550
圣乌尔班尽其所能祝福该堂;
如今,人们依然到这教堂来,
向基督和他的圣徒进行礼拜。

第二位修女的故事到此结束

教士跟班的引子

教士跟班的故事引子

讲完圣塞西莉亚的生平事迹,
我们实实足足地走了十六里,①　　　　　　　　　555
刚好来到布岭森林旁的鲍登;②
这时有个人急匆匆追上我们,
他黑衣服里面穿着白色法衣。
他的坐骑是灰斑的小马一匹,
那马身上的汗叫人看了吃惊,　　　　　　　　　560
仿佛他策马狂奔十里没有停。
另一匹马上骑的是他的跟班,
马也浑身是汗,再走有困难;
只见它兜胸皮带上满是白沫,
那汗水让它像喜鹊一样斑驳。　　　　　　　　　565
一只褡裢放在他马鞍的后面,
看来这跟班的行李少得可怜。
那可敬的东家一身夏日服饰,
宜于出门,我看了不禁寻思,
猜不透他究竟干的什么行当;　　　　　　　　　570
后来看到他兜帽缝在斗篷上,
凭这一点,我思来想去多时,
终于断定,他是教士团教士。
他的帽子凭帽带吊在背脊上,
因为他一路骑来,赶得匆忙,　　　　　　　　　575

---

① 原作中为五英里。同样,下面第561行中的"十里"在原作中为三英里。
② 鲍登距坎特伯雷约五英里。

简直像疯子那样,策马飞奔。
他在兜帽下用牛蒡叶子作衬,
既隔汗又让他的头保持清凉。
有趣的是看他那出汗的模样!
汗珠从他前额上不断往下滴, 580
就像装满不同草药的蒸馏器。
这人追上了我们便开始叫喊:
"主保佑你们这些快活旅伴!"
接着他说,"我拼命催马飞奔,
为的是想要尽快地追上你们, 585
因为同你们一道欢快又热闹。"
他的跟班也同样非常有礼貌,
说道:"各位先生,今天早晨,
看见你们在客店里上马动身,
我就提醒我这位主子和东家; 590
他喜欢同你们大家一道骑马,
因为爱寻欢作乐,东荡西游。"

我们的旅店主人说道:"朋友,
为你的提醒,愿天主让你发迹。
看得出你东家聪明,毫无问题, 595
他准是一个快活人,我敢担保!
但为了我们大家路上兴致高,
他能不能讲个故事出来听听?"

"谁?我东家?当然,请你相信,
他有不少快活而有趣的故事, 600
实话告诉你吧,简直多的是;
如果你能够同我一样了解他,

就会奇怪他本事怎么这样大,
真是样样拿得起,样样都行。
他已干成了好几件重大事情, 605
而对你们来说,办成很困难,
除非跟他学习过应当怎么干。
他骑马走在你们里头不出色,
但如果谁能了解他就很值得;
我敢拿我的一切同你们打赌; 610
哪怕你们会丧失很多的财富,
你们也不愿失去他这个朋友。
他这人的智慧可说得天独厚,
我告诉你们,他是出众的人。"

旅店主人道:"那就告诉我们, 615
可是文人?要不,干什么行当?"

"比起文人,他要高出好几档;
我就简短地讲讲,"这跟班说道,
"把我东家的好本事介绍介绍。

"我说他的法道确实不得了, 620
但你们从我这里一点学不到,
尽管他在工作时我给点帮助。
他能使我们骑马走的这条路,
从这里开始直到坎特伯雷城,
对,他能使这条路兜底翻身, 625
并让白银和黄金铺满在路上。"

听了那跟班的家伙这么一讲,

我们的旅店主人说道:"天哪!
依我看来这奇迹惊人地伟大。
既然你主子有这样大的本领, 630
人们凭这点就该对他很尊敬,
但他对自己的体面太不注意。
瞧他身上那一文不值的外衣,
同他身份太不相称,我得说,
他的这件衣服又是脏又是破! 635
如果你的话符合他实际情况,
那么他肯定买得起体面衣裳,
既然如此,为什么这样邋遢?
好吧,我这个问题请你回答。"

跟班说道:"为什么?这是问我? 640
他永远不会发迹;天主保佑我!
(但是我这话不要公开传出去,
所以,我请你为我保守秘密。)
实话实说,我认为他过于聪明,
任何事情过了头,就没好事情—— 645
照读书人的说法,好事就出错。
所以,我认为这方面他很笨拙。
因为一个人如果聪明过了头,
常常会成为滥用聪明的根由。
我主子就是这样,我很难过; 650
愿天主补救,别的没啥可说。"

旅店主人道:"这就不谈了,但是,
既然你了解你这主子有本事,
既然他这么聪明又这么能干,

他干的事情我真想请你谈谈, 655
能不能先把你们住处告诉我?"

"住在一个镇子郊外,"跟班说,
"藏身在人烟稀少的穷街陋巷;
在那种冷落可怕的穷乡僻壤,
还住着形形色色的小偷强盗—— 660
因为我们也不敢被人家看到。
实话实说,我们就住在那里。"

旅店主人道:"我倒还要问你:
你的脸色为什么如此不正常?"

"天哪,这是我不幸的地方!" 665
跟班说,"我想因为经常吹火,
吹旺了火,我的脸却变了色。
我从来也不拿镜子照照自己,
只是苦苦地学习炼金的技艺。
我们胡乱摸索,朝着火里瞧, 670
但任凭怎样总是达不到目标,
总是没有结果,弄不出名堂。
我们故意先让人看到些假象,
然后就借钱,借个一镑两镑,
能借十镑、二十镑就更理想, 675
当然,我们总是让他们认为,
他们将挣的钱至少能翻一倍!
失败虽多,我们却心存侥幸,
巴望着成功,不断摸索改进。
但这门学问永远在我们前方, 680

任我们发誓,总是没法赶上,
总是转眼间被它溜掉;现在,
这件事把我们两人变成乞丐。"

跟班正这样讲话,那个教士
越走越近,跟班讲的每个字 685
他都听到;他时时要起疑心,
任何人说话他都要仔细听听。
因为加图说过:见人家说话,
一个有罪的人总以为在说他。
所以这教士骑马向跟班靠近, 690
就是为了把他讲的话听听清。
接着他对自己这跟班吩咐道:
"闭上嘴巴,不许唠唠叨叨。
再啰唆,就得付出很大代价。
你在这些人中间讲我的坏话, 695
应该保密的事全被你说出去。"

旅店主人说道:"你仍讲下去,
别管他,他这威胁一文不值!"

跟班说:"对,我已不当回事。"

那教士一看眼前这样的局面, 700
知道他秘密必然被跟班揭穿,
于是,又羞又恨连忙就溜掉。

跟班说道:"这一来事情大妙。
现在把内情全都告诉你们吧——

他已溜掉，但愿魔鬼杀了他！ 705
我保证今后决计不同他来往，
哪怕他给我便士或给我金镑！
当初引我去干那勾当的家伙！
但愿他在愁苦和耻辱中生活！
真的，对我这可是件严肃事， 710
任凭人家去讲，这点我坚持。
我虽吃了许多苦受了许多罪，
花了多少力气又倒了多少霉，
但当时无论如何我没法罢手。
现在愿老天给我的才智足够， 715
能将那把戏的底细告诉你们，
但是说来话长，只说一部分。
好在主子已走，没什么顾忌；
凡我知道的全给你们讲仔细。"

教士跟班的故事引子到此结束

教士跟班的故事

教士跟班由此开始讲故事

第一部

七年以来我一直跟随那教士, 720
但对他那套本事仍一无所知。
我为此已经丧失了全部家当;
天知道,还有多少人同我一样。
过去我讲究穿着得光鲜得体,
喜欢享受生活中各种好东西, 725
可现在我把旧袜子裹在头上。
以前我面孔滋润又满脸红光——
现在一脸铅灰色,苍白至极。
干这一行,真叫后悔来不及。
我长年劳累,眼睛变得模糊, 730
瞧吧,这是搞炼金术的好处!
这捉摸不透的学问真是害人,
使我不论到哪里都不名一文;
真的,我还为此借了很多钱,
直到今天,这些钱都还没还, 735
可以说我这一辈子没法还清——
但愿每个人能汲取我的教训!
无论谁走上这条道还不回头,
那么我认为此人将颗粒无收。
天哪,干了这行不会有收获, 740
只有空了钱包又伤神的结果。
一个人如果自己发疯又犯傻,

为了冒这险而弄得荡产倾家,
他还会引诱别人来干这一行,
让人家像他一样把家产败光。 745
因为让自己的伙伴受难吃苦,
无赖会感到心里痛快又舒服。
上面是读书人那里学来的话,
这且不谈;说说我们的做法。

我们找地方搞这见鬼的把戏, 750
那时我们看起来聪明得出奇,
因为所用的行话复杂而高深。
我管吹火,吹到我心口发闷。
我何必告诉你们,那些操作里
各种东西每一次所用的比例—— 755
比如白银吧,无论五两六两,
或者,管它是什么其它分量——
又何必详详细细地告诉你们:
我们所用的各种材料的名称,
例如磨成粉的雌黄、焦骨、铁片, 760
何必说把这些材料放进陶罐——
而在放进去之前绝不能忘掉:
要在陶罐里先放上盐和胡椒,
然后用玻璃灯般的东西盖严——
其它很多这种事,何必多谈? 765
例如陶罐和玻璃的黏土封口,
这是为防止空气从罐里逃走;
例如我们烧的是慢火或快火;
例如我们强忍着焦虑和忐忑,
期待着我们的材料得以纯化, 770

期待着通过焙烧能使它粉化,
让不很纯的水银变成汞合金——
但是任我们努力,总是不行。
我们已炼纯了的水银和雌黄,
我们在斑岩臼里弄细的铅黄, 775
任我们一两一两把分量称准,
但是白费劲,事情没法做成。
无论是挥发出来的上升气体,
还是沉积在底部的固态东西,
对我们所干的事都没有帮助, 780
我们白白地花了力气和工夫;
这方面的钱我们花费了不少,
花得乱七八糟,全白白扔掉。

我们所从事的这样一门技艺
还同其它的许多事物有关系, 785
但是因为我这人无知又无识,
要我按顺序讲来没这个本事。
但尽管我没分门别类的能耐,
还是愿意想到什么就讲出来:
像亚美尼亚红色玄武土、铜绿、 790
硼砂、各种陶瓷和玻璃的容器、
长颈瓶、提纯水银用的干馏釜,
抽油脂用罐、蒸馏瓶形似葫芦,
小瓶、坩埚和用于提纯的容器,
还有一些同样不中用的东西。 795
我一一讲出名目没什么趣味:
牛的胆汁和用来发红的药水,
还有什么砒霜、卤砂和硫磺石;

我还举得出许多药草的名字,
例如扇羽阴地蕨、仙鹤草、缬草——　　　　　　　　800
若想拖时间,还可讲出不少。
我们白天和晚上总是点着灯,
为的是力求把我们的事完成;
我们的炉子同样在日夜焙烧,
我们用水把颜色和杂质洗掉;　　　　　　　　　　805
还有白垩、黏土、蛋白和生石灰,
各种粉末和灰烬、小便和粪肥,
一些上蜡的小口袋、硝石与矾;
还有柴火和煤火的各种烧燃;
还有碱、盐、碳酸钾、烧过的物质,　　　　　　　810
还有通过燃烧所凝成的东西;
还有混着马毛或人发的黏土,
酒石油、粗酒石、明矾、玻璃、酵母,
野菜、雄黄、用作吸收剂的东西,
当然还有些东西用作混合剂。　　　　　　　　　　815
我们期待着我们的白银变黄,
对粘结和发酵过程充满期望——
另外还有模子、测试器等东西。

我要像我学到的那样告诉你。
一共有四种醑体、七种金属质;　　　　　　　　　820
我常听到我主子讲的次序是:

四种醑体中的第一种是水银,
第二种就是雌黄,随后第三名
便是卤砂,而第四种则是硫磺。
至于七种金属质,我这就来讲:　　　　　　　　　825

742

按照我们说法，日是金，月是银，
火星就是铁，而水星则是水银，
再后面，土星是铅，木星是锡，
金星是铜——我敢以父亲起誓！

无论是谁干上这可恨的行当， 830
再大的家当也会被花得精光，
因为那些钱都是白白浪费掉——
关于这点，我敢对你们打包票。
如果有谁想显示自己的愚蠢，
那就请他来学习怎么样炼金； 835
如果谁的钱柜里还有点财物，
那就让他来钻研钻研炼金术。
你以为很容易学会这种本事？
不，天知道，管他什么修士、
任何一类教士，不管什么人， 840
想要研究这难捉摸的鬼学问，
哪怕他日日夜夜都阅读典籍，
也必将一无所获；不仅如此，
要把这奥妙去教给无知的人，
更是不谈，因为完全不可能； 845
反正不管他有知识、没有知识，
到头来结果一样，都是一回事。
我敢以我灵魂的得救来保证：
想要搞炼金术的这样两种人，
虽竭尽全力却只有一种结局， 850
就是必遭失败，这不言而喻。

但是，我忘了详细给你们讲讲

腐蚀性液体、金属锉屑的情况,
忘了讲讲金属体的软化过程
以及与此相对的硬化的情形, 855
忘了讲油料、清洗和可熔金属——
把这些都列出,就是一本大书,
一本世上最大的书,所以我想,
那么些名称我最好还是不讲。
我相信我讲的东西已经不少, 860
招来的魔鬼将会丑陋又粗暴。
这且不谈;炼金术士的点金石
也称炼金药,个个在努力寻觅——
只要找到它,我们就有了保证。
但是,我要向天堂里的主承认: 865
尽管我们想尽了所有的计谋,
用尽招数,点金石却没到手。
这件事害得我们把家产花光,
让我们懊恼得几乎都要疯狂。
但尽管我们都感到损失惨重, 870
希望却总是溜进我们的心中,
说是点金石今后能解救我们。
这希望非常强烈也非常诱人;
我告诉你们,它叫人寻求下去。
而对未来抱这种希望,其结局 875
就是使人们丧失所有的一切。
但他们不会同这一行当决裂,
因为他们看来,这有苦有甜。
哪怕他们只剩下一条旧床单,
在夜里能裹着身子代替被褥; 880
只剩大氅,白天能穿着走路;

他们也会卖掉了之后继续干——
反正不罢手,直到一切花完。
无论哪里,他们的硫磺气味
让人家一闻就知道他们是谁; 885
世界上就数他们臭得像山羊,
那强烈的气味叫人闻了要呛,
真的,哪怕人家在三里路外,
这种气味还是一闻就闻出来。
所以凭这种臭味和褴褛衣衫, 890
人们要认出他们没什么困难。
如果有人在私下里问问他们,
为什么他们的衣着这样寒碜,
他们会在那人的耳边回答道,
他们若被认出来就会被杀掉—— 895
说是因为有那种知识和本领——
瞧瞧他们怎样把老实人欺蒙!

撇下这些,我把故事往下讲。
我们还没把罐子搁到炉火上,
主子先独自混合罐中的金属, 900
它们的分量只有他心中有数——
反正他已走,我可大胆说说——
因为大家讲他最善于干这活。
尽管我知道这方面他很有名,
他也常常出丑;要知道原因? 905
告诉你,因为罐子常常炸碎,
罐子一碎,所有的一切白费!
那些金属的威力实在非常大,
我们的墙壁如何能够抵挡它!

除非石头和石灰砌的墙很厚, 910
否则那些个碎片能把墙穿透,
还有些碎片深深扎进了地面——
这样我们立刻就损失很多钱——
当然还有些碎片朝屋顶飞去,
但是大多数碎片撒落了一地。 915
魔鬼这坏蛋尽管我们看不见,
但是我相信他正在我们身边——
哪怕在他称王称霸的地狱里,
也没我们这么多怨气和火气。
因为我们的罐子每炸掉一次, 920
人人都来指责,说受到损失。

有人说,这是因为烧火时间长;
有人说,这是因为火吹得不当——
这使我害怕,因为我就干这活。
"胡扯!你是傻瓜,"第三个人说, 925
"这是因为没有把金属混合好。"
"不对,听我来说,"第四个人道,
"因为我们没有用山毛榉当柴——
别的都无关,这才是关键所在。"
究竟问题在哪里,这我不知道; 930
但是我清楚,我们中爆发争吵。

"事情没法补救,"我的主子讲,
"但这种危险下一次得要提防;
我可以肯定,罐子本就有裂缝。
但不管怎样,你们别一蹶不振; 935
要像往常一样,快把地扫干净——

要打起精神来,不要没有信心。"

大家扫拢了碎屑,堆放在一处,
然后,在地上铺开一张大帆布,
所有的碎屑,都抛进一只筛子, 940
筛呀捡呀,反反复复地好多次。

"老天保佑,总算还剩些材料,
尽管已不是全部;"一个人说道,
"这一次我们的事遭到了失败,
但是下一次,情况也许好起来。 945
我们得拿自家的财产来冒险;
你们相信我这话,我的老天,
做生意的人未必总有好运气,
这一回他的货物会沉入海底,
下一次却能安全地运抵岸上。" 950
"大家安静一些,"我的主子讲,
"我下次要采用另外一种做法,
要是做不成,以后听由你们骂。
这回有些不周全,这个我明白。"

又有人提出:是火烧得太厉害。 955
但是不管厉害不厉害,我敢说:
我们总是出错,得不到好结果。
既然总是达不到预期的目的,
我们个个都疯了似的发脾气。
当我们大家聚在一起,每个人 960
显得很聪明,似乎都是所罗门。
但是我听到过这样一条古训:

金光闪闪的东西不都是黄金;
同样,不管人们怎么讲怎么叫,
好看的苹果未必都有好味道。 965
瞧吧,我们的情况也正是如此;
看来最聪明的人(我凭天起誓!)
一旦遇上考验便成了窝囊废,
看来最忠实的人却变成了贼——
等我给你们讲完了这个故事, 970
离开时,你们将明白我的意思。

第一部结束

下接第二部

我们那里有一个教士团教士,
他有着毒害整个城市的本事,
哪怕这城大得像罗马、特洛伊、
尼尼微、亚历山大全加在一起。 975
他有着无穷的伎俩招摇撞骗,
我想一个人哪怕活上一千年,
也很难一一写下他那些花招。
整个世界上数他的骗术最高,
因为他这人最善于摇唇鼓舌, 980
说的话闪烁其词又机巧曲折,
所以无论什么人同他打交道,
总是转眼之间就落进他圈套,
除非那人是魔鬼,同他一样。
至今为止,许多人上他的当, 985

而他只要人还在，本性不改。
人们或骑马或走路远道而来，
为的是同他认识，同他结交，

但对他的卑劣行径毫不知晓。
如果你们对我这故事有兴趣， 990
那么我这里就给你们讲下去。
但是，各位虔诚的教士团教士，
虽然我讲教士团教士的故事，
别认为我是在污蔑你们教会。
老天知道，修道会里都有败类， 995
但主不会因为一个人做坏事，
就让他整个团体都蒙受羞耻。
我的目的并不是要谴责你们，
是要让错误的事情得以纠正。
我这个故事不仅是给你们讲， 1000
事实上我给别人讲的也一样。
你们都知道基督有十二门徒，
但其中只有犹大出卖了基督。
所以，其他门徒为什么受指责？
他们没罪。对你们我也这样说。 1005
不过我要请你们听我一句话：
如果你们的修道院里有犹大，
那么为避免造成损失或丑闻，
我奉劝你们还是趁早叫他滚。
我请求你们千万不要不高兴， 1010
下面我就把故事讲给你们听。

伦敦多年来住着位助理教士，

他的活是在追思弥撒中唱诗;
对于他寄宿那个人家的主妇,
他一向抱着友善殷勤的态度, 1015
所以那个主妇供他吃供他穿,
不要他钱;尽管他穿得体面。
他手中零花的钱着实很不少;
这不谈,还是继续讲故事为好:
那个教士团教士我要讲一讲, 1020
看助理教士怎么上了他的当。

一天,这个狡诈的教士团教士
来到了那个助理教士的卧室,
请他帮帮忙借点钱凑个数目,
保证到时候归还一定不延误。 1025
他说:"这几天你若手头方便,
就请借我一马克,三天就还。①
如果发现我这人说话不算话,
那么下一回就把我吊死好啦!"

助理教士很爽快答应借他钱; 1030
教士团教士收下,谢了几遍,
向主人告辞之后便管自走路;
到了第三天,果然来找债主,
把他所借的那点钱如数归还。
这一来助理教士自然很喜欢。 1035

---

① 马克曾是很多欧洲国家的货币乃至金银重量单位,实际价值相差很大。这里的一马克相当于三分之二镑。

他说:"对于这样讲信用的人,
对于这样不肯自食其言的人,
借给他一两个甚至三个金币,
我肯定愿意,肯定没有问题——
只要有,要借多少我都愿意借, 1040
对于这样的人,我不会拒绝。"

教士团教士说道:"我最讲信用!
对我来说呀,不守信天理难容。
我一生信守诺言,做到忠实,
直做到最后爬进坟墓里为止。 1045
愿天主不让我走其它的歪道!
相信这点,一如相信你信条。
感谢天主,我有幸这样宣称:
凡曾经借给我黄金白银的人,
我可从来都没有让他们吃亏; 1050
毕竟我为人正直,心中没鬼。
先生,既然你这样慷慨崇高,
对待我,又是这样亲切友好,
我准备让你看看我一点秘密,
也算是报答你的这一番好意。 1055
如果说你有兴趣想要学一下,
我就把炼金术中的全套方法
以最清楚明白的方式教给你。
我走前,让你看看我的绝技,
你就好好注意,亲眼看看吧。" 1060
主人说道:"是吗,先生?你肯吗?
天哪,我诚心诚意请你露一手。"

骗子说道:"遵命,我这就献丑——
先生,天主不会允许我拒绝你!"

瞧瞧这骗子能怎样为人效力! 1065
真的,他那种效力臭不可闻——
古来的圣贤都能为这点做证。
这个教士团教士是祸害根源,
下面我要来揭穿他这个坏蛋:
他满肚子都是鬼心眼坏心思, 1070
在这世界上他最最爱做的事
就是坑害基督徒,叫他们上当。
愿天主帮助我们,识破他伪装!

主人不知道他在同谁打交道,
也没有感觉到祸事即将来到。 1075
助理教士啊,天真而又不幸!
因为贪欲将很快蒙住你眼睛!
你这倒霉鬼,神志已被蒙蔽;
那只狐狸设下了骗局引诱你,
而对这一点你丝毫没有觉察。 1080
你已经无法逃脱他的圈套啦!
到头来,你必定中他的诡计。
为了快一点讲到事情的结局,
下面我马上根据知道的情况,
把这个不幸家伙的事讲一讲: 1085
讲他表现出来的愚蠢和不智,
也讲讲那个坏蛋的卑鄙无耻。

你以为这是在讲我那个东家?

店主先生，凭圣母发誓，说真话，
不是讲他，是讲另一个教士。　　　　　　　　1090
那家伙比他狡猾一百倍不止！
害人的勾当他已干了无数回，
讲他的骗术已经讲得我腻味。
每一回只要讲到他那种奸诈，
就不禁感到羞耻而涨红脸颊；　　　　　　　　1095
至少我感到自己脸颊在发烫，
因为我清楚知道，我的脸上
早已没有血色；我前面说起：
烧火时，金属散发各种烟气，
而这种烟气使得我面无人色。　　　　　　　　1100
现在看那教士团教士的邪恶！

他对那位助理教士说："先生，
叫你的人快拿些水银给我们，
至少要拿个二两或三两才够；
等到他拿来之后，不用多久，　　　　　　　　1105
你就会看到你没见过的奇事。"

主人道："先生，按你说的办就是。"
随后他吩咐自己身边的听差，
要他马上就出去弄些水银来。
这听差本就随时听候他差遣，　　　　　　　　1110
所以听到吩咐后立刻就去办——
回来之后就把三两水银交上。
教士团教士郑重其事地一放，
接着又要听差去弄些煤炭来，
说有了煤炭他工作便可展开。　　　　　　　　1115

753

没过多少时间，煤炭取来了，
这时候，他从怀里掏出坩埚
给主人看看，一面对他说道：
"你把看到的这个容器拿好，
然后亲手往里面放一两水银； 1120
我敢以基督之名在这里宣称：
现在你已经开始掌握炼金术。
实话告诉你，我这一手技术
向来不轻易在人家面前展示。
而这里凭此实验你可以证实： 1125
你亲眼看到，我这不是假话——
能够让水银凝固起来不挥发，
就此变成白花花的上好银两，
就同你我口袋中的银子一样——
同任何白银一样还有延展性！ 1130
要不，你就说我骗人，没本领，
让我从此就再也没有脸见人！
这里有一种代价很大的药粉，
极其有用，我的这一套本事
以它为基础；我这就给你演示。 1135
支开你仆人，让他去等在外面，
我们关上门，可不能让人看见
我们干的事；这个秘密要保住，
因为我给你看的，就是炼金术。"

他既然这样吩咐，一切照办； 1140
仆人立刻被支使出那个房间。
他东家这时候赶紧把门关死，

754

两个人急急忙忙干那秘密事。

助理教士根据这恶棍的关照,
把东西放到点着的火上去烧, 1145
一边吹着火,实在忙得可以。
那骗子拿出药粉倒在坩埚里
(我也不知道那粉究竟是什么,
想来不是石灰粉就是玻璃末,
反正是用来哄人骗人的东西, 1150
一文不值);为蒙蔽助理教士,
要他把煤炭快堆高,超过坩埚。
"为了表示对你友爱,"骗子说,
"我要让你用自己的一双手,
把该做的事情做得一丝不苟。" 1155

"非常感谢,"主人高兴答道,
一面就按照吩咐把煤炭堆高。
他正忙乎着,那个奸诈滑头
(但愿万恶的魔鬼把他抓走!)
从怀里掏出山毛榉烧成的炭, 1160
炭上有巧妙钻孔,很难发现,
小孔里早就放好了一两银屑,
而为了避免这一两银屑外泄,
他早就用蜡把小孔稳妥封好。
想必你们也知道,这种手脚 1165
事先就做好,并非临时做成。
下面,我要进一步告诉你们,
他来的时候还带些什么东西;
总之他来前就打骗人的主意,

而在他俩分手时,他已经得手——　　　　　1170
不把对方刮个够,他岂肯罢休!
讲他的丑事,我已经讲得厌倦;
如果可能,我就要揭他的阴险,
出一口恶气,但是他走东闯西,
行踪无常,并不是停留在一地。　　　　　　1175

各位,看在天主份上,听吧!
我说到他从怀里把那炭一拿,
然后偷偷地把炭握在了手里。
而那助理教士我也告诉过你,
正忙着把燃烧着的煤炭堆高。　　　　　　　1180
"朋友,你做得不对,"骗子说道,
"你呀,你这样的弄法并不正确,
但等一等,我马上来帮你解决。
现在,得让我稍稍插一手才成!
凭圣贾尔斯起誓,你叫我心疼!　　　　　　1185
我看你满脸是汗,热得不得了,
快把这块布拿去,把汗水擦掉。"
趁助理教士管自在擦脸之时,
这个应该进地狱的狡诈骗子
连忙把那块炭混在煤炭里面,　　　　　　　1190
偷偷塞在那坩埚上方的中间;
然后大吹其火,让火烧得旺。

"我们喝些酒吧,"那个骗子讲,
"我担保,马上就可大功告成啦!
让我们坐下来,大家开心一下。"　　　　　1195
等到骗子的那块炭烧着以后,

756

里面的银屑就从小孔往外流,
很快就全部流到那只坩埚里——
这情形完全合乎自然的道理,
因为那块炭就是放在那位置。 1200
但助理教士对此事全然不知!
以为所有的煤炭里外全一样,
哪能想得到这里面还有花样!
不久,这炼金术士见时机已到——
"先生起来到我身边,"他说道, 1205
"我知道,你准没有金属模具,
所以,你就拿块石膏来,快去;
我自己来动手,如果运气不赖,
自有办法,照样把模具做出来。
你还得拿水来,一锅或者一碗, 1210
有了水,很快你就能亲眼看见
我们这活干得多成功多出色。
但为了免得你心里疑疑惑惑,
担心你不在的时候我做手脚,
我要从头到尾都同你在一道, 1215
先同你一起去,然后一起回来。"
长话短说吧,他们把房门打开,
出了房间就随手把门再锁上,
走开时不忘把钥匙带在身旁,
而且没过多久便赶紧回房间。 1220
这种细节我何必絮叨一整天?
总而言之,很快就取来石膏,
做成模子,那办法下面说到。

原来,这时他从自己袖子里

拿出一个小银块（他该进地狱！），　　　　1225
这银块不多不少正好重一两；
现在请注意他那可恨的伎俩！

按照这小银块的长度和宽度，
他偷偷摸摸做成了一个铸模，
但助理教士却完全没有看到。　　　　　　　1230
接着他把银块在袖子中藏好，
然后从火上取来他烧的东西，
高高兴兴地浇进那只铸模里，
随即把整个铸模往水中一放。
过了一会儿，他对助理教士讲：　　　　　　1235
"伸手去摸，看摸到什么东西！
我希望，你能摸到一小块银子。"
不是银子，还能是别的东西吗？
地狱的魔鬼！银屑也是银子嘛！
助理教士在水里摸，摸到东西　　　　　　　1240
拿起来一看是纯银，自然欢喜——
见事情果然如此，他满脸是笑。
"教士团教士先生，愿你得到
基督、圣母和所有圣徒的保佑，"
主人道，"而我情愿受他们诅咒——　　　　1245
如果你高抬贵手，把这绝活，
把这绝顶高超的本领教给我，
而我不尽心尽力为你做些事！"

"不过我还要好好地再做一次，"
教士团教士道，"让你仔细看看，　　　　　1250
也成为行家，以后你有朝一日

需要时,没我在旁也能试一试,
掌握这门不简单的巧妙知识。
现在我们拿一两水银再来做——
反正无论什么话,不用再说, 1255
你像先前那样去做,要用心——
刚才那水银不已变成了白银?"

那可恶可恨的骗子一声吩咐,
让助理教士忙碌得不亦乐乎;
他急急匆匆往那堆火里吹气, 1260
为了想快一点实现他的目的。
而那个教士团教士在此同时,
已经准备好再欺骗助理教士。
他装模作样手里拿一根铁棒,
(你们要注意,警惕这个情况!) 1265

在这铁棒的顶端也有个孔隙,
孔隙里也装着整整一两银屑——
像先前的炭条那样用蜡封好,
绝对不能让一点银屑往外掉。
且说那助理教士正在卖力干, 1270
骗子已拿着铁棒来到他身边,
故伎重演把药粉撒进坩埚里。
(真是恨不得魔鬼扒他的皮,
这家伙的思想行为如此狡诈,
我要祈求天主,重重惩罚他!) 1275
他拿着这根做过手脚的铁棒,
做出一副要拨旺那火的模样,
在坩埚上面拨弄到封蜡熔化——

任何一个人,只要不是傻瓜,
都知道这蜡必然要化的道理。　　　　　　　　1280
所以铁棒里藏着的那些东西,
自然很快就全部落进了坩埚。

各位,有什么诡计比这下作?
助理教士又一次受到了蒙蔽,
对看到的一切丝毫没有怀疑,　　　　　　　　1285
只是满腔高兴;我没有本领
写出他那兴高采烈的快活劲——
当场要连人带钱都献给骗子!
教士团教士说道:"你也真是,
我虽很穷,但是还要提醒你,　　　　　　　　1290
我还有其它一些本领和技艺。
我要问你,这里有没有铜啊?"

主人连忙回答:"我想有的吧。"

"要是没有的话,就尽快去买来,
好先生,就请你去弄些来,要快!"　　　　　　1295

助理教士回来时带来一些铜,
这个大骗子接过来拿在手中,
随后不多不少地称出一两来。

我这根舌头实在是又笨又呆,
讲不尽这个骗子奸猾的手段,　　　　　　　　1300
尽管我知道这家伙五毒俱全。
他对不了解他的人表面客气,

但是心思和作为同魔鬼无异。
虽说我已经讲腻了他的狡诈,
不过,现在还是再要讲一下—— 1305
这样一讲再讲,就一个目的:
就是让大家都可以有所警惕。

他把那两铜先往坩埚里一放,
然后很快把坩埚放到了火上,
加进药粉后,他叫主人吹火。 1310
于是主人俯下了身子就干活;
反正骗子像先前一样愚弄他,
随意把助理教士当作猴子耍!
他把熔化后的铜倒进铸模中,
然后把这个铸模放进了水中, 1315
接着把自己的手也伸到水里。
刚才,你们都已听到我说起,
他的袖子里藏着一个小银块,
现在这坏蛋偷偷把它拿出来,
放在那只用来盛水的锅子里; 1320
对这些,助理教士全没注意。
骗子随后在水里摸去又摸来,
熟练地摸到并藏好那个铜块;
但是这一切助理教士不知道。
突然间这骗子当胸把他拉牢, 1325
开玩笑似的对那助理教士说:
"俯下身子,天哪,你干错了活!
帮我一把,像我刚才帮了你——
伸手去摸,看那里有啥东西。"

助理教士很快就拿到那银块。　　　　　　　1330
骗子说道:"东西已做了出来,
现在带上这三块东西走一趟,
去让银匠们看看质量怎么样。
我可以打赌,它们是纯银无疑,
要不,我把这兜帽吃进肚子里。　　　　　　1335
这事情反正很快要证实一下。"

他们带上了那三块东西出发;
银匠先是用火烧再用锤子敲,
那个结果,当然大家全知道:
是纯银。这一点没有谁否认。　　　　　　　1340

有谁比那傻乎乎教士更兴奋?
哪怕是鸟雀迎着曙光在啼鸣,
哪怕是一只五月时节的夜莺,
哪怕是一个最最爱唱歌的人,
哪怕是一位最乐于赞美情分、　　　　　　　1345
最乐于歌颂女子贞德的贵妇,
哪怕是全副武装、为了保护
心上人的荣誉而出战的骑士,
比不上他学那种本事的兴致。
他对那个教士团教士这样讲:　　　　　　　1350
"看在为我们而死的基督份上,
如果你认为我还值得你指点,
请说:你那秘方要值多少钱?"

骗子道:"圣母在上,实话对你说,
价钱很贵,因为在英国除了我,　　　　　　1355

就一个托钵修士也会这一招。"

"没问题，看在主的份上，"他说道，
"我得付你多少钱，快请告诉我。"

"说真的，这个价钱很贵，"骗子说，
"总而言之，先生，你如果要的话，　　　　　　1360
愿主保佑我，就付四十镑算啦！
要不是刚才你对我那么友好，
我可以肯定，你可得多付不少。"

助理教士拿出了不少的金币，
总共四十镑，全都交给骗子，　　　　　　　　1365
换回来他的那一张所谓秘方；
当然，整个事情是骗局一场。

"我倒不在乎凭这出名，"骗子道，
"这套本事我不想让大家知道，
你若对我讲情义，就保守秘密；　　　　　　　1370
因为，人家若知道我这门技艺，
我指天起誓，为我这套炼金术，
那么，对我会产生极端的忌妒。
这样的话，我肯定就死路一条。"

"这种事上天不容，"主人说道，　　　　　　　1375
"你在说什么？我宁愿倾家荡产，
也不能让你遭受那样的灾难，
否则的话，我可真的会发疯！"

763

"为你的好意,先生,我祝你成功。"
骗子说道,"上天保佑你,再见啦。" 1380
此后,助理教士再没见到他;
过了不久,这个傻乎乎教士
拿出那个秘方,想照着试试,
却一无所获,秘方根本不灵!
瞧,就这样他受欺骗受愚弄! 1385
那个骗子就是用这种敲门砖,
叫人家中他圈套而倾家荡产。

各位想想,社会各个阶层中,
人们为了黄金争斗得多么凶,
以致市面上几乎已经看不见。 1390
炼金术之所以能把众人欺骗,
我可有实实在在的理由相信,
黄金很稀少是最重要的原因。
炼金术士讲起那独门秘术来,
含糊朦胧得总让人听不明白—— 1395
如今的人再聪明也没法听懂。
他们像松鸦一样絮叨个不停,
那种巴望和努力都在术语里,
但是他们永远也达不到目的。
只要有钱,想学炼金术不难, 1400
但学的结果总是花光了家产!

瞧这种荒唐把戏提供的报偿:
它把一个人的快乐变成悲伤,
它掏空原先又大又重的钱袋,
为破了财的蠢人把诅咒买来, 1405

用于骗走钱财的炼金术士们。
不要丢人啦,被烈火烫过的人!
唉,难道就不能够逃离烈火吗?
如今还在干的人,劝你放弃吧,
在彻底破产之前,回头还不迟。 1410
要不然,那就很难有出头之日。
任凭你总在寻觅,也找不到啥;
就像是胆子特大的一匹瞎马,
也不想想有危险就四处乱走,
胆子大得既不怕遇上大石头, 1415
也不愿避让而宁可一头撞上。
我说,搞炼金术的人也一样。
如果你眼睛没有足够的眼力,
那就别让你的心丧失判断力。
因为尽管你睁大眼睛到处找, 1420
在这行当里非但啥都挣不到,
本来你能挣到的,反倒会搞光。
别再玩这火,免得它烧得太旺;
我是说,这种勾当千万别再碰,
否则,好日子就会一天也不剩。 1425
现在,我要对你们简单讲一下,
在这件事上,先哲们讲过的话。

你们瞧,新城有位名人阿诺德,①
他在其作品《玫瑰园》里这样说——
我这里引用他原话,并无讹误: 1430

---

① 指 Arnaldus of Villanova(1235?—1314)是法国医生、神学家、星象家,《玫瑰园》是其炼金术方面的论文。

"没有人有本领能使水银凝固,
除非他请水银的弟兄来帮忙。"①
至于这个话谁第一个这么讲,
他说是炼金术的祖师赫米斯。②
后者说那条蛟龙无疑不会死,　　　　　　　　　　1435
除非被自己的那位兄弟所杀——
如果这改成了明明白白的话,
那么,龙代表的是水银或汞,
硫磺也就是它那所谓的弟兄,
它们分别从太阳、月亮中提取。③　　　　　　　　1440
"所以,"——我的话你们好好听取——
他讲,"不要忙着摸索那技艺,
除非,炼金术士讲话中的含义
和打算,能够完完全全弄明白;
谁听了这话还要干,就是蠢材。　　　　　　　　　1445
因为这门学问,或者说这知识,
是奥秘中的奥秘,这我敢起誓!"

同样,还有柏拉图的一个门徒,
有一次,曾经这样问他的师父——
他的著作中也曾提到这件事,④　　　　　　　　　1450
其实他提出一个问题,这就是:
"请你告诉我,点金石是何东西?"

---

① "水银的弟兄"指硫磺。
② 指 Hermes Trismegistus,传说中炼金术始祖,被认为写了很多魔法与炼金作品。
③ "太阳"和"月亮"分别是金和银的象征。
④ 这著作是 *Senioris Zadith Tabula Chemica*(《化学表解》)。此书作者应是 10 世纪阿拉伯炼金士穆哈米德·伊本·乌马伊尔。这段轶事的主人公不是柏拉图,是所罗门。

柏拉图很快回答了这个问题：
"就是人们称作钛石的石头吧。"

"那是什么？"他问。柏拉图回答： 1455
"就是镁石。""先生，这情况是不是
以更不懂的事解释不懂的事？①
好先生，我要请问：镁石是什么？"

"我说是水，是四大要素的组合。"
柏拉图对他的弟子这样回答。 1460
弟子又说道："如果你愿意的话，
请告诉我，什么是这水的根源？"

师父道："不，这个我不愿再谈。
每一个炼金术士都发誓保证，
绝不把他的秘密告诉任何人， 1465
不以任何方式在书中写下来。
因为基督对这个秘密很青睐，
不愿意随随便便就泄露出去——
除非按他那种神意，他愿意
给人类以启发，或者不给启发—— 1470
全看他的心意；我就说这些话。"

由此可得出结论：既然连天主
都不让智者哲人把秘密透露，
其他人怎么还能找到点金石？

---

① 本句原文为拉丁文。

所以我说最好就抛开这件事。　　　　　　　1475
因为如果谁敢于同天主作对，
干的事情同天主的意愿违背，
那么哪怕他炼金炼了一辈子，
他肯定还是不会过上好日子。
现在，我故事已到结束的地方；　　　　　　1480
愿天主让好人得救，永无悲伤！

教士跟班的故事到此结束

片段九（第8组）

伙食采购人的引子

下面是伙食采购人的引子

你们可知道去坎特伯雷路上，
在布岭森林附近有一处地方，
这个小乡镇叫作"颠上颠下"？①
在那里，旅店主人开始说笑话：
"各位怎么啦？枣红马陷进泥潭？②　　　　　　5
可有人愿意为了钱或者行善，
把落在我们后面的同伴唤醒？
抢钱的强盗很容易把他捆紧。
基督骨头！瞧他打瞌睡模样！
他立刻会从马上摔落到地上。　　　　　　　10
他可是一个倒霉的伦敦厨师？
叫他过来，他可得讲个故事；
我发誓他得受罚，他该知道——
哪怕他故事还不值一捆干草！

---

① 这是距离坎特伯雷两英里的哈伯尔当（Harbledown）。
② "枣红马陷进泥潭"意为事情进了停滞状态。这是一种游戏：把大木头之类东西搬进客堂中央，然后高叫"枣红马陷进泥潭！"于是有两个人想把这"枣红马"拖出屋，拖不动就一个接一个添人。旅店主人讲这话，表明他对拖拉在后面的厨师不满，也说明当时讲故事的事已有停滞倾向。

醒醒，你这厨子！主让你倒霉！　　　　　　15
有啥毛病？早上就这样打瞌睡！
被跳蚤咬了一夜，还是喝醉酒？
还是晚上同婊子鬼混得太久，
累得你现在连头都抬不起来？"

厨师血色全无的脸色极苍白。　　　　　　　20
他对店主道："愿主保佑我灵魂，
我感到很困，脑袋里昏昏沉沉，
也不知什么缘故，若让我睡觉，
给我喝一加仑好酒我也不要。"

伙食采购人说："好吧，厨师先生，　　　　25
如果这里一起走的人都赞成，
如果我们这旅店老板肯照顾，
而你也认为这样对你有好处，
那么我愿意先替你讲个故事。
因为一切都表明你身体不适：　　　　　　　30
真的，你现在脸色非常苍白，
眼睛里神情呆滞，毫无光彩，
我还闻到你呼出酸臭的气息——
当然，我绝不会为此恭维你。
瞧，这个醉鬼打哈欠的尊容，　　　　　　　35
像要把我们全都吞到肚子中。
看在你爹份上，快闭上嘴巴！
愿地狱里的魔鬼伸脚往里跨！
你嘴巴里的臭气熏坏了我们；
滚吧，臭猪！你这家伙要遭瘟！　　　　　　40
各位，注意这个结实的汉子吧！

好先生,你想练习骑马刺靶吗?①
我想你现在正好去一显身手!
你喝够了让你变成猴子的酒——
这时会拿着干草自顾自玩耍。"   45
厨师听了,气愤得说不出话,
只能朝伙食采购人把头乱摇,
接着马一跳把他从背上甩掉。
他瘫在地上直到人家扶起他——
厨师的马上功夫就是这么大!   50
唉,谁叫他不去拿自己汤勺!
这个苍白的倒霉鬼摊手摊脚,
人家费心费神地用力托住他,
又费了好大的工夫推推拉拉,
总算让他回到马鞍上。这时候   55
旅店主人对那采购人开了口:

"这人既然已完全被酒控制,
我以自己灵魂的得救来发誓,
他讲起故事来肯定不会精彩。
他喝下的酒无论新老或好坏,   60
他讲起话来总带浓重的鼻音——
好像脑袋着凉,呼哧个不停。

"要避免连人带马跌进泥潭
已经不简单,够他手忙脚乱。
如果他要再次从马上摔下来,   65

---

① 骑马刺靶是中世纪武士的活动。靶装在可水平旋转的横木一端,横木另一端是沙袋。练习时,武士骑马冲去,以矛刺靶,却要避免刺中后被旋转过来的沙袋击中。

那么把这具沉重醉尸往上抬,
真是有得我们要忙乎一阵啦。
不管他了,你讲你的故事吧。

"不过说真的,你这人有点愚蠢,
这样当着大家面数落他一顿。 70
说不定有朝一日他会报复你,
设下个什么圈套引诱你中计;
我的意思是,如果查你的账,
那么他只要举出小事情几桩,
就能够暴露出你的弄虚作假。" 75

伙食采购人说道:"这就厉害啦!
这样,我就轻易地落进他手掌。
我宁可为他骑的那匹马付账,
也不愿以后他来找我的麻烦,
老天保佑,我再不把他冒犯! 80
刚才我的话,只是开玩笑而已。
你知不知道,我的这个葫芦里
装满着酒,是成熟葡萄的佳酿?
现在,你马上能看到笑话一场:
我要请他喝酒,要给他这葫芦; 85
哪怕要他命,他不会对我说不!"

事实上,情况像他说的那样,
厨师很快把葫芦里的酒喝光。
为啥还要喝呢?他早已喝够!
在这号角上呼噜呼噜几下后, 90
他把葫芦还给了伙食采购人。

这么几口酒喝得他出奇兴奋,
对那个伙食采购人感激不尽。

这时候旅店主人笑出了声音,
说道:"我看,不论我们哪里去, 95
该带上些好酒,以应不时之需;
因为它能够消除不快与敌意,
能以和谐与亲密使怨气平息。
"巴克斯呀,愿你的名受到颂扬,
你能化严肃认真为儿戏一场! 100
但愿大家都来崇拜和感谢你!
不过,这个话现在就说到这里。
伙食采购人,请讲你的故事吧。"

对方答道:"好吧,先生,听好啦。"

伙食采购人的引子就这样结束

伙食采购人的故事

伙食采购人的乌鸦故事由此开始

有一些古代的典籍告诉我们,   105
福玻斯曾在地面上住过一阵,①
是当时最强有力的年轻武士,
并且以射箭最准而闻名于世。
一天巨蟒皮同在阳光下睡觉,
福玻斯瞅准了机会把它杀掉。   110
人们还可以读到,他用硬弓,
立下了许许多多伟绩与丰功。

他能够演奏各种乐器和乐曲;
他唱起歌来,歌声嘹亮清晰,
唱出的曲调更是美妙又动听。   115
要说安菲翁这位底比斯国君,
虽然能够凭歌声把城墙建造,
唱得肯定没有福玻斯一半好。
这还不算,他是最英俊的男子——
从开天辟地到现在,都是如此。   120
有什么必要把他的容貌描绘?
反正世界上没有人如此俊美。
除此之外,他生性高贵勇敢,
简直在一切方面都尽美尽善。

福玻斯不愧是年轻武士之花,   125

---

① 福玻斯是希腊神话中的太阳与诗歌音乐之神。

他为人处世极其慷慨而豪侠。
传说中的他手里常拿一张弓,
这既是因为杀掉过巨蟒皮同,
也表明消遣取乐不能少了它。

福玻斯家里饲养着一只大鸦—— 130
长久以来,关在笼子里喂养,
又教它说话,像教松鸦那样。
这只鸦浑身雪白同天鹅无异,
还能模仿任何人说话的声气——
只要它想讲故事给它主人听。 135
不但如此,世上没一只夜莺
能唱它那种优美欢乐的曲调,
真是连它的万分之一都不到。

话说福玻斯家里还有个女人,
他爱这女人像爱自己的命根, 140
无论白天和黑夜他尽心尽力,
百般地敬重疼爱,要她满意,
只是有个事实得讲给你们听:
他爱妒忌,把女人看得最紧,
因为很怕在背后受人家愚弄。 145
当然在这方面别人并无不同;
但是妒忌没有用,帮不了忙。
一个好妻子,言行举止端庄,
根本就不该心怀疑虑地监视;
而监视一个水性杨花的妻子 150
根本就没用,力气全都白花。
所以我认为,只有地道傻瓜

才会白费精力,去看住妻子;
先贤们生前已写下这样的事。

现在言归正传,接着前面讲。 155
高贵的福玻斯竭尽所有力量
取悦妻子,以为能讨她欢喜,
而凭他的男子汉气概和能力,
别人难使他丧失妻子的欢心。
但是天知道,天下任何生灵 160
都有大自然赋予的种种本质——
要改变本质,没人有此本事。

比方说鸟吧,它关进笼子里,
哪怕你对它的照料尽心尽力,
哪怕你亲切地安排它的饮食, 165
把你想到的各种美味给它吃,
哪怕你尽量把它弄得最干净,
鸟笼的材料哪怕是锃亮黄金,
要它待在里面却万般不愿意,
宁可去冷飕飕的莽莽树丛里, 170
去找虫子之类的脏东西吃。
为了让自己能逃出那个笼子,
这只鸟会时时刻刻寻找时机,
因为自由是它最想要的东西。

再说猫吧,给它吃新鲜鱼肉、 175
吃牛奶,给它的床铺上丝绸,
但只要它看见墙边走过老鼠,
立刻就置牛奶和鱼肉于不顾,

也不要屋里所有的那些美食,
因为按它口味,老鼠最好吃。　　　　　　　180
瞧,在这里天性是它的主宰,
天生的口味使它分不出好坏。

雌狼的天性也非常粗鄙猥陋,
每当它想有一个配偶的时候,
哪怕它找到的公狼最最卑鄙,　　　　　　185
最最声名狼藉,它也不嫌弃。

我的这些比方都不是指女士,
指的都是那些不忠实的男子。
因为男人有一种好色的本性,
甚至对卑下低贱的东西钟情,　　　　　　190
尽管他在外遇到的那种女人
远不如他妻子美貌忠贞温存。
肉体总是爱猎奇而不顾危害,
对任何事物都不会长久喜爱,
只要那事物同美德有所联系。　　　　　　195

福玻斯没有料到人家的诡计;
尽管很有吸引力,却被欺蒙,
因为他妻子另有个相好的人。
这个人,根本就没什么名望,
要同福玻斯相比完全谈不上。　　　　　　200
不幸的是,这类事世上常有,
由此带来多少的痛苦和哀愁。

事情就是,福玻斯每次出外,

他妻子立刻把那野汉子找来。
野汉子？对，这是粗俗字眼—— 205
我要请求你们，原谅我这点。

柏拉图的至理名言不妨一读；
他说：用词与事实必须相符。
如果想确切地说明一件事情，
用的词必须同所讲的事相应。 210
我是个粗鲁汉子，对我来讲：
哪怕贵妇人的地位高高在上，
但只要她那个身子并不贞洁，
那么同下贱女人没真正区别。
要说有区别，也就仅仅在于： 215
假如上下两种人都有了外遇，
那个身居上流社会的贵妇人
就被称为她那情郎的心上人；
而另一个女子因为地位不高，
就被称为那男的姘头或相好。 220
但是天主知道，亲爱的兄弟，
人们对这两种人同样看不起。

一个卑微的恶棍篡夺了大权，
同任何匪徒或流窜盗贼之间，
我说也没啥不同，情形相像。 225
曾经有人对亚历山大大帝讲，
说是因为暴君们掌握了大权，
手下人多势众，杀人很方便，
又能烧房烧屋，叫人吃苦头，
这种人就被称作首领或领袖； 230

而盗匪由于啸聚的人数有限，
比起暴君来，为害毕竟较浅，
不能荼毒整个的国家和民族，
于是盗匪成了对他们的称呼。
不过我这人并没有什么文化， 235
一点也不会引用书中的原话，
就像先前那样，继续讲故事。

福玻斯的妻子叫来相好之时，
他们总迫不及待又毫无顾忌。

那只白鸦始终就待在笼子里， 240
看到他俩放荡，没说一句话。
可是等到主人福玻斯一回家，
它就立刻唱道："绿帽子！绿帽子！"

福玻斯问它："你在唱什么曲子？
鸟儿呀，以前你唱得总很欢乐， 245
所以，我从心底里爱听你的歌。
可天哪，你这唱的是什么曲子？"

"凭天起誓，我没唱错，福玻斯，"
白鸦回答道，"尽管你十分高贵，
尽管你非常高尚，又极其俊美， 250
尽管你能弹善唱，看管也紧，
你却被一个小人蒙住了眼睛。
这个人，根本没有什么名气，
算不了什么东西，同你一比
只是个蚊蚋，但是我可担保， 255

我看见他同你妻子上床睡觉。"

你们还要知道什么?这白鸦
列出证据,毫无顾忌告诉他,
说他的妻子是个通奸的淫妇,
使他遭到了损害又蒙受耻辱。 260
它一再断言亲眼看见错不了。

福玻斯听了这话,转身走掉,
他觉得他的心快要碎成两半。
他拿起弓来并把箭搭上了弦,
终于在盛怒之下把妻子射杀。 265
对这结局,再没什么可说啦。
他伤心之余,不再弹琴歌唱,
把他的各种乐器摔碎在地上;
接着又把弓和箭统统拗断掉。
在这以后,对白鸦这样说道: 270
"奸贼,你的舌头像蝎子一样毒,
竟然就这样毁了我人生之路!
我何必来到世上?干吗不去死?
哦,欢乐的珍宝,我亲爱的妻子!
过去,你一直都无限忠实于我, 275
可现在你已经去世,面无人色。
我相信你清白无辜,我敢发誓!
鲁莽的手啊,犯下这邪恶过失!
唉,昏乱的神志,胡乱就动怒,
竟这样毫无理性,杀害无辜! 280
不信任的心中满是无端猜疑!
你的理智和你的审慎在哪里?

人们，对鲁莽千万可得留心！
没有确证，任何事情别相信；
没弄清缘故，别伸攻击之手。　　　　　　285
在你心存怀疑而愤怒的时候，
如果要行动，那么行动之前，
要非常冷静，仔细考虑一番。
千百人只因为一时怒火中烧，
就毁了自己，陷入烦恼泥淖。　　　　　　290
唉，这样的伤心使我不想活！"

"全是你这奸贼，"他对白鸦说，
"我要你受到胡说八道的报应！
尽管，你以前唱得像一只夜莺，
我马上就要让你的嗓子毁掉，　　　　　　295
叫你丧失全身每一根白羽毛，
叫你一生一世都有话讲不出。
对一个奸贼，就该这样报复；
你和你的后代将一身黑羽毛，
将永远不能发出美妙的啼叫，　　　　　　300
只会在暴风骤雨中发出哀鸣，
以表明我的妻子因你而丧命。"
接着他冲了过去把白鸦捉牢，
很快就拔掉它的每根白羽毛，
把它全身弄黑，又毁它嗓门，　　　　　　305
让它不能出声后往门外一扔，
叫它见鬼去（我也就把它打发）；
正是这缘故，如今全是黑乌鸦。

各位，请你们通过这个事例，

对我下面讲的话注意和牢记： 310
一生一世都不要去对人家讲，
说他的妻子同别的男人上床——
他肯定因此而恨你恨得要死。
明智的学者说过这样一件事，
说是所罗门要人家讲话留神。 315
我先前说过，我没什么学问，
但母亲对我说过这样一番话：
"儿呀，凭天主之名，想想那乌鸦！
儿呀，管住你舌头就留住朋友。
魔鬼再坏，也难比得上毒舌头—— 320
对魔鬼，你还能请天主保佑你。
儿呀，天主出于他无限的好意，
在舌头之外围上牙齿和嘴唇，
为的是让人说话时多多留神。
儿呀，才学之士教导我们说， 325
多少人因为话多招来杀身祸；
而一般来说，谨言慎行的人，
不会因寡言少语而惹祸上身。
儿呀，应该无论在什么时候
好好管住舌头，除非用舌头 330
经常向天主祈祷，以表示崇敬。
第一项美德，儿呀，你若要听，
我便告诉你，就是管好你舌头——
要这样教导孩子，趁他们年幼。
言多必失，人家常对我这样讲； 335
儿呀，三言两语就足够的地方，
多说多话，反而会带来些危害，
说话说得多，自会把罪恶夹带。

你可知道，鲁莽的舌头像什么？
就像是一把快刀，能切又能割， 340
能把手臂斩两段，亲爱的儿子，
同样，鲁莽的舌头能斩断友谊。
天主最讨厌喋喋不休的人们。
看看那位贤明可敬的所罗门，
读读大卫的《诗篇》，读读塞内加。 345
若听到碎嘴子在讲危险的话，
儿呀，你千万千万不要开口，
你就假装是聋子只顾低着头。
佛兰芒人的谚语你不妨学习：
少说些废话就能多一点休息。 350
只要你嘴里没出过恶言恶语，
儿呀，就没有被出卖的恐惧；
但是我敢说一句：讲错了话，
这个错话就永远没法收回啦。
一旦把话说出口，就一去不回—— 355
不管你愿意不愿意，甚至后悔。
如果，你讲了感到懊悔的话，
就成奴隶，听的人是你东家。
还得注意，任消息是假是真，
儿呀，可别做说三道四的人。 360
无论你在贵人中，或在平民里，
要管好舌头，乌鸦的事要牢记。"

伙食采购人的乌鸦故事到此结束

片段十（第9组）

堂区长的引子

下面是堂区长的故事引子

伙食采购人讲完故事的时候，
我看了一眼已经不高的日头，
它早越过最高点，偏在西方，
其高度不会在二十九度以上。
我估计这时应该是下午四时，　　　　　　　　　　5
因为我当时落在地上的影子
依我看大约十一英尺多一点，
而我的身高几乎是它的一半，
就是说我的身高正好六英尺。
这时候我们走近一个小村子，　　　　　　　　　　10
黄道位置上的月亮正在升起，①
我要说的是天秤宫正在升起。
旅店主人一直为大家带着路，
这时照例向我们这帮人招呼，
对大家这样说道："各位听着，　　　　　　　　　　15
现在我们的故事只缺了一个。

---

① 研究中古英语及乔叟作品的专家斯基特（1835—1912）认为，这里的月亮应当是土星（也可能是抄写人笔误）。据认为，行星在黄道位置时，"影响"最大。

我的规定和裁判将到此为止,
我想我们已听到了各类故事。
大家几乎已完成了我的安排。
我求天主,谁自愿讲个故事来, 20
就让他交上好运。"接着他讲:

"你是教区牧师呢还是堂区长?
教士先生,我请你照实说出来!
不管是啥,我们的规矩别破坏。
现在除了你,故事大家已讲过; 25
打开你的话匣,让我们看看货。
说真的,依我看你的这副神气,
讲个意义重大的故事没问题。
我凭鸡骨头要求你,快快讲吧。"①

这位堂区长一听之后就回答: 30
"你别指望我讲些虚构事情。
保罗曾经给门徒提摩太写信,
责备有些人讲的与事实背离,
只是些虚假故事或类似垃圾。
既然只要我愿意就可播种麦, 35
那么去播种糠皮我又何苦来?
所以我说:如果你们愿意听
有关道德规范和美德的事情,
如果你们都能够仔细地听取,
那么为了崇敬基督,我乐于 40
尽力给你们合理合法的娱乐。

---

① 这里的"鸡骨头"是委婉语,实际意思为"神的骨头"。

但我出身在南方,请原谅我:
那种龙—朗—鲁的韵律掌握不了,①
但是天知道,押尾韵未必就好。
你们若愿意,那我直截了当,   45
快活的故事干脆就用散文讲,
以此结束我们这讲故事盛会。
愿耶稣以他的恩典赐我智慧,
让我在这旅途中给你们指路,
指出一条完美而光明的路途,   50
也即去天国的耶路撒冷之道。②
如果你们赞成,我已准备好,
立刻就能开始;现在我征求
你们意见。其它的话我没有。

"不过,我希望我的这篇讲道   55
能随时得到教会人士的指教。
因为对具体经文我不太熟悉——
但是相信我,我是取其大意。
所以我要向你们明确地声明:
讲的内容,我随时愿意更正。"   60

听了他的话,我们立刻同意,
觉得这样很合适也很有意义,

---

① 当时英国北部与西部诗歌有古英语诗的格律特点,即头韵体。所谓押头韵,就是诗行中读重音的词以相同的辅音或元音开头,因此听上去铿锵有力,原作中的 rum, ram, ruf 即以三个押头韵的词模仿这一特点。可参看拙文《英诗格律的演化与翻译问题》(《外国语》1994 年第 3 期或湖北教育版《英语诗汉译研究》)。
② 这里以去坎特伯雷朝圣喻更高的朝圣之旅——去称作新耶路撒冷的天国。

该给他时间来一篇道德教诲,
以此来结束这样一次故事会。
于是一致要旅店主人对他讲: 65
大家都有听他讲故事的愿望。

店主就代表我们朝着他说道:
"教士先生,现在祝你运气好!
我们都乐意听,你讲什么都行。
但太阳快要下山了,可得抓紧。① 70
现在,请做好准备开始讲道吧。
但要简短一点,要有益于大家。
愿主赐给你恩典,让你讲得好!"
听到了这话,堂区长开始讲道。

引子结束

---

① 在有的版本中,这段文字到此结束。

堂区长的故事

堂区长的故事由此开始

> 耶.6°,你们当站在路上察看,访问古道,那是善道,便行在其间。这样,你们心里必得安息……①

我们亲爱的天主不要任何人灭亡,却要我们所有的人知道他,得到幸福的永生。/他通过先知耶利米教导我们说:"你们当站在路上察看,访问古道(就是说,古时候的道),那是善道,便行在其间。这样,你们心里必得安息。"有很多精神之道引导人们走向主耶稣基督和那荣耀国度。这些道中,有一条十分高尚正确的道,无论对男对女都切实可行,尽管他们因犯了罪孽而迷路,偏离了通往天国的耶路撒冷之道。/这条道叫作忏悔。对此,人们应当打心底里喜欢听并一心弄明白:什么是忏悔,为什么叫忏悔,忏悔有哪些作用,忏悔分几种,哪些事对忏悔来说有关联或至关重要,哪些事会妨碍忏悔。

圣安布罗斯说:"忏悔是一个人为犯下罪孽而痛心,表明他再也不会做任何使他痛心的事。"另一位饱学之士说:"忏悔表明一个人为自己的罪孽而悲痛,为做错事而惩罚自己。"/某些情况下,忏悔表明一个人为他的过错而悲痛伤心,真正感到悔恨。真正忏悔的人,首先要为犯的罪孽感到悔恨,下决心坦白出来并以苦行赎罪,以后决不再干任何使他后悔或伤心的事,而要继续做好事;

---

① 这段引文出自《旧约全书·耶利米书》第6章第16节(耶.6°表示《耶利米书》第6章),原作中为拉丁文。文字内容与下面第一节中相应文字及汉语《圣经》中相应文字内容完全一致。

不然他的悔罪对他没用。圣伊西多尔[①]说得好:"一个人很快重犯使他悔恨的罪孽,就嘲弄了别人又撒了谎,绝不是真正悔罪。"哭泣,而不停止犯罪,那就没用。/然而一个人哪怕经常失足跌倒,也总希望得到宽恕,希望通过忏悔而爬起来;当然,这想法存在很大疑问。圣格列高利说得好:"身上若压有恶行的重负,那么要从罪孽中爬起来很困难。"所以,忏悔的人若在罪孽远离他们前,自己先远离罪孽并停止犯罪,那么神圣教会认为他们肯定能得救。犯了罪的人在最后时刻真心悔过,那么由于他忏悔,出于主耶稣基督的伟大仁爱,神圣教会还是希望他得救;不过,你们还是走一条稳妥的路吧。

现在我讲明了什么是忏悔,你们得明白,忏悔要做到三点。/第一点是,犯了罪应当受洗。圣奥古斯丁说:"一个人除非为从前的罪恶生活忏悔,就不可能开始清白的新生活。"事实上,一个人如果不忏悔以前的罪孽而受洗,那么在真正忏悔前,他只是形式上受洗,却没有蒙受上天恩典,他的罪没得到宽恕。另一种欠缺是,人们在受洗后犯了重罪。第三种欠缺是,人们受洗后天天犯一些可宽恕的罪。/对此,圣奥古斯丁说:"对于善良而谦卑的人来说,忏悔是每一天的事。"

忏悔有三种类型。一种是公开的,一种是集体的,第三种是私下的。公开忏悔有两种形式。一种是在大斋节由神圣教会逐出教门,这对杀死孩子之类的罪行施行;另一种是,一个人公开犯罪时,就当众宣布犯这罪的可耻,然后神圣教会做出判决,强迫他公开忏悔。所谓集体忏悔,就是在某些情况下,教士责令人们进行集

[①] 圣伊西多尔(560?—636)是西班牙基督教神学家、西方拉丁教父、大主教及学者。

体忏悔,有时可以是光着身子或光着脚去朝圣。/ 私下忏悔是人们经常为他们的罪孽而进行的,在这种忏悔里,我们私下坦白罪孽,私下接受自我惩罚。

现在你们应当明白,真正而完全的忏悔有什么必要条件。这建立在三件事上:心中痛悔、口头坦白和苦行赎罪。对此,圣约翰·克里索斯托①说:"一个人心里痛悔,口头坦白并肯苦行赎罪,那么忏悔能使他欣然接受加在身上的每种惩罚,做出种种谦恭行动。"这种忏悔对三种事有效,而我们会因这三种事,惹主耶稣基督生气。/ 它们是:思想上贪图享乐、言辞上鲁莽轻率、行动上邪恶造孽。对付这些邪恶靠忏悔,这忏悔可以比作一棵树。

这树的树根是痛悔,痛悔深藏在真正忏悔者心中,像树根隐藏在土里。从痛悔的树根长出树干,树干上有坦白的枝叶,有赎罪的果实。关于这点,基督在《福音书》中说:"结出与忏悔相当的果实。"② 通过果实,人们可以了解树,而不是通过藏在人心中的根,也不是通过坦白的枝叶。/ 所以主耶稣基督说:"通过果实,你了解他们。"同样,从这根长出天主恩典的种子,这种子是根本保证,殷切而热烈。这种子意味的恩典来自神,因为他想到世界末日和地狱里种种惩罚。关于这事,所罗门说:"敬畏神而远离罪恶。"这种子的热量就是神的爱和对永恒欢乐的热望。/ 这热量把人心引向神并使人痛恨自己罪孽。真的,对婴儿来说,没有东西的滋味像奶娘的乳汁那么好;而乳汁中如果混进其它食物,那么对婴儿说来,就没什么东西的滋味比这更讨厌。同样道理,在一个爱自己罪恶的罪人看来,罪恶比别的东西都

---

① 约翰·克里索斯托(347?—407)是希腊教父,君士坦丁堡牧首(398—404)。擅辞令,有"金口"之誉。因急于改革而触怒豪富权门,最后死于流放途中。
② 见《新约全书·马太福音》第3章第8节。

好；但一旦开始全心热爱主耶稣基督并希望永生，那么对他来说，没什么比罪恶更可怕。事实上，神的律法就是要热爱神。对此，先知大卫说："我爱你的律法并痛恨罪恶与仇恨。"谁热爱神，谁就遵从神的律法，听从神的话。/由于尼布甲尼撒王看到幻象，先知但以理也就看见这一精神之树并建议他赎罪。对于接受赎罪的人来说，赎罪就是他们的生命之树，而所罗门说，真心忏悔的人将受到祝福。

在忏悔或痛悔中，应当明白四件事，即什么是痛悔，什么原因使人痛悔，应该怎样痛悔和怎样的痛悔于灵魂有益。回答是：痛悔是一个人为所犯罪孽而在内心感到的真正悲伤，决心坦白出来，要赎罪并永不再犯。这悲伤应当像圣贝尔纳讲的那样："在心中沉重、痛苦而剧烈。"/首先，由于人冒犯了创造他的主；而由于冒犯了天父，所以就更剧烈；而由于冒犯并触怒了救赎他的基督，所以还更剧烈，因为基督用自己的宝血拯救我们，把我们从罪恶的束缚、魔鬼的残酷和地狱的痛苦中解救出来。

促使人痛悔的原因有六。首先，一个人应当记住他的罪孽；但是要注意，这回忆对他来说绝不是快乐，相反，他应当为所犯的罪感到莫大的羞愧和伤心。约伯说："犯了罪的人做了应当忏悔的事。"所以希西家①说："我要怀着痛苦心情回顾一生中所有的岁月。"/神也在《启示录》中说："记住你是从哪里跌落的。"因为在第一次犯下罪孽前，你们是神的孩子，是神的国度里的成员；但由于犯了罪，你们变得可鄙又可恶，成了魔鬼的

---

① 希西家（公元前715？—前687？在位）是耶路撒冷犹太国王，大卫王的后裔和第十三代继承者，企图发扬希伯来宗教传统，获得政治独立，登基后曾参与反亚述的活动。

孩子，受到天使的憎恶和神圣教会的谴责，成了那不义之蛇的食物，成了地狱之火源源不断的燃料。由于一犯再犯，就像狗时时回来吃它呕吐的东西，你们就更加可恶可恨。你们长期待在罪恶里，保持着罪恶的习惯，就更可恶，因为你们在罪恶里就像畜生在其粪便里一样污秽。这想法使人为他的罪孽感到羞耻而非快乐，就像神通过先知以西结①说的：/"你应当记住走过的路并感到羞耻。"不错，犯罪就是引人们去地狱之路。

人应当鄙视罪恶的第二个原因，用圣彼得的话说，就是："谁犯下罪孽，就是罪孽的奴隶。"罪恶确实把人深深置于奴役中。所以先知以西结说："我悲伤地走去，怀着对自己的鄙视。"是啊，人应当鄙视罪孽，脱离奴役和堕落。瞧瞧塞内加在这事上是怎么说的。他说："哪怕我确知神和人都不会知道，我还是不屑于犯罪。"塞内加还说："我生来不是要做我肉体的奴隶，也不是让我的肉体做奴隶；是要做高于这二者的事。"/任何男女，如果要让其肉体成为最坏的奴隶，就把肉体交给罪恶。最低贱的男女活在世上毫无价值，把肉体交给罪恶后，这种人更可恶，更有奴性。人越是从高位上跌下，就越是奴隶，在神和世人的眼光里越显得可恶可憎。好天主啊，人的确应该鄙视罪恶；因为一度享有自由的人犯了罪，如今受到束缚。为此，圣奥古斯丁说："如果你仆人犯了罪，你就瞧不起他，那么你自己犯了罪也要瞧不起。"/做人要自重，不要自己作践自己。唉，有些人成为罪恶的奴仆，应当为人所不齿，为自己羞愧，因为神出于无限好意，曾把他们安置于高位，给他智慧、

---

① 以西结为公元前6世纪的以色列祭司和先知，相传《旧约全书》中的《以西结书》是其所作。

体力、健康、美貌、昌盛，用他心头宝血救赎他们，可他们邪恶地以怨报德，戕害自己灵魂。慈悲的神哪！你们这些国色天香的女人，要记住所罗门的隽语。他说：/"漂亮女人如果只是听命于肉体的傻瓜，她就像挂在母猪鼻子上的金环。"因为正像母猪用鼻子在粪堆里乱拱，她也用美貌在恶臭的罪恶粪堆中乱拱。

使人痛悔的第三个原因，是对最后审判日以及对地狱里种种可怕惩罚的恐惧。圣哲罗姆说："每想到最后审判日，我总是不寒而栗；因为无论在吃喝或干别的事情，总觉得耳朵里响着那号角声，/那是叫死者起来，去接受最后审判。"好天主啊！对这审判，人确实应当怀有深深恐惧。圣保罗说："我们都将在那地方，在主耶稣基督宝座前。"在那里，大家聚集在一起，没一个缺席；因为事实上，任何缺席理由和借口都不起作用。那时，不但我们的过错要受审判，我们的一切作为也要公之于众。/圣贝尔纳说："那时，任凭怎么哀求、怎么耍花招也没用，我们要为每句废话而受惩罚。"那时，我们面对的审判官不会受腐蚀和欺骗。什么缘故呢？缘故就是他确知我们的任何思想，不会被祈祷或贿赂腐蚀。因此所罗门说："神的震怒不会饶过任何罪人，哪怕他祈祷或献祭。"在最后审判日，谁也别指望逃脱。因此圣安塞姆[①]说："那时一切有罪的人大难临头；上面坐着那位严厉而发怒的审判官，这判官的宝座下是地狱的可怕深渊，地狱张着大口，要吞灭不得不承认自己罪行的人，而他的罪行将公开暴露在神和一切生灵面前。/左边有许多恶鬼，数目之多谁也想象不出；这些恶鬼想

[①] 圣安塞姆（1033？—1109）是欧洲中世纪神学家，早期经院哲学的主要代表，1093年任坎特伯雷大主教。

袭击有罪的灵魂,把他们拖进地狱受罚。他们内心有良知的剧烈责备,身外则是熊熊燃烧的世界。那时,焦头烂额的罪人往哪里逃?到哪里藏身?他肯定无处藏身,他得走出来,暴露在众目睽睽之下。"因为正像圣哲罗姆说的:"大地会把他抛出来,海洋也会,天空也会,空中将充满轰雷和闪电。"我想,无论谁好好想想这些事,就肯定不会为他的罪孽而高兴,相反,会因为害怕地狱中的惩罚而大为担忧。/ 所以,约伯对神说:"主啊,在我一去不返地前往那黑暗之地前,请让我哭一场!那地方笼罩在死亡阴影下,是苦难和黑暗之地,满是死亡阴影;那里没有秩序和法规,只有无穷无尽令人毛骨悚然的恐惧。"看吧,这里你们能看到约伯在祈祷,要求给他一点工夫,为他的罪孽哭泣一阵;因为千真万确的是,得到一天的宽限也比全世界所有的珍宝好。在神的面前,既然人能够在人世凭忏悔救赎自己,而不是凭珍宝,那就应当求神宽限他一点时间,为自己的罪孽痛哭一番。事实上,从开天辟地以来,人们造成的一切痛苦,同地狱里的痛苦一比,只是小事一桩。/ 至于约伯为什么称地狱为"黑暗之地",那就请你们明白:称之为"地",因为地稳固而不会落空;称之为"黑暗",因为地狱里没有照明。事实上,对地狱里的人来说,那里永远燃烧的火发出的黑光会使他周身痛苦;让他暴露给那些折磨他的恶鬼。"笼罩在死亡阴影下",就是说,进了地狱的人将见不到神,因为,事实上见到神就是永生。"死亡的阴影"就是那倒霉者犯的罪孽,这遮在他眼前,使他见不到神的脸,就像乌云隔在我们和太阳中间。/ 说"苦难之地",因为那里有三种苦难,正好同人们现世生活中的三样东西相反,这就是荣誉、快乐和财富。地狱里没有荣誉,有的却是耻辱和毁灭。你们很清楚，所谓"荣誉"就是人给予人的尊敬；但地狱里没有荣誉，也没有尊敬。事实上，那里对国王就像对奴仆一样，没尊敬可言。关于这点，神通过先知耶利米说："现在轻视我的人将受到轻视。""荣誉"还意味着位高权重；但地狱里没有谁侍候谁，除非给人家吃苦和受罪。"荣誉"还意味着尊荣显赫；但是在地狱里，所有的大人物都受恶鬼蹂躏。/神说："可怕的恶鬼将去找罚入地狱的人，骑在他们头上。"因为现世生活中越身居高位，在地狱里的地位就越低，越受到作践。地狱里没有现世的财富，有的是贫穷困苦。这贫穷有四个方面：一是没有财宝；关于这点，大卫说："富人一心一意只顾着世上财宝，但他们都得睡在死亡的阴影里，那时他们将发现手中一无所有。"不但如此，地狱里的困苦是没有饮食。因为神通过摩西说："他们将饿得瘦弱不堪，地狱之鸟将啄食他们，叫他们欲死不能；他们喝的是地狱恶龙的胆汁，吃的是恶龙的毒涎。"/接下去，他们还苦于没有衣服，全身赤裸，周围只有烈火和乌七八糟的东西；他们灵魂也赤裸，没一切德行，而这是灵魂的衣着。那时，哪里还有光鲜的袍子、合身的衬衣和柔软的床单？关于这些人，听听神通过以赛亚①说的话："他们下面将满是飞蛾；而盖在他们身上的，将是地狱里的蛆虫。"再接下来，他们还苦于没有亲友；因为有好朋友的人不算苦，所以那里根本没有朋友；无论是神，无论是谁，都不会视他们为朋友，而他们彼此之间怀着怨恨，势不两立。/正像神通过先知弥迦②所说的：日日夜夜，"儿女将背叛父母，亲人相互为敌，彼此咒骂并

190

195

200

---
① 以赛亚为公元前8世纪的希伯来先知，《旧约全书》中有《以赛亚书》一卷。
② 弥迦也是《圣经》中的人物，为公元前8世纪希伯来先知，《旧约全书》中有《弥迦书》一卷。

不把对方放在眼里"。本来相亲相爱的人到了那里，个个都恨不得吃了对方。至于在繁荣昌盛的现世生活中本就互相仇恨的人，在痛苦的地狱里怎么能相亲相爱？相信我：他们肉体的爱就是不共戴天的恨。先知大卫说得好："谁爱邪恶，谁就恨自己灵魂。"无论是谁，如果恨自己灵魂，就绝不可能以任何方式爱任何人。/所以地狱里没有慰藉，没有友谊；在那里，原先世俗关系越密切，他们的相互咒骂就越凶，仇恨就越深。接下去的一点是：他们没有任何娱乐。事实上，娱乐由五种感觉而来，即视觉、听觉、嗅觉、味觉和触觉。而在地狱里，他们眼前是一片黑暗和浓烟，所以眼睛里满是泪水；他们听到的全是哭号和咬牙切齿声，就像耶稣基督说的；他们鼻孔里满是臭烘烘气味。而且，像先知以赛亚说的："他们嘴里满是苦胆的滋味。"至于他们身体的触觉，那么就像神通过以赛亚所讲，是"永不熄灭的火和永远不死的蛆"。/他们不能指望自己痛苦而死，从而摆脱痛苦，于是懂得了约伯那句话："那里有死亡的阴影。"当然，任何东西的影子同那东西本身相像，但影子不是那东西。地狱里的惩罚也这样，那惩罚由于其可怕痛苦而很像死亡。为什么这么讲呢？因为那惩罚是永远的，他们似乎立刻会死，但事实上不会死。正像圣格列高利所说："给那些可悲的囚徒没有死亡的死亡，没有了结的了结以及永无止境的匮乏。他们虽说死亡，却永远活着；虽说已经了结，却永远在开始；而他们的一无所有将永远不变。"/所以，《福音书》作者之一的圣约翰说："他们将寻求死亡，但求而不得；他们巴不得死，但死神从他们身边逃走。"约伯也说："地狱里没有任何秩序。"尽管神创造万物秩序井然，没有一样无秩序，每样东西有秩序又有定数；然而那些罚入地狱的却没有秩序，也不遵守任何秩序。大地不会为他们结出果实。就像先知大卫说的："神将毁掉地上果实，不给他们。"没有水滋润他们口舌，没有空气使他们神清气爽，没有火为他们照明。/ 圣巴西勒①说："神把世上熊熊燃烧的火给罚入地狱的灵魂，把火的光明给他天堂里的孩子们。"就像当家人把肉给孩子，把骨头给狗。由于他们绝无逃走可能，所以圣约伯最后说："那里将有无穷无尽令人毛骨悚然的恐怖。"恐怖就是时刻担心灾祸降临，而罚入地狱者的心中，这担心永远存在。所以他们丧失了一切希望，而这有七个原因。首先，作为审判官的神对他们没有怜悯；他们无法使神和神的任一位圣徒满意；没任何东西可用来救赎自己；/ 无法开口对神说话；无法逃脱惩罚；没任何善可供出示以免受惩罚。所罗门说："邪恶的人死后不可能逃脱惩罚。"所以无论是谁，若愿意好好了解这惩罚，想想自己的罪孽足以受罚，他肯定想叹气流泪，而不想唱歌戏耍。正像所罗门讲的："谁有这份智慧，知道为惩治罪孽而准备了怎样的处罚，他就会悲哀。"圣奥古斯丁也说："知道这情况的人，心里会大哭一场。"/

使人痛悔的第四点，是不愉快的回忆；这是回忆他留在世上的善，回忆自己丧失的善。他留下的善无非两种，一是犯重罪前做的好事，一是以有罪之身做的好事。事实上，他犯重罪前做的好事，因他一再犯罪而不断受到削弱，终于变得不起作用。而另一种好事，就是他以重罪之身所做的，对于他进天堂获永生却完全不起作用。再说那种因反复犯罪而不起作用的好事，那种享受天恩时做的好事，只有靠忏悔才恢复作用。/ 关于这

---

① 圣巴西勒（329—379）是基督教希腊教父，曾制订隐修院制度。

点，神通过以西结说："正直的人若放弃正直，去干邪恶的事，他能活吗？"不能，因为他做的很多好事将一笔勾销，他得死在他的罪恶中。圣格列高利在同一章里说："我们该了解的主要一点是：一旦我们犯下重罪，即使举出以前做的好事，也都没用。"可以肯定，既然犯了重罪，就不能指望以前做的好事能有帮助，就是说，在进天堂获永生一事上毫无用处。/ 不过只要痛悔，我们做的好事就可发挥作用，在进天堂获永生一事上产生影响。至于犯重罪后所做的好事，因为是在有重罪的情况下做的，就永远起不了作用。事实上，这种根本没有生命力的事永远不可能使其有生气。不过话说回来，尽管这种事无助于获得永生，却有助于减轻地狱中的惩罚，或暂时获得财富，或神由此而感化那罪人的心，使他忏悔；这还有助于使那人习惯于做好事，结果是削弱魔鬼对他的控制。/ 就这样，怀恻隐之心的主耶稣基督不让任何好事白做，总让这些事起些作用。既然对获得永生来说，人犯了罪孽后他以前蒙恩时所做的好事全等于作废，而人负重罪时所做的好事也完全不起作用，那么绝不做好事的人倒大可唱唱法国新歌《我丧失了全部时间和劳动》[1]。因为可以肯定，罪孽使人丧失的既是天性中的善，也是上天恩赐的善。事实上，圣灵给予的恩典就像火，它不会无所作为；因为火一旦不烧，就立即熄灭，而圣灵的恩典也一样，一旦不起作用就立刻结束。/ 这时罪人就失去天国荣耀的善，因为这种善只许诺给辛勤劳作的善人。所以让生命得之于神的人伤心吧，因为他活到现在、活到将来，都没有善举可回报给他生命的神。请相信圣贝尔纳的话："对于现世里给予他的一切

---

[1] 原作中为法文。

好东西,他都得报出账来,说明是怎么使用的;只有从不损坏一根头发和不浪费分分秒秒的人,才不会叫来报账。"

使人痛悔的第五点,是想到主耶稣基督为我们的罪孽而在十字架上受苦。/ 圣贝尔纳说:"我活着就想起主耶稣基督为讲道而承受的艰难;这艰难给他折磨,他斋戒时遇到诱惑,他彻夜不眠祈祷,他同情善人而流泪;人们对他讲恶毒的话、可耻的话和脏话;人们吐在他脸上的脏口水,人们打他的拳头,人们对他做的鬼脸和对他的咒骂;把他钉在十字架上的钉子以及他为我的罪孽而不是为他自己的罪过所受的种种苦难。"你们应当明白,人犯了罪孽一切秩序什么的就都颠倒过来。/ 事实上,神、理性、感官和人的肉体这种排列,表明这四者是一层管一层的;就是神管理智,理智管感官,感官管人的肉体。然而人一旦犯罪,次序就颠倒了。于是,人的理性不愿再服从并听命于本来主宰人的神,于是就失去本该具有的对感官的主宰权,也失去了对肉体的主宰权。为什么会这样呢?因为那时感官不再听命于理性,于是理性不再能主宰感官和肉体。/ 正像理性不再听命于神,感官也不再听命于理性,而肉体也一样。确实,主耶稣基督珍贵的身体承受了这种颠倒和背叛,付出了十分高昂的代价,现在你们听听那情况吧。由于理智背叛了神,所以人活该忧伤和死亡。主耶稣基督被门徒出卖后,为人类受苦受难,被牢牢捆住,"以至于他双手的每个指甲都渗出血来"——这是圣奥古斯丁的话。不仅如此,当人的理性有能力却又不愿控制感官的时候,人就活该受辱;于是,当人们把口水吐在主耶稣基督脸上时,他为人类承受这耻辱。/ 再进一步,由于人的可悲身子背叛了理性和感官,所以它活该死亡。由此,主耶稣基督为人们在十字架上受苦,他身子的每一部分都经受巨大痛苦。所有这些,耶稣基督都承受下来,而他自己从没过错。所以,耶稣有理由说:"为了不该由我负责的事,我受尽酷刑,又为人们的耻辱而受尽羞辱。"所以就像圣贝尔纳说的,罪人很可以说:"我犯的罪真是糟透了,为了这个罪,肯定得重重受罚。"事实上,根据我们各种各样罪恶,耶稣基督在十字架上的苦难也就注定有这样的不同。/可以肯定,罪人的灵魂被贪婪和现世的昌盛出卖给魔鬼,而当他选择感官之乐时,受诡计蔑视;在逆境里受急躁煎熬,受从属于罪恶的奴性唾骂;最后被永远杀灭。就因为罪人的堕落,原本来解救我们,让我们避开罪恶与惩罚的耶稣基督先是被出卖被捆绑;然后被蔑视,而原先他应当在任何方面都受到敬重,却被恶狠狠吐了一脸口水,其实他的脸应当受全人类瞻仰,因为连天使也想凝望他的脸;然后他受到鞭打,尽管他没有做错任何事;而最后他被钉死在十字架上。/以赛亚说:"为我们做的错事他受刑罚,为我们犯的重罪他受羞辱。"耶稣基督为我们的一切罪恶而承受惩罚,罪人更应痛哭流涕,因为他的罪,居然由天上的圣子来为他承受所有这些惩罚。

使人痛悔的第六点,是对三件事所抱的希望,就是宽恕罪孽、赐予做好事的恩典以及神为了奖励善行而给人的天国荣耀。耶稣基督出于他无上的慷慨大度,几乎把这些礼物赐给了我们,所以称为"犹太人的王,拿撒勒人耶稣"[①]。耶稣意为拯救者或救星;人们希望从他那里得到宽恕,确切地说,就是救他们出罪孽。/所以天使对约瑟说:"你得叫他耶稣,他必将把他的子民从罪恶

[①] 原文为拉丁文。这句引文可见《新约全书·约翰福音》第19章第19节。

中拯救出来。"由此，圣彼得说："除了凭基督的名义，人们不能凭天底下任何人的名义而获救。""拿撒勒"的意思是"开花"，人们由此可希望，赦免了他们罪孽的神也将赐他们做好事的恩典。因为有花，就可指望到时候结出果实；所以，罪孽既被宽恕，就可希望得到做好事的恩典。耶稣说："我在敲你那颗心的门，要想进去，谁给我开门，他的罪孽就得到宽恕。我愿凭我的恩典进入他的心并与他一起进餐"，凭的是他做的好事，这好事便是神的食物；"他也应当与我一起进餐"，凭的是我将要给他的巨大欢乐。/就这样，人们凭忏悔，可希望神允许他们进天国，就像《福音书》里答应过的。

现在应当了解，他该怎样痛悔。我说，痛悔应当普遍而全面；就是说，应当为兴高采烈时所犯的全部罪孽而真正忏悔，因为兴高采烈非常危险。默许有两种。一种叫作对感情的默许，就是人有了犯罪意向，而且长时间里想到那犯罪就高兴；而他的理智很清楚，知道这是犯罪，违反神的律条，尽管他清楚这是不敬神的表现，他的理智却没有制止那可恶趣味，虽说他的理智也没同意让那犯罪变成事实，但博学之士说，长久沉湎在那种高兴中十分危险，哪怕只是一点点的高兴。/同样，人也应当为他想望的一切而难过，特别是想望违背神的律条并得到理智的完全默许；毫无疑问，默许是不可饶恕的罪孽。事实上，凡是不可饶恕的罪孽，首先都出现在人的思想中，然后在他的兴趣爱好上，然后在默许下成为事实。所以我说，许多人从不为他们这些思想和兴趣爱好忏悔和坦白，坦白的只是实际犯下的大罪。所以我说，这种邪恶的兴趣爱好和思想阴险地欺骗人们，使他们将来被罚入地狱。不但如此，人应当为他的邪恶行为和言词难过。事实上，单为一桩罪孽忏悔，而不为所有其它罪孽忏悔，或者反过来，虽为所有其它罪孽忏悔，却不为某桩罪孽忏悔，都将毫无用处。/可以肯定，全能的神是至善的；他要么宽恕一切，要么什么也不宽恕。因此，圣奥古斯丁说："我可以肯定，神与一切罪人为敌。"这是什么意思呢？一个人不断犯某种罪，他其它的罪应当得到宽恕吗？不应当。非但如此，他的痛悔应该极其痛苦并充满折磨，神才会给他充分的宽恕。所以，当我的心感到痛苦时，我就想着神，这样他可能听到我祈祷。再说，痛悔必须持续进行，人必须有坚定目的，经常忏悔赎罪并修正生活道路。/事实上，人只有不断痛悔，才可以一直对宽恕抱希望；由此，他还会变得痛恨罪孽，而根据他能力，这痛恨还能扑灭他和别人心中的罪孽。因此，大卫说："你们这些敬爱神的人哪，痛恨罪恶吧！"请你们相信这点：敬爱神，就是爱他之所爱，恨他之所恨。

关于痛悔，应当了解的最后一点是：痛悔有什么用？我说，有时痛悔把人从罪孽中解救出来；关于这点，大卫说："我说，我下定决心要忏悔赎罪，主啊，你就赦免了我的罪孽。"要是有机会而没有坚定的认罪赎罪决心，忏悔就没用；同样，没有痛悔的话，认罪赎罪也就没价值。/不但如此，痛悔能摧毁地狱这牢笼，削弱所有恶鬼的力量，恢复圣灵赐予的所有美德；痛悔还能净化有罪的灵魂，把灵魂从地狱的痛苦、魔鬼的身边和罪恶的奴役下解救出来，使它恢复所有精神上的善并把它交还到神圣教会的融洽集体中。再说，这还使易于动怒的人变得仁厚宽大；所有这些，《圣经》上都有证明。所以，谁想把心思放在这些事上，就十分明智；因为这样一来，他一生中就不想去犯罪，而要全身心为耶稣基督效劳并效忠于他。事实上，我们亲爱的主耶稣基督宽厚地饶恕了我们干的蠢事，要不是他对人的灵魂怀有怜悯，我们也许都得唱悲歌了。

悔罪的第一部分结束；下接第二部分 [①]

忏悔的第二部分是告罪，这是痛悔的标志。现在你们得了解告罪是什么，是不是应当告罪，真正的告罪必须做到哪几点。

首先你们应了解，告罪就是真正向教士坦白罪孽；我说"真正"，指的是一个人必须尽其所能，把有关他所犯罪孽的一切向教士坦白。必须说出一切，不能有辩解、隐瞒或掩盖，也不准夸耀做过的好事。/ 不但如此，还必须了解他的罪孽怎么形成、怎么膨胀起来以及是怎样的罪孽。

关于罪孽的形成，圣保罗说："由于一个人犯罪，罪孽就此进了世界并导致死亡；同样，所有犯了罪的人都得死亡。"那人是亚当，他违背了神的命令，罪孽就因他来到世上。所以尽管他当初长生不老，不会死亡，但结果变得必然会死亡，不管愿不愿意；同样，他世上的所有后代也得死亡，因为是其后代就有了罪孽。看看亚当与夏娃清白无辜时，在伊甸园中赤身裸体并不害羞，/ 可是来了那条蛇，这是神所创造的生物中最狡猾的。蛇对那女人讲："为什么神吩咐你们别吃伊甸园里每棵树的果子？"女人答道："我们以园中树木上的果子充饥，但是神确实吩咐我们，别吃园子中央那棵树上的果子，也别去碰它，免得自找灭亡。"蛇对女人说："不，不，你们不会死；事实上，神知道你们一旦吃了

---

① 从这里开始，原作中本故事所有这类小标题都是拉丁文。

那果子，就会看清真相，像神一样明辨善恶。"于是在那女人看来，那树的果子很好吃，树的模样也叫她赏心悦目；她摘了那果子吃起来，还给丈夫吃。很快他们看清并意识到自己赤身裸体，就用无花果叶子制成裤子一类东西遮住阴部。／由此你们看到，人犯下死罪先是受化身为蛇的魔鬼诱惑；后因贪图感官享受，就像这里夏娃的表现；再就是理性的默许，就像亚当的表现。请你们相信，尽管魔鬼诱惑了夏娃，就是说诱惑了感官，而感官为禁果之美而高兴，但可以肯定，在理性——就是亚当——同意吃果子前，他是清白无辜的。因为这亚当，我们有了原罪，因为是他肉体的后代，由那种污秽而堕落的肉体所生。灵魂被放进我们身体后，原罪立刻收缩；起初不过以声色之欲做惩罚，后来却变成既是惩罚又是罪孽。于是我们大家天生会发怒，注定要永远毁灭，幸好我们能接受洗礼，洗掉罪责。然而事实上，那种惩罚仍以诱惑的形式留在我们身上，那惩罚叫作声色之欲。／人们对此若处理不当就产生贪图：因为有肉体，他贪图肉体上的罪孽；因为有视力，他贪图尘世间的东西；因为心中有骄气，他贪图人间高位。

现在讲第一种贪图声色之欲，这是根据我们性器官法则说的，是由神的正确判断而合理制出的。我说，只要人不服从神，不服从主，他肉体就通过声色之欲而不服从神，这声色之欲就叫作罪孽温床和犯罪原因。所以，只要人的内心受声色之欲惩罚，就不免在某个时候受到诱惑，以至于肉体犯罪。只要活在世上，这情况就始终存在。当然，凭所受洗礼以及凭忏悔得到神的恩典，可削弱并压制那影响，／但影响永远不会完全消除，所以人永远不会对声色无动于衷，除非因疾病、巫术或麻醉剂的毒害而提不起精神。瞧圣保罗怎么说。他说：

"肉体的贪图同精神的相反,精神的贪图同肉体的相反,两者彼此冲突;所以人不能总是做他想做的事。"也是这位圣保罗,在水上为悔罪而严厉地自我惩罚后(日夜在水上冒巨大危险,受强烈痛苦;在陆上则忍着饥渴,赤裸身子挨冻,有一次差点被人用石头砸死),这样说道:"唉,我这可怜罪人,谁会解救我,把我从可怜的有罪身子中救出来?"圣哲罗姆在沙漠里住了很长时间,那里没人做伴,只有野兽;没有食物,只有野草和饮用的水;没有床,只有光秃秃地面。结果他晒得漆黑,像个埃塞俄比亚人,差点冻死。/尽管如此,他说他"整个身体里烧着滚烫的淫欲之火"。由此,我清楚知道,说他们肉体从不受诱惑的人本身就受到蒙蔽。听听使徒圣雅各的话吧。他说:"每个人都因自己的声色之欲而受诱惑。"就是说,我们每个人都有理由和根据被我们身体喂养的罪孽所诱惑。所以,《福音书》作者之一的圣约翰说:"如果我们说我们没有罪孽,那是在欺骗自己,因为事实不像我们说的。"

现在你们应当知道人的罪孽怎么越来越深重。首先是我先前讲到的那种罪孽温床,那种肉欲。/其次是对魔鬼的屈从,就是说,魔鬼用他的风箱把肉欲之火吹进人的身体。然后人们考虑,是否去做魔鬼诱惑他做的事。人若抵制住肉体和魔鬼的第一次引诱,当然没犯罪;但如果抵制不住,很快会感到寻欢作乐的冲动。这时人应当警惕和自持,否则很快就落到默许犯罪的地步;然后,如果时间地点合适,就会犯下罪孽。关于这事,摩西是这样讲魔鬼的:"魔鬼说,我要用邪恶的诱惑去追赶人,用怂恿犯罪的办法抓住他们,我要仔细考虑区分猎物,我的欲望要得到痛快满足;我要抽出默许之剑。"——/是啊,就像剑能把东西一劈为二,默许能使神和人分离——"然后，我要亲手把正在犯罪的他们杀死。"这就是魔鬼的话。事实上，那时人的灵魂完全死了。就这样，由于诱惑，由于要寻欢作乐，由于默许，完成了犯罪全过程；这时的犯罪叫作事实犯罪。

罪孽分两种：可饶恕的轻罪和不可饶恕的重罪。一个人如果爱任何生灵甚于爱创造了我们的耶稣基督，那是重罪。如果爱耶稣基督没有爱到应有的程度，这是轻罪。犯轻罪也十分危险，这使人对神的爱越来越少。所以，如果人让自己犯下许多轻罪，除非不时凭忏悔得到赦免，这些轻罪很容易削弱他所有对耶稣基督的爱；/这样，轻罪就变成重罪。人灵魂中犯的轻罪越多，就越可能犯重罪。所以对轻罪不能掉以轻心。俗话说积小成大。请听下面这例子：有时大海浪猛地打来，可以把船打翻；而如果掉以轻心，不及时采取措施，那么海水通过船底缝隙渗进底舱，有时也造成同样灾难。所以，尽管两种沉没方式不同，船还是一样沉没。有时候，重罪和恼人的轻罪也如此，因为人犯的轻罪一多，就会爱尘世间的东西并由此再犯轻罪，结果心中这种爱越来越多，以至于同他对神的爱不相上下，甚至有过之而无不及。/所以，任何东西只要根本上与神无关，任何事情只要根本上不是为神而做，那么人只要爱这些东西或爱做这些事情，哪怕这种爱不如他对神的爱，他已犯下轻罪。而人心中如果对任何东西的爱同对神的爱一样轻重，或重于对神的爱，那就是重罪。"犯重罪，"圣奥古斯丁说，"就是人让他的心离开真正至善而永恒不变的神，把心交给会发生变化并逝去的事物。"当然，这里指天主以外的一切事物。不错，人的爱应当全部归于神，如果把爱给了一个生灵，那么可肯定，他给那生灵多少爱，他对神的爱就减掉多少；这就犯了罪孽。因为

他是神的债户，却没有向神还清全部债，就是说，没交出心中全部爱。/

现在已大致了解轻罪是什么，应当特别讲讲某些罪孽，因为很多人也许不以为那是罪孽，就不为之忏悔；而这些是罪孽。有教士写到，每次吃喝若超过身体需要，就肯定犯了罪。同样，如果说的话超过必须说的，也是犯罪。不能宽厚地倾听穷人诉苦，也是犯罪。如果人家斋戒，他身体很好却不肯斋戒，又没有合乎情理的理由，也是犯罪。睡得太多，超过了实际需要，或者因为睡过了头，去教堂晚了，或者去行善事晚了，这也是犯罪。与妻子同房时，如果没那种压倒一切的愿望，就是说，为了敬奉神而生儿育女，或不想让他的身子为妻子尽义务，也是犯罪。/ 明明做得到，却不肯去访问病人和囚徒，也是犯罪。如果爱妻子和孩子，或爱世上其它事物，超过了理性的分寸，也是犯罪。如果甜言蜜语奉承人家，超过了需要的限度，也是犯罪。减少或取消对穷人的施舍，也是犯罪。烹调食物过于讲究，超过了实际需要，或者吃得过于匆忙或狼吞虎咽，也是犯罪。在教堂或做礼拜的地方说虚荣的大话或无聊的傻话脏话，也是犯罪；因为在最后审判日，他得为此付出代价。如果答应人家或向人家保证做某事却做不到，也是犯罪。如果一时糊涂或犯傻，诽谤了邻人或看不起人家，也是犯罪。如果不确切了解一件事，却做恶意猜测，也是犯罪。/ 这些事情，以及无数这类事情，按照圣奥古斯丁的说法，都是犯罪。

现在大家应当明白，尽管世人免不了犯轻罪，但凭着对主耶稣基督的热爱，凭着祈祷、忏悔和其它善行，可以约束轻罪。正像圣奥古斯丁说的："如果人敬爱神，所做的一切出于对神的爱，确实为了对神的爱，因为对神的爱像他心中燃烧的火;那你们瞧瞧,一滴水滴进熊熊烧着的炉子,会造成多大危害或有多么讨厌;同样,对全心全意爱基督的人来说,轻罪也有相像的危害。"另外,如果一个人配领圣餐,那么通过领圣餐,/通过接受圣水,通过施舍,通过弥撒和晚祷时同大家一起诵念《悔罪经》,通过主教和教士的祝福以及其它善事,他也能约束自己的轻罪。

悔罪的第二部分结束

下接七项重罪及附属于这七项重罪的各种罪孽和表现

现在有必要讲什么是重罪,就是说,什么是主要罪孽;它们互有联系,但各有不同。说它们是主要罪孽,因为罪孽中以它们为主,派生出所有其它罪孽。这七种罪孽之根是骄傲,它是一切罪恶的总根源,派生出的重罪如愤怒、妒忌、怠惰(或叫懒惰)、贪婪(通俗些讲就是贪心)、贪食和淫邪。这些主要罪孽的每一种都派生出枝节罪孽。下面各节中将加以陈述。

骄　傲

从骄傲派生出来的枝枝节节罪孽究竟有多少,没人能完全说出。尽管如此,我要举出一些你们应当知道的,/诸如违拗、吹嘘、虚伪、轻蔑、自大、厚颜无耻、沾沾自喜、傲慢、自命不凡、急躁、好斗、犯上、自负、不敬、顽固、虚荣和难以列举的许多细枝末节。违拗指有意不服从神的戒律,或不服从主人和神父指令。吹嘘指为所干的坏事或好事夸口。虚伪指隐瞒本来面目而做出假象。轻蔑指瞧不起邻人，即瞧不起基督徒教友，或不屑做应做的事。/自大指自以为具有并不具有的美德，或自以为应当具有那些美德，或自视过高。厚颜无耻指过于骄傲，对自己的罪孽无羞耻心。沾沾自喜是指为犯的罪恶而高兴。傲慢指拿自己的长处、智力和谈吐举止同别人相比，以为高人一等。自命不凡指容不得别人指挥自己或同自己平起平坐。/急躁指不愿人家指出或批评自己缺点，还明知故犯，对抗事实并极力护短。犯上指心怀不满，故意对抗有权的人。自负指选定不该去尝试或不可能达到的目标，这也叫过分自信。不敬指应当表示敬意时不这样做，却等人家表示敬意。顽固指坚持错误，过于相信自己智力。虚荣指喜欢尘世的权位和豪华，并因这种世俗地位感到光彩。/多嘴指说话过多，在人前嘀嘀咕咕像磨子，根本不管讲什么。

有一种骄傲比较隐蔽，这种人可能不如人家，却等人家先向他打招呼，而不是先向人家打招呼；同样，去教堂礼拜时，想抢在邻人前坐下，或在教堂通道上走在邻人前，或抢先吻圣像牌、烧香敬神和奉献等等。其实，他这样做可能全无必要，只是心里骄傲，总想在大庭广众显得出人头地。

骄傲有两种，一种藏在心里，一种显露在外。事实上，前面说到的种种情形和我没讲到的许多情形，都属于隐藏在心里的，而其它各种骄傲显露在外。/然而，只要一种骄傲，就表明另一种骄傲的存在，正如酒店门口新鲜的常春藤枝是标志，表明店家的地窖里有酒。第二种骄傲表现在很多方面，如言谈举止和过分奢华的穿着。事实上，如果穿着不会犯罪，那么《福音书》里基督就不会注意到那富人的衣着并发表意见。圣格列高利说，穿珍贵衣服有罪，因为它鲜艳华丽，柔软舒适，样式新奇，装饰别致，用料过多或过少。唉，在我们这时代，不是可以看到贵得简直是犯罪的衣服吗——特别是用料过多或过少的衣服？/

关于头一种罪孽，这是因为衣服用料过多会使衣料贵，百姓受害。刺绣、精工镶嵌、做波纹线、加条纹、做螺旋形线条、加斜角饰条以及诸如此类的虚荣装饰和浪费衣料的做法都要花钱；同样用毛皮给袍子做衬里或装饰，用剪子在衣服上开洞，用大剪子开衩，也很费钱。再说，上述袍子做得过分长，无论男人穿女人穿，无论骑马穿走路穿，袍子下沿总拖在垃圾和烂泥上，拖得经纬毕露并肮脏腐烂，却不给穿人，反给穷人造成很大损害。这损害是多方面的，就是说，衣料浪费越多，就因为货少而对百姓来说价钱越贵，/进一步说，就算肯把挖洞和开衩的衣服给穷人，穷人穿起来也不合适，不符合需要，不足以御寒。另一方面，说到做衣服用料过少，情况也吓人。例如裁得很短的外衣和上装，男人穿在身上简直就没盖住见不得人的部分，真是用心邪恶。唉！有人穿小得吓人的紧身裤，使阴部显得鼓鼓囊囊，让阴囊显得很触目，就像得了疝气病；这些人的臀部，看上去像月圆时母猿的屁股。不但如此，他们还挖空心思设计，让一个裤腿白一个裤腿红，显示他们可恶的突出部分，使这见不得人的部分看起来有一半剥了皮。/如果他们紧身裤的左右两边用其它颜色搭配，例如白和黑，或白和蓝，或黑和红，等等，那么由于颜色变化，那一半阴部像得了圣安东尼热①、生了癌或患其它类似疾病而腐烂。他们的臀部叫人看了恶心。事实上，

---

① 圣安东尼热是丹毒、麦角中毒等皮肤炎症，据传患者求圣安东尼保佑可痊愈。

那个部分是排泄臭烘烘粪便的,可他们却神气活现地在人前显示,根本不讲体面,而耶稣基督和他朋友们在世时重视体面。讲到妇女衣着的极度奢华,天知道,看她们有些脸,似乎十足的贞洁文雅,可通过衣着表现出淫荡和骄傲。/我不是说男人女人的衣服体面些有什么不合适,但穿得过多或过少肯定应受到指责。还有在骑马方面,用某些装饰品和配备就是罪孽,比如为了消遣取乐,养了太多膘肥体壮、价格昂贵的骏马。为侍候这些牲口,用了许多心术不正的马夫;还有太多别致奇巧的马具,例如马鞍、尾鞴、马的胸肩护甲和马勒,这些东西都镶上珍贵的饰物和金银。关于这点,神通过先知撒迦利亚①说:"我要把骑这些马的人罚入地狱。"这些人不注意圣子骑什么,用什么马具,其实他骑的是驴子,而所谓马衣只是他门徒的旧大氅;而根据我们读到的,他从没骑过别种牲口。/我这样说是反对奢侈,不是反对情况所需要的合理讲究。进一步说,仆人多有时没什么好处,甚至完全没好处,仆人多自然凸显骄傲。一大帮仆人有时仗势欺人或狐假虎威,成了百姓的祸害和灾难,情况就更是如此。事实上,大人物如果怂恿手下为非作歹,就是把自己身份卖给地狱里的魔鬼。这一条也适用于地位低的人,比如开客栈的人怂恿伙计以各种方式偷盗。/这类人是到处找蜂蜜的苍蝇,到处找腐肉的野狗,实际上掐死了他们老爷的灵魂;关于这点,先知大卫说:"这样的老爷一定不得好死,神会把他们罚入地狱,因为他们屋里有罪孽与恶行。"天主也不会在那里。事实上,如果他们不改正,那么正像神通过雅各的侍奉

430

435

440

---

① 撒迦利亚为公元前 6 世纪希伯来先知,曾劝犹太人重建圣殿。《旧约全书》中有《撒迦利亚书》。

而给拉班①祝福,通过约瑟②的侍奉而给法老祝福一样,神也会诅咒怂恿仆人干坏事的老爷,除非他们改正。餐桌上常可看到骄傲;事实上,宴席只请富人吃,穷人则被赶开并受斥责。骄傲还表现在饮食的过分讲究和铺张,特别是有些烤肉和拼盘,端来时有的用着火的酒烧着,有的用纸装饰得像城堡;诸如此类的浪费想起来叫人愤慨。/骄傲还表现在器皿过于珍贵和乐器过于珍奇,这激起人的享乐之心,而如果他因此不再一心想着耶稣基督,那肯定是罪孽;在这情况下,人的寻欢作乐当然很可能过头,这就容易犯重罪。事实上,骄傲产生的各种罪孽,不管出于恶意或受到教唆或蓄意如此或出于习惯,统统是重罪无疑。如果犯罪出于脆弱和疏忽,而犯罪后又立刻罢手,那么尽管罪较重,我想还不算重罪。现在人们也许要问:骄傲怎么产生的?怎么形成的?我说,这有时出自先天得到的优点,有时出自命运的赐予,有时出自后天得到的优点。/天生的优点当然分两方面,一是身体,一是心灵。身体的优点包括身体好、有力气、动作灵活、容貌出众、血统好和享有特权。心灵方面的天生优点是聪明、理解力强、机灵、天然美德③和好记性。命运的赐予是财富、高位和百姓的赞美。后天得到的优点包括知识、承受精神煎熬的能力、温厚、做道德冥想和抵制诱惑的毅力等等。/上面说到的各点,如果有人为其中任何一点而骄傲就很愚蠢。说到先天优点,老天知道,有时这类天生的东西对我们有利也有害。拿容易失去的健康来说,往往成为灵魂犯罪的缘

---

① 拉班是《旧约全书·创世记》第 29 章中人物,雅各之舅,他两个女儿都给雅各为妻。
② 这约瑟是《创世记》第 37、39—41 章中人物,为雅各的爱子。
③ 中世纪时,公正、谨慎、勇敢、自我克制等被称为天然美德。

由；老天知道，肉体是灵魂的大敌；所以身体越好，犯罪的危险越大。同样，为自己体力而骄傲也很蠢。因为肉体想望的事对心灵肯定有害；肉体越强壮，灵魂一定越倒霉；比这严重的是：体力和放肆可能使人做坏事。/ 同样，为自己高尚而骄傲也很蠢。因为这高尚有损于心灵高尚；进一步说，我们大家是同一对祖先的后代，不管贫富，都有腐化堕落的天性。不过，确实有一种高尚值得称赞，就是用道德和美德充实一个人的心，使他成为基督的孩子。请务必相信：人只要被罪孽控制，就是罪孽的真正奴隶。

说到高尚的一般标志，就是言行举止上避免罪恶和粗鄙，避免受罪恶的奴役；为人要讲道德，要谦恭有礼，纯洁、慷慨——就是说，大方得有节制，因为漫无节制是愚蠢和罪孽。/ 高尚的另一标志是，牢记人家的恩惠。还有个标志是，宽厚地对待好下属；塞内加说："身居高位者的最要紧品质就是仁慈、谦恭和富于同情。因此，人们唤作蜜蜂的飞虫挑没有刺的做蜂王。"还有个标志是，这人有善良而勤奋的心，想达到高度的道德境界。当然为后天的优点而骄傲也极其愚蠢；正像圣格列高利说的，后天得到的优点，本该对人有利，减轻他受的折磨，但是也可以使他变得毒辣并使他毁灭。/ 事实上，谁为命运的赐予而骄傲，就是彻头彻尾的笨蛋。因为有时上午还是大人物，但不到天黑已成了不幸囚徒；有时人的财富成了他丧命的原因；有时乐极生悲，高兴时得了急病而一命呜呼。事实上，人们的赞誉有时很虚假很脆弱，不能信赖；今天称赞，明天会指责。老天知道，很多忙碌的人为博取赞美，结果送了性命。

骄傲之罪的救治办法

现在你们已明白什么是骄傲，骄傲的种类和起因，/那就应当知道骄傲之罪的救治办法，就是谦逊或虚心。这是一种美德，由此，人就会真正了解自己，对自己的优点认为不值一提，因为他时时考虑的是自己的弱点。谦虚分三种：心的谦虚，嘴的谦虚，行动上的谦虚。心的谦虚有四种：一是感到自己在天主面前毫无价值。二是绝不瞧不起任何人。三是即使人家认为自己一文不值，也毫不介意。四是受到屈辱也不会难过。/同样，嘴的谦虚也有四种，就是说话温和，言辞谦恭，嘴上能承认心里对自己的估价；另一点是，赞扬别人的优点而绝不贬低。行动上的谦虚也有四方面：一是把别人放在自己前面；二是选择最低的位置；三是愉快地接受忠告；四是愉快地遵从支配者或位置比他高的人所做的决定，当然，这是重大的谦虚行为。

下面讲妒忌

骄傲之后，我要讲妒忌这种令人恶心的罪孽。哲人说，妒忌是因别人兴旺发达而难过；圣奥古斯丁说，妒忌是为别人的好运而难过，为别人的倒霉而高兴。这令人恶心的罪孽是绝对反圣灵的。尽管每种罪孽都背离圣灵，但宽厚完全属于圣灵，而妒忌完全出自恶意，因此妒忌与圣灵的善完全对立。/恶意有两类，就是说，一类是根深蒂固的坏心眼，要不就是这肉体的存在已全然盲目，不认为自己是在罪恶里，或不在乎自己身陷罪恶，这就是魔鬼一样蛮横了。另一类恶意是，明知一件事是事实，却要同事实作对。见邻人得到神的恩典，就同这恩典作对；这些都出于妒忌。可以肯定，妒忌是最坏的罪孽。事实上，其它罪孽有时只是同某一种美德抵触，而妒忌却同一切美德和善抵触；因为妒忌，就为邻人一切的善和善行而难受；于是，妒忌同其它所有罪孽有区别。因为，几乎任何罪孽都提供某种欢快，唯独妒忌不是如此，它始终只有痛苦和忧伤。/妒忌有几种：第一种为别人的善行和兴旺而难受；其实，兴旺本令人高兴，所以，妒忌是违反天性的罪孽。第二种是幸灾乐祸；这自然像魔鬼，因为魔鬼一向为人们倒霉而高兴。从这两种妒忌产生诋毁，就是背后说坏话；诋毁的罪孽有几种形式：有的人安着坏心赞扬邻人，因为他总在结尾处来个险恶花招，就是在结尾处放上"但是"，那意思与其说赞扬，倒不如说谴责。第二种形式是，一个人好心好意做了或说了某事，但诋毁者别有用心颠倒是非。/第三种方式是，贬低邻人的优点或善举。诋毁的第四种形式是，听到夸奖某人就说，"千真万确的是，某某人比他好"，从而贬低受夸奖的人。第五种形式是，津津有味地听人讲别人坏话，还欣然附和。这是很大的罪孽，诋毁者用心越恶毒，罪孽就越大。诋毁之后是抱怨，就是发牢骚；有时这出于对神不满，有时是对人不满。对神不满，是抱怨地狱里的痛苦，或抱怨贫困或破财，或抱怨暴风雨，要不然，就为无赖发财不平，为好人遭难叫屈。/其实，所有这些事，人们应耐心忍受，因为它们来自神的正确判断和安排。有时抱怨来自贪心，就像犹大抱怨抹大拉的马利亚[①]，因为她用珍贵的香膏抹在主耶稣基督头上。这种不满就同一个人为自己干的好

490

495

500

[①] 抹大拉的马利亚是女罪人，法利赛人西门请耶稣吃饭时，她诚心以行动忏悔自己的罪，于是得到耶稣赦免。见《新约全书·路加福音》第7章第36—50节。

事——或为其他人以他们自己的钱干好事——而抱怨一样。有时抱怨来自骄傲，就像抹大拉的马利亚来到耶稣基督前，在他脚前为自己罪孽哭泣时，法利赛人西门对抹大拉的马利亚不满。有时抱怨出自妒忌，就像人们发现某人掩盖的弱点，或指控某人在某事上作假。/ 抱怨在仆人中是常有的事。主人要他们去做正当的事，他们也会发牢骚；对主人的吩咐不敢公开违抗，就怀着怨气私下里讲坏话发牢骚——人们称这种话为魔鬼主祷文，当然魔鬼从来没有主祷文，只是粗人给了这称呼。有时抱怨来自怒气或私愤；以后我要讲到：这怒气使心中滋生敌意。下面是心中愤懑；有了愤懑，看到邻人做的每件好事都会愤愤不平和不是滋味。/ 然后是不和，这使一切形式的友谊遭到破坏。然后是怨恨，这是指找机会招惹邻人，尽管邻人一向很好。然后是指责，指找机会冒犯邻人，这像是魔鬼的伎俩，日夜找机会害我们。然后是险恶用心，一个人有了这个，就想在暗地里加害邻人；而如果可能，他的坏心思总会找到办法害人，比方偷偷烧掉他屋子、毒死或杀死他牲口或做出其它诸如此类的事。

妒忌之罪的救治办法

现在我要讲讲，对妒忌这种令人恶心的罪孽有什么救治办法。首先就是神的爱，就是爱邻人要像爱自己一样；事实上人不能独自生活，总得有别人。/ 相信我这话：要知道，你称为邻人的实际上是你兄弟。因为我们共有一对生养我们的男女祖先，就是亚当和夏娃；还有精神上的共同父亲，就是天主。你注定了要爱邻人，希望他万事如意；关于这点，神说："爱你的邻人像爱你自己一样。"就是说，在拯救生命和灵魂两方面都这样。你爱他要用言辞，用善意的劝告和惩戒；在他烦恼时安慰他，用整个心灵为他祈祷。在行动上你也要爱他，要满腔好意对待他，就像你希望人家这样对待你。所以你不应恶言恶语伤害他，不该伤害他身体、财产和心灵，不要看到坏样就忍不住去学。/ 你不得觊觎他妻子和他的一切。还应该懂得，邻人一词里包括敌人。根据神的吩咐，人自然应当爱他的敌人；当然，你应当为神而爱你朋友。我说，要按他的吩咐，你应当为神而爱敌人。因为，如果说恨敌人有道理，那么我们是神的敌人，他就不会把我们接纳到他的爱中。敌人可能以三种方式伤害你，对此，你应当有三种回报，就是：对仇恨和恶意，应当从心底里爱敌人；对敌人的咒骂和恶言恶语，应当为敌人祈祷；对恶意行动，应当报之以德。/ 基督说："要爱你的敌人，要为咒骂你的人祈祷；也要为迫害你的人祈祷；要对恨你的人施加恩惠。"看吧，主耶稣基督吩咐我们这样对待敌人。事实上，天性使我们爱亲友，但千真万确的是，敌人比亲友更需要我们爱；既然更需要，自然应当对他们多施恩德；这样做的时候，我们当然会想到耶稣基督的爱，因为他为敌人而死。要实施这种爱确实很难，所以其价值相应就很大；于是我们对敌人的爱可挫败魔鬼的恶毒。正像谦虚可以击败魔鬼，我们对敌人的爱也可使魔鬼受致命伤。/ 爱，肯定是一种药，能清除人心中的妒忌之毒。这等罪孽的形形色色情况在下面还要详谈。

520

525

530

下面谈愤怒

讲过了妒忌，我要讲愤怒的罪孽。事实上，无论谁对邻人怀有妒忌，通常会在言辞或行动上显示对妒忌对象的愤怒。愤怒来自妒忌，也来自骄傲；因为骄傲或妒忌的人肯定容易发怒。

这种愤怒的罪孽，用圣奥古斯丁的话说，是以言辞或行动进行报复的恶毒意愿。/按这位哲人说法，愤怒是人心中的血激动起来，想伤害所仇恨的人。事实上，如果血激奋得厉害，心就大受困扰，以至于完全丧失理智的判断。但你们应明白，愤怒有两种，好的和坏的。好的愤怒由热心为善引起，因反对罪恶而被罪恶激怒。关于这点，智者说："愤怒好于嬉戏。"这种愤怒是温厚的，没有恶意的，不是因人而发，而是因人的恶行而发。先知大卫说：Irascimini et nolite peccare[①]（生气而不犯罪）。/现在你们要懂得，坏的愤怒有两种：一种是突如其来的，没有得到理智的忠告和建议。这话的意思是，人的理智不赞成这突如其来的愤怒，所以这可以宽恕。另一种愤怒十分恶毒，它来自恼怒的心，而心里早就怀有恶意，想好了要发泄的坏主意，而理智也同意这么做；所以这确实是重罪。这种愤怒特别招神讨厌，它扰乱了神的居所，把圣灵从人的灵魂中赶出，还破坏与神相似的品性，就是说，破坏人灵魂中的美德；同时，它在人心中放进与魔鬼相似的品性，并且把人拖离神，拖离他名正言顺的主人。/这种愤怒很讨魔鬼欢心，因为这是魔鬼的火炉，炉里烧的是地狱之火。事实上，就像火是世上最强力的破坏手段，愤怒在精神上具有最强的破坏力。看看灰烬下闷烧的小煤块，几乎已熄灭，但一碰硫磺就立刻火旺；同样，怒气碰上藏在心里的骄傲，也立刻爆发。事实上，火不可能无中生出，应首先

[①] 原文为拉丁文，后面括号中的意义为译者所加。下文中均同样处理。

自然存在于某物中，就像钢从燧石中打出火来。愤怒常由骄傲而生，同样，愤怒常由敌意维持。/ 圣伊西多尔说，有一种树，用这种树木生火，然后用灰烬把余火盖住，那么余火至少可闷烧一年。敌意也一样；有些人一旦心中有敌意，就会保持下去，可能从这年复活节保持到来年复活节，甚至还不止。事实上，这些人在此期间离神的恩典非常遥远。

在上面说起的魔鬼锻炉里，锻炼着三种罪恶。骄傲始终用咒骂和恶言恶语煽着火，使火越来越旺。其次，妒忌用持久的敌意长钳把火热铁块钳牢在人心上。/ 再其次是争吵谩骂之罪，就是用恶毒辱骂来锻打了。其实，这可恶罪孽既伤害做的人，也伤害邻人。当然，给邻人造成的伤害几乎都来自怒气，而暴怒则肯定按魔鬼的指令行事，因为暴怒绝不顾及基督和他亲爱的母亲。唉，许多人在发怒与暴怒时，无论是对基督还是对圣徒，心里都怀着恶意。这是不是可恶的罪恶呢？当然是。唉，暴怒使人丧失智慧和理性，丧失保护其心灵的一切温雅安恬的精神生活。/ 事实上，暴怒还夺走神应有的权威，这就是人的灵魂和对邻人的爱。暴怒总与真理对抗，它夺走人的心灵安宁并败坏人的灵魂。

从愤怒产生一连串丑事：首先是仇恨，也就是宿怨；而不和使人同亲密老友分手。然后是冲突以及对邻人肉体和财产的伤害。由愤怒这一可恶罪孽还产生杀人之罪。要明白，杀人一事有不同种类，有精神上和肉体上的。精神上的杀人体现在六方面。首先是仇恨；正像圣约翰说的："恨自己的兄弟，就犯了杀人罪。"/ 背后说人坏话也是杀人罪；对此，所罗门说："他们有两把刀杀邻人。"事实上，坏人家名声同要人性命一样，都是穷凶极恶的。出欺骗性的恶毒主意，例如出点子横征暴敛，也是杀人。对此，所罗门说：主人如果不给仆人工资或克扣工资，那么"这残酷的主人就像吼叫的狮子和饥饿的熊"；当然，放高利贷或不给穷人施舍也一样。在这点上，这位贤者说过："要给快饿死的人吃东西。"你不给就等于杀了他；所有这一切都是重罪。肉体上杀人指的是，你以某种方式用嘴巴杀人，比如下令杀人或者给人家出点子杀人。/事实上的杀人有四种类型。一种是根据法律，就像审判官判罪人死刑。但是让审判官注意，他要做得光明正大，为正义而做，不是为图快活而杀人流血。另一种杀人是不得已而为之，比如为自卫而杀人，否则自己难逃一死。当然，如果他不杀死对手也能活，那么杀对手就犯了罪并将为这重罪而受惩罚。同样，若为形势所逼或因偶然，射出的箭或扔出的石头让人死于非命，这也是杀人。同样，女人若因疏忽，睡觉时压死了婴儿，也是杀人，而且是重罪。/再如男人让女人喝下有毒的草药，使她不能受孕或生不出孩子；或故意要她狂喝滥饮使胎儿流产；或用药或把某些东西放进女人阴部，故意把胎儿弄死；或违背自然，让男人女人天生的体液白白糟蹋而不能成孕；或怀孕的女人故意伤害自己，使孩子胎死腹中。这都是杀人。有些女人因为怕在世上丢人现眼就弄死孩子，我们该怎么称呼她们呢？当然叫可怕的杀人者。同样，如果男人为了纵欲而亲近女人，结果让孩子胎死腹中，或者故意把女人打得流产，所有这些都是杀人，是可怕的重罪。愤怒还生出其它很多罪孽，或言辞上的，或思想上的，或行动上的。比如指控或责备神，说神犯了这人自己犯的罪孽；又如一些国家里，邪恶的赌徒瞧不起神和圣徒。/他们犯下这可恶罪孽时，心里充满了对神、对所有圣徒的怨毒。同样，对圣坛上的圣餐不敬也犯下可恶罪孽，严重得几乎难以饶恕,幸好神的恩典无处不在;这说明神的恩典之大和慈爱。愤怒还会发展成恶毒的愤怒;一个人想通过忏悔摆脱罪孽,但忏悔后受到严厉指责,于是他感到愤怒,答话时显得不屑而怒气冲冲。他为自己的罪孽辩护说,是肉体软弱的缘故;或是为了维持与伙伴的关系;或是魔鬼引诱他;或是因为他还年轻,容易冲动而难自制;要不就说他没到一定年龄前命该如此;要不又说是前辈的教育结果;等等。/这类人都让自己沉浸在罪孽中而不愿自拔。事实上,任何为自己罪孽辩护的人,都不可能得到赦免,直到低头认罪。这以后就是发誓,这显然违反神的戒律,而愤怒或发火时常会发誓。神说:"你不要妄称天主之名。"同样,主耶稣基督通过圣马太说:"Nolite iurare omnino(你不要发任何誓);不要凭天发誓,因为天是神的宝座;不要凭地发誓,因为地是神的脚凳;也不要凭耶路撒冷发誓,因为这是伟大天主的都城。你也不要以你的头发誓,因为你不能使一根头发变白或变黑。还是用你自己的话说'是,是'和'不,不';多说了就是罪恶。"这是基督的话。/为了基督的缘故,不要发那种罪恶的誓,在发誓中把基督的灵魂、心脏、骨头和身体支解开来。事实上,这样做就好像你们认为可恶的犹太人把基督宝贵的身子残害得不够,还要进一步肢解他。如果法律强迫你们发誓,你们要按神的律法行事,就像《耶利米书》quarto capitulo(第四章)说的:"Iurabis in veritate, in iudicio et in iusticia(你必凭诚实、公平、公义起誓)[①]。"也即:"你得遵守三个条件,发誓要讲真话,讲正义,讲公义。"就是说,你发誓得讲事实,因为任何诺言都

[①] 见《旧约全书·耶利米书》第4章第2节。

是反基督的。基督是绝对真理。你们好好想想这点：任何胡乱发重誓的人，如果不是在法律强迫下，那么只要发这种违禁的誓，灾祸就不会离开他的家。同样，审判官要你为事实做证时，你要为正义发誓。还有，你不能为妒忌、放交情或回报而发誓，只能为公义，为荣耀神，为帮助你的基督徒兄弟姐妹，为伸张正义而发誓。/

所以，任何人凡妄称天主之名，或嘴里发假誓，或假借神的名义自称基督徒，生活中却不以基督的生活为榜样并违背基督教导，都是妄称天主之名。你们看看圣彼得的话吧：Actuum quarto capitulo（《使徒行传》第四章），"Non est aliud nomen sub celo, etc.,（在天下人间没有赐下别的名）"①。圣彼得这是在说：天底下没有给人们可因之而得救的其它名字，就是说，只有凭耶稣基督之名才可得救。你们还要注意基督之名多珍贵；圣保罗 ad Philipenses secundo（在《腓立比书》第二章）说："In nomine Jesu, etc.（因耶稣的名）②，叫一切在天上、地上和地下的无不屈膝。"因为这个名极其崇高可敬，连地狱里的魔鬼听到有人叫出这名也会发抖。由此看来，如果以基督的神圣之名乱发毒誓，就比可诅咒的犹太人更放肆地藐视耶稣基督，甚至比听到他的名会发抖的魔鬼还放肆。

既然严格禁止无正当理由发誓，那么发假誓就更坏更要不得。/

有些人以发誓为乐，把发重誓视为体面或有气概。对于这种人，我们该怎么说呢？还有人习惯于发重誓，尽管其理由不值一根麦秆。对这些人又怎样呢？当然，

---

① 见《新约全书·使徒行传》第 4 章第 12 节。
② 见《新约全书·腓立比书》第 2 章第 10 节。

这是可怕罪孽。不假思索随便发誓也是罪孽。不过现在讲装神弄鬼的发誓，像有些弄虚作假的巫师神汉凭一满盆水，或一把亮晃晃的剑、一个圆圈，或一团火、一块羊肩胛骨所干的那样。对此，我能讲的是：这类做法邪恶又可恨，完全是反基督、反基督教信仰的。

有人相信占卜，比如凭鸟飞、鸟叫、牲口叫占卜或抽签占卜，或者撒泥土在地上以其形状占卜，或者以梦、门的吱嘎声、屋子的开裂、老鼠的啃咬占卜，还有诸如此类的歪门邪道。对这种人我们怎么说呢？／当然，所有这种事都是神禁止的，整个神圣教会禁止的。有这种卑下信仰的人为此要大倒其霉，除非他们悔改。人或牲口受了伤、生了病，如果用符咒治疗有效果，也许是神允许这样，让人更信仰他，更尊奉他的名。

现在讲撒谎。这通常指为了欺骗基督徒同伴而讲假话。有些谎言对任何人没有好处；有些谎言使有的人得到好处和利益，但对别人不好和不利。另一种撒谎是为了保自己性命财产。再有一种撒谎则为了取乐，有人为这乐趣编造了长长故事，加上各种细节，而整个故事根本是虚构的。／有些人撒谎是为了维持他讲过的话，有些人撒谎则未经深思熟虑，或由于鲁莽草率等诸如此类的原因。

现在讲奉承的罪恶。奉承并非自愿，是出于恐惧和贪婪。奉承通常不该得到赞扬。奉承者都是魔鬼手下的奶娘，用谄媚之奶喂孩子。所罗门讲得好："奉承比诋毁还坏。"因为诋毁有时叫害怕诋毁的高傲者变得比较谦虚，但奉承肯定使人趾高气扬。奉承者是魔鬼手下的巫师，使人自以为了不起，忘了自己究竟是什么。／他们像出卖耶稣的犹大；奉承者的目的是把奉承对象出卖给其敌人，就是说，出卖给魔鬼。奉承者都是魔鬼的祭司，老是唱赞歌。我把奉承谄媚归在愤怒这类罪恶中；因为一个人如果对某人极为愤怒，他常去奉承另一个人，以便在争执中有支持者。

现在讲心里气愤时的诅咒。一般来讲，诅咒一词可说已包含各种罪恶。圣保罗讲，诅咒使人进不得神的国度。而且诅咒常常事与愿违，落到诅咒者自己头上，就像鸟回到窝里。/ 最要紧的是，人们应尽力避免诅咒他们的孩子，避免把后代交给魔鬼；这当然极危险，而且是很大罪孽。

现在讲责骂。这是人心中的大恶，因为它扯断人心中的友谊之线。事实上，一个人很难同公开痛斥和辱骂他的人和解。基督在《福音书》里说，这是极可怕的罪孽。现在来看看指责人家的人，他或是骂人家身上某种痛苦和不幸，比方说，骂人家是"麻风病人"或"驼背无赖"，或是责备人家犯什么罪孽。好吧，如果骂人家的痛苦不幸，那么这是针对耶稣基督的；因为不管这不幸是患了麻风或别的病或身体有缺陷，都是基督给的，给得合乎道理，得到神的准许。/ 如果无情地骂人家的罪孽，比方说，骂"好色之徒"或"酒鬼"等等，那么这会使魔鬼高兴；因为他一向为人们犯罪高兴。事实上，责骂只可能出自有罪的心，因为言为心声。你们当明白，要别人改正错误时，千万别靠责骂或指责。如果不注意这点，就容易煽起本该平息的怒火，结果，本可好言相劝的人倒可能被杀掉。所罗门说："亲切的语言是生活之树。"这是指精神生活。事实上，恶言恶语既消耗责骂者的生命力，也消耗被责骂者的生命力。请看圣奥古斯丁的话："经常责骂者最像魔鬼子女。"圣保罗也说："我是神的仆人，不该骂人。"/ 尽管各种人之间发生吵骂都是坏事，这却完全不适用于夫妻之间；因为

824

夫妻间永远不太平。于是所罗门说："一间屋顶漏雨的房子，一个爱吵爱骂的妻子，两者很相像。"待在多处漏雨的屋里，尽管可以避开一处漏雨，但别处漏下的雨还会淋在身上；同爱吵爱骂的妻子过日子也一样，她不在这里骂丈夫，就在别处骂。所以所罗门说："开心地吃一口面包，胜似在骂声中享用满屋子美食。"圣保罗说："你们妇人哪，要服从丈夫，这符合神意；你们男子啊，要爱妻子。"Ad Colossenses, tertio（《歌罗西书》第三章）。

下面讲对人的奚落。这是恶毒的罪孽，特别奚落做好事的人。/ 这种人真像恶心的癞蛤蟆，葡萄树开花的甜美香味使它们受不了。这种人是魔鬼同伙；魔鬼占了便宜，他们就高兴，魔鬼吃了亏，他们就难受。他们同耶稣基督作对；因为他们恨基督爱做的事，就是说，他们恨灵魂得救。

现在我们来说给人出坏主意。出坏主意的人是奸贼，因为欺骗了信任他的人，ut Achitofel ad Absolonem（就像亚希多弗对押沙龙那样）①。不过，他的坏主意首先伤害自己。正像贤者所说，每个在世的奸人都有这特点，就是想伤害别人，但首先伤害他们自己。/ 大家应当知道，不该采纳奸人的主意；同样，发火的人，惹是生非的人，太看重自己利益的人，过于世故的人，他们的主意也不要采纳，特别在灵魂问题上。

现在要讲的罪孽是散播与制造不和，这是基督深恶痛绝的。这毫不奇怪，因为他为建立和谐世界而死。同那些把耶稣基督钉上十字架的人相比，制造不和的人更

---

① 押沙龙是大卫王之子，亚希多弗是大卫王的谋臣。押沙龙欲杀大卫王而自立，携亚希多弗同谋。事败，亚希多弗自缢，押沙龙战死。见《旧约全书·撒母耳记下》。

让基督蒙羞,因为他爱人们间的友谊胜于爱自己身体,并为这团结和睦献身。所以,凡随时准备制造不和的人都是魔鬼一路的。

现在讲两面三刀的罪孽。这种人在人前说好话,背后说坏话;要不,说话时装出好心好意的模样,或开玩笑似的,实际上包藏祸心。

现在讲辜负人家信任;这行为使人出丑,事实上,这造成的伤害几乎无法弥补。/

现在来讲威吓;这是公开干蠢事,因为经常威吓人家的家伙,往往威胁的成分多于他实际干的能力。

现在来看无聊话;这种话对讲的人和听的人都没有好处。无聊话也指既无必要又无益的话。当然,有时无聊话只是轻罪,但还是应当保持警惕,因为今后在神的面前,得为此付出代价。

现在讲饶舌;饶舌必有罪孽。所罗门说:"公开干傻事就是罪孽。"所以当一位哲人被问到怎样取悦人,他说:"多做好事,少讲废话。"/

现在讲小丑的罪孽。这些人是学魔鬼坏样的猴子,以粗俗的滑稽话使人大笑,就像看猴子胡闹。圣保罗禁止这种行径。看看对勤勤恳恳侍奉基督的人,纯洁而虔诚的话能给多少慰藉,那么,对于为魔鬼效劳的人,这类小丑的鬼话和花招也能给同样慰藉。上面讲的,都是嘴巴犯的罪孽,由愤怒和其它罪孽所引起。

下面讲愤怒的救治办法

能够治愤怒的,是人们称作恺悌的美德,也就是温良;另一种美德也行,就是人们所说的忍耐或容忍。

性情温和,就能控制和抑制心中的急躁和冲动,不让在怒火中烧时爆发。/耐心好,对骚扰和不公正待遇就可逆来顺受。关于温良,圣哲罗姆说:"这绝不伤害人,不讲伤人的话;即使人家伤害自己或说伤害的话,也不会丧失理智而动怒。"这种美德有时是天生的,正像那位哲人①讲的:"人是活灵的,天性温和而向善;如果温和中还有宽厚,就更加可贵。"

耐心是另一种救治愤怒的美德,它能温文尔雅承受人家善意,受到伤害时也不会激怒。那位哲人说:"耐心这美德对一切肆虐的厄运和各种恶毒言辞都能逆来顺受。"/基督说,这美德使人神圣并成为神的亲爱孩子。这美德能克敌制胜。所以那智者说:"你若想战胜敌人,就要学习忍耐。"要知道,外界给人的苦恼有四种,所以人得有四种耐心,与之抗衡。

第一种苦恼来自恶言恶语;但耶稣基督很有耐心并毫无怨言忍受了,尽管犹太人多次指责他,不把他放在眼里。所以你们要耐心忍受,因为那智者说:"同蠢货争吵,那么无论他发火或大笑,你都不会安宁。"另一种外来苦恼是财产损失。基督被抢走他世上的一切,即身上衣服,但他耐心忍受这损失。/第三种苦恼是人身受伤害。但基督耐心忍受钉上十字架的全部痛苦。第四种苦恼是过度劳累。对此我要说:有人让仆人干得太苦,或干活时间太长,或休息日也得干。真的,这些人在犯大罪。这方面,基督也非常耐心地忍受,尽管他将被无情钉死,却用神圣的肩膀扛着十字架并教导我们要耐心。由此,人们可以学得有耐心;事实上,不仅基督徒为了耶稣基督的爱,为了获得永生这一神圣回报而有耐心,连那些老异教徒,那些从不是基督徒的异教徒,

---

① 指亚里士多德。

也称赞耐心这一美德并身体力行。

曾经有哲人要责打门徒,因为门徒做了大坏事,他大为恼火,拿来棍子准备打。/门徒见了,便对师傅说:"你想干什么?"师傅说:"我要打你,让你改正。""说真的,"门徒答道,"你因为年轻人犯错而完全失去耐心,首先就得改正。""不错,"师傅流着泪说,"你的话很对;亲爱的孩子,你拿好这棍子,为我这样没耐心而帮我改正吧。"有了耐心就会有顺从;这样,便会顺从基督,顺从他因基督而应顺从的一切。要知道人在做应当做的一切时,如果完全真心实意,高高兴兴并勤勤快快,那才是十足的顺从。一般说来,顺从就是把神的教导贯彻于行动,就是在行动中贯彻尊长教导,而这些尊长他完全应当恭而敬之。

下面讲懒惰

讲过妒忌和愤怒,现在讲懒惰的罪孽。妒忌蒙蔽人心,愤怒使人困扰,懒惰则使人呆滞、心眼多、容易生气。妒忌和愤怒使人心里怨恨;这怨恨是懒惰之母并夺走人对于一切善的热爱。再有,懒惰是忡忡忧心中的极度痛苦。圣奥古斯丁说:"善为之怨,恶为之喜。"当然,这是令人憎恶的罪孽;按所罗门的说法,这罪孽极大地伤害耶稣基督,因为人们本应勤勤恳恳侍奉基督,但懒惰不让他们这样做。懒惰的人不会这样勤快;无论做什么都满心委屈,满腹牢骚,少不了托词借口,而干起事来松松垮垮又懒懒散散。所以《圣经》里说:"谁侍奉神不力,就得受到诅咒。"/再说,懒惰是人在各种处境里的大敌。人的处境可分三等。第一等是天真无邪状态,就像亚当犯罪前的状况,那时有力量支持他,要他赞美神、崇拜神。另一种是有罪之人的处境；这种状况下的人不得不努力向神祈祷，以弥补罪孽并求神赐恩，让他们从罪孽中脱身。再有一种状况是祈求宽赦的处境，这种状况下的人不得不采取种种悔罪行动。对所有这些情况，懒惰是大敌和对立面。因为懒惰者只爱无所事事。事实上，懒惰这罪孽非但可恶，也是谋生者的大敌；因为懒惰绝不为生活所需提供任何东西，只会浪费和糟蹋，而由于懒惰疏于照管，人间财富会消耗殆尽。/

第四点是，懒惰就像因懒散和怠惰而在地狱受苦的人，因为罚入地狱者在那里动弹不得，不能好好做事和思想。由于懒惰的罪孽，人的情况会变得悲惨又不便，不能做任何好事，所以圣约翰说，神厌恶懒惰。

接下来谈懒散的人，这种人受不了艰苦和自我惩罚。正像所罗门讲的，懒人十分娇弱，受不了苦和自我惩罚，将一事无成。为了同懒惰和懒散这种腐朽透顶的罪孽做斗争，人们应尽力做好事，凭勇气和道德观念下定行善决心；要记住，无论善行多微不足道，主耶稣基督也会——回报。养成劳动的习惯很重要；正像圣贝尔纳说的，劳动习惯使人手臂粗而肌肉硬，可是懒惰使人孱弱无力。/ 接下来要谈的是，对开始干好事心存疑虑。因为对倾向于犯罪的人来说，确实会认为开始干好事是艰巨复杂的任务，所以心里嘀咕，只怕要他去好好干的事将繁重累人，使他承受不起，因此不敢去做这样的好事；这是圣格列高利说的。

接下来谈绝望，就是对神的恩典丧失希望；这有时来自过度忧伤或过度疑虑，以为自己犯罪太多，即使愿意忏悔并摆脱罪孽也没用。圣奥古斯丁说，由于这种绝望和疑虑，就横下一条心，去犯各种罪孽。这种可诅咒的罪孽若发展,到头来,这就被称作对圣灵犯罪。/这可怕的罪孽非常危险,因为对绝望者来说,没有哪种罪孽或重罪会使他干起来有所犹豫;犹大是很好的证明。所以同其它罪孽比,这罪孽最使基督生气,最惹基督讨厌。绝望者就像懦弱的武士,还没打败就毫无必要地求饶。唉! 他本不必求饶,不必绝望。事实上,神对于任何忏悔者永远慈悲为怀,神的恩典是他一切事业中最伟大的。唉! 人们为什么不想想《路加福音》第十五章? 基督在那里说:"上天为一个罪人的悔改而欢喜,就像为九十九个不用悔改的义人而欢喜一样。"①/这《福音书》里,那一度失去儿子的好人多么高兴,他为忏悔的儿子归来而大开筵席。人们为什么不回忆一下 Luk xxiii° capitulo(《路加福音》第二十三章)里的事呢? 那里说到,钉在耶稣基督旁边十字架上的盗贼对他说:"主啊,你到了你那国度后,请记住我。"基督对他说:"我实在告诉你,今天你同我将在天国里。"其实,人的罪孽再可怕,凭耶稣基督在十字架上受苦和死亡,也能在生前靠忏悔赎罪。唉! 神如此慈悲,有求必应,人何必绝望? 只消请求,就会得到。/接下来讲贪睡,就是睡懒觉;这使人的肉体和灵魂退钝又呆滞。这罪孽来自懒惰。当然从道理上说,不应当在早晨睡觉,除非有合乎情理的原因。因为早晨最适宜祈祷并在心中默念神崇拜神,最适宜施舍,首先给那些以基督之名乞求的穷人。请看所罗门是怎样讲的:"谁在早晨醒来并寻找我,就能够找到。"接下来是疏忽大意,就是不把任何事放在心上。如果说无知是一切坏事的母亲,那么疏忽无疑

---

① 见《新约全书·路加福音》第15章第7节。这又是一个明显例子,说明引文不同于"钦定本"《圣经》:"一个罪人的悔改,在天上也要这样为他欢喜,较比九十九个不用悔改的义人欢喜更大。"

是保姆。/疏忽的人什么也不管，如果必须做事，他根本不管这事做得是好是坏。

至于救治这两种罪孽，那位智者说："敬畏神的人不会不尽本分。"而敬爱神的人为了取悦神，会努力工作和尽力行善。下面讲无所事事，这是通向一切罪恶的门户。无所事事的人就像没有围墙的地方，完全暴露在各方面的诱惑之下，恶鬼可以从任何一处进去攻击。无所事事是垃圾桶，装的是一切卑鄙无耻的思想，一切无聊的闲言碎语、鸡毛蒜皮和一切污秽的东西。/当然，天国给辛勤劳作的人去，不给无所事事的人去。大卫也说："不同人们一起耕作的人，就不得同人们一起打麦脱粒。"这是在说炼狱。事实上，如果他们不忏悔，看来将在地狱里受魔鬼折磨。

接下来的罪孽被称作 tarditas（迟缓），就是在信仰神的方面拖拖拉拉，耽搁时间太长；这当然是大蠢事。这种人就像跌进了水沟而不想爬出来。这种罪来自不着边际的希望，以为自己会活很长时间，但这希望常落空。

接下来讲懈怠，这是一个人开始干某件好事，但很快住手不干；比方说，有人本该管束人家，但碰上一点反对和麻烦，就放任不管。/这些人就像现代牧羊人，明知树丛里有狼，却听任羊跑进树丛，或根本不管该照管的羊群。懈怠的结果是精神和物质上的败坏和贫困。然后就是冷漠，它使人心变得冰冷。然后是虔诚的消失，于是像圣贝尔纳说的，人变得很盲目，灵魂变得极消沉，不能在神圣教堂里念经唱诗，不能倾听和考虑任何虔敬天主的事，不能动手做好事，因为这都让他感到枯燥乏味。接着他变得迟钝，昏昏欲睡，容易发脾气，容易仇视和妒忌。接下来的罪孽是称作 tristicia 的苍生之忧,据圣保罗说,这可以杀人。/ 事实上,这种忧愁能使心灵和肉体渐渐死亡;因为,人由此会对生活感到厌倦。所以忧愁常缩短人的寿命,使他不能安享天年。

懒惰之罪的救治办法

要对付懒惰这种可怕罪孽以及由此派生的罪孽,有一种称为 Fortitudo 也即坚韧的美德;这是藐视一切不利的毅力。这种美德强而有力,有这种美德的人敢于保护自己,坚决而明智地抵抗来自邪恶的危险,同来犯的魔鬼搏斗。懒惰使人心变得软弱无力,而坚韧使之坚强有力。有了 Fortitudo,就能承受长时间的辛勤劳作之苦,只要力所能及。/

这美德有几个方面;第一个方面称为高尚,就是心胸开阔。事实上,为了使心灵不致因忧愁或绝望之类的罪孽而被懒惰吞没或摧毁,就需要开阔心胸同懒惰做斗争。这美德使人们明智而合理地自愿承担困难或艰苦的任务。再说,魔鬼对人的攻击与其说凭力量,不如说凭花招和诡计,所以人抵抗魔鬼应当凭智慧、理性和谨慎。接下来的美德是信心,是对神对其圣徒充满希望,努力去完成自己下决心干到底的善事。接下来是坚定不移,就是永不怀疑开始在做的好事和付出辛劳的价值。/ 接下来是慷慨,就是做大好事时应当慷慨;这也是人们做好事的目的,因为完成了大好事就会有报偿。接下来是恒心,就是要坚持自己的目标,应当以心中的坚定信仰,以言辞和行动,以态度和表现来做到。还有一些对付懒惰的特殊办法,就是做不同的工作,经常想想地狱里的痛苦和天堂里的欢乐,笃信圣灵的仁慈,因为圣灵会给人力量去贯彻良好愿望。

下面讲贪婪

讲了懒惰，我要讲贪婪和觊觎之心；关于这类罪孽，圣保罗 ad Timotheum, sexto capitulo（在《提摩太书》第六章）说过："贪财是万恶之根。"事实上，如果人心本自困惑迷乱，性灵上又失去神的慰藉，自然在凡俗事物中寻求无聊的安慰。

根据圣奥古斯丁的说法，贪婪是一心想要尘世间的东西。另外有些人说，贪婪是欲望，就是要获得人间资财而对需要周济的却什么也不给。要知道，贪婪不只要土地，要资财，有时还要知识，要荣誉，要各种非分的东西。贪婪与觊觎之心的区别在于：觊觎之心要的东西是自己没有的；贪婪则是毫无必要地尽力保持已有的东西。实际上，贪婪这罪孽极可恶；一切经书都谴责它，痛斥它，因为它伤害了耶稣基督。／本来人们对耶稣基督怀有敬爱之心，但贪婪毫无道理地抑制这感情，使耶稣基督丧失了人们的爱；而且它使贪婪的人对耶稣基督的希望不如对自己财产的希望，对耶稣基督的侍奉不如守住自己财宝那样努力。所以 ad Ephesios, quinto（在《以弗所书》第五章里），圣保罗说："贪婪的人必受偶像崇拜的奴役。"

偶像崇拜者也许只有一二个偶像，贪婪的人却有很多偶像。此外，贪婪的人同偶像崇拜者还有什么差别呢？事实上，前者钱柜里的每一枚金币都是他偶像。而根据 Exodi, capitulo xx°（《出埃及记》第二十章），神规定的十条戒律中，崇拜偶像的罪孽位列第一条：／"除了我以外，你不可有别的神，不可为自己雕刻偶像。"所以，贪婪吝啬之徒既然爱财宝胜于爱耶稣基督，那么，由于他犯可恶的贪婪之罪，必然崇拜偶像。而从觊觎之心可产生各种霸道的横征暴敛,由此,人们付出的税金、租金和徭役超过应承担的义务,或超过合理的范围。另外农奴主也常对农奴课以罚金,而这称为敲诈勒索更合理。有些老爷的管家说,对农奴罚款之类的做法正当,因为那些草民在人间所有的一切无不属于主人。但如果老爷从农奴那里拿走的东西并不是他们给的,那么这做法肯定是错的:Augustinus de Civitate, libro nono(奥古斯丁《神国论》第九卷)。事实上,农奴制的存在和起因就是罪孽,Genesis, quinto(《创世记》第五章)。/

由此可看到,罪恶使人受奴役,而人本来不受奴役。所以权贵不该为权势感到光荣,因为在自然状况下,不是人家主子,不能奴役人。后来有奴役,先是为惩罚犯罪。再说,法律虽说农奴在世上的财物归主人所有,即归皇帝所有,但皇帝应保护他们的权利,无权抢夺他们。所以塞内加说:"你的审慎应当让你仁慈地同奴隶相处。"你们称为农奴的人是神的子民,因为卑贱者是基督的朋友,他们同我们的主是老朋友。/

也要想一想,草民和老爷本是同根生。一样能得救,一样会死亡。所以我劝你们,如果你们身处手下那些草民的困境,如果希望你们主人怎么待你们,那么也就这样待他们。每个罪人都是罪孽的奴隶。所以我真的要劝你们这些老爷,对奴仆宽厚些,使他们爱你而不是怕你。我很清楚,地位有上下尊卑,这很合理;当然,缴付应当缴付的租税也很合理,但是,瞧不起地位低的人并勒索他们肯定令人憎恶。

你们还应当明白,征服者或暴君常把一些人贬为奴仆,他们本同征服者一样出生于帝王之家。/奴仆一词原先从来没有,是挪亚第一个使用;他说他孙子迦南犯了罪，得给其弟兄当奴仆。① 那么，对抢劫和勒索神圣教会钱财的人，我们怎么说呢？当第一个人受封为骑士，给他授剑时，这剑意味着保卫神圣教会，而非抢劫和掠夺教会；所以，谁这么做就背叛了基督。圣奥古斯丁说："谁扑杀耶稣基督的羊，就是魔鬼的狼。"他们比狼更坏。因为千真万确的是，狼只要填饱了肚子，就不再把羊咬死；可是抢劫和破坏神圣教会的人不这样，他们永远不会停止劫掠。好，正像我说过的，既然罪孽是奴役的第一原因，那么就有了这种情形：只要整个世界处于罪孽中，那就处于奴役和压迫中。/ 当然，后来开了天恩，神决定让人有较高或较低的身份与地位，并让大家按身份地位得到相应待遇。所以有些国家里，人们买来奴隶，使奴隶改变信仰后，就使他们摆脱奴隶身份。所以事实上，主人应当给奴仆的东西，正是奴仆应当给主人的。教皇称自己是神的众多仆人的仆人；要不是神当初决定让一些人地位较高或较低，神圣教会就不会有今天的地位，公众利益与世上的和平与安宁也就难以维护；所以，君主被授予权力，是要他尽力在合情合理的范围内保护、捍卫臣民并维持他们生计，不是毁灭和打击他们。所以我说，无情又无节制地侵吞穷人财物和家产的主人像狼一样，/ 他们对穷人的所作所为会受到耶稣基督的同样对待，除非他们痛改前非。接下来是商人之间的欺骗。你们要知道，交易有两种，物质上和精神上的。一种是正当合法的；另一种是不正当不合法的。合法而正当的物质交易，例如神让有的王国或地区相当富足，于是人们以这地区的丰富物资去帮助比较匮乏的地区，这很正当，很合法。所以应当有商人把货

---

① 见《旧约全书·创世记》。

物从一地运到另一地。而人们进行的另一种交易用的却是欺骗、诡计、背信弃义，用的是花言巧语和虚假誓言，所以受诅咒并令人憎恶。/精神上的交易实际就是买卖圣物或圣职罪，因为有人想买精神上的东西，就是说，这种东西属于神的圣所并可治疗灵魂。如果有人积极设法实现这种愿望，即使没有结果，仍然犯了重罪；而如果他买到圣职，那也是非法的。西门尼[①]一词来自行邪术的西门，他想用人间财物购买神通过圣灵给予圣彼得等使徒的赏赐。所以要明白，凡买卖精神方面的东西，双方都叫买卖圣职者或买卖圣物者，不管买方凭的是财物、央求，还是请朋友（世俗朋友或精神上的朋友）说情。世俗朋友有两种，一种有亲属关系，另一种没有。事实上，如果朋友求情成功，那人得到了圣职，但那人既不配又无能力，那么这是买卖圣职；如果那人很配很胜任，就不算买卖圣职。/另一种情况是，一个男人或女人请人家提升自己，凭的只是他们对人家的邪念；这种私下授受圣职的罪就更加邪恶。当然对服务要给酬报，对仆人要给些精神上的东西，但必须明白，服务应正当，不是进行交易，而当事人则应够格。圣达马苏斯[②]说："同这罪孽相比，世上其它一切罪孽都算不上什么。"因为除了路济弗尔和敌基督[③]的罪孽，什么罪孽都没这罪孽深重。人有了这罪孽，就使基督丧失教会和以他宝血换来的灵魂，因为人们把教会给了不配担任圣职的人。这一来，窃贼进了教会，偷窃属于耶稣基督的

780

785

---

① 西门尼为英语 Simony 的音译，意为买卖圣职或圣物（罪）。
② 达马苏斯一世（304—384）为意大利人，曾当教皇，382 年宣布罗马教会为一切教会之首，并责成哲罗姆修订《圣经》拉丁文本。
③ 据《圣经》称，敌基督是基督之大敌，他在世上传布罪恶，但终将在救主复临前被救主灭绝。

灵魂并破坏教会财产。/由于这种不合格教士和堂区牧师的存在，无知的人对神圣教会的圣事缺乏虔敬之心。因此，私下授予圣职的人赶走了基督的孩子，迎来了魔鬼的子子孙孙。他们把应当像羔羊一样守护的灵魂出卖给狼，让狼把羔羊撕碎。所以在放牧羔羊的牧场，就是说，在幸福的天国，他们永远得不到一席之地。接下来是掷骰子等等赌博，如巴加门和拉弗尔斯①；由赌博产生欺骗、伪誓、吵骂、偷盗、亵渎并背叛神以及对邻人的仇恨，还造成财产损失、光阴浪费，有时甚至还杀人。当然，赌博的人只要继续搞那套把戏，就必然犯深重罪孽。从贪婪也会产生撒谎、偷盗、做伪证和发伪誓。你们应当明白，这些都是大罪，是公然违背神的戒律；这些我已讲过。/做伪证包括言辞和行动两方面。在言辞方面做了对邻人不利的伪证，你就会夺走他的好名声；或者，你为了泄愤、妒忌或利益做伪证，使他丧失财产或遗产继承权；或者你用伪证指控邻人或为他辩解，要不然，就为你自己狡辩。所以，你们陪审员和书记员注意啦！由于伪证，苏珊娜就大为伤心和痛苦，其他许多人也一样。偷盗罪也公然违背神的戒律；这种罪也分物质和精神两方面。物质方面的，如违背邻人的意愿而拿走他东西，不管是硬抢或软骗，用短斤缺两或私下克扣办法。同样属于偷盗的，还有诬告人家或借了邻人财物不想归还等等。/精神上的偷盗就是亵渎神圣，就是损害神圣的或对基督来说神圣的东西。这也分两类。像教堂或教堂庭院这样的地方，当然是神圣的，因此，人们在这里犯的邪恶罪行，干的任何暴行，都可称为亵渎神

790

795

800

---

① 巴加门，见"片断五"900 行注。拉弗尔斯是古老的掷三粒骰子的赌博，凡掷出三粒骰子为同一点数者就是赢家。

圣。同样，谁无理扣留理当属于神圣教会的东西，也犯亵渎圣物罪。清楚地概括一句：亵渎神圣就是从神圣地方偷盗神圣东西，或从神圣地方偷盗并不神圣的东西，或者从并不神圣的地方偷盗神圣东西。

对贪婪之罪的揭示

现在你们当知道，解救贪婪需要格外的怜悯和同情。人们也许会问：为什么怜悯和同情可以解救贪婪？当然是因为：贪婪的人对贫苦的人毫无怜悯与同情；他们只爱自己财宝，一心保住，不肯救援和帮助基督徒同伴。所以我首先讲怜悯。/ 根据哲人的说法，怜悯是美德，有了这美德，人的感情就会被别人的不幸触动。有了怜悯就有同情，就有出于怜悯的善举。当然，这类事情会把人推向耶稣基督的怜悯——他为我们的罪孽而献出自己，为怜悯我们并宽恕我们的原罪而被处死；由此，他把我们从地狱的痛苦中救出来，让我们凭忏悔而减轻在炼狱中的痛苦；他恩典我们，让我们行善，最后给我们天国的无穷幸福。怜悯有各种表现：可以是借贷、赠送、宽恕、解救和恻隐之心，可以是对同道基督徒的苦难怀有同情，必要时可以是惩戒。/ 救治贪婪的另一个办法是合理的慷慨；这方面确实应当考虑到耶稣基督的恩典、人的尘世财富以及基督给我们的永恒财富。应当记住，人总是要死的，只是不知道什么时候死，在哪里死和怎么死；而且，人终究得撒下所有的一切，唯独做好事花掉的不会被撒下。

但有些人没有节制，所以同样应避免浪费，避免慷慨得没有道理。当然，挥霍成性的人不是把财富给人，是让财富消失。如果他把钱给了行吟诗人和别的人，是出于虚荣,为了在世上扬名,那不是在施舍,是在犯罪。这种人丧失财富当然很可耻,因为他赏赐人家的目的只是罪孽。/这种人就像是马,宁喝浑水或泥浆水而不喝井里的清水。至于有人施舍了不该施舍的,那么到了对那些将被罚入地狱者进行末日审判时,基督的严厉判词就是对他们说的。

下面讲贪吃

贪婪之后讲贪食,这也公然违背神的戒律。贪食指没有节制的吃喝,是迁就无节制暴饮暴食的贪馋欲望。这种罪孽腐蚀了整个世界;这一点,亚当和夏娃的犯罪是很好证明。看圣保罗对贪食是怎么说的。"我已经,"圣保罗说,"多次对你们说到生活方式,现在我流着眼泪说:有些人是基督十字架的敌人,因为他们把肚子奉为上帝,把耻辱当作荣耀,关心的是尘世间的事;他们的结局是灭亡。"/陷入贪吃之罪的人,无法抵制其它任何罪孽。这种人甚至可以为一切罪恶效劳,因为其藏身和栖身的地方是魔鬼的藏金窟。这种罪孽分几类。第一类是酗酒,这是葬送理智的可怕墓穴;所以酗酒后丧失理智;这是一项重罪。但如果不是老喝烈酒,或不知喝的酒多凶,或意志不坚定,或干了重活,反正由于种种原因喝多了酒而醉倒,这不算重罪,只是轻罪。贪食的第二类是,喝醉了酒,丧失了清醒神志,变得糊里糊涂。贪食的第三类是,吃东西狼吞虎咽没有规规矩矩的吃相。/第四类是,由于大吃大喝,体内功能失调。第五类是喝多了酒而健忘,有时甚至在早上就忘了前一个傍晚或夜里自己做的事。

据圣格列高利的说法,贪食还可按别的方式分类。第一类是，不到时候就吃。第二类是，为自己搞来过于精致的食品或饮料。第三类是吃得过量。第四类是，过于讲究，过于注意食物的制作和加工。第五类是，吃得非常贪馋。这些是魔鬼的五个手指，用来把人抓进罪孽。/

贪吃之罪的救治办法

加伦说，救治贪吃的办法是节制；但我认为，如果只为了身体健康而这样做，就不值得赞扬。圣奥古斯丁希望，坚忍不拔地实行节制是为了培养美德。他说，除非对节制抱有良好愿望，除非是为了神，为了对天堂幸福的希望，怀着博爱并坚忍不拔地实行节制，否则节制就没多大价值。

节制有一些"同伴"：首先是不过量，就是任何事采取折中；再就是羞耻心，即避免一切不正当事物；然后是知足，就是不追求丰盛吃喝，不贪图奢靡的锦衣珍馐；还有适度，就是把大吃欲望控制在理性范围内；还有持重有节，就是约束大饮特饮的欲望；还有珍惜时间，避免舒舒服服长时间坐在筵席上，因此有些人，吃饭时宁可站着，以免吃得太悠闲。/

下面讲淫荡

贪食之后讲淫荡，因为这两种罪孽关系紧密，常常不能分开。天知道，神十分讨厌这罪孽并亲口说过："不可淫荡。"所以在其古老律法中，神对这罪孽定了很重的刑罚。如果女奴犯这罪被发现，就得被棍子打死。有身份的女人犯这罪，就得被石头砸死。如果她是主教的女儿，那么按神的戒律，她得被烧死。不但如此，就因为淫荡之罪，神用洪水淹掉整个世界。那以后，他用雷电烧掉五座城，把它们沉到地狱里。

现在谈淫荡行为中一种丑恶罪孽，人们称之为已婚者通奸，即通奸的一方或双方是结了婚的。/圣约翰说，通奸者要进地狱，待在硫磺熊熊燃烧的火湖里；待在火里，是因为淫荡；待在硫磺里，是因为他们的猥亵发出恶臭。当然，破坏神圣的婚姻是可怕罪行；这是神亲自在伊甸园规定的，耶稣基督重申这点，正如圣马太在《福音书》记载的："人要离开父母，与妻子连合，二人成为一体。"① 这神圣约束表明基督与神圣教会的结合。神不但禁止通奸，也不许对邻人之妻存觊觎之心。圣奥古斯丁说，神的这一命令禁止一切淫欲。请看圣马太在《福音书》中的话："凡看见妇女就动淫念的，这人心里已经与她犯奸淫了。"② / 这里你们可看到，受禁止的不单是这种罪行，还包括想犯这种罪的欲望。这种可憎的罪孽对常起淫念的人危害极大。首先危害他灵魂，因为这使他陷于罪恶，受到万劫不复的惩罚。这对他肉体也有很大损害，因为这淘空他身体，浪费他精力并把他摧毁，这是他在把血献给地狱里的魔鬼；再说，这也浪费钱财等东西。如果说男人为女人浪费钱财是丑事，那么女人为了干这肮脏勾当而在男人身上耗费钱财，就更是丑事。先知说，这罪孽使男女丧失名誉和廉耻，使魔鬼大为高兴，因为凭这个他可赢得大半个世界。/ 魔鬼为这下流事感到快活，就像商人为获利最多的交易感到快活。

这是魔鬼的另一只手，那五个手指也把人抓进罪恶。第一个手指是傻男傻女间的傻乎乎目光，这目光能

---

① 见《新约全书·马太福音》第19章第5节。
② 见《新约全书·马太福音》第5章第28节。

杀人，就像蛇怪①剧毒的目光；因为觊觎的眼光由觊觎之心而起。第二个手指是不怀好意的邪恶触摸。对此，所罗门说过，谁触摸或抚弄女人，就像抚弄蝎子，它会突然蜇人并立刻叫人中毒身亡；也像用手去碰烧热的沥青，从而弄脏手。第三是挑逗话，这就像火，立刻使心灵燃烧。/第四个手指是接吻；说实在的，只有大傻瓜才去吻熊熊炉灶的炉口或灶口。而为邪念接吻的人更是大傻瓜，因为他们吻的嘴是地狱入口。我特别要讲不中用的老色鬼，他们已干不成什么事，却还要接吻，但只能浅尝而已。他们确实像狗，因为狗跑过玫瑰丛或别的花丛时，尽管尿不出来，还是要抬起一条后腿，做出撒尿样子。很多人认为，同老婆再怎么乱来也不算罪孽；当然这说法是错的。上天知道，人可以用刀杀死自己，可以抱着自己的酒桶喝醉。可以肯定，不管对妻子，对孩子，对世上任何东西，只要爱过了头，超过了对神的爱，那就成了他偶像，他就成了偶像崇拜者。/爱妻子应当爱得明智，有分寸有节制，让妻子像姐妹一样。魔鬼之手的第五个手指是污秽不堪的淫荡动作。事实上，魔鬼用贪食的五指插进人肚子，用淫荡的五指抓住他的腰，把他扔进地狱之炉；在那里，人永远受到火烧蛇咬，流泪哭号，感到饥渴难忍，还有可怕的恶鬼不断蹂躏他们，叫他们不得喘息。我说了，奸淫罪也分好多种；例如私通发生在未婚男女间，这是违背天理的重罪。/所有与天理为敌并起摧毁作用的，都是反天理的。请相信我：既然神禁止奸淫，那么人的理智就清楚告诉他，奸淫是重罪。圣保罗把这种人送给魔鬼王国，那正

---

① 蛇怪是传说中的怪物，由蛇从公鸡蛋孵出，状如蜥蜴，有可怕的红眼睛，人触及其目光或气息即死。

是犯重罪的人应得的报应。奸淫的另一罪孽是，破坏处女童贞，因为谁这样做，就把姑娘从现实生活的最高位置推下，夺走她最珍贵的果子，这果子《圣经》中称为"一百果"。用英语表达，我只会这么说，而拉丁语中叫 centesimus fructus（百乐）。这样做会造成许多危害和恶果，其数目之多难以计算。就像人有时破坏了树篱或栅栏，结果大批野兽就进来肆虐。所以这种人造成的损害难以弥补。/失去的童贞是没法恢复的，就像砍掉了手臂没法再长。那女子如果忏悔，会得到宽恕，这一点我很清楚，但无法恢复原有的清白。刚才我讲到通奸，我想最好还是再讲些由通奸引起的危险，以避免这种下流罪孽。通奸这词在拉丁语中的原意是"走近别人的床"，由此，身子本已合成一体的人却又把身子给别人。先贤说，这种罪孽会生出很多罪恶。首先是破坏信仰，而基督教的关键恰恰就建立于信仰。/信仰一旦受到破坏而丧失，基督教也就空空洞洞毫无结果了。这种罪孽也是偷盗，因为一般来说，偷盗就是违背人家的意愿拿走人家东西。如果女人从丈夫那里盗用身子供奸夫糟蹋，如果她从基督那里盗来灵魂交给魔鬼，那么这种偷盗再恶劣不过。同闯入教堂偷圣餐杯相比，这偷盗更可恶；因为通奸者从精神上闯入神的圣殿，偷盗神的恩典的接纳者，也就是人的肉体和灵魂；圣保罗说，为了这罪孽，基督要毁灭他们。约瑟就非常警惕这种偷盗，所以当主人的妻子要同他干坏事，约瑟就说："女主人哪，你看看，主人把他世上所有的一切都交在我手里；没有一样不交给我，只留下了你，因为你是他妻子。/我怎么能作这大恶，得罪神并得罪主人呢？神禁止这种事情。"①

---

① 见《旧约全书·创世记》。

唉,这样的忠诚如今太难找到啦!第三种罪恶是,这种丑事破坏了神的戒律,败坏了基督名誉,因为他是婚姻缔造者。事实上,婚姻誓言越是崇高并值得尊重,那么破坏这誓言所犯的罪孽就越大;因为神在伊甸园里为纯洁无邪的人缔结了婚姻,为的是繁衍人类来侍奉神。所以这破坏就更恶劣。这种破坏常常生出一些假继承人,侵占人们遗产。所以基督置他们于天国之外,因为天国属于好人。由于这种破坏,还常常发生人们无意中同亲属结婚或干下罪恶勾当;特别是一些浪荡子常去妓院,而妓女就像供男人排泄污秽的公共厕所。/卖淫是可怕的罪孽,更有人靠人家卖淫为生,强迫女人把卖淫所得交出一定数额,甚至有时像妓院老板或老鸨,逼他们妻女卖淫。对这种人怎么说呢?当然,这都是可憎的罪孽。要知道,十条戒律中,奸淫置于偷盗和杀人之间非常合适;因为偷盗肉体和灵魂,是最严重的偷盗。这种罪孽也同杀人相像,因为把本已合为一体的斩开,使之又一分为二,所以,根据神的古老律法,通奸者要处死。但根据耶稣基督充满怜悯的律法,情况就不同了。女人通奸被捉,犹太人的法律要用石头砸死,但耶稣基督对她说:"去吧,别再有犯罪念头"或"去吧,别再犯罪了"。对通奸者的惩罚是去地狱里受折磨,这只有忏悔能改变。/这邪恶罪行分几种情况,例如有时一方或双方是信教的;有时这人已担任圣职,当了副助祭或助祭,或当了司祭或教会中的护理人员。这种人在教会中地位越高,罪孽就越大。使罪孽大大加重的原因是,他们接受圣职时立誓保持纯洁,但破坏了誓言。不但如此,圣职是神的宝库中的首要东西,是其圣洁性的特殊标志,表明担任圣职者已参加了纯洁的行列,过的是最珍贵的生活。担任圣职的人尤其要献身于神,他们是神的家族中的特殊成员；因此，他们若犯重罪，对神和神的子民的背叛就格外严重；因为他们靠神的子民生活，为神的子民祈祷，而一旦叛逆，他们的祈祷对神的子民就毫无用处。教士们职责崇高，简直是天使，但圣保罗说："撒旦自己化身为光明天使。"/确实如此，常犯重罪的教士，可比作化身为光明天使的黑暗天使，看上去是光明天使，实际上是黑暗天使。这些教士都是以利①的儿子，也即《列王纪》中彼勒②的儿子。彼勒就是魔鬼，这名字意为"无法无天"。事实也这样；他们以为要怎样就可以怎样，没人能够管他们，就像不受拘管的公牛，要农场上哪条母牛就哪条。他们就这样对待女人。在农场里，这样的公牛有一头就够了；同样，对整个教区甚至更大的地区来说，有一个邪恶而腐败的教士也就够了。《圣经》上说，这些教士既不知对百姓尽教士之责，心中也没有神；正像《圣经》上说的，他们不满于人家烧熟了给他们的肉，要抢生肉。/对这些坏蛋来说，恭恭敬敬送给他们吃的烤肉和煮肉不会使他们满意，他们要人家妻子女儿的生肉。当然，同意与他们鬼混的女人也大错特错，她们对不起基督、神圣教会、所有的圣徒和一切灵魂，因为她们使基督、神圣教会、圣徒等等失去了一个人，这人本应崇拜基督，尊奉神圣教会并为基督徒的灵魂祈祷。所以这些教士，这些同意与他们厮混的相好，被一切基督徒法庭逐出教会，除非他们改过自新。第三类通奸行为有时发生在夫妻之间。用圣哲罗姆的话说，他们这时同房并不想得到什么，只

895

900

---

① 以利是以色列先知撒母耳幼年时的大祭司兼士师，他的两个儿子与妇人苟合，见《旧约全书·撒母耳记上》。
② 彼勒是《圣经》中魔鬼的别名，即撒旦和敌基督（后来大诗人弥尔顿以此命名一堕落天使）。

图肉体快活；他们什么也不在心上，只想两个人搅在一起；他们以为，反正是夫妻，这样做十分正常。/天使拉弗尔①对多比亚司②说，魔鬼对这种人有控制力，因为他们同房时心中没有耶稣基督而只顾胡来。第四类是，有亲属关系的人，或有姻亲关系的人，或犯过奸淫罪的人的子女或亲属在一起鬼混；这种罪孽使他们落到狗的地步，因为狗不管这些关系。事实上，亲属有两种，精神上的或血缘上的。精神上的，比如同教父、教母的关系就是。父亲生了孩子，是孩子血缘上的父亲；同样，教父是孩子精神上的父亲。因此，女人若同教父睡觉，罪孽不小于同亲兄弟睡觉。第五类罪孽极可憎，简直使人难以说出或写下，尽管《圣经》里有公开讨论。/犯这种可憎罪孽的男女有不同目的，方式五花八门；尽管《圣经》上讲了这可怕罪孽，但不可能被玷污，就像照在粪堆上的阳光不受玷污一样。另一种发生在睡觉时的罪孽也属淫荡，常发生在处女身上，也发生在堕落者身上。人们称这罪孽为泄遗，产生的原因有四。有时因身子比较松弛，这是由于男人的体液又旺又多。有时因意志薄弱，这种控制力差的缘故在医书里有讨论。有时因饮食过度。有时则因睡觉时胡思乱想，发生这情况不能没有罪孽。所以，必须好好自我控制，以免犯下严重罪孽。

淫荡之罪的救治办法

现在谈救治淫荡的办法；一般说来就是洁身自好

---

① 拉弗尔是《圣经》中的天使长之一，司医疗。
② 多比亚司是基督教次经《多比传》中的多比之子。

和自我克制，这可以压制肉欲引起的过度冲动。/谁越能压制下流罪孽的邪恶引诱，就越有功德。这分两种情况，就是说，婚姻生活中与丧偶生活中的自我克制。要知道，婚姻关系就是男女可合法同房，因为他们凭庄严的誓言，接受婚姻约束而终生不许摆脱，就是说，只要两人都活在世上就不许。《圣经》上说，这是非常庄严的誓言。我说过，神在伊甸园里定下这誓言，而且让自己成为婚生儿子①。为表示对婚姻的认可，他参加一次婚礼，在婚礼上使水变成酒，这是他当门徒在世上行的第一个奇迹。婚姻的真正结果是清除私通，使神圣教会满是出身清白的信徒，因为私通是婚姻的终结；对结了婚的夫妇来说，婚姻使他们的重罪变成轻罪，使他们的肉体和心灵结为一体。/神当初建立的是真正的婚姻关系，那时世界上没有罪孽，而伊甸园里自然法占据其应有位置；当时就有规定：一个男人只应有一个女人，一个女人也只应有一个男人，正像圣奥古斯丁说的，这有很多理由。

首先是因为婚姻象征基督与神圣教会的结合。其次是因为男人是女人的头；不管怎么说，神的规条就是这么定的。如果女人有好几个男人，那就应该有好几个头，这在神的面前是很可怕的，再说，女人也不可能同时满足很多人。那样的话，男人之间将永无安宁，因为每个人要求得到自己的；而且没一个男人知道他后代是谁，也不知道应当让谁继承财产；女人一开始同许多男人发生关系，那她受钟爱的程度就降低。

现在谈男人该怎样对待妻子，特别在容忍和尊重两方面，且看神造第一个女人时的态度。/神不用亚当头

---

① 这里是指耶稣由童贞女马利亚所生，而马利亚有丈夫约瑟。

部的某一部分造这女人[1],因为女人不应当自以为享有高高在上的权利。无论哪里,女人当了主宰,就会生出事端。这点已无须举例,日常经验应该足以说明。当然,神也没有用亚当脚的一部分造女人,因为女人不应当置于太低下的位置,她不甘心忍受这一点。神用亚当的肋骨造女人,因为女人应当做男人的伴侣。男人对妻子应当信任,应当忠实,应当爱;圣保罗说:"丈夫应当爱妻子,就像基督爱神圣教会并为之献身。"所以如果有必要,男人对妻子也当如此。

至于女人该怎么服从丈夫,请看圣彼得的说法。首先是忠顺。/同时,按教令的说法,女人作为妻子,只要身为人妻,就无权发誓和做见证,除非得到丈夫首肯,因为丈夫是她主人。当然,丈夫做主应当合情合理。妻子应当恭敬地侍候丈夫,应当衣着朴素。我很清楚,妻子应当取悦丈夫,但不靠衣着华美。圣哲罗姆说,穿绫罗绸缎和珍贵紫色衣的女人,不可能以耶稣基督为衣着。在这点上,圣约翰是怎么说的?还有,圣格列高利说,追求贵重衣物出于虚荣,要在人前更受尊敬。对女人来说,外表弄得漂亮而内心污浊不堪,是大蠢事。/做妻子的还应当在外表、举止和谈笑上谦恭有礼,慎言慎行。在世俗事情中,妻子最重要的就是全心全意爱丈夫,让身子忠实于丈夫;丈夫当然也应当这样对妻子。既然妻子整个身子属于丈夫,那么她的心也应如此,否则夫妻之间就不是完美婚姻。接下来,人们应当知道,夫妻同房为了三点。第一是生儿育女,让他们侍奉神;当然这是结婚的主要理由。另一理由是,夫妻

---

[1]《圣经》中说:"耶和华上帝就用那人身上所取的肋骨造成一个女人。"见《旧约全书·创世记》第2章第22节。

双方偿付欠对方的债,因为他们对自己的身子不能完全做主。第三是为了避免好色和下流。第四点则确实是重罪①。/ 说到第一种情况,那应当受到称赞。第二种情况也是,因为教令中说,女人向丈夫偿付身子的债,就有贞洁美德;对,是这样,哪怕她不爱干这事而且这么干违背她心愿。第三种情况是轻罪,事实上这类交欢很难避免轻罪,因为人的原罪已使人堕落,另一方面则因为其快感。至于第四种情况,大家要明白,如果夫妻同房是为男怜女爱,不为上述任何一条理由,只为欲火的痛快发泄而不管多频繁,这确实就构成重罪。而令我难过的是,有人还拼命这么干,干得超过了实际需要。

第二种贞洁是指孀居的妇女洁身自好,避免男人的拥抱而只求耶稣基督的拥抱。这包括孀妇和曾经私通而通过忏悔得救的女子。/ 当然,如果妻子得到丈夫同意,保持冰清玉洁,就永远不会引起丈夫犯罪,这是一大美德。这些保持贞洁的女子,心灵必然同身体和思想一样纯洁,衣着举止必然端庄,饮食言行必然节制。她们是玉瓶或玉盒,使神圣教会芬芳四溢的玉瓶或玉盒,拿在受耶稣祝福的抹大拉的马利亚手中。第三种贞洁是童贞,这种女子应当心灵圣洁而身子纯洁;是天使们视为生命的耶稣基督配偶,是世界的荣誉,与殉教者一样;灵魂里有着言辞无法表达而心灵难以揣度的东西。处女生下主耶稣基督,而耶稣基督也保持童贞。/

防治淫荡的另一办法,就是注意消除会挑动下流本能的事物,例如安逸和吃喝;因为锅子里烧得沸腾的时候,最好的解决办法当然是把火移开。另外,在十分安

---

① 上面说是三点,怎么来了第四点?这种看来不够严密之处,本书中还有一些。但这里似可解释为:夫妻同房的目的只有三个,若有第四个,就犯重罪无疑。

静的情况下睡觉时间太长，也会大生淫念。

防治淫荡的再一个办法是，避开自己感到可能会受其诱惑的人，不同这种人来往；因为尽管行动上克制，仍存在很大诱惑。事实上，把蜡烛放在白墙边，尽管墙没起火，还是会被熏黑。我反复讲，要人千万别自以为完美无缺，除非他比参孙坚强有力，比大卫圣洁，比所罗门明智。/

955

现在我已尽我所能，对你们宣讲了七项重罪，讲了由它们派生的罪孽，还讲了救治办法；真的，要是有可能，我真想对你们讲讲十条戒律。但是这教义太高深，留给神学家去讲吧。话虽这么说，我还是希望在我这番话中，神已让我把其中的每一条都讲到了。

下接悔罪的第二部分

我在头一段中说过，悔罪的第二部分是口头忏悔。圣奥古斯丁说，只要违背耶稣基督的戒律，那么任何言行和欲望都是罪孽；就是说，通过视、听、嗅、味、触五种感觉在心里、言辞上、行动中犯下罪孽。现在你们最好要了解，哪些情况会大大加重罪孽。/你们应当考虑，犯下罪孽的你是什么人，是男还是女，是年轻还是年老，是贵人还是农奴，是自由人还是奴仆，是健康人还是病人，是结婚的还是单身的，是聪明人还是蠢人，是入教的还是在俗的，是否担任教职；也应当考虑，女方是不是你血缘上或精神上的亲属，你亲属中是否有人同她发生过罪恶的关系，等等。

960

另外要考虑的情况包括：是通奸还是淫乱，是否乱伦，是否处女，是否涉及杀人，是可怕的大罪还是小罪；还有，你犯罪孽的时间多长。第三类要考虑的情况是，你犯罪地点在别人屋里还是自己屋里，在田野里还是在教堂或教堂墓地，是不是在供奉圣徒的教堂里。因为教堂若受过祝圣，那么无论因犯罪或受罪恶诱惑，男人或女人让脏东西流出来，那教堂就得停止圣事活动，直到主教通过特定仪式恢复其圣洁。/干出这勾当的教士终生不得唱弥撒曲；如果他唱，那么唱一次就犯一次重罪。第四类要考虑的情况是，为引诱或怂恿对方，或是为争取对方同意与自己相好，派什么人去当说客，去穿针引线；因为很多无耻之徒为了找相好，宁可去地狱见魔鬼。所以鼓动或默许犯罪的人都参与了犯罪，应受惩处。第五类要考虑的情况是，他犯罪犯了几次（如果他还记得起来），堕落过几回。因为经常落进罪恶泥潭的人不把神的恩典放在眼里，他的罪孽会增加并对基督忘恩负义，变得更无力抵制犯罪，更容易犯罪，/更难从罪恶中自拔，更不愿通过忏悔而解罪，特别想避开他的忏悔神父。为此，人们重蹈覆辙时，或完全避开以前听他们忏悔的神父，或把忏悔分在不同地方进行。然而把忏悔分开做不能使神宽恕他们。第六类要考虑的情况是：人为什么犯罪，是什么诱惑造成的；这诱惑是自己招来的，还是他人挑起的；是男人逼女人供他犯罪，还是女人自愿；罪人若是女子，那么应当讲出，人家是否不顾她反对而逼迫她；还有，是否有所贪图或出于贫困，是否她自己招来这种事，等等。第七类要考虑的情况是，那男人以什么方式犯下罪孽，或那女的怎么会让男人对她这么干。/男人应当同样把事情和盘托出：是否同人尽可夫的妓女一起犯过罪；犯罪的那段时间是否本应奉献给神；是否发生在斋戒期间；是忏悔前，还是在上回做了忏悔并得到解罪之后；是否可能就此破坏原先责令他进行的悔罪和补赎；

965

970

975

851

还有，得了谁的帮助，听了谁的建议；是中了巫术还是魔法。反正一切都得说出来。这些事情按其大小，或重或轻地压在人的良心上。你讲出来之后，作为你审判官的教士能更好地按情况做出判断，就是说，根据你的痛悔来给你救赎。明白罪孽玷污了人所受洗礼或浸礼之后，如果想获得拯救，那别无他法，只有靠认罪、解罪和赎罪。/ 如果有听忏悔的神父为他解罪，那么特别是靠前两点；而如果有生之年能赎罪，那么特别是靠第三点。

接下来人们应思考的是，若要有收获的真正忏悔，就有四个条件。首先，心里必须忧伤痛苦，就像希西家①王对神说的："我要怀着痛苦心情回顾一生中所有岁月。"这种痛苦有五个标志。第一个是，忏悔时面带愧色，绝不能掩盖和隐瞒罪孽，因为罪人已使神不快并玷污了自己灵魂。关于这点，圣奥古斯丁说："心灵为其罪孽带来的耻辱而痛苦。"感受到的耻辱越大，就越值得神赐以大恩。/ 古罗马那个税吏就这样，他在忏悔时眼睛都不朝天上望，因为他冒犯了天神，而由于这羞耻心，他很快得到神的宽恕。因此，圣奥古斯丁说，脸带愧色的人易于得到宽恕和赦免。另一个标志是，忏悔时要谦恭。关于这点，圣彼得说："在神的力量下，你得谦恭。"神的手对忏悔者是强有力的，因为神凭这手能宽恕你罪孽，而只有他才有这权力。这谦恭应深藏内心，也流露在外；因为，正像他对神心怀谦恭，对代表神坐在那里的教士，他身体在外观上也应显示谦恭。既然基督至高无上，教士是介于基督和罪人间的中保和斡旋人，而罪人处在末位，那么按道理，/ 罪人不该坐得

---

① 见本故事 134 行注。但这名字在两处原文里的拼法略有不同。

同听忏悔的教士一样高,应当跪在教士面前或脚边,除非体弱不支。因为他不应考虑是谁坐在那里,应考虑教士代表谁坐在那里。谁得罪大人物,请求宽恕和重归于好,如果一来就坐在大人物身边,人们会认为他放肆,不该很快宽恕或赦免他。第三个标志是,忏悔时应热泪盈眶,这是对哭得出来的人而言;若流不出眼泪,那就在心里哭吧。圣彼得的忏悔就是这样,他离开耶稣基督后外出痛哭。第四个标志是,不因羞耻而放弃忏悔。/ 抹大拉的马利亚就是这样忏悔的,她不管在那些吃饭的人面前这么做多丢人,还是去找主耶稣基督,向他承认罪孽。第五个标志是,无论男女,都应当顺从地接受为他们罪孽规定的惩罚;事实上,耶稣基督为了人的罪孽,当时顺从地接受死亡。

要做到真正忏悔,第二个条件是忏悔要早。人若受了重伤,那么治疗耽搁得越久,伤口就烂得越厉害,死得也越快,而且伤也越难治好。如果长期不为罪孽忏悔,情况也一样。所以,应当尽快把罪孽坦白出来。这有好几层理由:例如,考虑到死亡常不期而至,根本就无法确定人什么时候死,什么地方死;另外,犯罪的时间一长,会引起其它罪孽;/ 再说,拖延越久,离基督就越远。若等末日来临时忏悔,也许因病危而很难向神父忏悔,或不记得犯过的罪孽并为之忏悔了。正像一生中没听耶稣基督的话,人在末日来临时即使大喊耶稣基督,耶稣基督同样很难听他呼喊。要明白,这条件得包含四个因素。忏悔须事先经过好好考虑,过于匆忙没任何好处。而且应根据种类和情况,忏悔所有的罪孽,不管是骄傲或妒忌等等;心里应当弄清楚所犯罪孽的数目和严重程度,犯下罪孽有多久;还有,应当为罪孽而痛悔并凭着神的恩典,下决心以后不犯并保持警惕,远离引诱犯罪的场合。/你们还得把所有的罪孽对一个人忏悔，不能因为怕羞和恐惧而分散忏悔，把有些罪向这人忏悔，把有些罪向另一人忏悔，要知道，这样做只是在扼杀你们的灵魂。事实上，耶稣基督是至善的，没有任何不完善；所以他要么完全宽恕，要么完全不宽恕。我并不是说，如果因忏悔某种罪孽而被打发去找指导神父时，得把向堂区教士做过忏悔的其它一切罪孽再说一遍（除非出于谦卑自愿这样）；这不算把认罪一事分散做。说到把忏悔分开做，我也不是说一定不可以：如果你愿意向一位谨慎而诚实的教士忏悔，那么只要得到堂区教士同意，就可以那样做，而不必把所有的罪向他忏悔。但你得就记忆所及，忏悔犯下的每项罪孽，不要留下污点。/而向堂区教士忏悔时，你就把上次忏悔并得到解罪以来所犯的罪统统告诉他；这不是居心不良地把忏悔分开做。

真正的忏悔还要某些条件。首先，忏悔出于自愿，不是被迫、羞于见人、生病等诸如此类原因。犯罪既然出于自愿，那么忏悔理当自愿，不能别人代你认罪，只能自己认罪；不该拒不认罪，或因教士告诫远离罪恶而对教士发火。第二个条件是，你的认罪和解罪都符合规定，也即忏悔的你和听你忏悔的教士，都应当真正信仰神圣教会；而且你有望得到耶稣基督的宽恕，不像该隐与犹大[①]那样被剥夺了希望。/还有，必须把所犯罪孽归咎于己，不是归咎于人；应当为罪孽责备自己和自己的不良居心，而不是责备人家。然而，若在人家指使或引诱下犯了罪孽，或由于别人所处的地位会加重自己罪

---

① 该隐事见《旧约全书·创世记》第 4 章第 1—17 节。犹大原是耶稣的门徒，但为金钱而出卖耶稣，见《新约全书·马太福音》第 26 章第 14—50 节。

孽，或不说出一起犯罪的人就不能彻底忏悔，那就可以把人家说出来；这样做不是背后说人家坏话，只是彻底忏悔罪孽。

你不能在忏悔时撒谎；或许，你为了显得谦卑，就胡说自己犯了根本没犯的罪。圣奥古斯丁说：你若由于谦卑，撒了对自己不利的谎，那么尽管你先前没罪孽，现在却由于撒谎而有罪。/坦白罪孽时必须亲口说出，不能用文字，除非是哑巴；因为犯下了罪就应承受罪孽带来的耻辱。忏悔中不得花言巧语弄虚作假，掩盖罪孽，因为这是欺骗自己而不是教士；必须老实交代，不管罪孽多丑恶可怕。你得向谨言慎行的教士忏悔，听他建议，而且忏悔不得出于虚荣、伪善和其它目的，只能出于对耶稣基督的敬畏，也为了你灵魂的健全。你也别突然跑去找教士，轻松地把罪孽告诉他，好像说笑话或讲故事，得经过深思熟虑并怀着虔诚的心情去找他。一般来说，你得经常忏悔。如果说你经常跌倒在罪孽里，那就经常凭忏悔站起来。/即使有的罪孽做了忏悔，你还是一再为之忏悔，那就更有效。因为正像圣奥古斯丁说的：在罪孽和惩罚方面，这样更容易得到神的宽恕。当然，每年至少应当领一次圣餐，因为每过一年，确实万象更新。

现在我已经对你们讲了真正的忏悔，那是悔罪的第二部分。

悔罪的第二部分结束，下接其第三部分：赎罪 [①]

悔罪的第三部分是赎罪；一般说来，赎罪要靠施

[①] 原作中为拉丁文，有的版本中无"赎罪"一词。

舍和肉体磨难。施舍有三种：首先是心中痛悔，由此把自己献给神；其次是同情邻人的弱点；第三是人们需要时，给以精神和物质帮助，特别是提供食物。/要注意，人通常需要这样一些东西：需要食物、衣服和住处，需要慈悲为怀的忠告，要去看看囚徒、病家和安放其遗体的墓地。如果你没法亲自探望需要帮助的人，可以请人带信和礼物去。对于有尘世财富或善于助人者来说，这就是一般的施舍或善举。这些善举，你在末日审判时将会听到。

施舍得用你自己东西，而且要及时，如果可能，要悄悄进行；如果无法悄悄进行，那么即使众目睽睽，也不必就此不施舍，只要你目的不是为博取赞扬，而只为耶稣基督高兴。/用圣马太在 capitulo quinto（第五章）中的话来说："城造在山上是不能隐藏的。人点灯，不放在斗底下，是放在灯台上，就照亮一家的人。你们的光也当这样照在人前，叫他们看见你们的好行为，便将荣耀归于你们在天上的父。"

现在说肉体磨难，这包括祈祷、守夜、斋戒和祈祷中的道德教训。要知道，不管哪种祈祷，得有虔诚的心愿，既向神忏悔，也通过言辞表达要求，即赦免罪孽并有较持久的精神收获，当然，有时也要物质的东西。关于这种祈祷，基督在主祷文中大多提到。当然，其中三条涉及神的尊严，因此主祷文比任何其它祷词庄严。这是耶稣基督亲自定下的①；/而且很短，为的是易学易

---

① 主祷文是耶稣传给门徒们的祷告词，通用于基督教礼拜仪式。它见于《新约全书》，有两种形式，一是《路加福音》第11章第2—4节的短文本，一是《马太福音》第6章第9—13节的长文本，后者为"登山宝训"一部分，两者都是祷告的范文。一般认为，前者更接近原始文句，后者则加有若干礼拜祷文用语。

记，有助于经常诵念；它又短又容易，诵念起来不会厌倦，也难找借口不学；再说，它包含了所有优秀祷词。这神圣祷词极出色也极有价值。我让神学大师们去做阐述，这里只讲一点：当你们求神宽恕你们的罪，就像你们宽恕别人对你们犯的罪，要充分意识到，你们不是不宽厚的。这神圣祷文还使轻罪变得更轻，所以特别适合悔罪。

念这祷词应当诚心诚意，这样，对神的祈祷才有条有理，慎重又虔敬；时时让自己的意志服从于神的意志。/念这祷词还必须极其谦卑，正大光明又心无杂念，不使任何男女感到烦恼。念祷词后还必须有善举。这对克服灵魂中的罪恶有用，因为正像圣哲罗姆说的："通过斋戒，可从肉体罪恶中得救；通过祈祷，可从灵魂罪恶中得救。"

在这之后，你们应当明白，肉体磨难还包括在祈祷中守夜，因为耶稣基督说："不要睡觉，要祈祷，免得你们受到邪恶的引诱。"[①] 你们还要明白，斋戒有三个方面，就是不进饮食，不图尘世快乐，不犯重罪；就是说，应当尽力不犯重罪。

你们还应当明白，是神规定了要斋戒；而且，有四件事情同斋戒有关：/对穷人要慷慨；精神上愉快，心里不烦恼生气；不因斋戒抱怨；还有，要合理掌握饮食时间，做到饮食有度，就是说，不到时候不吃，不要因为斋戒了就长时间消磨在餐桌上。

你们还应当明白，人身磨难还包括口头、书面或以实例做出训诫。当然还有苦行修炼，例如为基督的缘故，贴身穿硬毛编织或粗布制成的衬衣，或贴身穿锁子

---

① 见《新约全书·马太福音》第26章第41节。

甲等做自我惩罚。但要注意,别让这类肉体惩罚使你对自己又气又恼又恨,因为,扔掉硬毛衬衣比扔掉对耶稣基督的坚定信心要好。所以圣保罗说:"你们要像神的选民,以心中的怜悯、仁厚、忍让等等作为衣裳。"比起硬毛编织的衬衣或长长短短锁子甲,耶稣基督更喜欢这种衣裳。

接下来,苦行修炼还包括捶打自己胸膛,用棍子打自己,跪在地上折磨自己;/忍受人家对你的伤害,忍受病痛折磨和损失财产、妻子、儿女或亲友的痛苦。

现在你们应当明白,妨碍自我惩罚的是什么。这有四种情况,就是恐惧、羞愧、希望和无希望,也就是绝望。首先说恐惧,因为有时候人以为受不了那种自我惩罚。治疗这种恐惧的药方是:想想地狱里残酷而无穷的长期惩罚,相比之下,肉体上的自我惩罚短暂又轻微。

向教士忏悔时会感到羞愧,特别是伪君子,人们本以为他们完美无瑕,没什么要忏悔。/对这羞愧感,应当理性地想想,既然当初干肮脏勾当并不羞愧,那么现在更不必怀着羞愧去干正事,就是说,去忏悔。还应当想到,神能看到,也完全知道人的一切心思和行为;对于神,他们没法隐瞒和掩盖任何事情。应当记住,今生今世若不肯悔罪并得到解罪,末日审判时将会蒙受耻辱。到那时,他们在世上隐瞒的所有罪孽都将暴露,让地面上和地狱里的一切生灵看到。

现在谈有些人的希望,他们粗心大意迟迟不向教士忏悔;这希望分两种。/一种希望自己寿命长,在获得财富享乐一番后再忏悔;这种人自说自话地以为,以后有的是时间忏悔。另一种人则过于自信,认为自己会得到基督宽恕。对第一种错误想法,人们应当想到,生命长短是说不定的，而世上的财富也没个准，像墙上的影子飘忽不定。圣格列高利说过，有些人永远不肯从罪孽中自拔，一直把罪孽维持下去，神对他们的严厉惩罚不会停止；这是神的伟大公正，因为既然永远想犯罪，就得永远受严惩。

绝望有两种：一种是对基督的宽恕感到绝望；另一种是感到自己没法长久好下去。/第一种绝望的根源是，认为自己的罪很重，又经常犯罪，犯罪历史又长，不可能得救。其实，对这种可恶的绝望，应当想到，尽管罪孽的束缚力很强，但耶稣基督为人受难而产生的解罪力更强。对第二种绝望，这种人应当想到，他跌倒多少次，通过解罪就可以站起来多少次。即使他长久沉浸在罪孽中，仁慈的基督会随时接受他，宽恕他。对于认为自己不能坚持好下去的那种绝望，应当想到，虚弱的魔鬼干不成什么事，除非人们容许他干；再说，只要人们愿意，就会从基督和一切神圣教会的帮助中得到力量，从天使的保护中得到力量。/

接下来，人们得了解为赎罪而自我惩罚的结果。按耶稣基督说法，这是天国里无穷尽的大幸福，那里只有欢乐，没有悲伤或忧愁，没有此生此世的一切祸害；那里绝没有地狱里的酷刑折磨；大家都受祝福，都为彼此的无穷欢乐而喜悦；在那里，人们臭黑的身子变得比阳光还清亮；在那里，人们孱弱多病又不免一死的肉体得到永生并健康强壮，不受任何伤害；那里没有饥渴和寒冷，每个灵魂变得目光深邃，能看清神的全知全觉。人们可以用精神上的困厄换到受祝福的天国，用谦卑换荣耀，用饥渴换无限欢乐，用辛劳换安逸，用死亡和对罪孽的苦苦忏悔换永生。

本书作者在此告辞

现在，我请求所有听了或读了我这小小记事的人，如果这里面有东西使他们高兴，那就感谢主耶稣基督，因为一切智慧和善都来自于他。如果有东西使他们不高兴，那么请归罪于我才疏学浅，别归罪于我的愿望，因为我非常希望讲得比这好，但没这本事。《圣经》上说："凡是写下来的，都为了让我们受教益而写。"① 这也是我的愿望。所以我恭顺地恳求你们，看在仁慈的神的份上，为我祈求基督的恩典，宽恕我的罪恶/——特别是我那些讲空幻尘世的译文和作品，在这里，我撤回那些书，诸如《特罗伊勒斯之书》、《声誉之书》、《二十五贞女之书》、《公爵夫人之书》、《圣瓦伦廷节百鸟会议之书》②、《坎特伯雷故事》中带有犯罪倾向的部分、《狮子之书》，还有其它许多书，可惜现在记不起来；还有许多诗歌和淫词艳曲。所有这些，只求基督大恩大德，饶恕我的罪孽。但说到我翻译波伊提乌斯的《哲学的安慰》，说到我写的其它一些圣徒行传、讲道文和有关道德与献身于神的书，我要感谢主耶稣基督，要感谢圣母和所有天上的圣徒。我祈求他们以后眷顾我，让我为自己的罪而哀伤到我末日来临，让我为拯救自己灵魂而孜孜不倦——我但愿得到基督的眷顾，让我在今世里真正地悔罪、忏悔和赎罪。/ 基督是万王之王，是教士们的教主，他以心头宝血救赎我们；但愿凭着他慈悲的恩典，到了末日审判，得救者中也有我。Qui cum Patre et Spiritu Sancto vivit et regnat Deus per omnia secula. Amen. （谁

---

① 见《新约全书·提摩太后书》第 3 章第 16 节。
② 这些书名与现在通用的书名有所不同，这里按原文翻译。

同天父与圣灵一起生活和统治,谁就永远是世界之神。阿们。)[①]

坎特伯雷故事到此结束

> 作者杰弗里·乔叟但愿
> 耶稣基督眷顾他的灵魂
> 　　　阿们

[①] 这是拉丁文祝祷词。

Here taketh the makere of this book his leve.

NOW preye I to hem alle that herkne this litel tretys or rede, that if ther be any thyng in it that liketh hem, that therof they thanken oure Lord Jhesu Crist, of whom procedeth al wit and al goodnesse. And if ther be anythyng that displese hem, I preye hem also that they arrette it to the defaute of myn unkonnynge, and nat to my wyl, that wolde ful fayn have seyd bettre if I hadde had konnynge. For oure boke seith: Al that is writen is writen for oure doctrine, and that is myn entente. Wherfore I biseke yow mekely, for the mercy of God, that ye preye for me, that Crist have mercy on me & foryeve me my giltes: and namely, of my translaciouns and endityngesof worldly vanitees, the whiche I revoke in my retracciouns: as is The book of Troylus; The book also of Fame; The book of the Nynetene Ladies; The book of the Duchesse; The book of Seint Valentynes day of the Parlement of Briddes; The Tales of Caunterbury, thilke that sownen into synne; The book of the Leoun; and many another book, if they were in my remembrance; and many a song, and many a leccherous lay; that Crist, for his grete mercy, foryeve me the synne. But of the translacioun of Boece de Consolacione, & othere bookes of Legendes of Seintes, and omelies, and moralitee, & devocioun, that thanke I oure Lord Jhesu Crist and his blisful mooder, & alle the seintes of hevene; bisechynge hem that they from hennesforth, unto my lyves ende, sende me grace to biwayle my giltes, & to studie to the salvacioun of my soule: and graunte me grace of verray penitence, confessioun and satisfaccioun to doon in this present lyf; thurgh the benigne grace of hym that is kyng of kynges, and preest over alle preestes, that boghte us with the precious blood of his herte; so that I may been oon of hem at the day of doome that shulle be saved. Qui cum Patre et Spiritu Sancto vivis et regnas Deus per omnia secula. Amen.

Heere is ended the book of the Tales of Caunterbury, compiled by Geffrey Chaucer, of whos soule Jhesu Crist have mercy. Amen.

经典创作的经典制作[①]

拙译《坎特伯雷故事》起先用的是 Rockwell Kent 插图，2011年用上莫里斯和伯恩-琼斯合作的插图，总算完成一项心愿。但阴错阳差，漏了文字介绍，真对不起两位艺术家和读者。因为如此精美的插图及其背后的故事是有必要介绍的。

19 世纪文化伟人莫里斯钟情于中世纪文化艺术，是位多方面的天才，但自称"职业装饰者"。他力求完美，其"整体设计"思想影响着现代设计的方方面面，而对文艺和书籍的爱好终于使他走上图书制作之路，晚年办起了著名的凯尔姆斯科特印刷所，将书作为艺术品来制作，既革新印刷艺术，重新设计和铸造铅字，又做各种装帧设计，七年之中完成 664 项，其中大大小小的装饰性首字母不下 384 个，单单字母 T 就至少有 34 种变化，而且都自己画自己刻，成为印刷术发明者谷登堡之后的最重要人物之一。

从 1891 年到 1898 年，凯尔姆斯科特印刷所推出 53 种书，18234 本，成为印刷史上的永久丰碑，在英国带动了非营利性小印刷所的兴起。而其所出书中，《乔叟作品集》可谓登峰造极，在出版史和插图史上地位重要，对于 19 世纪英国书籍的装帧艺术有着标志性意义，被公认为有史以来最伟大的书籍之一。

莫里斯在 1892 年启动该书制作，为设计并刻制边框等等耗费大量心血和时间，仅一个扉页就花了他整整两个星期。书中有 87 幅木刻插图，设计者是他牛津时代的同学和终生挚友伯恩-琼斯，每幅图需要技艺精湛的刻版师一星期的工作。此外，莫里斯设计的封面也较特殊，是用白色猪皮蒙上橡木薄板，外加银子搭扣。

[①] 本文发表于 2011 年 7 月 8 日《文汇读者周报》，这里略有改动。

封面图案则用手工压出，压印一本书需要六个工作日。书的纸张也纯由亚麻精制，并有特殊水印。

由于工艺复杂，等到完成制作，已是1896年5月8日。这批书总共印了438册，其中纸质的订购者很多，莫里斯决定多印100册，为425册，每册售价20英镑；另一种印在犊皮上的只有13册，其中8册供出售，每册120英镑。（四年工夫，"码洋"不到1万镑！）6月2日，当装订者把最早完成的两本《乔叟作品集》送交两位艺术家过目时，精疲力竭的莫里斯已经病倒，但一桩心事总算了却，四个月之后就去世了。

如果莫里斯和伯恩-琼斯泉下有知，后来有关该书的一些轶事肯定会让他们高兴。例如1907年萧伯纳送给雕刻家罗丹的礼物就是这书；又如第五街上的Scribner's书店曾是纽约文化地标之一，橱窗里一度放有《乔叟作品集》，著名的平面艺术家T. M. Cleland早年在窗外久久凝视，结果店员请他入内细看，还给他看Kelmscott印制的书和其它珍本。

如今一百多年过去，我国读者看到这书的机会更少，而难得见到的介绍中最多也只附一二张小图，所以拙译里采用了其中有关《坎特伯雷故事》的全部插图和一些装饰性较强的文字页。当然，32开的尺寸不及原书的40%，也难以反映原书的精美，但作为译者，能用上莫里斯和伯恩-琼斯的30多页插图，我非常满足了。

Balades de Visage sanz Peinture

And, but you list releve him of his peyne,
Preyeth his beste frend, of his noblesse,
That to som beter estat he may atteyne.
Explicit.

THE COMPLEINT OF CHAUCER TO HIS EMPTY PURSE.

O you, my purse, & to non other wight
Compleyne I, for ye be my lady dere!
I am so sory, now that ye be light;
For certes, but ye make me hevy chere,
Me were as leef be leyd upon my bere;
For whiche unto your mercy thus I crye:
Beth hevy ageyn, or elles mot I dye!

Now voucheth sauf this day, or hit be night,
That I of you the blisful soun may here,
Or see your colour lyk the sonne bright,
That of yelownesse hadde never pere.
Ye be my lyf, ye be myn hertes stere,
Quene of comfort and of good companye:
Beth hevy ageyn, or elles mot I dye!

Now purs, that be to me my lyves light,
And saveour, as doun in this worlde here,
Out of this toune help me through your might,
Sin that ye wole nat been my tresorere;
For I am shave as nye as any frere.
But yit I pray unto your curtesye:
Beth hevy ageyn, or elles mot I dye!

Lenvoy de Chaucer.

CONQUEROUR of Brutes Albioun!
Which that by lyne and free eleccioun
Ben verray king, this song to you I sende;
And ye, that mowen al our harm amende,
Have minde upon my supplicacioun!

MERCILES BEAUTE: A TRIPLE ROUNDEL.

YOUR yën two wol slee me sodenly,
I may the beautè of hem not sustene,
So woundeth hit throughout my herte kene.
And but your word wol helen hastily
My hertes wounde, whyl that hit is grene,
Your yën two wol slee me sodenly,
I may the beautè of hem not sustene.

Upon my trouthe I sey yow feithfully,
That ye ben of my lyf and deeth the quene;
For with my deeth the trouthe shal be sene.
Your yën two wol slee me sodenly,
I may the beautè of hem not sustene,
So woundeth hit throughout my herte kene.

SO hath youre beautè fro your herte chaced
Pitee, that me ne availeth not to pleyne;
For Daunger halt your mercy in his cheyne.
Giltles my deeth thus han ye me purchaced;
I sey yow sooth, me nedeth not to feyne;
So hath your beautè fro your herte chaced
Pitee, that me ne availeth not to pleyne.

Allas! that nature hath in yow compassed
So greet beautè, that no man may atteyne
To mercy, though he sterve for the peyne.
So hath your beautè fro your herte chaced
Pitee, that me ne availeth not to pleyne;
For Daunger halt your mercy in his cheyne.

SIN I fro Love escaped am so fat,
I never thenk to ben in his prison lene;
Sin I am free, I counte him not a bene.

He may answere, and seye this or that;
I do no fors, I speke right as I mene.
Sin I fro Love escaped am so fat,
I never thenk to ben in his prison lene.

Love hath my name ystrike out of his sclat,
And he is strike out of my bokes clene
For evermo; ther is non other mene.
Sin I fro Love escaped am so fat,
I never thenk to ben in his prison lene;
Sin I am free, I counte him not a bene.
Explicit.

A COMPLEINT TO HIS LADY.

I.

THE longe night, whan every creature
Shulde have hir rest in somwhat, as by kinde,
Or elles ne may hir lyf nat long endure,
Hit falleth most into my woful minde
How I so fer have broght myself behinde,
That, sauf the deeth, ther may nothing me lisse,
So desespaired I am from alle blisse.

This same thoght me lasteth til the morwe,
And from the morwe forth til hit be eve;
Ther nedeth me no care for to borwe,
For bothe I have good leyser and good leve;
Ther is no wight that wol me wo bereve
To wepe ynogh, and wailen al my fille;
The sore spark of peyne doth me spille.

II.

The sore spark of peyne doth me spille;
This Love hath eek me set in swich a place
That my desyr he never wol fulfille;
For neither pitee, mercy, neither grace